Le syndrome
Copernic

Henri Lœvenbruck

Le syndrome
Copernic

À ceux qui sont partis, trop nombreux

Claude Barthélemy
Colin Evans
Alain Garsault
David Gemmell
Daniel Riche

Prologue

01.

La déflagration fut si forte qu'on l'entendit jusque dans les communes voisines et tout l'ouest de la capitale.

C'était, semblait-il, un matin comme tous les autres. Un matin d'été. La vie, soudain, s'était mise à grouiller sous l'esplanade bétonnée de l'Ouest parisien.

Il était 7 h 58 précisément quand une rame du RER entra, en ce huitième jour d'août, dans la lumière blafarde de la grande station, sous le parvis de la Défense.

Les roues s'arrêtèrent lentement le long des rails, dans un grincement aigu. Un instant de silence, une seconde immobile, puis les portes métalliques s'ouvrirent avec bruit. Des centaines d'hommes et de femmes, enrobés de la grisaille des employés de bureau, se bousculèrent sur le quai pour rejoindre chacun sa sortie et monter vers l'une des trois mille six cents entreprises installées dans les hautes tours de verre du grand quartier d'affaires. Les longues files humaines qui s'agglutinaient sur les escaliers mécaniques évoquaient des colonnes rangées de fourmis ouvrières, partant, dociles, vers leur labeur quotidien.

C'était encore une année de canicule et les nombreux systèmes de climatisation peinaient à chasser la chaleur étouffante de la ville. Pour la plupart de ces salariés consciencieux, le costume ou le tailleur était de mise, et on les voyait ici et là s'éponger le front de leurs mouchoirs blancs, ou s'aérer le visage à l'aide de ces petits ventilateurs portables dernier cri.

Arrivés sur l'immense esplanade dans les vapeurs vacillantes et les éclats du soleil, ces alignements de petits soldats de plomb s'éparpillèrent vers les tours-miroirs, comme les bras innombrables d'une grande rivière.

À 8 heures précises, les cloches de l'église Notre-Dame de Pentecôte, installée au milieu des tours de verre, retentirent à travers le parvis. Huit longs coups qu'on entendit, comme chaque matin, des deux côtés de l'esplanade.

À cet instant, le flux des arrivants était à son apogée dans le hall démesuré de la tour SEAM, sur la place de la Coupole. Dressant ses 188 mètres de façade dans le ciel immaculé de l'été, c'était l'une des quatre plus hautes constructions de la Défense, un fier symbole de la réussite économique. Son front de granite et ses fenêtres noires lui donnaient l'allure menaçante d'un monolithe intemporel. Les hommes qui entraient à l'intérieur semblaient n'être que des extensions disciplinées de l'ensemble, des petites poussières de roche qui rejoignaient ce grand aimant noir. La tour SEAM défiait le ciel parisien avec l'arrogance d'un jeune premier.

Le rez-de-chaussée s'emplit lentement de la rumeur matinale. Les six sas qui ouvraient la façade filtraient péniblement le flot continu des travailleurs qui se succédaient aux portes de sécurité, introduisant sagement leurs cartes magnétiques avant de passer les tourniquets métalliques. Le brouhaha de la foule se mêlait au ronronnement de la climatisation et au bruit des ascenseurs, puis s'élevait sous le plafond de l'accueil dans une cacophonie étourdissante.

Le ballet quotidien commençait. Sans surprise, pour l'instant.

Il y avait les visages habituels. Comme celui de Laurent Huard, âgé de trente-deux ans, cadre moyen, cheveux rasés, démarche sûre. À 8 h 03, il franchit l'une des grandes portes de verre qui donnaient accès à cette citadelle des temps modernes. Il était en avance, pour une fois, mais son patron, lui, ne notait que les retards. Ce jour-là il avait, avec des clients de sa société, une réunion de la plus haute importance. Il n'avait d'ailleurs pas fermé l'œil de la nuit, et, au petit matin, s'était couvert le visage d'une crème antifatigue dont il n'était pas certain qu'elle serait véritablement efficace. Mais mieux valait mettre toutes les chances de son côté. Il avait embrassé sa nouvelle petite amie encore endormie, enfilé son plus beau costume, taillé sur mesure dans un petit atelier de banlieue, et, alors qu'il attendait, main dans la poche, que s'ouvrent enfin les larges portes de l'un des ascenseurs qui menaient aux quarante-quatre étages de l'édifice, il répétait déjà le sourire forcé qu'il allait devoir se composer pour accueillir son rendez-vous.

Derrière lui, deux jeunes femmes en tailleur discutaient à voix basse, penchées l'une vers l'autre. Stéphanie Dollon, Parisienne timide et célibataire, et Anouchka Marek, fille d'un immigré tchèque. Dans leur costume sombre, elles ressemblaient à deux écolières anglaises. Tous les matins, les deux amies – qui s'étaient rencontrées dans la cafétéria de la tour deux ans plus tôt – arrivaient ensemble. Elles se retrouvaient à la sortie du RER, puis elles marchaient côte à côte vers leurs bureaux respectifs, échangeant leurs humeurs du jour et leurs aventures de la veille, avant d'être séparées jusqu'au déjeuner.

À 8 h 04, devant les façades grises des ascenseurs, beaucoup patientaient déjà, serrés les uns contre les autres. Des habitués pour la plupart, comme Patrick Ober, la cinquantaine, un cadre solitaire et silencieux, au QI élevé mais aux qualités sociales limitées, gros fumeur, téléphage, lecteur compulsif ; Marie Duhamel, une secrétaire au chignon soigné, obsédée par le regard des autres, terrifiée à l'idée de déplaire – à son patron, surtout ; ou Stéphane Bailly, un ingénieur commercial qui s'était installé à Paris quelques mois plus tôt, et dont la jeune épouse restait à la maison pour garder leurs deux enfants, parce qu'ils n'avaient pas trouvé de place en crèche dans la capitale... Des femmes et des hommes ordinaires, tellement différents et tellement semblables.

À 8 h 05, derrière le long comptoir sombre de l'accueil, celui que tout le monde appelait Monsieur Jean – mais dont le vrai nom était Paboumbaki Ndinga – s'apprêta enfin à partir. Engoncé dans son costume bleu marine, le vigile congolais jeta le petit gobelet en carton dans lequel il avait bu son dernier café, puis il salua les quatre hôtesses déjà fort occupées. Il travaillait là depuis l'ouverture officielle de la tour, en 1974, et les différentes sociétés qui avaient successivement géré le site l'avaient gardé à son poste, car c'était un homme aussi consciencieux que charmant et qui connaissait ce gigantesque bâtiment comme sa poche. Il appelait l'édifice *sa* tour, parce qu'il savait son histoire mieux que personne, ses secrets, ses moindres recoins, et fronçait ironiquement les sourcils quand l'un de ses occupants arrivait plus tard que d'habitude avec des cernes sous les yeux.

À 8 h 06, un coursier qui n'avait même pas pris la peine d'enlever son casque de moto déposa des paquets soigneusement emballés sur le comptoir. Plus loin, des Américains en costumes décontractés parlaient de leurs voix fortes et nasillardes. Ici, un homme vêtu d'une blouse blanche, là, trois jeunes gens en chemise et cravate colorées, petites lunettes, stylo dans la poche, téléphone portable à la ceinture. Des informaticiens, sans doute...

Tous ces hommes et ces femmes exécutaient, sans vraiment y penser, des gestes mille fois répétés, chaque matin, suivant une routine que même la paresse estivale n'aurait pu abîmer. C'était le rituel d'un début de semaine, le train-train quotidien de l'un des deux plus grands quartiers d'affaires européens, avec ses retards, ses oublis, ses surprises, ses rendez-vous, ses bousculades, ses sourires, ses visages fatigués... Sa vie, en somme.

C'était, semblait-il, un matin comme tous les autres. Un matin d'été.

Et pourtant, à 8 h 08 exactement, alors que les battants métalliques de l'un des ascenseurs venaient de se refermer sur le hall bruyant de la tour SEAM, emmenant vers ses hauteurs les Laurent Huard, les Anouchka Marek ou les Patrick Ober, ce matin ordinaire bascula soudain dans un enfer indicible.

Trois bombes artisanales explosèrent simultanément à trois étages différents de l'édifice.

02.

Une détonation assourdissante, profonde, qui fit trembler la terre comme un violent séisme. Le souffle des explosions fit voler en éclats la plupart des fenêtres des buildings de l'aile nord de la Défense, et des débris flottèrent dans les airs pendant d'interminables minutes. Sous le regard incrédule de milliers de personnes, le ciel s'embrasa d'un seul coup.

Les bombes avaient été dissimulées au rez-de-chaussée, au seizième et au trente-deuxième étage du gratte-ciel. Toutes les trois placées près du noyau central,

11

elles furent toutefois suffisamment puissantes pour endommager la structure sur toute sa largeur. Trois trous béants ouvrirent les façades sud et est du bâtiment, laissant échapper de gigantesques boules de feu et une épaisse fumée noire.

Les incendies qui se déclenchèrent aussitôt firent rapidement monter la température à l'intérieur de l'immeuble au-delà de neuf cents degrés. L'armature ne résista pas longtemps. Bien moins longtemps qu'il ne l'aurait fallu pour sauver des vies à l'intérieur des murs. Dans les mesures générales de sécurité d'un immeuble de cette hauteur, la résistance au feu des éléments essentiels de la construction doit être, au minimum, de deux heures. Mais dans la pratique, il est impossible de prévoir les dégâts réels occasionnés par trois bombes distinctes. Dans ce cas précis, en outre, les systèmes d'arrosage qui se mettent en route automatiquement en cas d'incendie ne fonctionnèrent pas dans les zones touchées par les bombes, ce qui aggrava nettement la situation.

Quelques années plus tôt, il avait fallu une trentaine de minutes à la première tour du World Trade Center pour s'écrouler, après les attentats du 11 septembre 2001. Mais ce jour-là, il fallut bien moins longtemps pour que la tour SEAM connaisse un destin identique. Aussi tragique et aussi meurtrier.

À 8 h 16, huit minutes seulement après les explosions, l'immeuble commença à s'effondrer au milieu de la place de la Coupole dans un vacarme terrifiant.

Huit minutes. À peine le tiers du temps qui aurait été nécessaire à l'évacuation générale de la tour. Malgré les nombreux exercices pratiqués régulièrement, malgré les algorithmes calculés à l'avance pour simuler l'évacuation simultanée par les escaliers de plusieurs sous-ensembles d'étages, l'immeuble était bien trop endommagé pour que l'important dispositif de sécurité puisse être réellement efficace. Et surtout, l'une des bombes ayant explosé au rez-de-chaussée, il fut impossible de sortir de l'immeuble par les issues ordinaires ou de s'enfuir par les sous-sols. En huit minutes, on ne trouva pas la moindre solution.

De nombreux appuis avaient été détruits par les bombes, si bien que la charge supportée par les poteaux restants avait augmenté de façon considérable. Le métal, rapidement, s'était mis à perdre sa rigidité. Les piliers, aux trois étages touchés, cédèrent les uns après les autres. Le haut de l'immeuble ne fut bientôt plus soutenu, il tomba sous son propre poids, entraînant progressivement l'effondrement de toute la tour. Les étages s'affaissèrent un à un, depuis le sommet enflammé de l'immeuble, dans un immense nuage de poussière grise.

Au loin, tous les spectateurs pétrifiés comprirent alors que la catastrophe allait être d'une ampleur dévastatrice. Un vacarme menaçant commença une ou deux secondes après le début de l'écroulement, lent, progressif, comme le grondement d'une tornade que plus rien ne pouvait arrêter. Ce fut une gigantesque et bruyante onde de choc, une résonance grave et puissante qui se souleva autour du désastre. Ce fut aussi violent que soudain. Et le visage de la Défense changea à tout jamais.

Dans le périmètre de l'attaque, l'immeuble Nigel, la tour DC4, l'église et le commissariat de police furent partiellement détruits par l'effondrement du bâtiment qui les culminait. L'avenue de la Division-Leclerc, en contrebas, où circulaient des files de voitures, fut complètement ensevelie. En quelques instants de cauchemar, tout le parvis de la Défense fut englouti dans une obscurité apocalyptique. Longtemps, la Grande Arche sembla flotter au-dessus d'un océan de poussière noire.

Quelques minutes à peine après les explosions, le préfet déclencha le Plan Rouge. Rapidement, un responsable des opérations de secours fut nommé pour diriger les deux chaînes de commandement : la chaîne incendie-sauvetage et la chaîne médicale. D'importants moyens furent mis à leur disposition : sapeurs-pompiers, SAMU, police, protection civile et divers organismes médicaux privés pour la gestion des urgences du poste médical avancé et la prise en charge psychologique des victimes.

Malgré la rapidité de l'intervention des secours, le bilan de l'attentat fut terrible. Le plus terrible que la France ait jamais connu sur son territoire. Au moment de l'écroulement, des personnes hors de la tour moururent étouffées ou écrasées par les décombres, dans un rayon de plusieurs centaines de mètres. Quant aux occupants de l'immeuble, ceux qui survécurent aux trois explosions périrent dans l'effondrement.

Sur les 2 635 personnes qui étaient entrées ce matin-là dans la tour SEAM, il n'y eut qu'un survivant, et un seul. Moi.

PREMIÈRE PARTIE

Le murmure des ombres

« Toi, tu rêves ; souvent du fond des geôles sombres,
Sort, comme d'un enfer, le murmure des ombres. »

Victor Hugo, Les Châtiments, Livre 7

03.

Mon nom est Vigo Ravel, j'ai trente-six ans et je suis schizophrène. Du moins, c'est ce que j'ai toujours cru.

À l'âge de vingt ans – si je me le rappelle bien, car mes souvenirs ne remontent pas aussi loin et je dois me fier à ce que mes parents m'ont dit –, on a diagnostiqué chez moi des troubles psychiques symptomatiques d'une schizophrénie paranoïde aiguë. Perturbation de la mémoire à court et à long terme, dérangement de la pensée logique, et surtout, surtout, mon principal symptôme, dit « positif » : je souffre d'hallucinations auditives verbales.

Oui. J'entends des voix dans ma tête.

Des centaines de voix, différentes, nouvelles, proches ou lointaines. Tous les jours, partout, ici, maintenant. Comme des murmures venus de nulle part, des menaces, des insultes, des cris ou des sanglots, des voix surgies des grilles du métro, des voix flottant dans les bouches d'égout, grondant derrière les murs... Elles viennent au milieu de crises où ma vue se trouble et mon cerveau hurle de douleur.

Depuis cette époque, on m'a fait suivre un traitement à base de neuroleptiques antiproductifs, qui réduisent plus ou moins mes délires et mes hallucinations. Les médicaments ont évolué. Ma maladie, non. J'ai appris à vivre avec elle comme avec les effets secondaires des antipsychotiques : prise de poids, apathie, regard fuyant, perte de libido... L'apathie, au bout du compte, aide énormément à accepter tout le reste. Et à ne plus lutter.

À force, j'ai fini par accepter que j'étais simplement malade, que ces voix n'étaient que la production de mon cerveau défaillant. Malgré le réalisme étonnant de mes hallucinations, je les ai reconnues comme telles, me suis rendu à l'évidence, comme me le demandait mon psychiatre. Au bout de quelques années, je m'y suis résolu. Au fond, je crois qu'il m'était moins fatigant d'accepter ma folie que de rester dans le déni. Mon psychiatre a même réussi à me trouver du travail, il y a près de dix ans. J'ai été embauché pour faire de la saisie informatique chez Feuerberg, une société de brevets. Ce n'était pas bien compliqué, il suffisait de taper des kilomètres de chiffres et de mots sans se soucier de ce qu'ils signifiaient. Mon patron, François de Telême, savait que j'étais schizophrène, et cela ne posait aucun problème. Le principal, c'était que je le sache moi aussi.

Mais après l'explosion de la tour SEAM, je n'étais plus sûr de rien. Pas même de tout cela. Ce jour-là, tout a changé. Pour toujours.

Il s'est passé là-bas un mystère que moi seul connais, et qui remet beaucoup de choses en question. Je sais qu'on ne me croira probablement pas. Mais cela n'a pas d'importance. Et j'ai pris l'habitude. Longtemps, je ne me suis pas cru moi-même.

C'est difficile de parler de soi quand on n'a pas de souvenirs. C'est difficile de s'aimer quand on n'a pas d'histoire. Mais depuis ce fameux matin du 8 août, j'ai la vie qui me saute dessus. Du coup, j'ai le verbe qui me démange.

Alors je vais parler.

04.

Carnet Moleskine, note nº 89 : la quête de sens.

Ce n'est pas parce que je suis schizophrène que je n'ai pas le droit de réfléchir. Même de travers. Il n'y a pas de péril dans la quête de sens. C'est une quête de vie, d'existence, au sens cartésien. Je pense, donc je suis. La schizophrénie me fait tellement douter du réel que je n'ai d'existence certaine que dans ma pensée.

Tout a une explication. Tout mérite d'être fouillé. Car rien n'est connaissable entièrement.

C'est pour ça que je note, que je griffonne, que je cherche, que j'écris sur ces carnets Moleskine ; j'en ai qui débordent de partout. Où que j'aille, j'en ai toujours un qui dépasse. Quand je lis – et je lis beaucoup –, quand je pense, quand je pleure, ma main finit toujours par aller gratter la pulpe de ces petits cahiers noirs. Bonjour petit cahier noir. Tu n'es ni le premier, ni le dernier.

Souvent, je me réfugie dans les bibliothèques. Les livres ont cette qualité qu'ils ne changent jamais d'avis. Vous pouvez essayer. On les relit, ils disent toujours la même chose. Il n'y a que notre interprétation qui évolue. Mais eux, au moins, ont cette constance qui me rassure. Les plus stables, ce sont les dictionnaires. Je peux le dire, les dictionnaires sont mes meilleurs amis.

La tête enfouie au creux des pages en papier bible, je suis une statue qui pense. Je ne peux pas tomber.

05.

Tout de suite après l'explosion, alors que du sang coulait sur mes tempes et mes mains, assourdi, pris de panique, j'ai couru. Longtemps. J'ai couru droit devant moi, sans réfléchir, dans un profond état de choc. Mon instinct me dictait seulement de partir loin de cette fumée noire qui s'élevait dans le ciel. Loin des débris qui continuaient de tomber. Malgré le bourdonnement qui emplissait mes oreilles, j'entendais dans mon dos le vacarme de la catastrophe. Le déchirement des tôles, le fracas du verre, les sirènes d'alarme... La tour ne s'était pas encore écroulée. Elle allait le faire quelques minutes plus tard.

J'ai quitté l'esplanade brûlante de la Défense, j'ai foncé vers Courbevoie et, sans vraiment savoir ce que je faisais, je suis monté dans un bus. La police n'avait pas encore fermé le périmètre et les gens n'étaient pas encore tous au courant. Ils échangeaient le peu d'informations qu'ils avaient, poussaient des exclamations incrédules, terrifiées. La cacophonie commençait à envahir le bus. Sous le regard perplexe des autres voyageurs je suis parti m'asseoir tout au fond, sur la dernière banquette, et je suis resté enfermé dans le mutisme pendant tout le trajet.

Ils me regardaient sans oser me parler. La plupart étaient accrochés à leurs téléphones portables et découvraient au fur et à mesure, en direct, l'ampleur de l'attentat. Certains, sans doute, avaient deviné que je venais de cet enfer-là. Mais ils ne disaient rien. Ils ne disent jamais rien. Ils me laissaient tranquille en détournant le regard.

Arrivé à Paris, j'ai sauté du bus, et j'ai marché – titubé plutôt – jusque dans le VIIIe arrondissement. Là aussi, les gens me regardaient de travers. Mais je n'étais pour eux qu'un excentrique de plus dans la jungle parisienne. Dehors, l'air bouillant de l'été était déjà empli de panique et d'incompréhension. On le devinait dans l'attitude des gens, dans les embouteillages...

Guidé par l'habitude, j'ai descendu le boulevard Malesherbes, puis je suis arrivé dans la rue Miromesnil, où j'habitais avec mes parents.

Oui. Avec mes parents. À trente-six ans, je vivais encore chez eux. Non que ce fût un plaisir, mais c'était l'une des libertés sacrifiées par ma schizophrénie : l'indépendance.

C'est à ce moment-là que j'ai retrouvé mes esprits. Plus ou moins... Au milieu de la rue, je croisai un jeune couple que je connaissais. J'essayai maladroitement de cacher mes mains ensanglantées. Ils me lancèrent un regard inquiet, mais ne s'arrêtèrent pas, baignés dans cette indifférence que cultivent si bien les capitales occidentales. Aussitôt, comme si ces visages familiers m'avaient sorti de ma stupeur, je me rendis compte de ma folie. Mais que faisais-je ici ? J'aurais pu aller à la police, ou bien rester sur place auprès des secours, raconter ce que j'avais vu ! J'aurais pu au moins me rendre à l'hôpital le plus proche, pour me faire soigner... Mais non ! J'étais là, seul, hagard, descendant la rue Miromesnil tel un zombi écervelé.

Je me demandai si je devais retourner là-bas, sur les lieux de l'attentat, pour rejoindre les autres victimes et suivre le protocole officiel. Mais j'avais bien trop peur, et j'avais besoin de me rassurer. Me retrouver, retoucher terre. Or il n'y avait pas mille façons : il fallait que je rejoigne l'asile réconfortant de notre vieil appartement, près du silence discret du parc Monceau. Là, au moins, je savais qui j'étais, je savais *où* j'étais. Et aucune voix n'envahissait ma tête.

Ainsi, je marchai jusqu'à notre immeuble, montai lentement le petit escalier, puis j'entrai, fourbu, dans notre grand salon blanc.

Tout était blanc, chez nous. Les murs, les meubles, le sol... Conseil du psychiatre. Pour ne pas agresser mes sens.

Je jetai les clefs sur la table basse. Je soupirai, puis je restai là un moment, pétrifié, silencieux. J'allumai une cigarette. L'appartement était inoccupé. Mes parents passaient le mois d'août sur la Côte, comme chaque année.

Seul. J'étais donc seul au fin fond de mon cauchemar, seul face à moi-même, face à mon entendement, conscient toutefois de ne pas pouvoir lui faire entièrement confiance. La solitude et la raison, chez moi, n'ont jamais fait bon ménage.

Après plusieurs minutes – je ne sais trop combien –, je fis quelques pas hésitants, et je me laissai tomber sur le canapé, le corps lourd comme un sac de boxe. D'un geste automatique et désinvolte, j'attrapai la télécommande et allumai la télévision, comme si j'avais voulu vérifier que tout cela était bien arrivé. Comme si voir l'attentat sur le petit écran était un gage de vérité plus sérieux que de l'avoir vécu moi-même, en direct. Après tout, j'étais schizophrène ; même la télévision était plus crédible que moi.

Je vis en boucle les images de la tour SEAM qui s'écroulait au milieu de la Défense. Sur toutes les chaînes, sous tous les angles. Pendant des heures. Des heures entières. Et je sus alors que je n'avais pas rêvé.

Il y avait une dizaine de versions du même cauchemar. Les prises de vue variaient, les cadres changeaient, mais c'était toujours la même scène. L'effondrement, lent, irréel, puis cette fumée opaque, comme un nuage atomique, qui s'élevait au-dessus de l'Ouest parisien. Les cris des spectateurs impuissants. Les voix défaites des journalistes... Je zappais d'une chaîne à l'autre. Le contraste changeait légèrement, mais les images restaient identiques. C'était toujours les mêmes séquences. Celles des caméras de surveillance ou bien celles prises sur le vif par des touristes perplexes. Des images que j'avais vues de plus près que n'importe qui, sans doute. Là, à quelques mètres de moi.

J'écoutais, interdit, les commentaires des présentateurs, avec leurs voix sinistres. Sincèrement sinistres, pour une fois. J'entendais les hypothèses qui déjà s'échafaudaient. On évoquait bien sûr l'objet de la société SEAM, propriétaire de la tour : une entreprise d'armement européenne, cible de choix pour un attentat terroriste. Puis on faisait des comparaisons avec d'autres attentats. Le Drugstore Saint-Germain en 1974, la synagogue de la rue Copernic en 1980, puis la rue des Rosiers, deux années plus tard. Le RER Saint-Michel, en 1995. Et, bien sûr, le World Trade Center de New York, suivi de Madrid et Londres. Toutes ces attaques attribuées à des extrémistes islamistes. Abou Nidal, le GIA, Al-Qaida... Alors, forcément, on privilégiait la même piste pour l'attentat de la Défense. La piste islamiste. Je ne sais pas bien ce que cela veut dire, au fond. Je n'ai jamais rien compris aux religions.

Plusieurs fois, on rediffusa une intervention du ministre de l'Intérieur, Jean-Jacques Farkas, un vieil homme au regard dur, au visage fermé, qui faisait les promesses habituelles : les terroristes seraient retrouvés et jugés, toute la lumière serait faite sur cette affaire...

Puis on parlait des victimes. On commençait à montrer des photos, le visage des disparus, sur de vieux clichés où on les voyait sourire. Il fallait humaniser le drame. On montrait les familles, inquiètes, qui attendaient une réponse. Le journaliste faisait intervenir un psychologue spécialiste du traumatisme post-attentats. On évoquait les angoisses, les dépressions, les démissions...

Venaient ensuite les analyses des conséquences politiques et économiques. On prévoyait des bouleversements dans les relations internationales, sur les places boursières... Encore une chose à laquelle je n'ai jamais rien compris : la Bourse. Mais tout ça est très normal, et c'est moi qui suis fou, n'est-ce pas ?

Suivait un court reportage sur la SEAM, cette Société européenne d'armement à fonds mixtes dont l'actionnaire majoritaire était l'État français. La SEAM, avec un chiffre d'affaires dépassant les 400 millions d'euros, était le deuxième plus gros exportateur d'armes en Europe, et réalisait l'essentiel de son résultat par le biais de la vente d'armes aux pays en voie de développement. On imaginait aisément que la tour ait pu représenter un symbole – politique et économique – pour des terroristes, mais ce n'était pas encore une certitude... À travers la tour SEAM, c'était peut-être tout simplement l'impérialisme occidental qui était visé.

Quoi qu'il en fût, les journalistes annoncèrent rapidement, selon les déclarations du ministre de l'Intérieur, que la traque aux terroristes avait commencé. Il y avait sûrement des gens que cela rassurait.

Je ne vis pas le temps passer, hypnotisé par les images.

J'étais, à cet instant, noyé dans les limbes les plus profonds de ma schizophrénie. Je me répétais les mêmes phrases, je flottais dans les mêmes pensées. La même idée, toujours, comme une voix extérieure, intraitable, une obsession. La fin de toutes choses. Mon angoisse eschatologique.

C'est comme ça que j'ai fini par l'appeler : *mon angoisse eschatologique*. À force de chercher dans les dictionnaires, j'ai trouvé un jour le mot qui convenait à ma plus grande peur. Du grec *eskhatos*, dernier, et *logos*, discours ; l'eschatologie est l'ensemble des doctrines et des croyances portant sur le sort ultime de l'homme. Sur sa fin, en somme.

06.

Carnet Moleskine, note n° 97 : angoisse eschatologique.

Souvent, j'ai le sentiment qu'Homo sapiens *est en train de s'éteindre. Je vois la logique de la chose, son évidence. Et je me dis que lentement, notre espèce marche vers sa propre fin. Je ne voudrais pas céder au catastrophisme, bien sûr, mais j'ai le droit d'avoir des angoisses.*

La terre a 4,5 milliards d'années. Je vous l'accorde, passé un certain chiffre, avec le vertige, on a du mal à se figurer la chose. Mais je vous promets, ce sont les chiffres du dictionnaire, c'est comme ça. La terre est là depuis 4,5 milliards d'années, qu'on le veuille ou non.

L'humanité, quant à elle, n'est présente que depuis 2 millions d'années – ça peut paraître conséquent, mais au fond, c'est assez ridicule par rapport aux dinosaures qui, eux, sont tout de même restés 140 millions d'années... Personnellement, ça force mon respect.

Parmi les différentes espèces du genre humain, une seule a survécu, la nôtre, Homo sapiens. *Son histoire, drôle d'histoire, aurait commencé en Afrique il y a cent vingt mille ans. Certains pensent qu'il serait même né ailleurs, en Asie peut-être, et il y a bien plus longtemps que ça. Quoi qu'il en soit, c'est déjà un bel âge ! Un bel âge pour s'éteindre... Je n'arrive pas à voir les choses autrement. Un jour ou l'autre, il faudra bien que ce soit notre tour. Et parfois, j'ai le sentiment que cette extinction est imminente. Que notre espèce sent le sapin.*

Je ne dois pas être le seul à penser ça.

Bien sûr, je suis peut-être un peu plus angoissé que les autres ; j'ai en ma possession des informations que personne d'autre ne peut connaître et qui ne sont pas faites pour me rassurer. Mais je suis certain, déjà, que d'autres que moi le sentent, le devinent. Cette étrange impression que nous sommes au bout, à la fin de l'Histoire.

Que nous ne pouvons pas aller plus loin. Que nous avons même peut-être déjà dépassé la limite.

Il y a un grand paradoxe dans le propre de l'humanité, qui est à la fois l'espèce la plus à même de s'adapter aux modifications extérieures et la plus encline à s'autodétruire. L'homme est tout à la fois capable d'inventer le vaccin et d'organiser Auschwitz. La DHEA et la bombe à neutrons. Un jour ou l'autre, c'est sûr, on inventera la pilule de trop.

J'aimerais me tromper, j'aimerais y croire encore, mais je ne suis pas aidé, il y a des signes.

D'abord, cette impression que nous avons tout essayé. Communisme, capitalisme, libéralisme, socialisme, christianisme, judaïsme, islam, athéisme... Tout. Nous avons déjà tout essayé. Et nous savons comment tout ça a toujours fini. Dans un grand bain de sang. Un éternel massacre de nous-même. Parce que c'est ainsi que nous sommes. Ainsi est Homo sapiens. *Un destructeur, super-prédateur du monde et de lui-même. Alors, n'est-ce pas ainsi qu'il va s'éteindre ?*

Je ne peux pas être le seul à penser ça.

Et puis il y a le reste. Il y a le virus qui gagne du terrain dans son combat contre l'homme, qui devient chaque fois plus fort, plus difficile à déjouer. Et puis le climat, la couche d'ozone, le réchauffement de la planète, la surpopulation, l'érosion des sols, les catastrophes naturelles, de plus en plus nombreuses, de plus en plus dévastatrices. La politique, dans l'impasse, impuissante à arrêter notre chute, nos écarts. Le Nord et le Sud qui s'affronteront tôt ou tard... On a beau être les champions de l'adaptation, soyons réalistes, à force de chercher la merde, on finira bien un jour dans le recycleur.

Et si vraiment – comme l'ont prétendu ces types il y a deux ans avec l'affaire de la Pierre de Iorden – nous sommes seuls dans l'Univers, alors mon angoisse eschatologique est encore plus terrible. Mais cela ne la rend pas moins probable. Après deux millions d'années d'évo-lution, Homo sapiens *serait seul. Seul être pensant dans l'univers immense. Miracle absolu de la vie ou accident de parcours insensé ? Allez savoir ! Et puis un jour, il va s'éteindre. Toujours seul. Comme un pied de nez à la richesse de l'infini. Un immense gâchis.*

*Voilà. C'est mon angoisse eschatologique. Souvent, j'ai le sentiment qu'*Homo sapiens *est en train de s'éteindre.*

Au fond, peut-être est-il temps que la nature passe à autre chose.

07.

Il devait être 3 ou 4 heures du matin quand la faim se fit plus forte que le pouvoir d'attraction de la télévision. Je me levai, dégoulinant de sueur, partis vers la cuisine et ouvris le réfrigérateur. J'hésitai un instant, goûtai l'air frais qui se dégageait de l'intérieur, puis je pris des restes de la veille et je retournai m'asseoir sur le canapé sans prendre la peine de réchauffer le plat.

Pendant que je mangeais, les photos de nouvelles victimes commençaient à défiler sur le petit écran, avec leurs noms affichés en dessous. Le journal télévisé était en train de devenir une gigantesque rubrique nécrologique, et je n'arrivais pas à me détacher de ce spectacle morbide.

Soudain, pourtant, j'eus une révélation.

Alors que je posais l'assiette vide à côté de moi, la vérité qui m'avait échappé me glaça le sang. Ce fut comme si l'accumulation sinistre de ces images avait fini par me faire reprendre contact avec la réalité. Avec *une certaine réalité.* J'eus l'impression de me réveiller enfin, d'ouvrir les yeux : je me souvins, d'un seul coup, comment j'avais survécu à cet attentat. Pourquoi. Et je réalisai alors combien ma présence ici, seul sur ce canapé, les mains encore pleines de sang, était absurde. Irréelle.

Je pris tout simplement conscience que quelque chose ne collait pas. Quelque chose d'invraisemblable.

08.

La principale information qui semble intéresser les téléspectateurs, après un attentat, c'est le bilan humain. Le nombre de morts exact. Au cours des jours qui suivent le drame, le chiffre officiel augmente, comme une grande et macabre vente aux enchères, et on dirait que les gens n'attendent que ça. Qu'ils sont déçus quand ça s'arrête.

Je dis « les gens », mais il faut être honnête : je ne me considère pas comme extérieur à cette obsession malsaine. Je suis peut-être fou, certes, mais je suis comme tout le monde.

Je ne parviens pas à l'expliquer, mais j'ai moi aussi cette fascination morbide pour le nombre de morts après les attentats ou les catastrophes naturelles. C'est pour cette raison que je n'arrive pas à me décoller de l'écran de télévision. Peut-être est-ce l'envie d'avoir été le témoin d'une chose qui dépasse l'ordinaire. Ce n'est pas qu'on se réjouit de la mort des autres, mais plus le bilan est lourd, plus on est dans l'exceptionnel. Plus le drame auquel nous échappons est grave, plus nous devons nous sentir vivants, je suppose. Parce qu'on ne peut pas se sentir plus en vie qu'en ces moments où l'on côtoie la mort de près. Où on la vit par procuration.

Ce doit être un effet de mon angoisse eschatologique. La mort me fait si peur que je ne peux m'empêcher de la sonder.

09.

Carnet Moleskine, note n° 101 : la mort.

Ce qui distingue l'homme de l'animal n'est pas seulement son langage articulé, mais aussi sa faculté de se réfléchir, et donc de prendre conscience de sa finitude. Nous ne sommes qu'une chose certainement : des êtres qui meurent. Vous, moi. Nous mourons lentement.

Il y a au fond de moi un immense paradoxe. En réalité, il y en a bien plus, mais celui-ci est sans doute le plus étonnant.

Je suis schizophrène. Bref, je suis un handicapé de l'âme, ma vie est une grande moquerie, un petit machin sans intérêt. Et pourtant, rien ne me fait plus peur que la mort. Voilà le paradoxe. Comment peut-on redouter que s'arrête une vie qui présente si peu d'intérêt ? Je ne sais pas. Mais c'est ainsi. Je me contente d'avoir la peur qui me bouffe le ventre, et par-dedans.

Il paraît que le risque suicidaire est élevé chez les schizophrènes. La nature ne fait jamais les choses à moitié. Plus de 50 % des patients commettent au moins une tentative de suicide dans leur vie, et plus de 10 % parviennent effectivement à mettre fin à leurs jours. Mettre fin à ses jours. *L'idée m'a-t-elle jamais traversé l'esprit ?*

Elles viennent la nuit, mes angoisses de mort. Terribles, elles me font pleurer comme un gosse. Je me redresse dans mon lit, j'ai le cœur qui se met à battre, j'ai les mains qui dégoulinent de partout, et toutes les voix qui m'habitent s'accordent enfin pour ne plus crier qu'une seule phrase. La même phrase, toujours. Je ne veux pas mourir. Je ferme les yeux, tous mes yeux. Les yeux de mon corps et les yeux de mon âme. Et je lutte pour ne pas y penser. Je refuse, tout mon être refuse l'idée de la mort. En bloc. Ça fait plein de bruit dans ma tête, mais je finis par m'endormir, c'est le meilleur moyen de ne pas la voir arriver.

Je vis, je suis vivant, et ce n'est pas possible que cela s'arrête.

On dit que, dans notre société – Occident, XXIᵉ siècle, empire de l'hypocrisie –, la mort est devenue un sujet tabou et que c'est à force de ne plus la voir qu'elle finit par nous faire si peur. Mais en quoi voir la mort d'autrui pourrait m'aider à accepter la mienne ?

On ne vit pas la mort des autres, on la constate. Le mort, c'est un objet qui disparaît. Mais je ne suis pas un objet, moi, je suis un sujet, merde ! Il faut comparer ce qui est comparable. Je est un sujet. N'est-ce pas ? Je ne sais pas pourquoi je vous demande. Comment le sauriez-vous ? Je ne suis un sujet que pour moi-même.

Alors non, mon état de vie n'est pas affecté par la mort de l'autre, l'expérience de la mort n'est pas transmissible, et donc aucune mort ne me fera accepter la mienne. Au contraire, la disparition des autres me rappelle la fatalité de ce qui m'attend, sans me permettre de penser – et encore moins d'accepter – ma propre mort. Comment se préparer à ce qu'on ne peut pas vivre ? Ma mort, je ne peux la penser par analogie à travers celle des autres. Car ma mort est unique, incommunicable, et je serai le seul à la connaître.

Ma mort est inobservable, car quand elle viendra je ne serai plus. Ne plus être. N'être plus. Rien. Pas même ce grand rien que nous étions avant de naître, car nous étions encore une potentialité. Mais après ?

La mort est un degré de solitude encore plus grand que la vie. Comme si ça ne suffisait pas.

10.

Vingt-quatre heures après l'attentat de la tour SEAM, les journalistes étaient encore incapables de donner le bilan exact. Probablement plus de mille victimes, disaient-ils. « *Mais le bilan officiel risque de s'alourdir sensiblement dans les prochaines heures ; restez sur notre chaîne. »* La seule chose qu'ils répétaient avec certitude, c'était que – le rez-de-chaussée ayant explosé et empêché toute évacuation avant l'effondrement – aucun des occupants de la tour n'avait survécu.

Ce n'était pas tout à fait exact. Il y avait moi.

Mais j'étais le seul à le savoir. Comme j'étais le seul à savoir pourquoi. Pour quelle raison j'avais échappé aux explosions.

Et c'était cette raison qui ne collait pas. Qui changeait tout. Et qui, maintenant, là, assis sur le canapé blanc de mes parents, me terrifiait. Parce que je savais que personne ne pourrait me croire, et qu'il faudrait que je sois assez fort pour me croire moi-même. Tout seul.

J'étais arrivé dans la tour SEAM peu après 8 heures du matin, le jour de l'attentat. J'avais mon rendez-vous hebdomadaire au quarante-quatrième étage, dans le cabinet Mater, le centre médical où se trouvait le psychiatre qui me suit depuis toujours, le docteur Guillaume. Le meilleur spécialiste de la place de Paris, selon mes parents. Chaque semaine, il m'injectait des neuroleptiques à action prolongée – ce qui m'évitait de prendre des pilules tous les jours – et il suivait l'évolution de ma maladie.

Une quinzaine de secondes avant que les bombes n'explosent, vingt au maximum, alors que j'attendais l'ascenseur dans le hall de la tour, il se passa quelque chose qui me fit quitter les lieux en courant. Quelque chose d'extraordinaire, que nul, sans doute, ne voudra croire.

En effet, à cet instant précis, je fus pris d'une crise épileptique. C'était ainsi que les appelait mon médecin. Des « crises d'épilepsie temporale », qui occasionnaient des « accès délirants ». Migraine, perte d'équilibre, trouble de la vision. Ces signes qui, chaque fois, annoncent la venue de mes hallucinations auditives. Mais cette fois-ci, il y eut quelque chose de différent.

J'entendis dans ma tête une voix inhabituelle. Et je sais maintenant, avec certitude, que ce n'était pas n'importe quelle voix.

C'était la voix de l'un des poseurs de bombes.

Je ne me fais aucune illusion : on mettra cela sur le compte de ma folie, de mon délire de persécution. Et pourtant, j'en suis certain, c'était bien la voix de l'un des terroristes. Juste là. Comme un murmure au creux de mon cerveau.

Une voix pleine de peur et d'enthousiasme à la fois, une voix pleine d'urgence et de menace. Une voix, enfin, qui me plongea dans un glacial effroi.

Cela commença par des paroles que je ne pus vraiment saisir. Des paroles étranges, au sens caché, mais que je ne peux oublier à présent. Je me souviens de chaque mot, avec précision, sans pourtant les avoir compris à l'époque. « *Bourgeons transcrâniens, 88, c'est l'heure du deuxième messager. Aujourd'hui, les apprentis sorciers dans la tour, demain, nos pères assassins dans le ventre, sous 6,3.* »

Au cours de ma vie, il m'est souvent arrivé d'entendre des phrases qui semblaient n'avoir aucun sens. Mon psychiatre m'avait plusieurs fois expliqué que ce type de discours incohérents, ces altérations de la pensée logique étaient une conséquence « normale » de mes troubles psychotiques... Mais cette fois, c'était différent. Il y avait quelque chose de plus obscur, de plus troublant. Dans l'intonation de la voix, peut-être. Et puis, ce n'était pas vraiment que la phrase n'avait pas de sens, c'est plutôt qu'elle semblait avoir un sens profond qui m'échappait complètement. Une réalité que je ne pouvais saisir, mais qui cachait une mystérieuse cohérence.

Puis il y eut d'autres mots. Et c'est alors que la panique me gagna tout entier.

La voix s'était tue, quelques secondes, puis elle était revenue, plus grave encore, pour prononcer ces dernières paroles : « Ça y est. Ça va sauter. *Tout le monde va mourir dans cette putain de tour de verre. Pour la cause. Notre cause. Et ils sauront. Tout le monde va crever. Ça va sauter.* »

Depuis des années j'essayais d'ignorer les voix qui parlaient dans ma tête, de ne plus leur accorder d'importance. Mais ce jour-là, soudain, sans pouvoir tout à fait expliquer pourquoi, je pris peur et crus aux paroles que j'avais entendues. Je fus convaincu, au plus profond de moi, qu'elles étaient réelles. Bien réelles. Je compris qu'elles ne mentaient pas, que la tour allait littéralement exploser...

Alors je m'enfuis. Sans attendre, sans raisonner. Je courus hors de la tour, à toute vitesse, comme poursuivi par une armée de grands démons. Les gens me regardèrent d'un air étrange. Certains, comme le vigile de la tour, savaient peut-être que j'étais l'un des fous qui allaient au cabinet du docteur Guillaume et n'y prêtèrent pas attention...

Quand les bombes explosèrent, j'étais à une trentaine de mètres de la tour, pas plus. Mais cela suffit à me sauver la vie. Je fus propulsé sur le sol, soufflé par la déflagration. Perplexe, blessé, choqué, mais vivant. Vivant.

Et le lendemain, assis devant le téléviseur, après avoir passé une nuit hébété dans le grand salon blanc de mes parents, les yeux rivés à l'écran, je me souvins soudain de ces quelques phrases. Ces voix qui m'avaient sauvé la vie. « *Bourgeons transcrâniens, 88, c'est l'heure du deuxième messager. Aujourd'hui, les apprentis sorciers dans la tour, demain, nos pères assassins dans le ventre, sous 6,3.* »

Et je compris que tout allait changer.

Car enfin, je les avais entendues, ces étranges paroles ! Aussi incroyable que cela puisse paraître. Aussi impossible ! Si j'étais en vie, là, sur ce canapé, c'était bien que je les avais entendues, n'est-ce pas ? Et si c'étaient les voix dans ma tête qui m'avaient sauvé de l'attentat, si c'étaient elles qui m'avaient permis de fuir quelques secondes à peine avant l'instant fatidique... Comment l'expliquer ?

Affalé, épuisé, je peinais à me résoudre à ce que je venais de comprendre. Je n'osais pas le formuler. L'admettre. Je m'étais depuis si longtemps inscrit dans la certitude de ma maladie que je ne pouvais brusquement la nier à nouveau. Non. Ce devait être encore des mensonges de mon cerveau malade. De simples mensonges. Des hallucinations. Et pourtant... Cet attentat, je ne l'avais pas rêvé ! Il était sur les écrans du monde entier. Ces blessures sur mon front et mes mains, je ne les avais pas inventées ! J'avais été au pied de la tour, et ces voix m'avaient ordonné de fuir. M'avaient sauvé la vie. C'était la vérité. Objective. Ni plus ni moins. Alors je devais avoir le courage de dire l'évidence, la force de l'accepter. Remettre en question ce en quoi je croyais depuis si longtemps à présent. Remettre en question ce que j'avais eu tant de peine à assimiler.

Car il n'y avait pas d'autre explication, pas d'autre raisonnement possible. Si j'avais survécu, c'était que les voix dans ma tête n'étaient pas des hallucinations.

Oui, si j'avais survécu, cela ne pouvait signifier qu'une chose et une seule. Je n'étais pas schizophrène. J'étais... j'étais autre chose.

11.

Carnet Moleskine, note n° 103 : l'autre.
Il y a moi. Il y a vous. Il y a eux.
Il y a moi qui écris, et il y a vous qui lisez, peut-être. Mais ces mots ne sont pas moi. Ce n'est pas moi que vous lisez. Ne rêvez pas : moi est inaccessible. Et je ne

dis pas ça pour me vanter. C'est comme ça, c'est dans l'humain.

Est-ce que vous m'entendez ? Non. Est-ce que vous voyez à l'intérieur de moi ? Encore moins. Pas plus que je ne vois en vous, ici, maintenant. N'essayez pas. Nous resterons toujours des étrangers.

Autrui. J'avais besoin d'être sûr. J'ai cherché dans les dictionnaires. Et je vois bien qu'eux aussi, c'est un mot qui leur pose problème. D'habitude, on peut leur faire confiance. Mais là, avec autrui, on tombe sur un os. Le Petit Robert se moque de nous.

Autrui : pron. (Altrui, 1080 ; cas régime de autre). Un autre, les autres hommes. V. **prochain**.

Ils sont drôles ! « V. prochain » ! On peut difficilement faire moins précis. Ce n'est pas vraiment du genre à rassurer. Il faut aller chercher en philosophie pour se faire moins peur. Dans le dictionnaire d'Armand Colin, on a un semblant de réconfort.

Autrui : 1. Sens général : l'autre comme moi qui n'est pas moi, comme corrélatif du moi. 2. Phil. : Chez Rousseau : autrui désigne mon semblable, c'est-à-dire tout être qui vit et qui souffre, avec lequel je m'identifie dans l'expérience privilégiée de la pitié. Chez Hegel : autrui, donnée irrécusable comme existence sociale et historique, est, dans une relation intersubjective, constitutif de chaque conscience dans son surgissement même...

Donnée irrécusable... Hegel dit ça pour faire plaisir.

Il n'y a de plus grande solitude que face aux autres.

C'est fatigant, cette solitude. Seul, seul, seul, je suis seul. Je est seul. Parfois, j'ai des envies d'autrui. À quoi bon ?

L'autre est un mystère et un paradoxe. Il est, depuis toujours, le géniteur de tous mes tourments. Ne vous cachez pas. Ce n'est pas vraiment de votre faute. C'est ainsi. Et de toute façon, je ne suis qu'à travers vous.

Car voilà : Homo sapiens *ne peut exister seul. Il faut un père et une mère pour voir le jour. Nous ne sommes que le produit d'un autrui. Et ça ne nous lâche jamais, cette dépendance. Elle est partout. Le langage, la culture... Tout vient des autres. Nous sommes de constants héritiers.*

Et toujours, pourtant, l'autre reste inaccessible. Je vois le corps de l'autre, mais jamais je ne vois son esprit. Jamais je ne vois son âme, son intériorité. Et l'interprétation que je fais de l'autre est forcément inexacte, tout comme est inexacte celle que vous faites de moi.

Tant que l'autre restera autre, nous serons les victimes d'une éternelle incommunicabilité. On aura beau essayer.

L'invention du langage est le plus bel aveu de notre incapacité à nous comprendre.

12.

Assis dans le salon de mes parents, je passai la journée entière à retourner mille fois cette phrase dans ma tête. *Je ne suis pas schizophrène, je suis autre chose.* Comme pour m'en convaincre. Et cela m'angoissa terriblement. L'angoisse avait beau être une vieille compagne, elle avait ce jour-là une saveur que je ne lui connaissais pas, et qui me retournait le cœur.

Vingt-quatre heures avaient passé depuis les attentats. J'essayai d'y voir clair et de me calmer. De repérer les habituels déraillements de ma pensée logique. Les failles.

Schizophrénie paranoïde. Le sujet peut être convaincu que des forces surnaturelles influencent ses pensées et ses actions.

Tout en fumant mes Camel, j'écrivis frénétiquement tout ce que je pus sur du papier, pour ne pas perdre le fil. Les cendres tombaient sur les feuilles ; je ne les chassais même pas. Bientôt, j'eus rempli des centaines de pages, que je jetais par terre autour du canapé et qui s'entassaient comme en automne au pied d'un arbre. Je fis des schémas, des dessins. J'entourai les phrases importantes. Celles qui faisaient le lien entre les différentes affirmations de mon raisonnement. Les conjonctions. *Des voix dans ma tête m'ont dit que l'immeuble allait sauter. DONC je suis sorti de l'immeuble en courant. L'immeuble a explosé. DONC ces voix n'étaient pas des hallucinations. DONC je ne suis pas schizophrène.*

Par moments, je poussais des cris de rage ou de peur. Je me levais, tremblant, et je tournais en rond dans l'appartement de mes parents en me rongeant les ongles. *Mais si je ne suis pas schizophrène, alors, je suis quoi, docteur ?*

Puis je me rasseyais et restais de longues heures dans une apathie familière.

Donc, donc, donc. Putain de CQFD ! CQ de putain de FD.

Plus tard, reprenant mon calme, je tentai de remettre les événements dans l'ordre. Je notai plusieurs fois la date et l'heure de l'attentat, puis je la comparai sur mon agenda à celle de mon rendez-vous chez le docteur Guillaume. Le 8 août à 8 heures. Cela correspondait bien. Je regardai le ticket de métro que j'avais encore dans ma poche. L'heure et la date du compostage prouvaient bien que j'étais parti au rendez-vous. *DONC j'étais bien là au moment de l'explosion. Donc, donc, donc.*

J'examinai mes mains. Ces blessures étaient-elles bien réelles ? Je me levai, fonçai vers la salle de bain, les passai sous l'eau un instant. Le fond du lavabo se colora de rouge. J'étais vraiment blessé. C'était du vrai sang. Poisseux.

Je n'étais pas schizophrène, je n'étais pas schizophrène, pas, pas, pas. Tout correspondait.

Au fond, j'aurais préféré que cela ne fût pas le cas. J'aurais préféré avoir la certitude d'être la victime d'une nouvelle hallucination. D'être ce bon vieux « Vigo Ravel, trente-six ans, schizophrène. » Tout simplement. Mais *tout correspondait.*

Le problème, c'était que la réalité était bien plus angoissante qu'une hallucination. Je n'arrivais pas à en avoir le cœur net. Le *cœur net.* Comment faisait-on pour avoir un cœur *net* ? Il n'était pas net, mon cœur ? Il était sale ? Le cœur sale ? *Et ma tête ? Alouette. Sain d'esprit. L'esprit sain. L'esprit saint ? Les idées en place. Pas en place ? Déplacées. Les idées déplacées. Un peu trop à gauche, les idées. Ne bougez plus, les idées. Assis. Couché. Les hallucinations auditives, monsieur Ravel, correspondent à une augmentation fonctionnelle des régions du langage, dans les parties frontales et temporales gauches du cerveau. Un cerveau lent. Un cerf-volant. Volant. Très haut. Largement au-dessus de la moyenne. Attention à la chute. C'est mon angoisse eschatologique. Homo sapiens est en train de s'éteindre. S'éteindre. S'étendre. Tendre. C'est pas tendre.*

En fin de matinée, je crois, je n'avais toujours pas dormi, et je finis par m'assoupir d'un sommeil agité. Secoué de temps en temps par des sursauts d'angoisse, je me réveillai en sueur au milieu de l'après-midi. Je n'avais pas éteint la télévision. Mais ma vue était trouble, et je ne parvins pas à faire le point pour voir correctement les images. Je me frottai les yeux. Rien à faire.

Je me levai d'un bond, partis dans la salle de bain me mettre un peu d'eau sur la figure. Je me regardai dans le miroir. Ma vue redevint normale. *Vigo ! Pense, réfléchis ! Ressaisis-toi. Tout ceci n'est qu'une gigantesque hallucination ! Une crise aiguë, c'est tout. Tu as raté ton injection de neuroleptiques lundi matin, et voilà. Tu dérailles, espèce de schizo ! Espèce de petite pute de schizo de merde !*

Je tapai du poing sur le lavabo, puis j'ouvris l'armoire à pharmacie et m'enfilai deux comprimés de Leponex pour les hallucinations, et deux Dépamide pour l'humeur. Un cocktail éprouvé pour mes crises les plus graves. Quelques minutes encore et il ferait son effet.

Quand je revins dans le salon, un journaliste, assis sur mon canapé, était en train d'interviewer l'un des responsables de la sécurité de la Défense. Un type austère. Je pris une cigarette et m'assis à côté d'eux.

« *—... autorités parlaient déjà de plus de mille trois cents morts, dans leur dernière conférence de presse. Sait-on précisément combien il y avait de personnes dans la tour au moment de l'explosion ?*

— Il est encore un peu tôt pour le dire. Au mois d'août, la fréquentation des bureaux baisse sensiblement. Mais en général, l'été, il y a au moins deux mille personnes qui viennent travailler ici le matin...

— Donc, d'après vous, il pourrait y avoir deux mille victimes ?

— Je ne peux pas me prononcer pour le moment... Nous espérons seulement qu'il y en aura le moins possible, et nous partageons la douleur des familles...

— Qui se trouvait dans la tour au moment des explosions ?

— Il y avait le personnel de la tour, évidemment, et principalement des employés de bureaux...

— Combien de sociétés la tour SEAM hébergeait-elle ?

— Une quarantaine.

— Dans quels secteurs d'activité ?

— Il y a bien sûr le siège social de la SEAM, propriétaire de la tour, qui est une société européenne d'armement. Mais l'entreprise louait une bonne partie des

locaux à d'autres compagnies. Des entreprises privées, principalement. Plutôt des sociétés de services, d'assurance, des SSII, ce genre de choses... »

Je fronçai les sourcils. Des entreprises privées, principalement ? Et que faisait-il du gigantesque cabinet médical qui occupait tout le dernier étage, où se trouvait le docteur Guillaume, mon psychiatre ? Le cabinet Mater ? Pourquoi ne le mentionnait-il pas ?

Le docteur Guillaume... Son visage me revint en mémoire, et les deux autres disparurent de mon canapé.

Ah, si seulement il était là, mon psychiatre ! Il pourrait me rassurer, lui ! Il m'aiderait à m'y retrouver, à identifier mon hallucination, à ne pas sombrer. Et alors je redeviendrais un schizo comme les autres. Un bon petit schizo. Mais il fallait se rendre à l'évidence. Le docteur Guillaume devait être mort à l'heure qu'il était. Écrasé dans les décombres, carbonisé. Et j'étais donc seul juge de ma réalité. Seul, seul, seul.

Je fermai les yeux en imaginant le corps calciné de mon psychiatre. Je n'arrivais pas à trouver cela triste, mais plutôt dramatique. Égoïstement, je me demandais comment on allait pouvoir récupérer mon dossier médical. Comment pourrait-on réviser mon diagnostic si on ne disposait pas de tout ce qu'avait pu noter le psychiatre pendant près de quinze ans ?

Je chassai cette idée de ma tête. Il était indécent de penser à mon dossier médical alors que le docteur Guillaume était sans doute mort. Un petit tas de cendres. Je réalisai alors que mes parents allaient être effondrés en apprenant le décès du psychiatre.

Mes parents... Je pensai à eux, à présent. Comment se faisait-il qu'ils ne m'aient pas encore appelé ? Ils savaient pertinemment que j'allais tous les lundis matin dans cette tour. Peut-être n'étaient-ils pas encore au courant de l'attentat ? Pendant leurs vacances, dans la petite maison qu'ils louaient sur la Côte, ils étaient capables de ne pas regarder la télévision ni lire les journaux pendant plusieurs jours. À l'heure qu'il était, ils étaient sûrement en train de siroter tranquillement un cocktail au bord de leur piscine, sans se douter un seul instant que leur fils avait survécu au plus terrible attentat jamais commis sur le sol français.

Autant le dire tout de suite : je n'avais pas avec mes parents, Marc et Yvonne Ravel, des relations très chaleureuses. Mais ils semblaient tout de même s'intéresser à mon sort ; à leur manière, en tout cas. Suffisamment pour m'héberger et m'inciter à voir le docteur Guillaume une fois par semaine, par exemple. Disons que nous entretenions des rapports respectueux et cordiaux, qu'ils s'occupaient de moi sans se plaindre de mon handicap psychologique, mais sans me témoigner pour autant une affection débordante. Rien de passionnel. Le fait que je n'eusse aucun souvenir de mon enfance ni même de mon adolescence ne facilitait sans doute pas les choses. Ni pour eux, ni pour moi. Pas de bons souvenirs à partager, vacances, célébrations, fêtes de famille... Je ne me souvenais de rien et je me sentais différent d'eux. Presque un étranger.

J'aimerais pouvoir parler longuement de mon père, de ma mère, mais j'ai sincèrement l'impression de ne pas les connaître. C'est terrible : je serais même incapable de dire leur âge. Je ne sais rien de leur passé, de leur enfance. Je ne sais pas comment ils se sont rencontrés, ni où et quand ils se sont mariés, toutes ces choses que les enfants savent et qu'un jour ils comprennent.

Au quotidien, nous n'avions finalement que très peu de relations. De toute façon, je n'en avais quasiment aucune avec personne. À part mon patron et mon psychiatre, et encore, ce n'était que des relations... professionnelles.

Le week-end, mes parents se retiraient dans l'Eure. Je restais seul à Paris, heureux de profiter de l'appartement, enfermé dans une solitude accoutumée. La semaine, quand je rentrais le soir de mon travail, ils avaient déjà dîné et ma mère me laissait de quoi manger dans la cuisine. Je soupais seul, sur la petite table en contre-plaqué, distinguant au loin le bruit de la télévision dans leur chambre. Parfois, je les entendais se disputer. Je ne pouvais m'empêcher de penser que j'étais à l'origine de la plupart de leurs querelles. Mon nom revenait régulièrement. Après quelques minutes, mon père criait plus fort, et cela s'arrêtait. Il semblait avoir un argument final qui clôturait chaque fois le débat. Et ma mère se résignait. Souvent, je la croisais dans le salon après ces disputes. Nous échangions des banalités, presque gênés. Elle avait l'air triste, mais je ne parvenais pas à avoir pitié d'elle. Je lui adressais un sourire vide, puis je partais dans ma chambre, où je m'enfermais jusqu'au lendemain. Là, je lisais des livres, des tas de livres, sur lesquels je prenais des notes, des tas de notes, puis je m'endormais en essayant de ne pas réfléchir. Cet isolement était pour moi le meilleur moyen d'oublier les voix dans ma tête. C'était un peu sinistre, j'en avais conscience, mais au moins ce n'était pas oppressant. Et, bien qu'il y eût au fond de moi un être qui rêvait d'autre chose, d'une autre vie, j'avais fini par m'y habituer. Par me contenter de cette paix fragile. Et de toute façon, les effets secondaires de mes neuroleptiques ne m'incitaient pas à faire grand-chose d'autre. Mes parents non plus, d'ailleurs.

Par moments, je me disais qu'ils étaient aussi léthargiques que moi. Ils me faisaient penser aux caricatures de retraités que l'on voit dans les publicités pour les assurances décès. Le sourire factice en moins.

La soixantaine largement dépassée, ils avaient tous deux travaillé toute leur vie dans un ministère – je savais au moins cela. Mais je ne savais même pas vraiment quel ministère. Ils disaient toujours « *le* ministère ». Et puis mes souvenirs ne remontaient pas suffisamment en arrière. D'aussi loin que je me souvienne, ils avaient toujours été à la retraite.

Dans un sens, tout cela m'arrangeait. Je me suis souvent demandé ce que j'aurais fait si j'avais eu des parents plus présents, plus affectueux, même. Je me demande si cela ne m'aurait pas étouffé. Si cela n'aurait pas été pire.

Malgré tout, je décidai à cet instant qu'il fallait les prévenir. Leur dire que j'étais en vie, moi. Je leur devais au moins ça.

J'attrapai le téléphone et composai le numéro de la maison méridionale. Personne ne répondit. Je laissai sonner plus longtemps, au cas où ils se seraient trouvés loin de l'appareil... Mais non. Rien. Ils devaient être sortis. Je poussai un soupir et reposai le combiné.

Pendant un instant, je me demandai si j'étais bien dans la réalité. Je passai lentement une main sur ma joue. Je sentis les poils durs de ma barbe naissante. Était-ce bien ma joue ? Je caressai mon ventre grossi par les neuroleptiques. Était-il bien à moi ? Étais-je bien ce grand type aux cheveux noirs, un peu fort, les épaules larges, le geste malhabile ? Étais-je vraiment là, dans un appartement de la rue Miromesnil ? Et mes parents, étaient-ils vraiment sur la Côte ? Étions-nous bien au mois d'août ? L'attentat avait-il réellement eu lieu ? Avais-je survécu ? Était-ce grâce à ces voix dans ma tête ?

Ces voix dans ma tête. Tête, tête, tête.

Et alors revenait la seule véritable question. Redondante. Obsédante. Impitoyable. Fatigante.

Est-ce que je suis schizophrène, oui ou merde ?

Je me mis à pleurer doucement. D'un pleur perdu, égaré, enfantin. Je n'arrivais plus à juger de la validité de mes points de repère, à m'ancrer avec certitude dans le réel. N'importe quel réel. Et cela me rendait triste, désemparé. J'avais envie de me réfugier à l'intérieur de moi-même, derrière le voile de mes larmes, mais je n'étais même pas sûr d'y être seul, en sécurité. Il y avait toujours ces voix qui pouvaient venir me harceler, à tout moment. Les paroles du docteur Guillaume me revenaient comme une vieille rengaine enregistrée sur un magnétophone désuet. « *Vous souffrez de distorsions à la fois de votre pensée et de votre perception, Vigo. Mais faites attention à ne pas vous replier sur vous-même. Cela arrive trop souvent aux gens qui souffrent des mêmes troubles que vous. L'altération de votre contact avec la réalité ne doit pas vous pousser à vous en exclure...* »

Ne pas s'exclure de la réalité. Comment fait-on ça ?

J'essuyai les quelques larmes qui avaient coulé sur mes joues. Je regardai à nouveau la télévision. Était-ce cela, la réalité ? Ce qui se tramait dans ce petit appareil, les voix et les images qui en sortaient ?

Mais alors, pourquoi ces satanés journalistes ne parlaient-ils pas du cabinet médical du dernier étage ? C'était tout de même étrange ! Un cabinet aussi grand et qui, selon mes parents, avait si bonne réputation ! Il y avait beaucoup de médecins, dans ces locaux, j'en avais croisé des dizaines. Et tout un tas d'appareils d'analyse... Cela aurait dû intéresser les journalistes, tout de même ! Et il était tout aussi étonnant de ne pas entendre parler du docteur Guillaume... *Le meilleur psychiatre de la place de Paris.*

Au lieu de cela, ils filmaient les pauvres gens qui venaient sur le parvis défiguré de la Défense, les uns avec des photos d'un disparu, qu'ils montraient aux pompiers, aux policiers, d'un air désespéré, les autres qui consultaient les premières listes officielles des victimes, affichées près du poste médical avancé.

Soudain, l'idée de retourner sur les lieux s'empara de moi. Peut-être le nom du docteur Guillaume était-il inscrit sur ces listes, ou peut-être avait-il survécu... Pourquoi pas, après tout ? S'il était arrivé en retard, ce matin-là, il pouvait très bien avoir échappé aux bombes, lui aussi !

J'avais besoin de savoir. Ce n'était pas raisonnable, certes, les chances étaient maigres, mais j'avais besoin de savoir. Le docteur Guillaume était la seule personne qui pouvait m'aider. Il était le seul lien que je pouvais renouer avec la réalité. Le seul qui pourrait me dire si oui ou non j'étais schizophrène. Il fallait que je le voie. S'il était vivant, je pourrais lui raconter comment les voix m'avaient sauvé de l'attentat. Il me croirait, lui. Ou bien il m'expliquerait. Il saurait.

Sans réfléchir davantage, je me levai et quittai l'appartement sur-le-champ.

13.

Cette fois-ci, je pris un taxi.

— Que vous est-il arrivé ?

Je réalisai soudain que je devais avoir un air pitoyable.

— J'étais dans les attentats.

Le chauffeur écarquilla les yeux. Il regarda mes vêtements couverts de sang et de crasse.

— Mon Dieu ! lâcha-t-il. Mais vous êtes blessé...

— Rien de grave...

— Et vous n'êtes pas allé à l'hôpital ?

— Non. Je dois retourner là-bas.

— À la Défense ?

— Oui.

— Mais tout le secteur est bouclé, monsieur...

— Je dois y aller. J'ai... J'ai de la famille qui a disparu là-bas, mentis-je. Je veux y retourner. Amenez-moi le plus près possible, s'il vous plaît.

Le taxi hésita un instant avant d'acquiescer. Il devait avoir pitié de moi. Se dire que j'étais en état de choc. Il n'avait pas tout à fait tort.

C'était un Maghrébin d'une cinquantaine d'années. Il avait un regard souriant, qui brillait d'une générosité muette, de belles rides au bord des yeux.

Il démarra sans plus attendre et se dirigea vers la porte Maillot, en regardant régulièrement dans son rétroviseur. J'apercevais ses yeux inquiets, dans le petit miroir rectangulaire. Je fis tout pour ne pas engager la conversation. Peur de parler. Une main devant la bouche, la tête appuyée contre la vitre, je scrutai au-dehors les gens dans leurs voitures, les gens sur les trottoirs, leur réalité à eux. Il y avait des mères avec leurs enfants, des couples, des vieux... Chacun sa vie. Toutes ces trajectoires invisibles, que l'on apercevait à peine... Ces futurs que l'on devinait peut-être... Les autres.

Lentement, je la sentis arriver. La crise. Mon front fut comme envahi d'une vague de douleur, insistante, pesante, puis le monde se dédoubla sous mes yeux. Les silhouettes se multiplièrent, l'horizon se partagea.

Pauvre type, pauvre, pauvre type ! Il est complètement paumé.

Je sursautai. Était-ce vraiment la voix du chauffeur ? Dans ma tête ? Ou bien une hallucination ? J'aurais juré que c'était sa voix. Il me regardait toujours dans son rétroviseur, d'un air désolé. Je détournai les yeux.

46

J'avais peut-être imaginé cette phrase... Oui. Mon cerveau l'avait sûrement produite, de toutes pièces.

Pourtant... Ah ! Je ne savais plus où j'en étais ! Je ne savais plus que croire. Depuis plus de dix ans mon psychiatre m'affirmait que ce n'étaient pas les pensées des gens que j'entendais dans ma tête, mais des hallucinations produites par mon propre cerveau. Des hallucinations auditives, rien de plus. Mais voilà... À présent, je recommençais à en douter. *Pauvre type.* Ce ne pouvait pas être une hallucination, c'était tellement réel ! Ce ne pouvait être que les pensées du taxi, et rien d'autre.

Au même instant, les paroles de l'attentat me revinrent à l'esprit. « *Bourgeons transcrâniens, 88, c'est l'heure du deuxième messager. Aujourd'hui, les apprentis sorciers dans la tour, demain, nos pères assassins dans le ventre, sous 6,3.* »

Je frissonnai.

— Vous pourriez allumer la radio, s'il vous plaît ? demandai-je sans relever les yeux.

— Vous voulez les infos ?

— Non, non, de la musique. Assez fort, si ça ne vous dérange pas.

Il alluma son poste. La mélodie chantante d'une musique orientale emplit aussitôt la voiture. Je soufflai. C'était un moyen que j'avais trouvé depuis longtemps pour ne pas être dérangé par mes voix. Écouter de la musique, fort. Je me détendis un peu en regardant le ciel bleu de l'été. J'aimais Paris au mois d'août. Il y avait moins de monde dans les rues, moins de voix dans ma tête. La lumière donnait aux immeubles un nouveau visage. Les fenêtres s'ouvraient à tous les étages. Je trouvais cela plaisant. Accueillant.

— Je suis désolé, monsieur, on ne peut pas se rapprocher plus que ça, annonça finalement le chauffeur en garant la voiture près d'un trottoir, à la limite entre

Neuilly et la Défense. Les boulevards circulaires sont fermés. Vous allez devoir marcher.

Devant nous, des barrières bloquaient la route et provoquaient un énorme embouteillage.

— D'accord. Merci. Combien je vous dois ?

Il se retourna avec ce sourire aimable sur son visage.

— Rien, répondit le chauffeur en me tapant sur la main. C'est pour moi, monsieur. Bon courage avec votre famille.

Je hochai la tête, essayant d'avoir l'air reconnaissant. Je ne suis pas très doué pour les mimiques affables. J'avais envie de le remercier dignement. Mais je ne savais pas faire. Savoir donner ou recevoir un peu d'amour, c'est un métier. Je n'avais pas suivi la bonne formation.

Je sortis du taxi et me dirigeai vers la fumée qui s'élevait toujours au-dessus du quartier d'affaires. Je traversai plusieurs rues, puis je passai par le dédale compliqué des souterrains. Je m'étais déjà perdu mille fois, jadis, dans ce complexe de verre et de béton. L'architecte qui a conçu les voies de circulation de la Défense devait posséder un étrange sens de l'humour. J'arrivai bientôt devant une nouvelle barrière installée par la police ; des rubans de plastique rouge et blanc encadraient le périmètre. J'hésitai, puis je contournai ce barrage symbolique. Un agent de police se précipita aussitôt vers moi, talkie-walkie en main.

— Vous ne pouvez pas passer, monsieur, me lança-t-il d'un air agacé.

— Mais je dois retourner là-bas, insistai-je. Il y a mon médecin là-dedans. Et j'y étais, moi aussi...

Le regard du flic se métamorphosa. Il aperçut mes vêtements, mes blessures, les traces de sang. Il y eut dans ses yeux un déclic, comme s'il comprenait soudain que je n'étais pas un simple curieux, mais une victime de l'attentat. Je devais avoir le visage blême et les yeux cernés. Une tête pas possible.

— Mais pourquoi n'avez-vous pas été pris en charge par les secours ? Qu'est-ce que vous faites ici ?

— Je... Je ne sais pas bien ce qui m'est arrivé. J'ai eu peur, je suis parti. Mais je veux voir les listes, je veux voir s'il y a mon médecin...

Le policier hésita, puis il accrocha son récepteur à sa ceinture.

— Bon, venez, monsieur. Vous êtes en état de choc, vous n'auriez jamais dû partir comme ça... Je vais vous accompagner à la cellule d'urgence médico-psychologique, suivez-moi.

Il me tendit la main et me prit par l'épaule, comme si j'étais un grand blessé, puis il me conduisit à travers le labyrinthe de la Défense. Je restai muet. Plus nous avancions, plus le sol et les murs étaient couverts d'une poussière grise, et plus le visage des pompiers, des policiers ou des civils que nous croisions se faisait grave. Nous traversâmes plusieurs sous-sols, remontâmes à la surface, dans la jungle des débris, et il m'amena jusqu'à l'extrémité est du parvis, près de la Grande Arche. Là, un espace avait été dégagé et on avait installé en urgence des postes de secours. Il y avait des hommes vêtus de chasubles de couleur jaune qui semblaient organiser toute l'opération, des secouristes avec des brassards rouges, et le personnel médical, enfin, qui portait un brassard blanc. Tout ce petit monde courait dans tous les sens, et je me demandais comment il pouvait y avoir la moindre cohérence dans ce gigantesque foutoir.

Sur la droite, j'aperçus quatre tentes blanches, installées sous la Grande Arche. La plus éloignée portait une inscription : « Secrétariat PMA ». C'était, me semblait-il, l'endroit que j'avais vu dans l'un des reportages télévisés, où les familles venaient chercher des nouvelles des leurs ou donner les noms des disparus.

— Restez là, monsieur, je vais chercher quelqu'un à la cellule d'urgence pour s'occuper de vous.

J'acquiesçai, mais quand il se fut éloigné, je partis aussitôt de l'autre côté, vers le secrétariat. Sur le flanc de la tente, je vis les listes de noms affichées sur des grands panneaux de bois.

Le parvis de la Grande Arche offrait un spectacle sinistre et inquiétant. On distinguait des hommes en uniforme qui galopaient dans tous les coins, des infirmiers, des médecins, des secouristes qui continuaient d'accueillir de nouveaux blessés, d'autres qui se chargeaient de l'évacuation. Et puis il y avait des gens que l'on sortait encore des décombres, qui étaient restés plus de vingt-quatre heures sous les gravats. Certes, aucun des occupants de la tour n'avait survécu, mais il y avait de nombreux rescapés à sauver dans les bâtiments avoisinants. Un peu plus loin, on apercevait des journalistes, des équipes de télévision, surexcités. Ici, un pompier hagard, assis par terre, le visage couvert de suie, qui respirait péniblement et crachait devant lui des glaires noires, les yeux rouge sang. Là, un couple qui pleurait dans les bras l'un de l'autre. Plus loin encore, des hommes vêtus de jaune qui discutaient, qui notaient des choses sur des grands carnets, qui donnaient des ordres par téléphone... En contrebas, l'esplanade de la Défense n'était plus qu'un vaste champ de ruines. À droite, on reconnaissait à peine la façade du centre commercial, couverte d'une poussière opaque. Les plus petits bâtiments, les cafés, les boutiques mobiles avaient disparu sous les amas de la tour. Par endroits, des colonnes de fumée grise dansaient vers le ciel d'août. Au loin, plus près de ce qui avait jadis été la tour SEAM, on entendait le bruit sourd des machines qui tentaient de dégager les décombres.

Tremblant, je m'approchai lentement des panneaux de bois. Je regardai d'abord au hasard, pour voir si je pouvais tomber sur le nom du docteur Guillaume. Je compris rapidement que les listes des victimes étaient classées par nom de société. Je cherchai aussitôt le nom du cabinet médical. Mater, à la lettre M. Je m'y repris à plusieurs fois. Mais je ne parvins pas à le trouver.

Je fis un pas en arrière. Peut-être y avait-il un autre panneau, plus loin. Je fis le tour de l'affichage, mais je ne trouvai rien. Je sentis les battements de mon cœur qui s'accéléraient. Et des voix confuses qui se battaient dans ma tête. Je devais rester concentré. Le docteur Guillaume. Où était le docteur Guillaume ?

J'attendis un instant, reprenant mon souffle, puis je m'avançai vers le pompier que j'avais vu plus loin, et qui était toujours assis par terre, son masque à gaz pendu autour du cou.

— Bonjour... Il... Il n'y a vraiment pas eu de survivants, dans la tour ?

Le jeune homme leva ses yeux écarlates vers moi. Il fit non de la tête, d'un air las.

— Mais... Je... Je ne retrouve pas le nom de mon médecin... Là, sur les listes. Et il était dans la tour, dans le cabinet médical... Et...

Le pompier poussa un soupir. Il se racla la gorge.

— Allez plutôt demander au secrétariat, dit-il en m'indiquant la dernière tente.

Je le remerciai et me mis en route. Il y avait devant l'entrée des dizaines de personnes, pressées les unes contre les autres. Tout le monde parlait en même temps. La plupart pleuraient. Certains repartaient, abattus, soutenus par des secouristes.

J'essuyai mon front. Il faisait tellement chaud ! L'air était tellement lourd ! Des gouttes de sueur tombaient jusque sur mes paupières, me piquaient les yeux. Mes mains tremblaient de plus en plus. Je me sentais mal. Je me surpris à tourner plusieurs fois en rond. Complètement paniqué.

Vas-y. Avance, Vigo. Du calme.

Je toussai. Puis je secouai la tête. *Du calme.* J'avançai. La foule devant moi commençait à me faire peur. Mais j'avais besoin de savoir, de retrouver mon psychiatre. Il était ma seule chance.

Je soufflai. Je pris mon courage à deux mains, puis je me lançai. J'essayai de me faufiler dans cette étrange assemblée, mais je fus aussitôt assailli par les signes précurseurs d'une crise violente. La douleur au milieu de mon crâne, le monde qui se mettait à tourner et ma vue qui se dédoublait. Bientôt, j'entendis des dizaines de voix, dans ma tête. *C'est mon tour.* Des voix confuses. Des pleurs. Des appels au secours. *Elle ne peut pas être morte !* Je fermai les yeux, tentai de les chasser, de ne plus les écouter. J'entrai dans la tente, écrasé au milieu de tous ces gens. *Mon fils, où est mon fils ?* Mais elles étaient partout, les voix, elles se glissaient dans les moindres recoins de mon cerveau. De plus en plus embrouillées. *Encore dans les décombres.* De moins en moins compréhensibles. *C'est n'importe quoi, ici ! Un responsable ! Je veux parler à un responsable !* Je me sentis envahi par une bouffée de chaleur. Une bouffée de panique. Et les voix résonnèrent de plus en plus fort dans ma tête. Bientôt je ne parvins plus à les distinguer les unes des autres. *Traumatisme congé est revenu impossible qui va me rendre chercher encore mais puisque je lui dis avec mon frère.* C'était un immense brouhaha entre mes tympans. *La panique avoir attentat sinon demain.* Je sentis ma tête tourner. *C'est l'heure du deuxième messager.* La sueur coulait dans mon dos, sur mes bras, mes jambes. Je m'essuyai encore, frénétiquement. *Monsieur ?* Je posai mes mains sur mes oreilles. Je criai. Ma vue se brouilla. La foule se mit à tourner autour de moi. *Monsieur, je peux vous aider ?* J'eus l'impression d'être l'axe d'un immense carrousel bigarré. Je m'agrippai à la table devant moi. Mes jambes tremblaient encore. Les murmures dans ma tête se mêlaient aux battements de mon sang dans mes tempes. *Monsieur ?*

Je sentis alors une main qui me secouait l'épaule. Je sursautai. Le visage d'une femme devant moi se dessina lentement, qui me parlait.

— Je peux vous aider, monsieur ?

— Je... Je cherche le docteur Guillaume, balbutiai-je en essayant de me ressaisir.

— Un docteur ? Mais il faut que vous alliez au PMA, pour cela...

— Non. Dans la tour. Il était dans la tour. Dans le cabinet médical, vous savez, au dernier étage. Est-ce qu'il est vivant ? Le docteur Guillaume, le psychiatre dans le cabinet Mater...

— Le cabinet Mater ? Mais qu'est-ce que c'est, monsieur ?

— C'est le cabinet médical qui était au quarante-quatrième étage de la tour SEAM ! Le cabinet du docteur Guillaume !

Je ne parvenais pas à masquer mon agacement. Les voix continuaient dans ma tête. *Taisez-vous !* Je lançai des regards de colère autour de moi. La jeune femme vérifia sur ses listings.

— Monsieur, aucun cabinet médical ne figure sur la liste. Aucune société au nom de Mater. Il n'y avait aucune société au quarante-quatrième étage... Ce sont les locaux techniques, au quarante-quatrième étage, monsieur. Vous êtes sûr que c'était bien dans cette tour ?

Mais vous allez la fermer, bande de connards ?

Je tapai sur la table.

— Mais oui ! m'emportai-je. Le cabinet Mater ! J'y vais tous les lundis matin depuis dix ans ! Vous n'avez qu'à demander au vigile, M. Ndinga. Il me connaît, lui !

La jeune femme baissa à nouveau les yeux vers ses feuilles. Elle semblait épuisée, mais elle garda son calme.

Foutez-moi la paix.

Elle releva la tête d'un air affligé.

— C'est M. Ndinga que vous cherchez ? Paboumbaki Ndinga ? Je suis sincèrement désolée, monsieur. Il fait bien partie des victimes... Attendez un instant, il y a quelqu'un qui va vous prendre en charge, et...

— Non ! Le docteur Guillaume ! Pas M. Ndinga ! Trouvez-moi le docteur Guillaume !

Il y eut un mouvement de foule et deux personnes passèrent devant moi. Je reculai lentement en me bouchant les oreilles. Partir. Le bruit était devenu insupportable. Je fis volte-face et marchai rapidement, bousculant plusieurs personnes.

Je sortis de la tente et m'arrêtai à l'écart, le souffle court. Je me laissai tomber sur un gros coffre en plastique. *Il n'y avait aucune société au quarante-quatrième étage...* La tête me tournait. J'avais envie de vomir.

Soudain, une voix me sortit de ma torpeur.

— Vous cherchez le cabinet Mater ?

14.

Je levai les yeux. Je vis alors le visage de l'homme qui m'avait parlé. La trentaine, des petits yeux noirs, les cheveux bruns, coupés court. Je fronçai les sourcils. Quelque chose dans son allure...

— Pardon ? balbutiai-je.

— Vous cherchez le cabinet Mater, c'est ça ? répéta-t-il.

Il portait un haut de survêtement gris, avec une capuche qui lui retombait dans le dos. Du genre de ceux que mettent les étudiants dans les universités américaines. Je me souvins aussitôt que je l'avais vu plus tôt, près du secrétariat, qui se tenait à l'écart, comme s'il attendait quelqu'un. Et tous mes sens se mirent à vibrer. Je me sentis envahi par un sentiment d'alerte inexplicable. Une urgence. Comme si mon inconscient avait reconnu en cet homme un ennemi. Un danger.

Les mots de la femme résonnaient encore dans ma tête. *Ce sont les locaux techniques, au quarante-quatrième étage.*

Je me relevai.

— Non, non, mentis-je en m'éloignant.

— Mais si ! insista l'homme en m'attrapant par le bras. Je vous ai entendu...

Je n'hésitai pas une seconde de plus. D'un geste brusque je dégageai mon bras et je me mis à courir de toutes mes forces. Je l'entendis se mettre à ma poursuite. Mon instinct ne m'avait pas trompé. Ce type en avait après moi. Pour je ne savais quelle raison obscure.

Je courus de plus belle, vers la gauche de la Grande Arche, enjambant quatre à quatre les marches qui menaient vers un large pont piétonnier, sans me soucier du regard des gens. Quand je fus en haut de l'escalier, je jetai un coup d'œil derrière moi. Je n'en crus pas mes yeux. Ils étaient deux à présent. Deux types qui couraient sur mes traces. Avec leurs survêtements gris.

Une hallucination. Ce n'est peut-être qu'une hallucination.

Mais je n'avais aucune envie de vérifier. Je repris ma course. Dépassant un groupe de secouristes perplexes, je traversai la passerelle à toute vitesse, la main effleurant la rambarde pour ne pas perdre l'équilibre. Arrivé au bout du pont, je dévalai les marches aussi rapidement que possible, puis je me jetai dans la rue. Sans cesser de courir, je tournai à nouveau la tête. Les deux types étaient au-dessus de moi. Si proches ! Et ces voix dans ma tête, ces voix menaçantes qui me pourchassaient.

Le souffle commençait déjà à me manquer. Satanées cigarettes ! Sans attendre, je fis volte-face et m'engouffrai sous le pont dans les souterrains de la Défense. Ignorant complètement où j'allais atterrir, je longeai une rue plongée dans la pénombre. Bientôt, j'entendis l'écho de mes poursuivants. Leurs pas claquaient sur le trottoir et résonnaient sous la dalle de béton. J'accélérai, autant que je le pouvais. J'étais moi-même surpris par la vitesse à laquelle j'étais capable de courir. Cela faisait si longtemps ! Mais la peur, sans doute, me donnait des ailes.

Soudain, arrivé à une intersection, j'empruntai une autre rue sur la gauche, plus sombre encore. Je faillis perdre l'équilibre en évitant une poubelle. Je me rattrapai sur une barrière et repartis droit devant moi. Le sol était glissant, couvert de poussière, mais je ne devais pas abandonner. Je ne savais pas qui étaient ces hommes, mais une chose était sûre, ils ne me voulaient rien de bon.

Mes jambes commençaient à me faire mal, ma poitrine aussi, comme écrasée par une poigne invisible. Je me demandais combien de temps encore je pourrais courir ainsi, si vite. J'arrivai alors au bout de la rue, traversai et empruntai une autre voie sur ma droite. Au loin, je vis à nouveau la lumière du jour. Je repris courage. Sans me retourner, je fonçai vers l'extérieur. Quand enfin j'arrivai en plein jour, je vis une nouvelle barrière installée par les policiers. On sortait du périmètre de sécurité. La rue donnait directement sur le boulevard circulaire de la Défense. J'enjambai maladroitement la grille et, relevant la tête, je découvris l'avant d'un bus qui roulait dans ma direction, à une centaine de mètres. Le numéro 73. Il se dirigeait vers un arrêt où attendait une dizaine de personnes. Je m'essuyai le front en jetant un rapide coup d'œil derrière moi. J'avais encore un peu d'avance. Je décidai de tenter ma chance et fonçai vers le bus. La rue montait légèrement, mais je crois bien que je courus encore plus vite, dans un ultime élan, espérant seulement que ce serait bientôt fini.

Quand le bus s'arrêta, j'étais encore à une cinquantaine de mètres. Je pestai. Si je le ratais, je n'aurais jamais la force de continuer à fuir. Mais j'avais encore une chance. Une toute petite chance.

Je serrai les poings et cherchai de nouvelles forces au plus profond de moi. Après tout, j'avais survécu à un attentat ! Je n'allais tout de même pas me laisser démonter par une simple course ! Hurlant de douleur, je poussai encore plus fort sur mes jambes. Les voitures filaient sur ma gauche, vers le pont de Neuilly. Je dégoulinais de sueur. Encore un effort. Je n'étais plus très loin. Mais alors que j'approchais de la station, je vis les portes du bus se refermer.

— Attendez ! criai-je comme si le chauffeur avait pu m'entendre.

Franchissant les derniers mètres en levant les bras, je me précipitai contre la porte en verre. Le bus avait déjà démarré. Je tapai au carreau. Les types n'étaient plus très loin. Le chauffeur me lança un regard sombre.

— S'il vous plaît ! implorai-je en voyant les deux autres s'approcher.

J'entendis alors le bruit aigu des portes qui s'ouvrirent devant moi. Je sautai à l'intérieur.

— Merci, monsieur, crachai-je à bout de souffle.

Le chauffeur acquiesça, referma les portes et démarra. J'avançai dans le couloir. Le bus accéléra sur le boulevard circulaire. Je regardai aussitôt par la fenêtre. Mes deux poursuivants venaient d'arriver sous l'abri de verre. Je vis le premier pousser un cri de rage et taper du poing contre le panneau publicitaire. Il s'en était fallu de peu. Puis leur silhouette s'éloigna. Je les avais distancés. Moi, Vigo Ravel, schizophrène, j'avais distancé ces deux types. C'était à peine croyable.

Le souffle court, je me laissai tomber sur un fauteuil à l'avant du bus. Les gens autour de moi me lancèrent des regards suspicieux. Mais je commençais à avoir l'habitude. Je ne les regardais même plus. Lentement, je repris mes esprits, me mis à prendre réellement conscience de ce qui venait de se passer.

Est-ce que j'ai rêvé ?

Que me voulaient ces hommes ? Pourquoi le premier m'avait-il demandé si je cherchais le cabinet Mater ? Et pourquoi la femme du secrétariat m'avait-elle dit qu'il n'existait pas ? Tout cela était tellement invraisemblable ! Cette course-poursuite, en plein cœur de la Défense, au milieu des secours ! Je devais être complètement fou. En pleine crise de paranoïa.

Quand j'eus retrouvé une respiration régulière, je me relevai et partis vers le fond du bus, comme pour m'assurer que les hommes en survêtements gris n'étaient plus là. Je me faufilai entre les autres usagers, puis collai mon front contre la vitre arrière. La skyline enfumée du quartier d'affaires diminuait progressivement dans le lointain, comme un mauvais rêve. Derrière nous, quelques voitures, certes, mais aucun poursuivant. Aucun homme en survêtement gris. Je haussai les épaules. Comment une hallucination pouvait-elle être aussi réelle ? Aussi concrète ? Ma propre folie m'effrayait encore davantage.

C'est à cet instant que je les remarquai. Les deux types. Les mêmes. Là. Dans une voiture bleue, juste à côté du bus. Une Golf. Et ils me regardaient avec un air satisfait. Ils m'avaient retrouvé.

J'eus un haut-le-cœur. Je fis un pas en arrière. Le cauchemar n'était pas fini. Pris de panique, je me précipitai à nouveau vers l'avant du bus. Je ne voyais pas comment me sortir de cette situation. En voiture, ils n'auraient aucune peine à me suivre. Cette fois-ci, j'étais cuit. Arrivé près du chauffeur, je lui demandai d'une voix inquiète :

— Excusez-moi, quel est le prochain arrêt ?

— Pont de Neuilly Rive gauche... Tout va bien, monsieur ?

— Oui, oui, répondis-je en retournant vers le milieu du bus.

Les gens s'écartaient sur mon chemin, comme ils s'écartent devant un clochard qui sent la crasse et la vinasse. Je m'agrippai à une barre de métal, juste devant les portes centrales, et en me dressant sur la pointe des pieds j'essayai de voir la voiture bleue. Je l'aperçus aussitôt du coin de l'œil, sur la voie de droite du boulevard circulaire, qui roulait à la même vitesse que le bus. Ils gardaient une distance de sécurité. Je fis un pas en arrière, pour éviter qu'ils ne me voient, mais je savais combien ce geste était ridicule.

Bientôt, le bus arriva près du pont de Neuilly. Il commença à ralentir. J'hésitais. Sortir tout de suite ? Ils me rattraperaient. L'arrêt était juste devant le pont. Il n'y avait pas beaucoup de voies pour s'enfuir. Sauter dans la Seine ? Ce n'était pas le genre de risque que j'étais prêt à prendre. Fou, oui, mais pas à ce point. Pourtant, il fallait bien que je trouve un moyen.

Quand le bus s'arrêta, je sentis la terreur pure me gagner complètement. Comme un étau qui me broyait l'estomac. Mon cœur battait à tout rompre. Je laissai sortir les gens devant moi. Je posai timidement un pied sur la première marche, mais au même instant je vis l'un des deux types sortir de la voiture, en retrait, prêt à me sauter dessus. Je remontai à l'intérieur. Les portes se refermèrent. Pas moyen. J'étais prisonnier. Le bus se remit en route, et la voiture repartit derrière nous.

Tout au long de l'avenue Charles-de-Gaulle, la Golf resta collée sur nos traces. À chaque arrêt, je voyais les deux types hésiter. Ils entrouvraient leur porte, pointaient le nez dehors. Ils allaient bien finir par sortir et venir m'attraper dans le bus. Quelque chose me disait qu'ils n'hésiteraient pas à le faire devant tout le monde.

Mon front transpirait à grosses gouttes. Le chauffeur, qui avait dû remarquer mon étrange manège depuis le début, me jetait des regards de plus en plus suspicieux. Il fallait que je fasse quelque chose.

Quand nous arrivâmes sur la grande place de la Porte-Maillot, à l'opposé du Palais des Congrès, le bus emprunta une voie réservée, interdite aux voitures. Il y avait de nombreux policiers sur l'immense rond-point, à cause des attentats, sans doute, et mes poursuivants ne prirent pas le risque de nous suivre dans la contre-allée. Obligés de rester sur la place, je les vis me surveiller de loin. Mais quand le bus s'arrêta, je n'hésitai pas une seule seconde. C'était la meilleure occasion. Je sortis.

À peine dehors, je me mis à courir à nouveau. Je ne sais pas où je trouvai la force de le faire. Je sautai par-dessus une barrière de béton et je fonçai vers Paris. En me retournant, je vis la Golf démarrer sur les chapeaux de roues, griller un feu rouge et se diriger vers moi. Un policier poussa un coup de sifflet. La voiture s'immobilisa. L'un des deux types en sortit et partit à ma poursuite. Je ne regardai pas plus longtemps. Je devais fuir.

J'empruntai l'avenue de Malakoff. Il y avait beaucoup de monde sur les trottoirs. Je bousculai un groupe de badauds et m'enfuis au milieu des insultes. La rue montait de plus en plus, mais je ne ralentis pas. Les poings serrés, cherchant ma respiration à chaque foulée, je décampai vers l'avenue Foch. J'étais comme un fou furieux lâché dans les quartiers chics. Les vieilles dames avec leurs longs manteaux et leurs petits chiens s'écartaient sur mon passage d'un air outré.

Arrivé sur la grande artère qui mène à l'Arc de Triomphe, je longeai un terre-plein, sautai par-dessus une petite grille, traversai une butte verte où se promenaient des touristes en tenue d'été. Sur la large voie, je ne marquai même pas de pause pour traverser. Une voiture freina en urgence, je l'évitai et continuai ma course. Je n'osais pas me retourner, mais je le sentais derrière moi, mon limier, je devinais son visage, sa détermination. Il ne s'arrêterait jamais, j'en étais plus que certain. Je continuai droit devant moi.

Une fois de l'autre côté, je me jetai dans la première rue. C'est alors que je l'entendis. Un crissement de pneus, une accélération subite. Je regardai par-dessus mon épaule. C'était bien la Golf, à nouveau. Le deuxième type avait fini par me rattraper en voiture. Il embarqua son collègue et roula droit vers moi.

Je me précipitai vers l'autre trottoir, plus étroit. Je vis la voiture me foncer dessus avant même que je sois sur le pavé. Terrifié, je bondis sur le côté, atterris sur le capot d'une Mercedes et me retrouvai par terre, étendu sur le dos. Je poussai un cri de douleur. J'entendis alors la porte de la Golf s'ouvrir. Je me relevai aussitôt et repris la fuite. Les gens se mettaient à crier sur les trottoirs. Et mes deux poursuivants, à nouveau réunis, hurlaient eux aussi.

— Arrêtez-le !

Je traversai une avenue, puis, plus loin, sur ma gauche, j'entrai dans une ruelle. Je courus de toutes mes forces, et il m'en restait plus que je n'aurais pu l'imaginer. Comme si j'avais à nouveau repoussé mes limites, trouvé des ressources cachées. Une poussée d'adrénaline, peut-être. Par deux fois, je tournai précipitamment dans des petites rues, à droite, à gauche. C'était le seul moyen de les semer. J'espérais, chaque fois, qu'ils ne m'auraient pas vu tourner. Mais je ne pourrais pas continuer ainsi éternellement. Traverser tout Paris à ce rythme effréné.

À cet instant j'aperçus au milieu du trottoir, dans un petit passage, un drôle de bâtiment de pierres, en rotonde, surmonté d'une coupole et d'une sorte de lanternon.

Je jetai un coup d'œil derrière moi. Les deux types n'étaient pas encore là. J'étais hors de leur champ de vision. Il était peut-être temps d'entrer dans un bâtiment pour y prendre refuge. Ce pouvait être ma chance de leur échapper. Ou au contraire, le risque de m'acculer moi-même dans une voie sans issue... Je décidai de tenter le coup et fonçai vers la porte de l'étrange petite baraque.

Elle était fermée, bien sûr. C'était une vieille porte rouillée, à moitié défoncée, d'une couleur jaunâtre, sur laquelle on pouvait déchiffrer un message abîmé par le temps : « *Carrières. Ne pas ouvrir, danger.* » Il n'y avait aucune poignée, mais seulement un petit trou de serrure. Je poussai la porte fortement. Mais, évidemment, elle ne s'ouvrit pas. Le temps pressait. Si je ne me dépêchais pas, les deux types allaient bientôt arriver au bout de la rue et me voir entrer dans cette vaine cachette. Je donnai un grand coup de pied dans la porte. Elle résista. Je ne perdis pas courage : le chambranle était tellement rouillé qu'il devait être possible de forcer l'entrée. J'inspirai profondément et donnai un deuxième coup, plus fort. Puis un troisième. La vieille porte céda. Sans perdre de temps, je me précipitai à l'intérieur et refermai derrière moi.

Je me retrouvai alors dans l'obscurité totale. J'attendis un instant pour reprendre mon souffle. J'entendis bientôt les pas des deux types qui couraient dans cette direction. Je serrai les dents et restai immobile. L'écho de leur course résonnait dans la rue, de plus en plus proche. J'avalai ma salive. Ils n'étaient plus qu'à quelques mètres. Ne pas faire de bruit. Et espérer. Quel risque stupide avais-je pris ! M'enfermer moi-même ! Pourtant, alors que je n'y croyais plus, je constatai soudain qu'ils ne m'avaient pas vu entrer. Leurs pas s'éloignèrent vers l'autre bout de la rue. Je poussai un soupir de soulagement. J'étais tranquille. Pour l'instant, en tout cas.

Lentement, je pris mon briquet Zippo dans ma poche. Je l'allumai. L'espace s'éclaira progressivement autour de moi, et je découvris alors avec étonnement ce que renfermait cette guérite insolite : un escalier en colimaçon s'enfonçait dans le cœur de la ville.

15.

Carnet Moleskine, note nº 107 : solipsisme.
Le rêve est la preuve, s'il en fallait, que notre cerveau est capable de se fabriquer des sensations qui ressemblent à une certaine réalité. Il y a des cauchemars qui puent fantastiquement le réel. En somme, notre cerveau est parfois un simulateur de vie particulièrement sournois.

Alors souvent je vois naître en moi cette certitude étrange selon laquelle mon moi, ma conscience constituent la seule réalité existante. Ce n'est pas de l'égocentrisme, mais la peur que les autres et le monde extérieur tout entier ne soient que des représentations fausses, des produits de ma conscience.

Au fond, je ne peux connaître véritablement que mon propre esprit et ce qu'il contient ; eux seuls, je sais qu'ils existent.

Cela porte un nom. Là aussi, pour me rassurer, j'ai vérifié dans les dictionnaires. Pour voir si j'étais le seul à croire être le seul. En réalité, nous sommes plusieurs.

D'abord dans le Petit Robert...

Solipsisme : n. m. (1878 ; de l'a. adj. *solipse* [du lat. *solus* « seul », et *ipse* « même »], suff. *–isme*). *Philo.* Théorie d'après laquelle il n'y aurait pour le sujet pensant d'autre réalité que lui-même.

Et puis, toujours dans ce dictionnaire de philosophie chez Armand Colin.

Solipsisme : Doctrine, qui n'a jamais été réellement soutenue, selon laquelle le sujet pensant existerait seul. Ce terme, toujours péjoratif, est employé parfois pour qualifier une forme extrême de l'idéalisme. Wittgenstein, dans son *Tractatus logicophilosophicus*, a souligné le paradoxe du solipsisme qui, rigoureusement pratiqué, coïncide avec le pur réalisme.

Il faut que je lise Wittgenstein. Je ne sais pas si je vais comprendre. J'ai déjà du mal avec le titre.

16.

L'air était chaud. Chaud et humide. Je descendis prudemment les vieilles marches métalliques en m'éclairant de mon seul Zippo. Les murs en pierre blanche s'illuminèrent à mon passage. Ils étaient couverts de graffitis, traversés de fissures et transpercés de vieux bouts de fer rouillés. L'escalier s'enfonçait droit dans les profondeurs obscures de Paris. Au loin, il se perdait dans le noir. Je me remémorai le panneau sur la porte. Aucun doute, j'étais entré dans les anciennes carrières de Chaillot ! Les catacombes.

J'hésitai un instant. Était-ce une bonne idée de m'engouffrer là-dedans ? Je n'avais pas de lampe de poche, et j'avais plusieurs fois entendu dire qu'on pouvait se perdre facilement dans les souterrains de la capitale. Mais avais-je le choix ? J'étais quasiment certain que mes deux poursuivants erraient encore dans le quartier, ils finiraient bien par revenir sur leurs pas et chercher le lieu où je m'étais caché. Pas question de ressortir. Alors je ne pouvais pas faire autrement. Il fallait que je descende là-dedans, dans ce trou noir. C'était sans doute la meilleure cache possible. Pas la plus rassurante, mais la plus sûre.

Je grimaçai, puis je me décidai à m'aventurer plus loin. Je pouvais au moins aller voir ce qu'il y avait tout en bas de ces marches. Il y avait peut-être une autre sortie quelque part...

Je me remis en route, prenant garde à ne pas glisser sur le métal rouillé. L'écho régulier de mes pas s'élevait dans l'escalier. Les murs de pierre taillée se transformèrent bientôt en parois de calcaire brut et les marches en métal s'arrêtèrent pour laisser place, elles aussi, à la roche. Je respirais bruyamment, encore fatigué et pétri d'inquiétude. À chaque instant, je m'attendais à entendre plus haut les deux types qui m'auraient débusqué. Mais non. Pour le moment, tout était silencieux. Il fallait que je retrouve mon calme.

Je pris un peu d'assurance et augmentai la cadence de ma marche. Je remarquai alors qu'il n'y avait plus aucune voix dans ma tête. Les menaces, les murmures, tout avait disparu. Plus je m'enfonçais dans le sous-sol parisien, plus le silence s'imposait au fond de mon esprit. Cela ne suffisait pas à éteindre mon angoisse, mais c'était déjà ça.

Je ne pouvais pas garder mon briquet allumé tout le temps, de peur de me brûler les doigts, mais aussi parce que je voulais économiser l'essence. Alors je l'éteignais régulièrement et faisais de longues avancées dans le noir absolu, à l'aveugle.

Soudain, un frisson me parcourut l'échine. L'air était beaucoup plus frais, ici. Et l'obscurité n'améliorait rien. C'était une ambiance désagréable, irréelle. Je marchai pendant d'interminables minutes, à tâtons, puis enfin l'escalier s'arrêta.

J'allumai à nouveau mon Zippo et je vis que j'étais à présent dans une étroite galerie. Je devais être à plusieurs dizaines de mètres sous terre. Les murs étaient froids et légèrement mouillés. Je respirai un instant, immobile, puis je repris ma route en courbant l'échine pour ne pas heurter ma tête sur le plafond trop bas. Je progressai lentement dans le noir, pas à pas, la main gauche appuyée contre la paroi de pierre. Après une longue marche, une ouverture se dessina sur le côté. Je fis de la lumière et découvris sur ma droite une petite pièce, grossièrement taillée dans la roche, profonde de quelques mètres seulement.

Il y avait par terre de vieilles cannettes de bière et des sacs en plastique. Rien d'intéressant.

Je me remis en route. Quand, au bout d'un temps qui me parut fort long, je vis que la galerie semblait ne jamais vouloir se terminer, je décidai de faire marche arrière et de me réfugier dans la petite alcôve. Je n'avais pas envie d'aller me perdre dans le labyrinthe des catacombes, et puisque je ne pouvais pas ressortir tout de suite, autant attendre dans cette petite pièce, en espérant que les deux hommes qui m'avaient poursuivi allaient finir par quitter le quartier.

Je rentrai donc dans l'abri exigu, résolu à y passer quelques heures. Je promenai mon Zippo devant les murs et tentai de déchiffrer les inscriptions gravées

maladroitement dans la pierre. Ici « *Anna, je t'aime* »,
là « *Fuck l'IGC, Clément, enculé* », et plus loin encore
« *Si la curiosité t'a conduit ici, va-t'en !* ».

Je m'assis délicatement par terre en évitant les détri-
tus laissés par quelques fêtards nocturnes et je coinçai
ma tête entre mes genoux.

Ce petit cabinet obscur invitait à l'introspection. Je
décidai de m'y abandonner. Après tout, je n'avais rien
de mieux à faire. Je voulais retrouver le calme à l'intérieur de moi-même. Renouer le lien avec la réalité.
Avec la terre, peut-être.

La roche froide semblait envelopper mon dos. Je
posai mes mains sur le sol, effleurai la douce poussière. J'avais l'impression d'être assis contre un rocher,
sur une plage. Je pouvais presque sentir la caresse
d'une brise marine.

Je ne suis pas schizophrène.

Je remontai dans ma tête le fil des événements. Le
métro, la tour, les voix, les bombes, la fuite, l'appartement de mes parents, le retour à la Défense, les deux
types en survêtement. Et maintenant, le sous-sol de
Paris...

Je voulais me convaincre que tout ça était bien réel.
Incroyable, mais bien réel. Je devais faire confiance à
mon entendement. À mes sentiments.

J'imaginai le visage du docteur Guillaume, dessinai
ses traits un à un dans ma tête. Je savais pertinemment
qu'il avait existé. Qu'il faisait partie de la réalité. Mes
parents l'avaient vu. Lui avaient parlé. Il *était*. Mais
alors pourquoi cette jeune femme avait-elle prétendu
qu'il n'existait pas ? Qu'il n'y avait pas de cabinet médical dans la tour SEAM ? *Il n'y avait aucune société au
quarante-quatrième étage... Ce sont les locaux techniques, au quarante-quatrième étage, monsieur.*

Il y avait quelque chose d'anormal. Quelque chose
qui ne faisait pas sens.

Et ce n'est pas moi. Je ne suis pas schizophrène.

Les bouffées d'angoisse m'envahirent à nouveau.

Mais qu'est-ce que tu fous dans les catacombes, mon pauvre vieux ?

Je relevai la tête. J'avais éteint mon briquet, il faisait complètement noir et malgré tout j'ouvris grands les yeux. J'avais envie de sortir. De partir de là. De ce lieu surréaliste. Mais je ne pouvais pas. Je risquais ma peau.

Ces deux foutus types existaient-ils vraiment ? Oui, bien sûr. Ou non. Peut-être pas.

Par moments l'angoisse cédait la place à la colère. La colère contre moi-même. Contre mon incapacité à raisonner correctement. Était-ce pourtant si compliqué d'observer les faits ? D'interpréter le réel ? N'avais-je donc rien appris après toutes ces années ?

C'était le soir, me semblait-il. La nuit devait sans doute être en train de tomber, dehors.

C'est à cet instant que cela me prit à nouveau. D'abord, la brûlure familière de la migraine, comme une pince qui se referme sur la moitié gauche du cerveau. Le monde, ensuite, qui se balance, tourne comme un manège. Et puis les voix.

Les murmures. Lointains, mais bien réels. Bien réels pour moi. Je les connaissais, ces étranges incantations. C'était celles qui sortaient parfois de certaines bouches d'égout. De certaines grilles de métro. J'avais appris à les reconnaître, depuis toutes ces années de promenades dans Paris. C'était le murmure de la ville, indistinct, secret, obscur, qui me pétrifiait l'âme. Des dizaines de chuchotements incompréhensibles, comme le chœur d'une armée de morts.

Je me bouchai les oreilles. Tout mon corps se raidit, comme pour repousser ces voix confuses. Mais je savais que cela ne servirait à rien. Que rien ne pouvait taire le murmure des ombres.

17.

Je ne sais combien de temps je restai ainsi emmuré dans mon angoisse, ni au bout de combien d'heures je finis par m'assoupir.

Quand je me réveillai en sursaut, les voix avaient disparu. Je me levai, maladroitement, les jambes engourdies. J'allumai mon briquet, hésitai un instant. Je n'avais donc pas rêvé. J'étais bien tapi là, sous la ville, comme un vulgaire rat d'égout.

Je me décidai à sortir.

D'un pas vif, je refis tout le chemin en sens inverse, remontai rapidement les marches vers l'extérieur. J'avais l'impression de sortir d'un long cauchemar, de devoir m'en extraire en courant vers cette petite lumière, là-haut. Le monde réel. Réel ?

Quand j'arrivai enfin devant la porte en fer, je remis mon briquet dans ma poche, serrai les poings et poussai un long soupir. Un peu de courage. Sortir.

J'ouvris lentement. Les rayons de lumière envahirent aussitôt le couloir. C'était le petit matin, déjà. Paris se colorait de milliers d'éclats dorés. Les toits de zinc scintillaient sous le champ des antennes. Je jetai un coup d'œil dans la rue et ne vis personne. Aucune trace de mes deux types, en tout cas. Je sortis.

J'entrepris de marcher jusqu'à chez moi. Je n'avais pas la moindre envie de prendre le métro, de me retrouver à nouveau dans les profondeurs de la terre, ni de monter dans un bus où l'on me regarderait encore de travers à cause de mes vêtements déchirés.

Je trouvai mon chemin jusqu'à la place Victor-Hugo. Le matin se levait au rythme des camions poubelles. Les premières voitures démarraient dans les halos du soleil. Je rejoignis la place de l'Étoile. Ici, l'Arc de Triomphe resplendissait sous le ciel immaculé. Je devinai au loin la flamme du soldat inconnu. N'en étais-je pas un moi-même ? Petit schizophrène anonyme, perdu, esclave de notre ridicule condition, sacrifié comme mille autres à la folie de mille Napoléon. J'allumai une cigarette et traversai les grandes avenues, puis je parcourus l'avenue Hoche. En bas, j'entrai dans le parc Monceau. Il était encore vide, à cette heure. Les arbres semblaient se gonfler, comme s'ils étaient les poumons de la ville, à leur première respiration.

Je traversai le parc puis, enfin, je descendis jusqu'à la rue Miromesnil. Quand je fus enfin en bas de l'immeuble, je sentis mes muscles qui se détendaient lentement. J'arrivais chez moi. Dans ce lieu où j'avais des repères. J'étais presque rassuré.

J'ouvris la grande porte du porche, montai à l'étage et pris la clef au fond de ma poche. Je la glissai dans la serrure. Je découvris alors avec stupeur qu'elle n'était pas verrouillée.

Je fronçai les sourcils. Avais-je oublié de fermer en partant ? Oui. Sûrement. J'étais sorti précipitamment, préoccupé, il n'y avait rien d'étonnant à cela...

Mais quand je rentrai dans le salon, je compris aussitôt que c'était tout autre chose.

Quelqu'un avait fouillé l'appartement.

18.

Carnet Moleskine, note n° 109 : la Mâyâ.

On trouve dans la philosophie hindoue une notion qui s'approche sensiblement du malaise que je ressens. Ce n'est pas que je me sentais seul, mais ça fait du bien d'être plusieurs quand on est devant un précipice.

La Mâyâ désigne l'illusion du monde physique. Elle est ce que nous pouvons percevoir du monde, mais qui n'est pas la réalité. Selon cette philosophie, l'Univers, tel que nous le voyons, n'est qu'une représentation relative de la réalité. Celle-ci est voilée, sous-jacente et supérieure. Transcendantale.

Je suis comme un enfant qui essaie de soulever le voile. J'ai les ongles tout dégueulasses à force de gratter le réel.

19.

Le grand salon blanc de mes parents était sens dessus dessous. On aurait dit qu'un tremblement de terre avait secoué toute la pièce. Les tiroirs de la commode et du petit scriban étaient ouverts, et on avait vidé leur contenu sur le sol. Les poubelles étaient renversées, les coussins du canapé éparpillés aux quatre coins du salon. Le tapis, enroulé de travers, avait été poussé sur le côté. Le sol était couvert de livres, de papiers, de bibelots, de stylos, de tissus emmêlés. La table basse avait été cassée ; il y avait des milliers de bouts de verre minuscules répandus tout autour. Les cinq ou six cendriers que je laissais toujours traîner un peu partout avaient eux aussi fini éparpillés dans ce chambardement.

Je restai un long moment bouche bée. Je me frottai les yeux, parvenant à peine à y croire. Un cambriolage ? Non, bien sûr. La coïncidence était trop grande ! Cela avait forcément un rapport avec mes histoires. Avec ces types qui m'avaient suivi à travers toute la ville. Mais dans quoi avais-je donc mis les pieds ?

Je fis quelques pas en avant, les bras ballants, le visage décomposé. Je me penchai doucement pour voir à l'intérieur de la chambre de mes parents – après tout, les types étaient peut-être encore à l'intérieur. La pièce était dans le même état. Méconnaissable. J'avançai encore, vers ma chambre cette fois. Elle n'avait pas été épargnée, elle non plus. C'était peut-être même celle qui avait subi le plus violent assaut. Mon lit était posé sur la tranche, comme un vulgaire domino. Tous mes livres, mes dictionnaires, étaient entassés par terre au pied de ma bibliothèque et formaient une espèce de montagne blanche, au bord de l'avalanche. Mes vêtements traînaient sur le sol ou avaient été jetés sur mon fauteuil.

Je poussai un juron. Mes livres. Mes pauvres livres !

Je retournai au centre du salon. Je soulevai quelques objets ici et là, comme pour m'assurer que je ne rêvais pas. Je relevai un lampadaire qui barrait ma route et, à cet instant, j'aperçus du coin de l'œil, à l'autre bout du salon, un objet qui me glaça le sang.

Je me redressai, perplexe. Je ne m'étais pas trompé. Là, au milieu du mur, juste au-dessous d'un tableau, je vis scintiller un petit rond de verre. L'œil discret d'une caméra de surveillance, installée à la va-vite sans doute, mal camouflée. Les yeux écarquillés, je restai dans l'axe même de l'objectif, incapable de bouger. Puis, dans un accès soudain de colère et de peur, je me mis à marcher tout droit vers cet espion indiscret et l'arrachai d'un geste brusque. Le fil se détacha le long du tableau, et la minuscule caméra tomba sur le sol.

Je n'arrivais pas à y croire. Une caméra ! Chez moi ! On avait installé une caméra de surveillance chez moi ! Dans mon salon ! Je devais être en pleine hallucination. En plein délire paranoïaque. Il fallait que je me reprenne, que je me raisonne. C'était complètement ridicule. Grotesque.

Je fermai les yeux et les ouvris à nouveau. Mais la caméra était toujours là. Petite boîte noire à mes pieds.

Je l'écrasai rageusement de plusieurs coups de talon. L'appareil se brisa en morceaux dans un craquement sec. Je tirai sur le cordon noir qui en sortait et suivis son parcours. Je découvris alors qu'il était relié à la prise de téléphone. Je l'arrachai, incrédule. Puis je fis demi-tour et me précipitai vers ma chambre.

Fuir. Il fallait fuir. Que ce soit une hallucination ou non, je ne pouvais pas rester dans cet appartement une seconde de plus. J'allais devenir complètement fou !

Si ce n'était pas une nouvelle production de mon cerveau malade, alors ceux qui avaient placé cette caméra dans mon appartement allaient sûrement débarquer d'un instant à l'autre. Je n'avais pas la moindre idée de ce que ces types pouvaient bien me vouloir, ni de qui ils étaient, mais je n'avais aucune envie de faire leur connaissance.

Il fallait que je parte au plus vite, et que je prenne avec moi un minimum de choses essentielles. Arrivé dans ma chambre, je ramassai sous mon bureau un vieux sac à dos, j'y fourrai précipitamment quelques vêtements et la petite boîte en bois où, dans ma paranoïa, je gardais toujours un peu d'argent liquide – de quoi tenir plusieurs jours, peut-être même une ou deux semaines. Une arme ? Je n'en avais pas. Je pris tout de même un gros couteau suisse qui traînait sur mon bureau. Je réfléchis. Que prendre d'autre ? Ce que j'avais de plus précieux : mes carnets Moleskine.

Soudain, l'idée que les cambrioleurs étaient venus pour me les dérober me traversa l'esprit. Pris de panique, je me précipitai au pied de mon lit renversé. Les mains tremblantes, je soulevai les deux petites lattes du parquet sous lesquelles j'avais pris l'habitude de cacher mes carnets. Je poussai un soupir de soulagement. Ils étaient encore là. Tous. Je les ramassai et les mis dans mon sac.

Dans la salle de bain, je récupérai en vitesse ma trousse de toilette et mes médicaments, que je fis glisser en vrac dans le sac. Je jetai un dernier regard à l'appartement, puis sortis sur le palier sans plus attendre. Je claquai la porte derrière moi et descendis en bas de l'immeuble par l'escalier de service.

Une fois dans la rue, je lançai de rapides coups d'œil tout autour, certain qu'un invisible ennemi était sur le point de me tomber dessus, puis, mon sac sur le dos, je remontai l'avenue Miromesnil en courant, rasant les murs de pierre blanche et de brique rouge.

Obliquant à gauche, j'entrai dans le boulevard bruyant qu'arpentaient de longues files de voitures. J'abandonnai derrière moi l'ombre imposante de l'église Saint-Augustin. Sur les trottoirs, je me faufilai en courant dans la jungle parisienne des colonnes Morris et autres cabines téléphoniques... Arrivé place du Général-Catroux, je levai la tête vers la grande statue d'Alexandre Dumas. L'écrivain trônait sur une haute chaise, au-dessus de ses œuvres. Il semblait me surveiller, lui aussi. À tout instant je m'attendais à voir clignoter ses yeux comme avait scintillé l'objectif de la petite caméra de surveillance. J'avais la certitude sotte que la ville tout entière m'épiait. Je glissai sans attendre vers l'ombre rassurante des platanes. Le monde semblait tourner autour de moi, empli de voix confuses et sournoises. Il faisait si chaud que le ciel était empli d'une vapeur frémissante qui m'étourdissait. Je crus m'évanouir maintes fois. Mais il fallait courir encore, courir toujours, comme la victime affolée de mille prédateurs.

Place Wagram, je traversai pour continuer tout droit vers la porte d'Asnières. Je voulais sortir de Paris, de sa folie ou de la mienne. M'éloigner de l'appartement. De la caméra. De mon cauchemar.

Quand je n'en pus plus de courir, je me laissai tomber sur un banc. Je fermai les yeux un instant, comme si cela avait pu me transporter dans un autre monde, une autre réalité. Ma tête résonnait de milliers de voix. Je transpirais. J'ouvris les yeux et relevai le front. La façade d'un hôtel se dessina devant moi, comme une réponse maternelle à toutes mes angoisses.

20.

C'était le meilleur refuge dont je pouvais rêver. Un hôtel Novalis, deux étoiles, anonyme, presque inexistant, blanc et froid, discret. Le non-lieu dont j'avais justement besoin. Pour non-être.

Depuis l'attentat, je n'avais pas pris le temps de changer mes vêtements. Le sang et la crasse se confondaient sur mon tee-shirt blanc. Mon pantalon était déchiré, mes mains blessées, j'avais l'air d'un clochard qui s'est fait tabasser par une bande de voyous. Je ne sais pas comment le type en bas de l'hôtel a fait pour me laisser entrer avec une allure comme la mienne. La chaîne hôtelière ne lui donnait peut-être pas le loisir de refuser.

— Il vous reste une chambre ?

Tout en lui parlant, dégoulinant de sueur, je regardais partout autour de moi, comme si j'étais suivi.

— Pour combien de temps ?

— Je ne sais pas. Quelques nuits.

— Pas de bagages ? demanda-t-il d'un air désabusé.

— Pas de bagages.

— Il faut régler d'avance, monsieur.

Je donnai en liquide le montant de la première nuit. Il poussa un soupir et me remit une clef.

— Chambre 44, deuxième étage.

Et il me laissa passer sans rien ajouter.

Quelques heures plus tard, contre un billet de 50, il accepta même de me monter une bouteille de whisky et des Camel...

Je restai couché, fumant cigarette sur cigarette, choqué, muet et bourré d'anxiolytiques. Les gens comme moi ont toujours un arsenal de médicaments à portée de la main. Au bout de quelques années, les médecins finissent par oublier ce qu'ils vous ont prescrit. On a des ordonnances qui traînent. Et on garde un peu de tout : somnifères, neuroleptiques, antidépresseurs... Quand on a tout essayé, pendant près de quinze ans, on trouve toujours la bonne pilule au bon moment. Pour peu qu'on soit légèrement aventurier, on connaît même les mélanges et les vertus que l'alcool additionne.

Alors j'additionnais, beaucoup.

Deux jours passèrent sans que je redescende de ma chambre. Peut-être plus. J'avais perdu le compte. J'avais fumé quatre paquets de cigarettes du bout de mes doigts jaunes. Mes crises d'angoisse se succédaient, mes hallucinations, mes pertes soudaines de mémoire. Tout s'était empiré, et j'avais peur. Simplement peur. Parce que je savais.

Mon corps entier tremblait. J'étais terré comme un rat dans la chaleur et l'obscurité de ma petite chambre. Tellement standardisée, tellement anonyme, tellement inexistante ! Tout était carré. Le lit, la petite télévision, les meubles... Ce n'était pas une chambre, c'était une cellule, une cage, un lit d'hôpital. J'avais envie de hurler, mais ma propre voix me terrifiait. Comme toutes les autres. Celles dans ma tête, ou celles au-dehors, que j'entendais dans la nuit brûlante, ces échos indistincts qui montaient de la rue. Des voix tristes. Des phrases plombées de désarroi.

Tout m'oppressait. L'odeur des produits nettoyants, l'air conditionné, les boursouflures du crépi sur les murs, qui paraissaient bouger lentement... Cet hôtel parisien, dont la blancheur camouflait mal une insalubrité plus profonde, semblait vouloir m'anéantir complètement. Et si je restais là, il allait sans doute finir par y arriver.

La première nuit, je me souviens vaguement d'un instant de lucidité, où l'angoisse me laissa quelque répit. Je poussai un long soupir. Allongé sur le sommier rigide, le dos endolori, l'esprit embrumé, je tournai la tête vers la petite table de nuit sur ma gauche. Ma montre était posée là, près de la bouteille de whisky. Ma vieille montre à quartz, que j'ai toujours eue avec moi. Je ne me souvenais même pas du jour où je l'avais acquise. Elle avait toujours été là, à mon poignet, fidèle, et c'était peut-être, de mes rares possessions, l'objet auquel j'étais le plus attaché. On m'avait un jour affirmé qu'elle avait quelque valeur marchande – c'était une montre Hamilton, de modèle Pulsar, l'une des premières montres électroniques à affichage digital, qui datait du tout début des années 1970 – mais elle avait surtout pour moi une valeur sentimentale que je m'expliquais mal. Un lien vers mon passé. Et à présent, elle était cassée. Elle clignotait encore, comme cherchant un dernier soupir. Le verre s'était brisé lorsque j'étais tombé par terre, projeté par le souffle de l'explosion. Depuis l'attentat, le cadran affichait par intermittences écarlates ses quatre chiffres obsédants.

88 :88

Une heure que toutes les montres et tous les réveils analogiques du monde peuvent indiquer, mais une heure qui n'existe pas. 88 :88. Le no man's land temporel dans lequel je végétais, hébété, incrédule. Ma vie s'était arrêtée là, dans cette ellipse invisible où aucune aiguille ne s'est jamais posée. Je me retrouvais cloué, hagard, sur le matelas trop dur d'une chambre d'hôtel, au-dessus des boulevards maréchaux, étouffé par la peur et les médicaments, coincé dans les secondes infinies de l'heure qui n'existait pas.

Je souris. J'étais donc hors du temps. L'idée était amusante. Amusante pour un schizophrène. Je tournai à nouveau la tête et laissai ma montre où elle était. J'allumai encore une cigarette en pensant aux jours étranges qui venaient de passer, à la folie que je venais de vivre. Je sentis des gouttes de sueur couler sur mon front. Je n'essayai même pas de m'essuyer. De toute façon, la chaleur du mois d'août et l'angoisse s'étaient liguées contre moi. C'était une bataille perdue d'avance.

Jamais ma paranoïa n'avait atteint un niveau si critique. J'étais assourdi par ces voix qui envahissaient ma tête, ces phrases que je ne pouvais oublier, et dont je savais qu'elles devaient avoir un sens profond, important. « *Bourgeons transcrâniens, 88, c'est l'heure du deuxième messager. Aujourd'hui, les apprentis sorciers dans la tour, demain, nos pères assassins dans le ventre, sous 6,3.* » Je n'avais pas conscience des heures, trouvais le temps à la fois terriblement long et impalpable, comme enfermé à jamais au milieu des boucles infinies de mon 88 :88. À chaque petit bruit qui envahissait ma chambre, je touchais du doigt la surface gelée de la terreur pure, la racine même de l'effroi, qui s'enfonçait comme un immense pic à glace dans les profondeurs de ma colonne vertébrale.

Mais enfin, le matin du troisième jour, sans doute, alors que je m'étais englouti, amorphe, dans un substitut de sommeil, je fus réveillé en sursaut par trois coups frappés à ma porte. Trois coups assourdissants, dont l'écho emplit toute ma chambre. J'eus si peur que je crus que mon cœur s'était arrêté. Pourtant, je l'entendis battre à nouveau. Et plus fort que jamais.

Je me recouvris aussitôt de mon grand drap blanc et fermai les yeux, recroquevillé au milieu du matelas, attendant la mort, résigné.

— Monsieur ? Oh ! Monsieur !

J'ouvris un œil. C'était la voix du type de l'hôtel.

— Y a quelqu'un là-dedans ?

Il frappa à nouveau sur la porte, plus fort encore.

— Vous êtes encore en vie ? Oh ! Monsieur ! Vous êtes là ?

Je me redressai sur mon lit, le front dégoulinant de sueur.

— Monsieur, si vous n'ouvrez pas, je vais être obligé d'ouvrir moi-même...

— Attendez ! m'exclamai-je, paniqué, en sortant la tête du lit. Attendez ! Je... Je dormais. Je m'habille, et j'arrive !

— Ah ! Vous êtes là ! Bon... Vous seriez gentil de me retrouver à l'accueil, vous n'avez pas réglé les deux dernières nuits...

Je crois que ce brutal rappel à la réalité fut un élément déclencheur pour moi. Comme un électrochoc psychologique, une douche froide. Sans le savoir, le gardien de l'hôtel venait de me sortir de la spirale paranoïaque où je m'enfonçais depuis plusieurs jours. Pour la première fois depuis que je m'étais jeté sur ce lit, je retrouvais un contact avec le monde réel, et, d'une certaine manière, cela me sauva – pour un temps en tout cas – de mon labyrinthe d'angoisse.

Je me levai d'un coup, poussé par un violent sentiment de culpabilité, me dirigeai vers le petit lavabo blanc de la minuscule salle de bain, me déshabillai entièrement et m'aspergeai le corps et le visage d'une eau trouble et à peine chaude. *Putain, mais qu'est-ce que tu fous, qu'est-ce que tu fous ?* Je frottai vigoureusement les traces de sang sur mes bras et mon front. Je dus me rincer plusieurs fois pour faire partir la couleur rouge qui s'était imprégnée dans mes poils. Je me frottai la joue. Une barbe drue et piquante la recouvrait. J'attrapai la trousse de toilette dans mon sac à dos et me rasai. Mes mains tremblaient, de peur ou de fatigue, je ne sais pas. Je me coupai par deux fois. Quand j'eus fini, je déposai le rasoir au bord du lavabo et me redressai pour m'inspecter dans la glace.

Je me reconnaissais à peine. C'était comme si je n'avais pas vu cette figure depuis une éternité. J'avais les traits tirés, une tête de mort-vivant. Certes, avec la barbe en moins, j'avais retrouvé maintenant mon visage habituel, mais j'avais toujours une mine épouvantable. De toute façon, je détestais me regarder dans les miroirs. Peut-être n'aimais-je pas ma tête, qui m'avait toujours dérangé – nez trop large, dents abîmées, éternels cernes, teint jaune de fumeur. J'avais l'impression qu'elle ne m'appartenait pas. Au fond, il n'y avait que mes yeux que je pouvais supporter. Ce grand regard bleu que je parvenais, là, à soutenir. C'était la seule chose sur mon visage qui me semblait réelle. Qui paraissait m'appartenir. Pour toujours.

Sur mon bras, j'observai un instant ce vieux tatouage dont j'ignorais l'origine. Il représentait une tête de loup. Je ne me souvenais pas du jour et de la raison pour laquelle je m'étais fait jadis ce tatouage. Cela datait sans doute de cette époque lointaine qui échappait complètement à ma mémoire.

Je baissai la tête et contemplai mon ventre. J'avais un peu maigri. Si peu. Les médicaments m'avaient condamné à une éternelle rondeur disgracieuse. J'inspectai un à un les plis sur la peau grasse de mon estomac. Combien de ce corps était à moi ? Vraiment à moi ? Puis, plus bas, je regardai mon sexe. Ce sexe idiot, presque mort, qui, me semblait-il, n'avait jamais connu de femme. N'en avait peut-être même jamais désiré. J'étais incapable de me souvenir. Est-on encore un homme, quand on n'a nul désir ?

Je relevai les yeux et soutins à nouveau mon propre regard. Et ce fut comme une épreuve. Il y avait quelque chose avec ce miroir. Avec tous les miroirs...

Putains de neuroleptiques !

Dans un geste de rage, je pris la poubelle à mes pieds, me retournai brusquement, partis vers la table de nuit et fis tomber une à une les boîtes de médicaments dans la corbeille.

C'est fini ! J'arrête ! J'arrête ces foutus médocs qui me bousillent la vie ! J'en crèverai s'il le faut, mais c'est fini. J'arrête.

Je regardai un instant les plaquettes et les cartons amoncelés au fond de la poubelle, puis je me dirigeai vers la fenêtre, l'ouvris en grand et jetai tout le contenu dans la rue. Les tablettes argentées et les notices s'envolèrent comme des feuilles mortes et s'éparpillèrent sur le trottoir et la chaussée. Je poussai un petit cri de victoire, un sourire moqueur sur les lèvres.

Je retournai alors près du lavabo, pris des vêtements propres dans mon sac et m'habillai en vitesse.

Je ne suis pas schizophrène.

J'enfilai mes chaussures, pris tout l'argent qu'il y avait dans ma petite boîte, le glissai dans mon portefeuille et sortis enfin de cette maudite chambre d'un pas décidé.

Je descendis rapidement l'escalier de l'hôtel et rejoignis le gardien dans le hall.

— Je suis désolé de vous avoir dérangé ainsi, monsieur, mais j'ai bien cru qu'il vous était arrivé quelque chose ! me lâcha-t-il avec une sorte de sourire gêné.

— Combien je vous dois ? demandai-je sèchement.

— C'est 20 euros par nuit, ça fait 40.

Je lui tendis l'argent.

— Je vais sans doute rester encore quelques jours, annonçai-je.

— Entendu. Maintenant que je vous connais, et que je sais que vous payez, ce n'est pas un problème. Vous pourrez régler le solde en partant... Il faut me comprendre, monsieur. On se méfie...

— Bien sûr. Merci.

Je n'ajoutai pas un mot de plus et sortis rapidement de l'hôtel.

21.

Le soleil d'août inondait le boulevard. Les arbres et les hommes débordaient de vie. J'observai le monde. Il avait l'air normal. Aussi normal que je l'avais jadis connu. Calme, réel, quoique nappé – au sortir de mon antre – d'une éphémère splendeur dorée.

Je me mis à marcher sur le trottoir, d'un pas que je voulais sûr. Un petit vent irrégulier tempérait la chaleur moite de l'été, chatouillait mon visage tendu. Des voitures passaient par moments près de moi, indifférentes. Des hommes, des femmes, des enfants en contresens. Quelques boutiques étaient ouvertes. La ville n'était pas tout entière en vacances. Ici, un kiosque à journaux avec ses pancartes bariolées qui rappelaient les attentats ; là, une borne EDF couverte d'affichettes, d'autocollants colorés invitant aux festivités urbaines, annonçant concerts ou soirées branchées, plus loin une boulangerie qui répandait à la ronde l'odeur alléchante de ses viennoiseries. Accrochés aux tubes d'une petite barrière verte, des vélos, des scooters, des motos attendaient le retour de leurs maîtres. Le réel me sembla parfait, indiscutable. Il n'y avait rien qui dépassait. Apaisé, je me faufilai dans ce monde tangible, évitant soigneusement les grilles de métro et les bouches d'égout.

Une idée derrière la tête, j'avançai sans quitter des yeux les façades des immeubles alignés. Je traversai quelques rues, poings serrés au fond des poches, presque léger, puis, au bout d'un quart d'heure, peut-être plus, je vis enfin ce que je cherchais, dans une petite rue derrière la place Paul-Léautaud. Sur le mur, à côté d'une porte cochère, une plaque en laiton gravé annonçait : « *Sophie Zenati, psychologue, 1ᵉʳ étage gauche.* »

Sans hésiter, j'entrai dans le hall du vieil immeuble parisien et gravis les marches d'un petit escalier rouge. Quand je fus arrivé au premier, je restai un instant devant la porte à me mordre les lèvres, indécis, puis je sonnai enfin. Rien. Personne ? Je sonnai une nouvelle fois, inquiet. Si le cabinet était vide, retrouverais-je le courage d'en chercher un autre ? Mais j'entendis alors des pas qui approchaient en faisant craquer les lattes d'un vieux parquet de bois. La porte s'ouvrit.

— Bonjour, monsieur. Vous avez rendez-vous ?

C'était une femme brune, d'une quarantaine d'années, petite, un peu ronde, le visage froid.

— Non, répondis-je en haussant les épaules.

— Vous venez prendre rendez-vous ?

— Non, je voudrais voir tout de suite la psychologue, dis-je sans me démonter.

— Ah, je suis désolée, mais je ne reçois que sur rendez-vous.

C'était donc elle. Je me demandai si elle ressemblait à une psychologue. Ou plutôt, je me demandai si une psychologue devait ressembler à mon psychiatre. Y avait-il dans ses yeux quelque chose qui me fît penser au docteur Guillaume ? Je me résignai à croire que cela ne devait pas avoir beaucoup d'importance. C'eût été rassurant, bien sûr, mais il allait bien falloir que je m'y fasse. Mon psychiatre était mort, j'allais devoir nouer des liens de confiance avec une personne nouvelle. Complètement nouvelle.

— Oui, je comprends, mais c'est pour une urgence, insistai-je.

— Une urgence ?

— Oui. Je voudrais savoir si je suis schizophrène.

Mon interlocutrice haussa les sourcils.

— Je vois.

Elle hésita. Je ne bougeai pas d'un centimètre. Je la dévisageai, simplement. Je ne voulais pas en dire plus. C'était une forme de test. Si elle décidait que la question méritait d'être creusée, peut-être était-ce le signe que je pouvais lui faire confiance.

— Bon, dit-elle en soupirant, je peux vous recevoir dans un quart d'heure, mais pas pour une séance complète. Et après, il faudra prendre rendez-vous... Ce n'est pas comme ça que l'on fonctionne, vous savez...

— Merci.

Elle me fit rentrer, nous traversâmes un long couloir boisé, puis elle me pria de m'installer dans la salle d'attente. Je m'assis sur une chaise, légèrement mal à l'aise, enfouissant les mains sous mes cuisses comme un enfant intimidé. La femme s'éclipsa derrière une double porte.

Je restai un long moment paralysé, immobile, puis je commençai à me détendre et me mis à inspecter la pièce, tel un écolier devant le bureau du directeur. Dans un coin, sur ma gauche, il y avait des jouets en bois et en plastique entassés dans des grands barils de lessive. Sur la droite, une petite bibliothèque bancale, avec des rangées de livres en désordre. Je ne pus m'empêcher de remarquer un gros titre rouge qui se dégageait de l'ensemble. *Kramer contre Kramer*. Sur les murs écrus, on avait accroché – depuis longtemps à en juger par leur état – des posters avec des numéros d'urgence comme SOS Femmes battues ou d'autres organismes d'assistance. Devant moi, sur une petite table, des piles de magazines abîmés. En haut du tas, un *Paris Match* certifiait révéler tout sur la vie privée du Premier ministre. À côté, un numéro d'*Elle* vantait les mérites d'un régime spécial pour l'été.

Je dégageai mes mains de sous mes jambes et me mis à les frotter l'une contre l'autre d'un geste nerveux. Avais-je bien fait de venir ici ? Oui, sûrement. C'était un acte raisonnable. Particulièrement raisonnable, même, et dont je pouvais être fier. Un acte sensé.

De toute façon, j'avais besoin d'un avis extérieur. De l'avis d'un professionnel. Je ne pouvais certainement pas me sortir seul de mes angoisses ni de ce doute soudain et justifié quant à ma maladie. Or le docteur Guillaume était mort. Ou n'avait jamais existé. Je ne savais plus... En somme, oui, j'avais vraiment besoin d'aide, je ne pouvais pas en douter.

Quelques instants plus tard, alors que je tentais de voir les titres d'autres livres alignés sur la bibliothèque, la porte s'ouvrit à nouveau. J'entendis la psychologue dire au revoir, et je vis sortir une jeune femme qui devait avoir entre vingt-cinq et trente ans, et qui traversa la salle d'attente sans m'adresser un regard. Elle avait les cheveux très courts, taillés comme un garçon, le teint mat d'une Méditerranéenne, peut-être même un soleil d'Afrique du Nord sur sa peau dorée. Les traits fins, le visage délicat, elle avait l'air triste et sauvage. Ses yeux brillaient d'un beau vert de printemps. Je la regardai partir sans oser moi-même lui dire au revoir. Chez le docteur Guillaume, je n'avais jamais croisé d'autre patient.

— Vous pouvez entrer, monsieur, je vous en prie.

Je me levai lentement et passai la porte en me frottant le nez de la main gauche, de plus en plus agité. La psychologue était installée derrière un bureau désordonné, elle m'observait d'un air grave.

— Asseyez-vous, me dit-elle en m'indiquant la chaise en face d'elle.

Je m'exécutai, tout en regardant le fatras qui traînait dans le cabinet. Il y avait des tas de livres, un ordinateur abandonné par terre, un gros climatiseur blanc... Je m'étais attendu à un intérieur plus sobre et, surtout, bien mieux rangé. Une psychologue négligente pouvait-elle être une bonne psychologue ?

— Bien. Avant tout, comment vous appelez-vous ?

— Je m'appelle Vigo Ravel, comme le compositeur, et j'ai trente-six ans.

Je la vis noter mon nom sur un grand carnet noir.

— Alors, dites-moi tout.

— Docteur, je crois que...

— Je vous arrête tout de suite, dit-elle en levant son stylo. Je ne suis pas docteur. Je suis psychologue.

— Ce n'est pas la même chose ?

— Non, pas du tout. Je n'ai pas fait d'études de médecine...

— Ah, mais ce n'est pas grave, dis-je en souriant, je suis fou, pas malade.

Elle resta étonnamment sereine. Cela ne la faisait pas rire.

— Pourquoi dites-vous que vous êtes fou ?

— Ce n'est pas vraiment moi qui le dis. Ce sont mes parents, et mon psychiatre, le docteur Guillaume. Ils disent que je suis schizophrène... On me soigne depuis des années.

— Et vous ne les croyez pas ?

Elle parlait d'une voix monotone et hochait régulièrement la tête, comme pour me signifier qu'elle comprenait bien tout ce que je disais, ou pour me rassurer, sans doute. Et le plus étonnant, c'est que cela fonctionnait. Sans comprendre pourquoi, je me sentais déjà en confiance avec cette femme. Il y avait dans son regard une contradiction qui me plaisait : elle était à la fois maternelle et neutre. Protectrice et impartiale. J'avais l'impression que je pourrais lui dire n'importe quoi et qu'elle ne me jugerait pas. Contrairement au docteur Guillaume, qui, lui, avait toujours l'air de m'évaluer.

— Eh bien, c'est un peu plus compliqué que ça. Je ne les croyais pas au début, et puis j'ai fini par les croire, et à présent, j'ai à nouveau des doutes... C'est un peu embrouillé, je l'admets. J'aurais aimé en parler avec mon psychiatre, je ne vous aurais pas dérangé, mais le problème, voyez-vous, c'est qu'il est mort. Dans l'attentat.

Je la vis redresser lentement la tête, un sourcil légèrement plus haut que l'autre. Elle essayait de ne pas paraître surprise, mais on ne me la fait pas. Je souris.

— Votre psychiatre est mort dans l'attentat de la Défense ? demanda-t-elle en se raclant la gorge.

— Oui. Enfin, je crois. Je ne suis plus trop sûr de rien, maintenant. Je ne suis même plus sûr qu'il a existé, voyez-vous... Excusez-moi, mais j'ai besoin de savoir : l'attentat, il a bien eu lieu, n'est-ce pas ?

Cette fois-ci, elle ne chercha pas à masquer son étonnement.

— Oui, dit-elle en fronçant les sourcils. Il y a bien eu un attentat à la Défense. Pourquoi doutez-vous que votre psychiatre ait bien existé ?

Je grimaçai. À mesure que je lui expliquais les choses, je prenais conscience de l'excentricité de mon histoire.

— Quand je suis retourné là-bas, à la Défense, les gens qui s'occupent des victimes de l'attentat m'ont dit qu'il n'y avait pas de cabinet médical dans la tour. Pourtant, c'est bien là que j'allais voir le docteur Guillaume toutes les semaines, depuis des années. Et c'est même là que j'allais le jour de l'attentat... Vous le connaissez, vous, le docteur Guillaume ? Mes parents disent qu'il a bonne réputation.

— Non, désolée, ça ne me dit rien. Vous avez été suivi par une cellule d'urgence après l'attentat ?

— Non.

— On ne vous a pas fait de debriefing psychologique ?

— Non, parce que je me suis d'abord enfui de la tour...

— Mais vous étiez précisément *dans* la tour SEAM au moment même de l'attentat ?

— Oui. Mais j'ai survécu. Parce que j'ai pu sortir juste avant que les bombes explosent. Et c'est pour ça que je viens vous voir. Parce que si j'ai survécu, ça veut dire que je ne suis pas vraiment schizophrène. Et j'ai besoin de savoir...

Elle me fixa sans rien dire.

— Est-ce que vous pensez que je suis schizophrène, vous ? insistai-je.

— Tout d'abord, je n'aime pas dire qu'une personne *est* schizophrène. En psychologie, on ne classe pas des personnes, mais des troubles. Je préfère dire qu'une personne présente une schizophrénie...

Je hochai la tête, mais au fond je me fichais, moi, du psychologiquement correct. Ce qui m'intéressait, c'était de savoir si, oui ou non, j'étais complètement siphonné.

— D'accord, entendu, mais d'après vous, alors, est-ce que je *présente une schizophrénie* ?

— Ce serait plutôt à votre psychiatre de vous le dire, puisqu'il vous a suivi pendant longtemps... Son diagnostic serait bien plus sûr que le mien.

— Oui, mais il est mort, mon psychiatre. Et là, j'ai besoin de savoir. C'est urgent. Vous ne pouvez pas me laisser dans le doute. Vous êtes psychologue. Vous êtes quand même capable de reconnaître un schizophrène, non ? C'est la base. Sinon, c'est de la non-assistance à personne en danger. Comment on sait si on est schizophrène ?

Je crois bien qu'elle poussa un léger soupir.

— C'est assez compliqué, mais on commence à mieux connaître ce trouble. Vous connaissez un peu l'histoire de la découverte de cette maladie, monsieur Ravel ?

— Oui, vaguement.

— Les premières études de Kraeplin, ça vous dit quelque chose ?

— Oui... Le docteur Guillaume m'en avait parlé. C'est le psychiatre qui, dans les années 1900, a différencié la schizophrénie de la paranoïa, c'est ça ?

— C'est ça. Il a d'abord appelé cela la *Dementia præcox*, la démence précoce, parce qu'elle touche essentiellement les jeunes hommes de dix-huit à vingt-cinq ans. Cette différenciation fut essentielle. Depuis, l'approche clinique de la schizophrénie a beaucoup progressé, et pour la diagnostiquer, il y a plusieurs méthodes. Votre psychiatre a dû vous en parler aussi, je suppose. En général, on se réfère aux critères diagnostiques du DSM IV.

— Oui, oui. Je me souviens. Mais je n'y prêtais pas vraiment attention à l'époque. C'est quoi exactement ?

— C'est une classification américaine des maladies psychiatriques... On y trouve notamment une liste de symptômes caractéristiques de la schizophrénie, ou plutôt *des* schizophrénies. Quand un patient présente au moins deux de ces symptômes, on peut déclarer qu'il présente une schizophrénie.

— Eh bien voilà ! m'exclamai-je. C'est exactement ce que je veux savoir ! Savoir si, objectivement, cliniquement, je suis schizophrène. Parce que pendant des années on m'a dit que je l'étais, mais maintenant, je n'en suis plus certain...

La psychologue resta silencieuse un instant. Elle me regardait avec beaucoup de sérieux, ce que je trouvais plutôt rassurant. Je glissai une main dans la poche de ma veste, à la recherche de mes Camel.

— Je peux fumer ?

— Non.

Je remis mon paquet à sa place.

— Quels sont les symptômes qui ont fait dire à votre psychiatre que vous présentiez une schizophrénie ? me demanda-t-elle enfin.

— J'entends des voix dans ma tête.

Elle nota quelque chose sur son carnet.

— Ce sont des voix extérieures, ou c'est votre propre voix ?

— Eh bien, plutôt des voix extérieures, que j'entends quand j'ai des crises. En vérité, je pense... enfin, je recommence à croire que ce que j'entends, ce sont les pensées des gens.

Je n'osais lui donner des exemples. Pourtant, il en était un que je ne pouvais oublier. « *Bourgeons transcrâniens, 88, c'est l'heure du deuxième messager...* »

— Je vois. Eh bien, si c'est ce que vous voulez savoir, alors oui, cela ressemble en effet à l'un des symptômes qui sont développés dans le DSM IV. Mais cela ne suffit pas à affirmer que vous souffrez d'une schizophrénie...

— Qu'est-ce qu'il faudrait d'autre ?

— Il y a des tas de symptômes, monsieur Ravel, mais encore une fois, on ne diagnostique pas comme ça ce type de maladie, lors d'un simple entretien. Il faut du temps. Et puis on a des moyens plus développés, maintenant. Il peut même arriver que l'on fasse, dans certains cas, des imageries cérébrales...

— Oui, oui, je sais : j'en ai fait des tas. Des tas, pendant des années. Ils avaient tellement d'images de mon cerveau, dans le cabinet du docteur Guillaume, qu'ils auraient pu en faire une bande dessinée !

— Eh bien au moins, vous avez le sens de l'humour...

Je souris. Décidément, quelque chose me plaisait, chez cette psychologue. Sa façon de me parler comme à un adulte, notamment. Jamais le docteur Guillaume, jamais mes parents ni même mon patron ne m'avaient parlé de cette manière. Pour eux, j'avais toujours été un schizophrène, un malade, et donc un être globalement irresponsable. Et là, pour la première fois, me semblait-il, cette femme me regardait comme un adulte ordinaire, sensé, qui présentait peut-être un simple trouble psychologique... C'était une impression nouvelle. Il y avait dans notre conversation une sorte d'estime, de respect entendu, et je trouvais cela apaisant. Libérateur, presque.

— Soyez gentille, lui dis-je en m'avançant sur ma chaise. Je sais bien que c'est délicat, mais dites-moi quand même ce que vous en pensez. Donnez-moi votre avis, votre avis personnel. Je suis vraiment perdu.

— Je ne peux pas me faire un avis si vite, monsieur Ravel...

— Alors dites-moi au moins les autres symptômes, que je voie s'ils me concernent...

— Il y en a beaucoup...

— Donnez-moi des exemples, on verra bien !

Elle soupira à nouveau, hésita, puis, en haussant les épaules, elle se résolut à me répondre.

— Il peut y avoir le sentiment que votre corps est contrôlé par quelqu'un d'autre, ce qui provoque parfois des mouvements involontaires...

— Non. Je n'ai pas ce symptôme-là. Je contrôle parfaitement mes gestes.

— Il peut y avoir une désorganisation du discours, ce dont vous ne semblez pas souffrir non plus... Même si vous avez tendance à vous emballer quand vous parlez, ajouta-t-elle en souriant.

— C'est parce que je suis moi-même assez embrouillé, vous comprenez, un peu stressé. Allons, quoi d'autre ?

— Les malades sont souvent d'impressionnants consommateurs de tabac, on le remarque à leurs doigts jaunes, ou aux trous de cigarette dans leurs vêtements...

J'examinai mes mains avec une moue embarrassée. Mes phalanges étaient complètement brunes.

— Oui, enfin, il n'y a pas que les schizophrènes qui fument comme des pompiers... Ça ne prouve pas grand-chose. Quoi d'autre ?

— Vous savez, je ne connais pas tous les symptômes par cœur. Il faudrait que je jette un coup d'œil au manuel. Ce que je peux vous dire, par exemple, c'est qu'on observe souvent chez les patients des tentatives plus ou moins conscientes d'automédication. Vous arrive-t-il de choisir vous-même vos médicaments ?

— Peut-être. Et quoi d'autre encore ?

— Il peut y avoir un comportement catatonique, des troubles de l'humeur...

— Oui, ça, ça m'arrive. Des troubles de l'humeur. Mais ça arrive à tout le monde, non ?

— Une obsession pour les détails, les calendriers, les dates, ce qu'on peut appeler de l'arithmomanie...

— Quoi d'autre encore ?

— Écoutez, vraiment, cela ne sert à rien de les lister tous. Vous dites vous-même, monsieur Ravel, que vous souffrez d'hallucinations auditives. Il faudrait peut-être commencer par s'occuper de cela. Il serait plus raisonnable pour vous de consulter un psychiatre qui pourrait vous prescrire des médicaments...

— Non, non. Plus de médicaments ! Je les ai tous essayés, les neuroleptiques, tous ! En pilule, en injection... Ça ne sert à rien, je n'ai jamais perdu les voix dans ma tête.

— Monsieur Ravel, dans le cadre d'une schizophrénie, ce qu'on appelle *l'alliance thérapeutique* est vraiment importante. Une continuité des soins doit être assurée, si possible avec le même psychiatre et la même équipe soignante. Les troubles dont vous souffrez sont beaucoup trop importants pour que vous les preniez à la légère. Vous devez non seulement suivre un traitement à base de neuroleptiques, mais également une psychothérapie. Laissez-moi vous diriger vers un spécialiste...

— Non ! Je n'ai pas envie de voir un autre docteur Guillaume. Je veux simplement votre avis. L'avis de quelqu'un comme vous. Vous ne pouvez pas me forcer, dis-je en me redressant.

— Non, en effet. À moins que vous représentiez une menace pour l'ordre public. Pensez-vous que vous représentez une menace pour vos concitoyens ?

— Non, non. Je n'ai jamais fait de mal à une mouche ! Vous devez m'aider, madame. Je ne vous demande pas grand-chose. Je veux juste que vous m'aidiez à savoir si les voix que j'entends dans ma tête sont bien des hallucinations.

— Mais que voulez-vous que cela soit d'autre ?

Je haussai les épaules. C'était l'un des principaux arguments du docteur Guillaume. *Que voulez-vous que ce soit d'autre ?* C'était effectivement la question. La seule question valable.

— Eh bien, je vous l'ai dit... Je crois que ce sont les pensées des gens. J'entends les pensées des gens.

— Depuis combien de temps entendez-vous ces voix ?

— Je ne sais pas. Je ne me souviens pas bien de mon passé. Mais je crois que cela fait au moins quinze ans.

— Et vous en entendez tout le temps ?

— Non. Pas tout le temps. Il y a des signes avant que je les entende. Une migraine, le tournis, et puis ma vue qui se dédouble. Une sorte de crise épileptique. Là, par exemple, je n'en entends pas.

— Vous n'entendez pas mes pensées ?

— Non.

Je grimaçai.

— Vous ne me croyez pas, c'est ça ? Sous prétexte que je n'entends pas vos pensées, vous ne me croyez pas ?

— Je ne suis pas là pour vous croire, monsieur Ravel. Tout ce que je peux faire, c'est vous aider à y voir plus clair... Et avant tout, j'aimerais vous aider à ne pas vous angoisser. Vous m'avez l'air terriblement angoissé.

— Vous ne seriez pas angoissée, vous, si vous aviez entendu la voix des terroristes dans votre tête quelques secondes avant que la Défense explose ?

— Et que vous disaient ces voix ? Elles vous disaient de poser des bombes ?

Je secouai la tête.

— Mais non ! Pas du tout ! Je vois très bien où vous voulez en venir ! Vous sous-entendez que c'est peut-être moi qui ai mis ces bombes, auquel cas je deviens réellement un danger pour l'ordre public, et hop, vous pouvez vous débarrasser de moi et m'hospitaliser d'office !

— Ce n'est pas mon intention. Mais je vois que vous connaissez le terme d'hospitalisation d'office. Cela vous est déjà arrivé ?

Finalement, elle commençait à m'agacer. Contrairement à ce que j'avais espéré, elle s'était déjà mise à porter sur moi un regard accusateur. Peut-être ne valait-elle pas mieux que le docteur Guillaume.

— Non, jamais ! répondis-je sèchement. Mais je ne suis pas complètement con, non plus. J'ai lu des livres. Je sais ce qu'est une hospitalisation d'office.

Nous laissâmes passer un long moment sans parole. Elle ne m'avait pas quitté des yeux. Je crus distinguer à nouveau dans son regard la lueur de respect que j'avais trouvée au début de notre conversation. Je repris un peu confiance.

— À vrai dire, je crois même que je suis assez intelligent, murmurai-je. J'essaie toujours de comprendre le monde. Je prends des tas de notes. Je lis des tas de livres. Ils sont intelligents, les schizophrènes ?

— En général, les patients atteints de schizophrénie ont un QI inférieur à la moyenne... Mais ce ne sont que des statistiques. Il est vrai toutefois qu'ils présentent plusieurs troubles intellectuels, comme des déficits d'attention ou des problèmes de langage... Mais il y a des personnes très intelligentes qui sont atteintes de schizophrénie, comme ce célèbre prix Nobel de sciences économiques, John Nash.

— Et si vous me faisiez faire des tests d'attention, ou des tests de QI ? Je suis certain que je suis au-dessus de la moyenne ! Cela prouverait que je ne suis pas schizophrène ?

Elle secoua la tête.

— Pour l'instant, cela prouve surtout que vous êtes prétentieux. Monsieur Ravel, m'annonça-t-elle d'une voix franche, voilà ce que je vous propose. Dans un premier temps, nous allons laisser de côté la question de savoir si oui ou non vous présentez une schizophrénie, et nous allons nous concentrer sur les voix que vous entendez dans votre tête. C'est ce qui vous pose pour le moment le plus de problèmes, et je pense qu'il serait plus sage de travailler d'abord là-dessus. Qu'en dites-vous ?

— Je ne sais pas...

— Je ne peux pas vous forcer. Mais ces voix semblent réellement vous handicaper au quotidien. Si vraiment vous ne voulez pas aller consulter un psychiatre – ce que je désapprouve fortement –, nous pouvons peut-être au moins essayer de travailler ensemble là-dessus. Je ne sais pas si je peux vous aider, mais je pense que vous avez besoin de faire le point sur ce problème.

— Vous voulez que je revienne vous voir, c'est ça ?

— C'est à vous d'en décider.

Je pris un moment pour réfléchir.

— Je n'arrive pas à m'en sortir tout seul, avouai-je finalement.

— C'est tout à fait compréhensible. Vous me disiez tout à l'heure que vous aviez des parents... Ils peuvent vous aider ?

— Non. Pas pour le moment. Ils ne sont pas là.

— Le trouble dont vous souffrez est très difficile à gérer seul, monsieur Ravel. Mais vous ne devez jamais oublier que c'est un trouble, pas une fatalité. Il y a des rémissions possibles. Le fait que vous soyez conscient de ce trouble est déjà un point positif.

— Oui, d'accord, mais au bout du compte, une fois que nous aurons fait le tour de la question sur mes hallucinations, vous allez me dire que je suis schizophrène, et on en reviendra au point de départ...

— Je vous ai déjà dit que je ne disais pas ce genre de chose. Et je vous le répète : écartons cette problématique pour nous concentrer d'abord sur les voix que vous entendez.

— Soit, répondis-je sans conviction. Je veux bien essayer...

— Parfait. Alors prenons rendez-vous.

— D'accord.

Elle attrapa un deuxième carnet noir, plus petit, et je la vis lécher son index chaque fois qu'elle tournait un coin de feuille. J'eus l'impression que c'était une mimique que faisait ma mère, mais je n'arrivais pas à l'imaginer, là. Je n'arrivais pas à voir le visage précis de ma mère faisant ce geste précis, et pourtant, j'étais sûr qu'il y avait un lien avec elle... C'était assez étrange. Comme ces rêves où les gens ont un nom, mais pas de visage...

— Pouvez-vous revenir après-demain ?

— Oui. Je... Je n'ai rien de prévu.

— Vous ne travaillez pas, monsieur Ravel ?

— Si. Mais je n'y vais pas en ce moment...

— Alors après-demain, 15 heures.

Je demandai combien je lui devais et la réglai aussitôt.

Elle me sourit, se leva et me tendit la main.

— Au revoir, monsieur Ravel. Essayez de vous reposer. Vous avez l'air de n'avoir pas beaucoup dormi ces derniers jours, et la fatigue n'améliore certainement pas les choses.

Je me levai à mon tour et serrai sa main, prenant soudain conscience du sens profond de ce simple geste. Un geste que je ne faisais pas souvent. Serrer une main. Partager un instant nos outils... Quelque chose comme ça. Mes mains ne sont pas schizophrènes.

— Merci, madame.

Je sortis du cabinet.

22.

Carnet Moleskine, note n° 113 : la mémoire.

On dit que pouvoir mettre un mot sur nos troubles, c'est déjà trouver la moitié du remède. Alors voilà : je souffre d'une amnésie rétrograde. Pour être précis, je ne me souviens quasiment d'aucun événement antérieur à mes vingt ans. Les rares choses dont je me souvienne, il se peut que ce soient de faux souvenirs, des choses que mes parents m'auraient racontées et que je me serais appropriées, ou bien ce que l'on appelle des « paramnésies réduplicatives », des illusions de la mémoire. C'est dans les dictionnaires. Cela se traduit par des impressions de déjà-vu ou des reviviscences confuses de scènes d'enfance. Elles me saisissent parfois, comme des flashs, devant un objet, une odeur, un son.

Il est particulièrement pénible de ne pas se souvenir de son enfance, ni même de son adolescence. Dans la compréhension, la connaissance de soi, une lacune aussi grande est nécessairement un handicap. Donc, je me connais mal. Donc, je ne suis sûr de rien, en ce qui me concerne. Pas sûr de mes choix politiques, pas sûr de mes goûts, pas sûr de mes envies. On dit qu'un homme est la somme de tous les choix qu'il a pu faire dans sa vie. Mais alors, est-on un homme quand on ne se souvient d'aucun de ces choix ?

Parfois, cependant, j'ai l'impression de me souvenir de faits anciens. Des souvenirs vagues, confus, mais des souvenirs tout de même. Je ne sais s'ils sont réels ou si ce sont des paramnésies causées par mes troubles mentaux, mais j'ai tout de même pris la décision de noter ici ces souvenirs. Peut-être pourrai-je ainsi reconstruire petit à petit l'être que je suis, ou que j'étais. C'est ce que les psychiatres appellent la « technique du pas à pas ». Revivre lentement le voyage de ma vie passée, mais en seconde classe, s'il vous plaît.

23.

Le lendemain de ma visite chez la psychologue, après avoir passé ma première nuit relativement calme depuis les attentats, j'entrepris de ne pas rester enfermé à l'hôtel. J'avais, pendant des heures, retourné toutes les questions dans ma tête, et je ne savais toujours pas où j'en étais. Je me sentais bien trop seul, bien trop perdu, et très vite il m'apparut qu'il fallait que je voie quelqu'un. Quelqu'un qui me connaissait, auprès de qui je pourrais peut-être retrouver le sens de la réalité. Je n'avais toujours aucunes nouvelles de mes parents, et je n'étais pas certain de vouloir les revoir pour le moment. Je me décidai donc à aller rendre visite à M. de Telême, mon patron.

Je fis rapidement ma toilette, et je m'habillai, non sans un réel plaisir. Revêtir ces habits était un premier pas vers l'acceptation d'une certaine réalité. Une réalité où je me devais d'être rasé, propre, présentable.

Je pris un café et un croissant en bas de l'hôtel, dans un petit troquet. J'essayai de ne pas faire attention aux voix des autres clients. Il fallait que je me concentre sur autre chose. Je jetai un coup d'œil aux journaux du matin. Ils ne parlaient que de l'attentat et de la piste islamiste. On voyait encore les photos de la Défense, des secouristes au milieu des ruines. Ma réalité. Je payai le serveur, puis je me mis en route.

La société Feuerberg était installée sur la place Denfert-Rochereau. Toujours inquiet à l'idée de retourner sous terre, je pris le bus et traversai Paris en surface. Mais quand je fus arrivé à quelques pas des bureaux, en voyant passer derrière les fenêtres de nombreuses silhouettes, j'eus soudain un étrange sentiment. Pas vraiment de la peur, plutôt de l'inquiétude. Étais-je prêt à revoir tous mes collègues d'un seul coup ? J'avais disparu depuis plusieurs jours, ils allaient m'assaillir de questions, me lancer des regards suspicieux... Non. Il était encore trop tôt pour affronter cela. Mieux valait voir M. de Telême en tête à tête.

Je pris mon téléphone portable et appelai son bureau. Je tombai sur sa secrétaire. C'était une femme que je n'avais jamais beaucoup appréciée. Elle parlait peu, ne donnait jamais son avis. Elle se contentait de suivre M. de Telême partout, avec un carnet et un stylo dans la main, et elle faisait d'étranges sourires qui n'en étaient sans doute pas.

— Pourrais-je parler à M. de Telême, s'il vous plaît ?

— Il n'est pas là aujourd'hui. Puis-je prendre un message ?

— Non, répondis-je. Je rappellerai demain.

La secrétaire sembla hésiter un instant.

— Monsieur Ravel, c'est vous ?

Elle m'avait reconnu. Elle avait reconnu Vigo Ravel. Moi. C'était donc bien la réalité. Feuerberg, François de Telême, la secrétaire... Cela, au moins, je ne l'avais pas inventé.

— Non, non, mentis-je. Merci, madame, je rappellerai.

Je raccrochai aussitôt. Je fis quelques pas autour de la place, en soupirant. Quel imbécile ! J'avais traversé tout Paris pour rien ! Il m'aurait suffi d'appeler pour m'éviter le déplacement ! Mais après tout, marcher m'aidait à y voir un peu plus clair. Pour le moment, je n'entendais plus de voix dans ma tête. Je ne m'étais jamais senti aussi tranquille depuis les attentats. Maintenant que j'étais là, et dans de bonnes dispositions, je n'avais qu'à profiter du beau temps pour flâner un peu...

Ainsi, je passai l'après-midi à marcher dans le XIVe arrondissement. Comme je n'étais pas encore tout à fait rassuré et que je m'attendais toujours à voir surgir les deux types qui m'avaient poursuivi, je me promenai dans les endroits les plus calmes et les plus discrets du quartier : les jardins de l'Observatoire, les ruelles de la villa d'Alésia, le parc Montsouris...

Sur le chemin du retour, apaisé, je me surpris à retrouver des sensations anciennes : l'état d'esprit dans lequel j'avais si longtemps été. Je recouvrais, sans vraiment me l'expliquer, cette résignation que le docteur Guillaume avait toujours encouragée. Petit à petit, la certitude que j'étais bien schizophrène s'installa à nouveau, et je fus presque convaincu que tout ce qui m'était arrivé d'étrange ces derniers jours n'était que le produit de mes délires. Les deux types qui m'avaient poursuivi n'avaient sans doute jamais existé, pas plus que la caméra dans l'appartement de mes parents, et la phrase que j'avais cru entendre dans la tour SEAM n'avait aucun sens. Ce n'était pas un message secret indéchiffrable, c'était tout simplement une phrase sans queue ni tête, que j'avais inventée de toutes pièces.

Au fond, c'était reposant de se savoir simplement fou. C'était réconfortant, et c'était une réponse facile à tous mes questionnements. Si j'étais schizophrène, alors il ne subsistait aucun mystère, mais seulement quelques hallucinations auxquelles je ne devais plus porter crédit.

C'est alors que, boulevard Raspail, je croisai un regard qui me parut familier. Je m'arrêtai, incertain, et observai plus attentivement la jeune femme qui traversait un peu plus loin. Cette coupe de cheveux, ce nez fin, ces petites jambes... Oui, c'était bien elle. La comptable de Feuerberg. Sans réfléchir, je hélai son nom.

— Joëlle !

La jeune femme se retourna, puis elle sembla surprise en découvrant mon visage. Elle détourna les yeux et reprit sa marche d'un pas plus rapide.

J'hésitai une seconde, décontenancé par sa réaction, puis je me mis à la suivre.

— Joëlle ! C'est moi, Vigo !

Elle trotta plus vite encore. Je courus pour la rejoindre et, quand je fus à sa hauteur, je glissai devant elle et l'attrapai par l'épaule.

— Qu'est-ce qui se passe ? demandai-je, perplexe. Vous ne me reconnaissez pas ?

Elle se dégagea, les yeux emplis de panique.

— Laissez-moi, s'il vous plaît.

Puis elle se remit en route. Sidéré, je la saisis de nouveau par le bras, plus fermement cette fois.

— C'est quoi, ces conneries ? Joëlle ! On travaille ensemble, chez Feuerberg ! Je suis Vigo Ravel !

— Monsieur, je ne sais pas de quoi vous parlez, je ne vous connais pas, laissez-moi tranquille !

Elle me repoussa violemment et partit en courant vers l'autre côté de la rue.

Je me demandai s'il était possible que je me sois trompé, que j'aie confondu son visage, mais j'étais absolument convaincu de la reconnaître, jusque dans sa voix, son regard. C'était elle, à n'en pas douter. Mais alors, pourquoi me mentir ? Quelques passants avaient commencé à me fixer avec suspicion ; pourtant, je refusais de laisser tomber. J'avais besoin d'une explication. Je me mis à courir à mon tour.

La comptable avait de l'avance sur moi, mais j'allais beaucoup plus vite et je la rattraperais bientôt. Je la vis obliquer dans une rue à droite.

— Oh ! Monsieur ! Foutez-lui la paix !

Un grand blond derrière moi semblait vouloir jouer les justiciers, mais je n'avais pas l'intention de me laisser impressionner. Je courus de plus belle.

Quand j'arrivai au coin de la rue, j'aperçus au loin deux policiers en faction. Je jurai. La jeune femme fonçait droit vers eux. Elle allait me dénoncer. Me dénoncer de quoi ? De l'avoir reconnue ? Je fis aussitôt demi-tour, envahi par un immense sentiment d'injustice. C'était moi, à présent, que l'on allait poursuivre, alors que j'étais bel et bien la victime dans cette histoire !

Je me précipitai vers le carrefour et, sans hésiter, je montai dans un bus. Je quittai le quartier, dépité, en regardant s'éloigner les silhouettes des deux policiers.

Le lendemain, à l'heure prévue, je m'assis devant le bureau de *Sophie Zenati, psychologue, 1er étage gauche.*

24.

— Comment vous sentez-vous aujourd'hui, monsieur Ravel ?

Bizarrement, j'étais heureux de retrouver Mme Zenati, que je me plaisais déjà à appeler *ma psychologue.* Cela me rassurait de me l'approprier ainsi. J'avais l'impression d'être pris en charge.

— Je ne sais pas, répondis-je en me raclant la gorge... C'est étrange. D'un côté, je me sens mieux, sans doute de vous avoir parlé, mais de l'autre j'ai une impression bizarre. Comme si je sortais d'un long cauchemar... Je dois vous avouer que, depuis hier, je me demande si tout ce que je vous ai raconté est bien réel. J'ai un peu honte, mais c'est ainsi...

— Comment cela ?

— Toute l'histoire de l'attentat... Et encore, je ne vous ai pas tout dit. Il y a aussi l'appartement de mes parents, que j'ai trouvé sens dessus dessous, et puis ces deux types qui m'auraient pourchassé jusque dans les catacombes... Quand j'y pense, maintenant, cela me paraît complètement impossible. Complètement farfelu. Je crois que j'ai un peu déliré... Je reconnais les signes de ma schizophrénie. Mon délire de persécution, tout ça...

— *Votre* schizophrénie ? Vous croyez donc à nouveau que vous êtes atteint de ce trouble ?

Je soupirai.

— Je ne sais plus, je me suis mis à douter de tout. Je me demande si j'ai vraiment survécu à cet attentat, ou si je n'ai pas tout inventé... Cela paraît incroyable, tout de même, que j'aie pu y survivre, non ?

— Vous avez repris votre traitement de neuroleptiques ?

— Non.

— Je pense que vous devriez le faire.

— Je ne supporte plus les effets secondaires.

— Sont-ils plus insupportables que vos troubles ?

Je haussai les épaules.

— Comment vous dire ? Ces médicaments font de moi un être que je ne peux plus voir dans une glace. Ils me font grossir, ils me rendent complètement léthargique, j'ai du mal à lever les yeux, à regarder les gens en face. Et puis... Je suis incapable d'avoir la moindre érection...

Elle acquiesça et écrivit sur son carnet. J'imaginai en souriant la phrase qu'elle notait peut-être. *Incapable de bander.* Ma vie était fabuleuse.

— Vous pourriez peut-être vous faire prescrire des médicaments qui n'ont pas les mêmes effets secondaires...

— Oui, peut-être...

Il y eut un moment de silence. J'observai autour de moi. Le bureau était toujours aussi mal rangé.

— Monsieur Ravel, je vous ai apporté un livre que j'aimerais que vous lisiez.

— Vous croyez que je n'ai que ça à faire ?

— Cela concerne la schizophrénie. C'est un excellent livre, clair et concis. L'auteur, Nicolas Georgieff, est un très bon psychiatre. Vous devriez le lire, cela vous permettra de mieux identifier vos troubles. Vous verrez qu'ils sont clairement reconnus par la médecine moderne. Vous voulez que je vous lise un passage ?

— Allez-y toujours...

La psychologue enfila ses lunettes et commença sa lecture comme une maîtresse d'école.

— « *Le délire et les hallucinations sont deux symptômes psychotiques typiques de la schizophrénie. Le délire se définit par une croyance absolue inébranlable du sujet dans la "réalité" de contenus de pensée imaginaires, croyance qu'il ne partage pas avec autrui. Les idées délirantes les plus fréquentes sont celles de persécution, où le sujet est convaincu que des personnages – réels ou non – le poursuivent de leur malveillance, complotent contre lui.* »

— Oui. Ça me ressemble. C'est formidable ! dis-je ironiquement.

— Attendez. Ce qui suit devrait vous intéresser : « *Ce qui caractérise le délire est une croyance particulière appelée "conviction délirante". Il s'agit d'une conviction intime échappant à toute contestation par les faits. Elle naît souvent par l'attribution d'une signification personnelle et étrange à un événement réel quelconque, qui prend brutalement sens de manière évidente : le sujet a l'intuition qu'il se rapporte à lui. Le délire place le sujet au centre du monde, face à des événements qui prennent sens pour lui, le concernent, et ne semblent plus aléatoires mais expriment nécessairement une logique cachée. Les hallucinations psychotiques, seconde catégorie de troubles psychotiques typiques, consistent le plus souvent dans la perception de "voix" qui s'adressent au sujet. »*

— Super. Je lirai votre livre.

Elle me le tendit en soupirant.

— Je ne peux toujours pas fumer ? demandai-je en haussant les sourcils.

— Non, monsieur Ravel. On ne fume pas dans mon bureau.

— Vous faites chier.

Elle ne releva pas.

— Dites-moi, vous entendez toujours ces voix dans votre tête ?

— Seulement quand j'ai des crises.

— Et quand vous sentez ces crises arriver, il n'y a rien à faire ?

— Quand une crise arrive, le seul moyen de ne pas entendre les voix, c'est de m'isoler complètement.

— C'est peut-être un point positif : vous savez déjà que c'est la proximité d'autrui qui provoque votre trouble.

— Oui. La proximité d'autrui.

— Mais le problème, monsieur Ravel, c'est que vous ne pouvez pas passer le reste de votre vie isolé. Il va donc falloir que nous trouvions une autre solution, vous en êtes conscient ?

— Oui. D'autant que... D'autant que...

— Oui ?

— D'autant que cela me manque.

— Qu'est-ce qui vous manque ? Le contact avec les gens ?

— Oui. Les autres. Je me suis toujours senti comme un étranger. Sans rapport aux gens.

— Même les gens avec qui vous travaillez ?

— Oui. Nous ne parlons jamais ensemble. Nous sommes séparés, à Feuerberg, chacun dans un petit bureau cloisonné, et nous tapons toute la journée sur nos ordinateurs... Vous voyez le genre ? Toute la splendeur du XXIe siècle. Hier... Hier j'ai croisé une collègue dans la rue, elle ne m'a même pas reconnu. Ou elle n'a pas voulu me reconnaître, je ne sais pas.

— Vous ne faites pas des pauses à la machine à café ?

— Il n'y a pas de machine à café, dans nos bureaux. M. de Telême est contre.

— Et au déjeuner ?

— La plupart apportent leur propre sandwich et le mangent dans leur bureau. J'ai l'impression que tous les employés de cette boîte sont aussi schizos que moi ! ajoutai-je en souriant.

— Vous n'êtes pas « schizo », monsieur Ravel. Encore une fois, je pense que vous devriez bannir ce mot de votre vocabulaire.

Je hochai la tête, d'un air désolé.

— Il n'y a vraiment personne à votre travail avec qui vous discutez de temps en temps ?

— Eh bien, si, il y a M. de Telême, le patron. Il sait que je suis fou, alors il est attentif. En fait, il est plutôt sympathique. C'est même la seule personne avec qui il m'arrive de sortir. Oui. On pourrait presque dire que c'est un ami. Une sorte d'ami... Ça reste quand même mon patron.

— Et quand vous sortez, vous allez où ?

Je souris.

— Il y a une boîte de blues où nous allons souvent, à Neuilly.

— Vous aimez le blues ?

— Oui. Et puis il y a tellement de bruit dans cette boîte que, si par hasard j'ai une crise, je n'entends plus les voix dans ma tête...

— Quand il y a du bruit, comme ça, vous n'entendez plus du tout ces voix ?

— Presque plus. Elles sont étouffées.

Elle opina lentement du chef et prit à nouveau quelques notes sur son grand cahier noir.

— Avant-hier, vous m'avez dit que vous croyiez de moins en moins à vos troubles schizophréniques. Aujourd'hui, vous me dites que, finalement, vous recommencez à y croire. Qu'est-ce qui vous a fait changer d'avis ?

— Je ne sais pas. En me promenant dans la rue, hier, je crois que je me suis éclairci les idées. Je me suis rendu compte que toute mon histoire ne tenait pas debout.

— Dites-moi précisément ce qui ne tient pas debout.

— Rien ne tient debout ! Je ne suis plus sûr de rien. Je vous l'ai dit : je ne suis même plus sûr que le docteur Guillaume a réellement existé !

— Ne devriez-vous pas le vérifier par vous-même ? Cela vous aiderait peut-être. Pas tout seul, bien sûr, mais avec l'aide de quelqu'un...

— Avec vous ?

— Non. Ne pourriez-vous pas le faire avec votre patron, justement ou, encore mieux, avec vos parents ? Vous n'avez aucune nouvelle d'eux depuis les attentats ?

— Non. Je ne sais même pas s'ils sont rentrés chez eux, rue Miromesnil. J'ai peur d'y retourner. Quand j'y suis allé, il y avait... Enfin, j'ai cru qu'il y avait une caméra. Mais j'ai dû l'imaginer. Bien sûr. Dans ma paranoïa...

— Une caméra ?

— Oui, oui.

Elle nota.

— Vos parents sont sûrement très inquiets, à l'heure qu'il est. Vous devriez essayer de les contacter, et leur demander de vous aider à y voir plus clair. À discerner le faux du vrai...

— Et si j'avais tout inventé, comme la caméra ? Si mes parents n'existaient même pas ?

— Vous le saurez en essayant de les revoir, monsieur Ravel. Cela me paraît important. La solitude dans laquelle vous vous êtes enfermé me semble dangereuse. Vous avez besoin de reprendre contact avec la réalité. Or vous risquez, ce faisant, de passer par des phases assez pénibles. Il serait bien que vous soyez accompagné.

Tout en l'écoutant, je ne pouvais m'empêcher de songer à mes parents. L'idée qu'ils aient pu eux aussi être le fruit de mon imagination me paraissait tangible. Et terrifiante. L'appartement de la rue Miromesnil n'était peut-être même pas réel. Peut-être avais-je toujours vécu dans cet hôtel...

— Quelle est la probabilité pour que j'aie inventé l'existence du docteur Guillaume ? demandai-je en appuyant mon menton sur mes poings.

— Si des gens à la Défense vous ont dit que le cabinet médical n'existait pas, il y a de grandes chances que vous l'ayez inventé, en effet.

— Tout comme j'invente les voix dans ma tête ? Elles ne sont pas réelles, ces voix, n'est-ce pas ?

— Elles sont réelles pour vous, Vigo. Vous les entendez bien. Mais il faut que vous compreniez que cela ne peut pas être les pensées des gens. Ce sont vos propres pensées. Votre cerveau fait une confusion entre votre *moi* et le monde extérieur, tout comme entre votre vie psychique – votre imaginaire – et les événements réels qui vous entourent...

Je poussai un long soupir. Oui. Bien sûr. Évidemment. Comment pouvait-il en être autrement ? Pourtant, tout cela m'avait paru si réel !

— Et ces coupures que j'ai sur les doigts ? dis-je en levant les mains devant moi. Elles ne viennent pas de l'attentat ?

— D'après les informations, monsieur Ravel, aucune des personnes qui étaient à l'intérieur de la tour SEAM n'a survécu... Aucune. Et quand on voit les images, on a du mal à imaginer le contraire...

— Alors je n'étais pas dans la tour ?

— Probablement pas.

— Et pourquoi en ai-je le souvenir ?

— Vous étiez peut-être à proximité, ce qui pourrait expliquer vos blessures. Ou bien, vous avez vu les images à la télévision, elles vous ont impressionné et ont nourri chez vous une crise de paranoïa, somme toute assez classique...

— Classique ? dis-je, quelque peu offensé.

— Dans le cadre des troubles dont vous souffrez, oui. Vous avez attribué une signification personnelle et étrange à un événement réel qui vous était pourtant étranger. Les crises de schizophrénie paranoïde donnent souvent l'impression au sujet qu'il est au centre du monde, face à des événements qui ne semblent plus aléatoires mais qui expriment pour lui une logique bien précise... Comme je vous l'ai lu tout à l'heure...

— En somme, les choses que j'ai imaginées ne sont pas surprenantes pour une personne atteinte de schizophrénie ?

— C'est un trouble assez courant, oui. Vous vous êtes placé au centre de cet événement exceptionnel, comme si vous en étiez le sujet principal. Comme si vous pouviez être au cœur même de l'attention du monde entier. Et quand ce type de trouble se double du sentiment que personne ne veut vous croire – comme vous l'évoquiez l'autre jour –, on parle parfois du syndrome Copernic.

— Le syndrome Copernic ?

— Oui, c'est un syndrome récurrent chez nombre de patients atteints de paranoïa ou de schizophrénie paranoïde : la certitude de posséder une vérité essentielle, capitale, qui vous place au-dessus du commun des mortels, mais à laquelle le monde entier refuse de croire.

— Et vous pensez que je souffre de ce syndrome ?

— Cela me paraît fort probable. Vous êtes persuadé d'avoir découvert une chose extraordinaire, la capacité d'entendre les pensées des autres, et qu'en plus ce pouvoir vous a permis d'échapper au plus terrible attentat de notre histoire. En outre, vous êtes convaincu que personne ne voudra vous croire, que le monde entier réfute votre vérité, voire qu'il y a un complot pour vous empêcher de révéler votre histoire... Il y a là tous les éléments du syndrome Copernic.

— Mais c'est horrible !

— Non. C'est un symptôme assez banal.

— Vous dites cela pour me rassurer ? soulignai-je ironiquement.

— Pas du tout. Je vous le dis parce que c'est la réalité, et que c'est ce que vous allez devoir recommencer à faire, à présent : reconnaître la réalité. Mais ce ne sera pas facile, monsieur Ravel. Comprendre que votre cerveau vous ment parfois ne doit pas vous entraîner dans un excès inverse ; cela ne doit pas vous faire perdre le sentiment de la réalité ni de votre propre personne. Tout n'est pas illusion, tout n'est pas hallucination. Il y a du réel dans ce que vous voyez, ce que vous sentez, ce que vous entendez. Vous devez réapprendre à saisir le réel. À faire la différence.

J'acquiesçai.

— Monsieur Ravel, maintenant que nous nous connaissons, êtes-vous certain que vous ne voulez pas consulter un psychiatre ? Votre trouble est sérieux, et...

— Non ! coupai-je. Non, vraiment. Pas pour le moment, en tout cas. S'il vous plaît. Je... Je préfère continuer à vous voir, vous. J'ai besoin de temps. Et de repères. Vous, mes parents... Ce sont des repères, pour moi.

— Je vois. Bien. Vous allez donc reprendre contact avec votre famille ?

— Oui.

— Parfait. Voulez-vous que nous le fassions ensemble ?

— Non, non. Je vais aller chercher mes affaires à l'hôtel, puis je les appellerai tout seul.

— Très bien. Il me semble que vous faites le bon choix.

Elle m'adressa un sourire satisfait. Elle devait penser que nous avions fait des progrès. Et elle avait sans doute raison. Je reprenais petit à petit conscience de ma maladie. La crise allait bientôt disparaître, je voulais l'espérer. Et je pourrais à nouveau retrouver une vie presque normale, travailler, suivre un traitement...

— Bien, dit-elle en posant ses mains sur son bureau. Nous en avons largement assez fait pour aujourd'hui. Voulez-vous que nous nous revoyions dans deux jours ?

Une routine, un repère ? Oui, j'en avais envie, besoin.

— Je veux bien, dis-je en me tordant les mains.

Elle consulta son agenda et me fixa un nouveau rendez-vous.

— Parfait. Alors je vais vous dire au revoir, monsieur Ravel. Reprenez contact avec votre famille, et essayez de reconstituer un peu les choses avec eux, de voir parmi vos souvenirs lesquels sont réels, lesquels sont le fruit de votre imagination. Mais prenez votre temps. Rien ne presse. Il est inutile de vouloir en faire trop pour le moment... Vous pourriez peut-être commencer par vérifier qui était votre psychiatre...

— Entendu.

— Et vous me raconterez cela dans deux jours.

Je fis oui de la tête et réglai le prix de la consultation. Tout en remplissant le chèque, je fixai mon nom écrit en caractères d'imprimerie. *Vigo Ravel*. Au moins, aussi étrange fût-il, je n'avais pas imaginé mon patronyme. Visiblement, le Crédit agricole me reconnaissait comme tel... Vigo Ravel.

Je serrai la main de ma psychologue et sortis de son bureau. En traversant la petite pièce attenante, je vis la femme que j'avais croisée deux jours plus tôt, au même endroit. Je la reconnus aussitôt. Cette svelte trentenaire aux courts cheveux bruns, au visage fin, fragile, et aux yeux vert forteresse, ses sourcils effilés, sa peau hâlée au soleil du Maghreb, probablement. Elle était là, assise, immobile, le cœur prêt à s'ouvrir à la psychologue, l'âme en salle d'attente, les larmes au bord des mots. Cette fois, son rendez-vous était après le mien. Oubliant qui j'étais, je lui adressai un signe amical de la tête. Elle me retourna ce qui ressemblait à un sourire.

Sur le palier, je fermai la porte derrière moi et m'immobilisai soudain, la poignée serrée au creux de ma main. Je ne bougeai pas, comme prisonnier du regard de Méduse. Mais c'était plutôt un ange qui m'avait cloué au sol.

Cette jeune femme, sa tristesse, son silence... Je ne parvenais pas à me sortir son visage de la tête. Il y avait quelque chose dans son regard vert obscur... De la force et de la faiblesse à la fois, comme un élan brisé, et cette petite lumière attendrissante, une veilleuse allumée dans une nuit de cauchemar. Elle avait l'air fragile et dur des gens qui ont souffert. Je connais bien ces visages-là.

Et alors, tout au bout de cette semaine étrange, en guise de conclusion, peut-être, pour couronner mon tout, je descendis les escaliers de l'immeuble et partis m'asseoir sur un banc au milieu du trottoir, décidé à l'attendre. Pour la revoir.

25.

Carnet Moleskine, note n° 127 : Nicolas Copernic.
Depuis que la psychologue a mentionné le syndrome Copernic, la vie de cet astronome polonais m'obsède... J'ai l'impression de devoir le connaître. Pour essayer de comprendre, j'ai recherché sa trace dans les livres d'histoire. J'ai annoté sa biographie, comme pour y trouver des résonances, des explications, et un peu d'assurance.

Nikolaj Kopernik est né le 12 février 1473 à Torun. J'ai cherché. C'était la capitale de la Prusse polonaise. Son père, qui était boulanger, mourut quand Copernic avait dix ans. Question : est-ce la perte prématurée de son père qui l'a poussé, ainsi, à sonder les mystères de l'Univers ? À remettre en question toute la cosmogonie de son temps ? Peut-être. Quelle solitude plus grande pourrait pousser un homme à interroger ainsi le ciel et son immensité ? Je ne suis pas loin de penser que Copernic devait avoir lui aussi des angoisses. Ça nous fait au moins ça en commun.

Il a ensuite été adopté par son oncle, qui n'était autre que l'évêque de Cracovie... Quelle ironie, quand on sait que l'Église, justement, sera longtemps son plus grand et plus violent adversaire ! En réalité, le travail de Copernic marque, dans l'histoire, le début des divergences entre science et religion... Je vois quelque chose, là. Je vois un homme qui, en touchant du doigt un petit bout de vérité, embarrasse grandement ses contemporains, parce qu'il remet en question le système de croyance – et donc de pouvoir – de la classe gouvernante... Mais ne nous emballons pas. Je n'ai pas découvert, moi, que la Terre tournait autour du Soleil. Je m'égare.

Cette adoption permet en tout cas à Copernic de suivre de brillantes études. Ainsi, il s'initie aux arts libéraux à l'université de Cracovie. Puis son oncle le nomme chanoine de Frombork. À ce poste, il assume en réalité davantage de responsabilités financières que religieuses.

Il se rend ensuite à Bologne, en Italie, pour étudier le droit canonique, la médecine et l'astronomie. C'est là qu'il fait la rencontre de Domenico Maria Novara, l'un des premiers scientifiques à remettre en question le système géocentrique, cette thèse alors admise par toute la chrétienté et selon laquelle la Terre serait au centre de l'Univers. Copernic loge chez son professeur, qui lui transmet sa passion pour l'astronomie. Ensemble, ils observent d'ailleurs l'éclipse d'Aldebaran par la Lune, qui eut lieu le 9 mars 1497.

En 1500, Nicolas Copernic devient professeur de mathématiques à Rome, où il donne également quelques conférences remarquées sur l'astronomie. Il décide ensuite de partir pour Padoue afin d'étudier la médecine. Je note, au passage, que c'est dans cette même université que, un siècle plus tard, un certain Galilée enseignera à son tour... Parallèlement, Copernic obtient son doctorat en droit canon. Il retourne ensuite en Pologne pour remplir son devoir de chanoine.

Tout en officiant comme administrateur et comme médecin, il n'abandonne jamais ses recherches en astronomie, et consacre sept années de sa vie à écrire De Hypothesibus Motuum Coelestium a se Contitutis Commentariolus, *un traité d'astronomie qui énonce déjà les principes de l'héliocentrisme, mais qui ne sera pas publié avant le XIXe siècle !*

Toutefois, en 1512, il s'affaire sur ce qui sera l'œuvre de sa vie : De Revolutionibus Orbium Coelestium. *Il met dix-huit ans à l'achever. Cet essai, aussi magistral que controversé, ne sera publié que peu de temps avant la mort de son auteur. En effet, Nicolas Copernic meurt à Frombork le 23 mai 1543, quelques jours après avoir reçu le premier exemplaire imprimé.*

Je me plais à croire qu'il est mort avec son livre entre les mains. Bien accroché.

26.

En attendant au pied de l'immeuble de la psychologue, je goûtai les lueurs d'une journée magnifique, les bras posés sur le long dossier vert de ce banc parisien. J'étais bien, bercé par le ronronnement des voitures et les caprices du vent, tous les sens contentés par la richesse de l'été urbain. Je ne vis pas passer le temps, mais sentis bientôt la brûlure du soleil sur mes joues et mon front.

Fumant cigarette sur cigarette, je ne pouvais m'empêcher de penser à la jeune femme de la salle d'attente. Que m'arrivait-il ? Étais-je en train d'éprouver de l'*attirance* ? Était-ce ainsi que tombait sur les hommes le fameux mystère du coup de foudre ? Non. Certainement pas. C'était sûrement plus compliqué que ça, l'amour. On avait écrit tellement de livres, chanté tant de refrains ! Mais alors quoi ? Qu'est-ce que je lui voulais, à cette autre dont je ne savais rien ?

J'avais peut-être besoin de me sentir moins seul. Car nous partagions au moins une chose, elle et moi : ce petit bureau désordonné du premier étage, ses confidences et ses secrets. Oui, j'avais sans doute envie de parler à quelqu'un qui partageât cette étrange réalité-là, celle de nos psychoses ou de nos névroses, celle de nos aveux. Car malgré ce que j'avais dit à la psychologue, l'idée de parler avec mes parents ne m'enchantait pas particulièrement. En revanche, retrouver le sens de la réalité en parlant avec cette jeune femme plutôt qu'avec eux me paraissait une excellente initiative.

Mes parents... Il faudrait bien un jour, malgré tout, que nous reprenions contact. Et s'ils étaient rentrés ? Peut-être étaient-ils en ce moment même rue Miromesnil. Avaient-ils découvert l'appartement tel que je l'avais laissé ? Ravagé par un cambriolage ?

Il fallait que je sache. Je pris mon téléphone portable et me préparai à composer le numéro de notre appartement. Mais, alors que j'approchais mes doigts du petit clavier, je me rendis aussitôt compte que j'étais incapable de m'en souvenir. J'avais beau chercher, essayer des combinaisons de chiffres, rien ne me venait à l'esprit. Je décidai alors de consulter le répertoire de mon téléphone. Il était vide. Ne l'avais-je jamais rempli ? J'étais dans l'impossibilité de le dire et, quelque peu désemparé, je me résolus à appeler l'annuaire téléphonique.

Un standardiste m'accueillit avec la courtoisie rituelle et affectée des opérateurs privés.

— Bonjour, répondis-je, je voudrais le numéro de téléphone de M. Ravel, qui est au numéro 132 de la rue Miromesnil, s'il vous plaît.

— Dans quelle ville ?

— Eh bien, à Paris.

— L'arrondissement ?

— C'est dans le VIIIe, monsieur.

— Merci de patienter, l'annuaire effectue la recherche.

Je patientai, les yeux rivés au sol. J'allumai une nouvelle cigarette.

— Monsieur, reprit finalement l'inconnu au bout du fil, il n'y a pas d'abonné à ce nom-là dans la rue Miromesnil.

— Comment ça ? m'exclamai-je.

— Il n'y a pas de M. Ravel qui figure dans l'annuaire, rue Miromesnil, à Paris VIIIe. Voulez-vous que j'essaie une orthographe voisine ?

— Non, c'est Ravel, comme le compositeur.

— Désolé, il n'y a personne à ce nom-là, monsieur.

— Ah, bien, balbutiai-je. Merci.

— L'annuaire vous remercie, monsieur, bonne journée.

Il raccrocha.

Je restai bouche bée. Il me fallut plusieurs longues secondes avant de me décider à décoller le téléphone de mon oreille.

Il n'y a personne à ce nom-là, monsieur. Il n'y a pas de M. Ravel.

Je n'eus pas le temps de mesurer les conséquences de cette phrase assassine. La jeune femme de la salle d'attente apparut soudain derrière la grande porte cochère de l'immeuble.

Je me levai d'un bond, sans réfléchir. Déchiré entre l'envie de la voir, l'envie de fuir et celle de céder à l'angoisse qui sourdait dans mon ventre, je restai un moment debout comme un imbécile.

Je la regardai, interdit, son corps plongé dans l'ombre et son visage mat éclairé d'un rayon de soleil évaporé. Avant de fermer la porte derrière elle, elle m'aperçut et m'adressa un regard étonné.

Il était trop tard pour feindre de ne pas l'avoir attendue. Je fis quelques pas en avant, le visage sans doute décomposé.

— Vous êtes encore là, vous ? dit-elle d'un air désabusé.

— Euh oui, dis-je bêtement.

— Ah. Et qu'est-ce que vous attendez ?

J'hésitai. J'aurais pu lui faire croire que je voulais remonter voir la psychologue. D'ailleurs, avec le choc que je venais de subir – *il n'y a personne à ce nom là, monsieur* –, l'idée ne me déplaisait pas. Mais, je ne sais pas ce qui me prit, je m'entendis lui répondre :

— Je voudrais vous offrir un verre.

Elle éclata de rire. Un rire si franc que j'en sursautai.

— Écoutez, honnêtement, je n'ai vraiment, mais alors *vraiment* pas besoin qu'on essaie de me draguer, là, en ce moment !

Je haussai les sourcils. *Draguer* ? C'était bien une chose dont je ne me serais jamais senti capable.

— Mais je ne vous drague pas, expliquai-je. Je veux juste boire un verre...

— Ah oui ? Et en quel honneur ?

— Eh bien, euh, je ne sais pas... Nous allons voir la même psychologue.

Elle pouffa à nouveau, d'un rire généreux, presque enfantin. La porte se referma derrière elle.

— Quel est le rapport ?

En effet, j'étais sans doute le seul à pouvoir trouver là-dedans une explication logique. J'essayai tout de même de la lui exposer.

— C'est-à-dire que, voyez-vous, je me suis dit que si vous alliez la voir, Sophie Zenati, psychologue, 1er étage gauche, c'est que vous alliez mal. Or, moi aussi, je vais la voir, et donc, c'est que je vais mal. Et c'est pour ça que je me suis dit que, peut-être, on pourrait aller boire un verre, comme ça. Aller mal ensemble. Parce que quand on va mal, ça fait du bien de le partager, non ?

— Ah oui ? Quand on va mal, aller boire un verre avec quelqu'un qui va mal aussi ? Quelle merveilleuse idée !

— Mais oui. Parce que les gens heureux ne partagent pas, eux.

— Ah. Vous êtes malheureux, vous ?

— Pas vraiment. J'ai une *dementia præcox*.

— Qu'est-ce que c'est que ça ?

— Je suis schizophrène.

Elle haussa les sourcils.

— Schizophrène ? Et vous voulez que j'aille boire un verre avec vous ? Eh bien ! Vous savez parler aux femmes !

— Pas très bien, non. Ça en fait partie. Trouble de la relation avec autrui...

Cette fois-ci, son sourire ne fut pas moqueur. Elle était donc capable d'éclairer ce visage si dur. Je souris à mon tour.

— Et vous, vous êtes malheureuse ?

Elle haussa les épaules. Elle sembla me jauger du regard.

— Non, dit-elle finalement. Déprime passagère...

— Ah. Désolé. Mais je vous bats, dis-je en enfonçant les mains dans mes poches. Schizophrène, c'est plus grave.

— C'est malin !

Je vis qu'elle commençait à rire. Finalement, je n'étais pas si maladroit que cela.

— Alors, vous venez ? Vous ne pouvez pas imaginer l'effort que cela représente pour un schizophrène d'inviter quelqu'un à venir boire un verre !

Elle secoua la tête et leva sa main gauche. Elle fit bouger son annulaire pour me montrer son alliance.

— Je suis attendue.

— Je comprends, dis-je en baissant les yeux. Excusez-moi. C'est que je n'ai pas souvent l'occasion de rencontrer quelqu'un, alors là, chez ma psychologue, je me suis dit que... Bah... Laissez tomber. Bonne journée, en tout cas ! On se croisera sans doute là-haut un de ces quatre...

— Attendez, coupa-t-elle. Comment vous appelez-vous ?

J'avalai ma salive. Je luttai pour ne pas laisser mon regard s'effondrer vers le trottoir, pour garder la tête haute.

— Je crois que je m'appelle Vigo. Et vous ?

— Comment ça, vous *croyez* ?

Je me grattai la tête, d'un air ennuyé.

— Ces derniers temps, j'ai pris l'habitude de douter de tout, même de mon nom. La seule certitude, c'est que c'est le nom imprimé sur mon chéquier... Vigo Ravel.

— Ravel ? Comme le compositeur ?

— Oui. Et vous, comment vous appelez-vous ?

— Agnès.

Je masquai ma surprise. Je m'étais attendu à un prénom arabe, ou plus exotique en tout cas...

— Enchanté.

Je lui tendis la main. Elle la serra avec une douceur que je n'avais pas soupçonnée.

— Bon, dit-elle en soupirant, je veux bien aller boire un verre en face, si vous insistez, mais je vous préviens, je n'ai pas beaucoup de temps... Je suis vraiment attendue.

J'arrivais à peine à y croire. D'aussi loin que je pusse me souvenir, c'était la première fois que je proposais à une inconnue d'aller boire un verre avec moi, et en plus, cela avait fonctionné ! Du coup, je me demandai soudain ce que j'allais bien pouvoir lui dire. L'inviter à boire un verre relevait déjà de l'exploit, mais maintenant il allait falloir entretenir une conversation. Je me mis aussitôt à angoisser. Elle dut le remarquer et me tapa sur l'épaule d'un air aimable.

— Il y a un café là-bas où je vais de temps en temps, quand je suis en avance, dit-elle en tendant la main.

— D'accord, allons-y, murmurai-je.

27.

Nous traversâmes la rue ensemble, et nous nous installâmes à la terrasse ensoleillée. Elle s'assit la première et je pris place maladroitement en face d'elle. J'étais nerveux et cela semblait l'amuser.

— Vous êtes vraiment schizophrène ? demanda-t-elle comme si c'était une question banale.

Au moins, elle m'enlevait une angoisse : c'était elle qui se chargeait d'engager la conversation.

— Euh, oui, je pense, répondis-je. C'est un peu compliqué, en ce moment. Comme je vous le disais tout à l'heure, je me suis mis à douter de tout. Mais globalement, oui, dans les grandes lignes, je crois qu'on peut dire que je suis schizophrène.

— Ah. Et ça veut dire quoi ? Ça veut dire que, par moments, vous vous prenez pour Napoléon, ce genre de trucs ?

Je souris. Elle était d'une franchise pleine de naïveté, que seuls les enfants préservent. Ou peut-être la similitude de nos souffrances supposées invitait-elle à fraterniser plus facilement. C'était agréable.

— Non, rassurez-vous. Je ne me prends pas pour Napoléon ou pour Ramsès II. Mais j'ai des troubles assez forts tout de même, admis-je presque fièrement.

— Ah oui ? Lesquels ?

J'hésitai. Cela tournait à l'interrogatoire. Mais après tout, c'était moi qui l'avais cherché.

— J'entends des voix.

— Comme Jeanne d'Arc ?

— Oui. Comme Jeanne d'Arc.

— D'accord, dit-elle simplement, comme si cette explication lui suffisait.

Mais j'eus envie de lui en dire davantage.

— Par moments, j'ai l'impression que ce sont les pensées des gens que j'entends, mais en réalité, il semble que cela soit des hallucinations produites par mon cerveau.

Elle fit une moue compatissante.

— Ce doit être très... très handicapant.

— Oui, avouai-je. Je traverse une période particulièrement difficile.

— Je devine, dit-elle en hochant la tête. Mais ne devriez-vous pas plutôt voir un psychiatre, pour ce genre de trouble ?

— Bah... C'est une longue histoire. J'en voyais un, mais je ne le vois plus depuis les attentats du 8 août... Je ne sais pas si c'est vrai, mais je crois que j'étais là-bas au moment des explosions. Depuis, ma vie est complètement chamboulée...

Au même instant, le garçon de café s'approcha de notre table dans son uniforme noir et blanc.

— Bonjour, madame, monsieur.

Agnès fit un signe de tête amical. Elle était en territoire connu.

— Qu'est-ce que ce sera pour vous ?

— Un café, demanda la jeune femme.

— Deux, confirmai-je.

— Et deux express, deux, s'exclama le serveur avant de disparaître à l'intérieur.

Je le regardai en souriant. Il y avait pour moi quelque chose de rassurant dans les caricatures humaines. Ces clichés étaient comme des preuves irréfutables du réel.

— Et vous ? fis-je en approchant mon fauteuil de la table. C'est quoi, les raisons de votre... déprime passagère ?

Je la vis froncer les sourcils. C'était à nouveau le visage fragile que j'avais vu dans la salle d'attente...

— Bah... Rien de terrible. Je suis un peu cyclothymique, comme fille. La fatigue, des petits soucis dans ma vie conjugale, tout ça... Et puis... Je fais un métier... difficile. Un métier fatigant. C'est fréquent, ce genre de petite déprime, dans ma profession.

Enseignante. Je fus certain qu'elle était enseignante. J'avais reconnu dans ses yeux cette usure-là, cette désillusion qui refuse pourtant de céder. Elle devait avoir un poste dans un quartier difficile, une Zone d'Éducation Prioritaire, comme ils disent. L'un de ces ghettos modernes que le monde se fabrique. Pour les schizophrènes, on avait inventé l'hospitalisation d'office ; pour les quartiers défavorisés, c'était l'éducation prioritaire. Au moins je me sentais moins seul.

— Et qu'est-ce qui est allé mal en premier ? demandai-je. Votre boulot, ou votre vie conjugale ?

Elle resta silencieuse, interdite. J'insistai.

— Votre couple a commencé à flancher à cause de vos problèmes au boulot, ou bien vous ne supportez plus votre boulot parce que ça va mal à la maison ?

Elle soupira.

— Eh bien ! Vous allez droit au but, vous ! Désolée, Vigo, mais ce n'était pas le genre de conversation que j'avais imaginée en venant boire un verre avec vous...

— Attendez, je vous ai dit que j'entendais des voix dans ma tête... Et vous avez peur de vous confier ? Ce n'est pas très équitable !

— Ce n'est pas que j'ai peur de me confier, c'est juste que je n'ai pas particulièrement envie de parler de ça...

— Ah. Vous préférez qu'on parle de la pluie et du beau temps ? Je suis désolé, je ne suis pas sûr de savoir faire.

Elle sourit.

— Non, non, rassurez-vous, j'aime la sincérité, moi aussi...

— C'est ce que j'ai cru comprendre, dis-je d'un air rassuré. D'ailleurs, je trouve cela très bien. Cette façon que vous avez de poser franchement les questions... C'est un sacré gain de temps.

Elle acquiesça.

— Oui, c'est bien, la franchise. Mais on ne peut pas toujours parler de tout aussi directement...

— Vous avez raison. Je suis un angoissé, alors j'ai tendance à aller un peu vite à l'essentiel... Ce doit être un truc de schizophrène. Quand on a peur de mourir, on a aussi peur de perdre du temps...

— Vous avez peur de mourir ? demanda-t-elle d'un air étonné.

— Pas vous ?

Elle fit une moue hésitante.

— Zenati dirait plutôt que j'ai peur de vivre.

— Vous voyez qu'on revient à votre déprime...

— Oui. Mais il faut me comprendre, je viens de me taper une heure avec notre psychologue adorée, ça me suffit amplement pour aujourd'hui.

Je hochai la tête. Le garçon de café nous apporta notre commande.

— Vous avez remarqué le bordel dans son bureau ? demandai-je sur le ton de la confidence. C'est bizarre, non ? Une psychologue qui ne range pas ses affaires ?

Elle sourit.

— Oui, dit-elle. Ou c'est peut-être une astuce de psychologue. Le désordre est sûrement moins oppressant que l'ordre, pour les patients... Ça doit inciter davantage à la confidence.

— Vous croyez ? Moi, je pense tout simplement qu'elle est bordélique.

La jeune femme prit sa tasse de café en riant, puis elle but une gorgée. Ce fut à cet instant – sans comprendre pourquoi, comme une soudaine évidence – que je la trouvai belle. Vraiment belle.

Jusqu'à présent, elle m'avait intrigué, étonné. Mais là, dans la futilité de ce simple geste, dans l'éternité gratuite de cette seconde, je la découvris enfin magnifique. Son visage fragile se fit plein de triste tendresse, et ses yeux verts se firent si doux ! Elle était de la plus belle des beautés, celle qui, prudente, se livre lentement.

Quand elle reposa la petite tasse blanche sur la table, je devais avoir l'air médusé.

— Quoi ? dit-elle en fronçant les sourcils.

— Vous... Vous êtes très belle, Agnès.

Elle écarquilla les yeux, stupéfaite.

— Ça va pas, non ?

Je me rendis compte de ce que je venais de dire. Je me frottai la joue, embarrassé.

— Excusez-moi. Je ne disais pas ça pour vous faire la cour, je vous jure ! C'est simplement que là, je vous ai trouvée vraiment belle, alors qu'avant, vous aviez l'air un peu sévère...

Elle pouffa.

— N'importe quoi ! Eh bien, Vigo, on peut dire que vous avez en effet des progrès à faire dans votre relation à autrui.

— Je... Je suis désolé. Je ne sais pas ce qui m'est passé par la tête.

— Ce n'est pas grave. C'est mignon. C'est sincère. Admettons que ce doit être votre « peur de mourir » qui vous fait dire tout ce qui vous passe par la tête...

Elle but une nouvelle gorgée de café. Je l'imitai.

Au moment de reposer ma tasse, je sentis une douleur caractéristique monter dans ma tête. Ma migraine, *cette* migraine. *Non ! Pas maintenant !* Mais il n'y avait rien à faire, je le savais bien. Mes mains se mirent à trembler. Je les posai sur la table pour essayer de les contrôler. Agnès me regardait. Je fis tout pour masquer la crise qui montait en moi. Mais bientôt ma vue se troubla et les images devant moi se mirent lentement à se démultiplier. Les couleurs et les formes se répétaient en échos vacillants. Le visage d'Agnès devint double, comme le monde derrière elle. Je clignai des yeux.

Il est vraiment bizarre, ce type. Par moments il a l'air complètement taré. Mais il est marrant. Il n'est pas vraiment mignon, mais ses yeux sont très beaux. Comme ceux de mon oncle...

Je sursautai. C'était sa voix. La voix d'Agnès, là, dans ma tête. Je l'aurais juré ! Mais non. Non, je devais me raisonner ! Ce n'était qu'une hallucination. Une hallucination auditive, tout à fait banale pour un schizophrène de mon acabit. Voilà. Ne pas y prêter attention. Ne pas laisser la folie s'emparer de moi.

La main tremblante, j'attrapai ma tasse de café et bus d'un seul trait. La crise s'éteignit lentement, et avec elle les murmures dans ma tête.

— Vous tremblez. Il n'est pas très bon, leur café, hein ? dit Agnès en se penchant vers moi.

Je scrutai le fond de ma tasse. Le marc était plein de petits grains noirs. J'en avais avalé quelques-uns, d'une amertume saumâtre. Mais ce n'était pas pour cela que je tremblais. J'hésitai à lui dire la vérité. *J'ai cru entendre vos pensées, Agnès*. Mais je décidai finalement que toutes les vérités n'étaient pas bonnes à dire.

— Non, il n'est pas exceptionnel, concédai-je.

— Et pourtant, je continue de venir ici presque chaque fois que je vais voir Zenati. C'est bizarre, hein ?

— Bof ! On s'habitue à tout.

— Peut-être. Ou bien c'est moi qui ai une fâcheuse tendance à m'accoutumer à tout ce qui n'est pas bon. Tenez, par exemple : vous fumez ?

— Comme un pompier, dis-je en sortant mon paquet de Camel.

Elle plongea la main dans son sac et sortit un paquet à son tour. Je souris. Je ne pouvais m'empêcher de la dévisager. Ses cheveux courts de garçon, ses yeux si profonds, sa peau pleine de soleil. Il y avait quelque chose dans son attitude qui m'attendrissait. Sa voix et ses gestes témoignaient d'une force sûre qui la faisait paraître intouchable, infaillible même ; toutefois, sa présence chez la psychologue et quelque chose dans son regard trahissaient sa fragilité, plus profonde.

— Cette merde finira par avoir raison de nous, dit-elle en allumant une cigarette.

— Il faut bien mourir de quelque chose...

— Oui... C'est ce qu'on dit pour se voiler la face, hein ? Bon, sur ces bonnes paroles, Vigo, je dois y aller maintenant...

Elle posa quelques pièces sur la table et recula sa chaise.

— Je ne vous ai pas trop effrayée, j'espère, avec mes histoires d'hallucinations auditives ? demandai-je d'un air embêté.

J'étais terrifié à l'idée de ne lui avoir pas plu. D'avoir dévoilé trop vite la vérité crue de ma schizophrénie.

— Pas du tout, Vigo. Si je vous disais tout ce qu'il y a dans ma tête, c'est peut-être vous qui auriez peur ! Mais je dois vraiment partir. Je vous l'ai dit, je suis attendue. Nous nous reverrons.

Sans réfléchir, je l'attrapai par la main.

— Vous voulez bien que nous échangions nos numéros de téléphone ? demandai-je d'un air gêné.

— Pour quoi faire ?

— Je ne sais pas. Comme ça, si un jour vous allez mal, vous pouvez m'appeler, à n'importe quelle heure.

— Ah oui ? Eh bien, pas vous ! répliqua-t-elle en souriant. Je dors la nuit, moi, et mon mari ne trouverait sans doute pas ça très drôle.

Elle sortit toutefois son portable de son sac.

— Allez-y, je vous écoute.

Elle nota mon numéro, puis elle me donna le sien. Je l'enregistrai dans mon répertoire désespérément vide.

Elle se leva, puis, sans que j'aie pu m'y attendre – et encore moins l'espérer –, elle m'embrassa sur la joue. Elle m'adressa alors un dernier sourire et s'éloigna d'un pas rapide. Je la regardai partir, droite et légère, traverser la rue et disparaître comme s'efface le lointain dans un horizon de pluie.

Je passai une paume sur ma joue, comme pour m'assurer que ce baiser avait été bien réel. Puis je me mis à observer mes mains. Elles tremblaient. Je serrai les poings pour chasser ces spasmes ridicules, mais les battements de mon cœur, eux, n'étaient pas contrôlables. Et ils étaient de plus en plus rapides. Je fermai les yeux, incrédule. Était-ce possible ? Étais-je en train de sentir cette chose que je n'avais jamais sentie ? Ici, soudain, sous ce soleil d'été, au milieu d'une semaine qui dépassait l'entendement ? L'amour ? Sans prévenir ? Comme une pluie inopinée au milieu de l'été, inattendue et rafraîchissante ?

Le souvenir de sa bouche se perpétua encore longtemps, telle une caresse sur ma joue. Je me levai d'un bond et partis embrasser la ville.

28.

Je crois bien que je dus rire à haute voix deux ou trois fois sur le trajet du retour. Les gens que je croisais devaient me prendre pour un fou ; je m'en fichais, j'en étais un.

J'avais l'impression d'avoir quinze ans et je n'avais jamais eu quinze ans. J'avais l'impression que plus rien n'avait d'importance, si ce n'était Agnès, dont le nom s'affichait partout autour de moi, clignotait, devenait *anges* et emplissait tout le ciel de ses ailes de plumes. A-mou-reux. Comme ces trois syllabes étaient légères ! Comme elles avaient la saveur sensuelle de l'interdit !

Bravo, Vigo, tu tombes amoureux d'une femme mariée et dépressive ! Vraiment, bravo ! Je crois que Zenati, psychologue, 1ᵉʳ étage gauche, va te féliciter !

Mais je m'en fichais, de Zenati. Je me fichais des attentats du 8 août, je me fichais de la rue Miromesnil, de Kraeplin et de la *dementia præcox*, du docteur

128

Guillaume et de ma santé mentale. Une seule chose comptait. J'étais capable de tomber amoureux ! A-mou-reux. *Sur la terre, tête en l'air, a-mou-reux !* Et je trouvais cela délicieux. Drôle presque ! Les paroles de cette chanson me revenaient, évidentes et pertinentes, comme écrites pour moi. *Sur la terre, tête en l'air, amoureux, y a des allumettes au fond de tes yeux...*

Je fus bientôt certain que tout cela ne serait jamais arrivé si je n'avais pas arrêté mon traitement de neuroleptiques. Pour la première fois, j'avais l'impression d'être au contrôle de ma vie, l'impression que mes actes n'étaient plus dictés par un psychiatre ou par des médicaments. Jamais Paris ne m'avait paru aussi belle. Jamais mon regard ne s'était envolé si haut.

Quand j'arrivai à l'hôtel le visage illuminé, le patron m'observa d'un air pantois.

— Eh bien ! Qu'est-ce qui vous arrive ? lâcha-t-il, perplexe. Vous avez l'air bien joyeux, aujourd'hui !

— Je suis de bonne humeur, avouai-je.

— Vous avez de la chance. Tenez, quelqu'un a laissé ça pour vous.

Il me tendit une enveloppe blanche. Mon nom, Vigo Ravel, était inscrit dessus. Je fronçai les sourcils. Et soudain, je retombai sur terre. Atterrissage forcé.

Qui pouvait bien m'avoir laissé un message ? Personne, à part ma psychologue, ne savait que j'étais ici, dans cet hôtel.

La main tremblante, je saisis l'enveloppe.

— Merci.

Sans attendre, je décachetai la lettre. Il n'y avait qu'une feuille. Une seule. Avec quelques mots écrits à la main. Un simple message. Et je dus le lire plusieurs fois pour être sûr de ne pas rêver. Car ce n'était pas un message ordinaire. C'était un message étonnant, terrifiant même. Qui me glaça le sang.

« *Monsieur, votre nom n'est pas Vigo Ravel et vous n'êtes pas schizophrène. Trouvez le Protocole 88.* » Et c'était simplement signé : « *SpHiNx.* »

Je crus que j'allais m'évanouir. Perdre connaissance, là, dans le petit hall blanc de cet hôtel Novalis.

En une seule journée, mon cerveau avait traversé trop de réalités différentes. Trop d'informations, trop de sentiments. J'avais maintenant la certitude d'être complètement fou. Fou à lier.

Le patron de l'hôtel me dévisageait d'un air suspicieux. Je baissai à nouveau les yeux vers ma lettre, lus encore les quelques mots. « *Vous n'êtes pas schizophrène. Trouvez le Protocole 88.* »

Qui pouvait bien avoir écrit ça ? Qui ? Pourquoi ? Cela n'avait aucun sens ! Le *Protocole 88* ? Qu'est-ce que c'était que cette connerie ? J'avais envie de hurler, pour me réveiller de ce mauvais cauchemar. Mais ce n'était pas un cauchemar. C'était ma vie. Le réel. J'aurais voulu faire lire le message au patron de l'hôtel pour m'assurer qu'il était bien authentique, mais je ne pouvais pas, évidemment. Je sentais qu'il ne fallait pas. Et de toute façon, cela ne pouvait pas être une hallucination. Je ne pouvais pas avoir inventé ça. Un nom pareil. Le *Protocole 88* !

— Tout va bien, monsieur Ravel ?

Je sursautai.

— Euh... Oui, oui, ça va, mentis-je.

À part que je ne m'appelle peut-être pas M. Ravel, ducon.

— Une mauvaise nouvelle ? insista-t-il.

— Plus ou moins, concédai-je.

J'essayai de me ressaisir. J'enfonçai la lettre dans ma poche, saluai mon interlocuteur et montai d'un pas rapide vers ma chambre.

Quand je fus arrivé dans la petite pièce trop carrée, je me laissai tomber lourdement sur le lit. Je roulai sur le dos, la tête entre les mains, puis je fixai le plafond pendant de longues secondes. Ce plafond blanc que j'avais fixé des heures entières durant mes nuits d'angoisse. Aussi blanc que ma tête était vide à présent.

Je poussai un long soupir. Ce message n'existait pas. Je l'avais inventé. Oui. Sûrement. Ce devait être ça. Inven-té. Pourtant, je sentais le bout de papier dans ma poche. La lettre pliée en deux. Je savais qu'elle était là, contre ma cuisse. Vraiment là. Je savais qu'il me suffisait de tendre la main et de la relire. Mais à quel prix ?

Après tout, avais-je bien lu ? Peut-être avais-je lu de travers, dans l'empressement. Dans la panique...

J'hésitai encore un instant, puis je plongeai la main dans ma poche. J'en sortis le bout de papier. Allongé sur le dos, je le lus une nouvelle fois.

« *Monsieur, votre nom n'est pas Vigo Ravel et vous n'êtes pas schizophrène. Trouvez le Protocole 88. SpHiNx.* »

Quel crédit pouvais-je apporter à ce message surréaliste ? *Vous n'êtes pas schizophrène* ! Facile à dire ! Mais comment savoir ? Pourquoi croire ce message ? Depuis le temps que je me posais moi-même cette question, depuis le temps que les psychiatres m'apportaient les preuves... Comment croire un simple petit morceau de papier, laissé par un mystérieux SpHiNx à l'accueil de mon hôtel ? Tout ceci était parfaitement ridicule.

Pourtant, il y avait peut-être un moyen de savoir. D'en avoir le cœur net. Oui. Peut-être. Un seul moyen.

La main tremblante, je pris mon téléphone portable et composai le numéro d'Agnès.

La jeune femme décrocha après la première sonnerie.

— Vigo ! Ça ne va pas, non, de m'appeler ? Je croyais que c'était uniquement en cas d'urgence ! Ça fait à peine une heure que nous nous sommes quittés !

— Oui, mais justement, il y a urgence.

— Vous vous fichez de moi ? Vous me dérangez, là, Vigo ! Je n'aurais jamais dû vous donner mon numéro !

Elle était si furieuse que je reconnaissais à peine sa voix. Je me raclai la gorge. J'étais mal à l'aise. Mais il y avait vraiment urgence.

— Agnès. Tout à l'heure, au café, quand vous me regardiez, à quoi pensiez-vous ?

— Qu'est-ce que c'est que ces conneries ?

Je soupirai. Je n'osais pas dire ce que j'avais à dire. Pourtant, j'avais besoin de savoir.

— Agnès. Votre oncle, votre oncle... Il a... Il a des yeux bleus, comme les miens ?

— Pardon ? s'exclama-t-elle, d'une voix stupéfaite.

Je me rendis compte de l'absurdité de ma question. Si je me trompais, si tout n'avait été qu'une hallucination, alors elle allait vraiment me prendre pour un grand malade. Et sans doute ne voudrait-elle plus jamais me revoir. Mais j'étais sûr. J'étais sûr de ne pas me tromper.

— Tout à l'heure, au café, quand vous me regardiez, je vous ai dit que je vous trouvais belle, et vous... vous, Agnès, vous vous êtes dit que je n'étais pas vraiment beau, mais que j'avais de beaux yeux, comme...

— ... comme ceux de mon oncle, continua Agnès d'une voix vacillante, incrédule. Co... Comment le savez-vous, Vigo ?

J'eus enfin la réponse à ma plus ancienne question. Pour la première fois de ma vie, je fus certain. Absolument certain. Je crus que j'allais m'évanouir. Mais non. Je devais affronter le réel. Le contrôler. Je me mis à balbutier :

— Agnès... Je... je ne suis pas schizophrène. J'entends les pensées des gens.

DEUXIÈME PARTIE

Gnosis

29.

Il y a des minutes qui ont parfois l'air de compter bien plus que soixante misérables secondes. Et alors la relativité n'a plus rien de théorique. On se noie, on suffoque, on s'échappe de partout.

Mon vertige fut à cet instant si grand que j'eus l'impression de tomber, pour un éternel présent, dans une crevasse glacée et sans fond. L'écho de ces mots résonna dans ma tête comme un appel au secours au cœur d'un parking désert : « *Monsieur, votre nom n'est pas Vigo Ravel et vous n'êtes pas schizophrène.* »

Pas schizophrène, schizophrène, schizophrène. Ce fut comme perdre tout ce que je possédais, non pas de bien matériel, mais de certitude et de conscience de moi – une conscience qui n'était déjà plus que ruines, et depuis fort longtemps. Tout ce qui constituait mon identité, ma mémoire, aussi maigre fût-elle, et mes pensées, ma représentation du monde, tout ce qu'il me restait de ma fragile intimité s'effondra comme un château de cartes qui ne pourrait jamais être reconstruit. Brusquement je ne fus plus moi-même, mais un autre, tellement différent. Un inconnu qui n'avait jamais été schizophrène, qui n'avait jamais été Vigo Ravel, mais qui, depuis plus de dix ans, entendait réellement – sans en avoir pleine conscience – les pensées des gens. Pas des hallucinations. Des *pensées*. Véritables et secrètes. Lointaines, mais concrètes. « *Aujourd'hui, les apprentis sorciers dans la tour, demain, nos pères assassins dans le ventre, sous 6,3.* »

Après avoir raccroché le téléphone, je ne pus m'empêcher de pleurer. *Tout est mensonge.* Agnès ne m'avait certainement pas compris. Elle ne pouvait pas comprendre. Personne ne le pourrait. Ni me comprendre ni me croire. Car ma vie tout entière dépassait l'entendement. J'étais seul, entièrement seul, terriblement seul devant l'incroyable. La psychologue pouvait appeler ça comme elle voulait, syndrome Copernic ou non : aujourd'hui, j'en avais la preuve intime, j'entendais les pensées des gens, et personne ne pourrait me croire.

Je me répétai mille fois cette phrase impossible. *J'entends les pensées des gens.* Et rien ne la rendait plus facile à entendre. Pas même l'habitude. On ne s'habitue pas à l'inconcevable.

Immobile au milieu de ma chambre d'hôtel, je fus bientôt pris d'une angoisse telle que je voulus à tout prix retrouver mes parents. Retrouver Marc et Yvonne Ravel, en espérant qu'ils existaient, qu'ils étaient bien réels. Si je n'étais plus moi-même, qu'au moins je sois un fils ! Que je voie dans leurs yeux la lueur, même infime, d'une reconnaissance. Mon identité.

Votre nom n'est pas Vigo Ravel. Mais alors, qui étais-je ? Quel était mon nom ? Quelle était mon histoire ? Sauraient-ils me le dire, eux qui m'avaient vu grandir ?

Quels que fussent mes rapports avec mes parents, j'étais convaincu qu'ils pourraient me donner un peu de réconfort. Juste assez, en tout cas, pour tenir debout, m'accrocher. De toute façon, je n'avais pas de meilleure idée. Je devais les voir, tout de suite. Et puisque l'annuaire téléphonique semblait ne pas les avoir répertoriés, je n'avais d'autre solution que de retourner moi-même, au plus vite, dans l'appartement de la rue Miromesnil. Dans ce satané appartement. Y aller physiquement et faire confiance à ce que je pourrais y voir.

Malheureusement, la simple idée de sortir dans la rue me terrorisait. Car, dehors, il y avait les autres. Il y avait les voix, les murmures. Et je savais maintenant que ces murmures n'étaient pas des hallucinations auditives. Qu'ils n'étaient pas le produit d'une schizophrénie paranoïde aiguë. Ils étaient *pensée*. Ils étaient réels. Et je ne voulais plus les entendre. Mais avais-je seulement le choix ?

Je pris tout le courage qui me restait et me levai lentement. Comme un rituel, je me regardai dans le miroir ; et, sans y croire, j'eus l'impression, malgré tout, de me reconnaître. Au moins, je n'avais pas changé de visage. C'était mon dernier rempart, ma dernière réalité. Ces yeux bleus. Cette bouche sévère. Ce grand front si soucieux. Mais je sentais toujours cette impression étrange, ce malaise qui semblait être causé par le reflet du miroir... Comme s'il eût enfermé un symbole qui m'échappait. Et qui me dérangeait sans raison.

Je sortis de l'hôtel rapidement et me refusai à prendre le métro. Trop de monde, trop d'ombres, trop de voix. Je fis le trajet à pied jusque chez mes parents. Tout au long de la route, je me répétai l'incroyable vérité. *Je ne suis pas schizophrène.* Cette pensée tout entière m'occupa l'esprit et m'épargna sans doute d'entendre celles des gens que je croisais. Dès qu'une silhouette approchait, je m'écartais et je restais plongé dans mon introspection obsessionnelle, les yeux à nouveau rivés sur les trottoirs.

Arrivé en bas de l'immeuble – je ne pouvais pas l'avoir inventé, je le reconnaissais – je ne fus qu'à moitié surpris quand le code que je composai n'ouvrit pas la porte cochère. Je gardai mon calme, je crois même que j'esquissai un sourire. On pouvait l'avoir changé. Ou bien, je pouvais m'être trompé. Après tout, j'avais bien oublié notre numéro de téléphone... Toutefois, je ne pouvais m'empêcher d'envisager que la rue Miromesnil fût un faux souvenir. Une invention. Non. L'appartement de la rue Miromesnil ne pouvait pas être une hallucination. Je n'avais pas d'hallucinations. *Je n'étais pas schizophrène.*

En essayant de ne pas céder au stress, j'attendis qu'une personne passe et me faufilai derrière elle. Elle ne prêta pas attention à moi. Peut-être me reconnaissait-elle. Je ne sus le dire. Je n'entendais pas ses pensées. Ce n'était pas plus mal. Elle prit l'ascenseur, et moi les escaliers.

Plus je montais les marches de l'immeuble, plus la peur m'envahissait. Étais-je prêt pour une nouvelle surprise, une nouvelle désillusion ? La dernière fois que j'étais venu ici, l'appartement avait été « visité ». Et on y avait installé une caméra. Cela non plus, je ne pouvais pas l'avoir inventé... Mais alors, qu'espérais-je ? Que mes parents fussent enfin rentrés ? Mes chances étaient bien maigres.

Quand je fus arrivé devant la porte, la grande porte en bois que je reconnaissais parfaitement, je pris les clefs dans ma poche et j'inspirai profondément. Il n'y avait pas un bruit dans l'immeuble. Qu'allais-je trouver dans l'appartement ? Son visage d'antan ? Le regard perplexe de mes parents ? Ou bien le désordre que j'avais quitté quelques jours plus tôt, avec cette caméra que j'avais écrasée sur le sol ?

Je ne pouvais pas hésiter plus longtemps. La vérité n'était pas dans ma tête, elle était à l'intérieur de ces pièces. J'avalai ma salive et approchai lentement la clef de la serrure. La main hésitante, je glissai plusieurs fois à côté de l'ouverture. J'insistai. Mais à ma grande surprise, je ne parvenais toujours pas à faire entrer la clef. Je tremblais trop, sans doute. J'essayai à nouveau. Mais non. Rien à faire. Ce n'était pas la bonne clef ! On avait changé la serrure, ou bien je n'avais jamais vraiment habité ici...

Va-t'en.

Aussitôt, comme quelques jours plus tôt sur le parvis de la Défense, mon instinct me dicta de fuir. Je sus intimement que je ne pouvais pas rester ici. Une voix dans le fond de mon ventre me hurlait que j'étais en danger. Tout mon corps percevait le parfum d'une évidente menace. Quelle que fût la raison pour laquelle ma clef ne fonctionnait plus, je ne pouvais pas rester devant cette porte. Sans me poser davantage de questions, je fis demi-tour et descendis les marches à toute vitesse. Mes pas résonnèrent entre les murs blancs de la cage d'escalier. Ils se confondirent les uns aux autres, si bien que, bientôt, je ne fus plus certain d'être seul. Je sortis en courant dans la rue.

Mon cœur battait à tout rompre. J'étais écrasé par la solitude, l'urgence et la peur. Où pouvaient bien être mes parents ? Leur était-il arrivé quelque chose ? Étaient-ils seulement mes parents ?

J'étais incapable de trouver une réponse logique à toutes ces énigmes. Et je me sentais plus perdu que jamais.

Titubant comme un ivrogne dans la rue Miromesnil, près de m'évanouir, je passai devant les commerçants que je connaissais bien, mais qui, soudain, m'étaient devenus étrangers. Le cordonnier, ce vieux raciste aigri avec qui je m'étais brouillé des années plus tôt, la pâtisserie orientale, sa forte odeur sucrée, le pub irlandais, le tabac de l'Europe où j'achetais mes cigarettes... Je les *re*-connaissais. Ce ne pouvait pas être de faux souvenirs ! Et pourtant, je n'arrivais plus à me sentir chez moi sur cette terre, parmi ces hommes.

L'esprit confus, je quittai le quartier de mes parents et me glissai dans une ruelle déserte. La tête me tournait de plus en plus. Je me laissai tomber sur une marche, au pied d'un vieil immeuble, et je pris mon front entre mes mains. Je ne savais plus que faire. Où aller ? Vers qui me tourner ? Auprès de qui trouver un peu d'apaisement, de secours ? Un simple regard qui pourrait me dire que je n'étais pas fou, que j'existais. Que j'avais toujours existé.

Agnès ? Non. Je ne pouvais pas me permettre de la déranger à nouveau, et elle ne me connaissait pas assez. Ma psychologue ? Non plus. Cela n'aurait pas suffi. Il me fallait une preuve plus ancienne de mon existence. Alors, par défaut, je revins encore à lui. M. de Telême. Je me rendis compte qu'il était peut-être ma dernière chance. Mon seul lien avec le passé. Mon seul lien avec celui que j'avais cru être. Vigo Ravel, trente-six ans, schizophrène.

J'attrapai mon portable et composai directement son numéro. J'entendis les tonalités rassurantes. Le téléphone décrocha et, à mon grand soulagement, ce fut la voix de M. de Telême qui répondit.

— Vigo ? Mais vous êtes où, bon sang ? Ça fait une semaine que tout le monde vous cherche !

Vigo. Il m'avait appelé Vigo. Il avait reconnu ma voix. Pour lui, j'existais.

— Monsieur de Telême, il faut que je vous voie. J'ai... J'ai des problèmes.

— Eh bien oui, mon vieux ! Nous n'avons pas de nouvelles de vous depuis le 8 août ! J'espère bien que vous allez me donner des explications ! Je vous attends demain matin au bureau !

— Non. Pas au bureau. Et pas demain.

— Comment ça, pas au bureau ?

— Je préférerais qu'on se voie ailleurs, monsieur de Telême.

Il hésita. Je n'aurais su dire s'il était davantage inquiet ou furieux.

— Bon. Vous êtes où ?

— À l'hôtel Novalis, dans le XVIIe arrondissement, mais ce n'est pas le meilleur endroit pour se voir...

— Alors où ?

Je réfléchis. Un endroit neutre. Un endroit où je me sentirais en sécurité.

— Au Quai du Blues.

— Vous plaisantez ? Ce n'est pas l'occasion idéale pour écouter du blues, mon petit Vigo !

— J'ai besoin de vous voir là-bas, monsieur de Telême, à l'abri des regards, seuls. Vous pouvez y être ce soir ?

Il laissa à nouveau passer un silence. Puis, après un soupir énervé, il accepta.

— Bon, j'y serai vers 22 h 30.

Je raccrochai. Le soir venu, je montai dans un taxi qui me conduisit là-bas, à Neuilly, dans le cœur silencieux de l'île de la Jatte.

30.

Carnet Moleskine, note n° 131 : coïncidences.

Je le sais, les troubles schizophréniques se traduisent principalement par des distorsions de la pensée et de la perception. Je ne crois plus être schizophrène. Pourtant, parmi les phénomènes psychopathologiques que recensent les éminents spécialistes, il en est un contre lequel je dois lutter au quotidien : cette tendance à associer des idées qui n'ont pas entre elles de corrélations réelles, et une certaine obsession pour des détails. Des chiffres, des dates, des événements...

Je vois tout le temps, en tout lieu, des coïncidences sibyllines qui me sautent aux yeux comme des évidences.

Je vois ces liens cachés, ces fils invisibles, je devine ces rapports, ces connexions mystérieuses. Partout, autour de moi, le monde transpire de messages que je ne peux m'empêcher de relier entre eux, comme s'il devait y avoir une intention secrète à toute chose, un sens hermétique à l'Univers.

Depuis les attentats, cette impression s'est accélérée. J'ai beau me dire que ce ne sont que d'illusoires corrélations, je vois des sens cachés aux moindres événements.

Il y a Copernic, par exemple. Depuis que ma psychologue a parlé de l'astronome polonais, je vois son nom partout. D'abord, on me dit que je souffre d'un syndrome portant son nom, ensuite, je me souviens que le bâtiment par lequel je suis entré dans les catacombes donnait sur la rue Copernic et enfin les journalistes, à la télévision, ne cessent de faire référence aux attentats qui eurent lieu dans la synagogue de cette même rue... C'est comme si j'étais assailli par les correspondances.

Pourtant, je ne dois pas céder à cette obsession. La vie est truffée de coïncidences, pour la bonne et simple raison que les événements obéissent aux lois de la probabilité. Nous avons tendance à remarquer uniquement les coïncidences, sans prendre en compte le fait qu'elles interviennent au milieu d'un nombre considérable d'autres événements où il ne se passe rien d'extraordinaire. Je le sais : l'occurrence de ce qui nous semble être des coïncidences surnaturelles s'explique en réalité par ce que l'on appelle la « loi des très grands nombres ». Selon cette loi, avec un échantillon suffisamment large d'événements, même le plus improbable devient probable.

Et pourtant... Comment fait-on la différence entre une simple probabilité et un événement inattendu réellement significatif ?

Je ne peux m'empêcher de fouiller l'invisible.

31.

— Vigo ! Vous avez une mine épouvantable !

La soirée avait déjà commencé depuis longtemps. La grande salle était plongée dans la lumière chaude des spots rouges et bleus. Les gens avaient fini de manger et ils étaient comme aspirés par la prestation scénique d'un vieux bluesman de La Nouvelle-Orléans, post-inondation. Ce type, sa voix et sa guitare ne faisaient plus qu'une entité au milieu des halos colorés. Une sorte de boule de notes, de rythmes et de déchirures qui allait tout droit dans l'âme. Ses plaintes d'homme abandonné s'élevaient dans toutes ses cordes, vocales ou métalliques, et tout pleurait doucement autour de lui : les vibrations de l'orgue Hammond dans le caisson Leslie, le glissement des doigts sur une basse sans frettes... C'était beau comme une lettre d'adieux retrouvée un siècle plus tard. J'avais les poils des bras qui cherchaient le ciel. Mon corps tout entier entendait la musique. J'avais l'impression d'être moi aussi l'un de ces instruments, là, debout, à quelques pas de la petite scène.

— Vigo ?

Je sortis de ma torpeur et tentai de sourire à M. de Telême. 22 h 48. Il venait de s'asseoir en face de moi et semblait inquiet, mal à l'aise dans son costume gris. Je vis aussitôt qu'il ne me regardait plus avec les mêmes yeux qu'avant. Il avait été depuis dix ans l'une des rares personnes de mon entourage à ne jamais me voir comme un schizophrène. Du moins, c'était l'impression que j'avais toujours eue. Mais là, soudain, je reconnaissais ce voile distant dans son regard, cette condescendance empesée que réservent les braves gens aux créatures de mon espèce. Une gêne d'étranger.

— Bonsoir, monsieur de Telême. Pardon... Je... Je suis complètement hypnotisé. Vous voyez, cette musique... La musique...

— Oui ?

— Je crois qu'elle est bien plus efficace que le langage.

— Qu'est-ce que vous racontez ?

Je haussai les épaules. Il y a des sensations que les mots traduisent mal.

— Le blues, c'est comme une communion, vous ne trouvez pas ?

— Bon, Vigo, c'est pour me dire ce genre de conneries que vous m'avez fait venir ici ?

Je souris. Il était temps de redescendre sur terre. François de Telême n'était pas d'humeur à philosopher. Il n'avait même pas jeté un seul coup d'œil aux musiciens. Les deux mains posées sur la table, il paraissait stressé, pressé d'en finir avec moi.

— Non, non, je suis désolé, dis-je en me redressant sur ma chaise. Non. Vous avez raison. Je... J'ai des problèmes, monsieur de Telême.

À cet instant, le propriétaire du club, un certain Gérard, vint nous serrer la main. Il avait l'habitude de nous voir ici, Telême et moi, et nous avions eu plusieurs fois l'occasion de discuter. C'était un type un peu farfelu, qui avait l'air fougueux et impatient de ces gens qui ne terminent pas leurs phrases et qui disparaissent dès que vous avez le dos tourné. Il ne changeait jamais de look : des lunettes demi-lune, un vieux jean usé, une veste bleue et des petites baskets blanches. Passionné, il gérait sa boîte avec les tripes et se battait pour rendre hommage au blues pur et dur, afro-américain, contre vents et marées. Il faisait de la programmation musicale comme on fait de la politique ; avec des tracts, des coups de cœur et des coups de gueule. Je l'aimais bien, d'instinct.

— Vous allez voir, c'est un sacré morceau, ce soir, il est complètement barré, nous dit-il avant de retourner derrière sa console de mixage.

Telême le regarda s'éloigner, puis se tourna à nouveau vers moi.

— Bon, Vigo, dites-moi, qu'est-ce qui vous arrive ?

J'hésitai. Je n'avais pas envie de lui raconter toute mon histoire. J'avais seulement besoin de reconnaissance.

— Ça fait combien de temps que je travaille dans votre société, monsieur de Telême ?

Il fronça les sourcils.

— Vous en avez marre, c'est ça ?

— Non, pas du tout ! Je veux simplement savoir depuis combien de temps je travaille à Feuerberg...

— Enfin... Vous le savez aussi bien que moi, depuis presque dix ans.

— Dix ans ? Vraiment ? Et je suis venu tous les jours de la semaine, pendant tout ce temps ?

Mon patron secoua la tête.

— Mais qu'est-ce que c'est que ces questions saugrenues, Vigo ?

— Je... Je ne suis plus très sûr de mes souvenirs, monsieur. Est-ce que je suis vraiment venu pendant dix ans dans votre boîte ?

— Mais oui, bien sûr !

Je hochai la tête. Il avait l'air sincère. Bien. C'était déjà une chose concrète. Feuerberg. Mon travail. Une chose tangible. La réalité. D'accord.

— Et vous avez déjà vu mes parents ? lui demandai-je timidement.

Il se racla la gorge. Il semblait de plus en plus embarrassé.

— Non. Non, je ne les ai jamais vus. Mais vous m'en avez souvent parlé...

— Dites-moi, sincèrement, est-ce que vous êtes sûr qu'ils existent, mes parents ?

L'homme resta bouche bée un instant. Il me fixait du regard. Il y avait quelque chose dans son attitude, quelque chose que je n'aimais pas. Un plan, un stratagème.

— Écoutez, Vigo, vous avez subi un choc assez grave, je crois que vous avez besoin d'aide...

Je reculai sur ma chaise. *Vous avez besoin d'aide*. Ce n'était pas le genre de phrase que je voulais entendre de lui.

— Pourquoi me dites-vous ça ? demandai-je d'un ton sec.

— Eh bien, vous étiez dans les attentats, n'est-ce pas ?

— Qui vous l'a dit ?

— Personne ! Simplement je sais que vous allez à la Défense le lundi matin et, depuis ce lundi-là, on n'a plus de nouvelles de vous... J'en ai déduit que vous étiez là-bas... N'est-ce pas ?

Je poussai un soupir. C'était moi qui lui avais demandé de venir ici. C'était à moi de poser les questions !

— Monsieur de Telême, dites-moi, justement, qu'est-ce que je vais faire à la Défense, tous les lundis ?

— Vous allez voir votre psychiatre !

— Pourquoi ?

— Comment ça, pourquoi ?

— Pourquoi est-ce que je vais voir un psychiatre ?

— Mais, parce que... Enfin, vous savez parfaitement pourquoi, Vigo !

— Dites-le-moi. J'ai besoin de vous l'entendre dire.

Il marqua une pause. Son visage se fit moins dur. Il était ennuyé.

— Parce que vous souffrez de schizophrénie.

— Vraiment ? Vous pensez que je suis vraiment schizophrène, vous ?

Il se mordit les lèvres. Je sentais à présent qu'il regrettait d'être venu, et qu'il aurait préféré partir. Il regardait souvent autour de lui, comme s'il avait envie de s'échapper. Comme si je lui faisais peur.

— Vigo, *vous avez besoin d'aide*. Il faut que vous retourniez voir votre psychiatre et, ensuite, il faut que vous reveniez travailler. Vous... Vous devez retrouver une vie normale.

— Je n'ai jamais eu *une vie normale* !

— Vous alliez beaucoup mieux avant. Vous traversez une crise, Vigo, ce n'est pas la première, et sans doute pas la dernière, mais vous devez vous soigner et...

Je l'interrompis.

— Dites-moi, François... Vous croyez que je m'appelle vraiment Ravel ? Je veux dire : *Ravel*, c'est grotesque, non ? C'est le nom d'un compositeur ! Et Vigo ? C'est un vrai prénom, ça ?

M. de Telême me prit les mains par-dessus la table d'un air paternaliste. Derrière nous, le bluesman entamait un classique de Willie Dixon.

— Bon, calmez-vous, Vigo, calmez-vous. Vous devez vous raisonner un peu et reprendre du poil de la bête. Allons, nous reparlerons de tout cela au calme, quand vous aurez revu votre psychiatre, d'accord ? En attendant, vous devez vous détendre. Vous êtes à bout, mon vieux. Vous voulez que j'aille vous chercher un verre ?

Mais au même moment, alors que j'étais sur le point de céder, je les vis entrer. Les deux types au survêtement gris. Là, de l'autre côté de la salle, dans la lumière rougeâtre de l'entrée. Impossible de me tromper, c'était bien eux. Et ils me cherchaient du regard.

Je lâchai aussitôt les mains de mon patron et me penchai sur la table en enfonçant la tête dans mes épaules. Il y avait beaucoup de fumée dans le club et il faisait sombre. Ils ne m'avaient pas encore vu.

— Donnez-moi les clefs de votre voiture ! dis-je en regardant mon patron droit dans les yeux.

— Mais ? Ça va pas, non ?

— J'ai besoin de partir tout de suite ! Donnez-moi les clefs de votre voiture !

— Vous délirez complètement, Vigo ! Vous n'avez même pas votre permis !

Je m'avançai plus près de lui et lui serrai le bras. Des gouttes de sueur coulaient sur mes tempes. Mes mains tremblaient. Je sentis sur ma langue la saveur familière de la panique.

— Écoutez, François, il y a deux types qui me poursuivent, dis-je en désignant les deux silhouettes. Ils... Ils me poursuivent depuis les attentats. Je vous en supplie... Il faut que je parte d'ici, donnez-moi les clefs de votre voiture !

M. de Telême jeta un coup d'œil vers l'entrée. Puis il me fixa d'un air troublé.

— Vigo... Je...

Il grimaça. Quelque chose ne collait pas. Son regard fuyant...

— Vigo, ces gens-là ne vous veulent aucun mal. Ils veulent vous aider, comme moi.

La réponse de mon patron me glaça le sang. Je mis un certain temps à prendre conscience de ce que cela signifiait, mais quand je compris réellement, ce fut un choc immense. Il n'y avait aucun doute. Il était dans le coup. François de Telême était dans le coup ! Depuis le début. Et c'était même sûrement lui qui les avait amenés ici, ces deux types ! Cette ordure m'avait trahi !

Je ne perdis pas une seule seconde de plus. Hors de moi, je me levai d'un bond et attrapai Telême par le col. Je vis alors la terreur dans ses yeux. La terreur pure. Je ne m'étais pas trompé. Il avait réellement peur de moi. Je tâtai les poches de sa veste, puis de son pantalon et trouvai enfin son trousseau de clefs. Il était tellement surpris, ou effrayé, qu'il ne se débattit même pas. Je le repoussai en arrière sur sa chaise et me précipitai vers le côté droit de la scène. Je savais qu'il y avait une porte qui menait aux bureaux du rez-de-chaussée. Le propriétaire du club m'avait un jour emmené là-bas pour me faire écouter des vieux disques de blues. C'était ma seule chance.

Le dos courbé, je passai devant la scène d'un pas rapide, abandonnant derrière moi mon patron hébété. Je découvris alors que les deux types m'avaient repéré. Ils fonçaient droit sur moi.

— Un problème, mon vieux ?

Je sursautai. C'était Gérard, le propriétaire. Il m'avait attrapé par l'épaule et me dévisageait d'un air suspicieux. Je décidai de lui dire. Je n'avais pas vraiment le choix, et il m'avait toujours semblé être un brave type.

— Ces deux gars en ont après moi, dis-je en pointant du doigt les molosses.

Il jeta un coup d'œil dans leur direction et acquiesça.

— OK. Suivez-moi ! dit-il en me tirant par le bras.

Je me mis à courir derrière lui. Nous nous faufilâmes entre les chaises. Les gens dans le public poussèrent des cris. Je renversai une table et manquai tomber. La musique continuait, étourdissante. Nous contournâmes la scène et le propriétaire me fit passer par la porte des bureaux. Il la referma à clef derrière nous.

— Allez, descendez par là, dépêchez-vous ! Je vais essayer de les faire retenir par le videur.

Je hochai la tête.

— Merci !

Sans attendre, je dévalai les escaliers à toute vitesse, traversai en courant le désordre indicible des bureaux et arrivai rapidement devant la grande porte couverte d'affiches et de posters. Je l'entrouvris et, sur la pointe des pieds, je fouillai la rue du regard. Personne. Je sortis et, au bout de quelques mètres, repérai la Porsche de M. de Telême, garée sur le trottoir d'en face. Impossible de me tromper : mon patron m'avait plusieurs fois fait monter à bord de son bolide dont il était si fier. Une 911 des années 1980. Je traversai, désactivai l'alarme et montai dans la voiture.

Tu ne sais pas conduire, Vigo.

Je mis la clef de contact dans le neiman, sur la gauche du tableau de bord, et posai les mains sur le volant. Mes doigts se crispèrent sur le cuir noir. Je tournai deux fois la tête pour me détendre la nuque. J'entendis alors le cri des deux types dans la rue. Je regardai l'entrée du Quai du Blues. Ils étaient arrivés dehors et ils couraient déjà vers moi.

Tu ne sais pas conduire, Vigo.

Je tournai la clef. Le six-cylindres vrombit bruyamment. J'enfonçai l'embrayage et enclenchai la première vitesse.

Tu ne sais pas conduire. Surtout pas une voiture pareille !

Je fermai les yeux, puis je me laissai guider par mon instinct. Accélérer.

Les pneus crissèrent, la propulsion démarra sur les chapeaux de roue, dérapa légèrement ; je contre-braquai et la remis d'aplomb. Je m'éloignai de la boîte de blues. Dans le rétroviseur, je vis mes deux poursuivants abandonner leur course, essoufflés. Je tournai dans la première rue à droite, puis dans une autre, et bientôt je quittai l'île de la Jatte, bien au-delà de la vitesse autorisée.

Je sais parfaitement conduire.

Je ne m'appelle pas Vigo Ravel, je ne suis pas schizophrène, et je sais parfaitement conduire.

32.

Carnet Moleskine, note n° 137 : souvenir.

Je suis à l'arrière d'une voiture. Je ne sais pas où elle va, où elle est, qui je suis. Deux personnes sont assises à l'avant. Je ne les reconnais pas. Ce ne sont que des silhouettes approximatives, sans visage.

Le décor défile dehors, incertain. Une campagne, je crois ; il y a de la verdure. Le ciel est gris. Blanc, même. La mer, peut-être, s'étend au loin, sombre et démontée.

Une mouche n'arrête pas de venir se coller sur mon bras. Chaque fois que je la chasse, elle revient. Elle m'agace. Elle vole lentement, comme au ralenti, se cogne contre la vitre et sempiternellement se repose sur moi. Elle me dégoûte. Je n'arrive pas à l'écraser. Je la repousse, plusieurs fois, en vain.

Les personnes discutent à l'avant de la voiture. Celui qui conduit est en colère. Je ne sais pas pourquoi. J'entends simplement sa voix qui s'élève et je vois ses gestes brusques.

Soudain, la voiture s'arrête. J'entends le crépitement des pneus sur des graviers, ou du sable peut-être.

Le souvenir s'arrête là.

33.

Après avoir passé plusieurs carrefours, je retrouvai plus ou moins mon calme. En réalité, j'étais tellement étonné d'être capable de conduire que j'en avais presque oublié le reste.

La banlieue était particulièrement calme à cette heure-là. Quelques rares promeneurs nocturnes marchaient le long des grandes avenues arborées. On voyait s'étendre à perte de vue les alignements de feux rouges qui semblaient se répondre à un rythme hermétique. La ville avait son intelligence propre. Tant mieux pour elle.

Je me perdis dans mes pensées et ne vis plus le temps passer. Où et quand avais-je pu apprendre à conduire ? Et à conduire *vite*, en plus ! Une Porsche ! Je n'avais pas le moindre souvenir d'avoir un jour tenu un volant dans mes mains ; cela datait probablement d'avant mon amnésie rétrograde. J'essayai en vain de retrouver l'origine de ces sensations. Le pommeau du levier de vitesse dans ma main, l'appui-tête contre ma nuque... J'avais l'impression d'avoir toujours connu cela, sans pour autant me rappeler une seule occasion.

Mon hôtel n'était plus très loin. Je mis un terme à mon introspection et, d'un geste automatique, allumai la radio. Je fis défiler les fréquences pour trouver des informations. Je tombai alors sur la voix monotone d'un spécialiste qui s'étendait sur l'implication éventuelle du mouvement Al-Qaida dans les attentats du 8 août. « ... *nombreux indices pointent vers l'organisation islamiste armée d'Oussama ben Laden. Le ministre de l'Intérieur, Jean-Jacques Farkas, a ce matin affirmé que plusieurs cellules d'Al-Qaida sont depuis longtemps infiltrées dans la capitale, et qu'il est fort probable qu'elles aient organisé ces actes terroristes. Plusieurs membres présumés de l'organisation islamiste ont été interpellés cette semaine à Paris et en région parisienne, et la police indique que des documents suspects ont été saisis et sont en cours d'analyse...* »

J'éteignis le poste et poussai un soupir. Je les avais entendus, moi, les poseurs de bombe. J'avais entendu les pensées de l'un d'eux, en tout cas. Mais cela ne m'était d'aucune aide. Je n'aurais pu dire, à partir de ce que j'avais entendu, s'il s'agissait ou non d'un terroriste islamiste, et de toute façon je n'étais pas sûr d'en avoir quelque chose à faire !

Je m'apprêtais à garer la voiture en face de l'hôtel lorsque je remarquai un homme qui semblait attendre devant l'entrée. Poussé par ma paranoïa, je décidai de continuer un peu plus loin. Il était presque minuit et je n'avais jamais vu ce type dans le quartier. Il portait un gros blouson d'aviateur et n'avait pas l'air commode, avec ses mains enfoncées dans les poches et sa tête rentrée dans les épaules.

Je fis demi-tour au rond-point et passai une nouvelle fois devant l'hôtel. Le type tenait à présent un téléphone portable contre son oreille et il avança la tête pour essayer de me voir à mon passage. Je le vis faire quelques pas vers la rue, puis accélérer en raccrochant son téléphone. Il courait vers ma voiture.

Aussitôt j'appuyai sur l'accélérateur et m'enfuis. Cette ordure de Telême leur avait donc aussi indiqué ma planque. Je n'aurais jamais dû lui dire à quel hôtel j'étais descendu.

Je remontai rapidement le boulevard et obliquai vers la place du Maréchal-Juin, puis je tournai dans plusieurs petites rues. Quand je fus certain que je n'étais pas suivi, je repris mon calme et saisis mon téléphone. Je n'avais plus qu'un dernier recours.

Agnès répondit à mon coup de téléphone, d'une voix endormie.

— Vous avez vu l'heure, Vigo ?

— Je suis désolé. Je ne sais plus vers qui me tourner. J'ai des gros problèmes, Agnès.

— Mais qu'est-ce qu'il se passe, bon sang ?

— Je suis suivi par des types. Et puis il m'est arrivé une chose étrange à l'hôtel. Il faut que je vous montre. Que vous me disiez ce que vous en pensez. J'ai l'impression de devenir complètement fou, Agnès. Vous devez m'aider.

— Je *dois* vous aider ?

— Vous *pouvez* m'aider...

Je l'entendis soupirer.

— Comme si je n'avais pas assez de problèmes comme ça ! maugréa-t-elle.

Je ne sus que répondre. Après tout, elle avait raison. De quel droit demandais-je de l'aide à cette femme que je connaissais à peine ? Mais « à peine », pour moi, c'était déjà beaucoup. Parce que j'avais l'impression de ne plus connaître personne. Tout juste moi-même.

— Mes problèmes vous feront oublier les vôtres, tentai-je sans trop y croire.

— Bon, Vigo, vous connaissez le Wepler ?

— Place Clichy ? Oui, je connais...

— Dans combien de temps pouvez-vous y être ?

— D'ici un quart d'heure.

— Alors à tout de suite, lâcha-t-elle d'une voix lasse. Et elle raccrocha.

34.

Carnet Moleskine, note n° 139 : la révolution copernicienne.

Dehors, par la fenêtre, j'entends un type qui passe en fredonnant une chanson que je reconnais. Les paroles résonnent entre les murs de la ruelle étroite et m'adressent l'un de ces clins d'œil que la vie vous réserve, quand vous aimez l'écouter. « Au village sans prétention, j'ai mauvaise réputation, que je me démène ou que je reste coi, je passe pour un je-ne-sais-quoi... ». Parfois, j'ai l'impression d'avoir ce chapeau plein de trous et une barbe de Robinson. J'attends gentiment qu'on me jette des cailloux, ça fait la peau dure. Les asiles sont pleins de je-ne-sais-quoi. Et pourtant...

Le syndrome Copernic tient son nom à la fois de la certitude que celui-ci avait de détenir une vérité susceptible de bouleverser l'ordre du monde – en admettant qu'il en ait un – et du refus de ses contemporains de le prendre au sérieux. On voit aisément se dessiner tous les subtils ingrédients pour le développement d'une parfaite paranoïa. Croyez-moi, je commence à connaître la recette.

Mais voilà : en quoi Copernic croyait-il si fort ? J'ai cherché. Oui. Dans les dictionnaires.

Avant lui, l'Église et les sciences s'entendaient sur une vision de l'univers établie au IIᵉ siècle par un certain Ptolémée. Ce géographe avait écrit L'Almageste en l'an 141, un traité du « géocentrisme » qui resta parole d'Évangile – je pèse mes mots – jusqu'à la Renaissance. Selon lui, la Terre était au centre de tout, elle était fixe, et les planètes tournaient sagement autour – qui plus est dans un ordre différent de celui que nous reconnaissons aujourd'hui : la plus proche était la Lune, puis Mercure, Vénus, le Soleil, Mars, Jupiter et Saturne. Comme on ne pouvait s'empêcher de remarquer tout un tas d'objets célestes brillants et fort petits, il fut entendu qu'il existait une sphère bien plus éloignée qui portait à elle seule toutes les étoiles du ciel, supposées fixes. Voilà. Les choses étaient bien ainsi, tout le monde était rassuré, et gare à celui qui émettait le moindre doute : cette vision, par bonheur, s'accordait parfaitement avec l'ultime version de la Bible.

Malheureusement, Copernic établit au XVIᵉ siècle une théorie radicalement différente... En effet, cet aventureux astronome affirma bille en tête que la Terre n'était pas le centre de l'Univers, mais qu'elle tournait, comme les autres planètes, autour de son étoile : le Soleil. Ce fut la naissance de ce que l'on baptisa plus tard une vision « héliocentrique » de l'Univers. Comme cela ne suffisait pas, ce fou de Copernic soutint en outre que la Terre tournait aussi sur elle-même.

La théorie de Copernic était soutenue par de simples constatations, pour qui voulait bien lever un peu la tête.

La rotation de la Terre sur elle-même justifiait sans doute que l'on constate un mouvement journalier du Soleil, de la Lune et des étoiles ; et la révolution de la Terre autour du Soleil aurait dû permettre de comprendre le mouvement annuel de celui-ci, les saisons... Mais il faut croire que cela ne suffisait pas pour convaincre. Les contemporains de Copernic n'en crurent pas un mot et l'Église s'offusqua d'une théorie aussi blasphématoire.

Jusqu'au XVIIe siècle, l'héliocentrisme n'emporta l'adhésion que d'une dizaine de scientifiques, dont l'Italien Galileo Galilei – qui sera sévèrement condamné – l'Allemand Johannes Kepler, et le philosophe Giordano Bruno.

Il faudra attendre la fin du XVIIe siècle et l'élaboration de la mécanique céleste par Isaac Newton pour se rendre à l'évidence : ce con de Copernic avait raison !

35.

Assis à une table de la grande brasserie rouge, le regard perdu dans le vide, j'essayais de m'imaginer le visage de tous ceux qui avaient posé leurs coudes sous ce même toit, Picasso, Apollinaire, Modigliani... J'ai toujours aimé l'ambiance Années folles de ces grandes salles parisiennes où le bruit me protège des pensées envahissantes du monde du dehors. Il y a le tango des garçons de café, le brouhaha des consommateurs, l'écho des hauts plafonds ; on devient vite invisible et on se sent rapidement chez soi. Au fond, les troquets devraient être remboursés par la Sécurité sociale. Leurs banquettes en cuir sont parfois plus efficaces que les divans des psys, et un whisky sec coûte toujours moins cher qu'une consultation.

J'étais en train de me dire qu'Agnès avait finalement renoncé à me rejoindre quand je la vis apparaître tout au bout du Wepler. Elle portait un jean noir et une veste rouge qui collait à ses fines hanches. Ses cheveux bruns étaient légèrement ébouriffés. Je lui fis un geste de la main. Elle vint s'asseoir en face de moi.

— Alors ? Qu'est-ce qui vous arrive, Vigo ? Qu'est-ce qui me vaut le bonheur d'être sortie de mon lit à cette heure tardive ?

Je lui adressai un regard confus. J'ignorais pourquoi je l'avais choisie, elle, quelle force inexpliquée me poussait à me jeter tête baissée dans cette rencontre sans précédent. Ce n'était pas mon genre. Me livrer ainsi à une inconnue. Mais connaissais-je vraiment *mon genre* ? Peut-être avais-je simplement pressenti qu'elle était ma dernière chance, mon dernier recours pour garder un lien avec le réel. Tout s'était écroulé autour de moi, tout, sauf cette lueur d'espoir : trouver en cette femme une âme sœur – une sœur tout court – dont l'aide et le regard auraient suffi à me convaincre que je n'étais pas complètement fou. C'était osé, mais je n'avais plus rien d'autre.

— Agnès, j'ai besoin de me confier. Mais je ne sais pas si vous pourrez me croire.

Elle jeta un coup d'œil tout autour de nous, comme si elle avait peur qu'on nous entende, ou qu'on nous voie ensemble.

— Vous croire à quel sujet ?

— Me croire, tout simplement.

Elle haussa les épaules.

— Je veux bien essayer.

— Vous m'avez cru, quand je vous ai dit que j'avais entendu vos pensées ?

Elle me dévisagea, muette, puis elle fouilla dans son sac et alluma nerveusement une cigarette. Pour la première fois, son regard était fuyant. J'insistai.

— Est-ce que vous m'avez cru ?

— Je... Je ne sais pas. Je vous avoue que cela m'a troublée.

Le coude appuyé sur la table, elle recracha une bouffée de fumée, puis elle tourna la tête vers moi avec un regard faussement léger.

— Écoutez, j'en sais rien, moi, vous avez peut-être simplement deviné ce à quoi je pensais... Un coup de chance.

Elle résistait. Je n'aurais su lui en tenir rigueur. On admet mal l'inadmissible. Je m'approchai d'elle et la relançai, d'une voix plus faible mais plus pressante :

— J'aurais deviné, comme ça, que vous me compariez à votre oncle ? Ce serait une sacrée coïncidence, vous ne croyez pas ?

Elle grimaça et s'assura une nouvelle fois que personne ne nous écoutait. Le barman et les serveurs étaient suffisamment occupés, malgré l'heure tardive, pour ne pas nous prêter attention.

— Oui, une sacrée coïncidence... Mais soyons réalistes, comment pourriez-vous...

Elle baissa sensiblement le ton de sa voix.

— ... comment pourriez-vous entendre les pensées des gens, Vigo ? Cela n'existe pas, ces choses-là ! Il doit y avoir une explication rationnelle. Je suis désolée, mais je ne crois pas au surnaturel, aux médiums, à toutes ces conneries !

— Mais moi non plus, Agnès ! Pourtant, je dois me rendre à l'évidence : d'une façon ou d'une autre, j'entends, par moments, les pensées des gens qui sont autour de moi.

Elle secoua la tête.

— Mais vous vous rendez compte de ce que vous dites ? C'est... C'est tout simplement... C'est surréaliste !

— Mais c'est ce qui m'arrive. Il doit en effet y avoir une explication rationnelle. Et croyez-moi, je voudrais bien la connaître.

Elle fronça les sourcils, puis tira à nouveau sur sa cigarette. J'en allumai une à mon tour, comme si la barrière de fumée que nous jetions devant nous avait pu dresser un voile pudique entre nos deux perplexités.

Au même instant, un serveur s'approcha de nous.

— Je vous sers quelque chose, madame ?

Elle jeta un coup d'œil à mon verre de whisky.

— La même chose, dit-elle.

Le garçon opina du chef et lui rapporta rapidement un verre.

Nous nous tûmes quelques minutes, gênés. Agnès buvait une gorgée de temps en temps, puis elle faisait tourner son whisky au fond de son verre d'un air songeur.

J'étais encore en train de la regarder quand la migraine s'empara à nouveau de moi. Je grimaçai, puis me frottai nerveusement le front. Il était trempé de sueur.

Agnès se tourna vers moi en se redressant sur son tabouret. Ma vision commença à se troubler.

— Dites-moi, Vigo, vous...

Elle s'interrompit.

— Je quoi ? la relançai-je, la voix tremblante.

Elle fit une moue embarrassée. Elle avait du mal à formuler ce qu'elle était sur le point de me demander. Je devinais pourquoi.

— Eh bien... Tout va bien ?

Je m'épongeai à nouveau le visage. Le monde s'était dédoublé devant moi. C'était comme deux films totalement identiques, superposés l'un à côté de l'autre.

— Vous entendez des pensées, là, maintenant ?

J'avais anticipé sa question, mais je n'étais pas certain de vouloir lui dire la vérité. J'avais peur qu'elle me prenne encore pour un fou ou, pis, pour un monstre, un animal de foire. Mais j'avais aussi besoin de sa confiance.

— Oui, murmurai-je.

Elle fronça les sourcils.

— Ah oui ? Et vous entendez quoi ?

La douleur dans ma tête s'intensifia.

— J'entends la confusion de vos pensées, Agnès.

Elle eut un sourire agacé.

— Ce n'est pas bien sorcier de deviner que je suis quelque peu confuse !

— J'entends bien plus que ça. Et... Et je viens d'ailleurs de comprendre quelque chose à votre sujet.

— Ah oui ? Quoi ?

Je me raclai la gorge. Je m'agrippai à la table devant moi. La salle entière vacillait tout autour. Il fallait que je reste concentré. Et que je lui dise.

Jamais je n'avais énoncé ce genre de chose. Jamais je n'avais accepté de prendre en considération ces impressions secrètes, ces murmures nébuleux qui me parvenaient comme des vagues soudaines. Jamais je n'avais accepté de les traduire, et encore moins de les répéter à quelqu'un. Au fond, en lui révélant ce que j'entendais dans ma tête, j'avais l'impression de violer Agnès, de lui voler son intimité, et de devoir l'admettre. J'étais particulièrement gêné. Mais le seul moyen de la convaincre était de ne pas tricher. Ma crise était à son paroxysme. J'avais mal au cœur, mais il fallait que je résiste. Et que je parle. Qu'elle sache.

— Quand vous m'avez dit que vous faisiez un métier difficile, au café, j'ai d'abord pensé que vous deviez être enseignante. Mais maintenant, je sais. Je crois que je comprends mieux qui vous êtes, parce que j'entends dans vos angoisses et dans vos questionnements des échos pleins de signes.

— Vraiment ? Et alors, qui suis-je ? demanda-t-elle d'un ton qui me parut proche du défi.

— Vous... Vous êtes dans la police, n'est-ce pas ?

Je vis l'image floue de son visage se crisper. Je fermai les yeux et je continuai. Ses pensées m'arrivaient comme des vagues successives. Je n'avais qu'à les laisser me dicter ces quelques phrases...

— Vous êtes dans la police et vous êtes en train de vous demander si vous devriez me croire, ou me faire enfermer... Et maintenant, là, tout de suite, vous vous demandez si j'ai pu voir votre carte de police dans votre portefeuille, ou bien si j'ai fait des recherches sur vous. 541 329. Vous pensez à ce chiffre. Et maintenant, vous vous demandez si je vous joue un tour pour vous impressionner. Vous commencez à avoir peur... Et là, vous vous demandez si vous avez votre portefeuille sur vous, si vous ne l'avez pas oublié dans votre appartement... Et puis... La peur, la confusion... Trop, beaucoup trop de choses. Votre mari...

Soudain, les voix s'arrêtèrent. La douleur dans ma tête s'éteignit aussi rapidement qu'elle était venue.

J'ouvris les yeux et regardai Agnès, confus. Elle était blafarde, pétrifiée. Je me mordis les lèvres. Je regrettais. Soudain, elle se leva, fit volte-face et partit vers la sortie du Wepler d'un pas rapide, sans même m'adresser un regard.

Reprenant mes esprits, je payai rapidement l'addition et partis à sa poursuite.

Le XVIIIe arrondissement était encore resplendissant de lumière à cette heure du soir. Je fis quelques pas sur le trottoir, puis rapidement je la vis, assise au pied de la statue du maréchal Moncey, la tête entre les mains.

Je traversai la rue et la rejoignis d'un pas hésitant.

— Je suis désolé si je vous ai fait peur, Agnès.

Elle leva la tête vers moi. Elle me regardait avec une lueur d'effroi dans les yeux. C'était exactement ce que j'avais redouté : elle me voyait comme un monstre.

— Je peux m'asseoir à côté de vous ? demandai-je timidement.

Elle ne répondit pas. Je pris cela pour un oui. Mais alors que j'allais m'asseoir, elle se leva d'un bond et fit un pas en arrière. Elle voulait clairement mettre une distance entre nous. C'était compréhensible.

— Vigo, je... Il faut que vous alliez voir des spécialistes. Il faut prévenir quelqu'un... Il faut... Je ne sais pas, moi... Mais ce n'est pas à moi que vous devriez vous confier...

— Je ne peux pas, Agnès. Il y a des hommes qui me suivent, et...

— C'est justement pour cela que vous devez aller chercher de l'aide !

J'enfonçai mes mains dans mes poches, d'un air embarrassé.

— Alors vous... vous me croyez ? demandai-je d'une voix tremblante.

— Je... Je ne sais pas. C'est... effarant !

Je n'aurais pu dire le contraire. D'ailleurs, je ne savais plus trop quoi dire. Abattu, je décidai finalement de m'asseoir au pied de la statue. Agnès me regarda, elle soupira, puis elle vint s'asseoir près de moi. Nous restâmes un long moment au beau milieu de la place Clichy, ridiculement muets, nos deux angoisses bercées par le ronron des conducteurs nocturnes. Quand le silence se fit trop embarrassant, je pris l'enveloppe que j'avais gardée dans ma poche et la lui tendis.

— Voilà ce que j'ai trouvé à mon hôtel.

Elle hésita, puis elle ouvrit l'enveloppe et lut le petit mot à l'intérieur. Elle me le rendit, stupéfiée.

— Mais qu'est-ce que c'est que ce truc ? De quoi il parle ?

— Je n'en ai pas la moindre idée.

— C'est une histoire de fous, murmura-t-elle. Une histoire de fous ! Vous ne pouvez pas garder cela pour vous...

— C'est pour ça que je voulais vous parler...

— Mais ce n'est pas à moi que vous devriez en parler ! Vous devez impérativement contacter des autorités compétentes... Vous ne vous rendez pas compte !

— Agnès, je ne veux pas m'adresser à qui que ce soit pour le moment. Je ne fais plus confiance à personne.

— Et à moi, vous me faites confiance ?

— Oui.

Elle écarquilla les yeux.

— Mais je ne vois pas pourquoi, Vigo ! On se connaît à peine ! Je ne suis qu'une simple fonctionnaire de police, et à moitié dépressive en plus ! Je ne peux rien faire pour vous aider. Votre histoire me dépasse. Et pour tout vous dire, elle me fait peur. Vous devez vous adresser à des interlocuteurs plus à même de vous aider...

— Non. Je vous fais confiance à vous, Agnès, à vous seulement. Je vous en supplie, il faut que vous respectiez cela. Je dois d'abord comprendre ce qui m'arrive, et je crois que vous pouvez m'aider, parce que vous me croyez et parce que... Parce que je vous crois, moi aussi. Je vous crois réelle. Vous êtes la seule réalité qu'il me reste.

— C'est n'importe quoi ! Vous ne me connaissez pas ! On s'est croisés deux fois chez la psy et on a bu un café ensemble ! Je ne vois vraiment pas ce qui justifie cette confiance que vous me portez.

— Ces choses-là ne s'expliquent pas, Agnès.

— C'est complètement ridicule ! Ce n'est pas parce que vous avez l'impression d'avoir je ne sais quoi, des atomes crochus avec moi ou une connerie dans le genre, que vous devez compter sur moi pour vous sortir de là. Je ne vois pas ce que je peux faire pour vous.

— Me croire.

— Mais avec les preuves que vous pouvez apporter, les autorités aussi pourront vous croire, vous n'avez pas besoin de moi.

— Peut-être, mais c'est moi qui ne croirai pas en elles. Mettez cela sur le compte de la paranoïa, si vous voulez, mais je me vois des ennemis partout.

— C'est stupide ! Le monde entier n'est pas ligué contre vous, Vigo ! Vous ne pouvez pas vous sortir seul de cette histoire, et visiblement, cela implique d'autres personnes. Cette lettre anonyme... Il faut mener une enquête. Et votre état... Il faut que des scientifiques constatent votre état...

— Non, Agnès. J'ai vu des psychiatres pendant des années. Cela n'a jamais servi à rien. Quant aux autorités, je n'arriverai pas à leur faire confiance. Avec ces types qui étaient prêts à me tomber dessus à la Défense, je me méfie de tout le monde, maintenant. Je ne peux faire confiance à personne. Seulement à vous.

— Mais vous avez bien de la famille, des amis...

— Non. Mes parents ont disparu, mon psychiatre semble n'avoir jamais existé, à en croire les gens qui étaient à la Défense après les attentats. Quant à mon patron, il est visiblement dans le même camp que ces types qui me poursuivent depuis plusieurs jours.

Elle secoua la tête.

— Non mais vous vous entendez ? *Dans le même camp* !

Elle poussa un long soupir, puis elle me regarda droit dans les yeux.

— Comment voulez-vous que je vous aide, moi ? demanda-t-elle d'une voix plus calme.

— Je l'ignore. Je voudrais au moins essayer de comprendre comment tout cela a pu m'arriver. Où sont mes parents. Où est passé le psychiatre qui me suivait. Pourquoi son cabinet n'apparaît pas dans la liste des sociétés de la tour SEAM. Qui sont les types qui me suivent, pourquoi mon patron les a mis sur ma piste. Qui a écrit cette lettre anonyme, et ce qu'elle veut dire. Comment se fait-il que je sois parfaitement capable de conduire une voiture alors que je n'ai pas souvenir de l'avoir jamais fait ? Il faut que je trouve des réponses à toutes ces questions ! Vous êtes dans la police, vous devriez pouvoir m'aider, non ?

Elle leva les yeux au ciel.

— Non, mais vous délirez, là ! Vous ne pensez quand même pas que je vais répondre à toutes ces questions ! Vous vous croyez au cinéma ? Ce serait beaucoup plus simple de s'en remettre aux autorités.

— Pour la dernière fois, Agnès, je ne veux pas ! Pas pour le moment. Allons, aidez-moi ! Quelques jours seulement. Juste le temps de voir si je suis fou ou s'il se trame quelque chose derrière toute cette histoire ! S'il vous plaît... J'ai besoin que quelqu'un croie en moi et me soutienne.

Elle souffla nerveusement, d'un air exaspéré. Mais je pouvais encore sentir son émotion. Ce qu'elle redoutait surtout, ce n'était pas de m'aider, mais, ce faisant, de devoir admettre que mon histoire était vraie. Que j'entendais réellement les pensées des gens. Cela lui demandait un effort de soumission à l'impensable qui la terrifiait. Pourtant, en même temps, elle avait pitié de moi.

— Je trouve cela complètement idiot, Vigo.

— Peut-être, mais je ne peux plus rester la victime naïve de ce qui m'arrive.

Elle acquiesça.

— Alors aidez-moi.

Agnès ferma les yeux, comme si elle regrettait déjà ce qu'elle allait me dire.

— Bon. Je veux bien essayer, céda-t-elle enfin. Mais un ou deux jours, pas plus. Le temps de démêler le vrai du faux, dans votre histoire, et de constituer un dossier pour aller ensuite voir les autorités. D'accord ?

Je hochai lentement la tête, n'osant exprimer mon émotion. En réalité, entendre ces quelques mots était pour moi un soulagement immense ! Comme si un poids énorme venait d'être enlevé de mes poumons. J'avais trouvé cette main tendue à laquelle j'avais tant rêvé. Je n'étais plus tout à fait seul... Plus *tout à fait seul*.

— Bon, maintenant, il est tard, dit-elle en se levant. J'aimerais rentrer me coucher.

— Bien sûr.

— Et vous, qu'allez-vous faire ? demanda-t-elle en essuyant la poussière sur sa veste.

— Je ne sais pas. Je ne peux pas retourner dans ma chambre d'hôtel. Quand j'ai voulu rentrer tout à l'heure, un type guettait à l'entrée.

— Vous êtes sûr de ne pas vous être laissé emporter par votre paranoïa ?

— Non, répondis-je en souriant. Je suis certain. Il a couru vers moi quand j'ai approché.

— Je vois. Bon, eh bien, venez dormir chez moi, si vous voulez, il y a un canapé-lit dans le salon. Mais juste pour ce soir, hein ?

— Et votre mari, il ne va pas trouver ça bizarre ?

— Il est parti. Vous ne l'avez pas lu dans mes pensées, ça ? demanda-t-elle avec un sourire moqueur.

— Non. J'essaie de ne plus écouter. Et puis, vous savez... Je... Je n'entends pas en permanence. Heureusement. Mais votre mari, il est parti... parti ?

— Parti parti.

Je regardai sa main. Elle avait enlevé son alliance. Je n'étais pas le seul dont la vie s'était mise à tourbillonner. Il y a des moments comme ça... Et pas seulement dans les films. Dans la vie, la vraie. Je me levai à mon tour et nous nous éloignâmes, côte à côte, de la place Clichy.

36.

L'appartement d'Agnès était caché sous les toits d'un vieil immeuble de la rue des Batignolles. C'était un petit trois-pièces et il en aurait fallu au moins deux de plus pour tous les meubles et les objets qui étaient entassés là dans un désordre étonnant. Je me demandai combien d'années étaient nécessaires pour accumuler un si grand bazar. Jamais je n'aurais pu supporter de vivre dans un environnement pareil, mais je me surpris à y trouver une certaine esthétique du chaos. L'accumulation des bibelots, des livres et des magazines, des bougies, des vieilles lampes, des cadres, des vases et d'une myriade d'ustensiles insolites faisait, au final, un véritable décor qui, mystérieusement, donnait l'apparence d'une secrète cohérence.

— Excusez-moi, c'est un peu le bordel... Ça sera plus présentable quand Luc sera venu récupérer ses affaires.

Je pouvais sentir son embarras. J'étais moi-même très mal à l'aise. Je me demandais si ce n'était pas la première fois de ma vie que j'entrais ainsi seul chez une femme...

— Voilà, vous pouvez vous installer ici, dit-elle en me désignant le canapé orange qui était de l'autre côté de son salon. Demain, je vais travailler assez tôt. J'essaierai de faire des recherches sur vos parents au commissariat, d'accord ?

— C'est vraiment gentil de votre part...

— Je ferai ce que je peux. Dites-moi simplement tout ce que vous pouvez me dire à leur sujet.

Je fis de mon mieux pour lui parler de Marc et Yvonne Ravel, de ce que je savais de leur vie, et de ce qu'ils m'avaient toujours raconté. Je lui mentionnai la maison qu'ils louaient pour leurs vacances, le fait qu'ils avaient tous deux travaillé dans un ministère, et autant de détails dont je pouvais me souvenir... Elle nota tout sur un petit carnet.

— Bien. Je vais voir ce que je peux trouver avec ça. Maintenant, il est temps pour moi d'aller dormir. Il y a une couette sous le canapé-lit, faites comme chez vous. La salle de bain est là, je vous sors une serviette.

J'acquiesçai en essayant de sourire, mais au fond, j'étais complètement désemparé. Je n'étais pas habitué à dormir chez quelqu'un, à être reçu de la sorte, et encore moins par une femme. Je ne savais comment réagir et je me demandais même si je parviendrais à dormir, tellement l'idée de n'être pas à ma place m'angoissait.

— Merci pour tout, Agnès.

— De rien. Demain, je partirai vers 8 heures. Vous pouvez partir plus tard si vous voulez. Mais pas trop tard non plus, j'aimerais mieux que vous ne croisiez pas Luc s'il décide de venir chercher ses affaires dans la journée. Claquez la porte en sortant. Je vous rappellerai le soir pour vous dire ce que j'ai trouvé.

— D'accord.

J'avais du mal à imaginer que tout cela était bien réel. Que cette femme allait vraiment m'aider, que nous avions accepté l'un et l'autre l'absurdité de la situation... En ce qui me concernait, je n'avais pas vraiment le choix.

— De votre côté, vous pourriez peut-être aller dans une bibliothèque ou un cybercafé pour effectuer quelques recherches, non ?

Je haussai les épaules.

— Pourquoi pas...

Elle parut étonnée que je ne montre pas plus d'enthousiasme.

— Eh bien oui ! Vous m'avez dit que vous vouliez des réponses à toutes vos questions, alors vous avez intérêt à vous bouger, Vigo !

— C'est-à-dire... Je ne saurais pas par où commencer...

— Par exemple, vous pourriez essayer de trouver quelque chose au sujet du *Protocole 88*, qui est mentionné dans votre lettre anonyme.

— D'accord. Bonne idée.

En vérité, j'étais terrifié à l'idée de mener ma propre enquête tout seul le lendemain. Je m'en sentais parfaitement incapable. Mais elle avait raison. Il fallait que j'avance. Puisque je ne pouvais me confier à personne, j'étais bien obligé de chercher moi-même.

— Alors à demain, Vigo. Bonne nuit.

— Bonne nuit, Agnès. Encore merci.

Elle m'adressa un sourire et disparut dans sa chambre.

37.

Carnet Moleskine, note n° 149 : souvenir, précision.

Je suis à l'arrière de la voiture. C'est moi. Je suis jeune. À peine adolescent. Je ne reconnais toujours pas les deux personnes qui sont assises à l'avant, mais je me souviens à présent qu'il s'agit d'un homme et d'une femme. Et je suis certain de connaître leurs voix.

C'est l'homme qui conduit. Il conduit vite.

Dehors, je vois plus distinctement le décor qui défile, à présent. C'est bien la mer, au loin, au-delà des falaises. Une mer verte, assombrie par les nuages d'un ciel gris.

Il y a toujours cette mouche qui n'arrête pas de venir se coller sur mon bras. Je voudrais qu'elle disparaisse, cette mouche têtue qui accapare mon attention, qui m'empêche d'entendre ce que disent les gens devant moi. Mais il n'y a rien à faire. Elle me nargue.

Je ne devine que l'intonation de leurs voix. Des phrases s'envolent, se chevauchent. Ils ne discutent pas. Ils se disputent. Ensemble. Cela m'agace. Comme la mouche. Tout m'agace. Je voudrais crier. Mais c'est comme dans ces rêves où les sons ne veulent pas sortir, ces cauchemars où les jambes se refusent à courir. Je ne peux pas. Je ne peux pas changer un souvenir. Je ne peux pas réécrire le passé. Je ne suis qu'un passager de ma mémoire défaillante.

Soudain, la voiture s'arrête. Un peu fort. Je dois me retenir au siège devant moi. J'entends le bruit du sable contre les pneus, puis le bruit de la mer. Le conducteur se gare sur une digue.

Nous descendons de la voiture.

Pour le moment, le souvenir s'arrête là : sur le bruit sourd des lourdes portes qui claquent, les unes après les autres. Et je sors.

38.

Quand je me réveillai, je mis quelques secondes à me souvenir de l'endroit où j'étais. J'éprouvai alors un certain vertige, une impression de flottement, d'apesanteur. Puis je reconnus l'appartement d'Agnès. Les bibelots, le désordre, la table basse, Scorsese et Woody Allen qui traînaient sur la moquette... À force de courir, je n'avais plus de repères. Je me rendis compte que ma chambre me manquait. Bizarrement, la rue Miromesnil me manquait. J'y avais des marques, des routines, une sorte d'assurance... Mais je n'étais plus cet homme-là. Il allait bien falloir que je m'y fasse ; plus rien ne serait comme avant. Les changements dans ma vie avaient atteint un point de non-retour. Jamais l'avenir ne m'avait paru aussi incertain. Le présent, lui-même, me semblait flou, inaccessible ou mensonger.

Je poussai un long soupir. Il fallait que j'essaie de me réincarner, de devenir qui j'étais. Je me dressai sur le canapé-lit et me remémorai lentement la journée de la veille. *Je ne suis pas schizophrène.* J'avais espéré, en m'endormant, que les choses seraient plus claires, plus acceptables le lendemain ; mais il n'en était rien. Au contraire. J'avais du mal à retrouver le semblant de calme que j'étais parvenu à adopter après ma conversation avec Agnès. La réalité me semblait encore plus difficile à admettre.

Comment ai-je pu lui raconter tout ça ? Comment a-t-elle pu me croire ? Et si je m'étais trompé ? Et elle, est-ce qu'elle me croit encore, aujourd'hui, après une nuit de sommeil ? Et si elle me dénonçait à la police ? Comment ai-je pu être assez bête pour me confier à une flic ?

Je fermai les yeux un instant, puis les ouvris à nouveau. J'étais toujours là, sur le canapé-lit orange. La réalité avait beau être incompréhensible, elle était toutefois immuable. *Je ne suis pas schizophrène. Je dois faire confiance à ce que je sais. C'est-à-dire pas grand-chose. Je ne sais pas qui je suis, je ne sais pas pourquoi je suis ainsi, je ne sais pas ce qui m'arrive, mais je sais une chose : je ne suis pas schizophrène. Alors je peux, je dois faire confiance à ma seule raison. C'est déjà un point de départ. C'est le moment de faire du Descartes, mon vieux. Du passé, faisons table rase. Et faisons confiance à la raison.*

Après quelques minutes de silence, je parvins enfin à me calmer un peu. J'écoutai le rythme régulier de ma respiration et me laissai bercer par son exactitude. *Bien. Maintenant, je dois me lever. M'habiller. Franchir une à une les étapes. Affronter la journée et avancer dans la découverte de ma nouvelle réalité. Je ne peux pas m'enfermer dans cette angoisse insensée.*

Lentement, je me levai en écartant les bras comme si j'avais eu peur de perdre mon équilibre. Comme si la pesanteur, pendant la nuit, avait pu disparaître. Je fis quelques pas en avant et le monde me parut suffisamment stable. Je traversai le salon et jetai un coup d'œil dans le couloir. Personne, évidemment. La chambre d'Agnès était grande ouverte. Elle était partie depuis longtemps.

L'appartement était plongé dans un silence inquiétant. De grandes lames de lumière découpaient l'air dans mon dos, à travers les rideaux du salon. Dehors, on distinguait le ronronnement distant des voitures qui commençaient à envahir le boulevard des Batignolles. Je me demandai quelle heure il pouvait être. Je levai mon poignet. Ma montre clignotait toujours sur 88 :88. Je pestai.

Je fis demi-tour et partis ouvrir les rideaux. Les rayons du soleil envahirent tout l'espace du salon. L'appartement n'avait plus tout à fait la même allure, à la lumière du jour. Il avait perdu de son charme, et gagné en vérité crue. Ce n'était plus un mystérieux bazar, c'était tout simplement l'habitat désordonné d'un homme et d'une femme. Partout, je voyais surgir le mari d'Agnès, sa réalité à lui. Des affaires, des vêtements, des magazines masculins... Je me mis à craindre de le voir soudain débouler au milieu de la journée. Comment Agnès avait-elle pu me laisser seul ici ?

Je fus aussitôt saisi par un sentiment d'urgence. Les mains tremblantes, je refermai d'un seul geste les rideaux du salon. La pièce fut à nouveau plongée dans une pénombre plus rassurante. Je serrai les poings. Je ne pouvais rester là. Il fallait que je sorte de cet appartement.

Je trouvai enfin l'énergie pour m'activer. Je me dépêchai de prendre une douche et de m'habiller. En enfilant mes vêtements, j'évitai le reflet de mon propre visage dans le miroir de la salle de bain.

Je revins rapidement dans le salon, pliai le canapé et, malgré moi, alors que j'aurais dû me diriger aussitôt vers la sortie, je me laissai tomber sur les énormes coussins orange, comme happé par eux. Je restai un long moment le regard rivé au plafond, pensif, tiraillé entre l'envie de partir et la peur d'affronter le monde du dehors. Ma raison me criait *lève-toi*, mais mes jambes refusaient d'obéir.

Après de longues minutes immobiles, je sentis que la force m'avait complètement quitté. Je baissai lentement les yeux, désespéré. Mon regard croisa le magnétoscope, coincé de travers au-dessus de la télévision. Je vis alors les quatre chiffres verts qui clignotaient sur le petit écran noir. Je me frottai les yeux, incrédule. Le magnétoscope indiquait la même heure que ma montre ! 88 : 88. L'heure qui n'existe pas ! Les quatre boucles vertes s'allumaient et s'éteignaient avec un rythme régulier, et leur image s'imprégna dans mes yeux écarquillés. Bientôt, j'eus l'impression que les chiffres s'étaient décollés du magnétoscope et qu'ils flottaient, lumineux, au milieu du salon. Je fermai les yeux. Mais je les vis encore, immenses, qui avançaient vers moi, menaçants, comme quatre gigantesques hologrammes.

C'est à cet instant, je dois bien le reconnaître, que ma crise d'angoisse se transforma en hallucination ; mon cerveau, sans doute fragilisé par les traumatismes des derniers jours, se mit à dérailler.

Soudain, ce fut comme si tout prenait enfin sens, comme si tout devenait limpide : je fus convaincu que le temps s'était arrêté.

Le temps. Non pas celui des autres, ou celui de la planète, mais le mien seul. Mes heures, mes minutes, mes secondes à moi s'étaient arrêtées. Tout simplement.

Et cela expliquait tout. J'étais certain que, d'une façon ou d'une autre, j'étais entré dans une boucle intemporelle dont je ne pouvais plus sortir. À bien y réfléchir, c'était l'évidence même. Certes, j'entendais dehors le monde qui continuait de vivre, d'avancer, mais moi, je n'y étais plus. Je m'étais extrait du temps.

Aussi inconcevable qu'elle puisse paraître, il ne sert à rien de nier l'évidence. Je ne suis peut-être pas en mesure de comprendre le comment et le pourquoi, mais il faut bien m'y résoudre. Je suis hors du temps. Qu'il soit absolu ou relatif, je suis, moi, hors du temps.

C'est très excitant. Je suis peut-être au bord d'une nouvelle étape dans la compréhension du temps. Au-delà de la physique classique, au-delà de la relativité, au-delà même de la physique quantique, je suis peut-être au bord d'une nouvelle étape d'interprétation de l'espace-temps, que l'on va pouvoir analyser grâce à mon état peu ordinaire. Je suis prêt à me soumettre à l'analyse des physiciens. Je ne suis pas rancunier.

En tout cas, une chose est indéniable : là où je suis, il a beau y avoir de l'espace et de la matière, il n'y a plus de temps mathématique, mesurable. Certes, cela remet en question toutes les théories actuelles et notamment celle de la relativité restreinte, selon laquelle le temps et l'espace sont liés. Cependant, on admet aujourd'hui que le temps aurait commencé il y a treize milliards d'années, ce qui sous-entend qu'il ait eu un début. Or, si le temps peut avoir un début, pourquoi n'aurait-il pas une fin ? Voire une pause ? Je suis peut-être dans une pause temporelle, qui sait ?

Ce dont je ne doute pas, c'est d'être sorti de la ligne géométrique où le temps semblait ordonné. Voilà, c'est ça. Je ne suis plus sur la ligne. S'il est vrai que sur une droite, un point se situe nécessairement avant ou après un autre point, en revanche, que dire quand on s'écarte de cette droite ?

D'un autre côté, mon expérience pourrait confirmer les théories selon lesquelles le temps est absolu. Car, si le temps est absolu, cela implique qu'il n'appartient ni au monde matériel ni à celui de l'esprit, et donc qu'il existerait même si le monde ou notre esprit, eux, n'existaient pas. Il n'y a pas d'interdépendance. Mon esprit peut donc très bien s'extraire du temps, ce n'est pas ça qui va l'arrêter.

Les horlogers vont être ruinés.

Il faut absolument que je prenne contact avec mesdames et messieurs les scientifiques. Ils pourront étudier ça de près. Moi, je ne peux pas vraiment l'expliquer. J'ai simplement pris conscience, à un niveau supérieur – que je ne maîtrise pas tout à fait, il faut l'avouer – de l'évidence. Le présent n'existe pas. C'est pourtant simple : l'instant ne peut être qu'en cessant d'être. La fonction même de l'instant est de passer, tant qu'il ne l'a pas fait, il n'est pas, donc, l'instant n'existe pas. Le présent n'existe pas. Tout est passé.

C'est éblouissant.

Alors voilà, je suis hors du temps. Bien sûr, c'est assez extraordinaire, voire incroyable. Mais je trouve que je prends la chose plutôt bien. Au fond, c'est presque rassurant.

Je me demande.

Putain de magnétoscope.

Bonjour, tel que vous me voyez, je suis coincé à l'extérieur du temps. Ce doit être un phénomène physique tout à fait explicable. Une sorte de débordement, de glissement. Très rare sans doute. Mais on ne peut pas dire que ça m'étonne, avec tout ce qui s'est passé d'étrange. Il fallait bien qu'il y ait une explication rationnelle. Une bonne raison. Et maintenant, au moins, je sais ce qui m'arrive. Je suis tout simplement sorti du temps. Pas schizophrène. Hors du temps.

Tiens. Je peux vérifier, d'ailleurs.

Un, deux, trois.

Voilà. Aucune seconde n'est passée. Ma montre et le magnétoscope indiquent toujours la même heure. 88 :88.

Je dois être le seul à pouvoir la voir, l'heure qui n'existe pas. Je me demande si je suis mortel.

J'aurais dû m'en douter dès le début. J'aurais dû faire confiance à ma montre. 88 :88. Une Hamilton ! Elle ne pouvait pas me mentir ! Je devrais avoir plus de respect pour les montres. Après tout, elles en savent bien plus que nous sur ces questions de temps. Elles savent mesurer le temps nécessaire à un rayon lumineux, provoqué par l'excitation d'un atome de césium-133, pour effectuer plus de neuf milliards d'oscillations. Soit une seconde. Elles sont fortes, les montres.

Je ne sais pas pourquoi je me suis entêté. Il faut que je prévienne Agnès. Elle ne doit plus se faire de souci pour moi. Je ne risque plus rien, il suffit que je m'habitue.

Déjà, je dois cesser de vouloir retourner dans le temps des autres. Que j'arrête de m'accrocher. C'est sûrement dangereux. Peut-être même devrais-je arrêter d'interagir avec lui. Avec eux. Avec ceux qui sont restés à l'intérieur. Ils ne peuvent sûrement pas me comprendre. Et je risque de faire dérailler leur temps à eux. Je ne peux pas prendre ce risque. C'est extrêmement égoïste de ma part.

Je me demande si je suis mortel.

Et si les deux types au survêtement gris avaient essayé de me prévenir ? Pourquoi pas ? Cela paraît crédible, maintenant que j'y pense. Bien plus crédible que tout le petit scénario paranoïaque que je me suis inventé... Je ne vois pas ce que des tueurs viendraient faire dans mon histoire. Je n'ai jamais fait de mal à une mouche. Non, ce sont plutôt, sûrement, des sortes d'agents temporels. Des types qui sont au courant de ce qui m'arrive. Cela expliquerait tout.

Les types en gris sont des agents temporels.

D'ailleurs, ils ne me veulent aucun mal. Telême avait raison. Ces types ne me voulaient aucun mal. J'aurais dû les laisser m'expliquer. J'aurais compris plus facilement. Bah, ce n'est pas grave ! Je n'ai plus besoin d'eux, maintenant. Parce que maintenant, je sais. J'ai tout compris tout seul. Je suis dans une boucle intemporelle et je ne suis pas schizophrène.

Au fond, c'est même plus simple que ça, je suis intemporel.

Et cela explique sûrement pourquoi j'ai l'impression d'entendre les pensées des gens. Cela doit être un phénomène physique. Comme nous ne sommes pas dans le même temps, je sais déjà ce qu'ils vont dire avant qu'ils ne le disent, et du coup j'ai l'impression d'entendre leurs pensées. Quelque chose comme ça.

Je me demande si je suis mortel.

Est-ce qu'Agnès va me croire, ça, c'est toute la question. Et si elle me croit, est-ce qu'on va pouvoir continuer à se voir ?

Tiens. Autre hypothèse. Peut-être que je ne suis pas vraiment sorti du temps, au sens littéral. Peut-être, tout simplement, que je suis arrivé au bout. Ce serait un signe avant-coureur de la fin d'Homo sapiens. Je serais l'un des premiers à être arrivés au bout du temps. Parce que j'ai compris, peut-être. J'ai compris que nous allions nous éteindre. J'avais raison depuis le début, alors je me retrouve tout seul, au bout de la boucle temporelle. Je ne suis peut-être pas le seul, d'ailleurs. Il y en a peut-être d'autres. D'autres intemporels, comme moi, ou comme les agents en survêtement gris qui parcourent le monde pour sauver les moutons égarés du temps.

Je me demande si je suis mortel.

En tout cas, c'est sûr, je suis au bout du temps.

Je le sens.

Je me demande si je suis. C'est étrange. J'ai l'impression que le temps se chevauche, maintenant. Qu'il se mélange. Et mon nom sera espoir. Je me demande.

Je me demande si. J'ai l'impression – je me demande – que le temps – si je suis – se chevauche – mortel – maintenant. J'ai – je – l'impression – me – que – demande – le – si – temps – je – se – suis – chevauche – mortel – maintenant. J'ai mortel maintenant. Mon nom sera Amel. Mélange. Amel ange. Qu'est-ce que vous foutez encore là ? Qu'il se mélange.

La prochaine fois que je verrai les agents temporels, il faudra que je me montre plus poli. Vigo ? Mais qu'est-ce que vous foutez encore là ? J'ai l'impression que le temps se chevauche. Vous allez me répondre, bordel ? Qu'il se mélange. Vigo !

39.

Je ne sais combien de temps cette crise délirante dura ni combien de temps encore elle aurait pu continuer si je n'avais été soudain sorti de ma torpeur par les cris furieux d'Agnès.

— Qu'est-ce que vous foutez encore chez moi, Vigo ? Vous étiez censé partir ce matin ! Vous êtes gonflé quand même !

Je restai un long moment hébété, muet, complètement perdu. Comme réveillé par un électrochoc, je pris à la fois conscience que mon cerveau avait déraillé – depuis sans doute un bon moment – et qu'Agnès était rentrée de sa journée de travail. Assis sur le canapé, hagard, je l'écoutais me crier dessus sans comprendre ce qu'elle disait.

— Vous êtes bien gentil, Vigo, mais j'ai assez de problèmes comme ça sans en plus héberger un type comme vous, moi ! Vraiment, vous ne manquez pas de culot ! Je vous ai proposé gentiment de vous héberger une nuit, mais je n'ai jamais dit que vous pouviez vous installer ici ! Oh ! Vous m'écoutez ? Vous pourriez répondre, au moins !

Je repris difficilement mes esprits. La colère d'Agnès avait au moins le mérite de forcer mon atterrissage. Une chose était sûre, je n'étais pas *hors du temps*. Loin de là. J'étais en plein dedans.

— Je suis confus... J'ai cru que... J'ai cru que j'étais sorti du temps, murmurai-je.

— Quoi ? Qu'est-ce que vous racontez ?

Je la vis passer à côté de moi en trombe, le regard furieux, puis ouvrir les rideaux d'un geste ample et brusque. Je sursautai. La lumière d'août m'aveugla.

— Je n'aurais jamais dû vous proposer de rester ici ! Je suis vraiment trop naïve !

— Je... Je suis désolé, Agnès, je... J'ai eu un petit souci. J'ai cru que j'étais hors du temps... Rassurez-vous, je vais partir tout de suite...

Elle m'observa bouche bée. Je n'aurais su dire quel sentiment l'emportait dans son regard, de la colère ou de l'incompréhension. Une chose était sûre, je n'étais pas fier de moi et j'étais pressé de sortir de là.

Dès que je le pus, je me levai du canapé, luttai contre le vertige qui faisait tourner la pièce autour de moi, et partis prendre mes affaires. Je vis Agnès s'appuyer sur une chaise et me fixer en pinçant les lèvres, d'un air perturbé. Elle commençait à reprendre son calme.

— Je suis désolée de vous crier dessus comme ça, dit-elle d'une voix plus sereine, mais franchement, Luc aurait très bien pu rentrer aujourd'hui et tomber nez à nez avec vous ! Vous m'auriez mise dans une sale situation, Vigo !

— Je suis désolé, Agnès.

Et je l'étais vraiment. Elle avait raison. Ce n'était pas très malin de ma part. Je n'aurais moi-même pas voulu me retrouver en tête-à-tête avec son mari. Et de toute façon, j'avais abusé de son hospitalité... Je m'en voulais tellement ! Mais je n'arrivais pas à trouver les mots pour me faire pardonner, pour essayer de lui faire comprendre la crise que j'avais traversée. J'étais encore complètement déboussolé. J'avais toujours la tête qui me tournait, et l'impression de ne m'être pas tout à fait échappé de mon drôle de cauchemar.

Les jambes vacillantes, je me précipitai vers la porte et quittai l'appartement.

— Je suis désolé, répétai-je en refermant derrière moi.

Je descendis les escaliers en titubant et je crois bien que de mes yeux coulèrent quelques larmes.

40.

Arrivé en bas de l'immeuble, je restai immobile quelques secondes, debout dans le hall, essoufflé, obligé de m'appuyer contre la porte en verre pour ne pas perdre l'équilibre. Je me frottai les yeux du revers de la manche pour chasser leur embarrassante humidité.

Dehors, les Batignolles vivaient à cent à l'heure. C'était le monde, le vrai, notre espace-temps. Celui dans lequel je devais absolument retourner, reprendre mes marques. Les *prendre*, en tout cas. Au fond, je n'étais pas certain d'en avoir jamais eu, des marques.

Quel imbécile je faisais ! Comment avais-je pu sombrer dans un état pareil ? J'avais honte de moi, à l'intérieur. Honte de la faiblesse de mon humeur, de ma raison. Et surtout, j'avais honte d'avoir pu heurter Agnès. Et peur de l'avoir perdue.

La gorge nouée, je regardai les voitures qui passaient devant l'immeuble, les habitants du quartier qui déambulaient. Je ne savais vraiment plus que faire, où aller. Mais il fallait pourtant que je bouge, que j'avance.

J'inspirai profondément, puis je sortis. Ce fut moins difficile que je ne l'avais craint. Je me laissai caresser par l'air de cette soirée citadine, puis je marchai tout droit, les yeux rivés au sol, fuyant le regard du monde alentour.

Après quelques pas, je jetai un coup d'œil derrière moi, vers le dernier étage de l'immeuble d'Agnès. Je crus reconnaître la fenêtre de son salon. La lumière était allumée. Je me demandai ce qu'elle faisait à présent. Si elle avait déjà tourné la page et décidé de m'oublier. Je baissai à nouveau les yeux et continuai ma route. Pourrait-elle me pardonner ? Certes, elle avait promis, la veille, de m'aider ; mais maintenant ?

Et sinon, si Agnès m'abandonnait, serais-je capable de répondre moi-même à toutes ces questions ? Certainement pas. Mais m'en remettre aux autorités, comme elle l'avait suggéré, me faisait encore plus peur.

Mon ventre se mit à gargouiller. J'étais affamé. Je n'avais rien mangé de la journée. Il fallait commencer par là. Se nourrir. Les choses simples. Une à une. Je remontai le trottoir vers la place Clichy et, sans vraiment y réfléchir, je retournai au Wepler.

La brasserie était pleine et enfumée, bruyante. Je m'installai à une petite table dans le fond de la grande salle, à l'abri des regards.

J'allumai une cigarette. Le garçon vint prendre ma commande. Comme j'avais faim et que j'étais pressé de manger, je lui demandai un croque-madame, une assiette de frites et une bière à la pression. Après tout, c'était une brasserie parisienne...

En attendant ma commande, pour essayer de ne plus penser à Agnès, je décidai de relire le mot que j'avais trouvé à l'hôtel. Je sortis l'enveloppe et aplatis la feuille devant moi.

« *Monsieur, votre nom n'est pas Vigo Ravel et vous n'êtes pas schizophrène. Trouvez le Protocole 88.* »

Le Protocole 88. Il fallait que je me recentre là-dessus. Je n'avais pas avancé d'un centimètre depuis que j'avais découvert ce message. J'avais peut-être même reculé. À grands pas.

J'essayai de me concentrer, de me poser les bonnes questions, en vain. Chaque fois que je tentais de chercher une réponse, une piste, le visage d'Agnès venait hanter mon esprit. Son regard furieux, ses paroles sévères. J'aurais tellement préféré que les choses se passent autrement. Elle n'avait même pas pu me dire si elle avait trouvé quelque chose de son côté, si elle avait eu le temps, elle, de faire des recherches sur mes parents, comme elle l'avait évoqué... Allait-elle m'appeler ? Avait-elle des révélations à me faire ? Accepterait-elle mes excuses ? Accepterait-elle de me revoir ? Il fallait que j'arrête d'y penser !

Le serveur m'apporta mon plat. Je le remerciai et me jetai sur la nourriture avec appétit. J'avalai le croque-madame et les frites sans relever la tête, à part pour prendre quelques gorgées de bière.

Quand le garçon vint rechercher mes deux assiettes vides, je lui commandai un second demi.

Je restai ainsi plusieurs heures, fumant cigarette sur cigarette, enchaînant les verres, incapable de penser à autre chose qu'à cette femme auprès de laquelle j'aurais tant aimé passer cette étrange soirée. Une soirée de plus. J'imaginais ses yeux verts, son sourire tendu, son corps si mince, sa belle peau foncée, et je voyais tout cela s'éloigner, lentement, comme la gare d'une ville chérie sur le quai d'un départ en aller simple. J'avais le sentiment d'un immense gâchis, et ce besoin inassouvi de la tenir dans mes bras, pour une heure silencieuse, comme on espère tenir toutes les promesses de la vie. Le Wepler me rappelait son regard.

C'était déjà pour moi le quartier d'un souvenir. Je nous revoyais, tous les deux, assis par terre, au milieu de la place Clichy. Je n'arrivais pas à m'y résoudre. Ce n'était pas possible. Le bonheur avait été bien trop court. Était-ce le propre du bonheur que de ne durer qu'un instant, juste assez longtemps pour qu'on s'en souvienne et le regrette ?

Au bout du sixième demi, le serveur m'adressa un sourire compatissant.

— Mauvaise journée ?

— Pas pire qu'hier.

— Allez, celle-ci est pour moi.

Je le remerciai d'un signe de tête, mes paupières lourdes, au ralenti. L'alcool commençait à faire son effet.

Vers 22 heures, peut-être un peu plus tard, alors que je commençais à être sérieusement enivré, mon téléphone portable se mit à sonner. Je ne l'entendis pas tout de suite, au milieu du vacarme assourdissant de la grande brasserie. Quand enfin je reconnus la sonnerie, je plongeai ma main dans ma poche et vis le numéro d'Agnès s'afficher sur le petit écran. Mon cœur se mit à battre.

— Agnès ?

Rien. Aucune réponse. J'entendis seulement une respiration. Un peu forte.

— Agnès, c'est vous ?

Je l'entendis soupirer. Oui, c'était elle.

— Je suis désolé, Agnès. Je suis sincèrement désolé... J'espère que vous ne m'en voulez pas trop.

— Où êtes-vous ?

Elle avait la voix tremblotante, mouillée. Cela ne faisait aucun doute. Elle venait de pleurer.

— Eh bien... Je suis au Wepler.

Un long silence. Un sanglot, peut-être.

— Je peux vous rejoindre ? murmura-t-elle finalement.

Je souris.

— Mais oui, bien sûr !

Elle raccrocha aussitôt. Je fermai les yeux, serrai les poings, et adressai au plafond de la brasserie mon plus grand sourire depuis bien longtemps, et ce n'était pas uniquement parce que les bières successives m'avaient fait tourner la tête.

Je vis arriver Agnès un quart d'heure plus tard, dans un long manteau blanc. Elle s'était remaquillée, mais elle avait les yeux encore rouges et le visage crispé. Je me levai pour lui tendre une chaise. Elle s'assit à ma petite table. Ses vêtements opales soulignaient magnifiquement sa peau cuivrée.

— Ça va ? lui demandai-je en reprenant place.

— Non.

— C'est à cause de moi ?

Elle leva les yeux au ciel.

— Ne dites pas de bêtises ! Bien sûr que non !

— Je suis désolé pour tout à l'heure... Je me suis plus ou moins assoupi, chez vous... Enfin, plus exactement, j'ai fait une crise d'angoisse et...

— Ce n'est rien, Vigo. C'est moi qui suis désolée de vous avoir crié dessus. Je suis très stressée en ce moment.

Je lui fis un signe de tête que j'espérais chaleureux.

— Allons, qu'est-ce qui vous arrive, Agnès ?

Elle haussa les épaules.

— La routine.

— La routine ? Vous plaisantez ? Je vois bien que vous venez de pleurer...

— Luc est venu chercher ses affaires. On s'est engueulés.

Je grimaçai. Remonter le moral d'une femme, ce n'était certainement pas dans mes capacités. Et je n'étais pas en état pour prendre le risque.

— Je vois... Je suis désolé...

Je n'avais rien de mieux à dire.

— J'en ai vraiment marre... Il faut toujours que quelque chose cloche un jour ou l'autre ! Je n'ai jamais su choisir un type bien... Ce doit être un truc de flic.

Je ne dis rien et me contentai de prendre un air compatissant. J'aurais été bien incapable de lui donner le moindre conseil. Je ne connaissais rien à l'amour et le seul exemple de vie conjugale dont je pouvais parler se résumait à la pitoyable relation de Marc et Yvonne Ravel, mes parents invisibles.

— Ça fait deux ans que je sais que cette histoire est fichue et, comme une idiote, je me suis accrochée. Chaque fois, je fais la même erreur. Je ne comprends pas pourquoi... Comme s'il avait pu changer à la dernière minute ! Alors que je sais pertinemment qu'il n'est pas fait pour moi.

Elle sortit une cigarette. Je lui tendis mon briquet.

— Nous sommes toutes pareilles ! On a peur de ne pas trouver mieux après. On se dit que tous les types bien sont pris. Faut dire, il n'y en a pas des masses, des types bien. Et même les mecs bien finissent par déconner. Alors on s'estime heureuse, on se contente, on fait des concessions, on supporte, on pardonne. Et puis un jour, on finit par se rendre compte qu'on est depuis trop longtemps dans l'impasse, alors on se décide à le quitter, et là on réalise qu'on a bousillé cinq ans de sa vie pour un salaud.

Elle poussa un long soupir. Je vis que des larmes avaient à nouveau envahi son regard.

— Je vous ennuie avec mes histoires ?

— Pas du tout. Ça vous va bien de pleurer, ça vous fait les yeux qui brillent.

Elle enfonça sa tête dans ses mains.

— Ne dites pas n'importe quoi, j'ai une mine épouvantable !

— Moi j'aime bien.

Elle secoua la tête et fit une moue désabusée.

— Ne vous inquiétez pas trop pour moi. Vous savez, même avec une petite déprime, on pleure pour un oui ou pour un non...

Je hochai la tête. Je n'osai lui avouer que j'avais pleuré, moi aussi, en descendant de chez elle.

— On a l'air malin, hein, tous les deux ? dit-elle en esquissant un sourire. La dépressive et le schizophrène dans la brasserie du coin.

— Vous voulez une bière ?

— Pourquoi pas...

Je passai la commande. Le serveur nous apporta deux demis. Je me dis que ce n'était sans doute pas raisonnable, après les tours que mon cerveau m'avait joués le jour même ; ce n'était sans doute pas le moment d'abuser autant de la boisson... Mais j'étais bien obligé de constater que cela m'aidait à me sentir bien avec Agnès. Alors je me laissai aller.

— Vigo, reprit-elle après avoir avalé une première gorgée, j'ai réfléchi... J'ai changé d'avis.

— À quel sujet ?

Elle hésita tout en me dévisageant. Je restai suspendu à ses lèvres, ma bière dans une main, le bord de la table dans l'autre. Elle resta silencieuse encore un bon moment, comme si elle avait eu peur de dire une bêtise, puis elle se lança.

— Vous n'avez qu'à vous installer quelques jours dans l'appartement.

J'écarquillai les yeux. Je ne m'étais pas attendu à cela.

— Pardon ?

— Je veux bien vous héberger quelques jours.

— Non, non, je ne veux pas vous déranger ! Et puis, avec toutes ces histoires, je ne serais pas très à l'aise... Non. Je vais me chercher une chambre d'hôtel, c'est plus raisonnable.

— Mais non, c'est idiot ! Je vous ai promis de vous aider ! Je vous assure que ça ne me dérange pas ! Au contraire ! Et puis, j'ai un ordinateur avec Internet, vous pourrez faire vos recherches pendant la journée. Et moi, le soir, ça me fera de la compagnie. Ça m'évitera de déprimer...

— Vous êtes sûre ?

— Certaine.

— Et votre mari ? Je ne veux pas empirer les choses...

— Il est parti pour de bon.

J'hésitai à mon tour. Je n'étais vraiment pas sûr que ce fût une bonne idée. Et puis... je n'arrivais pas à oublier la crise que j'avais faite dans son appartement. Comment être certain de ne pas recommencer ? En même temps, la perspective de passer plusieurs jours près d'Agnès me faisait plutôt plaisir. Je ne sais si j'aurais accepté sans les nombreux demis que j'avais descendus, mais je décidai de céder.

— Eh bien, d'accord, dis-je en souriant.

Elle leva sa bière et m'invita à trinquer. Nos deux verres s'entrechoquèrent, puis nous bûmes en silence. Après quelques minutes sans parler, comme j'éprouvais une certaine gêne, je relançai la conversation sur un autre sujet :

— Vous avez trouvé quelque chose sur mes parents ?

— Non. Pas pour le moment. Mais je chercherai encore demain.

Elle écrasa énergiquement sa cigarette dans le cendrier.

— Vigo, demanda-t-elle en levant les yeux vers moi, est-ce que... Je voudrais savoir... Est-ce que vous avez encore eu une de ces crises où vous... Vous entendez mes pensées ?

Je fis non de la tête.

— Vous... Vous promettez de me prévenir, quand vous en sentirez une venir ? Je... La dernière fois, ça m'a vraiment fait peur... Je préfère ne pas y assister.

Je souris.

— Bien sûr, Agnès. Je vous promets.

Elle parut soulagée.

— Bon, dit-elle d'une voix soudain plus légère, finissez votre verre, j'ai besoin de dormir... Je suis bourrée de médocs.

41.

Carnet Moleskine, note n° 151 : où est moi ?

J'ai cherché le lieu précis de mon moi. Sa résidence principale. Parfois, on n'a pas mieux à faire. Je n'ai pas été très surpris : tout se passe dans ma tête, dans mon cerveau. Le reste de mon corps n'est qu'un prolongement grotesque, contingent. Relativement obéissant, par ailleurs.

Les phrases que vous lisez naissent dans mon cerveau. Celles que vous ne lisez pas aussi. Oui. C'est une évidence : tout ce qui fait que je suis moi se loge dans mon cerveau.

J'ai essayé, pour voir. J'ai essayé d'imaginer les choses autrement. Je me suis mis tout nu, devant une glace, et j'ai essayé de voir où était mon moi. J'ai cherché, fouillé mon corps. Et je ne suis pas parvenu à me convaincre du contraire. Je localise parfaitement le lieu de ma pensée, anatomiquement. Là. Derrière ce grand front soucieux. J'ai essayé d'imaginer, par défi, que la pensée pouvait

naître ailleurs. J'ai regardé mes pieds, fixement, long-
temps. J'ai regardé mes jambes. Et j'ai essayé d'y voir le
lieu de ma pensée. J'ai essayé d'y localiser ce qui fait que
je suis moi. Et ce n'est pas possible. Mes jambes ne pen-
sent pas. Elles n'en ont pas la moindre faculté. Tout est
là. Dans ma tête. Je sens, physiquement, les idées et les
souvenirs qui vivent dans ma tête. Alors je me dis que
c'est là qu'est mon vrai moi. Dans cet endroit mystérieux
où se situent ma pensée, ma mémoire, ma représentation
du monde, mon autonomie, ma liberté.

Qu'on me coupe le pied, je serais encore moi. Qu'on
me coupe la main, qu'on m'enlève le foie, qu'on me rem-
place le cœur, je serais encore moi.

Moi est mon cerveau. Et comme mon cerveau est
malade, c'est tout mon moi qui l'est.

42.

— On se boit un dernier verre ?

L'appartement accusait encore les marques de la dispute qu'Agnès avait eue avec son mari. Il y avait des
affaires renversées par terre et même un vase brisé. La
scène avait dû être bien plus animée qu'Agnès ne me
l'avait laissé entendre.

Le salon me faisait une impression différente de la
veille, mais c'était sans doute dû à mon état. La tête me
tournait, le monde entier tourbillonnait.

— Je croyais que vous vouliez dormir ? dis-je en
m'affalant sur le maudit canapé orange.

Agnès haussa les épaules et fit un sourire malicieux.

— Bah ! Je dormirai encore mieux avec un dernier
verre.

— Eh bien, allons-y ! Je ne suis plus à un verre près !
m'exclamai-je en levant la main en l'air d'une manière
un peu ridicule.

Elle disparut dans la cuisine.

J'étais tellement saoul que je doutais de pouvoir me relever du canapé. Complètement avachi, je laissai glisser mon regard sur les étagères de la bibliothèque, juste à côté de moi. J'avais du mal à me concentrer, à fixer mes yeux. Les livres étaient entassés les uns sur les autres, débordaient de partout, et je ne parvins pas à déceler la moindre classification logique. Les romans côtoyaient les essais philosophiques, les documents, les biographies, les dictionnaires... Il y avait de nombreux ouvrages juridiques, sans doute liés à la profession d'Agnès, quelques vieilles bandes dessinées et une belle collection de cassettes vidéo. La plupart des couvertures étaient abîmées, cornées. C'était tout le contraire de ma propre bibliothèque, laquelle était soigneusement rangée, romans d'un côté – classés par ordre alphabétique des auteurs – et essais de l'autre, par thèmes. Du moins, avant que les gens qui étaient entrés par effraction dans l'appartement de mes parents ne renversent tout par terre... Mais je ne devais plus penser à ça. Pas maintenant.

Agnès réapparut avec deux verres de whisky qu'elle posa sur la petite table, puis elle partit allumer un bâton d'encens de l'autre côté de la pièce.

— Vous regardez ma bibliothèque ?

— Oui...

— Vous aimez lire, Vigo ?

Je souris.

— Beaucoup.

— Moi aussi, dit-elle en s'asseyant à côté de moi.

Je l'entendis soupirer, et je crus déceler dans ce soupir une extrême lassitude, presque une résignation au bout de sa dure journée.

— C'est un bon moyen de s'évader, n'est-ce pas ?

— Pardon ?

— La lecture, c'est un bon moyen de s'évader...

J'hésitai. Je ne m'étais jamais posé la question. J'avais beau avaler une quantité gargantuesque de livres chaque semaine, je ne m'étais jamais demandé ce qui me poussait à le faire. Je me contentais de prendre des notes sur mes carnets Moleskine, de peur d'oublier. Obsession d'amnésique. Mais s'évader ? Vraiment ? De quoi ?

— Je ne sais pas, balbutiai-je finalement. Je ne suis pas sûr que l'évasion soit vraiment ce que je recherche dans les livres...

— Ah bon ? Alors vous n'aimez pas les romans ?

— Si ! Beaucoup ! Mais je ne crois pas que cela soit vraiment pour m'évader...

— Pourquoi alors ?

Je haussai les épaules. Je n'étais pas certain d'être capable de répondre à ce genre de question.

— Euh... comment dire ? En fait, ce doit être un peu le contraire.

— Le contraire de s'évader ?

— Oui. Je lis...

Je cherchai le verbe adéquat.

— Je lis pour m'incarner.

— Qu'est-ce que vous voulez dire ?

— Pour me sentir humain, avoir l'impression de partager quelque chose...

— Partager quoi ?

— C'est difficile à dire. Euh... La condition humaine ? J'aime les livres quand j'ai l'impression d'y trouver, même brièvement, ce qui fait la spécificité de notre condition... Je ne sais pas si je suis très clair... N'oubliez pas que je suis ivre, Agnès.

Je me raclai la gorge en remuant maladroitement sur le canapé. Je n'étais vraiment pas habitué à ce genre de situations, et j'étais certain de maîtriser fort mal le jeu de la conversation. Depuis ce qui s'était passé le jour même, j'étais encore plus inquiet à l'idée de déplaire à Agnès, et j'avais l'impression de devoir surveiller chacune de mes phrases, chacun de mes mots, comme si la moindre erreur avait pu m'être fatale. C'était éprouvant.

— Vous ne croyez pas que la lecture puisse aussi être un simple divertissement ? demanda-t-elle en portant son verre de whisky à ses lèvres.

— Euh... Un divertissement ? Si. Sans doute. Mais ce que j'aime, aussi, c'est quand l'auteur réussit à évoquer des sentiments profonds, terriblement humains, universels, des sentiments dont je découvre qu'ils ne sont donc pas seulement les miens, mais aussi propres à l'humanité tout entière. Ça me rassure. Vous voyez ce que je veux dire ?

— Je crois.

— Eh bien voilà. Dans ces moments-là, le livre fait comme un pont entre moi et le monde, un lien entre l'intime et l'universel. Vous comprenez ?

— Oui, oui.

— Je ne sais pas comment vous faites pour m'écouter, et encore moins pour me comprendre. Je suis complètement bourré et je parle beaucoup trop, ça n'a aucun sens...

— Mais non ! répliqua-t-elle en riant. Vous ne parlez pas trop ! C'est très intéressant, au contraire ! Et alors, dites-moi, quels sont les romans qui vous font sentir ça ?

Je me demandais si elle se moquait de moi ou si elle était sincère. Je préférai me dire qu'elle avait envie de m'entendre parler, sans doute parce que cela lui changeait les idées, l'empêchait de penser à ce qui la rendait triste...

— Quels romans ? Euh... Je ne sais pas... Les romans d'Émile Ajar... Vous aimez Ajar ?

— C'est le pseudonyme de Romain Gary, c'est ça ?

— Oui... C'est sous ce nom-là qu'il a écrit *La Vie devant soi*.

— Ah oui ! J'ai adoré ce livre ! confia-t-elle. Il me semble que c'est le seul que j'ai lu de Gary sous le nom d'Ajar, mais c'est très touchant, en effet. Je vois exactement ce que vous voulez dire !

Je souris. C'était soudain délicieux, rassurant. Comme si avoir lu tous deux un même livre dans le passé pouvait servir de substitut à des souvenirs partagés. Et de bons souvenirs, de surcroît.

— Vous n'avez pas lu *Pseudo* ?

— Non.

— Eh bien, dans *Pseudo*, repris-je, il y a tout ça et puis même plus, il y a tout ce que je ressens, la peur d'être seul parmi les autres, de ne jamais se rencontrer ni se comprendre vraiment, la peur de n'être pas soi, de n'être qu'une enveloppe – car soi est indicible, quant à autrui, il est inatteignable. Vous voyez ce que je veux dire ?

— Euh... Plus ou moins...

— Tout se résume dans les premières phrases du premier chapitre, et dans la dernière. Tenez, je vous les livre de mémoire : « *Il n'y a pas de commencement. J'ai été engendré, chacun son tour, et depuis, c'est l'appartenance. J'ai tout essayé pour me soustraire, mais personne n'y est arrivé, on est tous des additionnés.* » Et puis : « *Je continue de chercher quelqu'un qui ne me comprendrait pas et que je ne comprendrais pas, car j'ai un besoin effrayant de fraternité.* »

Elle fit une moue admirative.

— C'est très beau. Je ne suis pas sûre de bien saisir, mais c'est beau. Et puis, dites-moi, quelle mémoire !

— Oui, enfin, ne croyez pas que je suis un grand érudit et que je connais plein de citations comme ça par cœur, hein ! Je n'essaie pas de vous en mettre plein la vue. C'est simplement mon livre préféré.

— Ce n'est pas étonnant, dit-elle en souriant. Excusez-moi, mais avec cette histoire d'Émile Ajar, de pseudonyme et de prête-nom, on est en droit de se demander si Romain Gary n'était pas un peu schizophrène...

J'acquiesçai en souriant à mon tour.

— Oui, c'est sûrement ce qui m'a tout de suite plu ! Et vous, vous lisez des polars, c'est ça ?

Elle leva les yeux au ciel.

— Très drôle ! Les flics ne lisent pas *que* des polars !

— Oh, mais c'est déjà très bien qu'ils sachent lire, glissai-je ironiquement.

— C'est malin ! Non, figurez-vous que je lis un peu de tout, comme vous pouvez voir. Moi, c'est plutôt la lecture divertissement, les polars, oui, mais aussi les thrillers, la SF, les romans d'aventure... Il y a des gens qui considèrent ça comme de la sous-littérature, mais je m'en fous, moi, ça me convient, ça me touche : je m'évade. Alors j'en lis des tonnes. D'ailleurs, c'était l'un des motifs récurrents de mes disputes avec Luc. Moi, je lui reprochais de passer trop de temps chez ses amis, et lui aurait voulu que je lise moins de livres... C'est un peu ridicule, n'est-ce pas ? Quel cliché !

— Je ne sais pas. Je ne suis pas particulièrement bien placé pour juger des rapports conjugaux. J'ai toujours été seul...

— Vous n'avez jamais eu de petite amie ?

Je grimaçai. Une partie de moi avait espéré qu'on pourrait éviter le sujet. Mais une autre partie n'attendait peut-être que ça...

— Je ne crois pas. J'en ai peut-être eu avant mon amnésie, mais depuis, non.

Elle masqua difficilement son étonnement, ce qui me mit encore plus mal à l'aise. Elle dut s'en rendre compte et détourna le regard. Elle posa son verre sur la table et se leva en soupirant.

— Bon, allez... J'arrête de vous embêter. Il est grand temps d'aller dormir. Merci de m'avoir tenu compagnie ce soir, Vigo. Je suis encore désolée de vous avoir crié dessus tout à l'heure. Demain, vous pouvez rester ici. Promis, je ne vous crierai plus dessus. Faites comme chez vous. Vous pouvez aussi utiliser l'ordinateur dans le bureau pour faire vos recherches.

— Merci Agnès. Merci beaucoup.

Elle m'adressa un dernier sourire et partit se coucher. Je me levai péniblement, manquai me casser la figure, ouvris le canapé, tirai les rideaux puis me laissai tomber sur le dos, les bras en croix. Bousculé par les tourbillons de l'alcool, j'eus quelque peine à trouver le sommeil, mais quand il vint, il fut d'une profondeur abyssale.

43.

Je me réveillai le lendemain avec un terrible mal de tête. Je grognai et me réfugiai sous la couette. Je mis cette fois encore quelques secondes avant de me souvenir où j'étais, mais je ne me laissai pas gagner par la panique ou le vertige du premier jour. Tout était clair. J'étais dans le petit trois-pièces d'Agnès, qui m'accueillait quelques jours chez elle, et tout était normal. J'avais juste une honorable gueule de bois.

Je me levai, grimaçant mais serein, et fis un à un les gestes d'un matin presque ordinaire. Je me douchai, m'habillai, et trouvai dans la cuisine de quoi faire un petit déjeuner digne de ce nom.

De retour dans le salon, j'allumai la télévision. Je regardai un court instant les informations où l'on parlait encore des attentats, de la piste islamiste, du bilan... Je soupirai et éteignis. Il fallait que je me concentre sur ma propre investigation, que je commence par le début. Et comme Agnès l'avait suggéré, le plus simple était de chercher moi-même ce que pouvait bien être le Protocole 88 dont parlait ma mystérieuse lettre.

Vers 9 heures, donc, malgré le mal de tête qui ne me quittait pas, je me décidai à allumer l'ordinateur dans le bureau d'Agnès. La pièce était à l'image du reste de l'appartement : désordonnée, submergée de meubles et d'objets insolites. Sur une table à tréteaux, coincé au milieu de colonnes de livres et de papiers, le PC semblait avoir miraculeusement survécu à de multiples tempêtes. Le clavier était maculé de cendres et de tâches brunâtres. Après quelques balbutiements, je parvins à me connecter à Internet et commençai mon enquête. Il allait bien falloir que je l'appelle ainsi. *Mon enquête*. Au fond, je n'étais rien d'autre que le détective de ma propre existence.

Je tapai « protocole 88 » dans un moteur de recherche. Soudain, le simple fait d'écrire moi-même cette expression lui donnait une existence, une réalité. Je ne savais pas encore à quoi celle-ci correspondait, mais le mystère de ce mot et de ce chiffre devenait, de fait, très concret. Et je trouvais cela presque rassurant. Cela me donnait un but. Je n'étais peut-être pas Vigo Ravel, je n'étais peut-être pas le schizophrène que j'avais cru être, mais j'étais au moins « l'homme qui devait trouver ce qu'était le Protocole 88 ». Au point où j'en étais, question identité, j'étais prêt à me contenter de ça.

Le moteur de recherche afficha neuf résultats. Sur les millions de sites référencés sur la Toile, il n'y avait donc que neuf occurrences de l'expression « protocole 88 » ! C'était peu, très peu, mais c'était déjà ça. Je frémis d'excitation. J'allais peut-être enfin trouver une piste. Un début de piste ! Une ouverture.

Un à un, je parcourus les textes qui mentionnaient l'objet de ma recherche. La plupart étaient des textes techniques, très officiels. Et, rapidement, je me rendis compte qu'aucun n'évoquait quoi que ce fût qui eût un rapport plus ou moins direct avec moi ou avec mon histoire. Rien sur la schizophrénie, rien sur les attentats, et rien de bien mystérieux. Rien en tout cas qui n'attirât mon attention, qui n'éveillât ma curiosité. Tout ce que je trouvai concernait des protocoles sur la sécurité des navires, sur le routage informatique ou sur la législation pour les contrôleurs de la circulation aérienne. Tous portaient le chiffre 88 simplement parce qu'ils avaient été signés en 1988, rien de plus. D'instinct, je sus aussitôt que cela n'avait aucun rapport avec ce que je cherchais. Par précaution, j'entrepris de lire tous ces textes du début à la fin, mais, en effet, je n'y trouvai rien de probant.

Je poussai un long soupir de déception. Le mystère n'était pas près d'être levé. Mais je ne pouvais pas abandonner si vite. Je décidai, au hasard, d'inverser les deux termes de l'expression et tapai « 88 protocole ». Je ne trouvai rien de mieux. Quant à l'un ou l'autre seul, cela donnait bien sûr beaucoup trop de résultats pour que j'y trouve la moindre piste.

Je pestai. Il devait bien y avoir quelque chose autour du chiffre 88 : il faisait écho à tant de détails, depuis le jour des attentats ! À commencer par la phrase mystérieuse du terroriste. « ... *88, c'est l'heure du deuxième messager* ». Je n'osais penser en sus à l'heure qu'affichait ma montre. Cela ne pouvait être qu'une coïncidence. Mais, en dehors de cela, il y avait sûrement quelque chose avec le chiffre 88. Toutefois, taper ce chiffre comme unique mot clef dans un moteur de recherche donnait plusieurs millions de réponses. Pas moyen de partir seulement de cela.

Je continuai encore mes investigations pendant près d'une heure, en vain, puis, découragé, je me laissai tomber contre le dossier de mon fauteuil. J'aperçus alors un dictionnaire posé sur le bureau d'Agnès. À tout hasard, je m'appliquai à recopier sur mon carnet les définitions du mot *protocole*.

Protocole : *n.m. (lat. protocollum, du gr. Kollaö « coller »). Recueil des formules en usage pour les actes publics, la correspondance officielle. Ensemble des résolutions prises dans le cadre d'une réunion. Compte rendu, énoncé d'une opération, du déroulement d'une expérience scientifique. Ensemble des conventions nécessaires pour faire coopérer des entités généralement distantes, en particulier pour établir et entretenir des échanges d'information entre ces entités.*

Cela ne me guidait pas vraiment dans mes recherches, mais au moins j'avais une idée plus précise de tout ce que pouvait être un protocole ; je me fixais un cadre, un champ de recherche.

Un peu avant midi, mon mal de tête se fit plus pénible et, certain que je ne pourrais rien trouver de plus intéressant sur le sujet, j'éteignis l'ordinateur et partis m'étendre sur le canapé du salon. Je fermai les yeux et essayai de me relaxer, mais la douleur refusait de disparaître. Lentement, elle s'étendit jusqu'aux tempes, aux yeux, et jusqu'à la nuque même. Je me massai longuement le crâne, mais rien n'y faisait, la souffrance ne cessait de progresser, et devint vite insupportable. Bientôt, j'eus l'impression d'entendre un sifflement suraigu, de plus en plus fort, de plus en plus déplaisant. Puis je fus pris de nausée, de vertige. Plusieurs fois, je crus que j'allais vomir ou perdre connaissance.

Ça ne va pas recommencer !

Je ne savais si ce canapé orange me portait malheur, mais je n'avais aucune envie de revivre le délire cauchemardesque de la veille. Il fallait que je me contrôle. Je me redressai et tentai de dominer mon étourdissement. Mais il n'y avait rien à faire : la pièce tournait autour de moi et mon crâne semblait sur le point de rompre, écrasé par un invisible étau.

Comme la douleur grandissait en même temps que l'écœurement, je fus bientôt certain que j'étais en train de traverser, non pas une bouffée délirante, ni même une de mes crises hallucinatoires, mais plutôt une crise de manque. Les neuroleptiques ? Non, ils n'engendraient pas la moindre accoutumance. Cela devait être autre chose. Les anxiolytiques, peut-être. Cela faisait trop longtemps que je n'en avais pas pris, et mon cerveau, certainement, commençait à se rebeller.

Poussé par une rage soudaine, je me levai et fouillai bêtement mon sac. Mais je savais pertinemment qu'il ne contenait plus le moindre médicament. J'avais tout jeté par la fenêtre à l'hôtel. Je le laissai tomber par terre avec hargne et me précipitai vers la salle de bain. J'ouvris l'armoire à pharmacie d'Agnès. Mon regard entraîné tomba rapidement sur ses antidépresseurs, puis, à côté, une petite boîte vert et blanc. Du Lexomil. Je levai une main tremblante vers la capsule de comprimés. Puis je fermai les yeux. Non. Non, je ne pouvais pas faire cela. Je ne *devais* pas faire cela. Je m'étais juré !

Je regardai à nouveau le contenu de l'armoire, et mes doigts glissèrent plus à droite, vers une boîte d'aspirine. Une simple boîte d'aspirine. Je pris un sachet et partis dans la cuisine me servir un verre d'eau. J'avalai le médicament d'une traite et retournai m'allonger sur le canapé.

La douleur était si intense que je me mis à pousser des cris, comme si cela eût pu me libérer. J'eus l'impression que mon cerveau était en train de se liquéfier, de bouillir. Puis, refusant de céder, j'essayai à nouveau de me contrôler, de lutter. *Ce n'est qu'une petite crise. Une vulgaire petite crise. Il ne faut pas que je me laisse aller comme hier. Il faut que je résiste.* Je me concentrai sur toutes les autres parties de mon corps pour tenter d'oublier mon front. Ensuite, je m'efforçai de visualiser la douleur dans ma tête, comme une petite boule d'un rouge dense, et je l'imaginai qui explosait, qui s'éparpillait, se retirait lentement comme une vague sur une longue plage de sable fin. Je la repoussai aussi loin que je pus. Le sifflement strident entre mes deux tympans commença à diminuer. Je me concentrai à nouveau, répétai le même processus. Me libérer moi-même de la douleur. La reconnaître pour ce qu'elle était seulement : une simple information dans mon cerveau. Sans vraiment savoir pourquoi, je me mis à répéter la phrase que j'avais entendue dans la tour SEAM. « *Bourgeons transcrâniens, 88, c'est l'heure du deuxième messager...* »

Comme une litanie, je me mis à dire et redire cette phrase, lentement, en insistant sur chaque mot, « *Bourgeons transcrâniens...* ». Et, bizarrement, cela fonctionna. Comme une formule magique, ces mots que je ne comprenais pas m'apaisèrent, m'aidèrent à oublier progressivement mon horrible migraine. « *... c'est l'heure du deuxième messager.* » Et, à force de rechercher la paix dans mon esprit, bercé par cette énigmatique invocation, je finis par m'endormir.

44.

Je fus réveillé en sursaut par la sonnerie de mon téléphone portable. Je jetai un coup d'œil à ma montre. Non. Bien sûr. Impossible d'y lire l'heure. Elle clignotait toujours sur 88 :88. Je n'avais pas encore fait le choix de la remettre à l'heure ; je la gardai là, à mon poignet, superstitieusement peut-être, témoin intime et secret des attentats, de la réalité que j'avais vécue, moi.

Je secouai la tête et pris mon téléphone. Je vis sur le petit écran qu'il était déjà 15 heures. J'avais dormi près de trois heures. Mon mal de tête avait complètement disparu. Je décrochai.

— Vigo ?

La voix à l'autre bout du fil me glaça les sangs. C'était celle de François de Telême.

— Que... Qu'est-ce que vous voulez ? balbutiai-je, perplexe.

— Vigo, il faut que vous arrêtiez vos bêtises. Nous voulons vous aider, vous savez...

Je me rendis compte à cet instant que je le détestais. Cet homme qui avait jadis été le seul que j'estimais presque comme un ami, à présent je le haïssais.

— Qui ça, *nous* ? m'exclamai-je, hors de moi.

— Je... Je suis avec le docteur Guillaume...

Je n'en crus pas mes oreilles. Le docteur Guillaume ? Il était vivant ? Et avec Telême ? Non ! C'était invraisemblable. C'était un piège ! Un nouveau piège tendu par ce traître !

— Nous sommes très inquiets pour vous, Vigo.

— Je ne vous crois pas. Je ne vous crois pas un seul instant. Le docteur Guillaume est mort !

— Non, Vigo, vous vous trompez. Il est là, juste à côté de moi. Et il est aussi inquiet que moi à votre sujet. Tenez, je vous le passe.

Mes doigts se crispèrent sur le téléphone.

— Vigo ? Vous m'entendez ?

Il n'y avait aucun doute. C'était bien la voix de mon psychiatre. Je crus que j'allais m'évanouir.

— Docteur ? Mais... Mais... Je ne comprends pas...

— Vigo, vous traversez une crise aiguë de schizophrénie paranoïde. Vous devez absolument être suivi. Votre patron a raison : je suis vraiment très inquiet pour vous...

— Mais... L'attentat... Je croyais que vous étiez mort...

— Non. Par miracle, j'y ai survécu. Comme vous, Vigo. J'étais en retard ce matin-là et ça m'a sauvé la vie. Mais vous, Vigo, vous êtes en état de choc. Et c'est tout à fait compréhensible. Cependant, vous ne pouvez pas continuer à vous laisser aller comme ça. Vous faites n'importe quoi, Vigo. Il faut que vous veniez me voir. Vous devez reprendre votre traitement. Vous avez besoin d'aide...

— Mais... Mais qu'est-ce que vous faites avec M. de Telême ?

— Eh bien, je suis venu le voir parce que je n'arrivais pas à vous joindre. Je le connais depuis longtemps – c'est moi qui vous l'ai présenté, vous vous souvenez ? –, je pensais qu'il aurait de vos nouvelles. Où est-ce que vous êtes passé, Vigo ? Tout le monde vous cherche. Et votre escapade de l'autre soir, c'est ridicule ! M. de Telême voulait simplement vous aider...

— Et mes parents ?

Il y eut un silence. Un silence de trop.

— Vos parents ? Ils sont au courant, Vigo. Ils sont fous d'inquiétude eux aussi. Vous leur donnez bien du souci !

— Mais où sont-ils ?

— Chez eux...

— C'est faux ! m'exclamai-je, furieux. Tout ça n'est qu'un tissu de mensonges ! Vous n'avez jamais cessé de me mentir ! Mes parents ne sont pas chez eux. Je suis allé voir. Non seulement ils n'y sont pas, mais quelqu'un a remplacé les serrures !

Il y eut un nouveau silence. Je crus entendre des chuchotements.

— Allons, Vigo, reprit le psychiatre d'une voix paternaliste. Vous êtes en état de choc, et, sans votre médication, vos hallucinations sont de plus en plus fortes. Vous vous rendez compte de ce que vous venez de dire ? Remplacer les serrures ! Vous savez bien que c'est une crise de paranoïa, Vigo. Et je vais vous dire, c'est tout à fait normal, après ce que vous avez vécu ! Mais vous ne pouvez pas rester dans cet état-là. Et cela va empirer. Venez me voir au plus vite, il faut vous soigner ! Dites-moi où vous êtes, et je viens vous chercher de suite.

— Certainement pas ! Vous me prenez vraiment pour un con ? Votre cabinet n'existe même pas ! Mes parents ne sont pas dans l'annuaire ! Je ne suis pas fou. Je n'ai *aucune* hallucination, vous m'entendez ? Aucune ! C'est vous qui êtes fou ! Et je ne vais pas me laisser faire !

— Vigo, dites-moi où vous êtes, je viens vous chercher dès maintenant. Votre état va empirer, et légalement, c'est moi qui suis en charge de votre suivi psychiatrique. Soyez raisonnable. Dites-moi où vous êtes, bon sang !

— Allez vous faire foutre !

— Vigo, ne me contraignez pas à demander une hospitalisation d'office. Dites-moi où vous êtes et tout se passera bien.

— Vous êtes sourd ou quoi ? Je vous ai dit d'aller vous faire foutre !

Je raccrochai aussitôt.

45.

Carnet Moleskine, note n° 157 : l'année 1988.
Je ne sais pas si cela sert vraiment à quelque chose,
mais je me suis décidé à noter, à tout hasard, quelques-

uns des événements qui ont marqué l'année 1988 en France... On ne sait jamais. Quelque chose pourrait me mettre sur une piste.

Sinon, mettre cela sur le compte de mon obsession pour les dates, de mon arithmomanie, comme disait Zenati, psychologue, 1er étage gauche.

4 mars : inauguration par François Mitterrand de la pyramide du Louvre.

30 mars : décès d'Edgar Faure.

18 avril : décès de Pierre Desproges.

24 avril : premier tour de l'élection présidentielle, effondrement du PCF, percée du FN.

Mai : publication par l'historien Raul Hilberg du bilan exhaustif du génocide juif.

4 mai : libération des trois otages français enlevés au Liban, Marcel Carton, Marcel Fontaine et Jean-Paul Kauffmann.

5 mai : drame d'Ouvéa. Quelques jours plus tôt, à Fayaoué, vingt-quatre gendarmes avaient été pris en otages par des indépendantistes canaques, quatre avaient trouvé la mort. C'est le début de la crise en Nouvelle-Calédonie. Le 5 mai, cette prise d'otages se termine donc dans un bain de sang. Jacques Chirac donne l'ordre aux forces françaises de donner l'assaut. Les dix-neuf preneurs d'otages sont tués, certains après s'être rendus. Deux militaires trouvent également la mort pendant l'assaut.

8 mai : second tour de l'élection présidentielle, François Mitterrand est réélu avec 54 % des voix, contre 46 % à Jacques Chirac.

26 juin : accords de Matignon sur l'avenir de la Nouvelle-Calédonie.

30 juin : Mgr Lefebvre, archevêque, est excommunié par l'Église catholique.

6 juillet : catastrophe de la plateforme pétrolière Piper Alpha en mer du Nord, 167 morts.

3 octobre : inondations à Nîmes, 10 morts.

30 novembre : adoption du RMI, instituant un revenu pour 570 000 foyers défavorisés en France.

J'ai bien réfléchi. Je crois que le seul événement avec lequel j'ai peut-être un lien est la mort de Pierre Desproges.

46.

J'étais encore en train de tourner en rond devant le canapé, furieux à l'idée d'avoir été trompé et pris pour un imbécile pendant plus de dix ans par le docteur Guillaume, quand la porte d'entrée s'ouvrit avec bruit. Je sursautai. Et si c'était le mari d'Agnès ? Comment pourrais-je lui expliquer ma présence ici ? Mais non. Agnès m'avait certifié qu'il était parti pour de bon.

Je me penchai pour regarder dans l'entrée et je la vis enfin ; ses bras fins, ses traits délicieusement sévères, sa coupe de garçon manqué. Agnès. Elle était plus belle encore que dans mon souvenir. Et sa beauté avait presque quelque chose d'apaisant, pour moi.

— Bonjour Vigo.

— Bon... bonjour, balbutiai-je.

Elle posa son blouson sur le portemanteau et me rejoignit dans le salon. Elle portait une chemise bleue, d'un tissu brillant, dont les derniers boutons n'étaient pas fermés et laissaient apparaître la couleur brune de sa gorge. Les lignes délicates de ses clavicules lui dessinaient une belle fragilité. Elle était pleine de vie, de mouvement. C'était comme un souffle de vent qui s'était glissé dans l'appartement.

— Et alors ? Qu'est-ce qui vous arrive ? demanda-t-elle en découvrant mon regard inquiet. Rassurez-moi, vous n'avez pas une nouvelle crise ?

Je lui montrai mon téléphone portable, posé sur la table basse, et que j'avais laissé là comme si je ne voulais plus y toucher.

— Je viens d'avoir le docteur Guillaume au téléphone.

— Le docteur Guillaume ?

— Mon psychiatre. Mon salaud de psychiatre ! Celui dont je croyais qu'il était mort dans l'attentat.

— Et alors ?

— Et alors ? Alors ce n'est pas possible, Agnès ! Il me parlait comme si tout était normal ! L'air de rien ! Or le cabinet Mater, où j'allais le consulter, n'existe pas ! Il n'existe pas ! Et lui, ce salaud, faisait comme si tout cela était parfaitement normal, comme si c'était moi qui étais fou ! Et en plus... En plus il m'appelait depuis le bureau de mon patron ! Dites-moi ce que ce pseudo-psychiatre pouvait bien foutre chez mon patron, hein ? Lequel patron m'a déjà trahi en rameutant les types au survêtement gris dans la boîte de blues ! Je ne suis pas fou, Agnès ! Je ne suis pas fou ! Ces types sont en train d'essayer de me manipuler. Ils m'ont caché quelque chose pendant des années ! Je ne sais pas quoi, mais ils m'ont caché quelque chose. J'en suis sûr ! Et maintenant, ils ont peur que je découvre quoi. Alors ils essaient de me mettre la main dessus. La seule chose qui intéressait le docteur Guillaume, c'était de savoir où j'étais !

— Vous ne lui avez pas dit, j'espère ?

— Bien sûr que non ! Cette ordure !

— Bon, écoutez, calmez-vous, Vigo, calmez-vous. Vous avez fait exactement ce que vous deviez faire. Nous allons nous occuper de ça. Si ces types ont quelque chose à cacher, et s'ils sont ligués ensemble, ils viennent de commettre une grossière erreur. Car nous savons où ils sont, nous. Cela nous fait au moins un avantage sur eux, et nous allons pouvoir enquêter à leur sujet.

— Mais ils vont bien finir par me retrouver !

— Pour le moment, ils ignorent où vous vous cachez. Vous êtes en sécurité ici, alors reprenez votre calme, Vigo. Chaque chose en son temps. Nous nous occuperons de ces types dès que nous aurons avancé sur le reste, d'accord ?

J'acquiesçai, mais en réalité, je n'étais pas du tout en mesure de me calmer. J'avais beau être certain que le docteur Guillaume me mentait, son coup de fil m'avait tout de même à nouveau plongé dans le doute concernant ma schizophrénie. Tous mes souvenirs se confondaient. Les faux, les vrais, les paramnésies, les hallucinations... Tout se brouillait une nouvelle fois. J'en arrivais même à me demander si je pouvais faire confiance à Agnès. Et si elle aussi était dans leur camp ? Après tout, c'était une flic. Ils l'avaient peut-être convaincue de les aider à me manipuler. Cela aurait pu expliquer qu'elle décide soudain de me reprendre chez elle... Non. Ce n'était pas possible. Pas Agnès. Pourtant, je devais rester méfiant.

— Vous avez retrouvé mes parents ? demandai-je en essayant de me recomposer une voix plus sereine.

Je vis se dessiner sur son visage une grimace navrée, pleine de compassion. Je compris aussitôt que les nouvelles n'étaient pas bonnes.

— Non. Je suis désolée, Vigo, mais ce que j'ai découvert risque de vous déplaire...

— Je vous écoute.

Elle vint s'asseoir en face de moi.

— Vos parents... Vos parents n'existent pas. Ils n'ont jamais existé. Pas sous ce nom-là, en tout cas.

— Comment ça ?

— Je n'ai retrouvé nulle part la moindre trace légale d'un couple portant le nom de Marc et Yvonne Ravel.

Ni dans le fichier de la Police judiciaire, ni dans les registres des mairies, ni sur le fichier des permis de conduire, ou même de la Sécurité sociale – et permettez-moi de vous dire que je ne suis pas censée y avoir regardé... Il a fallu graisser quelques pattes. Mais toujours est-il que je n'ai trouvé aucune trace. Nulle part. Marc et Yvonne Ravel n'existent pas.

Je me laissai tomber sur le dossier du canapé.

— Mais... Mais je ne vois pas comment c'est possible ! Toutes ces années dont je me souviens... J'ai vécu avec eux. Je ne les ai tout de même pas imaginés !

— Non, bien sûr, Vigo. Mais ce n'est sans doute pas sous leur vrai nom que vous les connaissiez. Je ne sais pas comment c'est possible, Vigo, ni pourquoi, mais c'est la réalité. Et, malheureusement, ce n'est pas tout...

— Quoi encore ?

— Eh bien, j'ai évidemment poussé mes recherches jusqu'à votre propre nom : Vigo Ravel. Il n'a aucune existence légale, lui non plus... La lettre anonyme que vous avez reçue ne mentait pas sur ce point. Vous ne vous appelez pas Vigo Ravel.

— Mais... J'ai une carte d'identité, j'ai un compte en banque ! Regardez, j'ai même un chéquier ! Il y a mon nom dessus. Comment aurais-je pu ouvrir un compte en banque ?

— Vos papiers d'identité sont peut-être faux. Quant à votre compte en banque, il a peut-être justement été ouvert grâce à de faux papiers. Montrez-moi votre carte d'identité.

Je la lui tendis. Elle l'inspecta minutieusement.

— Elle a l'air authentique, mais je ne suis pas experte. Je la ferai analyser demain. Votre compte pourrait être une bonne piste de recherche. Savez-vous dans quelle agence étaient vos parents ?

— La même que moi.

— Parfait. Je chercherai de ce côté-là demain.

Elle me rendit ma carte d'identité. Je ne pus m'empêcher de l'examiner à mon tour. Je regardai le texte à côté de ma photo. « Nom : Ravel. Prénom(s) : Vigo. Nationalité : Française. » C'était écrit noir sur blanc. Et pourtant, ce n'était pas moi. Ce nom n'était pas mon nom. Je poussai un soupir abattu.

— Allons, Vigo, nous n'en sommes qu'au début de nos recherches... Ne vous découragez pas si vite. De toute façon, vous vous y attendiez un peu, n'est-ce pas ?

— Il n'empêche que c'est difficile à entendre. Je ne connais pas ma véritable identité, Agnès. Je n'ai pas de nom. Et je n'ai pas de parents...

Elle se leva, vint s'asseoir près de moi et posa une main sur mon épaule.

— Je suis sincèrement désolée. Je comprends que cela soit très dur à admettre. Très déroutant. Mais vous avez décidé de mener vous-même cette enquête, alors vous devez être prêt à affronter ce genre de vérités...

Je hochai la tête et essayai de lui adresser un sourire. Elle avait raison. Et je n'étais sûrement pas au bout de mes mauvaises surprises. Au contraire, si je ne voulais pas sombrer, mieux valait me servir de ces déconvenues pour trouver la rage de continuer.

— Et vous ? demanda-t-elle. Vous avez trouvé quelque chose au sujet du Protocole 88 ?

— Non, rien.

Je lui confiai les résultats décevants de mes recherches.

— Je vois, dit-elle. Il faudra donc que nous cherchions ailleurs. La lettre anonyme ne mentait pas sur votre identité. Nous ignorons encore qui a bien pu l'écrire, mais nous pouvons en tout cas supposer que le Protocole 88 est une véritable piste...

J'approuvai d'un signe de tête.

— Je crois que nous en avons assez fait pour aujourd'hui, Vigo. Allons, je suis épuisée, je n'ai pas le courage de nous faire à dîner. Et vous n'avez pas l'air en grande forme non plus, mon vieux. Je vous invite au restaurant.

Je haussai les sourcils, quelque peu étonné.

— Je... je ne sais pas. Je ne me sens pas très bien. Et... et je vous avoue que j'ai un peu peur de sortir...

— Mais non ! Au contraire ! Ça vous fera le plus grand bien ! Vous êtes resté enfermé toute la journée ! Il y a un très bon petit resto tout près d'ici, nous en avons besoin tous les deux.

Malgré l'anxiété et la « déprime passagère » dont elle m'avait fait part, Agnès avait des ressources d'énergie insoupçonnées. C'était peut-être justement un moyen de résister, de lutter. La première fois que je l'avais vue, chez la psychologue, je m'étais bêtement imaginé a priori – sans doute à cause de la sévérité de sa morphologie – qu'il s'agissait d'une femme morose, renfermée et abattue. Mais en réalité, elle était pleine de courage, de vigueur, et même, je le devinais à présent, d'une certaine malice.

— Et si les types m'avaient suivi ? dis-je. J'ai laissé la Porsche de mon patron en bas de chez vous. Ils l'ont peut-être retrouvée, ce n'est pas très discret, comme voiture, et si ça se trouve ils me cherchent dans tout le quartier.

— Ne dites pas de bêtises ! Personne ne vous a suivi. Vous n'allez pas vivre continuellement dans la terreur, Vigo ! Allons, je vous assure qu'il n'y a rien de mieux qu'un bon restaurant dans ce genre de situation.

Elle m'adressa un sourire complice. J'avais déjà l'impression de partager avec elle bien plus que je n'avais jamais partagé avec personne. Ses yeux étaient pleins de non-dits qui valaient mille souvenirs. En me secouant, moi, je pense qu'elle voulait se secouer elle aussi. Finalement, nous avions peut-être besoin l'un de l'autre.

— Entendu, je vous suis.

Nous sortîmes de l'appartement en nous tenant par le bras.

47.

— En plat principal, je vous recommande l'émincé de cœur de rumsteck aux cinq épices.

Le Parfait Silence était un petit restaurant de quartier aux allures de vieux bistrot, tout en nuances boisées, où se mélangeaient gastronomes ventripotents et bobos du XVIIIᵉ. La décoration, faite de bric et de broc, était originale, avec des touches d'Art déco et, par-ci par-là, quelques couleurs provençales.

— D'accord. Je vous fais confiance.

— Vous prendrez du vin, Vigo ?

— Avec plaisir.

— Je vous laisse choisir.

Je n'étais pas sûr de vouloir prendre ce genre de responsabilité, mais je voulais faire bonne figure, paraître sûr de moi, indépendant, capable de choisir une bonne bouteille. Bref, je ne voulais pas jouer les schizophrènes complexés. Je jetai un coup d'œil à la carte et optai avec assurance pour un Pessac-Léognan d'un âge raisonnable.

Agnès passa la commande. Le serveur se retira discrètement en emportant les cartes sous son bras.

— Le ministère de l'Intérieur ne me donne pas les moyens de venir dîner ici tous les soirs, mais je viens de temps en temps. C'est délicieux.

— Si vous le dites... Ça a l'air sympa.

— Oui. Le patron est un philanthrope.

Je ne savais pas vraiment pourquoi elle me disait ça. Un *philanthrope* ? Je n'étais même pas sûr de savoir ce que cela voulait dire. Peut-être voulait-elle simplement me mettre à l'aise...

Elle m'offrit une cigarette en souriant. Je me laissai tenter. Nous ne prenions pas la même marque, mais j'avais des élans versatiles.

— Alors, Vigo, vous vous êtes bien débrouillé dans l'appartement, malgré tout mon bordel ?

— Oui, oui, ne vous inquiétez pas. Merci. Votre hospitalité me touche beaucoup, vous savez...

— Je vous en prie, ça me fait plaisir. Un peu de compagnie ne me fait pas de mal...

— Mais dites-moi, Agnès, vous êtes certaine que votre mari ne risque pas de débarquer à n'importe quel moment ?

Elle sourit.

— Vous avez eu peur toute la journée ?

— Disons que je me suis posé la question et que j'aurais eu bien du mal à lui expliquer ce que je faisais là, s'il était entré...

Elle fit une moue amusée.

— Eh bien non, rassurez-vous. Après notre dispute d'hier, il est parti chez ses parents, en Suisse. Il ne risque pas de revenir tout de suite...

— Vous croyez que votre histoire avec lui est... Je veux dire... que c'est définitivement terminé ?

— Ah ! Je vois, dit-elle en posant sa cigarette sur le bord du cendrier. Je vais donc avoir droit à l'interrogatoire ?

— Eh bien... Je ne sais pas grand-chose sur vous. Mais vous n'êtes pas obligée de répondre. Je ne connais même pas votre nom de famille.

— Ça ne fait rien ! répliqua-t-elle en souriant. De toute façon, je risque bien de reprendre mon nom de jeune fille !

— C'était quoi ?

— Mon nom de jeune fille ? Fedjer. Je m'appelle Agnès Fedjer.

— Je me disais bien que vous aviez une tête méridionale...

Elle leva les yeux au ciel.

— C'est de quel pays ?

— C'est algérien, répondit-elle.

— Agnès, ça ne fait pas très algérien.

— Mon père n'avait pas les moyens de changer notre nom de famille. Il s'est dit qu'un prénom français, ça me ferait déjà ça en moins à subir.

— C'est terrible d'avoir à cacher ses origines, d'avoir honte de son nom...

— Je n'ai pas honte de mon nom ! se défendit-elle. Mon père ne s'est jamais fait d'illusion sur le racisme pathologique de ce pays, Vigo, c'est tout. Mais je n'ai pas honte de mon nom. Je m'appelle Agnès Fedjer.

J'acquiesçai. Au fond, elle avait bien de la chance. Moi, je n'étais même pas sûr d'en avoir un, de nom...

— D'accord, mais vous n'avez pas répondu à ma première question, repris-je. Vous croyez que c'est définitivement fini, avec votre mari ?

— Vous êtes insistant, Vigo... Je vous l'ai dit hier. Cela fait au moins deux ans que nous cherchons des solutions à un problème qui semble n'en avoir d'autre que la séparation. En plus de ça, je crois que Luc ne supporte plus que je sois flic, et moi, je ne suis pas près d'arrêter. Alors oui, je pense que c'est définitif. Mais bon, on parle d'autre chose ?

— Vous êtes encore amoureuse de lui ?

Elle écarquilla les yeux.

— En voilà une question ! Et d'abord, qui vous dit que je l'ai jamais été ?

Je haussai les épaules.

— Vous vous êtes mariés...

— On peut se marier sans amour, non ?

— C'est votre cas ? insistai-je.

— En tout cas, je ne lui ai jamais dit que je l'aimais.

À sa façon de le dire, je fus presque certain que jamais elle n'avait prononcé ces mots pour quiconque.

Le garçon nous apporta le vin. Je le goûtai, fis signe qu'il était bon, et il remplit nos deux verres. Agnès trinqua avec moi, un sourire tendre au coin des lèvres.

Puis elle prit une nouvelle cigarette. Je l'imitai et lui tendis mon briquet.

— J'en suis déjà à un paquet, aujourd'hui ! lâcha-t-elle d'un air désabusé. Mais, comme vous dites, il faut bien mourir de quelque chose...

Je haussai les épaules.

— De toute façon, avec mon angoisse eschatologique, c'est pas la cigarette qui va me faire peur...

— Votre quoi ?

Je souris. Je me rendis compte que j'avais parlé de cette chose intime comme s'il s'était agi d'une évidence... Je me demandai si c'était une bonne idée de faire si vite part de mes obsessions à Agnès. Mais après tout, elle m'avait déjà fait bien des confidences.

— Mon angoisse eschatologique.

— C'est quoi, exactement ?

— Bah, rien, une espèce d'idée bizarre qui m'obsède souvent.

— Expliquez !

— Vous allez me prendre pour un fou.

Elle éclata de rire.

— Mon pauvre Vigo, cela fait longtemps que je vous ai placé dans la catégorie poids lourds, niveau folie...

J'opinai du chef. En effet, nous n'étions plus à ça près.

— D'accord... Alors voilà : parfois, j'ai le sentiment que notre espèce est en train de s'éteindre...

— Notre espèce ? Vous voulez dire les fumeurs ?

— Mais non ! *Homo sapiens* ! J'ai le sentiment qu'*Homo sapiens* est en train de s'éteindre.

Elle prit un air étonné.

— Qu'est-ce que vous racontez ?

— Oh, c'est rien ! Ça ne vous arrive jamais d'avoir cette impression ?

Elle pouffa.

— En fait, non, pas vraiment !

— Pourtant, partout où je regarde, moi, je vois les signes de notre extinction à venir. Ça ne vous a pas frappée ?

— Non, pas du tout. Dites-moi, vous êtes un optimiste, vous !

Je tirai sur ma cigarette et glissai rapidement mon briquet dans ma poche.

— Savez-vous que, chaque jour, près de trois cents espèces végétales et animales disparaissent de la terre ? Il faut bien se rendre à l'évidence, un jour ou l'autre, ce sera notre tour.

— Un jour ou l'autre, oui, peut-être... Mais pas forcément maintenant ! Un peu d'optimisme, que diable !

— Drôle de conseil, pour une dépressive ! ironisai-je.

— D'abord, je ne suis pas une dépressive, se défendit-elle, je suis une anxieuse et je traverse une déprime passagère... Et de toute façon, mes problèmes ne concernent pas ma confiance en l'espèce humaine en général, mais seulement mon cas à moi. Mes angoisses sont très... personnelles. Pour l'humanité, je garde de l'espoir, malgré tout. Contrairement à vous...

— Attendez, mon angoisse n'est pas aussi pessimiste qu'elle en a l'air !

— Ah bon ?

— Réfléchissez : vous trouvez cela triste, vous, que Neandertal se soit éteint au profit d'*Homo sapiens* ? Non, bien sûr. Eh bien, là, c'est pareil. Je me demande si notre espèce n'est pas arrivée au bout de son évolution, à un stade où elle fait plus de tort à son environnement que de bien... La nature sera bien obligée de se défendre, et donc l'espèce humaine d'évoluer. Bref, je me demande si *Homo sapiens* n'est pas arrivé au bout.

— Et vous ne trouvez pas ça pessimiste ?

— Pas forcément. Qui sait ? Une autre espèce prendra peut-être le dessus, comme à chaque nouvelle phase de l'évolution du genre humain.

— Vous me faites peur, Vigo. Vous n'allez pas me sortir Nietzsche et toutes les dérives sur le surhomme, quand même ? On sait où ça mène, ce genre de philosophie...

— Non, non, la rassurai-je. C'est vraiment pas mon genre !

— Eh bien, faites attention, alors, parce que votre discours catastrophiste, et puis cette idée d'une nouvelle espèce humaine, c'est un peu limite...

— Je vous avais prévenue.

— Oui... Je crois que vous vous prenez un peu trop la tête, mon cher Vigo, dit-elle non sans une certaine tendresse.

— Sans doute. Je lis trop de livres, ça doit être ça ; je prends trop de notes. Mais rassurez-vous, ça reste du domaine de l'angoisse, tout ça. Par moments, j'ai simplement l'impression que notre espèce est en train de s'éteindre, et que la nature va passer à autre chose. J'ai le sentiment que les hommes sont devenus trop dangereux pour la planète, mais aussi les uns pour les autres... Qu'ils sont incapables de se comprendre, et donc de se sauver eux-mêmes.

— Eh bien moi, dit-elle d'un air frondeur, je crois que l'instinct de survie est plus fort que tout et que l'homme sera capable de s'arrêter avant qu'il ne soit trop tard et de s'adapter, comme toujours.

— Au fond, vous êtes une dépressive optimiste.

— Voilà. Vous savez, pour aller voir, de soi-même, une psychologue, il faut malgré tout une certaine foi dans la possibilité d'une amélioration. C'est un acte optimiste.

— Alors je dois l'être aussi un petit peu !

— Oui. Finalement, nous ne sommes pas si éloignés que ça l'un de l'autre ! dit-elle en serrant un instant ma main sur la table.

Le contact fut délicieux. C'était une chaleur inhabituelle, que j'aurais volontiers goûtée plus longtemps.

— En tout cas, je tiens encore à vous remercier pour ce que vous faites pour moi, Agnès.

— Oh ! Ne me remerciez pas comme ça tout le temps ! Je vous jure, c'est finalement un acte très égoïste. Ça m'aide à ne plus penser à moi. Je suis bien plus efficace pour m'occuper des problèmes des autres que pour régler les miens.

— C'est pour ça que vous êtes entrée dans la police ?

— Non, répondit-elle en souriant. Non, ça, c'est un truc de famille. Mon père était flic, en Algérie. Il aurait voulu que son fils fasse comme lui et que moi je fasse femme au foyer. On l'a tous les deux déçu. La première fois qu'il m'a vue en uniforme, on ne peut pas dire qu'il était ravi. Cela dit, je finis par penser qu'il avait raison. Ce n'est sans doute pas ce que j'ai fait de plus intelligent. C'est pas facile de s'appeler Fedjer, dans ce métier, en France. Je suis la beurette de service. D'un côté, cela m'attire beaucoup de condescendance de la part des collègues, et quand j'ai le malheur d'arrêter un Arabe, il me regarde comme une traîtresse. Et puis... Moi qui voulais à tout prix fuir la déprime, je n'ai pas choisi le métier idéal.

— Vous étiez déjà un peu dépressive avant ?

— Non, au contraire ! Je n'ai pas grandi dans une maison très enjouée, alors je compensais en me forçant au bonheur. Depuis que je suis toute petite, je me suis toujours dit que je n'étais pas du genre à déprimer. Et puis finalement, un jour, ça vous tombe sur le coin de la figure. Je m'étais juré de ne jamais mettre les pieds chez un psy... Et voilà : au bout du compte, je suis abonnée chez Zenati.

— Ça vous fait du bien, au moins ?

— Je ne sais même pas ! Le plus fou, c'est que j'ai horreur de ça. C'est assez paradoxal, je vous l'accorde. J'ai toujours considéré la dépression comme un luxe d'Occidental, une maladie de petit-bourgeois. Il y a toute une partie de moi qui ne croit pas à la psychanalyse, d'ailleurs. Et malgré tout, je ne peux m'empêcher d'appeler Zenati au secours dès que je me sens mal. Je suis une parfaite imbécile, n'est-ce pas ?

— Non. Ce serait idiot de ne pas affronter votre douleur pour des raisons de pudeur, pour des vieux principes, vous ne croyez pas ?

— Peut-être. Mais ce que je me reproche, ce n'est pas de vouloir me soigner, ce sont les raisons pour lesquelles je souffre. Elles sont... ridicules.

— Vraiment ?

— Au fond, oui. Notre société nous pousse à accorder bien trop d'importance aux petits maux de l'âme. On finit par se focaliser dessus et leur donner plus de valeur qu'ils ne devraient en avoir. Finalement, c'est une forme de complaisance... J'aimerais trouver la force de tourner la page. Ne plus me sentir coincée par cette introspection sempiternelle...

Je hochai lentement la tête. *Introspection sempiternelle*. Ce n'était pas moi qui allais renier l'expression.

— Je me demande si tout cela ne vient pas simplement de notre solitude, lui confiai-je. Ce besoin de parler de soi à un psy, au fond, n'est peut-être que l'expression d'une frustration. Celle de n'avoir aucune oreille qui nous écoute vraiment, de n'avoir personne qui nous comprenne complètement... Non ? Alors on se confie à un psy, en se faisant croire que lui, par son professionnalisme et son objectivité, est à même de nous comprendre... Ça nous rassure.

Elle sourit.

— On en revient à votre angoisse sur *Homo sapiens*, glissa-t-elle en m'adressant un regard amusé, et à ce que vous cherchez dans les romans de Romain Gary. L'incommunicabilité, tout ça...

— Exactement. Les hommes risquent de s'éteindre de n'avoir su se comprendre...

— Pourtant, on se comprend, là, non ?

— Oui, c'est vrai, admis-je en souriant.

— Alors ! Je vais peut-être vous obliger à réviser les tenants et aboutissants de votre angoisse... comment dites-vous déjà ?

— Mon angoisse eschatologique.

Un second serveur arriva alors avec nos entrées. Il les déposa soigneusement devant nous en nous souhaitant un bon appétit. J'avais choisi une assiette de foie gras mi-cuit, Agnès, elle, avait opté pour un petit farci de légumes au chèvre frais et à la sauge. Après quelques minutes d'un silence sans doute gastronomique, je relançai la conversation.

— Agnès, vous ne m'avez pas dit dans quel service vous travaillez.

— Je suis lieutenant de police au commissariat central du XVIIIe... Je m'occupe surtout d'enquêtes judiciaires locales. Rien de passionnant, des cambriolages, du vandalisme...

— Je vois. Un vrai flic, quoi.

— Eh oui. Pas comme dans les films.

Je souris et repris quelques bouchées de foie gras.

— Je ne sais pas ce que je vais pouvoir faire, demain, repris-je pour changer de sujet. Mes recherches sur le Protocole 88 n'ont rien donné.

— Vous pourriez peut-être chercher du côté de votre étrange psychiatre. Voir si vous trouvez quelque chose au sujet de son cabinet fantôme, ou même sur lui...

— Pourquoi pas ? J'aimerais bien me le farcir, ce salopard !

— De mon côté, si vous voulez, je ferai analyser votre carte d'identité et j'effectuerai des recherches sur vos comptes en banque ; le vôtre et ceux de vos parents.

— Parfait. Cela ne vous dérange pas que je reste encore chez vous ?

— Mais non, pas du tout, Vigo ! En revanche, il est peut-être temps que nous passions au tutoiement, vous ne croyez pas ?

Je fronçai les sourcils. Je repensai à mes idées sur le langage, à la fois pont entre les hommes et discrète barrière qui s'érige entre nos subjectivités. Masque plein de mensonge, tout autant que main tendue, qui éloigne et qui rapproche. Alors passer au tutoiement... Oui. Pourquoi pas ? C'était un moyen de franchir un premier obstacle virtuel. Tout allait tellement vite, dans notre relation, nous n'étions plus à ça près !

— OK. Si tu veux, répondis-je timidement.

Elle ouvrit un large sourire.

— Ah ! C'est beaucoup mieux comme ça !

Sa spontanéité m'enchanta. Derrière son visage sévère et ses allures de garçonne un peu rude, elle avait gardé une part d'enfance. Cela me touchait. Peut-être parce que j'avais oublié la mienne.

Nous finîmes nos hors-d'œuvre et l'on nous apporta rapidement le plat principal. Elle ne m'avait pas menti : l'émincé de cœur de rumsteck était délicieux.

Petit à petit, nous nous détendions et nos rires se faisaient plus fréquents, plus francs. L'atmosphère du restaurant était apaisante, entre le jazz discret que diffusaient d'invisibles enceintes et la lueur vacillante des bougies. Le vin, lui aussi, commençait à remplir son office.

— On pourrait se regarder un film, en rentrant, si tu veux, proposa-t-elle. Ça nous changera les idées.

Je n'étais pas convaincu qu'un film fût vraiment en mesure de me faire oublier que je venais de perdre mon nom et mes parents, mais j'étais prêt à partager n'importe quel petit plaisir avec cette femme. Même si j'assumais encore mal le rôle de l'ami décontracté, désinvolte, c'était un exercice auquel je voulais bien m'entraîner. Après tout, depuis que j'avais rencontré Agnès, j'accumulais les nouvelles expériences sociales. L'idée de cocher la case « soirée vidéo » ne me déplaisait pas.

Au même instant, un type, qui était sorti des cuisines, s'approcha de notre table. Les cheveux mi-longs, le regard pétillant, il devait avoir la cinquantaine et, à en juger par sa rondeur, c'était un bon vivant. Je devinai rapidement qu'il était le patron du restaurant, le fameux philanthrope.

— Bonsoir Agnès, dit-il en l'embrassant trois fois sur les joues.

— Bonsoir Jean-Michel, je te présente Vigo, un ami.

Je serrai la main qu'il me tendait.

— Ah ! Alors ! Si c'est un ami ! Je vous laisse tranquilles. À lundi, ma belle...

Il fit un clin d'œil à Agnès et nous laissa seuls à nouveau.

C'était étonnant d'entrer ainsi dans la vie de cette femme, de découvrir un à un les éléments qui faisaient son quotidien. Son quartier, ses amis, son passé, ses problèmes... J'avais envie de tout savoir, et j'aimais tout a priori. Bientôt, je me rendis compte que, de toute ma vie d'adulte, je ne m'étais jamais autant ouvert qu'avec cette femme-là. C'était donc cela, *se sentir bien avec quelqu'un* ! J'avais peut-être eu jadis, adolescent, des amis bien plus proches que ne l'était Agnès pour l'instant, mais je ne me souvenais d'aucun, et là, soudain, je me sentais renaître, vivre enfin. J'étais comme un enfant qui découvre une nouvelle saveur, qui goûte pour la première fois. J'oubliais tout le reste, nous étions seuls au monde, lequel était un spectacle que nous commentions ensemble, amusés, surpris. Le restaurant était vide quand nous nous rendîmes compte qu'il était temps de partir, et nos bougies s'étaient éteintes depuis longtemps sans que les heures eussent semblé s'être ainsi écoulées.

Quand nous rentrâmes chez elle, je me surpris à lui donner la main. Elle se laissa faire. Je ne sus si c'était parce qu'elle avait trop bu, mais je trouvai cela exquis.

48.

Carnet Moleskine, note n° 163 : les philanthropes.
Quand Agnès m'a parlé de ce patron de restaurant, je me suis promis de chercher ce que cela pouvait bien pouvoir être, un philanthrope. Je me demande quelle tête ça a, un philanthrope, un vrai. Comment on les reconnaît. Et à quoi ça sert.

Philanthrope : (1370, du gr. **philanthropôs**, de **philos**, « ami » et **anthrôpos**, « homme »). 1. Personne qui est portée à aimer tous les hommes. 2. Personne qui s'emploie à améliorer le sort matériel et moral des hommes. V. humaniste.

Merde alors ! Je ne sais pas vous, mais moi, ça me donne le vertige. Il faut dire ce qui est, c'est tentant, comme position, mais tout de même ! Aimer tous les hommes, c'est un sacré travail ! Et pour trouver des défis, pas besoin d'aller chercher bien loin, chez Hitler ou Mussolini, parce que moi, par exemple, aimer le docteur Guillaume, là, comme ça, déjà, j'ai du mal. À la limite, s'employer à améliorer le sort matériel et moral des hommes, ça laisse de la marge, mais les aimer tous...

Je me demande si ça existe vraiment ; si ce patron de restaurant était un philanthrope authentique, assermenté. Et quel sacrifice cela demande, d'être philanthrope ?

Peut-être qu'il faut y aller progressivement. Procéder par étapes. Avant de les aimer, essayer de les comprendre. Et ça, comme je le dis toujours, on a déjà bien du mal à y arriver. D'ailleurs, je me demande si ce n'est pas l'inverse. Si ce n'est pas plus facile d'aimer autrui, comme ça, bêtement, que de le comprendre vraiment. Le vrai défi, ce serait l'anthropologie absolue.

Au fond, les philanthropes sont peut-être des fainéants.

49.

Pendant toute la première moitié du film, je ne parvins pas à me concentrer sur ce qui se passait dans le petit écran de la télévision. Mon esprit tout entier était focalisé sur ma main. Cette main qu'Agnès serrait encore au creux de la sienne. Pour moi, c'était encore une première. Une autre délicieuse première. D'aussi loin que je me souvienne, jamais une femme ne m'avait ainsi pris la main. Pas même celle que je tenais pour ma propre mère. Et je ne pouvais m'empêcher de me poser avec angoisse mille millions de questions, rythmant chaque instant de ce contact si tendre. Combien de temps encore garderait-elle ma main ? Serait-ce la seule et unique fois ? Et comment interpréter ce geste ? M'aimait-elle, elle qui venait tout juste de rompre ? L'aimais-je, moi ? Avait-elle envie de plus ? Attendait-elle quelque chose de moi ? Étions-nous amis, serions-nous amants ? Saurais-je l'être ? Était-ce bien ainsi que l'on donnait sa main ? Y avait-il un sens, une intention derrière ce geste, ou était-ce un simple élan irréfléchi ? Une attention sans lendemain, comme un sourire, un clin d'œil, furtif, insaisissable...

J'aurais pu, moi, me contenter à tout jamais de cela. De ce seul contact, de ces doigts croisés entre les miens. J'aurais pu me transformer en statue de marbre et ne plus être, pour l'éternité, que cette allégorie simple du bonheur. Deux êtres silencieux dont les mains liées étaient un pont où se croisaient leurs âmes. C'était rien, et c'était tout. C'était un partage indicible, c'étaient deux autres qui, sans rien se dire, faisaient semblant de n'être qu'un.

Je n'étais pas sûr de saisir le sens des battements de mon cœur. Avais-je peur ? Étais-je amoureux ? Gêné ? Impatient ? Je n'aurais su dire ce qu'exprimait ce fragile petit muscle, mais une chose était sûre : il battait.

Puis, lentement, parce que le bonheur se reconnaît bien à sa finitude, sa main se retira.

Agnès se leva, mit le film sur pause et m'adressa un sourire. Elle avait le regard brillant, les gestes incertains. Elle devait être un peu ivre.

— Tu veux boire quelque chose ?

Mon poing se referma sur le canapé.

— Euh... Oui. Pourquoi pas ?

— Je vais me servir un petit Martini. Tu en veux ?

— Volontiers.

Elle fit volte-face et partit vers la cuisine.

Je regardai l'écran de la télévision. L'image immobile scintillait légèrement. Mia Farrow, pétrifiée en pleine marche, semblait attendre fébrilement que la vie reprenne. Pas la sienne. La mienne. Je me plus à penser que ma main, abandonnée par Agnès, souffrait la même angoisse, crispée sur le tissu orange du canapé.

J'entendis le bruit des verres et des glaçons dans la pièce à côté. Je peine à expliquer ce que je ressentis pendant cette attente. L'impression étrange que nous franchissions une nouvelle étape dans notre intimité : *Agnès prépare un verre pour moi dans la cuisine pendant que j'attends devant la télévision, comme un mari indolent.* C'était un geste simple et banal, peut-être, mais tellement nouveau pour moi, tellement... social ! Je devenais tant de choses à la fois : un ami avec qui l'on dîne, avec qui l'on parle, un homme à qui l'on donne la main, à qui l'on prépare un Martini... Je n'étais pas sûr d'être encore prêt. Prêt à donner ou à recevoir des choses pourtant si simples.

Agnès réapparut dans le salon avec deux verres. Elle les posa sur la table et, d'un seul geste, dispersa tous mes questionnements. Je la vis poser un genou sur le bord du canapé, tout près de mes jambes serrées, poser une main sur mon épaule, se pencher vers moi et, avec une tendresse que la vie ne m'avait jamais offerte, me donner le plus suave des baisers.

Je me laissai faire, interdit, suffoqué presque, puis mes lèvres s'entrouvrirent pour accueillir les siennes. Doucement, elle appuya sur mes épaules pour me pousser contre le dossier du canapé, puis elle vint s'asseoir sur mes genoux. Dans cette position, elle était plus grande que moi, et j'eus l'impression de ne pouvoir lutter. Tout en me couvrant de baisers, elle déboutonna ma chemise et se mit à caresser mon torse, mes hanches. Je sentais par moments ses cheveux qui frôlaient mon visage, son souffle dans mon cou. Mes mains tremblaient, de peur, d'excitation, je ne sais. Quant à mon esprit, lui, il était assailli de mille appréhensions, mille sentiments contradictoires que l'urgence de l'instant se refusait à me laisser comprendre. Bientôt, je me retrouvai allongé sur le dos, à moitié nu, et je vis Agnès, comme un ange suspendu au-dessus de mon corps, enlever ses derniers vêtements.

Sans que je puisse rien choisir, mon corps tout entier se crispa. Je ne parvins pas à m'abandonner, à perdre ce niveau de conscience dont je sentais bien qu'il fallait se débarrasser pour céder simplement au désir. Les mains d'Agnès cherchèrent en vain la preuve de mon envie d'elle. Mon âme lui appartenait tout entière, mais mon corps, lui, se refusait. À elle tout autant qu'à moi.

Nos deux têtes collées l'une contre l'autre, j'entendis le soupir infime d'Agnès sur ma tempe.

— Je suis désolé, murmurai-je. Je ne peux pas.

Elle se redressa et prit ma tête entre ses mains.

— Ne dis pas de bêtises. C'est moi qui suis désolée. Je... je ne sais pas ce qui m'a pris.

— Tu n'y es pour rien, Agnès. Ce doit être à cause de ma maladie... Et ces putains de neuroleptiques...

Elle posa un doigt sur mes lèvres et m'empêcha de continuer.

— N'en parlons plus, dit-elle. J'ai trop bu, je fais n'importe quoi.

Elle resta un instant tout contre moi, sa tête posée sur ma poitrine. C'était doux, et tellement réconfortant ; je crois, d'ailleurs, que j'aurais pu trouver le sommeil dans ses bras, mais Agnès finit par se relever. Elle enfila rapidement sa chemise et se rassit à côté de moi. Puis elle caressa lentement mon épaule.

— Il est étrange, ton tatouage, dit-elle en penchant la tête. Qu'est-ce que c'est ? Un loup ?

Je regardai à mon tour le petit dessin bleu tout en haut de mon bras.

— Oui. Je crois.

— Tu crois ?

— Je ne me souviens pas. Cela doit dater d'avant mon amnésie... Mais oui, on dirait bien un loup.

Elle prit l'un des deux verres de Martini sur la table, le souleva d'un air gêné.

— Je crois que j'ai assez bu pour ce soir... Je suis désolée, Vigo. Je vais me coucher.

Elle se leva et partit dans sa chambre sans m'adresser un regard. Il y eut un discret cliquetis et Mia Farrow disparut de l'écran de télévision. J'éteignis la lumière, me couchai et attendis le sommeil. Mais celui-ci joua les intouchables.

50.

Le lendemain matin, vers 8 heures, j'entendis Agnès sortir de la salle de bain, puis aller dans la cuisine. Elle passa rapidement devant le salon, belle comme un elfe qui rejoint l'au-delà, mais elle ne m'adressa pas un regard. Elle pensait sans doute que je dormais. Ou bien elle redoutait de devoir me parler.

Je l'entendis se préparer un café. J'aurais peut-être dû, à cet instant, me lever et aller la rejoindre dans la cuisine. Mais je n'en trouvai pas le courage. Je n'aurais pas su lui dire les bons mots. Quelques minutes plus tard, elle partit sans faire de bruit, et je vis son ombre fragile disparaître derrière la porte d'entrée.

Je restai un long moment allongé sur le canapé-lit. Je n'arrivais pas à oublier la scène de la veille. Son abandon, ma défaillance. Je me demandais comment nous allions gérer la situation. Je n'étais pas sûr de mes sentiments, et encore moins des siens. Avait-elle agi uniquement sous l'emprise de l'alcool, ou éprouvait-elle quelque chose pour moi ? Et moi ? Étais-je capable de vivre une aventure avec une femme ? Tout cela était bien trop compliqué pour Vigo Ravel, schizophrène incertain. Trop compliqué, et terrifiant. Je doutais tellement de moi, et autrui me faisait si peur ! Je n'étais pas sûr d'être capable de vivre cette relation. Et pourtant ! Pourtant je ressentais pour cette femme ce que je n'avais jamais ressenti pour personne. La seule idée d'avoir pu la heurter la veille en me refusant à elle – malgré moi – me tourmentait. Et si cela avait été ma seule chance ?

Je poussai un soupir et me levai d'un seul coup. Je ne pouvais pas passer la matinée à ressasser ce genre de questions. Il fallait que j'avance. Il fallait que j'essaie de ne plus penser à ça. Après tout, j'avais bien mieux à faire. *Nous* avions bien mieux à faire.

Bille en tête, je me livrai alors à ce qui semblait devoir devenir une routine : douche, petit déjeuner, puis recherche sur Internet dans le bureau d'Agnès. Comme elle l'avait suggéré, j'essayai de récupérer quelque chose au sujet du docteur Guillaume. Mais, à nouveau, ma prospection ne mena nulle part. Je ne trouvai rien ni sur le cabinet Mater, ni sur l'homme qui prétendait être mon psychiatre depuis une dizaine d'années. À en croire le réseau, ils n'existaient ni l'un ni l'autre. Je ne fus qu'à moitié étonné. Cela faisait plusieurs jours que je m'étais résolu à l'idée que ce cabinet médical n'avait aucune existence légale ou officielle. Pendant des années, j'avais fréquenté un cabinet fantôme. Le docteur Guillaume, si c'était son vrai nom, était un imposteur. Restait à comprendre à quelles fins il m'avait suivi si longtemps... Et pourquoi mes « parents » m'avaient envoyé là.

J'avais beau ne pas être surpris, je n'en étais pas moins en colère ; furieux, même. Et, après avoir fait les cent pas dans le bureau d'Agnès, n'écoutant que ma rage, je pris le double des clefs de l'appartement et sortis dans la rue.

Je retrouvai la 911 de M. de Telême et découvris, non sans sourire, deux contraventions coincées sous les essuie-glaces. Je les déchirai et les jetai dans le caniveau. Mon patron aurait la surprise de recevoir les amendes majorées. Il n'y a pas de petits plaisirs.

J'entrai dans la voiture et démarrai, encore surpris de l'aisance avec laquelle je m'apprêtais à conduire. Comme si j'avais fait cela toute ma vie...

Je partis vers la place Denfert-Rochereau, avec la ferme intention d'obtenir des explications de M. de Telême. J'étais certain à présent qu'il en savait beaucoup plus qu'il n'avait voulu le dire et j'étais disposé à lui coller mon poing sur la figure s'il ne m'expliquait pas qui étaient ces types qui me suivaient et ce que le docteur Guillaume faisait avec lui. Je voulais pouvoir répondre à l'éternelle question de tout bon vieux polar : à qui profite le crime ?

Je traversai Paris, serrant les dents à chaque fois que j'apercevais des policiers. Telême avait peut-être déclaré le vol de sa voiture et, en outre, je n'avais pas mon permis de conduire, ni même ma carte d'identité, qu'Agnès avait emportée avec elle.

Malgré tout, j'arrivai sans encombre sur la grande place au lion. Je me garai dans une rue adjacente, puis marchai vers l'immeuble où se trouvaient les locaux de Feuerberg. Quand je ne fus plus qu'à quelques pas de l'entrée, je vis aussitôt que quelque chose n'était pas normal.

D'abord, de loin, je remarquai qu'on avait enlevé la plaque de la société sur le mur de l'immeuble. Ensuite, comme devant mon hôtel, deux types semblaient garder l'entrée. Je levai les yeux vers l'étage où étaient situés les bureaux et je vis alors de nombreuses silhouettes qui transportaient des meubles : on était en train de vider les lieux ! Aussi invraisemblable que cela pût paraître, comme pour l'appartement de mes parents, quelqu'un s'attachait à effacer toutes les traces de ma vie passée.

Je jurai. Mais ce n'était pas le moment de me faire remarquer. Les mains enfoncées dans les poches, j'obliquai ma course, tête basse, et partis vers l'autre côté de la place. Quand je jugeai que j'étais suffisamment éloigné, je me retournai une dernière fois. Les deux types étaient toujours postés devant la porte et, visiblement, je n'étais pas suivi.

Je jetai les clefs de la Porsche dans le caniveau. Inutile de prendre plus de risques avec cette voiture. Puis, malgré mon appréhension, je décidai de rentrer place Clichy en métro.

Le cœur battant, je descendis les marches qui menaient sous terre et empruntai un long couloir pour rejoindre la station. Le passage était presque désert. Je ne croisai qu'une ou deux personnes. Mais, quelques mètres avant le quai, je fus soudain saisi par une nouvelle crise. La douleur, l'équilibre, la vue... Le schéma habituel. Puis ces chuchotements qui résonnèrent dans ma tête.

Je frissonnai. Aucun doute. J'aurais reconnu ces voix entre mille. C'étaient celles que j'avais entendues mille fois et qui semblaient venir des sous-sols de Paris. Le murmure des ombres, comme je les avais souvent appelées. Mais à présent, et pour la première fois, je savais avec certitude qu'elles n'étaient pas le fruit de mon imagination, qu'elles n'étaient pas de simples hallucinations auditives, mais des voix bien réelles.

Je m'immobilisai. Je cherchai autour de moi. Aucune porte, aucune issue, en dehors du quai, à quelques mètres de là. Je m'avançai et jetai un coup d'œil. Personne n'attendait le long de la voie. J'étais seul. Complètement seul. Et pourtant, pourtant j'entendais ces voix, ces murmures ! C'étaient des pensées lointaines, certes, mais des pensées tout de même ! Cherchant un peu de courage, j'essayai de me concentrer pour mieux les entendre. Mais il ne me parvenait que des paroles confuses, indistinctes. Je fermai les yeux et je fis le vide dans ma tête. Je ne voulais plus rien entendre que ces voix. Je voulais percer leur mystère une fois pour toutes.

Lentement, le murmure des ombres se fit de plus en plus distinct, l'écho se fit moins trouble. Les mots se détachèrent, un à un. Et bientôt, enfin, je pus comprendre quelques syllabes, puis quelques expressions, même. Aucune phrase complète, non, mais quelques mots au moins. Quelques petits mots. Et pas n'importe lesquels.

51.

Carnet Moleskine, note n° 167 : illusion.

L'œil humain n'est pas l'outil qui interprète les images que l'on reçoit. Il n'est qu'un ensemble de capteurs photosensibles. L'outil qui interprète les images, c'est le cerveau. Oui. Encore lui.

Ainsi, il y a un phénomène que l'on connaît depuis longtemps et qui, néanmoins, n'a de cesse de me troubler. Des chercheurs ont eu une idée farfelue. Après tout, on ne peut pas leur en vouloir ; c'est leur métier. Ils ont fait porter à des personnes des lunettes spéciales qui inversaient les images. Pendant les premiers jours, ces personnes voyaient le monde à l'envers, ce qui, forcément, ne devait pas être très pratique... Mais au bout de huit jours environ, leur cerveau a corrigé l'information, et elles se sont mises à voir à nouveau à l'endroit, comme si elles ne portaient plus ces lunettes ! De même, quand on leur a enlevé les lunettes, il a fallu huit jours à ces personnes pour que leur cerveau s'habitue et qu'elles revoient normalement.

Je ne peux m'empêcher de trouver là la preuve sinon flagrante, au moins probable, que notre vision du monde

n'est qu'une gigantesque illusion, interprétée par nos cer-
veaux malades. Au fond, le réel n'a peut-être pas grand-
chose à voir avec l'image que l'on s'en fait. Parfois, bizar-
rement, ça me rassure.

52.

Agnès rentra chez elle un peu après 18 heures. Je me
levai aussitôt et lui adressai un sourire. Elle accrocha
sa veste dans l'entrée et s'arrêta à la porte du salon.

— Bonjour, Vigo.

— Bonjour.

J'enfonçai mes mains dans mes poches, mal à mon
aise. Je voyais dans ses yeux qu'elle éprouvait la même
gêne que moi. Difficile d'oublier le fiasco de la veille.
Nous gardions nos distances, le regard fuyant. Nous
serrer la main eût été un geste trop froid, et nous
embrasser, trop familier. Je ne savais pas vraiment où
nous en étions. Les choses étaient restées en suspens,
irrésolues. Nous n'avions pas échangé une parole
depuis ce qui s'était passé – plutôt, ce qui ne s'était pas
passé – sur ce canapé... Tout au long de la journée, je
m'étais demandé comment nous allions nous retrouver, comment nous allions pouvoir assumer notre relation. J'avais espéré un moment que, peut-être, elle
m'embrasserait, avec une désinvolture inespérée, et
que tout serait réglé. Mais les choses ne sont jamais
aussi simples. Et visiblement, Agnès n'avait pas envie
de reprendre les choses là où nous les avions arrêtées
la veille.

— Je vais me faire un thé, annonça-t-elle en partant
dans la cuisine.

J'hésitai un instant, puis je la suivis. Mais, un peu
comme elle l'avait fait juste avant, je m'arrêtai sur le
pas de la porte. Appuyé contre l'encadrement, je la

regardai allumer la bouilloire. Elle avait l'air soucieux, tendu. Mais elle était toujours aussi belle. Quel imbécile j'étais ! J'avais tenu cette femme dans mes bras, elle m'avait embrassé, s'était déshabillée devant moi, et je n'étais pas parvenu à maîtriser la situation. À présent, nous étions dans une sorte de no man's land relationnel, et ne savions ni l'un ni l'autre sur quel pied danser.

— Tout va bien ? lui demandai-je les mains toujours au fond des poches.

— Journée de merde.

— Des ennuis au commissariat ?

— La routine. Un thé ?

J'acquiesçai. Elle n'avait pas l'air de vouloir en dire beaucoup plus.

— J'avais mon rendez-vous chez Zenati, ce soir. Je suis toujours un peu chamboulée, quand je sors de chez elle, c'est tout. Et toi, tu n'y vas plus ?

Je haussai les épaules.

— À quoi bon ? Je ne suis pas schizophrène...

Ce n'était pas une réponse tout à fait valable, mais il était vrai que, après tout ce qui s'était passé, une séance chez la psychologue m'eût semblé bien dérisoire...

— Tu as avancé sur tes recherches ? demanda Agnès, comme pour changer de sujet.

— Pas vraiment.

— Tu n'as rien trouvé sur ton docteur ? insista-t-elle en remplissant deux tasses.

J'avais presque oublié que nous étions passés au tutoiement. Cela me demandait encore un effort. Je n'arrivais toujours pas à me sentir à l'aise, à rester naturel. Nous avions beau être là, tous les deux dans sa cuisine, et avoir passé cette soirée si intime, je me sentais encore comme un étranger. Un intrus. Peut-être même plus encore qu'avant.

— Non. Et rien non plus sur le cabinet Mater. Quant à Feuerberg, la société où je travaillais, elle a tout bonnement disparu. Je suis allé voir sur place, des hommes étaient en train de vider les locaux !

Elle haussa les sourcils.

— Vider les locaux ?

— Oui. Les meubles, tout. Et deux types étaient postés à l'entrée.

— C'est dingue ! Ça ne peut pas être une coïncidence...

Elle posa les deux tasses sur la petite table de la cuisine et se laissa tomber lourdement sur une chaise. Je m'assis en face d'elle.

Après quelques minutes d'un silence trop lourd, je me sentis si mal à mon aise que je ne pus me retenir d'affronter les choses en face :

— J'ai... j'ai l'impression de te déranger, Agnès...

— Mais non, pas du tout !

— C'est à cause d'hier soir ?

— Non, je suis crevée, c'est tout...

— Tu es sûre ? Ce qui s'est passé hier...

— J'avais trop bu, je suis désolée. Ne va pas te faire de fausses idées.

De fausses idées ? Je n'étais pas sûr de saisir ce qu'elle voulait dire. Ou plutôt, j'avais peur de comprendre...

— Je t'avoue que je ne sais pas trop où j'en suis, lui dis-je... Où nous en sommes...

Elle soupira, se pencha par-dessus la table et prit ma main dans la sienne.

— Écoute, Vigo, je t'apprécie beaucoup et je suis heureuse de t'accueillir ici, mais ce que j'ai fait hier soir était vraiment une connerie. Je te demande pardon, je n'aurais jamais dû faire ça. Je sors tout juste d'une longue et douloureuse histoire, je suis un peu désorientée, je fais n'importe quoi. Tout ce que je veux, c'est t'aider. Comme une amie, d'accord ?

Je hochai la tête. Ce n'était pas ce que j'avais espéré, mais au moins, le message était clair. Et c'était peut-être mieux ainsi. Du moins, je voulais m'en convaincre. *Comme une amie.*

Agnès lâcha ma main et se remit à boire son thé. Je fis de même. L'atmosphère se détendit quelque peu.

— Il m'est arrivé quelque chose d'étrange, dis-je en reposant ma tête contre le mur.

— Quoi ?

— Dans le métro, j'ai entendu des voix...

Elle se recula légèrement.

— Et alors ? Tu... Tu commences à avoir l'habitude, si je puis dire, non ?

— Oui, bien sûr... Encore que je ne sais pas si je m'habituerai jamais vraiment. Mais le truc, tu vois, c'est que ces voix ne disaient pas n'importe quoi. Ce sont des voix que j'avais déjà entendues...

— Comment ça ?

— Eh bien, dans le passé, je faisais toujours attention à ne pas prendre le métro ou à ne pas m'approcher des bouches d'égout, parce que j'y avais plusieurs fois entendu des chuchotements étranges, qui m'effrayaient. Je me disais à l'époque que c'étaient des hallucinations, sans doute causées par ma peur du noir, ma peur du vide, ou je ne sais quoi. Dans mon petit jargon de schizophrène, je les appelais *le murmure des ombres*. Mais tout à l'heure, quand je les ai entendus, à présent que je sais que ce ne sont pas des hallucinations, je me suis rendu compte d'une chose...

— Quoi ?

— Quasiment toutes les fois où j'ai entendu ces murmures, c'était aux deux mêmes endroits. À Denfert-Rochereau, près de la société Feuerberg, et à la Défense, près de la tour SEAM...

— Rien de très étonnant, Vigo. Ce sont les deux endroits où tu allais le plus souvent...

— Oui, peut-être. Mais j'ai aussi passé beaucoup de temps dans le quartier de mes parents et je n'ai pas le souvenir d'en avoir entendu là-bas. Et ces derniers jours, ici, dans ce quartier, non plus. Je sais que cela pourrait n'être qu'une coïncidence, mais quelque chose me fait penser que tout cela a un rapport avec mon histoire.

— Comment ça ?

— Tout à l'heure, quand j'ai entendu une nouvelle fois ces murmures dans le métro, j'ai essayé d'y prêter attention. Je me suis bien concentré, et...

— Quoi ?

Je poussai un soupir. Le souvenir lui-même me glaçait les sangs.

— J'ai entendu des mots qui ne me laissent aucun doute.

— Quels mots ? me pressa Agnès.

— Eh bien, il y en a trois qui ont retenu mon attention. Trois qui ne peuvent pas être le fruit du hasard, Agnès. Le premier était « SEAM ». Ce n'est jamais que le nom d'une société, d'accord, mais tout de même, le lien avec l'attentat...

— Quoi d'autre ?

— Le second était « Ravel »... Inutile de te dire à quoi cela me fait penser. Je sais bien que je ne suis pas le seul au monde à m'appeler Ravel, mais la coïncidence est surprenante...

— Certes.

— Mais c'est surtout la troisième expression, Agnès, qui m'enlève le moindre doute. Car, vois-tu, la troisième chose que j'ai entendue dans ces murmures du métro n'était autre que notre cher « protocole 88 »...

— C'est... C'est incroyable ! Tu es sûr de ça ? Tu es sûr que tu n'as pas interprété de travers des mots quasiment inaudibles ? Tu es tellement obsédé par cette histoire que tu vois peut-être des corrélations partout, non ? Ce serait tout à fait compréhensible...

— Possible. Mais je suis presque certain d'avoir entendu ces mots-là. Que je me sois trompé sur « SEAM » ou « Ravel », je veux bien... Mais « protocole 88 », tout de même...

— C'est étrange.

— J'ai passé la journée à essayer de comprendre. Crois-moi, je me suis encore demandé si je n'étais pas fou. Mais cette histoire est tellement pleine de surprises que je crois pouvoir faire confiance à ce que j'ai entendu. A priori, logiquement, cela voudrait dire que quelqu'un dans le métro, ou quelque part près du métro, parle, ou pense à toute cette histoire. À *mon* histoire. Quelqu'un dont les pensées me parviennent directement... Je sais que c'est complètement invraisemblable, mais je n'ai pas d'autre explication.

— Il nous manque encore beaucoup d'éléments, je pense, pour en tirer des conclusions...

J'acquiesçai. Toutefois, il fallait bien que nous commencions à chercher des hypothèses. Je gardai le silence un court moment avant de reprendre :

— Tu crois... Tu crois que les gens auxquels nous avons affaire pourraient... pourraient être cachés dans le métro ? Sous terre ? Je me souviens d'avoir aussi entendu ces voix le jour où je me suis réfugié dans les carrières sous Paris...

Elle haussa les épaules.

— Je ne sais pas. Ça me paraît un peu tiré par les cheveux. Mais nous pourrons nous renseigner, si tu veux. Il y a peut-être tout simplement des locaux souterrains à ces deux endroits. Il y en a beaucoup à Paris...

— Des locaux secrets ?

Elle sourit.

— Ne nous emballons pas !

— Mais tout de même ! insistai-je. C'est étonnant que j'aie entendu exactement le même type de murmures dans les sous-sols de la Défense, dans ceux de Denfert-Rochereau et dans les catacombes, non ?

— Il me semble qu'il y a aussi des catacombes à Denfert-Rochereau. Écoute, il existe un département de la police parisienne spécialisé dans les souterrains : l'Équipe de Recherche et d'Intervention des Carrières. J'ai connu dans le temps un confrère qui travaille dans ce service. Je pourrais aller lui parler, si tu veux.

— À tout hasard, oui...

Elle se versa encore un peu de thé.

— Et toi ? lui demandai-je. Tu as trouvé quelque chose, de ton côté ?

— Oui. Je n'ai pas eu beaucoup de temps, on avait pas mal de boulot au commissariat, mais j'ai quand même avancé... Viens, je vais te raconter tout ça dans le salon. Je suis crevée, j'ai besoin de me détendre.

Je la suivis et nous nous installâmes sur le canapé, nos tasses à la main.

53.

— Bon. D'abord, je me suis concentrée sur la banque. Et j'ai une mauvaise nouvelle, Vigo.

Je posai ma tasse sur la table et me frottai le front, me préparant au pire.

— Ton compte en banque a été clôturé.

— Pardon ?

— Tes parents, ou les gens qui se font passer pour tels, ont fermé hier ton compte en banque.

— Mais... Mais comment est-ce possible ?

— Ils sont tes tuteurs légaux. Visiblement, à cause de tes troubles psychiatriques, ils avaient la liberté de le faire, au regard de la loi. Le compte a été clôturé hier à 10 h 30.

— Hier ? Mais... Et mon argent ? Comment... Comment je vais m'en sortir, maintenant ?

— Je ne sais pas. C'est sûr que c'est très gênant... Tu n'avais pas un compte d'épargne ailleurs ?

— Non ! Non ! J'ai toujours préféré garder du liquide. J'ai récupéré ce que j'avais l'autre jour en passant chez moi, mais pas de quoi vivre bien longtemps ! Ah, les salauds ! Comment je vais faire ?

Agnès fit une grimace embarrassée.

— Je pourrai t'aider pendant quelque temps, Vigo. Tant que tu resteras ici, tu n'auras pas besoin de grand-chose, et ensuite, je suppose qu'il va falloir que tu trouves un nouvel emploi. De toute manière, il faudra bien que tu te remettes à travailler un jour !

— Mais c'est complètement fou, cette histoire ! m'écriai-je d'une voix paniquée. Tu ne te rends pas compte ! Je n'ai plus rien ! Rien ! Plus de nom, plus d'identité, plus de parents, plus d'argent ! Je n'existe plus, Agnès !

Je laissai tomber ma tête en arrière, d'un air désespéré.

— Je ne vais quand même pas vivre à tes dépens, murmurai-je en fermant les yeux. Je suis déjà bien assez ennuyé de vivre chez toi...

— On trouvera une solution, Vigo. Pour le moment, ce n'est pas ça qui est important.

Je restai un instant immobile, en essayant de retrouver mon calme. Il ne fallait pas que je cède à la panique. J'ouvris les yeux et me tournai vers Agnès.

— En tout cas, ça veut dire que mes parents sont là, quelque part...

— Les gens qui *prétendent* être tes parents, oui. Ils sont là et, manifestement, ils ont décidé de te couper tout moyen de subsistance. Ce qui pourrait confirmer qu'ils sont dans le même camp que les gens qui te recherchent.

Je poussai un long soupir désabusé.

— Telême, le docteur Guillaume, mes parents... Les seuls gens en qui j'avais confiance...

— Si ce que nous soupçonnons est vrai, Vigo, ces gens ont manipulé ta vie pendant plus de dix ans. Ils t'ont toujours menti. Et à présent, je pense qu'ils savent que tu as découvert leur mensonge, et ils essaient de remettre la main sur toi. Notamment en te coupant les vivres.

Je plongeai à nouveau dans le silence. La colère, encore, s'emparait de moi. Dorénavant, trouver la vérité ne me suffirait pas ; il allait falloir faire payer ces gens ! Leur faire payer leurs mensonges, leurs manipulations.

— Et leur compte à eux ? repris-je. Tu as trouvé le compte en banque de mes parents ?

— Oui. Il y avait bien dans ton agence un compte au nom de Marc et Yvonne Ravel... Mais il a été clôturé en même temps que le tien. Cela ne change rien au fait que ces noms n'étaient pas réels... Le service central de documentation m'a d'ailleurs confirmé que ta carte d'identité était fausse...

— Mais peut-être qu'en épluchant ce compte on pourrait trouver des informations sur eux, non ? Découvrir qui ils sont vraiment.

— Il faudrait pour cela ouvrir une information judiciaire, Vigo, avec l'accord du procureur. On ne peut pas jouer comme ça avec le Code de procédure pénale ! En menant ma petite enquête personnelle, j'ai déjà largement dépassé le cadre de la légalité. J'ai été obligée de contourner la loi et de demander des faveurs discrètes à plusieurs collègues conciliants, mais je t'avoue que je n'aime pas vraiment ça. Si mes supérieurs découvrent tout ce que j'ai fait, je risque d'avoir des ennuis. Maintenant, c'est à toi de voir. Je pense, moi, que nous avons suffisamment de preuves pour remettre ton histoire dans les mains du procureur. La police judiciaire aura alors toute la liberté d'enquêter sur cette affaire...

— Non ! Non, Agnès ! Tu m'as promis de m'aider à comprendre avant de prévenir les autorités. Maintenant, nous avons la preuve que je ne suis pas fou, que je n'ai pas inventé toute cette histoire ! Nous savons qu'il se trame quelque chose ! J'ai passé dix ans de ma vie à me faire manipuler. Je veux comprendre par moi-même. Et tu vois : j'avais raison de ne faire confiance à personne. Tous les gens qui ont rempli ma vie dans les dix dernières années m'ont trahi. Je ne peux faire confiance à personne, Agnès, pas même à la justice !

— Tu exagères. La justice n'a rien à voir avec ces gens !

— C'est toi qui le dis ! Moi, tout ce que je sais, Agnès, c'est que ces gens ont apparemment beaucoup de pouvoir et beaucoup de moyens. Ils sont capables de faire vivre trois personnes pendant dix ans sous une fausse identité, au beau milieu de la capitale ! Ils sont capables de camoufler l'existence d'un cabinet médical tout en haut de la plus grande tour de la Défense. Et ils sont capables de faire disparaître du jour au lendemain une société qui avait pignon sur rue, place Denfert-Rochereau. Pour le moment, nous ne savons pas à qui nous avons affaire. Et nous ne sommes qu'au début de nos découvertes. Alors, oui, vraiment, je préfère que nous finissions ce que nous avons commencé avant de nous tourner vers la justice. Je t'en supplie, Agnès, tu as promis de m'aider, et nous progressons déjà dans notre enquête !

Elle fit une grimace exaspérée.

— Tu te rends compte de ce que tu me demandes ? Je suis flic, tout de même !

— Et tu te rends compte de ce que je vis, moi ? Agnès, je découvre que je ne suis pas schizophrène, d'une façon ou d'une autre, j'entends les pensées des gens, et des types dont je ne sais rien me manipulent depuis plus de dix ans ! Tu crois vraiment qu'un procureur va accepter de me croire sans preuves concrètes ? Nous avons besoin d'en savoir davantage. Je t'en supplie ! Je ne te demande que quelques jours de plus...

Elle secoua la tête.

— Juste pour voir où cela nous mène ! insistai-je.

— Sache que je désapprouve complètement...

— Ça veut dire que tu acceptes de m'aider encore quelques jours ?

Elle hésita.

— Quarante-huit heures. Pas une seconde de plus.

J'acquiesçai, soulagé.

— C'est le week-end. Je ne travaille pas. À part samedi soir, où j'ai un dîner, je resterai ici avec toi les deux jours et nous pourrons faire quelques recherches ensemble. Mais après, c'est tout.

— Merci, dis-je en serrant sa main au creux des miennes.

— J'espère seulement que je ne fais pas la plus grosse connerie de ma vie...

Elle dégagea sa main nerveusement.

— Est-ce que tu as eu le temps de trouver autre chose ? demandai-je en me renfonçant dans le canapé.

— Oui... Et c'est peut-être un début de piste. Le collègue du service central de documentation que j'ai contacté a retrouvé à qui appartient, depuis au moins douze ans, l'appartement dans lequel tu as vécu avec tes prétendus parents.

— Vraiment ? À qui ? la pressai-je.

— À une société off shore, dénommée Dermod, et dont l'activité officielle est l'import-export, comme la plupart de ces sociétés bidon installées dans des paradis fiscaux.

— Dermod ?

— Oui.

— Jamais entendu parler.

— C'est en tout cas un début de piste. Je ne sais pas où ça nous mènera, mais cela vaut le coup de chercher.

Je hochai la tête.

— Merci pour tout, Agnès.

— J'espère sincèrement que je n'aurai pas à regretter de me mouiller comme ça pour toi.

— Je ne sais pas comment te remercier...

Elle haussa les épaules.

— Je dois bien t'avouer que je suis particulièrement intriguée par toute cette histoire, moi aussi. Je reste persuadée que nous devrions transmettre tout ça aux autorités, mais bon, je n'insisterai pas. Pas pour le moment, en tout cas. Mais je te préviens, si ça devient trop dangereux, même avant les quarante-huit heures que je t'accorde, que tu le veuilles ou non, je contacte le procureur.

— D'accord.

— Bon, allez ! Ça suffit pour aujourd'hui. J'ai besoin de me changer les idées.

— Oui... De toute façon, je ne crois pas que je pourrais en entendre davantage, confirmai-je en souriant.

— On ne va pas se refaire le coup du restaurant. Je vais nous cuisiner quelque chose...

— Je te donne un coup de main ?

— Si tu veux.

54.

Carnet Moleskine, note n° 173 : souvenir, précision.
Mon nom n'est pas Vigo Ravel. J'ai douze ans, peut-être treize. Je suis à l'arrière de la voiture, c'est un break,

un grand break vert. Les adultes, à l'avant, sont mari et femme. Ce doit être mes parents. Mes vrais parents. Mais je ne distingue toujours pas leur visage. Ce ne sont que deux fantômes indifférents.

Dehors, j'en suis sûr à présent, s'étendent les collines vertes de la côte normande. Des vieux blockhaus surgissent derrière les buttes d'herbe, immortels cubes de béton, comme si la terre, elle, n'oubliait jamais les blessures de la guerre. Au loin, les falaises d'argile surplombent une mer agitée.

Je regarde la mouche idiote. Elle se pose, s'enfuit, revient lentement. Je sais que je ne pourrai pas la chasser. Elle est là pour détourner mon regard, me tirer loin des secrets du monde adulte.

Devant, la conversation s'envenime. Je suis contrarié. Fatigué. J'ai déjà entendu mille fois ces reproches, cette discorde, mille fois j'ai revu ce pugilat.

Ce doit être ma faute, puisque je suis là.

Puis la voiture s'arrête. Je vois mes mains qui se retiennent sur l'appui-tête. J'entends le bruit du sable contre les pneus, la mer, les portes qui claquent. Bam, bam, bam, comme trois soufflets sur les joues rouges de mon souvenir.

Je traîne des pieds sur la plage déserte. Je suis de loin ces adultes qui ne m'entendent pas. Nous marchons sur les galets. La clameur des vagues et le vent étouffent tout le paysage.

Devant nous, je vois le long épi nappé d'algues vertes. Et puis, à nouveau, le souvenir s'éteint lentement, dans le battement d'ailes d'une mouette.

55.

Le lendemain matin, en sortant de la salle de bain, je trouvai Agnès dans son bureau. Sans m'attendre, elle avait commencé des recherches sur Internet. Je ne pus m'empêcher de m'émouvoir en la regardant depuis la porte : sa nuque délicate, ses mains effleurant le clavier. J'avais du mal à oublier les baisers qu'elle m'avait offerts, ces quelques minutes d'une intimité qui semblait à jamais perdue, et que j'aurais pourtant aimé savourer à nouveau.

— Tu ronfles, Vigo.

— Pardon ?

Elle ne s'était pas retournée.

— Tu ronfles comme un ogre ! Je t'entends jusque dans ma chambre.

— Je... je suis désolé...

Elle fit tourner son fauteuil pour me faire enfin face. Un sourire moqueur illuminait son visage.

— Je n'ai jamais entendu quelqu'un ronfler aussi fort ! C'est dingue !

— Je... Je suis vraiment désolé !

Elle semblait se délecter de mon embarras.

— Viens voir, je crois que j'ai trouvé quelque chose d'intéressant concernant ta lettre anonyme.

Je m'approchai de l'ordinateur.

— Regarde. J'ai l'impression d'avoir identifié le type qui t'a laissé ce message à l'hôtel !

— Vraiment ?

Elle me montra l'écran. Son explorateur Internet était ouvert sur un forum.

— C'est le nom d'un hacker, un pirate du Net, si tu préfères, et pas n'importe lequel...

Parmi la longue liste de messages affichés sur son écran, elle me fit remarquer plusieurs fois la même signature : SpHiNx.

— Ah oui. Et pourquoi tu dis que ce n'est pas n'importe lequel ?

— Quand j'ai lu ton message, l'autre jour, après coup, j'ai eu l'impression d'avoir déjà vu ce nom quelque part. Alors j'ai vérifié. Et voilà... J'avais sûrement dû remarquer son nom sur le Net. Regarde, c'est ce mystérieux type qui avait fait des révélations sur la Pierre de Iorden...

— Ah oui, je me souviens. Le fameux message caché du Christ...

— Exactement. Ses révélations avaient fait tout un scandale, à l'époque, et avaient permis de démanteler Acta Fidei, une organisation mafieuse infiltrée au Vatican...

— Et quel est le rapport avec nous ?

Elle haussa les épaules.

— Je n'en ai pas la moindre idée. Mais au moins on sait qu'il est assez sérieux. Je me suis permis d'envoyer un mail à ce mystérieux SpHiNx, j'espère que ça ne te dérange pas. Nous verrons bien s'il nous répond ! Je nous ai créé un compte sur le forum, ce qui nous permet de recevoir et d'envoyer des messages.

— Tu as bien fait. Mais tu es sûre qu'il s'agit bien de la personne qui a signé ma lettre ?

— Quasiment. Nous verrons bien selon sa réponse. Mais regarde, c'est exactement la même typographie, avec une lettre sur deux en majuscule.

— Oui. C'est incroyable, quand même ! Je me demande pourquoi un pirate informatique m'aurait laissé ce message à mon hôtel !

— Eh bien, à lire ses messages, j'ai l'impression que ce type passe son temps à dénoncer des scandales politiques, financiers ou autres. Son site ressemble à une sorte de *Canard enchaîné* du Web !

— Intéressant...

— Oui. Je n'ai pas encore tout regardé, mais il a plutôt l'air fiable... Il faut quand même se méfier, il y a beaucoup de farfelus sur la Toile, des pseudo-journalistes d'investigation qui balancent des thèses complètement bidon.

— Comme celui qui avait expliqué qu'aucun avion ne s'était jamais écrasé sur le Pentagone pendant les attentats du 11 septembre...

— Par exemple... Mais ça n'a pas l'air d'être le genre de notre SpHiNx. J'ai lu un ou deux articles qu'il a publiés sur l'Opus Dei ou sur l'affaire Clearstream, et ça tient la route... Nous verrons bien.

— Eh bien, c'est plutôt une bonne nouvelle ! J'espère qu'il pourra nous en apprendre davantage. Tu as pris ton petit déjeuner ?

— Non. Allons-y.

Nous passâmes le reste de la journée ensemble, partageant notre temps entre les repas, nos conversations et quelques nouvelles recherches sur Internet qui confirmèrent notre bonne impression au sujet du mystérieux hacker. Mais nous ne reçûmes aucune réponse au message d'Agnès.

En fin d'après-midi, alors que j'étais en train de lire un article du fameux SpHiNx sur le scandale de la prison d'Abou Ghraib en Irak, j'entendis soudain la voix d'Agnès dans le salon.

— Vigo ! Viens vite ! Il y a du neuf sur les attentats !

Je me levai et courus la rejoindre sur le canapé. Le journal télévisé diffusait la photo d'un homme d'une trentaine d'années.

« ... *qui se nomme Gérard Reynald, aurait été arrêté ce matin à son domicile parisien, dans le cadre de l'enquête sur les attentats du 8 août. Ce jeune homme de trente-six ans, inconnu des services de police, est suspecté d'être l'un des poseurs de bombe impliqués dans l'explosion de la tour SEAM. D'après nos informations, le suspect souffrirait de troubles psychiatriques assez graves, de type schizophrénique...* »

Je sentis la main d'Agnès se crisper sur mon bras.

« ... *Cette arrestation surprise remet en question la thèse de la piste islamiste et du réseau Al-Qaida... Le juge d'instruction chargé du dossier s'est pour l'instant refusé à tout commentaire, mais on a appris de source proche de la police que d'autres suspects seraient encore recherchés... »*

Agnès et moi restâmes de longues minutes hébétés devant le poste de télévision. Quand le journaliste passa au dossier suivant, je me tournai vers elle, et tout ce que je parvins à dire fut :

— Ben merde alors ! Merde, merde et merde !

Agnès se contenta d'acquiescer. Elle était tout aussi abasourdie que moi.

— Un schizophrène ! murmurai-je en secouant la tête.

— C'est pas possible... Ça ne peut pas être une coïncidence ! C'est... c'est pas possible !

— Tu as noté le nom du type ? demandai-je d'un air inquiet.

— Oui, oui. Gérard Reynald.

— Il faut que nous trouvions qui est ce type. Il y a forcément un rapport avec moi. Forcément !

J'étais certain, soudain, qu'un élément clef de la vérité venait de se livrer. Mais il n'y avait rien que nous puissions faire, pour le moment. Rien sinon accepter cette nouvelle pour le moins troublante.

Ce fut finalement Agnès qui se décida à nous sortir de notre torpeur.

— Bon, on ne va pas rester là toute la soirée à écarquiller les yeux comme des imbéciles, Vigo. Surtout qu'il faut que j'aille à mon dîner. Après tout, réjouissons-nous : voilà une piste de plus, et une confirmation que ton histoire n'est pas le produit de ton imagination et qu'elle a peut-être un lien direct avec les attentats du 8 août.

— Attentats perpétrés dans la tour où se trouvait le cabinet fantôme du docteur Guillaume !

— Tu crois que...

— Que quoi ? demandai-je en me levant.

— Tu crois que ce type est comme toi ? Que c'est un autre patient du docteur Guillaume et qu'il a pu faire exploser la tour ?

— C'est une explication vraisemblable, non ? Ce Gérard Reynald n'est peut-être pas plus schizophrène que moi. C'est peut-être un type qui a découvert les machinations du docteur Guillaume et qui, pour se venger, a posé des bombes dans la tour SEAM...

Agnès acquiesça lentement.

— Il faut... Il faut absolument que nous en sachions plus sur ce type !

— Tu veux qu'on aille jeter un coup d'œil sur le Net ?

— Allons-y, mais dépêchons-nous, je vais être en retard.

Nous nous installâmes à nouveau sur l'ordinateur. Cela devenait une habitude à laquelle je prenais goût. Mais encore une fois, nous ne trouvâmes aucune information intéressante. À part une dépêche AFP qui n'en disait pas beaucoup plus que ce que nous avions entendu à la télévision, il n'y avait aucune trace tangible concernant Gérard Reynald dans tous les résultats listés par les moteurs de recherche.

Je soupirai.

— Tu regardes si SpHiNx a répondu à ton message ?

Agnès se connecta sur le forum, mais elle vit rapidement que nous n'avions toujours reçu aucun courrier. Elle haussa les épaules d'un air désolé.

— Nous n'en saurons pas plus ce soir, dit-elle. Il faut que j'y aille. Je ne te propose pas de venir, c'est un dîner entre flics...

— Oui, sans façon...

— Essaie de te détendre, de penser à autre chose. On reprendra tout ça demain.

Je hochai la tête. Mais dès qu'elle fut partie, je continuai des recherches sur Internet. Je passai des heures à essayer de croiser des références, le nom du suspect arrêté, le protocole 88, le cabinet Mater... Mais je ne trouvai rien de concret.

Vers 1 heure du matin, Agnès n'était toujours pas rentrée. Épuisé, je partis me coucher dans le salon.

56.

Le lendemain, je fus réveillé en sursaut par une soudaine lumière. Agnès avait ouvert les rideaux, elle se tenait devant moi avec un café à la main. Surpris, je regardai la petite horloge du magnétoscope. Elle indiquait une heure bien réelle, cette fois : 10 heures, déjà.

— Vigo, j'ai trouvé les coordonnées de l'avocat de Gérard Reynald.

Elle s'assit au bord du canapé-lit et me tendit la tasse de café. Je me redressai péniblement.

— On essaie de le joindre ? proposa-t-elle.

Je fronçai les sourcils.

— Euh, un dimanche matin ?

— Ben quoi ? Tu préfères attendre ? Je te rappelle que ton sursis est bientôt terminé, Vigo. Demain, quoi qu'il arrive, j'appelle le procureur.

Je grognai.

— Tu es bien matinale ! Tu es rentrée à quelle heure ?

— Vers 2 heures... Mais nous n'avons pas de temps à perdre, Vigo... Alors je m'y suis mise tôt ce matin. Je bosse pour toi, mon vieux...

Je souris. Elle avait beau jouer la désinvolture, notre enquête la captivait au moins autant que moi. J'aurais juré qu'elle regrettait de devoir la confier à la justice dès le lendemain.

— Bon, dis-je, laisse-moi au moins me lever.

Je bus le café et partis m'habiller dans la salle de bain. Quand je revins, Agnès me tendit le téléphone.

— Appelle l'avocat. Dis-lui que tu veux le rencontrer.

— Mais... Comment veux-tu que je m'y prenne ?

— Je ne sais pas. Dis-lui que tu as des informations importantes à lui donner...

Je secouai la tête. Je me disais qu'Agnès serait sûrement plus efficace que moi pour faire ce genre de démarche. Plus convaincante. Mais c'était à moi d'en prendre la responsabilité. Je saisis le téléphone et composai le numéro de l'avocat. Évidemment, ses bureaux étaient fermés. Mais le message sur le répondeur indiquait un numéro de téléphone portable en cas d'urgence.

Quelques instants plus tard, je fus enfin en ligne avec Me Blenod. Il n'avait pas l'air enchanté qu'on le dérange ainsi un dimanche matin. Je n'aurais su lui en tenir rigueur. Mais l'heure n'était plus aux politesses.

— Maître, il faut absolument que je parle avec votre client, Gérard Reynald. J'ai des informations à lui transmettre qui pourraient être capitales lors de sa défense, et j'ai besoin de m'entretenir avec lui au sujet des attentats de la tour SEAM...

— Vous plaisantez ? C'est une farce ?

— Non... Je dois rencontrer votre client.

— Mais enfin, monsieur ! Il est en garde à vue !

— J'ai des informations essentielles à lui faire parvenir.

— Écoutez, monsieur, je ne sais même pas qui vous êtes !

J'hésitai. Je ne pouvais pas prendre le risque de donner mon nom si facilement.

— Je ne peux rien vous dire par téléphone. Vous devez me faire confiance... J'ai des informations réellement capitales... Je *dois* rencontrer votre client.

— Je vous répète que c'est impossible. Mon client est en garde à vue, vous ne pouvez pas le rencontrer, un point c'est tout.

— Je vous dis que je sais des choses... Des choses importantes... Qui pourraient lui être utiles lors du procès et...

— C'est possible, mais c'est ainsi, monsieur... Et maintenant, si vous voulez bien m'excuser, j'ai des choses importantes à...

— Vous a-t-il parlé du cabinet Mater ? coupai-je.

L'avocat resta silencieux.

— Il vous en a parlé, n'est-ce pas ?

Encore un moment de silence. Il n'y avait aucun doute. Le nom du cabinet lui disait quelque chose.

— Je suis désolé, mais ce dont mon client me parle ou non dans le cadre de sa garde à vue est strictement confidentiel. De plus, j'ignore qui vous êtes et je ne vois pas en quoi vous êtes lié à cette affaire...

— J'étais dans la tour au moment des attentats. Écoutez, dites à votre client que j'ai des informations sur le cabinet Mater. Dites-lui simplement ça, et rappelez-moi.

Il soupira, mais il ne refusa pas. Je lui donnai mon numéro de téléphone portable.

— J'attends votre appel, maître.

— Je ne vous promets rien.

Il raccrocha. Je lançai un regard satisfait à Agnès.

— Je suis sûr que son client lui a parlé du cabinet. Il a eu l'air étonné quand j'ai prononcé le mot *Mater*.

— Alors nous sommes sur la bonne piste.

Par précaution, je notai le numéro et l'adresse de l'avocat sur mon carnet Moleskine.

Agnès et moi passâmes une bonne partie de la journée à chercher vainement d'autres informations sur Internet, puis, en fin d'après-midi, mon portable se mit enfin à sonner. Je décrochai aussitôt, impatient.

— Allô ?

— Maître Blenod à l'appareil. Écoutez, je veux bien vous rencontrer demain lundi, à 11 heures.

— Ne pouvons-nous pas nous voir plutôt ce soir ?

— Non. Je veux bien vous rencontrer demain, si ce que vous avez à dire peut vraiment m'apporter des pièces importantes...

— Entendu.

— À 11 heures devant le palais de justice.

— C'est noté.

Il raccrocha. Je me tournai à nouveau vers Agnès.

— Laisse-moi deviner, dit-elle d'un air exaspéré. Tu vas me demander d'attendre jusqu'à demain après-midi avant de prévenir le procureur ?

Je fis une moue embarrassée.

— L'avocat ne peut pas me voir aujourd'hui... Nous tenons une piste, Agnès, une vraie piste. On ne va quand même pas laisser tomber !

— C'est vraiment pas raisonnable, Vigo ! Ça devient dangereux, ton affaire...

— Mais c'est toi-même qui m'as dit d'appeler l'avocat, je ne vais pas abandonner si près du but...

— Bon... Après tout, c'est ton problème ! lâcha-t-elle d'une voix lasse.

Agnès était tiraillée entre l'envie de m'aider et ses propres angoisses, que je devinais à travers la tension dans sa voix, dans son regard. J'avais honte d'abuser ainsi de son aide et de son hospitalité à un moment si délicat de son existence. Elle dut le sentir et s'employa à me changer les idées en me proposant une autre soirée vidéo... Elle nous prépara à dîner et choisit une vieille comédie américaine dans sa bibliothèque.

Il y avait chez cette femme une générosité profonde et sincère, abandonnée, qui me touchait sans que je pusse lui exprimer ma reconnaissance. Plusieurs fois pendant le film, je sentis sa main se refermer sur la mienne avec une tendresse discrète. Mais nous ne nous risquâmes ni l'un ni l'autre à pousser plus avant ces timides marques d'affection.

Vers 11 heures, le téléphone d'Agnès se mit à sonner. Elle se leva et partit s'isoler dans sa chambre. Derrière la porte, j'entendis progressivement monter le ton de sa voix, et rapidement la conversation se transforma en une longue dispute. Je ne distinguai que quelques paroles, mais suffisamment pour comprendre qui était au bout du fil ; son mari. Et les choses étaient sans doute plus complexes qu'Agnès n'avait bien voulu me le dire.

Quand sa voix s'éteignit enfin, un silence de plomb envahit l'appartement. Je n'osai bouger, certain pourtant qu'elle pleurait, seule, allongée sur son lit. Je résistai à l'envie de la rejoindre dans sa chambre pour lui apporter le réconfort dont elle avait sûrement besoin. Mais je n'aurais pas trouvé les mots justes. Je ne la connaissais pas encore assez bien. Et pourtant, je ne connaissais personne autant que cette femme.

Agnès ne revint pas dans le salon. Je me couchai vers 1 heure du matin, terriblement inquiet, silencieusement désolé.

57.

Le lundi matin, de nouveau seul dans l'appartement, je me préparai pour la journée. Après avoir pris un rapide petit déjeuner, j'allumai l'ordinateur d'Agnès. Je me connectai sur le forum où nous avions essayé de contacter le mystérieux SpHiNx, et je découvris aussitôt que nous avions une réponse. Je sentis la panique et l'excitation me gagner d'un seul coup. Je n'osai la lire sans l'avis d'Agnès. Après tout, c'était son courrier.

Elle et moi n'avions pas échangé une seule parole depuis sa dispute de la veille avec son mari. Elle était partie à l'aube, avant mon réveil. J'hésitai un instant, puis je l'appelai sur son portable.

— Bonjour, Vigo, dit-elle à voix basse.

— Je te dérange ?

— Je suis au bureau... Mais je t'écoute...

— Nous avons reçu une réponse de SpHiNx.

Elle resta silencieuse un instant.

— Tu l'as lue ?

— Non.

— Eh bien vas-y, regarde !

Je m'exécutai. Le message ne faisait que quelques lignes. Je lus à haute voix : « *Madame, quittez tout de suite – TOUT DE SUITE – votre appartement. Vous êtes en danger. Et dites à Vigo de ne plus utiliser son téléphone portable. Nous vous contacterons rapidement. SpHiNx.* »

Je me mis à trembler.

— De quand date le message ? me pressa Agnès au bout du fil.

Je regardai dans l'en-tête du courrier électronique.

— Il a été envoyé ce matin, à 7 h 54.

— Vigo, raccroche tout de suite et sors de l'appartement ! Rejoins-moi devant le restaurant.

— Hein ?

— Raccroche, putain ! Et éteins ton portable, ne le rallume surtout pas !

Je coupai la conversation et éteignis aussitôt mon téléphone. Je réfléchis un moment, refusant de céder à la panique. Agnès avait raison. Il n'y avait pas un instant à perdre. Nous savions l'un et l'autre que le hacker était crédible – son premier message l'avait prouvé –, nous ne pouvions prendre le risque d'ignorer ses conseils. Il fallait faire vite. Très vite. Raisonner et agir rapidement. Sans attendre une seconde de plus, je courus dans le salon, pris mon sac et rassemblai mes affaires. Je jetai un dernier coup d'œil à l'appartement, puis je me précipitai dans l'entrée, enfilai mon manteau et sortis.

Arrivé sur le palier, j'entendis l'ascenseur qui montait. Le bruit caractéristique des câbles qui coulissent. La cabine était en route, elle approchait lentement. *Vous êtes en danger*. Le message du hacker était clair. Quelqu'un risquait, et vite, de venir dans l'appartement. Se pouvait-il que cela fût déjà eux ? Je fis volte-face et ouvris la porte des escaliers de secours. Je descendis les marches quatre à quatre. Arrivé au rez-de-chaussée, je m'arrêtai juste devant la porte. Et s'ils avaient laissé des gens devant l'immeuble ? Je décidai de fuir par le parking.

Je fis à nouveau demi-tour et dévalai les marches vers le premier sous-sol. La lumière s'éteignit. J'hésitai. Je décidai de ne pas rallumer la minuterie. À tâtons, je cherchai la porte qui donnait sur le parking. Ma main trouva une poignée. J'ouvris.

Les rangées de voitures étaient éclairées par les faibles lumières vertes de panneaux d'issue de secours. Il n'y avait personne, pas un bruit. Mon cœur battait fort. Et si je tombais nez à nez avec ces types ? Je revoyais encore mes deux poursuivants de la Défense, avec leurs survêtements gris. Je m'attendais à tout moment à les voir surgir au volant d'une voiture, tous phares allumés, et me foncer droit dessus.

Mais non, inutile de me faire peur. Il n'y avait personne. Je pris mon courage à deux mains et avançai dans la pénombre. Sur mes gardes, je longeai les capots des voitures alignées. J'aperçus la rampe de sortie en face de moi. J'accélérai le pas. Soudain, un moteur démarra derrière moi. Je me retournai. Je vis les phares d'une berline sombre s'allumer. Je pris peur. Je me précipitai derrière une voiture et m'accroupis.

La berline sortit lentement de sa place et tourna vers moi. La lumière des phares m'éblouit. Je me baissai davantage. Je sentais le sang battre contre mes tempes, la sueur couler dans mon dos, au creux de mes mains. La voiture s'approcha. Je serrai les dents. Quand elle arriva à ma hauteur, je me penchai pour voir le conducteur. Je poussai un soupir de soulagement. C'était une petite femme âgée, collée contre son volant.

La voiture s'arrêta devant la sortie du parking. La conductrice inséra sa carte dans le lecteur magnétique. La porte s'ouvrit. Je la laissai sortir, puis je courus derrière elle pour profiter de la porte ouverte. Le dos courbé, je montai rapidement la longue rampe. Arrivé en haut, je me plaquai contre le mur, puis je m'avançai prudemment vers la rue. Sur la pointe des pieds, je jetai un coup d'œil sur la gauche. L'entrée de l'immeuble était à une quinzaine de mètres. Et, comme je l'avais craint, un homme guettait devant la porte. Il n'avait pas de survêtement gris, mais il n'avait pas l'air d'un ange. Blouson en cuir, mains dans la poche, cheveux rasés, il avait l'allure d'un videur de boîte de nuit. Je fus certain que c'était l'un d'eux. L'un des types qui me cherchaient.

Je reculai la tête, le souffle court. J'hésitai un instant. Il fallait que je trouve un moyen de quitter les lieux au plus vite. Il y avait sûrement d'autres types en haut, et quand ils auraient découvert l'appartement vide, ils viendraient peut-être chercher autour des autres issues de l'immeuble.

Je jetai à nouveau un coup d'œil vers l'entrée. J'attendis quelques secondes, puis quand le type fut de dos, je partis en courant du côté opposé. Je longeai le mur à toute vitesse, sans me retourner, et obliquai dans la première rue à droite.

Agnès m'avait demandé de la rejoindre devant « le restaurant ». Elle n'avait pas précisé lequel, supposant que notre conversation était écoutée, mais j'étais presque sûr qu'elle parlait du Parfait Silence, où nous avions dîné. S'il s'était agi du Wepler, elle aurait sans doute dit « la brasserie »... J'espérais ne pas me tromper. Je continuai de courir, traversai deux rues, puis m'arrêtai pour voir si l'on m'avait suivi. Je ne vis personne derrière moi. Ce n'était toutefois pas une raison pour traîner. Je repris aussitôt ma course et ne m'arrêtai que quand je fus en vue du restaurant.

Agnès n'était pas encore là. Par précaution, je restai à distance. Réfugié sous le porche d'un immeuble, j'attendis, le cœur battant. Une dizaine de minutes plus tard, je la vis arriver d'un pas rapide. Je m'avançai sur le trottoir et lui fis signe. Elle m'aperçut et vint me rejoindre en courant.

— Tout va bien ? me demanda-t-elle, essoufflée.

— Oui, ça va. Mais je crois que les types sont chez toi.

— Tu es sûr ?

— J'ai entendu l'ascenseur monter, je suis sorti par le parking, et j'ai vu un type qui gardait l'entrée de l'immeuble.

— Merde ! Cette fois, ça va trop loin, Vigo ! Il faut qu'on prévienne le procureur.

— Non !

— Tu ne vas pas recommencer ! Écoute, là, c'est moi qui suis menacée ! Et si vraiment des types sont en train de fouiller mon appartement, tu es gentil, mais je pense que j'ai quand même le droit – sinon le devoir – de faire quelque chose !

— Attends au moins que j'aie vu l'avocat. Si tu veux, viens avec moi, et après, tu feras ce qui te semble juste.

Elle secoua la tête.

— Tu fais chier... À quelle heure tu dois le voir ?

— 11 heures.

— Bon. Attends.

Je la vis sortir son téléphone portable et composer rapidement un numéro. Elle se mit à tourner en rond sur le trottoir, le combiné collé contre la joue. Puis j'entendis sa conversation : « Michel ? C'est Agnès. Oui... Dis-moi, j'ai besoin que tu me rendes un gros service, là... Oui, chacun son tour, mon vieux ! Je crois que des types sont en train de cambrioler mon appartement... Pas le temps de t'expliquer... Je ne peux pas y aller, je suis sur... sur une urgence. Tu peux y aller avec deux gars ? Oui. Merci, vieux, je te revaudrai ça. Tiens-moi au courant. » Elle raccrocha, puis elle revint vers moi.

— Viens, on va chercher ma voiture, je t'emmène voir ton avocat.

— Tu... Tu es sûre ?

— Mais oui. Allez, on y va.

Nous marchâmes d'un pas rapide vers le commissariat central. Je jetai régulièrement des coups d'œil derrière nous pour vérifier que nous n'étions pas suivis. Quand nous fûmes arrivés rue de Clignancourt, Agnès partit chercher sa voiture dans le parking du commissariat, puis nous nous mîmes en route vers le Ier arrondissement.

Assis sagement à côté d'elle, je sentis clairement la tension d'Agnès. Cela bouillait dans sa tête. Elle finit d'ailleurs par me dire ce qu'elle avait sur le cœur.

— Vigo, on va à ton fameux rendez-vous, et après, on arrête, d'accord ? Cela devient trop risqué. Il faut que tu préviennes le juge.

Je hochai la tête sans rien dire. Au fond, la générosité d'Agnès n'avait pas de limite. Son appartement était sans doute en train d'être retourné par mes ennemis invisibles, et malgré tout, elle préférait s'occuper encore de moi...

— Ce matin, j'ai essayé de retrouver le commandant Berger, ce collègue dont je t'avais parlé et qui travaillait dans l'Équipe de Recherche et d'Intervention des

Carrières, pour tes histoires de catacombes... Malheureusement, il a pris sa retraite.

Sans quitter la route des yeux, elle me tendit un petit bout de papier.

— Tiens, voilà son numéro personnel. Tu peux essayer de le contacter de ma part, mais je ne suis pas sûre qu'il pourra t'aider.

— Merci. Merci pour tout, Agnès.

Elle resta silencieuse pendant tout le reste du trajet. Un peu avant 11 heures, nous arrivâmes devant le palais de justice.

58.

— Maître Blenod ?

L'homme acquiesça. Grand, mince, les cheveux poivre et sel, il flottait dans un costume noir taillé trop large. Sous son bras, il tenait une serviette en cuir marron. Il avait le regard blasé et les gestes pressés de l'homme d'affaires.

— Merci d'avoir accepté de me rencontrer.

— Ne restons pas là.

L'avocat semblait stressé. Nous le suivîmes de l'autre côté du boulevard, puis il nous guida dans une petite rue un peu plus loin. Il inspecta avec insistance les deux côtés de la rue, puis il me regarda droit dans les yeux.

— Puis-je savoir comment vous vous appelez ?

— Je préfère rester anonyme.

— Alors je vous dis au revoir, monsieur.

L'avocat fit volte-face. Je le retins par le bras.

— Attendez !

— Désolé, mais dans un dossier comme celui-ci, je ne suis pas disposé à parler avec un inconnu... J'ai besoin de savoir à qui j'ai affaire.

— Je ne peux pas vous donner mon nom, expliquai-je. Je suis déjà assez impliqué comme ça dans cette affaire.

— Je peux vous promettre que je ne révélerai votre nom à personne... J'ai le droit de protéger mes sources.

— Comment pourrais-je en être sûr ?

— Confiance mutuelle. À vous de voir.

Je me tournai vers Agnès avec un regard interrogateur. D'un signe de tête, elle m'encouragea à donner mon nom. L'idée ne me faisait guère plaisir, mais il fallait mettre l'avocat en confiance.

— Je m'appelle Vigo Ravel.

L'avocat parut sceptique.

— Ravel ? Je peux voir votre carte d'identité ?

Je haussai les sourcils.

— Pardon ?

— J'ai accepté de vous rencontrer sans la moindre information tangible, sans savoir qui vous étiez... Excusez-moi, mais j'estime avoir le droit au moins de m'assurer de votre identité.

Je souris. Le pauvre homme ne savait pas que j'étais bien incapable moi-même de m'assurer de quoi que ce fût en ce qui concernait mon identité... Il ne pouvait saisir l'ironie de sa question. Je sortis mon portefeuille et lui tendis mes papiers, aussi faux fussent-ils.

— Bien. Et madame ?

— Agnès Fedjer. Je suis lieutenant de police, dit-elle en sortant sa carte.

Il sembla surpris.

— Lieutenant de police ? C'est une blague ?

— Non. Je suis là à titre privé, répliqua-t-elle. J'assiste M. Ravel.

L'avocat secoua la tête.

— Je suis désolé, mais je préférerais m'entretenir seul à seul avec vous, monsieur Ravel.

— Pourquoi ?

— Vous ne semblez pas bien vous rendre compte de la situation, monsieur. Mon client est encore en garde à vue, je ne suis pas censé être ici. M. Reynald est soupçonné d'avoir commis un acte terroriste ayant coûté la vie à plus de deux mille six cents personnes, alors laissez-moi vous dire qu'ils ne plaisantent pas, là-haut. J'ai le juge d'instruction sur le dos. Je n'ai jamais subi une telle pression. Vous comprendrez que je n'ai pas très envie qu'un lieutenant de police participe à notre conversation, quels que soient vos rapports avec madame.

Je m'apprêtai à protester, mais Agnès m'attrapa le bras et répondit à ma place.

— Pas de problème, maître, je comprends. Vigo, je t'attends au café, dit-elle en désignant une brasserie à l'angle du boulevard du Palais et de la rue de Lutèce.

Elle s'éloigna d'un pas rapide, sans attendre ma réponse. Je soupirai. La présence d'Agnès eût été tellement plus rassurante ! Il allait falloir que je me débrouille seul.

— Ne m'en veuillez pas, mais la situation est particulièrement tendue, je suis obligé de prendre des précautions. À vrai dire, je ne sais même pas pourquoi j'ai accepté de vous rencontrer, j'espère que vos informations...

— Allons, maître, coupai-je. Vous savez très bien pourquoi vous avez accepté de me rencontrer.

— Ah oui ?

— Oui.

Il resta silencieux. J'étais sûr de ne pas me tromper. Son silence l'avait trahi, la veille, quand j'avais évoqué le nom du cabinet Mater.

— Et si nous allions parler de tout cela dans un café ? proposai-je.

— Non, répondit l'avocat. Vu l'importance de ce dossier, je suis surveillé de près. Le juge n'a pas l'air de vouloir faire dans la dentelle. Nous allons faire un tour en voiture, c'est plus sûr.

— En voiture ?

— Oui, je suis garé juste là, dit-il en désignant le bout de la rue.

Je grimaçai. Je n'aimais pas beaucoup l'idée d'entrer dans la voiture d'un inconnu en qui je n'avais pas tout à fait confiance, mais il semblait que je n'avais pas vraiment le choix.

— Entendu.

Je le suivis jusque dans sa petite Mercedes grise, m'assis à côté de lui, posant mon sac à mes pieds, mal à mon aise, puis il démarra le moteur et partit vers la place Saint-Michel.

Il alluma la radio sur une station musicale et monta le volume assez fort.

— Je tiens d'abord à clarifier une chose. Tout ce que mon client a pu me confier pendant sa garde à vue relève du secret de l'instruction. Alors n'espérez pas que je vous dise quoi que ce soit sur ce sujet. C'est bien clair ?

— Parfaitement.

— Bien. Je vous écoute, dit-il finalement alors que nous traversions la Seine.

J'inspirai profondément. Je ne m'étais pas suffisamment préparé pour l'entretien. Je devais faire attention à ne pas trop en dire, mais suffisamment pour qu'il soit en confiance et qu'il me livre à son tour des informations. Cela risquait d'être une véritable partie d'échecs.

— Eh bien, voilà, commençai-je en me raclant la gorge, je me trouve dans une situation qui semble assez proche de celle de votre client, et je n'arrive pas à croire que cela soit une coïncidence.

— Que voulez-vous dire ?

— Pendant un peu plus de dix ans, j'ai été suivi – après qu'on a diagnostiqué chez moi une schizophrénie paranoïde aiguë – par un cabinet médical qui se trouvait dans la tour SEAM : le cabinet Mater... Or, depuis l'attentat, j'ai découvert des choses troublantes au sujet de ce cabinet. La question que je me pose est donc la suivante : votre client était-il lui aussi un patient de ce cabinet ?

— Je ne peux pas vous donner cette information.

Je grimaçai. Il n'allait pas être facile de faire parler l'avocat. J'avais pourtant besoin d'une confirmation : le cabinet Mater avait-il un rapport avec l'attentat, et avec Reynald ? La réaction de l'avocat la veille me le laissait croire, certes, mais j'avais envie d'en être sûr.

— Maître, je comprends votre point de vue, et je vous promets que je peux vous donner des informations utiles pour la défense de votre client. Mais pourquoi vous donnerais-je ces informations sans même savoir si nous sommes sur la même piste ? Le fait que votre client ait ou non fréquenté le cabinet Mater ne relève pas du secret de l'instruction...

Nous arrivions devant un feu rouge. La voiture s'arrêta. L'avocat tourna la tête vers moi et me dévisagea un instant.

— Monsieur, je suis disposé à vous donner quelque chose si ce que vous avez à me dire peut réellement me servir. C'est donnant-donnant.

Il désigna son cartable en cuir sur la banquette arrière.

— Je vous ai préparé une chemise qui contient quelques informations. Rien qui trahisse le secret de l'instruction, certes, rien sur ce qui a été dit pendant la garde à vue, mais il y a peut-être des choses qui pourront vous aider. À vous de voir.

C'était la deuxième fois qu'il me sortait cette réplique. *À vous de voir* ! Il commençait sérieusement à m'agacer. Je jetai un coup d'œil vers sa sacoche à l'arrière.

— Je ne sais même pas ce qu'il y a dans votre chemise ! protestai-je.

— Je vous ai photocopié le dossier que j'ai établi sur M. Reynald, il contient les informations que j'ai pu réunir en amont. Ce n'est pas grand-chose, mais je suis certain que cela vous intéressera. De toute façon, il faut bien que vous compreniez une chose : pour le moment, je ne sais pratiquement rien. Tant que mon client est en garde à vue, je n'ai pas accès au dossier. Et je n'ai pu m'entretenir avec lui que deux fois une demi-heure. Si vous avez des informations qui pourraient m'aider, je suis disposé à vous écouter.

J'hésitai. Il fallait que je décide si je pouvais révéler à l'avocat l'information qui, sans doute, était la principale piste dans ce dossier, si l'on voulait bien faire confiance au hacker : le Protocole 88. Je ne savais pas encore de quoi il s'agissait, mais, à en croire le message de SpHiNx, ce protocole était au cœur de notre affaire. Lâcher cette seule référence était risqué. Après tout, j'avais autant de raisons de me méfier de cet avocat que du procureur qu'Agnès voulait absolument prévenir... Non. Mieux valait garder le protocole 88 pour moi. Et si je lui parlais de la mystérieuse société Dermod, dont Agnès avait découvert qu'elle était propriétaire de l'appartement de mes parents ? D'une façon ou d'une autre, j'étais certain que cette société était liée à cette histoire. Mais, encore une fois, c'était une information précieuse... En revanche, je pouvais peut-être lui parler de Feuerberg. J'ignorais si la société dans laquelle j'avais si longtemps travaillé était mêlée à tout cela, mais j'avais de bonnes raisons de le supposer : mon patron m'avait trahi, il semblait conspirer avec le docteur Guillaume, et les locaux venaient mystérieusement d'être vidés.

— Maître, je suis loin de détenir la vérité concernant cette affaire, mais je pense que votre client et moi sommes les victimes d'une même machination.

— Une machination ?

— Oui. Vous avez sûrement mené votre petite enquête au sujet du cabinet Mater...

Il ne répondit pas.

— Vous savez donc que, officiellement, ce cabinet n'existe pas. Pourtant, votre client et moi-même nous y sommes rendus pendant des années... Quelqu'un avait un intérêt à suivre au moins deux patients schizophrènes dans un cabinet médical non déclaré, caché dans une tour de la Défense. Pourquoi ? Je l'ignore encore.

— Ce ne sont que des suppositions... Vous m'avez promis des informations.

Je souris. L'avocat ne perdait pas le nord.

— Je suis disposé à vous révéler le nom d'une société dont j'ai de bonnes raisons de penser qu'elle est liée de près à cette machination.

— Je vous écoute.

J'hésitai. J'avais l'impression de lui livrer un élément clef de l'enquête sur un plateau d'argent. Mais après tout, c'était peut-être le prix à payer pour trouver de nouvelles pistes. Toute information était bonne à prendre. C'était plus fort que moi, j'avais envie de savoir ce qu'il y avait dans sa foutue sacoche. Au fond, c'était peut-être aussi un moyen de contenter Agnès : en mettant l'avocat sur la piste de Feuerberg, indirectement, j'alertais la justice, sans avoir besoin de prévenir moi-même un procureur et de me mouiller dans cette affaire.

Je me décidai à révéler à l'avocat le nom de Feuerberg. Rien de plus.

— J'ai de bonnes raisons de croire que le cabinet Mater, ou en tout cas le docteur Guillaume, est lié à une société de brevets nommée Feuerberg.

L'avocat fronça les sourcils. Je devinai aussitôt que ce n'était pas non plus la première fois qu'il entendait ce nom-là.

— Cela vous dit quelque chose ? demandai-je.

— Non.

Il mentait, je l'aurais juré.

— Eh bien, vous avez là une piste importante. Les locaux de Feuerberg viennent d'être entièrement déménagés, comme par hasard. De même, je suis presque certain que le directeur de la société, M. de Telême, était au courant de la machination dont votre client et moi sommes les victimes.

— Encore une fois, ce ne sont que des suppositions, monsieur...

— Non. Ce ne sont pas des suppositions. C'est une piste. Vous n'avez qu'à vous rendre vous-même au siège social de la société Feuerberg, vous verrez bien qu'il se passe quelque chose d'anormal.

L'avocat acquiesça.

— C'est tout ce que vous pouvez me dire ?

— Cela devrait déjà vous aider beaucoup. Enquêtez sur Feuerberg et sur le cabinet Mater, vous trouverez de la matière pour la défense de votre client.

— Je l'espère. C'est assez maigre, comme informations.

L'avocat faisait mine d'être déçu, mais j'étais certain que mes informations allaient lui être particulièrement utiles.

— À votre tour. Que pouvez-vous me dire sur M. Reynald ?

— Vous verrez tout cela dans le dossier...

— Pensez-vous qu'il est réellement schizophrène ? insistai-je.

L'avocat parut étonné.

— Que voulez-vous dire ?

— Est-ce qu'il a vraiment l'air d'être schizophrène ? Me Blenod hésita.

— Ce sera aux experts d'en décider... Néanmoins, ses propos sont assez confus, voire incohérents, il souffre d'un délire de persécution.

— S'il parle de la même persécution que moi, ce n'est peut-être pas un délire, glissai-je. Cela a beau être un trouble typique de la schizophrénie, reconnaissez que l'histoire du cabinet Mater est inquiétante...

— Peut-être, cela reste à vérifier.

Je souris à l'idée que l'avocat me prenait peut-être pour un type aussi fêlé que son client. Cela n'avait pas beaucoup d'importance.

— Autre chose ?

— Vous n'aurez qu'à lire le dossier. Et si je peux vous donner un conseil, à votre place, je laisserais tomber cette enquête... Si vous continuez de fourrer votre nez partout, la police va finir par vous tomber dessus.

Ce fut à cet instant précis que je remarquai quelque chose d'anormal. Quelque chose qui aurait très bien pu m'échapper, mais que, par chance, j'aperçus du coin de l'œil. Comme une image subliminale, une diapositive furtive.

Nous venions de passer devant le palais de justice, et au lieu de s'arrêter, l'avocat avait obliqué dans une rue sur la gauche. Je crus d'abord qu'il cherchait une place pour se garer, mais je compris en un instant qu'il se tramait tout autre chose. L'avocat semblait de plus en plus agité, quand, là-bas, dans l'ombre d'un grand porche, j'aperçus la silhouette de deux hommes. D'un seul coup d'œil, à travers la vitre, je fus certain de les avoir reconnus. C'étaient mes deux poursuivants de la Défense, avec leurs survêtements gris.

J'observai l'avocat et vis dans son regard fuyant qu'il m'avait trahi. Il comptait me livrer à l'ennemi.

Je ne pris pas le temps de réfléchir et me laissai guider par l'instinct, spectateur de mes propres réflexes. D'un mouvement brusque, je saisis le volant de la voiture et tirai d'un seul coup vers la droite. La Mercedes pivota dans un crissement de pneus et s'encastra aussitôt dans une camionnette garée le long du trottoir. Le choc fut d'une violence inouïe. Il y eut un grand fracas, le bruit de la tôle froissée et du verre qui volait en éclats. Nos deux corps furent projetés en avant et stoppés net par les airbags blancs.

Pas un seul instant je ne perdis la maîtrise de mes actes, le sens de l'urgence. Ou plutôt, ce fut comme si quelqu'un, une sorte de conscience extralucide, avait pris le contrôle de mes mouvements. Avec des gestes sûrs et précis, je détachai ma ceinture de sécurité, ouvris la portière aussi grand que possible et me dégageai du sac blanc gonflé contre ma poitrine. Je me glissai dans la faible ouverture, attrapai mon sac à dos, puis le dossier dans la sacoche de l'avocat, sur la banquette arrière. Je me faufilai alors avec agilité entre la camionnette et la voiture défoncées. Une fois dans la rue, je me mis aussitôt à courir, abandonnant derrière moi le corps inerte de l'avocat, dont j'avais aperçu brièvement le regard médusé.

Fonçant dans la direction opposée, je ne me retournai pas une seule fois. Je savais pertinemment qu'ils étaient à mes trousses. J'entendais au loin le claquement de leurs pas dans la rue. Mais, pour une fois, j'avais de l'avance, et la surprise, sans doute, jouait en ma faveur. Je courus de toutes mes forces, le poing serré sur la chemise de l'avocat, changeai plusieurs fois de direction, prenant des risques insensés en traversant sans ralentir des rues où des voitures passaient en trombe. Je manquai à plusieurs occasions me faire renverser, mais je courais chaque fois de plus belle, mû par une force invisible, faite de rage et de frustration. J'atteignis bientôt les quais de Seine, me faufilai entre les touristes hébétés, puis, comme je l'avais fait à la

Défense, je sautai dans un bus quelques secondes à peine avant que les portes se referment.

Le chauffeur me jeta un regard blasé, puis il démarra et s'engagea rapidement dans la circulation. Je jetai un coup d'œil dans la rue. Cette fois-ci, j'en étais sûr, les deux types ne m'avaient pas vu rentrer à l'intérieur. Je les aperçus de l'autre côté du carrefour, désemparés, qui scrutaient de tous côtés pour essayer de retrouver ma trace. Sous le regard interdit d'une vieille femme assise au fond du bus, je levai le majeur de ma main droite et l'agitai dans leur direction.

Reprenant mon souffle, je glissai le dossier de l'avocat dans mon sac à dos, puis je partis m'asseoir sur une banquette isolée, où je m'avachis en poussant un long soupir. Je passai sans doute ainsi de longues minutes, dans un état second, laissant les battements de mon cœur retrouver un rythme normal, avant de me rendre compte que j'avais oublié Agnès.

Je me redressai sur mon fauteuil et enfouis la main dans ma poche pour attraper mon téléphone portable. J'hésitai un long moment avant de l'allumer. Dans son message, le hacker m'avait fermement recommandé de l'éteindre et de ne plus m'en servir. Mais il fallait à tout prix que je prévienne Agnès. Je n'avais pas le choix. Je le mis en route. Je vis alors sur mon écran le symbole qui indiquait que j'avais un message. J'interrogeai aussitôt mon répondeur.

« Vigo ! C'est moi. T'es où ? Je commence à m'inquiéter sérieusement. Bon. J'espère qu'il ne t'est rien arrivé... Désolée, mais je ne peux pas t'attendre plus longtemps... Ils ont saccagé mon appart, mes collègues m'attendent, il faut que j'aille là-bas. Je file. Appelle-moi vite. »

Je composai sans attendre son numéro. Je tombai à mon tour sur son répondeur. J'hésitai. Comment lui dire ? Comment lui expliquer ? Le bip résonna dans mon oreille. Je mis une main devant ma bouche en espérant que les autres passagers ne m'entendraient pas et j'essayai d'être bref.

« *Agnès... C'est moi... Je vais bien... Mais c'était un piège. L'avocat est de leur côté... J'ai été obligé de m'enfuir. Je ne sais pas trop quoi faire. J'attends de tes nouvelles. Mais je dois éteindre mon portable... Laisse-moi un SMS, je vérifierai régulièrement... Je t'embrasse.* »

59.

Je passai une bonne partie de l'après-midi à errer dans le Quartier latin, encore abasourdi par la tournure qu'avaient prise les événements. Je n'arrivais pas à croire que l'avocat ait pu ainsi me trahir. Et surtout, je ne comprenais pas bien pourquoi il avait procédé de la sorte... Pourquoi ne m'avait-il pas d'emblée livré aux types en survêtement gris ? Pourquoi cette mascarade ? Avait-il espéré me soutirer des informations avant qu'ils ne me mettent le grappin dessus ? C'était sans doute la meilleure explication. Mais j'enrageai de m'être ainsi laissé berner. Et, surtout, je me demandai ce que j'allais pouvoir faire à présent. Il était bien sûr hors de question de rejoindre Agnès pour le moment. J'étais livré à moi-même, et cela m'angoissait terriblement.

En fin d'après-midi, alors que je marchais en direction de l'Odéon, je sentis soudain poindre les symptômes d'une crise épileptique. La migraine, le bourdonnement, l'équilibre qui se défile, la vue qui se trouble... Bientôt, je le savais, les voix allaient me submerger, les pensées de tous ces gens autour de moi. Non ! Je ne voulais plus les entendre, plus les sentir ! Je ne supportais plus cette soumission impuissante à mon cerveau malade ! Il devait bien y avoir un moyen de résister, de me défendre.

Titubant, je me précipitai vers un banc où je me laissai tomber lourdement. Plié en deux, je pris ma tête au creux de mes mains et j'essayai de faire le vide, de chasser le monde du dehors, les bruits, les odeurs, les couleurs. Mais les murmures arrivèrent lentement, pénétrants, virevoltants, comme une rengaine confuse. Me souvenant que cela avait fonctionné chez Agnès, je me concentrai à nouveau sur la phrase mystérieuse de la tour SEAM. « *Bourgeons transcrâniens...* » Un à un, je répétai ces mots insensés, comme une formule magique. Et, progressivement, la douleur s'éteignit dans mon front, les murmures s'envolèrent dans le lointain. Petit à petit, les voix se turent. J'ouvris les yeux. Le monde était redevenu clair, unique, fluide dans sa normalité réconfortante. J'avais vaincu la crise.

Je me relevai et retrouvai mon calme. Ou, du moins, un semblant de calme.

Mais maintenant, que faire ? Où aller ? J'étais revenu au point de départ, confronté à ma solitude et à mon seul entendement ; lequel, il fallait bien l'admettre, était encore fragile.

Je pensai un instant au dossier de l'avocat, dans mon sac. J'étais impatient de voir ce qu'il contenait, mais la rue n'était pas le meilleur endroit pour le lire. Trop dangereux. Cela devrait attendre. De toute façon il fallait que je me trouve une chambre d'hôtel. Je pourrais alors consulter tout cela au calme.

Tout en reprenant ma marche dans le quartier estudiantin, la tête rentrée dans les épaules, je tentai de faire le point, de faire méthodiquement la somme de mes découvertes. Au fond, mon enquête s'était déjà bien étoffée. Je commençais à y voir un peu plus clair ; j'avais même quelques convictions. Mais il restait encore beaucoup de questions, et je devais avancer, avec ou sans Agnès. Je me demandai où elle pouvait être à présent. Je décidai de vérifier mon téléphone portable et, en effet, elle m'avait laissé un SMS.

Je m'appuyai contre un mur et lus le message.

« Vigo, bien reçu ton message. Rassurée, mais fais attention à toi. De mon côté... Difficile de te dire ça par SMS. Te laisse un message sur Internet, dans notre boîte de réception, sur le forum. Sois prudent. »

Mon cœur se mit à battre. Qu'avait-elle voulu dire ? *« Difficile de te dire ça par SMS. »* Qu'avait-elle à m'annoncer ? Sa prudence... Cela ne pouvait être qu'un mauvais signe. Je ne pus m'empêcher de me laisser gagner par l'angoisse et me préparai au pire.

Impatient et inquiet, je me mis aussitôt à la recherche d'un cybercafé. Cela ne devait pas manquer, dans ce quartier ! Je marchai rapidement, je courus presque. Quelques rues plus loin, j'aperçus enfin une petite boutique qui semblait correspondre à ce que je cherchais. À travers la vitrine, on pouvait voir des rangées d'ordinateurs, des jeunes gens penchés sur leurs écrans avec des casques sur les oreilles... Je traversai hâtivement la rue, puis j'entrai dans le cybercafé. Le sang battait de plus en plus fort dans mes veines et je sentais comme un nœud qui se fermait sur mon estomac.

Un type à l'accueil me fit signe de m'asseoir où je voulais. Je franchis la pièce mal éclairée et m'installai devant un ordinateur, le plus loin possible de la rue.

Je me connectai à Internet et retrouvai sans peine le forum où nous avions contacté SpHiNx la première fois. Je composai le mot de passe pour accéder à la boîte aux lettres qu'Agnès nous avait créée. Je vis alors son message. La main tremblante, je cliquai sur l'icône. Mes pires craintes se confirmèrent.

« Vigo... J'aimerais pouvoir te dire ça de vive voix, mais les circonstances ne me facilitent pas la tâche... Et

visiblement, il faut vraiment que tu évites d'utiliser ton téléphone...

Au fond, c'est peut-être mieux que je te dise ça par écrit. Je ne sais pas si j'aurais eu la force de te le dire autrement.

Je crois... Je crois que je ne vais pas pouvoir continuer à t'aider. Tout ça tombe au mauvais moment... Le pire moment possible. Je m'en veux terriblement de t'abandonner ainsi, mais cela devient trop compliqué. Beaucoup trop.

Luc m'a encore appelée. Je ne peux pas me mentir à moi-même. Il faut que je règle les choses avec lui. C'est mon mari... Je ne sais plus trop où j'en suis. Où nous en sommes. Je crois que je vais partir quelques jours. Prendre un congé et le rejoindre en Suisse. Essayer d'arranger les choses, si c'est encore possible. De toute façon, cela ne me fera sûrement pas de mal de m'éloigner un peu de tout ça. C'est peut-être mieux pour nous deux...

J'espère que tu ne m'en voudras pas. Que tu comprendras. Je tiens beaucoup à toi, Vigo. Beaucoup. Plus que je n'ai su te le dire. Mais c'est le mauvais moment.

Si seulement...

Sache que je comprends que tu aies besoin de connaître la vérité sur ton histoire, et je respecte ton choix. Je t'admire, même. Tu es bien plus fort que tu ne le penses. J'espère d'ailleurs que tu y arriveras ; mais je ne peux plus t'aider, moi.

Je te promets de garder le silence. À toi de décider si tu veux prévenir le procureur. Je pense que tu devrais le faire, mais après tout, cela te regarde. Soit dit en passant, tu es une putain de tête de mule. Tu me fais penser à mon père.

Pour mon appartement, les collègues sont venus. Les types ont tout cassé et ils ont emporté mon ordinateur ! Je ne vois pas ce qu'ils pourront y trouver, excepté le message de SpHiNx ; mais ça n'a pas beaucoup d'impor-

tance. Nous avons déclaré un cambriolage... Je t'écris depuis mon bureau...

Sois gentil, n'essaie pas de me joindre. Laisse-moi du temps. Laisse-nous du temps.

Sauf en cas d'urgence, bien sûr.

Bon courage. Pardonne-moi. Tu vas me manquer. Beaucoup.

Je t'embrasse,

Agnès.

PS : j'ai laissé une enveloppe pour toi au restaurant, va voir Jean-Michel de ma part. »

Je restai un long moment immobile sur mon fauteuil, accablé, incrédule. Le visage d'Agnès hanta aussitôt mon esprit. Je le vis, tout entier, tout plein d'elle, s'éloigner, disparaître lentement sans que je puisse le retenir. L'idée de ne plus la revoir me tortura l'âme, me laissa comme déchiré en trois, quatre mille morceaux.

Sentant le regard des autres clients du cybercafé, je luttais pour ne pas céder aux larmes qui menaçaient d'envahir ces yeux qui aimaient tant la voir. J'enfonçai la main dans ma poche et la serrai sur mon téléphone éteint. J'aurais voulu l'appeler, l'arrêter, lui dire qu'elle était ce qui m'était arrivé de mieux dans ma vie d'adulte, lui dire que je ne voulais pas la perdre. Mais je devais regarder les choses en face : elle avait raison, c'était peut-être mieux ainsi. Je ne pouvais pas lui imposer ce que j'étais en train de vivre, ni l'empêcher de sauver son couple. Je devais, moi aussi, respecter son choix. Il fallait que je cède, que je me résigne.

Me résigner, encore. Après tout, mes épaules pouvaient bien ployer une nouvelle fois, elles avaient des années d'entraînement ! Je devais accepter. Pour le moment, en tout cas. Le temps viendrait peut-être un jour de la retrouver, si c'était encore possible... Mais pour l'heure, je devais me concentrer sur mon enquête.

Mon enquête. Tant qu'à faire, autant profiter de ma solitude pour m'y livrer entièrement. Ce fut en tout cas le mensonge que je livrai à mon propre cœur pour l'empêcher de tomber en lambeaux.

Et voilà. Dans la pénombre de cette petite boutique du Quartier latin, au milieu d'une journée étrange – au moins aussi étrange que les précédentes – je pris conscience que j'étais seul à nouveau. Livré à moi-même et contraint d'avancer, malgré tout.

Tu es bien plus fort que tu ne le penses.

Lentement, je relevai les yeux vers l'écran de l'ordinateur. Essayant de chasser la douleur qui m'enserrait le cœur, je me forçai à réfléchir. Je pensai aussitôt à SpHiNx et à son dernier message, le matin même, qui m'avait fait quitter en urgence l'appartement d'Agnès. Un message pour le moins laconique, écrit dans l'urgence, mais qui laissait entendre que le hacker en savait bien plus que nous sur ce qui se tramait en secret. Peut-être était-il temps d'entrer en contact avec lui et de lui demander des explications...

Je cherchai sa boîte aux lettres sur le forum et lui adressai un nouveau message privé. « *Ici Vigo. Besoin d'informations. Merci de me répondre au plus vite.* »

Je me décidai ensuite à faire quelques investigations sur la société Dermod. Je tapai le mot dans un moteur de recherche. Je trouvai plus de 45 000 références. Dermod, visiblement, était un prénom irlandais assez courant. De nombreuses personnes homonymes étaient référencées ici et là. Mais, visiblement, aucune société d'import-export. Sur un site généalogique, je découvris toutefois avec intérêt l'étymologie du mot. C'était du gaélique, et cela signifiait « homme libre ». Je n'étais pas sûr que cela eût la moindre importance, mais je le notai toutefois sur mon carnet Moleskine.

Quelques minutes plus tard, alors que je continuais de naviguer à la recherche d'éventuelles informations sur la société Dermod, une fenêtre s'ouvrit pour m'indiquer que j'avais reçu un message privé sur le forum. Je l'ouvris.

« Vigo, pas ici... Ce forum n'est pas secure. Nous serons mieux sur le canal irc de notre serveur. Connectez-vous tout de suite sur hacktiviste.com avec le login Vigo. Pour le mot de passe, à vous de deviner... »

Je fronçai les sourcils. J'avais l'impression d'être dans un mauvais feuilleton américain. Mais si je voulais en savoir plus, j'étais bien obligé de jouer le jeu. Je suivis les instructions du hacker. Je tapai l'adresse de son serveur dans le navigateur.

Une fenêtre s'ouvrit et me demanda un login et un mot de passe. Pour le premier, je tapai *Vigo*. Mais pour le mot de passe, il allait donc falloir que je devine tout seul... J'hésitai. Cela avait sûrement un rapport avec mon histoire. Je tapai *protocole88*. Cela ne marcha pas. Trop évident. Je tentai *feuerberg* puis *dermod*, sans succès. Je me souvins alors de l'affaire qui avait rendu SpHiNx célèbre, et je tapai *iorden*. Ce n'était pas cela non plus. J'essayai *agnès*, à tout hasard, puis *ravel*... Mais ce n'était toujours pas le bon mot de passe. Le hacker avait forcément choisi un mot dont il savait que je pourrais le trouver seul, et dont je savais qu'il le connaissait lui aussi. Il fallait donc une référence commune, qui nous liait. Je repensai aussitôt à la première fois que j'avais vu le nom de SpHiNx. À l'hôtel. Je tapai le mot *Novalis*. Mais non, ce n'était pas cela. Je commençais à m'impatienter. Quelle idée ! Me laisser deviner seul le mot de passe ! Il y avait mille combinaisons possibles ! Je réfléchis. Qu'avait dit le hacker exactement ? *Pour le mot de passe, à vous de deviner.* Je souris. C'était peut-être aussi simple que cela. Je tapai *à vous de deviner*. Le navigateur se connecta aussitôt au site.

C'était une page au design high-tech, noir et vert fluorescent, avec, au centre, de nombreuses news plus ou moins liées à la sécurité informatique, ou bien aux divers dossiers brûlants sur lesquels devait travailler SpHiNx, comme le groupe Carlyle, le programme « Pétrole contre nourriture » en Irak, le Bilderberg...

En haut de la page, je vis des liens vers plusieurs sous-catégories du site. L'une d'elles s'appelait *canal irc*. Je cliquai dessus. Une fenêtre de dialogue s'afficha. Je vis alors apparaître le pseudo du hacker.

› *Bravo ! Vous avez trouvé le mot de passe...*

Les mots apparurent en haut de la fenêtre, en vert sur fond noir. Le symbole « › » clignotait à la ligne, comme si l'ordinateur attendait ma réponse. J'hésitai. Je regardai autour de moi. Personne ne semblait me prêter attention. Je me décidai à répondre.

› *Oui...*

› *Désolé pour les précautions. Nous sommes surveillés de près. Mais ici, nous sommes chez nous, nous sommes tranquilles. Nous avons fermé tous les accès.*

Je souris. Ce type devait être encore plus parano que moi.

› *Vous avez pu quitter l'appartement à temps ?*

› *Oui.*

› *Parfait. Nous avons eu peur qu'il soit trop tard !*

› *Nous ? Vous êtes plusieurs ?*

› *Oui. SpHiNx est un nom de groupe...*

› *Et là, à qui je parle ?*

› *À deux d'entre nous.*

› *Je peux savoir vos noms ?*

› *Ça vous avancerait à quoi ?*

› *Je ne sais même pas qui vous êtes, et vous semblez savoir beaucoup de choses sur moi !*

› *Eh bien, considérez que nous sommes deux cyber-journalistes d'investigation.*

› *Cela ne me suffit pas.*

› *Nous vous donnerons nos noms en temps et en heure. Pas ici.*

Je décidai de ne pas insister. L'essentiel restait de leur tirer un maximum d'informations. Mais je ne pouvais m'empêcher de garder une certaine méfiance.

› *C'est quoi votre but ?*

› *Comment ça ?*

› *SpHiNx... C'est quoi votre groupe ? Qu'est-ce que vous faites, exactement ?*

› *Nous cherchons la vérité. Internet est le dernier espace où la liberté d'expression a encore un tout petit peu de sens.*

› *Si vous le dites.*

› *Nous nous servons du Web pour dénoncer des scandales politiques ou financiers. Nous pensons que le public a le droit d'être mis au courant, et la presse institutionnelle ne fait pas toujours son travail...*

J'avais encore du mal à réaliser que j'étais en ligne avec les types qui m'avaient envoyé ce mystérieux message dans mon hôtel. Ils étaient restés pour moi complètement irréels. Et pourtant, je discutais à présent avec eux, en direct. J'allais peut-être enfin en savoir plus.

› *Qu'est-ce qui me garantit que vous êtes bien qui vous prétendez être et que vous voulez réellement m'aider ?*

› *Rien. Mais vous savez maintenant que notre message à votre hôtel était justifié. Et vous avez dû faire vos petites recherches sur nous, n'est-ce pas ? Vous savez que nous sommes des gens sérieux.*

Des gens sérieux, je n'en étais pas vraiment sûr... Mais Agnès avait estimé qu'ils avaient une certaine crédibilité. C'était déjà ça. De toute façon, je ne pouvais pas faire la fine bouche. J'avais désespérément besoin d'informations.

› *Votre amie est avec vous ?*

Mon amie ? Ils connaissaient probablement l'identité d'Agnès. Forcément, puisqu'ils nous avaient recommandé de quitter son appartement ! Il allait falloir que je m'habitue. Ces types savaient beaucoup de choses, et sûrement plus qu'ils ne voudraient l'admettre.

› *Non. Elle a préféré... se retirer de l'affaire. Son appartement a été saccagé par ces types...*

› *Ce n'était pas très malin de votre part de vous confier à un flic...*

› *C'est une personne de confiance.*

› *Nous l'espérons pour vous. À l'avenir, méfiez-vous quand même.*

Je m'impatientai. Je n'étais pas sûr de goûter leur condescendance. Après tout, j'étais en droit de me méfier d'eux tout autant que d'Agnès. Je ne connaissais pas leur identité, et rien ne me prouvait qu'ils ne travaillaient pas pour l'ennemi ! Mais ce n'était pas le moment de faire le difficile.

Je décidai d'aller droit au but.

› *Qu'est-ce que le protocole 88 ?*

› *Nous ne le savons pas encore.*

› *Alors pourquoi m'avez-vous laissé ce message ? Et comment êtes-vous au courant de toute cette affaire ?*

› *Nous sommes tombés dessus par hasard, alors que nous faisions des recherches sur un autre dossier.*

› *Quel dossier ?*

› *Notre serveur a été victime de plusieurs attaques au cours des derniers mois. Cela nous arrive tous les jours, bien sûr, mais ces attaques étaient particulièrement vicieuses, et toutes provenaient de la même source. Nous n'avons pas pu identifier précisément les auteurs de ces attaques, mais nous avons réussi à voir qu'elles étaient opérées depuis le siège social d'une société offshore sur laquelle nous enquêtons.*

› *Quelle société ?*

› *Dermod.*

Je fronçai les sourcils. Dermod. La mystérieuse société qui était propriétaire de l'appartement de mes parents. C'était donc elle qui avait mis les hackers sur la piste de mon affaire.

› *Que savez-vous sur Dermod ?*

› *Pas grand-chose. Nous savons que c'est une sorte de holding offshore. Son objet déclaré est l'import-export, mais il est en vérité difficile de connaître ses activités réelles. Ils ne font certainement pas dans le textile. Nous nous sommes demandé pourquoi l'un de ses membres aurait pu avoir intérêt à mener des attaques contre notre site, et nous avons donc mené notre petite enquête. C'est en piratant une partie du serveur interne de Dermod que nous sommes tombés sur des documents... étonnants. L'un d'eux nous a conduits jusqu'à vous.*

› *Quel genre de documents ?*

› *Nous sommes en train de les analyser. La plupart sont codés et tout n'est pas très clair. Mais parmi ceux que nous avons pu déchiffrer, il y avait la copie d'une convention qui liait vos parents à la société Dermod.*

› *Comment ça ?*

› *Désolés, cela risque de vous déplaire...*

› *Je commence à avoir l'habitude.*

› *C'était un contrat entre vos parents et Dermod, qui précise notamment le montant de la pension que vos parents recevaient en échange de leurs services.*

› *Leurs services ?*

› *Oui. Visiblement la société Dermod les payait, au moins depuis 1991, pour qu'ils se fassent passer pour vos parents, sous le nom de Ravel, et qu'ils s'occupent de vous en vous maintenant dans la certitude que vous étiez schizophrène...*

Je frémis. Certes, ce n'était plus une découverte, mais apprendre que la machination dont j'étais la victime était quelque part détaillée noir sur blanc me terrifiait davantage. Je n'étais qu'un pion dans un complot invraisemblable. Je me sentais à la fois stupide et trahi.

› *Vous comprenez qu'en trouvant ce contrat, nous nous sommes dit que nous étions tombés sur quelque chose d'énorme. Le genre de dossiers qui nous intéressent. Nous avons donc voulu en savoir plus sur vous et vos parents, et ainsi nous avons découvert que ceux-ci avaient disparu et que vous étiez en cavale, suite aux attentats. Dès que nous vous avons retrouvé, nous avons décidé de vous informer de la seule chose que nous savions avec certitude : « Vous ne vous appelez pas Vigo Ravel et vous n'êtes pas schizophrène. » Nous avons aussi trouvé une fiche sur Gérard Reynald, l'homme qui est accusé d'avoir commis les attentats.*

› *Savez-vous pourquoi la société Dermod payait des gens pour se faire passer pour mes parents ?*

› *Non. Ça, nous l'ignorons ! Le contrat faisait référence à un certain Protocole 88 sans préciser de quoi il s'agissait. Nous avons estimé qu'il était légitime de vous mettre sur la piste de ce fameux protocole. Pour l'instant, nous essayons d'en savoir plus sur la société Dermod. À ce jour, nous savons seulement qu'elle est la holding à laquelle appartiennent le cabinet Mater ainsi que la société Feuerberg, où vous et Gérard Reynald avez travaillé, et qu'elle est propriétaire de votre appartement comme de celui de Reynald.*

Reynald avait travaillé pour Feuerberg ? Il me semblait pourtant n'avoir jamais entendu ce nom-là à l'époque. Sans doute avait-il travaillé dans un autre service... Après tout, nous étions tous isolés, cloisonnés, et nous avions très peu de rapports entre nous. Mais tout de même ! J'aurais très bien pu le rencontrer ! Quant au fait que son appartement ait appartenu à Feuerberg... cela devenait difficile de ne pas y voir la preuve d'une gigantesque machination.

› *Vous êtes sûrs pour l'appartement ?*

› *Oui.*

› *Où se trouve-t-il ?*

Les hackers mirent du temps à me répondre. Soit ils hésitaient à me donner l'information, soit ils ne l'avaient pas sous la main. J'attendis.

› *Avenue de Bouvines, dans le XIᵉ.*

› *Quel numéro ?*

› *Au 18.*

Je notai l'adresse sur mon carnet Moleskine.

› *Merci. Et comment avez-vous su où me contacter ?*

› *Vous n'êtes pas très discret, Vigo.*

J'avais beau ne pas être discret, ces types avaient tout de même réussi à trouver l'hôtel où je me cachais, puis l'appartement d'Agnès... Ils devaient me surveiller de près et avec des moyens probablement très modernes !

› *Vous disposez de beaucoup de moyens pour de simples hackers !*

› *Nous ne sommes pas « de simples hackers », monsieur Ravel. Disons que nous sommes assez débrouillards. Et puis notre groupe bénéficie de quelques soutiens financiers et logistiques... Il faut croire que nous ne sommes pas les seuls amoureux de vérité, dans ce pays. Nous avons de généreux donateurs et un bon réseau d'information.*

› *Il faut que nous nous rencontrions.*

› *Oui. Bientôt. Nous allons organiser ça. Mais nous devons d'abord vérifier quelques pistes. Nous aimerions pouvoir vous aider, Vigo, vous donner de nouvelles informations ; mais il va falloir être patient. Cette affaire nous intéresse tout particulièrement. Vous n'aurez qu'à revenir régulièrement sur ce site, nous essaierons de vous tenir au courant. Mémorisez ce nouveau mot de passe : AdB—4240. Ne le notez nulle part. Mémorisez-le. Nous en changerons régulièrement.*

Je me répétai plusieurs fois le code pour ne pas l'oublier.

› *Il y a un système de boîte aux lettres en haut à droite de la fenêtre, un peu comme sur le forum où vous nous avez contactés. Nous pourrons vous laisser des messages, n'hésitez pas à en faire autant. Nous reprendrons contact dès que possible.*

› *Attendez ! Et moi, je fais quoi maintenant ?*

› *Évitez de vous faire remarquer. Installez-vous dans un hôtel sous une fausse identité, soyez prudent, et attendez de nos nouvelles.*

› *Je ne peux vraiment plus utiliser mon portable ?*

› *Non. Surtout pas ! Même éteint, on peut vous repérer par triangulation. Il faut enlever la batterie. Débarrassez-vous-en, c'est encore ce qu'il y a de plus simple. Nous ne savons pas si c'est Dermod, mais une chose est sûre : quelqu'un vous écoute et vous cherche.*

› *Comment le savez-vous ?*

› *Haha. Nous vous écoutions, nous aussi...*

› *Vous plaisantez ?*

› *Non, désolés. Pas avec ce dossier. À l'avenir, utilisez les cabines téléphoniques, et évitez de rester plus de quarante secondes en ligne. Nous vous fournirons un téléphone protégé dès que possible. De même, ne restez jamais trop longtemps dans un cybercafé, trente minutes au maximum, et ne retournez jamais deux fois dans le même. Soyez prudent, Vigo. Nous ferons notre possible pour vous aider.*

› *Merci.*

Le pseudo des hackers disparut de l'écran. Je me déconnectai aussitôt. Avec leur paranoïa, les types de SpHiNx m'avaient rendu encore plus anxieux que je ne l'étais déjà. Je payai et sortis rapidement du cybercafé. Une fois dans la rue, je jetai mon téléphone portable dans une poubelle. Je sentis un pincement au cœur. Avec lui disparaissait toute chance qu'Agnès puisse un jour me téléphoner... Mais je n'avais pas le choix. Au fond, si j'étais sur écoute, c'était peut-être aussi un bon moyen de la protéger, elle.

Je me remis à marcher, les yeux perdus dans le vague. Je commençai lentement à prendre conscience de tout ce que les hackers avaient pu me dire. La situation était encore plus incroyable que je l'avais imaginé et, surtout, je me sentais de plus en plus vulnérable. J'étais certain d'être épié de toute part. En marchant, je me voyais des ennemis à chaque coin de rue. Je n'osais plus croiser le regard des gens. J'étais impatient d'aller me mettre à l'abri pour lire le dossier de l'avocat. Mais avant cela, il me restait une chose à faire. Dans son message, Agnès m'avait expliqué qu'elle avait laissé une enveloppe à mon attention « au restaurant ». Je pris donc le bus et me rendis dans le quartier de la place Clichy.

À peine avais-je fait quelques pas dans la rue, l'envie de rejoindre Agnès – qui n'était qu'à quelques minutes de là – se fit odieusement pressante. Pourtant, je savais que ce n'était pas possible. Pas plus que de l'appeler. La frustration fut terrible. L'injustice étouffante. Elle était peut-être déjà partie pour la Suisse. Oui. Mieux valait me dire qu'elle n'était plus là...

Le cœur lourd, je me rendis au Parfait Silence. Le patron, Jean-Michel, me reconnut sans peine. Il me fit signe de patienter, puis il m'apporta une enveloppe. Il m'adressa un clin d'œil et me glissa d'un air entendu :

— Soyez prudent. Si vous avez besoin de quoi que ce soit, venez ici. Les amis d'Agnès sont mes amis.

Je le remerciai, mal à mon aise, avant de repartir. Je m'éloignai du restaurant puis j'ouvris l'enveloppe, le cœur battant.

À l'intérieur, comme je l'avais suspecté, je trouvai cinq billets de 100 euros et un petit bout de papier.

« *C'est tout ce que je peux faire. J'espère que tu t'en sorti-* *ras. Bon courage. Agnès.* »

Cette fois-ci, je ne pus retenir les larmes qui avaient si longtemps attendu. La générosité d'Agnès rendait son absence plus pénible encore, plus cruelle.

Me dirigeant vers le métro, je rangeai l'argent dans ma poche, puis j'entrepris de chercher une chambre. J'optai pour un vieil hôtel du quartier de la Nation, non loin de l'appartement de Gérard Reynald. Je n'étais pas encore certain d'en trouver le courage, mais l'idée d'aller fouiller son appartement m'avait effleuré l'esprit...

À peine entré dans la chambre, n'y tenant plus, je me jetai sur le lit, allumai une cigarette et ouvris la chemise que j'avais prise dans la voiture de l'avocat. Le cœur en haleine, j'enlevai rapidement les deux élastiques qui la maintenaient fermée. Je dus alors faire face à une nouvelle désillusion. Je m'étais fait rouler ! Il n'y avait rien dans le dossier. Seulement quelques feuilles blanches !

Cette ordure d'avocat s'était moquée de moi jusqu'au bout. Je m'étais fait avoir sur toute la ligne et, en plus, j'avais risqué de me faire prendre !

De rage, j'étais en train de déchirer les feuilles blanches quand je fus soudain paralysé par une image qui venait d'apparaître à la télévision, au-dessus de mon lit. Je me redressai aussitôt, abasourdi. Je n'en crus pas mes yeux. Ce fut comme si l'on m'avait porté un coup de poignard à l'estomac.

Le journal de 20 heures venait de diffuser ma photographie.

60.

Carnet Moleskine, note n° 181 : les miroirs.

J'aimerais comprendre les raisons de ce trouble, de cette gêne que me procurent les miroirs. Ce rapport mal-

sain que nous entretenons, eux et moi. Je sais qu'il y a une raison cachée, profonde, alors je cherche, je fouille. Comme toujours, j'ai épluché les dictionnaires, les livres. Je ne sais même pas si la réponse est entre leurs lignes. On ne me dit jamais rien.

Un miroir est une surface suffisamment polie pour qu'une image s'y forme. De là à dire qu'il faut être poli pour réfléchir, il n'y a qu'un pas.

L'adjectif relatif au miroir est « spéculaire », car le miroir – comme je tente moi-même de le faire parfois – spécule, il réfléchit.

Avant d'entrer dans des considérations métaphysiques – ouh le vilain mot –, j'ai cherché à comprendre comment étaient fabriqués les miroirs, histoire de ne pas mourir idiot, à défaut de ne pas mourir du tout.

À l'origine, les miroirs étaient une simple surface de métal qui avait été polie jusqu'à être très réfléchissante. Aujourd'hui, les miroirs qui sont utilisés couramment dans nos maisons sont fabriqués à partir d'une plaque de verre plus ou moins épaisse sur laquelle est appliquée une couche réfléchissante d'aluminium ou d'argent, puis une couche de cuivre ou de plomb, appelée le tain (tiré du mot étain, qui était auparavant utilisé). Le verre sert de support et de protection à la couche réfléchissante, alors que le tain, en dernière couche, rend le miroir complètement opaque. Ainsi, un miroir sans couche de cuivre ou de plomb peut être utilisé pour espionner, car on voit à travers. C'est ce qu'on appelle une glace sans tain.

Du coup, moi, déjà, chaque fois que je vois un miroir, j'ai des soupçons. À partir de là, on peut se poser des questions. C'est légitime.

Le miroir plan renvoie une image supposée fidèle de la personne qui se regarde dedans. J'ai bien dit supposée. A priori, il permet de se voir tel que l'on est, notamment avec ses défauts. Il est donc souvent associé à la vérité, à la connaissance, comme le miroir magique de Blanche-Neige, par exemple.

Si la base de la connaissance est le « Connais-toi toi-même », cette phrase qui surplombait le temple de Delphes et que l'on prête à Socrate, alors le miroir est peut-être le premier outil de la connaissance. Si vraiment il permet d'apprendre à se connaître soi, tel qu'on est réellement... Mais, personnellement, j'ai des doutes.

Il y avait ce type, l'alchimiste Fulcanelli, qui allait beaucoup plus loin. Je crois que c'est une tendance répandue, chez les alchimistes. Aller un peu trop loin. Selon lui, on ne pourrait voir la vraie nature que dans un miroir, car celle-ci ne se montrerait jamais d'elle-même à celui qui la cherche... On retrouve ici les légendes sur la méduse ou le basilic, ces créatures mythiques qu'on ne pouvait regarder dans les yeux sous peine d'être pétrifié, mais que l'on pouvait tout de même regarder dans un miroir...

En somme, le miroir serait une porte ouverte sur ce qu'on ne voit pas forcément directement avec nos yeux... Excusez-moi, mais j'ai encore plus de doutes.

Une chose est sûre, si le miroir renvoie une image du monde, il n'est pas le monde. Il n'est pas moi.

Ce type dans le miroir n'est pas moi. Qu'on ne vienne pas me dire le contraire.

L'une des choses qui me troublent dans le miroir, ce n'est pas sa surface, mais son dos. Sa face cachée, qui est le noir absolu, l'inconnu.

Il m'est aussi difficile de me regarder dans un miroir que de ne jamais savoir ce qu'il y a derrière.

On parle souvent, notamment dans les contes fantastiques – et pas seulement Lewis Carroll –, de « l'autre côté du miroir », qui évoque un monde parallèle supposé enfoui et dont on ne connaît rien...

Le miroir me plonge dans mes questionnements sur l'illusion... Tout comme la Mâyâ des Hindous, il est *peut-être ce que nous pouvons percevoir du monde, mais qui n'est pas la réalité...*

C'est toutefois du côté de la psychanalyse que j'ai trouvé un semblant de réponse. Zenati, psychologue, 1er étage gauche, serait fière de moi. J'ai regardé. D'après Lacan, le stade du miroir est une phase de la constitution de l'être humain. Il serait un moment fondamental dans la formation de la première ébauche du moi. Selon lui, le stade du miroir serait ce moment d'« individualisation du sujet ». Avant ce stade, l'enfant vivrait dans la confusion de lui et de l'autre. Ce que l'expérience du miroir va lui apporter, c'est une faculté d'individualisation de son corps propre. Trois moments se superposent : d'abord l'enfant vit dans la confusion de lui et de l'autre. Puis, placé devant un miroir, il va comprendre que ce qu'il voit dans ce miroir n'est qu'une image, autrement dit que l'autre du miroir n'est pas réel. Enfin, troisième moment, décisif celui-là : l'enfant va reconnaître l'image du miroir comme étant la sienne. Visiblement, c'est un moment crucial.

Je me demande, moi, si j'ai jamais passé le stade du miroir.

61.

J'étais tellement sous le choc que, le temps de reprendre mes esprits, je pus seulement saisir la fin des commentaires du journaliste. Je l'entendis répéter mon nom, « Vigo Ravel », et confirmer que j'étais soupçonné d'être impliqué dans les attentats du 8 août. J'étais officiellement le principal complice présumé de Gérard Reynald et la police lançait un avis de recherche international. Ma photo allait être diffusée dans le monde entier.

Jamais, je crois, je n'avais ressenti une pareille angoisse, une pareille fureur. Au fond, c'était ce qu'il pouvait arriver de pire à ma paranoïa déjà largement exacerbée : savoir que ma photo s'était affichée sur des millions d'écrans. Que cette image serait placardée dans tous les commissariats, à toutes les frontières... Et je n'avais aucun moyen de me défendre. J'étais seul, plus seul que jamais. Je me sentais victime d'une effroyable injustice à laquelle je ne voyais aucune issue heureuse. J'aurais voulu hurler mon innocence, ma révolte, mais il n'y avait rien à faire. C'était ma schizophrénie contre le monde entier.

À cet instant, je sentis ma tête tourner, mon cœur battre anormalement vite. Je connaissais trop bien ces petits avertissements. Ma vue se troubla à nouveau. Non. Il ne fallait pas que je cède à la peur. Il fallait me calmer, réfléchir, comprendre, et trouver une solution. Trouver l'issue.

Concentre-toi, Vigo. Tu es innocent. La vérité est là, quelque part. Trouve-la ! C'est la seule issue. La seule issue possible !

Quelqu'un m'avait trahi. Ce pouvait être n'importe qui. Zenati, cette ordure d'avocat, ou même Agnès, ou les hackers du groupe SpHiNx, après tout ! N'importe qui ! À moins que cela ne fût une manœuvre de ceux qui avaient monté l'incroyable machination dont j'étais depuis si longtemps l'une des victimes dociles. Le docteur Guillaume, Telême, mes faux parents...

Après de longues minutes de perplexité, je me levai, les poings serrés, et me mis à tourner en rond dans la chambre d'hôtel. Que faire ? Me rendre ? Certainement pas ! Fuir ? C'était sans doute, malheureusement, la meilleure solution. Mais on finirait par me rattraper. Encore une fois, je ne pourrai pas courir toute ma vie. Et si le réceptionniste de l'hôtel m'avait reconnu ?

J'étais peut-être en danger ici même, là, maintenant, tout de suite !

Sans traîner plus longtemps, je me précipitai dans la salle de bain, pris ma trousse de toilette dans mon sac à dos et étalai de la mousse à raser sur mon crâne. Les yeux fixes, droits, j'examinai ma propre image dans le miroir. Puis, la main tremblante, je commençai à faire glisser le rasoir depuis ma nuque jusqu'à mon front, lentement, méthodiquement. Je me coupai plusieurs fois, malhabile, et mon cuir chevelu fut rapidement irrité, mais au bout de quelques minutes, je fus enfin chauve. Je me rinçai le crâne et me dévisageai à nouveau. Je ne me reconnaissais pas moi-même. Parfait, cela ferait l'affaire. J'avais une tête d'autrui. Une tête de gardien de but marseillais.

Je rassemblai rapidement mes affaires, vérifiai que je n'oubliais rien et quittai ma chambre. Je descendis prestement les escaliers de l'hôtel. Arrivé en bas, je jetai un coup d'œil vers la réception. Personne. La voie était libre. J'inspirai profondément, partis vers la porte et sortis dans la rue.

La nuit commençait à tomber. La pénombre avait pour moi quelque chose de réconfortant. Je risquais de m'accoutumer. Devenir un animal nocturne. Je me demandais si je pourrais jamais ressortir en plein jour. Combien de temps devrais-je vivre dans la peur d'être découvert, reconnu ? Si vraiment il y avait un moyen de prouver mon innocence, il allait falloir faire vite. Je ne pourrais éternellement échapper à la police. La fatigue et la peur finiraient par me faire commettre une erreur. Cela se termine toujours ainsi.

Le cœur battant, je marchai tête basse vers l'avenue de Bouvines, de l'autre côté de la place de la Nation. Mes mains tremblaient et chaque fois que je croisais quelqu'un, je détournais les yeux de peur d'être identifié. C'était une sensation effroyable. Comme si chaque seconde qui passait était un nouveau sursis. Je ne pouvais m'empêcher de penser qu'on allait me tomber dessus, soudain, en pleine rue, et qu'il n'y aurait jamais aucun abri, aucun refuge.

Bientôt, j'aperçus l'immeuble où se trouvait l'appartement de Gérard Reynald. J'hésitai. C'était sans doute la chose la plus idiote que je puisse faire au moment où la police me recherchait activement, où le Plan Vigipirate avait été élevé à son niveau maximum dans tout le pays. Il n'y avait sans doute pas de meilleur moyen de tomber dans la gueule du loup. Mais je ne savais plus quoi faire, où aller, comment me sortir de ce cauchemar. J'étais seul et prêt à tout. S'il fallait qu'on m'arrête, qu'au moins j'aie essayé quelque chose !

Ce Gérard Reynald était l'une de mes seules vraies pistes. J'avais sûrement des choses à apprendre de lui. Et après tout, je n'avais plus grand-chose à perdre. J'avais perdu mon passé, perdu mon nom, perdu dix ans de ma vie, perdu Agnès... Que me restait-il de si précieux pour craindre la prison ? Une seule chose avait un prix, que je ne possédais pas encore : la vérité.

Je décidai de tenter ma chance. Je fis quelques pas de plus, et je remarquai alors deux voitures de police garées devant l'immeuble. Rien à faire. Je n'étais pas suicidaire à ce point. L'appartement de Reynald était surveillé. J'aurais dû m'en douter.

Je fis aussitôt demi-tour. Il fallait que je trouve autre chose, tout de suite. Je ne pouvais errer comme ça dans la ville. J'avais désespérément besoin d'agir, d'avancer. Il n'y aurait aucun salut dans l'inaction.

C'est alors qu'une idée me vint. Je sortis mon carnet Moleskine et cherchai l'adresse de ce détestable Me Blenod. Puisqu'il m'avait roulé, puisqu'il avait refusé de me donner la moindre information, autant aller les chercher moi-même. J'avais des envies d'effraction. Ses bureaux se trouvaient dans le VIIe arrondissement.

62.

Dans la crainte d'être reconnu, je me blottis sur une banquette au fond d'un bus. J'arrivai finalement devant les bureaux de l'avocat un peu avant 22 heures, au deuxième étage d'un vieil immeuble parisien. J'hésitai un moment, vérifiai qu'il n'y avait personne d'autre dans la cage d'escalier, puis je sonnai. Pas un bruit. Je sonnai encore. Toujours rien. Les bureaux étaient vides.

Ce qui se passa alors échappa à mon propre entendement, ou du moins à ma conscience directe. Sans y réfléchir, j'eus soudain un réflexe inexplicable, machinal. Poussé peut-être par un sentiment d'urgence et de panique, je sortis le couteau suisse de mon sac et essayai de crocheter la serrure.

Je m'exécutai avec des gestes d'une précision singulière, comme si je les avais faits mille fois, comme si j'avais soudain répété par cœur les strophes d'un vieux poème oublié. J'éprouvais la même sensation que le jour où j'avais conduit la voiture de mon patron : l'impression de maîtriser parfaitement une technique dont je me sentais pourtant logiquement incapable.

J'insérai la plus fine pointe du couteau suisse dans la serrure. *Tu la retires lentement pour jauger la pression des ressorts. Ensuite, fais légèrement tourner la serrure. Insère à nouveau la pointe ; tu tires vers toi en appliquant cette fois une pression sur les goupilles. Encore, et encore, en augmentant la pression rotative à chaque passage jusqu'à ce que les pistons commencent à se positionner. Voilà. Les goupilles sont presque toutes en place. Maintenant, racle la serrure. Tu y es.*

La porte s'ouvrit.

Je me relevai et regardai mes propres mains, perplexe. Comment avais-je fait cela ? Où avais-je appris ? Avais-je jadis été cambrioleur, dans ce passé dont je ne savais plus rien ? Je secouai la tête, amusé et stupéfait à la fois.

Je vérifiai qu'il n'y avait toujours personne dans la cage d'escalier, puis je rentrai sans faire de bruit dans les bureaux de l'avocat. Je refermai la porte derrière moi.

Et s'il y avait une alarme ? J'inspectai les murs, les plafonds, tous les recoins, à la recherche de capteurs de mouvement. Rien. Étonnant. Pas si fin que ça, Me Blenod. J'avançai dans la salle d'attente, essayai de me repérer. Il y avait plusieurs bureaux, mais l'un d'eux était plus vaste et plus beau que les autres. Sûrement celui de l'avocat. J'y entrai aussitôt.

Je fis rapidement le tour, observai les placards, les armoires, le bureau. Il y avait des dossiers partout. Je poussai un soupir. Comment m'y retrouver là-dedans ?

Courage. Il y a sûrement ici un petit bout de vérité. Je commençai par le premier placard. Les dossiers étaient classés par ordre alphabétique. Je regardai à la lettre R, comme Reynald. Rien. J'essayai à la lettre S, comme SEAM. Rien non plus. J'ouvris une grande armoire, derrière le bureau. Aucun classement ; les dossiers étaient empilés sans ordre apparent. Impossible de tout vérifier. Je poussai un juron, me retournai et jetai un rapide coup d'œil sur le bureau. Plusieurs dossiers étaient rassemblés sur le côté droit. Je les soulevai un par un. Aucun ne semblait correspondre à ce que je cherchais. À gauche, l'écran de l'ordinateur était en veille. Je tirai une tablette sous le bureau et appuyai sur une touche du clavier de l'ordinateur. L'écran s'alluma lentement. Bingo. L'un des répertoires affichés sur l'écran était dénommé *Dossier G Reynald SEAM*. Je double-cliquai sur le répertoire. Plusieurs fichiers apparurent. Certains noms évoquaient des coupures de presse, d'autres des rapports médicaux, mais l'un d'eux attira mon attention en particulier : c'était un fichier texte intitulé *éléments de personnalité.* Je l'ouvris.

Au même moment, j'aperçus du coin de l'œil une diode rouge qui clignotait dans le coin gauche de la pièce, juste au-dessus de la porte. Je fronçai les sourcils. En me redressant, je distinguai le petit boîtier gris. Une alarme ! M'avait-elle repéré ? Clignotait-elle déjà avant mon arrivée ? Je sentis mon pouls qui s'emballait. Je ne pouvais pas rester là, attendre qu'on vienne me cueillir. Il fallait déguerpir. Mais pas sans ce fichier ! Je levai à nouveau les yeux vers l'écran. Le texte faisait tout juste cinq pages, visiblement des notes biographiques au sujet de Gérard Reynald qu'avait rassemblées le cabinet de l'avocat. Je n'avais pas le temps de tout lire. Je décidai de tirer ça sur papier et de filer au plus vite. L'imprimante s'alluma. La séquence d'initialisation, bruyante, dura de longues secondes. Je m'impatientai, jetant des coups d'œil réguliers vers l'entrée. Finalement, une à une, les pages se mirent à sortir dans le bac à papier. Soudain, j'entendis un bruit de clef dans la porte de l'autre côté des bureaux. Mon cœur s'arrêta net. J'allais être pris la main dans le sac ! Je me précipitai vers le câble d'alimentation de l'imprimante et le débranchai du mur d'un coup sec. La machine s'éteignit aussitôt. Je pris les trois pages qui étaient sorties, les glissai dans mon sac à dos et courus me plaquer derrière la première porte en verre.

— Il y a quelqu'un ?

Ce n'était pas la voix de Me Blenod. La police, déjà ? Non, ce n'était pas possible, pas si vite. J'entendis ses pas avancer vers le bureau.

— Martine, c'est vous ?

Je serrai les poings. C'était quelqu'un du cabinet. Je sentais le sang battre dans mes tempes. Que faire ? Rester caché, ou bien prendre la fuite en espérant ne pas être reconnu ? L'homme approchait. Je vis son ombre grandir dans l'ouverture de la porte. Pas moyen de m'en sortir. Il entra dans le bureau.

— C'est quoi ce bordel ?

Il se retourna et poussa un cri en me surprenant derrière la porte.

— Qu'est-ce... Qu'est-ce que vous faites dans mon bureau ? Qui êtes-vous ?

Je restai immobile, pétrifié. *Son* bureau ? Je ne comprenais pas. Était-ce un collègue de Blenod ?

— Monsieur Ravel ? C'est vous ? dit l'homme en reculant, les yeux écarquillés. Vous... Vous m'avez posé un lapin ce matin... Qu'est-ce que vous faites ici ?

Posé un lapin ? Je compris aussitôt. Aussi incroyable que cela pût paraître, cet homme était le véritable Me Blenod ! Le type que j'avais rencontré ce matin était un usurpateur !

Pas le temps de m'expliquer. Je vis la main de l'avocat glisser discrètement vers un tiroir de son bureau. Il possédait peut-être une arme. Sans hésiter, je me jetai en avant et lui assenai un violent coup de poing en plein visage. J'entendis l'os de son nez se briser sous le choc. Me Blenod fut projeté en arrière et s'écroula contre son bureau, inconscient.

Je regardai ma main, incrédule. J'ouvris mon poing, mes doigts ensanglantés se mirent à trembler.

Je levai la tête. La diode rouge clignotait toujours. Je ne pouvais pas traîner une seconde de plus. Je sortis en courant du cabinet et descendis les marches de l'immeuble quatre à quatre. Arrivé dehors, je courus de toutes mes forces, traversai plusieurs rues en espérant que personne ne m'avait repéré, puis je me précipitai vers l'arrêt de bus. Je m'assis sur le banc, essoufflé.

Putain, mais t'es complètement con, ou quoi ?

J'observai à nouveau ma main droite. Comment avais-je pu faire ça ? J'essuyai nerveusement les traces de sang sur mes doigts. Le bus arriva. Je montai à l'intérieur en essayant de masquer mon trouble, puis je partis m'asseoir tout au fond.

Quand j'eus quelque peu recouvré mes esprits, je sortis de mon sac les feuilles que j'avais imprimées et lus les notes de l'avocat. Elles n'étaient pas vraiment organisées, et comportaient de nombreuses abréviations. Me Blenod n'avait sans doute pas encore eu le temps de mettre tout cela au propre...

« Gérard Reynald (selon CI – aucune confirmation – fiche d'état civil introuvable – probable pseudo – barbouze ?), né à Paris le 10 février 1970. Selon CV trouvé par PJ à son dom. (source off), fils unique, parents Jean-Michel et Christiane, décédés en 2004 dans un acc. de voit.

Domicilié 18, av. de Bouvines 75011.

Sans emploi depuis X ? Pension adulte handic.

Emploi de saisie info pour la SA Feuerberg entre ? et ?. Abandon de poste.

Schizophrénie paranoïde aiguë, suivi par Docteur Guillaume (?) du cabinet Mater dans la tour SEAM (?) (l'un et l'autre inexistants au Conseil départemental de l'Ordre des médecins). Pourtant, plusieurs rapports et IRM en annexe semblent provenir de ce cabinet (faux ?).

Hallucinations audit. verbales. Amnésie rétrograde 1991. Obsession pour les chiffres (notamment 88 ou 888, cf. date et heure de l'attentat), & pour les dates (arithmomanie).

Délire de la persécution. Convaincu que des personnes le suivent et complotent contre lui (cf. approche clinique de la schizophrénie). Discours incohérent. Pense que ses parents n'étaient pas ses vrais parents. Affirme que le cabinet Mater manipule sa vie et ses pensées. Sujet à des crises, altération du visage. Sens du réel déréglé.

Médication lourde, neuroleptiques et antipsycho-
tiques (ZYPREXA, neurolept. atypique) (essayer de trou-
ver ordonnances pour voir quel nom de médecin
apparaît et croiser avec Conseil de l'ordre).

Un doigt coupé main gauche.

Force physique importante. Possible violent.

Culture assez pauvre malgré obsess. pour la lecture et
l'écriture.

Source off (possible PJ pas encore au courant. RG ?) :
depuis déc. 2006, loue appart. studio à Nice 5, rue du
Château. »

Je serrai les doigts sur le papier. Pour la première
fois de la journée, j'avais l'impression d'avoir enfin
trouvé quelque chose.

Il y avait là de nombreuses informations importantes. Je n'avais pas perdu mon temps. Je continuai
de lire, enthousiaste. La vie de Gérard Reynald ressemblait en bien des points à la mienne. Les coïncidences
étaient si nombreuses que j'avais peine à y croire. Suivaient le détail de son arrestation et les informations
légales concernant sa garde à vue...

Quand j'eus terminé de lire, je pliai les feuilles et les
rangeai dans ma poche. Je fermai les yeux et essayai
d'analyser toutes les informations contenues dans ces
notes. Il y en avait trois qui m'intéressaient plus particulièrement. D'abord, l'idée de vérifier sur des ordonnances le nom du médecin qui avait prescrit à Reynald,
comme à moi, des neuroleptiques et des antipsychotiques. Si le docteur Guillaume n'existait pas, il avait
bien dû utiliser le nom d'un vrai médecin pour que la
sécurité sociale ne puisse repérer la supercherie... Il y
avait peut-être là une piste sérieuse. Ensuite, il y avait
l'occurrence du chiffre 88 et le rapport que l'avocat
avait établi avec l'attentat. Le 8 août à 8 heures. 8/8 à
8 heures. Cela pouvait-il avoir un rapport avec le Proto-

cole 88 ? Certainement. Mais lequel ? Enfin, l'appartement de Nice. Qu'est-ce que Reynald pouvait bien être allé faire à Nice ? Et surtout, si, comme le supposait Blenod, la police n'était pas encore au courant de l'existence de ce studio, peut-être y avait-il moyen d'y trouver des informations de première main. L'appartement de Paris était sous surveillance, impossible donc d'enquêter de ce côté-là. Mais à Nice...

Le bus s'arrêta. Je descendis et cherchai des yeux une borne de taxi. Je n'avais aucune raison de traîner.

Une demi-heure plus tard, j'étais arrivé gare de Lyon. Je me dirigeai vers un guichet. Mal à l'aise à cause de l'avis de recherche, j'essayais de paraître désinvolte en espérant que mon interlocuteur ne me reconnaîtrait pas. Il fallait que je me raisonne. Tout le monde n'avait peut-être pas encore vu ma photo à la télévision, et quand bien même ce type l'aurait vue, il y avait peu de chances qu'il ait mémorisé mon visage et qu'il me reconnaisse avec mon crâne rasé.

— Bonjour, à quelle heure part le prochain train pour Nice ?

— Eh bien, demain matin, il y a le direct de 7 h 54.

— Il n'y en a pas ce soir ?

— Mais, monsieur, vous plaisantez ? Il est plus de 23 heures. Le dernier train est parti un peu après 21 heures.

Je grimaçai. Mais, je n'avais pas le choix.

— Alors donnez-moi un billet pour demain matin.

Je vis l'homme tapoter sur son ordinateur. C'est à cet instant que je me rendis compte du risque que j'étais en train de prendre. Allait-il me demander mon nom ? Je n'étais pas certain qu'un billet de train soit nominatif... Mais, surtout, la police ayant vraisemblablement lancé un avis de recherche, ma tête ne risquait-elle pas d'être affichée dans tous les guichets des gares et des aéroports du pays ?

Mes doigts se crispèrent dans ma poche à mesure que l'agent effectuait sa recherche sur ordinateur. J'étais prêt à m'enfuir à la moindre alerte, guettant chacun de ses gestes.

— Ce sera un aller simple ?

— Oui.

— Alors je vous réserve une place pour le train de 7 h 54 ?

— Oui.

— Vous réglez comment, monsieur ?

Je grimaçai. En liquide, bien sûr, je n'allais pas en plus lui donner mon nom ! Mais un règlement en liquide était sans doute aussi le meilleur moyen d'attirer la suspicion. De toute façon, je n'avais pas le choix.

— En liquide.

Je le vis hocher la tête en souriant. Il regarda son écran. Les secondes semblèrent durer des heures. Soudain, une imprimante se mit en route.

— Cela fera 105 euros et 70 centimes, monsieur.

Je payai avec l'argent que m'avait laissé Agnès.

L'agent me tendit mon billet, tout sourire. Il ne m'avait pas demandé mon nom et ne semblait pas se poser de questions sur mon identité. Je poussai un soupir de soulagement, puis je m'éloignai du guichet rapidement. Je vis alors une patrouille de policiers armés jusqu'aux dents qui avançait lentement au milieu de la gare. Je fis aussitôt volte-face et me dirigeai prestement vers l'extérieur. Les policiers continuèrent leur chemin sans me prêter attention.

Une fois dehors, je descendis d'un pas vif vers le boulevard Diderot, les mains enfoncées dans les poches, la tête rentrée dans les épaules. Je marchai dans la rue en me demandant ce que j'allais bien pouvoir faire jusqu'au lendemain. Je n'avais aucune envie de me trouver un nouvel hôtel. Il était tard, et j'avais trop peur qu'on reconnaisse mon visage. Plus je pouvais éviter les contacts, mieux c'était. Mais alors, où aller ? J'avais huit heures à tuer...

Je continuai de marcher au hasard, un peu perdu, un peu confus, et arrivai bientôt dans le quartier de la Bastille. Les rues étaient animées, et je me dis que ce n'était peut-être pas plus mal de se fondre dans la foule nocturne.

Je remontai la rue du Faubourg-Saint-Antoine. Après quelques minutes de marche, j'arrivai devant La Fabrique, un bar-restaurant où je m'étais rendu une ou deux fois, et qui se transformait en club au milieu de la nuit. Je mourais de faim, et je cherchais l'anonymat. Je décidai d'entrer.

Le restaurant ne servait déjà plus, mais on accepta de me faire une grande salade. Je mangeai rapidement sur un coin de table, au milieu du vacarme ambiant.

Calfeutré dans un coin sombre, je décidai de rester là, dans la discrétion claire-obscure des jeux de lumière. Je passai une bonne partie de la nuit affalé sur un fauteuil ovoïde, une nuit insolite baignée de bruits et de couleurs, étourdi par les whiskys et les *White Russians* que j'enchaînai sans compter, la house ininterrompue d'un DJ survolté qui gesticulait au plein milieu du dancefloor, et la fumée âcre de mes propres cigarettes. Mon séjour dans cet antre furieux fut comme une longue hallucination schizophrénique à laquelle tous mes sens se soumirent en esclaves volontaires, ravis, sans doute, de se soustraire quelque temps aux couleurs angoissantes du réel. Les heures s'égrenèrent comme des minutes floues, pleines de flashs, d'images syncopées où se figeaient les visages en transe, les poings levés, les chevelures aériennes. Les battements de mon cœur semblaient répondre en écho aux basses régulières de la musique électronique qui me chatouillait les boyaux. J'échangeai peut-être quelques mots avec d'autres clients, sans vraiment les comprendre, je dansai un peu, maladroit, je reconnus un acteur de cinéma, entouré d'une horde de jeunes femmes, à moins que ce ne fussent aussi de faux souvenirs...

Au milieu de la nuit, sans repère chronologique, je me souviens pourtant d'avoir traversé la foule des danseurs pour aller aux toilettes. La tête me tournait. Appuyé au lavabo, je m'adressai un regard interrogateur dans un petit miroir brisé, entouré de posters et de flyers bigarrés. J'avais les yeux rouges, le teint blafard, des gouttes de sueur qui perlaient sur mon crâne et mon front. À ce moment, j'aperçus le visage d'une jeune femme dans le coin droit du miroir. Elle s'approcha doucement, un sourire aux lèvres. Je crus la reconnaître. De longs cheveux roux, un petit nez de chat, une bouche pulpeuse, mutine. Nous avions dansé ensemble quelques instants plus tôt. Il m'avait semblé qu'elle flirtait avec moi, mais j'avais mis ça sur le compte de ma paranoïa, ou de l'alcool. Je n'y avais pas vraiment cru, prêté attention. Je m'étais trompé sûrement et ce n'était pas le moment de me laisser abuser par les inepties de mon pauvre cerveau... Pourtant, à cet instant, je ne pouvais plus me tromper. Lentement, la jeune femme vint se coller contre mon dos. Je souris. Je devais être en train de rêver ! Puis je sentis ses lèvres dans mon cou, bien réelles. Je relevai les yeux. Je vis nos deux silhouettes enchevêtrées dans le reflet du miroir. Ses mains glissèrent le long de mes hanches. Un frisson me traversa l'échine. J'attrapai ses doigts, pour les retenir. Mon cœur se mit à battre. Dans l'incongruité de l'instant, je sentis le désir, violent, monter en moi. Et l'évidence m'envahit. *Je bande*. Je me mis à rire. *Merde alors, je bande !* Je me retournai et saisis la jeune fille par les épaules, l'écartai lentement de moi, de mon corps. Je lui adressai une grimace désolée.

Elle sourit, haussa les épaules, et partit vers les toilettes.

Complètement déboussolé, je retournai m'affaler dans le grand œuf blanc qui scintillait sous les spots de couleur. Mon regard se perdit au-delà des ballets de lumière. Furtivement, le visage d'Agnès s'afficha comme une immense diapositive sur le plafond blanc de la boîte. Ses grands yeux verts me dévisageaient. J'aurais voulu lui dire. *Je suis guéri*. Je poussai un soupir et me laissai emporter par les vagues de mon ébriété. Je perdis vite le fil, et les vibrations du temps et des notes se marièrent dans un magma nébuleux. Je m'y abandonnai, résigné. Au fond, j'étais bien, loin de tout, loin de moi.

Il était plus de 5 heures quand je remarquai, distrait, que la salle s'était vidée en grande partie. Quelques minutes plus tard, un jeune homme en tee-shirt noir, un barman peut-être, vint me signaler qu'il était temps de mettre les voiles. Je me levai, abasourdi, et sortis dans la rue en titubant, un peu ivre, exténué.

Vers 6 heures, j'arrivai à nouveau devant la gare de Lyon. Je flottais dans un état de demi-sommeil, et il me restait près de deux heures à attendre. Je trouvai un vieux banc vert sur la grande esplanade, à l'écart des voitures, où je m'écrasai, groggy, pour sombrer finalement dans une somnolence agitée, la tête en arrière, posée contre un mur rugueux. Tous les quarts d'heure, je sortais péniblement des bras de Morphée, regardais l'horloge de la gare et me rendormais sans vraiment y penser. À un moment, je fus réveillé en sursaut par les bruits de pas d'un type qui s'éloignait vivement. Je n'étais pas sûr que tout cela fût bien réel. Avais-je rêvé, ou bien ce type venait-il de me faire les poches ? Je glissai la main dans mon blouson. Mon portefeuille était toujours là.

À 7 h 40, l'esprit suffisamment clair pour sentir à nouveau la saveur de l'urgence, je partis vers les quais déjà animés de la gare de Lyon et montai dans mon train sans perdre de temps.

Je me faufilai jusqu'à ma place, glissai mon sac au-dessus de mon siège et m'installai confortablement. Je dormis pendant toute la première moitié du trajet.

Un peu avant midi, je fus réveillé par les rayons étincelants du soleil. Je m'étirai, l'esprit embrouillé par ces heures étranges. J'avais l'impression de n'être pas tout à fait moi-même, pas tout à fait en contrôle. Une sorte de synchronicité, de désincarnation. Ou peut-être la gueule de bois, tout simplement. Il me fallait un café.

Je me levai et partis vers la buvette du TGV. Assis sur un haut tabouret, mes yeux faisaient des allers et retours entre le petit mot d'Agnès – que j'avais gardé avec les billets de 100 euros, et que j'avais aplati devant moi – et le spectacle rosé de la Côte d'Azur qui défilait sous le grand ciel d'été. Je me laissai envoûter par la côte échancrée, les maisons à balustrade, la terre rouge des petits canyons que traversait le train, le bleu artificiel des luxueuses piscines et la baie des Anges qui, lentement, se dévoilait dans le lointain... Puis je me replongeai dans les quelques mots d'Agnès. *C'est tout ce que je peux faire. J'espère que tu t'en sortiras. Bon courage.* Son absence, son départ gâchaient l'horizon comme ces horribles barres d'immeubles dressées devant la mer. Une insulte à la beauté simple de ce qui aurait dû être. Entre Cannes et Antibes, je me surpris à lui en vouloir.

63.

Le train entra en gare de Nice à 13 h 33. À peine sorti du wagon, mon petit sac sur l'épaule, je fus saisi par la chaleur étouffante de la ville.

J'avais l'impression d'avoir quitté la France, parce que la France, pour moi, s'était trop longtemps résumée au visage de Paris. Avais-je jamais vécu ailleurs ? Ici, tout était différent, tout était étranger. Les gens, les arbres, le ciel, les odeurs... Même les secondes n'étaient pas tout à fait pareilles. Ça sentait l'Italie et la Nouvelle Vague jusque dans les lunettes de soleil démesurées des passantes parfumées. J'étais Michel Piccoli, et mon mépris, c'était mon absente, ma Brigitte Bardot, quelques mots froissés au fond de ma poche. *J'espère que tu t'en sortiras. Bon courage.*

J'avais pris un plan de la ville à l'accueil de la gare, et je descendis directement vers le Vieux Nice. Après tout, autant aller droit au but, je n'étais pas venu jouer les touristes aoûtiens.

Il y avait beaucoup de monde dans les rues de la vieille ville, des nuées, poussées par un vent invisible, des gens du coin, avec accent et voix forte, des voyageurs, de tous les bouts du monde, de toutes les couleurs. Le soleil forçait à ralentir, à prendre son temps. On profitait de l'ombre qu'offraient les plus étroites ruelles, on traînait les pieds. Ça faisait des embouteillages humains. Porté par la foule, je me laissai envahir par les jaunes et les rouges des murs de Nice, les façades pastel, les ardoises peintes qui vendaient les vertus de l'absinthe, les guirlandes de nappes provençales, les cafés, les commerces, les vieilles enfoulardées agglutinées derrière les portes cochères, où devaient s'échanger mille ragots, les jeunes gredins fonçant sur leurs scooters, les bonimenteurs bruyants... J'arrivai bientôt dans le quartier des artistes, parsemé de galeries, de bobos du Sud, de vitrines placardées de dizaines d'affiches colorées, puis je descendis la rue Droite, longeai le palais Lascaris et trouvai enfin la venelle que j'avais repérée sur le plan.

Je frissonnai, prenant soudain conscience qu'ici se tenait toute la raison de mon voyage. Et une bonne partie de mes derniers espoirs. L'appartement secret de Gérard Reynald n'était plus qu'à quelques mètres. Allais-je y trouver des réponses ? De nouvelles pistes ? La police ignorait-elle toujours son existence ? Rien n'était moins sûr. Mon périple était peut-être vain. Mais au moins, je cherchais. Je n'étais pas un pion, j'étais un acteur. J'essayais de l'être, en tout cas.

La rue du Château, ou, comme le spécifiait la plaque collée au mur, la Carriera del Castu, était une petite allée étroite, qui montait, abrupte, vers la grande colline qui surplombait la baie des Anges. Les façades des deux côtés de la rue étaient si proches l'une de l'autre qu'on croyait qu'elles allaient se rejoindre avant d'embrasser le ciel. Le sol, en escalier, était pavé de pierres blanches. Les murs, roses, ocres ou jaunes, apparaissaient ici et là derrière les rideaux de linge qui séchaient aux fenêtres. C'était déjà la Sicile.

Je m'engageai sur les longues marches. Sur la droite, des gamins jouaient dans un foyer, portes grandes ouvertes. On entendait le raffut d'un baby-foot et l'écho de leurs cris de joie. Je continuai, faussement flâneur, puis je m'arrêtai enfin devant le numéro 5. L'entrée de l'immeuble était barrée par une vieille porte en bois usée et un interphone où figurait une demi-douzaine de patronymes. Je m'approchai prudemment, les mains dans les poches. L'un des boutons portait l'inscription « G.R. ». Était-ce l'abréviation de Gérard Reynald ? Il y avait toutes les chances. Malgré tout, j'hésitai un instant. J'observai encore autour de moi. Et si Blenod s'était trompé ? Si les flics étaient déjà là, à m'attendre tranquillement dans l'appartement ? N'étais-je pas en train de commettre l'erreur la plus stupide d'un homme traqué ? Je décidai qu'il était trop tard pour renoncer. J'avais traversé toute la France, ce n'était pas le moment de faire demi-tour. De toute façon, j'en avais assez d'attendre. S'il fallait que mon enquête s'achève ici, eh bien, soit ! Je préférais tomber dans les griffes de la police en ayant tenté quelque chose plutôt que de m'être terré à Paris. J'appuyai sur le bouton. Rien. Seconde tentative. Toujours pas de réponse. L'appartement était sans doute vide, comme je l'avais espéré. Je jetai un coup d'œil à la porte en bois. Je savais qu'elle n'aurait pas résisté à un bon coup d'épaule, mais ce n'était pas le moment de se faire remarquer. Les gamins jouaient dans la rue à quelques mètres de là. Mieux valait attendre les ombres anonymes de la nuit. De toute façon, je mourais de faim.

En déambulant dans les rues étroites de la vieille ville, à la recherche d'un endroit où manger, je fus comme attiré soudain par la vitrine chatoyante d'une petite boutique. Sans vraiment y réfléchir, je m'arrêtai là, les mains dans les poches, comme un chaland insoucieux. Devant moi étaient alignées des dizaines de montres, exposées avec soin sur des écrins colorés. Il y en avait de toutes les tailles, de tous les genres, pour hommes, pour femmes, pour enfants, des montres à quartz, des montres automatiques, à aiguilles ou à affichage analogique, de belles montres de marque ou de simples articles bon marché. Je fus fasciné par ce spectacle pourtant banal, tous ces objets anodins qui, abandonnés derrière ces grandes vitres, mesuraient sagement le glissement du temps. Sous l'éclairage chaleureux des lampes, toutes les montres indiquaient la même heure, dociles. Je levai mon poignet et regardai la mienne. Elle clignotait toujours sur ces mêmes chiffres hypnotiques, 88 :88. Je souris. Pourquoi m'entêtais-je encore à ne pas la remettre à l'heure ? Cela relevait définitivement de la superstition, à présent. Peut-être avais-je l'impression de rester hors du temps, hors du monde... Ou peut-être l'homme que j'avais été jadis était-il mort à la seconde même où s'était brisée ma montre, au moment de l'attentat, et que c'était bien ainsi. Je n'étais pas encore prêt à revivre. À m'incarner.

Je fis demi-tour, retournai dans le quartier de l'appartement de Reynald et partis finalement manger dans un pub irlandais, tout en bois et en peinture verte.

La serveuse, une Britannique pure souche, joues rouges et cheveux clairs, m'accueillit avec de grands sourires.

— Qu'est-ce que je vous sers ? demanda-t-elle avec un délicieux accent.

Je parcourus le menu, puis je commandai une bière et une *jacket potatoe & cheese*, histoire de jouer le jeu. Je partis m'installer dans un renfoncement sombre, derrière une barricade de vieux tonneaux factices et mangeai en regardant, du coin de l'œil, la rediffusion d'un match de rugby sur un grand écran accroché au mur. Le dépaysement m'amusa. Après tout, nous n'étions pas loin de la Promenade des Anglais...

Quand la serveuse vint chercher mon assiette vide, je décidai de tenter quelque chose :

— Excusez-moi, est-ce que vous connaissez Gérard Reynald ?

Elle fronça les sourcils.

— Vous êtes policier ?

— Journaliste, mentis-je. La police est déjà venue vous poser des questions ?

— Non, personne. Mais c'est le type qui a été arrêté le semaine dernière, oui ?

J'acquiesçai. Sa façon de prononcer les « r » et ses fautes de genre étaient charmantes.

— Il venait ici de temps en temps, oui. Mais nous n'avons jamais vraiment parlé... J'ai du mal à croire qu'il faisait une attentat. Il avait l'air d'un monsieur bien. Quand j'ai vu sa photo à la télé, je n'ai pas cru mes yeux !

— Il venait tout seul, ici ?

— Oui. Toujours tout seul. Comme vous, il venait se mettre dans le coin, ici. Et il n'était pas très bavard. Un timide...

— Vous n'avez jamais rien remarqué de spécial ?

— Comme quoi ?

— Je ne sais pas... Un comportement spécial, quelque chose...

— Non, pas vraiment. J'ai entendu à la télévision qu'il était... *schizophrenic*, mais quand il venait ici, il n'avait pas l'air d'être fou. Juste un peu timide... Vous travaillez pour quel journal ?

— Pour la télévision, répondis-je avec désinvolture.

Elle parut satisfaite, puis elle s'éloigna avec un sourire. Je lui laissai un pourboire sur la table et sortis marcher dans la rue.

Je passai la fin de l'après-midi et le début de soirée à flâner dans la vieille ville, les mains dans les poches, comme si traîner dans les mêmes rues que Reynald avait pu me rapprocher de lui, m'aider à le comprendre. Pourquoi ce type qui me ressemblait tant avait-il posé ces bombes ? La réponse était-elle écrite sur les murs des ruelles de Nice ? Son âme était-elle encore là, quelque part ? Moi qui entendais les pensées des gens, ne pouvais-je rien trouver, ici, sur ces trottoirs qu'il avait dû fouler mille fois ?

Ma détermination me surprenait moi-même. Oubliées, l'apathie des premiers jours, l'indolence forcée des neuroleptiques, la peur, l'indécision. J'étais devenu un homme différent. À force de me chercher, je finissais peut-être par me construire. Pourtant, je n'arrivais toujours pas à m'habituer à ces aptitudes innées dont je faisais preuve depuis le début de cette affaire. La course-poursuite à la Défense, puis dans la voiture de mon patron, le crochetage d'une serrure, le coup de poing à l'avocat, l'enquête que je menais avec une opiniâtreté toute nouvelle... J'avais l'impression d'être possédé par un fantôme du passé, de savoir faire bien plus de choses que je ne pouvais le soupçonner, et plus le temps passait, plus j'acquérais la certitude qu'il y avait une explication rationnelle derrière tout cela : quelque chose dans ma vie antérieure qui me prédisposait à cette situation. Je commençais à me demander si je n'avais pas été un flic, ou un voyou... Quelque chose comme ça. En tout cas, j'en étais certain : ce n'était pas dans les bureaux d'un cabinet de brevets que j'avais appris à conduire comme un pilote des 24 Heures du Mans ou à donner des crochets du droit !

La nuit tombait tard, de ce côté-là de la France, et j'attendis longtemps l'obscurité totale avant de me décider enfin à retourner devant le vieil immeuble de la rue du Château.

Le quartier avait pris son visage nocturne. Il y avait moins de monde dans les rues et des voix enjouées, portées par l'alcool et le frisson de la nuit, s'élevaient en écho entre les façades assombries. On entendait au loin les musiques électroniques des derniers cafés ouverts.

Arrivé dans la ruelle, je laissai passer un groupe de fêtards, puis, quand je fus certain d'être seul, je sonnai à nouveau à l'interphone. Aucune réponse. J'inspectai les deux côtés de l'allée. Personne. D'un coup d'épaule, je fis sauter la serrure de la porte cochère et entrai sous le porche.

L'entrée de l'immeuble était plongée dans l'obscurité. J'appuyai sur un interrupteur, la lumière éclaira alors un petit hall délabré où régnait une odeur nauséabonde. Je détaillai machinalement les lieux. La liste des occupants était affichée à côté des boîtes aux lettres. À en croire les étiquettes, l'appartement de

« G.R. » se trouvait au deuxième étage à droite. Je montai les escaliers.

Les marches en bois grinçaient et il me fallut prendre mille précautions pour rester le plus discret possible. D'une main, je m'appuyais contre le mur lézardé ; de l'autre, je maintenais mon équilibre pour monter sans bruit.

Arrivé au deuxième étage, je frappai trois petits coups à la porte. Personne n'avait répondu à l'interphone, mais mieux valait être sûr. Là non plus, il n'y eut aucune réponse. Je pris mon couteau suisse au fond de mon sac à dos et recommençai mon travail de petit cambrioleur. Je le savais à présent : il suffisait de suivre mon instinct.

Au même instant, j'entendis des voix dans la rue. Un groupe approchait de l'immeuble. J'accélérai le rythme. La pointe glissa dans la serrure. Je fronçai les sourcils. Pas de résistance. Je n'avais même pas vérifié ! Elle était peut-être ouverte... En bas, la porte de l'immeuble s'ouvrit. Puis les cris hilares de trois ou quatre jeunes hommes dont la soirée avait dû être bien arrosée montèrent jusqu'à moi. Je posai ma main sur la poignée de la porte et tirai dessus. Elle était ouverte. Étrange. Cela ne présageait rien de bon. Et si les flics étaient planqués à l'intérieur ? J'hésitai à rebrousser chemin, mais les jeunes gens étaient déjà en train de monter les escaliers. Pas le temps de réfléchir. Je poussai la porte et entrai rapidement dans l'appartement de Gérard Reynald.

Je n'eus pas le temps de me défendre. À peine avais-je refermé la porte derrière moi que je me retrouvai soudain plaqué contre le mur, le bras coincé dans le dos et le canon d'un revolver posé sur ma tempe.

— Mais...

— Shhhh...

La poigne se renforça sur mon avant-bras et un genou s'enfonça entre mes lombaires. J'aurais pu tenter quelque chose, un dégagement. Je connaissais la technique. Je le savais, je le sentais : inscrits dans les méandres insoupçonnés de ma mémoire se trouvaient les gestes exacts pour me libérer de cette emprise et retourner la situation. Mais ce n'était pas le moment de faire du bruit. Il y avait encore ces gens dans la cage d'escalier. Je restai immobile, pour l'instant.

Les voix des types hilares résonnèrent juste devant la porte, puis montèrent dans l'immeuble avant de disparaître enfin.

Aussitôt, je cédai à mon fantôme bagarreur, à mes réflexes inconscients. Tout se passa en une fraction de seconde, sans que j'aie besoin de réfléchir. À la vitesse d'un fauve, je fis volte-face, pliai mon bras coincé, saisis fermement le poignet de mon agresseur et le plaquai contre le mur pour le désarmer, puis je glissai derrière lui, passai mon bras autour de son cou et lui fauchai la jambe d'un coup de pied. L'homme poussa un grognement de douleur et s'écroula devant moi. Désarmé, il se retrouvait à présent à genoux, une main écrasée contre le mur et la gorge coincée sous mon coude. Suffoquant, il essaya de parler. Je relâchai légèrement mon emprise.

— Vigo, balbutia-t-il d'une voix gutturale, ghhh, lâchez-moi...

— Ton nom, connard ? répliquai-je avec une agressivité qui m'étonna moi-même.

— SpHiNx... Je fais partie du groupe SpHiNx ! s'exclama-t-il, le souffle court.

Je me baissai précautionneusement, attrapai le revolver qui était tombé par terre, puis je libérai l'homme à mes pieds et fis quelques pas en arrière, l'arme pointée vers lui. Je ne pouvais pas bien voir ses traits dans l'obscurité, mais il me semblait un peu âgé pour un hacker...

— Allumez la lumière ! ordonnai-je.

Le type resta encore quelques secondes à genoux, se tenant le cou en toussant. Puis il se leva péniblement et appuya sur l'interrupteur. Je découvris alors son visage. Il devait avoir la quarantaine, pas vraiment un physique de tueur, ni de pirate informatique, les traits fins, des cheveux noirs mi-longs et de grands yeux bleus, effrayés. Il portait des gants.

— Qu'est-ce qui me prouve que vous appartenez bien au groupe SpHiNx ?

L'homme réfléchit avant de répondre :

— Je... je suis Damien Louvel. C'est avec moi que vous êtes entré en contact sur le Net l'autre jour... Le code que je vous ai donné... c'était AdB—4240.

C'était bien le code qu'on m'avait communiqué. Ce n'était pas une garantie absolue, certes – après tout, quelqu'un pouvait avoir espionné notre conversation –, mais je décidai de m'en contenter. Au fond, il ressemblait tellement peu à l'image que je me faisais d'un hacker que j'avais envie de le croire. La vérité est toujours plus surprenante qu'on l'a anticipée. Je glissai le revolver dans ma ceinture.

— Enchanté, monsieur Louvel... ou devrais-je dire SpHiNx ?

Le type secoua la tête. Il était encore sous le choc.

— Appelez-moi Damien, ça ira. La vache ! Vous n'y allez pas de main morte !

— Désolé, mais c'est vous qui m'avez mis votre flingue sur la tempe !

— Mais... Mais qu'est-ce que vous êtes venu foutre ici, Vigo ?

Je haussai les épaules, amusé.

— La même chose que vous, je suppose.

— Eh bien, ce n'est pas très malin ! Nous vous avions conseillé de rester discret...

— Je ne peux pas rester les bras croisés...

Le type hocha lentement la tête. Il avait l'air de me comprendre. Ou bien il avait encore peur de moi.

— J'ai eu du mal à vous reconnaître, soupira-t-il. Jolie coupe de cheveux !

— On fait ce qu'on peut...

Louvel finit par sourire. D'emblée, je le trouvai sympathique. Je n'aurais su l'expliquer vraiment, mais il y avait quelque chose dans son regard qui me mettait à l'aise, une sorte de complicité et de simplicité sincères. J'avais déjà l'impression que nous étions dans le même navire. Depuis plusieurs jours, nous menions la même enquête, en parallèle, et nous avions au moins un but commun : la vérité. En outre, son côté hacker, Robin des bois du futur, me plaisait a priori. Mais il fallait rester méfiant. La vie ne cessait de m'apprendre à ne faire confiance à personne.

— Et maintenant, qu'est-ce qu'on fait ? demandai-je en jetant un coup d'œil au studio de Reynald derrière moi.

L'appartement était dans un désordre innommable. Un vieux matelas était posé à même le sol, quelques meubles en Formica défoncés, des papiers et des livres traînaient partout, des sacs de sport remplis à ras bord, des vêtements éparpillés sur le sol, des feuilles accrochées aux murs... Dans le coin opposé à l'entrée, une cuisine américaine, et sur le mur d'en face, une fenêtre aux volets fermés d'où filtrait la lumière d'un lampadaire.

— Déjà, je vais essayer de reprendre mon souffle...

Le hacker ajusta ses vêtements, se frotta encore le cou, puis il inspira profondément.

— Eh bien, dit-il enfin, maintenant que vous êtes là, je suppose que vous n'allez pas repartir...

— Ça, c'est sûr. Je suis venu chercher des réponses, et quelque chose me dit qu'il y en a quelques-unes dans cet appartement...

— Je crois, oui. Écoutez, le temps presse, Vigo. Il ne faut pas que nous traînions ici. Je ne sais pas combien de temps il nous reste avant que les flics finissent par découvrir l'existence de ce studio. Alors aidez-moi à terminer ce que j'ai à faire, et allons-nous-en d'ici.

— Et vous faites quoi, exactement ?

Il sortit un petit appareil numérique de sa poche.

— Des photos. Pas le temps de tout emporter.

D'un signe de tête, il m'invita à le suivre au centre du studio.

— J'essaie de prendre un maximum de choses. J'ai photographié tout ce que je pouvais de là à là, dit-il en indiquant la première moitié de la pièce. Il faut faire le reste.

— D'accord.

— Tenez, mettez ça. Pas la peine de laisser nos empreintes partout.

J'enfilai la paire de gants qu'il me tendait. Je pris son revolver dans mon dos, hésitai, puis je le lui rendis. Il sourit, le rangea, porta son appareil-photo devant ses yeux et se mit à mitrailler des documents qu'il avait étalés sur le parquet.

Je partis inspecter le mur qui longeait la cuisine américaine et où étaient affichés la plupart des documents. Mon regard fut aussitôt attiré par une feuille en particulier. En caractères énormes, écrits à la main, se trouvait le début de la phrase que j'avais entendue dans la tour SEAM. « *Bourgeons transcrâniens, 88, c'est l'heure du deuxième messager.* »

Je sentis mon cœur se décrocher. Ces mots reprenaient soudain une criante réalité. Je n'avais pu les inventer. En outre, cela tendait à montrer que c'était donc bien Reynald que j'avais entendu le jour des attentats. Oui. Cela ne faisait plus aucun doute. Mais cette phrase n'avait toujours aucun sens pour moi. Pourtant, elle devait signifier quelque chose d'important. Cela ressemblait à un slogan, une sorte de cri de guerre... Si seulement je pouvais la décrypter ! Je me remémorai la suite. « *Aujourd'hui, les apprentis sorciers dans la tour, demain, nos pères assassins dans le ventre, sous 6,3.* » Aussi alambiquée que fût cette phrase, la réponse à cette énigme se nichait peut-être là, dans cette pièce...

Je continuai d'examiner le mur. Il y avait plusieurs coupures de presse, certaines qui semblaient venir de magazines scientifiques, la plupart en anglais, d'autres qui étaient extraites de sites Internet. Je lus quelques titres au hasard : « *Auditory hallucinations and smaller superior temporal gyral volume in schizophrenia* » ; plus loin, « *Troubles psychotiques : troubles schizophréniques et troubles délirants chroniques* », en dessous, un autre encore, « *Increased blood flow in Broca's area during auditory hallucinations in schizophrenia* », et enfin, plus bas, « *TMS in cognitive plasticity and the potential for rehabilitation* ». Reynald s'intéressait visiblement de près aux hallucinations schizophréniques et à tout un tas de sujets en rapport avec les neurosciences.

— Vous avez photographié tout ça ? demandai-je en montrant les articles.

— Oui, oui, répondit le hacker sans cesser son travail.

J'allai un peu plus loin, fasciné. Soudain, mon regard croisa un autre document qui entra aussitôt en résonance avec mes souvenirs. Il s'agissait encore d'un court texte manuscrit, avec la même écriture que l'autre – l'écriture de Reynald, sans doute. Et le rapport avec la première phrase était évident : « *Le deuxième messager sonne. C'est comme une grande montagne brû-*

lante de feu. Elle est jetée dans la mer. Le tiers de la mer devient sang (Apocalypse 8,8). » Je répétai tout haut la référence : « Apocalypse 8,8 ». Encore ces deux chiffres ! Je me tournai à nouveau vers le hacker.

— Et ça... ça, vous l'avez photographié ? dis-je d'une voix tremblante.

Louvel releva la tête.

— Mais oui ! dit-il d'une voix agacée. Tout ce qui est sur les murs, c'est bon !

Il me désigna un tas de feuilles à côté de lui.

— Vous voulez bien m'aider ? Virez ces papiers et disposez ceux-là par terre, à plat.

Je m'éloignai lentement du mur et m'exécutai. Je regardai les documents que Louvel photographiait. Il y avait notamment deux feuilles, très grandes, des plans d'architecte annotés par Reynald. Le premier – qui portait le titre « *La Tour* » –, j'en étais certain, représentait la tour SEAM. Le second, en revanche, ne m'évoquait aucun bâtiment en particulier, mais le titre inscrit par Reynald faisait à nouveau référence à la phrase mystérieuse : « *Le Ventre* ».

Mon cœur battait à tout rompre. Mon voyage n'avait donc pas été inutile ! C'était encore assez flou, mais, j'en étais sûr, tout ce qui se trouvait ici allait pouvoir nous faire grandement avancer dans notre enquête, à condition de savoir décrypter, bien sûr.

Nous restâmes encore une bonne demi-heure à photographier tout ce qui nous sembla important : de nombreux documents, des photos personnelles, des livres, des manuels, du matériel qui pouvait servir à fabriquer des bombes artisanales et tout un tas d'objets divers, certains qui n'avaient peut-être aucun intérêt pour nous, mais mieux valait en faire trop que pas assez. Bientôt, nous estimâmes qu'il ne restait plus rien qui ait échappé à l'objectif. Damien Louvel rangea son appareil et me tapa sur l'épaule.

— Allez, on file !

Je hochai la tête. Je jetai toutefois un dernier regard au studio, en espérant que nous n'avions rien raté. Nulle part je n'avais vu de document mentionnant le mystérieux « Protocole 88 », qui semblait pourtant être l'élément central de toute l'affaire. Mais nous avions déjà trouvé beaucoup de choses. C'était un bon début. Je fis demi-tour et suivis le hacker sur le palier. Il referma la porte derrière nous, puis nous descendîmes les escaliers d'un pas rapide.

Il n'y avait plus personne dans la rue du Château. Je poussai un soupir de soulagement. Visiblement, nous avions réussi notre coup. Quelque chose me disait que nous approchions du but. Peut-être avais-je simplement envie d'y croire.

— J'ai pris une chambre d'hôtel pas loin d'ici, vous venez avec moi ? proposa Louvel quand nous nous fûmes éloignés de l'immeuble.

J'hésitai. J'avais beau avoir de bons pressentiments au sujet de ce type, je n'étais pas encore complètement à mon aise. Après tout, je ne savais presque rien à son sujet, et encore moins au sujet des autres membres de son mystérieux groupe.

— Je... Je ne sais pas.

— Vous voulez continuer votre enquête tout seul, Vigo ?

— Je ne sais rien de vous... Qu'est-ce qui me prouve que vous voulez vraiment m'aider ? Vous avez l'air de mener votre propre enquête...

Il inclina la tête.

— C'est comme vous voulez, mon vieux, mais autant partager nos informations, non ?

— Avec tout ce qui m'est arrivé, j'ai appris à ne plus faire confiance à personne. Pourquoi vous ferais-je confiance à vous ?

— Parce que vous savez que je cherche la vérité autant que vous. Et puis, soyez honnête, vous êtes dans la merde, Vigo. Les flics vous cherchent dans tout le pays. Nous sommes peut-être les seuls à ne pas vous prendre pour un terroriste et les seuls à pouvoir vous offrir notre protection.

Je fis une moue sceptique.

— Vous avez réellement les moyens de me protéger ?

— Oui.

Il avait répondu avec conviction.

— Et vous êtes prêt à me dire tout ce que vous savez ?

— Oui, dit-il sans hésiter. Et vous ?

Je marquai une pause. La question méritait réflexion. Étais-je prêt à partager mes informations avec ces hackers que je ne connaissais pas ? Que risquais-je, après tout ? Je n'étais pas loin de penser que j'avais davantage besoin d'eux qu'ils n'avaient besoin de moi. Et une chose me semblait de plus en plus certaine : je n'avais pas les épaules assez solides ni les ressources suffisantes pour poursuivre cette enquête tout seul. Je finis par céder. Peut-être poussé par mon éternel besoin d'autrui.

— Entendu. Faisons équipe, proposai-je.

Louvel eut un large sourire. Il me serra amicalement l'épaule.

64.

Carnet Moleskine, note n° 191 : métempsycose.
Ces souvenirs inconscients qui me viennent du passé, ce fantôme inconnu qui surgit ici et là... Parfois je me demande si je n'ai pas été un autre. Pourquoi ne serais-

je pas l'enveloppe charnelle d'une nouvelle âme vaga-bonde ?

Je ne serais pas le premier à donner quelque crédit à la réincarnation ou à la métempsycose. Platon, Pythagore, les Égyptiens, les Esséniens, les kabbalistes, les brahmanistes, les bouddhistes, les Cathares... Devrais-je redouter de telles fréquentations ?

Peut-être.

La réincarnation n'est sans doute qu'une réponse paresseuse parmi quelques dizaines à notre angoisse de mort. Mourir ne serait plus cesser de vivre, mais voyager vers un autre corps. On lit dans la Bhagavad-Gîtâ : « Certaine la mort pour celui qui est né, et certaine la naissance pour celui qui est mort. » Ah, si seulement les morts avaient des certitudes !

La foi en la réincarnation n'est pas seulement un phénomène antique. Il y avait ce Canadien, Ian Stevenson. Son nom le prédisposait sans doute à rêver aux voyages... Il travaillait au sein du département de médecine psychiatrique de l'université de Virginie, et il a consacré sa carrière à l'étude des gens – essentiellement en Asie – qui affirmaient se souvenir de leurs vies antérieures. Parmi les 2 600 cas qu'il aurait étudiés, il en a retenu une soixantaine dont il a décrit rigoureusement l'analyse à travers des articles dans la presse scientifique et dans ses ouvrages, en travaillant essentiellement sur les liens biologiques qu'il tentait de trouver entre ces personnes et celles qu'elles auraient été dans des vies antérieures... Il a mené notamment une réflexion sur les marques de naissance, en tentant de voir si elles pouvaient être le résultat de traumatismes apparus dans des vies précédentes. En y regardant de plus près, on finit vite par s'amuser devant cet enrobage pseudo-scientifique dont l'Amérique du Nord a le secret... Pourtant, plusieurs fois, j'ai eu ce sentiment d'avoir déjà été un autre.

Les gens qui souffrent d'amnésie rétrograde sont peut-être bien les plus légitimés à se déclarer réincarnés. J'ai au fond de moi une certitude, celle de ne plus être celui que j'ai été.

65.

L'hôtel Brice était un élégant trois-étoiles proche du quartier d'affaires, en marge de la vieille ville. Damien Louvel avait réservé une grande chambre au dernier étage. À la façon dont il salua le gardien à l'accueil, je compris qu'il était ici en terrain connu.

À peine entré dans la chambre, il se dirigea vers un ordinateur portable et y connecta son appareil-photo numérique. Silencieux, je le regardai transférer tous les clichés qu'il avait pris dans l'appartement de Gérard Reynald et je crus comprendre qu'il les envoyait vers un serveur Internet. Je reconnus d'ailleurs la page d'accueil du site où nous nous étions retrouvés, hacktiviste.com. À n'en pas douter, il avait l'habitude de se servir de tout ce matériel.

— Qu'est-ce que vous faites ? demandai-je en m'approchant.

— J'envoie les photos aux autres, à Paris. Il va nous falloir du temps pour étudier tout ça... Notre analyste va pouvoir se mettre au travail.

— Votre analyste ? Vous parlez comme si SpHiNx était une grosse société...

Il sourit.

— Non... Nous ne sommes pas une grosse société. Mais nous sommes tout de même quatre à travailler à plein temps pour le groupe.

— C'est étrange... Sur le Net, vous donnez l'image de simples petits hackers amateurs.

— Délibérément, oui. C'est un moyen de ne pas trop attirer l'attention. Nous préférons que nos adversaires ne nous prennent pas trop au sérieux.

— Parce que vous avez beaucoup d'adversaires ? m'étonnai-je.

— Toute personne qui s'attache à cacher la vérité est un adversaire potentiel.

— Mais vous travaillez pour le compte de qui ?

— De personne, Vigo. Nous sommes une structure privée, indépendante. Une sorte de petite ONG du renseignement, si vous préférez.

Je n'arrivais pas à concevoir comment et pourquoi ce groupe existait. Il y avait un côté complètement romanesque dans l'image que je me faisais de ces justiciers du Web. Pourtant, ils me paraissaient de plus en plus réels, et de plus en plus sérieux.

— Vous dites que vous êtes indépendants, insistai-je, mais vous devez bien avoir besoin d'être financés, non ?

— Je vous l'ai dit l'autre jour, nous avons de généreux donateurs. Et quand les clients nous semblent dignes de confiance, il nous arrive de louer nos services. Mais c'est exceptionnel. Nous sommes plutôt des adeptes de la gratuité. Mais ne vous inquiétez pas, vous verrez tout ça à Paris. Pour le moment, nous avons mérité de nous détendre un peu. Vigo, vous voulez boire quelque chose ?

— Je ne sais pas...

— Allons, après l'effort, le réconfort ! Je vais nous faire monter une bouteille. Vous aimez le whisky ?

J'acquiesçai. Il appela la réception et, quelques minutes plus tard, nous nous retrouvâmes en face à face, assis sur un canapé, tenant dans nos mains des verres d'un whisky délicieux.

Je parvins rapidement à me détendre ; Louvel avait sans doute raison, je méritais un peu de repos. Je ne pus m'empêcher toutefois de penser à Agnès. La dernière fois que j'avais bu un whisky ainsi, sur un canapé, c'était avec elle, dans son petit appartement près de la place Clichy. Je réalisai une fois de plus combien elle me manquait. Le calme et le réconfort qui concluaient cette journée saugrenue se mêlèrent d'une inévitable mélancolie et d'un sentiment d'irréalité.

Je ne pouvais éviter de faire le bilan des quinze jours passés. Les attentats, la découverte de ma non-identité, mes faux parents, le sens inexplicable des mes crises épileptiques, Agnès, Feuerberg, Dermod, et maintenant Nice... Quel contrôle avais-je eu sur tout cela ? Étais-je certain de bien comprendre ce qui m'arrivait ? Comment cela pourrait-il finir ? Pouvais-je envisager la moindre issue heureuse à cette aventure qui dépassait l'entendement ? Et surtout, surtout, je n'arrivais toujours pas à oublier les questionnements de mon angoisse eschatologique. Peut-être même trouvaient-ils un nouvel écho dans cette quête où je me livrais sans compter. Parce que, au bout du compte, à quoi tout cela servirait-il ? Une fois que j'aurais résolu cette enquête – si vraiment je pouvais y parvenir –, cela changerait-il quelque chose à mon angoisse ? À mes doutes sur l'avenir d'*Homo sapiens* ? Je ne pouvais m'empêcher de pressentir l'inanité de mes nouvelles gesticulations. Le ridicule de ma recherche de vérité. Cherchais-je seulement la bonne ? Celle qui étancherait ma soif ?

Je réalisai à cet instant dans quel état de fatigue nerveuse je me trouvais, dans quel accablement, quelle confusion. Mais, après tout, je ne m'en sortais pas si mal. N'importe qui aurait pu craquer pour moins que ça. Craignant de céder à une vague de déprime, je bus une gorgée de whisky et relançai la conversation.

— Comment avez-vous su pour le studio de Nice ?

Visiblement, ma question amusa Louvel.

— À l'avenir, Vigo, sachez que l'on n'est pas obligé d'entrer chez un avocat par effraction ni de lui casser la figure pour regarder ce qu'il y a dans son ordinateur. Il y a des moyens beaucoup plus discrets de faire ça, à distance...

Je fis un sourire gêné.

— Vous êtes donc au courant de ce qui s'est passé à Paris...

— Oui, bien sûr. Et on ne peut pas dire que vous vous soyez montré très malin, sur ce coup-là. Cela fait une chose de plus que les flics vont pouvoir vous coller sur le dos. C'est un miracle que vous soyez encore en liberté... Enfin, un miracle... Disons que vous avez de la chance d'avoir des anges gardiens.

— Je vois... Je suppose que je vous dois des remerciements.

— Oh, vous savez, je suis passé par là, Vigo. Croyez-moi, j'ai vécu des situations qui n'étaient pas très éloignées de la vôtre.

— C'est pour ça que vous m'aidez ?

— Entre autres, oui. Quoi qu'il en soit, vous ne pouvez plus vous permettre de prendre ce genre de risques ! Et puis... Il faut que nous vous procurions des papiers d'identité provisoires.

— Rien que ça ? répliquai-je, perplexe.

— Vous êtes recherché dans toute la France, mon vieux. Tenez, regardez ce qui circule.

Il se leva, partit chercher son ordinateur portable et le posa devant moi. Il tapota sur le clavier et une fenêtre vidéo s'ouvrit.

— Ces images viennent d'une caméra de surveillance de la place de la Coupole, à la Défense. C'est la dernière séquence qui a été sauvegardée le 8 août...

Je m'avançai sur le bord du canapé pour mieux voir. Dès que la vidéo commença, les battements de mon cœur s'accélérèrent. L'image en noir et blanc était saccadée, mais on reconnaissait clairement les visages. En tout cas, je reconnus le mien. Paniqué, on me voyait sortir en courant de la tour SEAM. Une image que la police ne pouvait qu'interpréter de travers. Puis on voyait Gérard Reynald qui s'enfuyait, quelques secondes à peine après moi. La séquence continuait, des gens passaient, les portes s'ouvraient et se fermaient, et soudain, l'explosion. La vidéo s'arrêtait dans un noir absolu. Louvel la relança plusieurs fois.

— Vous l'avez échappé belle. Il y a une chose que mes collègues et moi ne parvenons pas à comprendre, Vigo. Comment avez-vous su que ça allait exploser ? me demanda-t-il sans quitter l'écran des yeux.

C'était sans doute une question capitale pour mon interlocuteur. Certes, il m'avait déjà prouvé qu'il avait envie de croire à mon innocence, mais ce dernier détail technique devait les obséder, lui et ses compères.

J'avalai ma salive. Revoir ces images, c'était comme vivre le cauchemar une deuxième fois, me souvenir de sa réalité. Prendre une nouvelle fois conscience que cela s'était réellement passé... Que ce n'était pas le produit de mon imagination.

— J'ai... Je pense que j'ai entendu les pensées de Reynald.

Il me dévisagea longuement.

— Vous aurez du mal à expliquer ça au juge...

Je haussai les épaules.

— C'est pourtant la vérité.

Il referma son ordinateur portable et me regarda droit dans les yeux.

— Aussi incroyable que cela puisse paraître, mon vieux, je vous crois. Cela demande un certain effort, certes, mais... je vous crois.

Je lui adressai un sourire reconnaissant. C'était bon d'entendre ça. Maintenant qu'Agnès était partie, j'avais bien besoin de retrouver un peu de confiance, quelqu'un qui m'offre un tout petit peu de croyance.

J'hésitai à lui en dire plus. Lui dire précisément ce que j'avais entendu : la phrase dont le début était affiché en grand sur le mur de l'appartement de Reynald. « *Bourgeons transcrâniens, 88, c'est l'heure du deuxième messager. Aujourd'hui, les apprentis sorciers dans la tour, demain, nos pères assassins dans le ventre, sous 6,3* ». Il était peut-être encore trop tôt. Je préférai d'abord le faire parler, lui.

— Qu'est-ce que vous savez de plus depuis la conversation que nous avons eue sur le Web ? demandai-je en me renfonçant dans le canapé.

— Pas grand-chose. Nous n'avons toujours rien sur le Protocole 88. Absolument rien. On finit par se demander si ce truc existe vraiment. Quant à la piste Dermod, pour l'instant, on sèche aussi... Tout est bien verrouillé. Ces types se sont bien protégés.

— Il y a sûrement un moyen de les identifier, répliquai-je. Surtout s'ils sont liés à Feuerberg. Ils ont fermé la boîte en catastrophe... Ça prouve qu'ils n'étaient pas si bien protégés que ça. Ça doit laisser des traces, tous ces mouvements de dernière minute.

— Oui, mais, pour l'instant, nous n'avons rien trouvé. Toutefois, ce que nous avons photographié chez Reynald va peut-être nous aider...

— Oui.

Je l'espérais, moi aussi.

— Vous avez vu la note de l'avocat sur les ordonnances ? demandai-je en repensant à toutes les pistes que j'avais envisagées. Le docteur Guillaume n'était pas enregistré à l'Ordre des médecins, alors je me suis dit que je pourrais essayer de trouver sous quel nom le cabinet Mater faisait mes ordonnances de neuroleptiques... Cela nous donnerait peut-être l'identité réelle d'une personne impliquée dans leur société.

— Vous avez gardé vos ordonnances ?

— Non, tout est resté dans l'appartement de mes parents, mais il doit y avoir un moyen de les retrouver, non ? Soit par la pharmacie où j'allais souvent, soit directement par la Sécurité sociale...

— On cherchera.

Il ouvrit son ordinateur et enregistra, supposai-je, une note à ce sujet.

— Une chose est sûre, reprit-il, les flics aussi doivent être sur la piste de Dermod. Maintenant que vous êtes suspect, ils ont dû faire des recherches sur vous autant que sur Reynald. Et le fait que vous ayez travaillé tous les deux pour Feuerberg n'a pas dû leur échapper. Ils doivent aussi savoir que l'appartement de vos parents appartenait, tout comme celui de Reynald, à cette holding offshore... Bref, le juge d'instruction va sûrement enquêter là-dessus. La vérité finira bien par sortir, Vigo, en partie en tout cas. Mais nous avons des raisons de vouloir la trouver en premier. Impérativement.

— Pourquoi ?

— Un mauvais pressentiment.

— C'est-à-dire ?

Louvel fit une grimace embarrassée.

— Nous avons l'impression que Dermod a des appuis haut placés. D'ici à ce qu'un ordre venu d'on ne sait où contraigne le juge d'instruction à laisser tomber cette piste-là...

— Vous plaisantez ?

— Pas vraiment. Vigo, je ne veux pas vous faire peur, mais ce dossier pue la corruption à 1 000 kilomètres à la ronde.

Ce n'était pas un paranoïaque comme moi qui allait dire le contraire.

— D'ailleurs, vous savez que votre copine flic n'est pas allée travailler aujourd'hui ?

— Oui. Mais ça n'a rien à voir. Elle est en arrêt maladie...

Louvel fit une moue sceptique.

— Et à part ça, vous n'avez avancé sur rien ? insistai-je pour changer de sujet.

— Eh bien, comme vous, nous avons découvert l'existence de cet appartement à Nice en inspectant l'ordinateur de l'avocat. En désespoir de cause, je me suis décidé à venir fouiller moi-même. En général, ce n'est pas moi qui me charge de ce genre de missions un peu spéciales, mais tout le monde est surchargé. Ça m'a rappelé des souvenirs, et ça m'a donné un coup de jeune. En tout cas, il va falloir analyser toutes ces photos. Je pense qu'il y a quelque chose à tirer notamment des plans d'architecte annotés par Reynald. Je suis certain que l'un d'eux était celui de la tour SEAM... Mais il y en avait un autre, vous avez vu ?

— Oui. Le Ventre. Vous pensez que c'est un autre bâtiment que Reynald voulait faire sauter ?

— Ça paraît fort probable, non ?

— Peut-être.

— Et vous, Vigo ? Est-ce que vous avez découvert autre chose ?

— Je suis un peu paumé, Damien. Entre mes crises épileptiques et mes problèmes de mémoire, je vous avoue que j'ai du mal à garder les idées claires. Et puis, il y a quelque chose qui m'intrigue de plus en plus...

— Quoi ?

— Mon identité passée. L'homme que j'étais avant mon amnésie.

— C'est-à-dire ?

Je marquai une pause avant de poursuivre. C'était étrange de se confier si ouvertement à un homme que j'avais rencontré quelques heures plus tôt, mais j'avais l'impression de le connaître depuis beaucoup plus longtemps.

— Parfois j'ai l'impression d'avoir fait partie de la Mafia ou quelque chose comme ça dans ma vie antérieure ! Je me suis surpris à faire des choses... pour le moins étonnantes.

— Du genre ?

— Crocheter une serrure, conduire une voiture comme un pilote de course, me battre...

— Ah oui, vous battre... Merci, j'ai vu ça tout à l'heure ! Mon bras s'en souvient. Bah ! Vous êtes peut-être un ancien boxeur, Vigo ! s'exclama le hacker en riant.

— Je suis surtout complètement déglingué.

— Ne vous inquiétez pas. On finira bien par trouver.

— Par moments, je me demande si j'ai vraiment envie de savoir...

Louvel leva son verre de whisky.

— Allez, buvons à la vérité, Vigo ! La vérité !

Je trinquai avec lui, sans véritable enthousiasme. Nous restâmes un moment silencieux, perdus dans nos pensées respectives. Puis Louvel finit par se lever.

— Bien ! Il se fait tard ! Allons nous coucher. Vous avez une mine épouvantable. Sans parler de votre look ! Demain matin, je vous emmène faire du shopping. Il est temps de vous acheter une valise et une nouvelle garde-robe. Vous commencez à ressembler à un clochard.

Je souris.

— Ce n'est pas de refus. Ça fait deux semaines que je me balade avec les mêmes fringues...

— On va arranger ça. Les fringues, c'est mon rayon. Je suis bien plus doué qu'à la boxe. Ensuite, nous rentrerons à Paris. Je vous amènerai dans nos bureaux. On essaiera d'analyser tout ce qu'on a récupéré ici.

— D'accord.

— Je vous laisse la chambre. Je vais dormir sur le canapé.

— Vous êtes sûr ?

— Oui, oui. Allez vous coucher, Vigo.

J'acceptai. Je n'étais pas contre une bonne nuit de sommeil.

66.

Carnet Moleskine, note n° 193 : souvenir, fin.

Mon nom n'est pas Vigo Ravel. J'ai treize ans. Je suis à l'arrière du break vert. Mes parents sont devant moi. Je vois leur visage, à présent. Le sourire de ma mère, ses yeux usés, les marques de la tristesse. Et mon père, cheveux en brosse, tête carrée, menton large, regard dur, voix sévère ; une allégorie de l'autorité.

Dehors s'étendent les collines vertes de la côte normande. Deauville disparaît dans l'horizon, laisse place aux vieux blockhaus. Puis approchent les falaises d'argile, comme un cliché de carte postale.

Je ne regarde même plus la mouche idiote qui vole autour de moi. Je sais qu'elle n'a plus d'importance, qu'elle n'est là que pour me distraire, m'écarter de ce que je dois entendre, comprendre.

Mes parents se disputent, ils se servent de moi pour justifier ce qui les sépare. Je le sais. Mon éducation est le prétexte de leurs opinions discordantes. Ils m'écartèlent au lieu de se déchirer, eux. Je ne tiendrai pas longtemps.

La voiture s'arrête sur une digue. Les portes claquent. Je suis mes parents sur la plage déserte, les mains enfoncées dans les poches, les poings serrés sur la colère qui gronde. Nous marchons sur les galets. La clameur des vagues et le vent étouffent à peine leur lutte incessante. Leur dernier combat.

Soudain, mon père revient vers moi, abandonne ma mère au bord de l'eau. Je le vois se pencher en avant, attraper mon épaule.

— *Ta mère et moi allons nous séparer, mon petit.*

— *Je sais.*

Il paraît surpris. Je ne suis pas l'idiot qu'il aurait voulu que je sois.

— *Tu vas venir vivre avec moi.*

Je croise les bras, je fronce les sourcils. Tout mon corps refuse.

— *Non !*

— *Ne dis pas de bêtises.*

— *Je préfère rester avec maman !*

Il soupire.

— *Maman doit s'absenter quelque temps.*

— *Où elle va ?*

— *À l'hôpital.*

— *Elle est malade ?*

— *Non. Elle... Elle a besoin de repos. Nous rentrons ce soir à Paris, mon fils. Maman va rester à Deauville. On ira la voir de temps en temps.*

Je pleure. Je sais que les enfants n'ont pas les armes pour se battre contre ça.

« *On ira la voir de temps en temps.* »

Il n'a jamais tenu sa promesse.

67.

Le lendemain matin, comme prévu, Damien Louvel m'emmena faire du shopping dans la grande rue piétonne du centre-ville. Je trouvai cela d'abord un peu étrange, voire intimidant, de me retrouver avec ce type que je connaissais à peine, à essayer des vêtements dans les boutiques de Nice sous le regard enjoué des vendeuses, puis nous finîmes par nous amuser sincèrement. Louvel avait un sens de l'humour et de la dérision qui me mit rapidement à l'aise et, en effet, il semblait avoir un goût certain pour le prêt-à-porter :

il entreprit de me relooker de la tête aux pieds, en se moquant de mes choix de vêtements.

— Vous ne voulez pas abandonner le look schizophrène complexé, mon vieux ? Tenez, essayez ce jean, ça vous enlèvera une dizaine d'années, et un ou deux kilos.

J'avais l'impression de rejouer une scène de *Pretty Woman* ! Comme un grand frère, il m'aida à choisir des pantalons, des chemises, des vestes, une paire de chaussures... et il régla chaque fois la note avec sa carte bancaire. Je le remerciai, mal à l'aise.

— Ne vous inquiétez pas, je ferai passer ça en notes de frais ! Il ne suffit pas de vous raser le crâne, Vigo. Si vous voulez vraiment vous faire une nouvelle tête, il ne faut pas hésiter à tout changer... Et il est hors de question que je vous ramène à Paris habillé comme ça ! J'ai une réputation à tenir, moi. D'ailleurs, vos vieilles fringues sont tellement sales qu'il faudrait les brûler.

Après deux heures de courses, j'entassai mes nombreux sacs dans une valise toute neuve et nous partîmes enfin pour la gare, abandonnant derrière nous le visage coloré de la Côte d'Azur, direction Paris.

Pendant le trajet du retour, Louvel reçut plusieurs coups de fil, sans doute d'autres membres du groupe SpHiNx. Chaque fois, il se levait et partait au bout du wagon pour ne pas gêner les autres voyageurs, ou plutôt pour que personne – moi en premier – ne puisse entendre sa conversation. En le voyant utiliser son téléphone portable, je ne pus m'empêcher de penser encore à Agnès. J'aurais tellement aimé l'appeler ! Je ne cessais d'imaginer son visage, son regard, sa voix. Les yeux perdus dans le vague, la tête collée à la vitre, je me perdis dans son souvenir.

Agnès. Place Clichy. Le Wepler. Parfait Silence. Partout où je regarde, c'est ton sourire qui se dessine. Tu pourras dire n'importe quoi, chercher mille raisons de me fuir, je sais que tu as senti pour moi cette petite différence qui change tout. Cette évidence que le cœur accepte et que l'âme ignore, ou feint d'ignorer. Je l'ai vue dans ton regard, je l'ai entendue dans tes soupirs, et même entre les lignes de ton dernier message, j'ai deviné l'étincelle. J'ai mal comme toi parce que le présent nous échappe, parce que pour nous deux, il n'y a pas d'ici et maintenant. Je ne sais pas si je te reverrai un jour, si je te retrouverai quelque part, si cet endroit et cet instant existent, et rien ne me fait plus souffrir que cette ignorance. Je vivrai à jamais ce non-lieu comme une injustice. La ligne de vie que nous n'avons pas pu suivre. Chaque seconde que je passe loin de toi est une sentence à perpétuité. Je ne sais pas si c'est de ne pouvoir te serrer contre moi, te deviner dans les bras d'un autre qui me donne ainsi le désir de te posséder, de n'avoir su dire je t'aime qui me le fait autant regretter, je ne sais pas si c'est de ne pouvoir t'appeler qui me torture à ce point, je ne sais pas si je me mens à moi-même, si c'est une complaisance du malheur, mais putain, putain, j'ai mal !

Plus je cherche à t'oublier, plus ton souvenir s'aiguise. Je sais bien que c'est ridicule, que les âmes sœurs n'existent pas, que c'est un mythe d'adolescent et qu'il y a sûrement mille autres histoires d'amour qui pourraient croiser nos chemins, le mien, le tien, mais tout cela n'est que discours de raison, et le cœur a ses raisons que la raison ignore. Tout n'est pas raison. Il y a autre chose. Cette force immense qui ne s'explique pas. Je me fous d'être rationnel, je me fous d'être raisonnable, c'est toi que je veux aujourd'hui, c'est notre histoire que je veux vivre, maintenant, envers et contre tout. Tu me manques. Tu es cette douleur noire au bout de tous les chemins que ma mémoire traverse, et tu n'es plus là.

— Tout va bien, Vigo ?

Je sursautai.

— Pardon ?

Damien Louvel me dévisageait d'un air inquiet.

— Vous allez bien ?

Je passai le revers de ma main sur ma joue. Les larmes s'effacèrent sous mes doigts.

— Oui. Ça va.

— Vous devez être épuisé, mon vieux.

— Sans doute.

Pourquoi m'appelait-il tout le temps « mon vieux » ? Il devait avoir dix ans de plus que moi ! C'était sans doute un terme affectif. Ou bien ce devait être mon regard, plein de vieillesse prématurée.

— Ce que vous êtes en train de vivre... Personne ne peut comprendre. Personne ne devrait avoir à vivre ça...

Je poussai un soupir.

— Ça va, ne vous inquiétez pas. Un petit coup de fatigue.

Louvel sourit. Il n'était pas dupe. Je trouvai dans son regard bien plus de compréhension que je n'aurais pu en attendre. Ce type avait vécu des choses, ça transparaissait dans son sourire, dans ses silences. Je fus pris d'un violent besoin de sincérité.

— Agnès me manque. J'ai peur de la perdre.

Il hocha lentement la tête et me montra son téléphone.

— Vous voulez l'appeler ?

— Elle m'a demandé de ne pas le faire.

Il m'adressa un regard où je crus lire de l'amitié. Quelque chose qui devait y ressembler. Je n'y connaissais pas grand-chose, dans ces sentiments-là.

— On va vous sortir de là, Vigo, je vous le promets.

Je me forçai à sourire.

— Merci.

334

Le silence s'installa à nouveau. Je fermai les yeux et appuyai ma tête contre la vitre du train. Je regardai défiler le paysage, théâtre silencieux et indifférent de mon affliction. Les minutes passèrent et domptèrent mon angoisse. Finalement, nous arrivâmes à Paris dans le réconfort gris du béton et des fumées blanchâtres.

Je suivis Louvel à travers la gare de Lyon, me rappelant cette nuit étrange que j'avais passée là. Mais j'étais déjà un autre homme, et pas seulement parce que j'avais quitté enfin mes guenilles.

Un taxi nous conduisit dans le XXe arrondissement, boulevard de Ménilmontant. Nous marchâmes dans la rue sans parler. J'écoutais le bruit de la ville. Le quartier grouillait de monde, vibrait de vie, de chaleur humaine. J'aimais ça. Louvel me guida jusqu'au pied d'un vieil immeuble. J'étais étonné que l'antre du groupe SpHiNx se trouvât de ce côté-là de la capitale. Je m'étais attendu à un quartier plus moderne, un quartier de bureaux. Mais au fond, cela devait leur ressembler plus que je ne l'imaginais. Nous passâmes sous un porche, traversâmes une première cour, un couloir, une deuxième cour, puis quand nous fûmes arrivés devant une grande porte en verre teinté, Louvel se tourna vers moi.

— Bien. Voilà nos locaux. Vigo, je ne voudrais pas vous paraître cérémonieux, mais vous devez me promettre de ne jamais révéler quoi que ce soit de tout ce que vous pourrez voir ici...

Je fis un signe de tête pour dire que je comprenais.

— D'ordinaire, nous n'acceptons pas les visiteurs. Vous êtes... une exception.

Je n'étais pas sûr de savoir que répondre à ça.

— D'accord, dis-je faute de mieux. Merci.

Le hacker glissa une clef dans l'énorme porte blindée qui barrait l'entrée de leur local secret. Il me précéda à l'intérieur.

Les bureaux du groupe SpHiNx étaient une sorte de vieux loft désaffecté, où régnait un désordre confondant. C'était un grand mélange de babioles, d'affiches, de piles de documents et de matériel high-tech, écrans, ordinateurs, tout un tas d'appareils dont je ne devinais même pas la fonction véritable. Des câbles de toutes les dimensions couraient un peu partout, d'un bout à l'autre de la pièce, d'un bureau à l'autre... Les murs étaient couverts de bibliothèques et d'armoires où s'entassaient des centaines de dossiers, CD-Rom, imprimantes, boîtes en carton... Dans un coin, un vieux bar en laiton sur lequel traînaient quelques verres. De grandes poutres en métal, peintes dans un vieux vert métropolitain, soutenaient une large verrière quatre ou cinq mètres plus haut. Une lumière bleutée filtrait à travers les grandes vitres teintées. Au fond du loft, un petit escalier menait à une mezzanine cloisonnée de baies vitrées, perchée sur quatre autres piliers métalliques.

Deux personnes étaient en train de s'affairer sur leurs ordinateurs. Un petit Asiatique, maigre, d'une vingtaine d'années sans doute, avec un look de rocker japonais tout droit sorti des années quatre-vingt, piercing et cheveux décolorés. Un peu plus loin, un trentenaire véritablement obèse, avec de grosses lunettes rondes, une impressionnante chevelure noire ébouriffée, portait un ample tee-shirt de Superman. Son bureau, en plus d'un ensemble informatique complexe, était couvert de cannettes de soda et de vieilles boîtes de fast-food...

Enfin, une jeune femme, qui n'avait peut-être même pas vingt ans, vint bientôt à notre rencontre, tout sourire. Grande et mince, elle avait de longs cheveux bruns et des petites lunettes rondes. Habillée comme une lycéenne, elle complétait parfaitement ce trio décalé de jeunes mordus d'informatique...

— Vigo, je vous présente Lucie.

— Enchanté, dis-je en lui tendant la main.

— Salut, dit-elle d'une voix enjouée et décontractée.

— Lui, là-bas, c'est Sak, notre analyste, dit Louvel en désignant le jeune Asiatique. Et le troisième larron, là, planqué derrière ses gros écrans, c'est Marc, qui est à la fois notre programmeur-développeur, notre graphiste, et le plus gros mangeur de pizzas de la place de Paris.

Les deux garçons m'adressèrent un salut de la tête sans vraiment interrompre leur travail.

— Lucie... Comment dire ? Eh bien, Lucie – bien qu'elle soit la plus jeune d'entre nous – est la personne qui a créé SpHiNx...

Je haussai les sourcils, quelque peu surpris.

— Elle était avec moi quand nous vous avons contacté sur le Net.

— Ouais, confirma la jeune fille, et d'ailleurs, il y a du nouveau !

— Parfait ! s'exclama Louvel. Allons là-haut, tu vas pouvoir nous briefer. À moins que vous ne vouliez aller prendre une douche, ou vous rafraîchir, Vigo ?

— Non, non, je vous suis.

— Alors allons-y. On sera tranquilles en haut, c'est ce qu'on appelle « l'aquarium », m'expliqua Louvel en m'indiquant la mezzanine de verre.

Ils se mirent aussitôt en route vers le petit escalier métallique et je leur emboîtai le pas, mal à mon aise. Louvel s'arrêta en chemin devant le type obèse, qui ne quittait toujours pas des yeux l'écran de son ordinateur.

— Marc, Vigo a besoin de nouveaux papiers d'identité. Tu peux faire ça ?

Le jeune homme poussa un soupir.

— C'est vous, le fameux télépathe ? marmonna-t-il d'un air sarcastique.

Louvel fit une grimace gênée.

— Marc, s'il te plaît...

Le jeune homme se leva nonchalamment.

— OK, OK... Comme vous voudrez. Il faut juste que nous fassions une photo.

Le prénommé Marc partit chercher un appareil-photo en traînant des pieds, son jean baggy tombant sur les fesses, puis il me demanda de me tenir devant l'une des rares parties du mur à être encore blanche... Je me laissai faire, un peu désemparé. Visiblement, le développeur ne voyait pas mon affaire avec la même bienveillance que Louvel. Il me prit en photo et retourna sans rien dire devant son ordinateur.

— Ne faites pas attention à lui, me chuchota Damien à l'oreille. Il est toujours comme ça. C'est notre sceptique de service. On a besoin de ça, ici, pour garder les pieds sur terre. Et puis, c'est un excellent programmeur. Allons-y, Lucie nous attend là-haut.

Je hochai la tête. Tout ce petit monde se comportait comme si tout était parfaitement normal, mais moi j'avais l'impression de flotter en plein rêve. Ces types ne se rendaient sans doute plus compte de la bizarrerie de leur petite communauté.

J'essayai de ne pas montrer mon trouble et je montai l'escalier qui menait au bureau de Louvel, isolé derrière des cloisons de verre. La jeune femme était déjà assise à l'intérieur, nous la rejoignîmes autour d'une petite table de réunion.

— Alors, papy, ce retour s'est bien passé ?

— Oui, répondit Louvel en souriant.

Une grande complicité semblait les lier, quelque chose qui ressemblait à une relation père-fille idéale, post crise d'adolescence.

— Vous voulez un café ?

— Moi non, et vous, Vigo ?

— Non merci.

— Alors on t'écoute, Lucie. Vigo est aussi impatient que moi de savoir ce que vous avez découvert...

— Tu veux que... que j'aborde tout ?

Louvel sourit.

— Oui. Vigo fait quasiment partie de l'équipe, maintenant... Je crois qu'on peut tout se dire.

Je le remerciai d'un signe de tête. Il ne jouait pas la comédie. Je le savais, à présent.

— OK. Eh bien, grâce à ce que vous nous avez envoyé hier soir de Nice, Sak et moi avons bien avancé sur Dermod, et je crois bien que nous les tenons !

Louvel me lança un regard enthousiaste. Je lui retournai un sourire. C'était peut-être la première bonne nouvelle depuis fort longtemps... S'il y avait bien une chose dont je rêvais, c'était de « tenir » les responsables de tout ce qui m'arrivait !

— Damien, tu avais eu la bonne prémonition : Dermod n'est rien d'autre qu'une société de « sécurité privée », comme on dit.

— J'en étais sûr ! répliqua Louvel, en tapant des mains sur la table. J'en étais sûr ! Ça puait le paramilitaire, ce truc !

Je fronçai les sourcils.

— Vous pouvez éclairer ma lanterne ? C'est quoi, une « société de sécurité privée » ?

— En gros, ce sont des sociétés de mercenariat, expliqua la jeune femme. Il semble que Dermod soit l'une de ces agences de sécurité privées et de gestion des crises qui ont vu le jour dans l'après-guerre froide et encore davantage depuis le désengagement des troupes françaises en Afrique. L'assistance technique militaire a eu depuis une vingtaine d'années une fâcheuse tendance à se privatiser. En gros, Dermod fournit des armes et des mercenaires aux gouvernements... Et devinez qui est l'un des principaux actionnaires secrets de Dermod ?

— La SEAM ? suggéra Louvel.

— Eh oui ! On n'avait pas assez cherché de ce côté-là... Il faut dire que le montage financier de cette société offshore est particulièrement nébuleux. Mais l'implication de la SEAM – qui est tout de même le deuxième plus gros exportateur d'armes en Europe – dans une société de sécurité privée n'est pas très étonnante, quoique dérangeante d'un point de vue déontologique. Mais c'est tout bénéfice pour la SEAM. Le genre de petites sociétés comme Dermod joue un rôle de plus en plus important dans la fourniture d'armes à toutes sortes de régimes des pays du Sud. Elles ont une position de choix pour amener des marchés aux fabricants d'armes : elles sont en cheville avec des gouvernements guerriers, des compagnies aériennes de fret, etc.

Je m'attardai sur Lucie. Il y avait de la passion dans sa voix et dans son regard. Elle s'investissait complètement dans l'affaire, comme si sa vie en eût dépendu. Et c'était peut-être le cas. Si vraiment cette jeune fille d'une vingtaine d'années avait créé SpHiNx, c'est qu'elle avait une soif extraordinaire de vérité et un motif personnel. Malgré son look d'éternelle adolescente, quelque chose chez elle en faisait une adulte, plus mûre que moi peut-être. Et la connaissance qu'elle semblait avoir acquise de tous ces sujets m'impressionnait. Elle et Louvel étaient sans aucun doute les deux personnes les plus singulières qu'il m'avait été donné de rencontrer. Et, bizarrement, j'avais envie de leur ressembler. Je ressentis soudain une force nouvelle, une motivation accrue. L'envie d'appartenir à un groupe. À cet instant, pour la première fois de ma vie peut-être, je n'avais plus l'impression d'être seul.

— Lucie, demandai-je, comment avez-vous découvert que Dermod était une société de sécurité privée ?

— Deux des documents de Gérard Reynald nous ont mis sur la piste. Ensuite, nous avons pu croiser des sources pour tout vérifier. Le premier document impliquait directement Dermod dans une opération militaire commanditée officieusement par l'État français début 1997. Dermod aurait envoyé une trentaine de mercenaires au Congo pour encadrer l'armée de Joseph Mobutu, qui venait d'être vaincue par les soldats de Laurent-Désiré Kabila.

— Rien que ça !

— Oui. Et le second document concernait une autre mission du même genre, lancée par un conseiller de l'Élysée au tout début 2000. Là encore, Dermod aurait envoyé six hommes pour soutenir le général Robert Gueï en Côte d'Ivoire, l'aider à détruire les groupes d'opposition et restructurer la garde présidentielle...

— Des *black operations*, murmura Louvel.

— Exactement.

— C'est quoi ces conneries ? dis-je, complètement hébété.

— Ce ne sont pas des conneries, répliqua Louvel en se tournant vers moi. Ces opérations sont de plus en plus fréquentes. L'État français – même s'il s'en défend – a régulièrement recours à des sociétés privées et à des mercenaires pour la gestion de crises de ce type.

— Pourquoi ?

— Eh bien, pour empêcher que l'on puisse remonter jusqu'à la hiérarchie. Il arrive par exemple que le service action de la DGSE – le fameux 11e choc – ne puisse pas entreprendre lui-même des opérations particulièrement délicates d'un point de vue politique. L'avantage, c'est que les mercenaires, contrairement aux militaires, sont des biens consommables, jetables... Ils n'ont aucun lien officiel avec les autorités, bref, ils ne laissent pas de trace. Tous les présidents de la Ve République ont eu recours aux services de sociétés privées, de Gaulle au Biafra, Giscard au Bénin, Mitterrand au Tchad et au Gabon, Chirac au Zaïre, en Côte d'Ivoire... Et ne parlons pas des Américains, qui le font de plus en plus, en Afghanistan, en Irak...

— Il existe plusieurs sociétés de ce genre en France, enchaîna Lucie d'une voix exaltée. Elles louent très cher leurs services à l'État. En général, elles sont montées par d'anciens gendarmes de l'Élysée, d'anciens militaires, qui viennent des régiments parachutistes, des troupes de marine ou de la légion étrangère, et il y a également de nombreux agents des services secrets « à la retraite ». Ces types quittent l'armée, trop bureaucratique à leur goût, et pas assez... lucrative.

Louvel acquiesça.

— Oui, et souvent, ils gardent des liens avec leurs services d'origine, à la DGSE ou dans la cellule africaine de l'Élysée.

— Il semble que cela soit le cas de Dermod, sauf que là, en plus, elle a bénéficié de fonds privés venus de la SEAM, qui est donc l'une des plus grosses sociétés d'armement européennes, et dont l'actionnaire majoritaire, comme par hasard est...

— L'État français.

— Eh oui ! En gros, par le biais de la SEAM, notre pays est indirectement actionnaire d'une étrange société de mercenariat...

— C'est incroyable, murmurai-je.

Lucie adressa un sourire à mon voisin.

— On a vu pire, glissa-t-elle d'un air sarcastique. Bref, grâce à ces deux pistes fournies par les documents de Reynald, nous avons pu remonter plus loin et découvrir l'implication de Dermod dans d'autres opérations, en Bosnie ou au Congo-Brazzaville, par exemple.

— Et ça nous mène où, tout ça ?

— Mon idée, c'est que le Protocole 88 doit être le nom de code d'une de ces *black operations*... Le problème, c'est qu'on ne sait pas laquelle. On n'a toujours rien là-dessus.

— On va finir par trouver, affirma Louvel. On est sur la bonne piste.

— J'espère... On va continuer de fouiller. Nous travaillons maintenant sur d'autres documents tout aussi intéressants.

— Lesquels ?

— Eh bien, d'abord, parmi les pièces que vous avez photographiées, il y avait une lettre d'un fournisseur d'accès Internet avec toutes les informations concernant la boîte e-mail de Gérard Reynald. Bon... Ce n'est pas très légal, mais nous sommes allés voir ce qu'il y avait dedans...

— On n'est plus à ça près, fit remarquer Louvel en grimaçant.

— Reynald prenait soin d'effacer tous ses mails à la fois dans sa boîte de réception et dans sa boîte d'émission, mais notre cher Sak n'est pas du genre à se laisser démonter par ce genre de défis... Il a réussi à récupérer une bonne partie des mails envoyés par Reynald au cours de l'année dernière. Et dans ce qui était récupérable, nous avons trouvé de quoi éveiller notre intérêt. Plusieurs mails vous étaient adressés, Vigo.

— À moi ? Mais je n'ai jamais reçu de mails de ce type ! m'étonnai-je en me redressant sur mon siège.

— Pourtant, il vous en a envoyé au moins deux à votre seule adresse...

— Pourquoi ne les ai-je jamais reçus ?

— Je l'ignore. Dermod les a peut-être interceptés. Ou bien peut-être que vos faux parents filtraient votre courrier...

À bien y réfléchir, c'était tout à fait possible... C'était en tout cas l'explication la plus probable. Mes parents et moi partagions le même ordinateur, et je m'étais plusieurs fois demandé – comme un adolescent méfiant – si ma mère ne lisait pas mon courrier.

— Le premier mail, enchaîna Lucie, concerne la tour SEAM, et on sent bien l'obsession euh... meurtrière que le bonhomme cultivait à l'égard de l'édifice... Le deuxième concerne un mystérieux « Commandant L. ». C'est un long pamphlet sur un genre de barbouze, mais qui n'a pas l'air très réaliste. Franchement, ce Reynald doit être un peu taré, et il est difficile de savoir si ce qu'il raconte a quoi que ce soit de réel... Mais il y a plus intéressant encore. Nous avons trouvé un troisième mail très très curieux... Figurez-vous que, la veille des attentats, Reynald a envoyé un courrier à vingt personnes dont... encore vous, Vigo.

— Et que disait son mail ?

— C'est assez étrange là aussi. Un peu barré, si je puis dire. L'objet spécifié n'est rien d'autre que notre fameux « Protocole 88 », et le contenu reprend notamment des choses qui étaient affichées sur le mur dans le studio de Reynald, regardez.

La jeune femme nous tendit une feuille imprimée. Je m'approchai de Louvel et lus par-dessus son épaule.

« *De* : *Gérard Reynald*
Date : *7 août, 15 :50*
À : *undisclosed recipients*
Objet : *Protocole 88*
Bourgeons transcrâniens, 88, c'est l'heure du deuxième messager. Aujourd'hui, les apprentis sorciers dans la tour, demain, nos pères assassins dans le ventre, sous 6,3. Je le fais pour nous tous. J'espère que j'irai jusqu'au bout [Le deuxième messager sonne. C'est comme une grande montagne brûlante de feu. Elle est jetée dans la mer. Le tiers de la mer devient sang.] (Apocalypse 8,8). »

— Qu'est-ce que c'est que ce charabia ? souffla Louvel.

Lucie haussa les épaules.

— La... La première phrase, balbutiai-je. C'est celle que j'ai entendue dans la tour juste avant l'explosion. Les pensées de Reynald... Il devait se répéter cette phrase en boucle.

Louvel fronça les sourcils.

— C'est cette phrase qui vous a fait sortir de la tour en courant ?

— Oui...

Il acquiesça, comme s'il commençait enfin à comprendre.

— Vous avez une idée de ce que cela peut vouloir dire ? demanda-t-il en s'adressant autant à moi qu'à Lucie.

— Clairement, il annonce l'attentat du 8 août, suggéra la jeune femme.

— Il a dû vouloir nous prévenir, continuai-je.

— Qui « nous » ?

— Je ne sais pas... Les gens concernés... « Je le fais pour nous tous. » Vous avez pu identifier les autres destinataires du mail ?

— Non, pas encore. Mais une chose est étonnante : dans la liste des destinataires, il y a un pseudonyme qui correspond à chaque adresse e-mail. Et le vôtre était : « *Il Luppo*. » Ça vous dit quelque chose ?

Je réfléchis.

— Non, je ne vois pas...

— Ça veut dire « le loup », en italien... Tous les autres surnoms sont dans le même genre. Des noms d'animaux...

Je frémis. Le loup. Je glissai lentement ma main vers mon épaule, les yeux écarquillés.

— Qu'est-ce qu'il y a ? me demanda Louvel en voyant mon état de consternation.

— J'ai... J'ai un tatouage sur l'épaule. Je n'ai jamais su d'où il venait. Je ne me souviens pas...

— Et c'est quoi ?

— Un loup.

Il y eut un court instant de silence. Chacun réfléchissait dans son coin. Petit à petit, les pièces d'un puzzle encore flou se mettaient en place.

— Bon, déclara finalement Louvel, résumons. Tout ce qu'on peut en conclure pour le moment, c'est que Reynald a voulu prévenir un groupe de vingt personnes, visiblement concernées par le fameux Protocole 88, au sujet de son attentat. Que ces vingt personnes – à qui il semble s'adresser sous le nom de « bourgeons transcrâniens » – avaient pour lui un surnom, qui, dans votre cas, correspond à un tatouage. On peut également supposer qu'il a choisi symboliquement la date du 8 août pour faire écho au chiffre 88, et qu'il semble faire un lien bizarre avec l'apocalypse 8,8...

— Oui. Ce n'est peut-être qu'un délire schizophrénique... Une tendance à voir des analogies partout... Ou de l'enrobage, du symbolique. Le rapport entre ce texte et notre affaire semble un peu tiré par les cheveux. Quoique les conséquences de son acte soient en effet quelque peu apocalyptiques...

— Après, continua Louvel, il annonce plus ou moins qu'il va faire sauter la tour, où seraient situés ce qu'il appelle les « apprentis sorciers »...

— Sans doute les gens du cabinet Mater, glissai-je, la bande du docteur Guillaume.

— Sans doute. Et enfin, il parle de ce qui doit être un second bâtiment, sa seconde cible, « le Ventre », où seraient situés « nos pères assassins ». Il a peut-être été arrêté avant de passer à l'acte. On peut toutefois penser qu'il parle des responsables directs de toute cette affaire, et donc, probablement, de Dermod.

— On ne peut pas en avoir la certitude, répliqua Lucie.

— Non, mais cela semble tenir. Reynald aurait eu l'intention de perpétrer deux attentats, le premier contre le cabinet Mater, dans la tour SEAM, et le second, probablement, contre Dermod, dans un lieu qu'il surnomme « le Ventre ».

— Peut-être. Et que signifie « sous 6,3 » dans ce cas ? demandai-je.

Lucie haussa les épaules.

— Pour l'instant, cela reste un mystère. Mais « le Ventre » correspond à un autre des documents que vous nous avez envoyés. Les plans d'architecte annotés par Reynald. Les premiers étaient faciles à identifier, « la Tour », il s'agissait bien sûr de la tour SEAM, avec des fiches techniques sur la structure du bâtiment, bref, tout ce qu'il lui fallait pour savoir où placer ses bombes. En revanche, les seconds, qui portent la mention « le Ventre », nous n'avons pas encore trouvé à quoi ils correspondent ; mais nous avons une certitude : il s'agit d'une structure souterraine.

J'inclinai lentement la tête. Une structure souterraine... Évidemment, cela me faisait penser à quelque chose. Le murmure des ombres...

— Nous devons nous focaliser là-dessus, proposa Lucie. Il ne faut pas perdre de vue ce que nous cherchons : le « Protocole 88 ». Or, pour découvrir ce que c'est, il va sans doute nous falloir remonter jusqu'à Dermod. Si nos suppositions sont bonnes, ces plans d'architecte pourraient nous aider à localiser cette mystérieuse société, dont nous ignorons encore où se trouve son siège social – l'adresse offshore qui figure sur le montage financier est sûrement bidon. Il paraît évident que Gérard Reynald avait des griefs envers eux – peut-être est-il un ancien mercenaire, peut-être a-t-il été trahi par Dermod, que sais-je ? En tout cas, par vengeance, il aurait décidé de faire exploser les locaux ayant un lien avec eux. D'abord la tour SEAM, ensuite ce second bâtiment, souterrain, qui pourrait être le siège social de Dermod.

— Ce ne sont que des suppositions, mais ça tient la route, dit Louvel en me regardant.

Je ne répondis pas. L'une des choses que venait de dire Lucie m'avait fait prendre soudain conscience d'une éventualité qui me glaçait le sang. Si Reynald avait vraiment été un ancien mercenaire, je ne pouvais m'empêcher de faire le parallèle avec moi. Nous nous ressemblions sur tant de points ! Et pas seulement la schizophrénie, mais son parcours... Il y avait aussi maintenant cette histoire de nom de code, de tatouage... Mais alors ? Cela signifiait-il que, moi aussi... Non. Je n'arrivais pas à y croire. Moi, mercenaire ? Je ne savais pas si j'avais envie de rire ou de pleurer. Pourtant... Cela aurait pu expliquer bien des choses, comme le crochetage des serrures, le pilotage des voitures, les techniques de combat...

Louvel dut remarquer mon trouble. Il posa une main sur mon bras.

— Ça va, Vigo ?

— Euh... Oui, balbutiai-je. Je... Je pense que je sais à quoi pourraient correspondre les plans souterrains...

— Vraiment ?

Je hochai la tête.

— Oui. J'ai ma petite idée là-dessus. Il faut... Il faut que je passe un coup de fil.

— À qui ?

— À l'ancien commandant de l'Équipe de Recherche et d'Intervention des Carrières de Paris.

68.

Vers 21 heures, Damien Louvel et moi étions dans le salon du commandant Berger. Nous n'avions pas perdu de temps. Comme l'avait dit Damien, étant donné les implications de plus en plus inquiétantes qui se dessinaient autour de cette affaire, notre enquête prenait des allures de course contre la montre. D'après lui, il fallait absolument que nous fassions éclater le scandale – si scandale il devait y avoir – avant que les responsables haut placés qui se cachaient vraisemblablement derrière Dermod parviennent à étouffer l'affaire... ou à nous faire taire, d'une façon ou d'une autre.

L'ancien policier avait accepté de nous rencontrer le soir même chez lui, dans son petit appartement du XXᵉ arrondissement. La retraite d'ancien flic ne semblait pas permettre au vieux célibataire de vivre dans le luxe et son deux-pièces était encore plus en désordre que l'appartement d'Agnès. Je souris en pensant que les gardiens de l'ordre semblaient tous négliger celui de leur propre habitat... Berger était visiblement un bibliophile, à en juger par la quantité de volumes qui envahissaient les murs et les meubles. Sur le trajet, Louvel – qui avait fait ses petites recherches – m'avait informé que le policier avait participé à deux ouvrages sur le Paris souterrain dans les dernières années.

Berger devait approcher les soixante-dix ans. Quelques rares cheveux blancs traversaient son large crâne. Bien en chair, il avait le visage rondelet, les joues rouges et le regard brillant. Nous lui avions dit que nous étions des journalistes, amis d'Agnès, et que nous menions une enquête sur la vie souterraine de la ville. Il avait d'abord refusé de nous rencontrer, expliquant qu'il avait déjà mille fois répondu à des journalistes sur ces questions et que c'était un sujet éculé, mais il avait fini par accepter, « par amitié pour Agnès ».

— Qu'espérez-vous dire dans votre reportage sur les sous-sols de Paris qui n'a pas déjà été dit dans les dizaines de documentaires qu'il y a eus sur le sujet ? Vous avez lu mes livres ? Tout ce que je sais est dedans...

Je me tournai vers Louvel. J'espérais qu'il aurait plus de repartie que je ne pouvais en avoir, moi.

— Monsieur Berger, nous allons jouer franc jeu avec vous, déclara Damien d'un air grave. Nous ne faisons pas un simple documentaire sur les catacombes. Nous faisons du journalisme d'investigation.

— Ouh la la, intervint le vieux policier, moqueur.

Louvel ne se laissa pas démonter.

— Nous pensons qu'il pourrait y avoir dans les sous-sols de la ville des activités en rapport avec les attentats du 8 août.

C'était une réponse risquée. Le hacker venait de faire un semi-aveu qui me semblait aventureux ! Était-il bien utile d'éveiller les soupçons du commandant Berger en le laissant faire le rapprochement avec l'objet réel de notre enquête ? En venant ici à visage découvert, malgré mon crâne rasé, j'avais déjà pris beaucoup de risques. Mais Louvel avait peut-être raison. Évoquer le sujet réel de notre investigation, c'était aussi un moyen de noyer notre mensonge – nous n'étions pas journalistes – dans un peu de vérité.

Le policier fronça les sourcils.

— Des terroristes sous Paris ? Ça m'étonnerait. La police est au courant de tout ce qui se passe sous la ville...

— On parle pourtant souvent de ces jeunes gens qui vont illégalement dans les catacombes...

— Figurez-vous qu'ils sont justement notre meilleure source de renseignement, répliqua le vieil homme. Nous connaissons parfaitement tous les « cataphiles », comme ils s'appellent eux-mêmes. Nous tolérons leur présence, en échange de quoi ils nous signalent toute activité qui sort de l'ordinaire dans les sous-sols de Paris.

Il parlait au présent comme s'il était encore en service, habité sans doute par la vocation qu'il avait longtemps suivie.

— Le service que je dirigeais fait davantage de prévention que de répression, vous savez... Lors de nos descentes, nous contrôlons l'identité des gens qui traînent et nous les avertissons du danger qu'il y a à circuler dans les catacombes, mais nous les verbalisons rarement. Grâce à cela, le service possède un fichier très précis de tous les cataphiles, avec leur nom, leur surnom, éventuellement le club auquel ils appartiennent... C'est la meilleure source d'informations dont nous puissions rêver. Dès qu'il y a quelque chose d'anormal, les cataphiles nous préviennent. C'est leur façon de garder de bons contacts avec nous, de s'attirer notre bienveillance. Alors j'ai du mal à croire que des terroristes puissent avoir des activités dans les sous-sols de la ville sans que la police soit alertée.

Louvel acquiesça lentement.

— Mais connaît-on vraiment tous les locaux qui se terrent sous Paris ?

— Oui, bien sûr ! D'abord, il y a le « Giraud », un plan qu'utilisent les cataphiles et qu'ils mettent à jour eux-mêmes régulièrement. Et puis l'Équipe de Recherche et d'Intervention des Carrières a en sa possession des plans bien plus détaillés de tout ce qui existe sous la ville : les anciennes carrières de gypse et de calcaire, les égouts, les authentiques catacombes, les différentes infrastructures du métro, les réseaux téléphoniques et pneumatiques, mais aussi les souterrains plus confidentiels, comme les bunkers de la

Seconde Guerre mondiale, les abris de défense passive...

— Ça fait beaucoup de lieux à surveiller.

— Certes, reconnut le commandant Berger. J'ai souvent fait remarquer à ma hiérarchie que nos effectifs étaient un peu limités pour notre mission... Il faut savoir qu'il y a aussi sous Paris de nombreux espaces inutilisés, abandonnés, comme des galeries inachevées du métro, et même des stations entières laissées à l'abandon. Sous la Défense, par exemple, une gigantesque station de métro a été construite et n'a finalement jamais été utilisée...

Je ne pus m'empêcher d'adresser un regard entendu à Louvel.

— Sous la Défense ? insista le hacker.

— Oui. Vous ne pouvez pas imaginer le nombre d'espaces abandonnés qu'il y a sous la dalle de la Défense... Mais je vous vois venir ! Les attentats ont eu lieu à la Défense... Vous n'imaginez quand même pas que des terroristes auraient pu s'installer dans ces locaux sans que l'on s'en aperçoive...

— Des terroristes, non. Mais il pourrait y avoir sous la Défense quelque chose en rapport avec les attentats. Quelle est la nature de ces espaces ?

— Je vous l'ai dit, il y a énormément de choses. Plusieurs niveaux ont été construits sous la dalle, sur des dizaines d'hectares, jusque vers la Seine. Il y a les parkings, les sous-sols des centres commerciaux, les voies pour les transports, l'autoroute et tout un tas d'installations techniques... Résultat, entre tous ces espaces, il y a des volumes immenses, souvent inutilisés, qui se sont retrouvés enfermés. Certains de ces volumes résiduels sont devenus légendaires. Le personnel de l'ÉPAD – l'Établissement public d'aménagement de la Défense – les appelle les « cathédrales englouties ».

— Amusant.

— Oui. Ça fait partie du folklore. De nombreuses histoires courent à leur sujet. En 1991, par exemple, Radio Nova a réussi à organiser deux soirées pirates dans l'un de ces volumes abandonnés. Et puis il y a cet artiste, Moretti, qui, avec la complicité de Picasso et du ministre de la Culture de l'époque – c'était Duhamel, il me semble – a récupéré en 1973 tout un espace pour une gigantesque sculpture qu'il n'a cessé d'agrandir chaque année. On a fini par appeler son œuvre le « monstre de la Défense »... Je crois que c'est Kessel qui l'a baptisée ainsi.

— Impressionnant. Nous l'ignorions...

— Si vous cherchez là-dedans, vous n'êtes pas au bout de vos surprises. Personnellement, le volume le plus impressionnant qu'il m'a été donné de visiter, c'était cette fameuse station de métro fantôme située en dessous du dernier sous-sol du parking de la Défense, et accessible par une petite trappe secrète. Cette station inachevée doit faire plus de deux cents mètres de long. Au bout du compte, la RATP a décidé de ne pas l'utiliser et cela fait une quinzaine d'années que cette cathédrale de béton reste vide. Mais il y a plein d'autres lieux mythiques, comme le musée du Fonds national d'art contemporain, ou d'autres plus insolites auxquels on a donné des noms amusants, comme la « grotte des eaux inouïes », l'« oasis de Dieu », le « grenier des illusions perdues »... Au fond, je ne suis pas étonné que vous n'en ayez jamais entendu parler. Très peu de gens connaissent l'intégralité de ce qui se cache dans les sous-sols de la Défense. Seuls quelques rares initiés ont pu tout visiter, d'ailleurs, et ce sont principalement les plus anciens employés de l'ÉPAD.

Quand le policier eut fini son exposé, j'étais prêt à mettre ma main à couper que les plans mystérieux de Reynald représentaient l'un de ces espaces. Je me penchai vers Louvel et lui chuchotai à l'oreille : « Vous lui montrez ? »

Il hésita, puis il acquiesça. Il sortit alors de son sac une grande feuille et la montra au commandant Berger.

— Est-ce que ces plans vous disent quelque chose ?

Le policier sortit des lunettes de sa poche, les glissa sur son nez et inspecta minutieusement la feuille que lui tendait Louvel. Après de longues hésitations, il fit une moue désolée.

— Non, ça ne me dit rien. En revanche...

— Oui ?

— C'est vous qui avez écrit « Le Ventre » en haut de la feuille ?

— Non, pourquoi ?

— Les employés de l'ÉPAD appellent souvent les sous-sols de la Défense « Le ventre de Paris »...

— Vous pensez que ces plans pourraient correspondre à un espace caché sous la Défense ?

— C'est possible, mais cela ne me dit rien. Cela dit, je ne les connais pas tous par cœur. Il faudrait peut-être que vous alliez voir des gens de l'ÉPAD pour en avoir le cœur net.

Louvel hocha la tête et remercia le policier. Nous restâmes encore une bonne heure avec lui, à l'écouter nous raconter des anecdotes sur les sous-sols de la ville, mais Louvel et moi étions certains d'avoir trouvé ce que nous étions venus chercher.

Nous le quittâmes finalement en fin de soirée en le remerciant chaleureusement.

Quand nous fûmes arrivés dans la rue, Louvel me tapa sur l'épaule.

— Eh bien, Vigo, je crois que nous sommes sur la bonne voie... Nous verrons tout ça demain. Il se fait tard. Je ne crois pas qu'il soit prudent pour vous d'aller à l'hôtel. Si vous le voulez bien, je vous propose de vous héberger chez moi pour les prochains jours.

J'hésitai. Il fallait bien le reconnaître, la présence de Louvel était devenue rassurante, voire confortable. C'était peut-être lâche de ma part, mais j'étais trop heureux de ne plus être confronté à ma solitude, ni à mon seul entendement. Je décidai d'accepter son offre. Au pire, vivre chez lui serait peut-être un bon moyen d'en apprendre davantage sur le personnage.

Après un court trajet en taxi, nous montâmes dans l'appartement que Louvel occupait au cœur du XXe arrondissement, près du loft de SpHiNx. C'était un grand trois pièces, presque entièrement vide. Les murs étaient blancs, sans décors, il y avait très peu de meubles, le strict nécessaire, le tout dans un design sobre et élégant, qui évoquait les luxueux appartements high-tech des buildings de Tokyo. Un magnifique parquet en bois clair renforçait l'impression de calme et de luminosité. Au centre du salon siégeaient simplement une télévision, un grand canapé en cuir noir et une table ronde. C'était comme si Louvel n'occupait pas vraiment les lieux. Il passait sans doute l'essentiel de sa vie dans les locaux de SpHiNx.

— Vous voulez boire quelque chose ? me proposa-t-il en accrochant son manteau dans l'entrée.

— Non. Je suis vraiment fatigué... Je pense qu'il serait plus sage d'aller me coucher.

— Vous avez raison.

— Je... je voudrais vous remercier, Damien...

— Il n'y a pas de quoi.

— Si. Vous savez, je traverse une période vraiment difficile. Par moments, je me demande encore si tout ce que je vis est bien réel.

— Je comprends. C'est normal. Ce qui vous arrive est... exceptionnel. Mais je vous le confirme, tout ceci est bien réel, malheureusement.

— En tout cas, votre aide m'est fort précieuse. Je ne suis pas sûr d'avoir bien compris pourquoi vous faites ça, mais je vous remercie...

Louvel eut un sourire énigmatique. Il semblait s'amuser à cultiver un certain mystère.

— Lucie et moi ferons de notre mieux pour vous aider, Vigo. Je suis sûr que nous trouverons bientôt la vérité. Mais allons dormir, maintenant. Il nous reste beaucoup à faire dans les prochains jours...

J'acquiesçai. Damien m'installa dans ce qui devait être sa chambre d'amis et je m'endormis sans peine.

69.

Obtenir un rendez-vous dès le lendemain avec un responsable de l'ÉPAD fut bien plus difficile que nous l'avions imaginé. La principale raison était évidemment que l'organisme responsable de l'aménagement de la Défense était encore en pleine crise suite aux attentats du 8 août, d'autant qu'une partie de ses services était installée dans des bureaux de la tour SEAM. À vrai dire, la majorité des employés de l'ÉPAD avait trouvé la mort dans l'attentat, et la direction de l'établissement – que nous avions fini par joindre – était particulièrement sur les nerfs.

Toutefois, après une bonne quinzaine de coups de téléphone, grâce à sa force de persuasion, Louvel parvint à convaincre le directeur de la communication de nous rencontrer en début d'après-midi. Un peu plus de deux semaines après les attentats, l'ÉPAD avait sans doute déjà besoin de soigner l'image du centre d'affaires, car après une telle catastrophe, non seulement il était urgent de réinstaller un climat de confiance et de sécurité à la Défense, mais il fallait surtout attirer rapidement de nouveaux investisseurs pour relancer l'avenir du site. Malgré l'état d'urgence, l'ÉPAD semblait décidé à brosser les journalistes dans le sens du poil.

Ainsi, un certain M. Morrain nous attendait boulevard Soufflot, à Nanterre, dans des bureaux qui avaient été provisoirement prêtés à ses services par le conseil général des Hauts-de-Seine.

Marc – le fameux sceptique boulimique du groupe SpHiNx qui me jaugeait encore d'un drôle d'œil – nous avait fourni de fausses cartes de presse, la mienne correspondant à mes nouveaux papiers d'identité. M. Morrain s'était montré beaucoup plus curieux que le commandant Berger sur le sujet de notre enquête, et Louvel avait dû expliquer que nous faisions un travail préparatoire pour un éventuel documentaire sur France 2... Le mensonge, tant bien que mal, était passé.

Je n'étais pas particulièrement à l'aise en entrant dans les locaux du conseil général. Ma tête était encore mise à prix et on me cherchait dans toute la France. En plus de mon crâne rasé, Louvel me faisait porter des lunettes qui, d'après lui, modifiaient bien ma physionomie. Pas assez pour que je sois entièrement rassuré, mais suffisamment en tout cas pour que j'accepte de le suivre.

M. Morrain – la quarantaine, sourire aimable, costume élégant – nous accueillit chaleureusement dans son bureau et commença par nous faire une présentation détaillée de l'ÉPAD. Nous fîmes semblant d'être intéressés.

— La fonction principale de l'ÉPAD, comme vous le savez sans doute, est d'aménager, pour le compte de l'État et des collectivités locales, les 160 hectares de la Défense.

— Cela doit représenter une sacrée charge de travail.

— En effet. Vous n'êtes pas sans savoir qu'il s'agit du premier quartier d'affaires européen. Nous gérons tout ce qui concerne l'urbanisme, l'infrastructure et l'attribution des permis de construire de toute la Défense. Mais notre rôle ne s'arrête pas là, puisque, au final, nous nous occupons même de la vie quotidienne du site et de son animation. Vous devinez que les attentats du 8 août représentent pour nous... une crise grave et que nous nous trouvons confrontés aujourd'hui à des problèmes qui dépassent largement tout ce que nous avons pu imaginer...

— Je veux bien vous croire, répondit Louvel d'un air compatissant. Je suis même surpris que vos services soient encore en action alors que vous étiez basés dans la tour même.

— Nous avons perdu beaucoup de nos collègues dans ce drame. Mes propres bureaux se trouvaient dans la tour SEAM, et c'est un miracle que je puisse vous recevoir aujourd'hui... Mais nous n'avons pas le choix. Il y a énormément à faire. Nous travaillons déjà sur les projets de reconstruction. Vous comprendrez d'ailleurs que je ne puisse pas vous consacrer beaucoup de temps...

On pouvait sentir dans sa voix une émotion qui n'était pas feinte et je me fis la remarque que cet homme avait bien du courage pour assumer à nouveau ses fonctions, si tôt après les attentats.

— Nous n'avons pas l'intention d'accaparer votre temps, reprit Louvel, et nous vous sommes infiniment reconnaissants d'accepter de nous recevoir. Je vais être bref. Nous en sommes au début de nos recherches, et nous nous concentrons pour l'instant sur ce que pourraient être les mobiles de l'attentat.

Le directeur de la communication parut étonné.

— C'est plutôt le travail de la police...

— Bien sûr, répliqua Damien aussitôt. Il n'est nullement question de mener l'enquête à leur place, je vous rassure. Mais il faudra sans doute du temps avant que la justice fasse la lumière sur cette affaire. L'idée est simplement, en attendant, de présenter aux téléspectateurs les différents scénarios possibles...

J'admirais l'aplomb avec lequel Louvel menait la conversation quand je sentis monter en moi les premiers signes d'une migraine que je connaissais trop bien. *Non. Pas ici. Pas maintenant.*

— Je vois, dit Morrain d'un ton quelque peu sceptique. Mais je ne suis pas sûr d'être votre interlocuteur idéal dans ce cas... Je ne m'occupe pas du tout de ce qui concerne l'attentat. Tout ce que l'ÉPAD gère, c'est l'aménagement.

Ma vue commençait à se troubler légèrement. Le monde se mit à vaciller autour de moi, à perdre de sa consistance. J'essayai de masquer mon malaise. Il fallait à tout prix que je reste moi-même. Ce n'était pas une crise violente. Avec un peu de chance, elle disparaîtrait aussi vite qu'elle était venue. Je tentai de garder la tête droite et les yeux ouverts.

— Vous pouvez peut-être nous aider. Nous aimerions que vous jetiez un coup d'œil à des documents, expliqua Louvel en sortant précautionneusement la grande feuille de son sac, et que vous nous disiez si vous savez à quoi ils correspondent. Nous pensons qu'il s'agit de plans de locaux qui seraient situés dans les sous-sols de la Défense...

Je ressentis soudain un choc inexplicable. Comme une décharge électrique qui aurait traversé mon crâne, furtive, aussi brève que violente. Et au même instant, je crus voir se dessiner sur le visage de notre interlocuteur une grimace de surprise. Peut-être même de panique. Il se passait quelque chose. Je n'aurais su dire quoi.

Damien posa le plan d'architecte à plat sur le bureau de M. Morrain. Celui-ci hésita, comme s'il craignait de regarder le document, puis il s'avança sur sa chaise, enfila une paire de lunettes et inspecta le tracé. Il écarquilla les yeux en découvrant les plans.

Ça ne peut pas être une coïncidence.

Je sursautai. Louvel m'adressa un regard réprobateur. Il avait remarqué que je n'étais pas dans mon état normal. Mais je ne pouvais pas masquer mon trouble. Je savais ce que je venais d'entendre. Les pensées de ce type. *Ça ne peut pas être une coïncidence.* Je me frottai les yeux. Il fallait que la crise s'arrête. Je risquais de tout faire rater.

Morrain pinça légèrement les lèvres, puis releva la tête rapidement.

— Je suis désolé, mais je ne peux rien vous dire là-dessus.

Louvel jugea sans doute comme moi cette réponse tout à fait ambiguë. Il me jeta un regard. Il y eut un instant de silence, peut-être bref, mais qui sembla durer longtemps. Petit à petit, ma vue redevenait normale, la sensation de vertige s'estompait. Je soufflai discrètement.

Louvel se pencha en avant, l'air perplexe, et posa sa main sur les plans d'architecte.

— Excusez-moi, je... je ne suis pas sûr de saisir le sens de votre réponse.

Morrain se recula sur son fauteuil et croisa les mains d'un air embarrassé.

— Je ne peux rien vous dire concernant ces plans, répéta-t-il d'une voix mal assurée.

Il retient quelque chose, pensai-je.

— Mais... Je ne comprends pas. Vous voulez dire que vous ne les connaissez pas, ou bien que vous ne voulez pas en parler ? insista Damien.

Notre hôte semblait de plus en plus mal à l'aise. Ses épaules se contractaient dans des tics nerveux.

— Ces plans ne dépendent pas de l'ÉPAD, je ne peux rien vous dire à leur sujet, je suis navré.

— Mais ce sont bien des souterrains de la Défense ?

— Je ne peux rien vous dire, répliqua-t-il sèchement.

J'aurais juré qu'il hésitait. Qu'en réalité il avait envie de nous en dire plus. Mais quelque chose l'en empêchait.

— Vous savez, reprit-il d'un air désolé, tous les locaux de la Défense ne... dépendent pas forcément de notre organisation. Il y a quelques exceptions. Écoutez, messieurs, je suis sincèrement confus, mais je ne peux pas vous en dire plus. Et si vous voulez bien m'excuser, j'ai beaucoup à faire...

Avant que nous ayons pu dire quoi que ce soit, il se leva et fit le tour de son bureau, une façon à peine masquée de nous jeter dehors.

Louvel se mit debout. Je lui adressai un regard étonné. Il n'allait pas insister ? Il était pourtant évident que ce type nous cachait quelque chose ! Voyant toutefois que Damien laissait tomber, je me résignai à quitter mon siège.

— Au revoir, messieurs, dit rapidement Morrain, et bon courage pour votre documentaire.

— Oui, apparemment, nous allons en avoir besoin, répliquai-je en lui serrant la main, non sans laisser apparaître mon désappointement.

Je vis dans son regard quelque chose qui ressemblait à de la détresse ou de la frustration. Il retint ma main un instant, comme s'il se refusait soudain à me laisser partir, puis il poussa un soupir et se pencha vers moi.

— Croyez-moi, je... j'aimerais vraiment pouvoir vous aider. Mais... je suis désolé. Je ne peux pas.

Il lâcha ma main et referma la porte de son bureau devant moi. Je restai interdit un moment.

Louvel me fit signe de le suivre. Nous sortîmes prestement du conseil général. Quand nous fûmes dehors, il me tapa amicalement sur l'épaule.

— Ne vous inquiétez pas, Vigo, nous avons trouvé la confirmation dont nous avions besoin.

— Mais... Il n'a rien voulu nous dire ! Il ne nous a pas tout dit. Vous avez vu sa réaction ?

— Justement. Vu sa réaction, nous savons que les plans correspondent bien à des locaux de la Défense et que ces locaux sont sans doute secrets.

J'opinai dubitativement de la tête.

— Le commandant Berger nous l'a dit, il y a des centaines d'endroits possibles, comment retrouver le bon ? Je me demande pourquoi il a réagi comme ça.

— Je ne pense pas que c'était de la malveillance, Vigo. Il semblait réellement mal à l'aise. Vous avez remarqué combien il a insisté sur le fait que ces locaux ne dépendaient pas de l'ÉPAD ? Il a dit : « Il y a quelques exceptions. » Cela signifie que ces locaux – dont nous supposons qu'ils sont en rapport avec Dermod – sont gérés par un autre organisme. Reste à savoir lequel.

— Et comment peut-on savoir ?

— On pourrait commencer par aller jeter un coup d'œil au cadastre.

70.

Après un coup de fil à Lucie, Damien avait obtenu rapidement l'information dont nous avions besoin : une partie du cadastre de la Défense était consultable à la mairie de Puteaux et l'autre à celle de Courbevoie. Nous nous étions réparti les tâches, et au milieu de l'après-midi j'étais donc dans les bureaux de l'urbanisme de la mairie de Puteaux. Louvel avait longuement hésité à me laisser partir seul, persuadé que je n'étais pas en sécurité. Mais j'avais insisté, impatient d'avancer dans notre enquête, et il avait fini par céder. Sans doute était-il aussi empressé que moi de découvrir ce qu'on essayait de nous cacher.

Après avoir montré ma carte de presse à l'employée de la mairie en expliquant que je préparais un documentaire sur les sous-sols de la Défense, j'avais obtenu le cadastre mais aussi un dossier d'urbanisme complet concernant la zone qui dépendait de Puteaux. On m'avait abandonné dans une petite pièce orange, où j'étais assis seul à une grande table, avec deux énormes chemises cartonnées devant moi.

Cela devait bien faire une demi-heure que j'épluchais un à un les plans du cadastre quand les signes d'une seconde crise apparurent soudainement. Plus forte cette fois. À nouveau, j'eus des troubles de la vision. Les documents sous mes yeux se mirent à devenir flous, à se doubler, et je sentis aussitôt monter en moi ce vertige insupportable, cette migraine oppressante. J'appuyai mon dos sur la chaise pour ne pas perdre l'équilibre et je fermai les yeux. Les murmures commencèrent à s'immiscer dans mon cerveau, comme des vagues successives, de plus en plus fortes, qui semblaient venir des quatre coins de la pièce. Indistincts, ils se mêlèrent aux souvenirs qui m'obsédaient ; mes faux parents, l'appartement de Gérard Reynald, des images, des phrases, le désordre, la confusion, *c'est l'heure du deuxième messager, vous prendrez du vin, Vigo ? Le patron est un philanthrope, Feuerberg, c'est comme une grande montagne brûlante de feu, elle est jetée dans la mer ; ta mère et moi allons nous séparer, mon petit.*

Je secouai la tête pour chasser ces voix qui se superposaient de façon de plus en plus cacophonique. Je ne devais pas céder à la panique. Cette crise passerait, comme toutes les autres. *Passerait, passerait, passerait. Il suffit de ne pas hurler. Ai-je hurlé ? C'est moi qui hurle. Je regarde mon Hamilton. 88 :88. Tout est normal. Tout est-il normal ? Je suis seul à la mairie de Puteaux. Suis-je seul à la mairie de Puteaux ? On te surveille. Des caméras. Des micros. Partout. Tu t'appelles Vigo Ravel. Est-ce que tu t'appelles... Ça suffit !*

— Tout va bien, monsieur ?

Je sursautai. J'ouvris les yeux et reconnus l'employée de la mairie qui m'avait remis les dossiers. Une petite femme, un peu forte, brune, cheveux frisés. Elle semblait inquiète.

— Oui... Oui. Ce doit être la chaleur.

J'essuyai la sueur sur mon front.

Elle traversa la pièce et partit ouvrir une fenêtre.

— Cela fait des années qu'on demande la climatisation. Chaque été, cela devient de plus en plus pénible, dans cette mairie... Vous voulez un verre d'eau ?

— Non, merci, ça va mieux. Merci.

— Vous avez fini ?

Je regardai les plans étalés devant moi sur la grande table.

— Non... Pas encore.

— Bien, alors je vous laisse. Si vous avez besoin de quoi que ce soit, je suis à côté...

Elle sortit de la pièce en m'adressant un sourire.

Je me frottai les yeux, pris ma respiration et me replongeai dans les dossiers d'urbanisme de la Défense. Un à un, j'inspectai les tracés, les schémas, en essayant de distinguer ceux qui pourraient correspondre à des sous-sols. Mais aucun ne ressemblait à notre mystérieux plan, « le Ventre ». C'était difficile de se repérer dans cette multitude de documents : le plan local d'urbanisme, le plan d'occupation des sols, les projets urbains d'aménagement ou de « développement durable », le cadastre, les plans d'amélioration des liaisons piétonnes entre la Défense et Puteaux et, bien sûr, les plans détaillés des tours, des espaces publics.

J'étais certain d'avoir examiné sans succès tous les plans que contenaient les dossiers quand je pris la décision de recommencer une seconde fois. J'avais peut-être raté quelque chose, à cause de ma crise. Ce n'était pas le moment d'être négligent. Avec une application renouvelée, je tournai les pages une à une, les comparai avec la copie du plan que Louvel m'avait laissée. Rien ne semblait correspondre.

À cet instant, une sonnerie retentit dans la pièce. Je mis quelques secondes à réaliser que c'était celle du téléphone que Louvel m'avait donné dans les locaux de SpHiNx. « Ce téléphone-là n'est pas sur écoute, il est bien protégé, m'avait-il affirmé. Mais n'en abusez pas quand même. »

J'hésitai, puis je plongeai la main dans ma poche et décrochai, quelque peu anxieux.

— Vigo ?

C'était bien la voix de Louvel. Cela suffit à calmer les battements de mon cœur.

— Oui.

— Vous avez trouvé quelque chose ?

— Non, pas encore. Et vous ?

— Rien, soupira-t-il. Absolument rien. J'ai vérifié plusieurs fois, je ne trouverai rien ici. Je vais rentrer. On se retrouve chez SpHiNx ?

— Entendu. Je vérifie une dernière fois et je vous rejoins.

— D'accord. Bon courage, Vigo. Soyez prudent. À tout à l'heure.

Visiblement, nous n'étions pas sur la bonne piste. Pourtant, la réaction du directeur de la communication de l'ÉPAD m'avait donné la certitude que nous ne nous trompions pas.

Par acquit de conscience, j'entrepris donc de finir ma deuxième relecture. Mes yeux commençaient à fatiguer dans la lumière blafarde de cette petite pièce de mairie, et je me demandais si l'employée qui m'avait laissé entrer n'allait pas trouver que je traînais un peu trop longtemps. Après quelques minutes de lecture assidue, je fis une pause et me frottai le visage, épuisé nerveusement. J'aurais donné n'importe quoi pour fumer une cigarette... Mais ce n'était certes pas l'endroit idéal. Cherchant encore du courage, je me plongeai dans les dernières feuilles, qui concernaient l'Arche de la Défense. Une à une, je les inspectai de bas en haut, et c'est alors que je remarquai quelque chose d'étrange.

Un petit détail. Un tout petit détail qui m'avait échappé la première fois, et que j'aurais très bien pu ignorer la seconde. Pourtant, ce détail avait son importance. Et je sus aussitôt que j'avais trouvé quelque chose.

Il manquait une page dans les plans des sous-sols de la Grande Arche.

71.

Carnet Moleskine, note nº 197 : quatre-vingt-huit.
J'ai peut-être été paresseux. J'ai sondé l'année 1988, en espérant y trouver quelque écho de mon histoire, mais sans doute aurais-je dû chercher plus loin, dans les mystères du nombre.

Je me suis prêté au jeu, et je ne suis pas sûr d'avoir trouvé quoi que ce soit de concluant. Il y aurait tant à dire !

88 est un nombre intouchable. Ça en impose, comme ça, mais c'est simplement un truc de mathématiciens. En gros, cela signifie que 88 est un entier naturel qui ne peut pas être exprimé comme la somme des diviseurs propre de n'importe quel entier. Les premiers nombres intouchables sont 2, 5, 52 et 88. Cela ne m'apprend rien. Mais intouchable, ça, je veux bien croire qu'il le soit.

88 est un nombre palindrome, qu'on peut lire dans les deux sens. Soit. Que mon affaire ait une double lecture me paraît bien un minimum.

88 est le numéro atomique du radium, qui est un métal alcalino-terreux. 88 est également le nombre de touches que l'on trouve sur un piano, ou le nombre de constellations présentes dans le ciel suivant la définition de l'Union internationale astronomique. Et Mercure décrit une orbite autour du soleil en 88 jours... Tout cela ne m'apprend pas grand-chose.

88, en argot anglais, désigne la pratique sexuelle équivalente à notre 69. Je ne pense pas qu'il y ait quoi que ce soit à chercher de ce côté-là...

88, ou Eighty Eight, est le nom d'une ville américaine située dans l'État du Kentucky. Peut-être notre protocole a-t-il été signé là-bas.

Plus intéressant, 88 sert souvent de signe de reconnaissance pour les néonazis. Le H étant la huitième lettre de l'alphabet, 88 est le code qu'ils utilisent pour signifier HH (Heil Hitler). Se pourrait-il que le Protocole 88 ait un rapport avec les fachos ? Pourquoi pas ?

Mais voilà, encore une fois, quand on cherche à tout prix des corrélations, on finit toujours par en trouver. C'est la loi des très grands nombres. Ce que je vois, moi, c'est que 8 est, quand on le couche, le symbole de l'infini. 88, ce sont deux infinis qui se dressent devant moi et me défient du haut de leur éternité.

72.

— Vous êtes certain, Vigo ?

— Absolument. Il manque la troisième page.

Il était presque 18 heures et nous étions à nouveau assis autour de la table de réunion dans l'aquarium, la cage en verre qui surplombait les locaux de SpHiNx. Un enthousiasme nouveau se lisait sur le visage de Louvel, presque enfantin, un rien naïf. Lucie, quant à elle, semblait garder son calme en toutes circonstances. Une chose était sûre : notre enquête s'accélérait. Mais cela n'enlevait rien à mon stress. Au contraire.

Je commençais toutefois à m'habituer à l'étrangeté des lieux et à l'agitation qui régnait chez SpHiNx. Régulièrement, Sak ou Marc faisaient irruption dans l'aquarium pour poser une question, demander un avis. Cela me donna l'occasion de découvrir l'étendue des dossiers que traitait leur mystérieux petit groupe. Cela allait du scandale politique aux magouilles financières, et toujours avec le même mot d'ordre, aussi simple qu'inébranlable : faire connaître au plus grand nombre ce que les grands de ce monde essayaient de nous cacher... Une idéologie qui m'apparaissait quelque peu candide, mais qu'ils défendaient avec beaucoup de sérieux.

Visiblement, mon affaire n'était pas la seule enquête qui accaparait les membres de SpHiNx. Ils semblaient également se concentrer sur une histoire de marché public truqué dans l'Ouest parisien et un scandale financier autour de petits investisseurs floués par un grand groupe pharmaceutique. Mais je constatais que l'essentiel des efforts était néanmoins consacré aux attentats du 8 août et à l'insaisissable Protocole 88. J'espérais seulement que tout cela ne serait pas vain.

J'avais eu tant de déceptions et de surprises dans cette affaire que je m'attendais encore à tout. Même au pire.

— Vous avez demandé à l'employée de mairie si elle savait pourquoi cette page manquait ? demanda Lucie tout en posant devant elle un ordinateur portable.

— Oui. Elle avait l'air étonné. Elle m'a dit qu'elle allait faire des recherches et m'a proposé de repasser dans quelques jours... Mais je ne sais pas si nous pouvons nous permettre d'attendre jusque-là.

Louvel nous regarda, Lucie et moi, puis il ouvrit un large sourire.

— Les amis, je ne voudrais pas m'emballer, mais je crois que nous tenons le bon bout. Tout indique que « le Ventre » se trouve bien dans les sous-sols de l'Arche de la Défense. Suffisamment d'éléments pointent dans ce sens, à présent. Mais il faudrait en savoir plus. Concentrons nos recherches sur ce site et si le cadastre ne donne rien, cherchons ailleurs.

Lucie alluma l'ordinateur devant elle.

— Nous pourrions commencer par voir ce qu'il y a sur Internet, suggéra-t-elle. Sak et moi avons déjà épluché pas mal de sources, pendant que vous rencontriez M. Morrain, mais nous ne nous sommes pas concentrés sur l'Arche de la Défense en particulier. Cela devrait nous permettre de réduire le champ de nos recherches.

Damien et moi fîmes le tour de la table pour nous asseoir à côté de la jeune femme. Je reconnus l'interface du serveur de SpHiNx, que j'avais découvert pour la première fois sur hacktiviste.com. Apparemment, tout leur système informatique convergeait vers celui-ci. Lucie avait créé un système qui alliait en un seul bloc les principaux moteurs de recherche de la planète, avec des critères qu'elle avait probablement personnalisés. À la façon dont ses doigts couraient sur le clavier, on voyait qu'elle était dans son élément. D'ailleurs, je n'étais pas sûr de bien saisir tout ce qu'elle faisait. Je voyais défiler des pages entières sous ses yeux, textes, photos, plans... Elle lisait à une vitesse impressionnante, sélectionnait les informations qui l'intéressaient et les exportait vers le serveur interne. Après quelques minutes de navigation, elle décrocha le poste téléphonique devant elle.

— Visiblement, il n'y a aucun plan des sous-sols de la Grande Arche disponible en ligne, nous dit-elle tout en collant le combiné contre son oreille. Je vais quand même demander à Sak d'étudier tout ça et de nous faire un résumé...

Lucie composa un numéro de poste.

— Sak ? C'est moi. Je t'ai mis des docs à analyser sur le FTP. Si tu trouves quelque chose d'intéressant, tu nous l'envoies. On essaie de découvrir un lien entre les plans d'architecte de Reynald et la Grande Arche de la Défense.

Elle raccrocha et se remit à tapoter sur son ordinateur.

— Bon, Vigo, inutile de rester là à rien faire, déclara Louvel en se levant. Laissons bosser les jeunes et allons boire un verre en attendant. Lucie, on revient d'ici une heure, ça marche ?

— OK papy, répondit-elle sans décoller le nez de son petit écran. Si vous voulez, je vous ai imprimé les trois mails de Gérard Reynald, ils sont là, sur la table. C'est un peu n'importe quoi, mais vous pouvez y jeter un coup d'œil. À toute !

Je récupérai les trois feuilles de papier, les glissai dans ma poche, puis Louvel et moi partîmes boire une bière dans un café non loin de là. La foule qui se massait à l'intérieur nous offrait un anonymat confortable. Je sentais que le hacker avait quelque chose à me dire, et je compris rapidement de quoi il s'agissait.

— Vigo, vous avez encore souvent des... des crises, comme tout à l'heure, dans le bureau de Morrain ?

Comme je l'avais deviné, il avait remarqué mon malaise pendant notre entretien. Et manifestement, cela l'inquiétait quelque peu. C'était bien légitime de sa part. J'imaginais sans peine qu'il n'était pas du tout rassurant de se balader avec un schizophrène sujet à des crises psychotiques incontrôlables.

— J'en ai eu une deuxième cet après-midi. Mais cela faisait un moment que cela ne m'était pas arrivé... Il n'y a pas de règle. Ça peut venir n'importe quand.

— Vous ne prenez plus aucun médicament ?

— Non, et je ne m'en porte pas plus mal, répondis-je sans hésiter.

Il hocha la tête.

— Je suis désolé de vous poser ces questions, Vigo, mais comprenez... Je me fais un peu de souci. Cette enquête demande beaucoup d'énergie. Je ne voudrais pas qu'il vous arrive quoi que ce soit.

Ce n'était donc pas pour lui qu'il s'inquiétait, mais pour moi. Il fallait que je le rassure. Après tout, cela faisait des années que je vivais avec ces symptômes...

— Ne vous faites pas de bile pour moi, Damien. Je vous l'ai dit : je ne me suis jamais senti autant en sécurité que depuis que je suis avec vous.

— Peut-être. Mais je n'étais pas fier, tout à l'heure, quand nous nous sommes séparés pour aller dans nos mairies respectives. Imaginez, s'il vous était arrivé quelque chose là-bas...

— Je tiens le coup, Damien, je vous promets. Vous savez, depuis le temps, j'ai l'habitude de gérer mes crises.

Il ne parut pas convaincu.

— Il y a quelqu'un... Un type avec qui nous travaillons régulièrement depuis que j'ai rejoint SpHiNx. Il dirige une société de gardes du corps, une sorte d'agence de sécurité comme celles dont nous vous parlions hier. Mais pas du genre de Dermod. Il est réglo, lui. Il m'a sauvé la mise à plusieurs reprises. Si les choses commencent à mal tourner, je voudrais qu'il vous accompagne partout où vous irez. Vous êtes d'accord ?

Je haussai les épaules.

— Un garde du corps ? Je ne sais pas si j'en aurai besoin. Je ne me défends pas si mal. Il faut croire que j'ai des ressources insoupçonnées, dis-je avec un sourire ironique.

— Oui... Enfin, il y a une différence entre me faire un croche-patte dans un studio à Nice et vous défendre contre une bande d'allumés mercenaires... Si vraiment nos ennemis sont tels que nous les imaginons, nous courons un réel danger. Allons, Vigo, promettez-moi : le jour où je vous le demande, acceptez que cet ami vous accompagne.

— On verra. Nous n'en sommes pas là.

Louvel poussa un soupir. Son côté paternel était attendrissant, mais il ignorait sans doute que ma sécurité personnelle m'importait peu, au fond.

Je bus une gorgée de bière et regardai fixement le hacker. Il y avait dans ses yeux une sympathie généreuse, un petit je-ne-sais-quoi qui invitait à la confidence.

— Vous savez ce qui me ferait plaisir, Damien ? dis-je en baissant la tête, plongeant mon regard sur la mousse blanchâtre de mon demi de bière.

— Je crois deviner...

Je relevai la tête. Oui, il savait. Il me comprenait peut-être mieux que je ne me comprenais moi-même.

— Aujourd'hui, je ne sais plus ce qui est le plus important. Trouver la vérité sur cette affaire ou la retrouver, elle.

— Peut-être que nous pourrons faire les deux. Je vous promets, Vigo, quand tout ça sera fini, je vous aiderai à la retrouver.

Je lui adressai un sourire reconnaissant.

— J'espère seulement qu'elle voudra bien me revoir.

Damien n'ajouta rien. Le silence s'installa et nous bûmes nos verres dans la lumière tombante de la fin du jour. Je devinais dans son mutisme une tristesse secrète, une douleur ancienne. Il y avait une histoire de femme dans le passé de cet homme solitaire. Une histoire – un drame sans doute – qui l'avait marqué à vie. J'étais presque certain que sa dévotion acharnée au groupe SpHiNx était un moyen pour lui d'oublier, ou en tout cas de panser chaque jour cette vieille plaie qui peinait à cicatriser. Tout cela expliquait peut-être aussi l'affinité si immédiate que nous avions sentie l'un pour l'autre.

Vers 19 heures, comme promis, nous retrouvâmes Lucie dans l'« aquarium ».

— Bon, eh bien, asseyez-vous, les amis, j'ai du neuf.

Louvel me tendit une chaise et s'assit à côté de moi rapidement. Je pouvais sentir son impatience, et je ne masquai point la mienne.

— D'abord, Sak m'a fait un briefing complet sur la Grande Arche, avec toutes les infos essentielles. Quelques-unes ont attiré mon attention.

À sa façon de parler, je fus certain qu'elle avait trouvé une information capitale, mais qu'elle allait faire durer le suspense... J'espérais ne pas me tromper. Cela commençait à faire longtemps que nous tournions en rond.

— Avant tout, continua la jeune femme, il faut savoir que le nom complet du monument qui nous intéresse est « La Grande Arche de la Fraternité ». C'est joli, n'est-ce pas ?

— Oui. Mais abrège ! insista Louvel, qui n'en pouvait plus.

— Eh, oh, un peu de respect, s'il te plaît ! Bon, bref, l'usage courant a fini par réduire la dénomination originale de la Grande Arche de la Fraternité, mais figurez-vous qu'elle avait été baptisée ainsi parce qu'elle était censée incarner une version moderne de l'Arc de Triomphe, à savoir non plus un hommage aux victoires militaires, mais plutôt aux idéaux humanistes. D'ailleurs, Damien, à propos d'idéaux humanistes et de fraternité, savais-tu que la province de la Grande Loge Nationale Française de Puteaux – la plus traditionaliste des obédiences de francs-maçons – porte le titre de « Paris Grande Arche » ?

— Non... Ça a vraiment son importance ? Ne me dis pas que la GLNF a quelque chose à voir avec notre histoire ! Tu ne vas pas nous ressortir le coup du complot maçonnique, tout de même !

— Non, non. Je me suis juste dit que ça te ferait rigoler, toi qui fricotes souvent avec les maçons...

— D'accord. Bon, et après ? s'impatienta Louvel.

La jeune fille m'adressa un clin d'œil.

— Damien est un grand mondain, vous savez, me dit-elle sur le ton de la confidence. Il passe son temps à copiner avec les grands de ce monde, la jet-set, les politiques, le Tout-Paris quoi... et même les mannequins, au passage...

Louvel secoua la tête.

— Je soigne nos réseaux d'information, c'est tout ! se défendit-il. Toi, tu passes ton temps dans les meetings de la LCR, chacun son truc ! Bon, alors, la Défense ?

La jeune fille ouvrit un large sourire. Ces deux-là devaient passer beaucoup de temps à se chamailler...

— Bon, reprit-elle, je vous passe tous les détails de la construction, bien que certains soient fascinants. Ce qu'il faut savoir, c'est que c'est Pompidou qui, le premier, a formulé le souhait de prolonger l'axe historique de Paris, vous savez, celui qui va du musée du Louvre jusqu'à l'Arc de Triomphe, en passant par l'obélisque de la place de la Concorde.

— Oui, la voie triomphale...

— Exactement. L'idée était donc de continuer cet axe imaginé par Le Nôtre au XVIIe siècle. Mais c'est seulement sous le premier septennat de François Mitterrand que le chantier de la Grande Arche a été mis en œuvre, en 1983 plus exactement. Mitterrand avait lancé un concours, plus de quatre cents projets ont été présentés et c'est finalement celui d'un architecte danois qui a été sélectionné. Euh...

Elle jeta un coup d'œil à l'écran de son ordinateur.

— Un certain Johann Otto von Spreckelsen.

— C'est passionnant, mais où veux-tu en venir ?

— Tu vas voir... D'abord, il y a un premier élément qui me semble digne d'intérêt. Devinez en quelle année les travaux ont été achevés ?

— En 1988 ? proposai-je.

— Eh oui, comme par hasard ! En 88. Ce n'est peut-être qu'une coïncidence de plus, certes... D'autant que l'inauguration n'a eu lieu qu'en juillet 1989, à l'occasion du bicentenaire de la Révolution française et du sommet du G7. Mais tout de même... Toutefois, ce n'est pas le plus intéressant. En étudiant les détails sur la construction de la Grande Arche, je suis tombée sur une information qui ne laisse plus aucun doute.

— Quoi donc ? la pressa Louvel.

— Figurez-vous que la Grande Arche n'est pas exactement alignée dans le prolongement de l'axe historique de Paris. Elle est un peu de biais. En fait, l'architecte a choisi de l'incliner légèrement, exactement comme le palais du Louvre, qui lui non plus n'est pas tout à fait aligné...

— Et alors ?

Lucie ouvrit un large sourire.

— L'inclinaison de la Grande Arche par rapport à l'axe historique fait très précisément un angle de... 6,3 degrés !

Le visage de Louvel se détendit enfin. La boucle était bouclée. La phrase de Reynald me revint en mémoire. « *Nos pères assassins dans le ventre, sous 6,3.* » À sa manière – digne de l'esprit alambiqué d'un grand schizophrène – il avait indiqué le lieu du second attentat qu'il planifiait. « *Sous 6,3* » : dans un local secret des sous-sols de la Grande Arche de la Défense. Nous ne nous étions pas trompés.

— Alors maintenant, il n'y a plus de doute, souffla Louvel. Mais est-ce que tu as pu savoir à qui pourraient appartenir ces locaux ?

— Non. J'ai trouvé la liste des occupants officiels de toute la Grande Arche, et rien ne me fait penser à Dermod. Les faces nord et sud accueillent des bureaux du gouvernement : une Fondation internationale des droits de l'homme et le ministère des Transports et de l'Équipement. Au sommet de l'Arche, il y a un centre de congrès et d'expositions. Il y a tout un tas d'autres entreprises, mais rien qui puisse nous mettre sur la piste de Dermod. Puisqu'ils sont introuvables au cadastre, ces locaux souterrains sont probablement tenus secrets volontairement.

— Ils ne sont plus si secrets pour nous, rétorqua Louvel. On a les plans de Reynald.

— Oui, mais le problème, soupira Lucie, c'est de savoir comment y accéder. Je nous vois mal entrer dans la Grande Arche et demander à l'accueil comment se rendre dans un souterrain secret !

Sans attendre un instant de plus, je me levai.

— Qu'est-ce que vous faites, Vigo ? lança Louvel, surpris.

— Je vais aller chercher cette information.

Le hacker écarquilla les yeux.

— Attendez, ne vous précipitez pas comme ça ! Nous n'en sommes même pas encore là. Quand bien même nous saurions où se trouve l'entrée de ces locaux, le secteur de la Défense est encore complètement bouclé après les attentats. Nous ne savons même pas si nous pourrons nous y rendre !

Mais rien ne pouvait m'arrêter, à présent. Nous avions assez attendu.

— Trouvez un moyen, répondis-je en enfilant mon blouson. Moi, je vais chercher l'info qui nous manque.

— Je vous accompagne.

— Non.

Le ton de ma voix ne laissait aucun doute sur ma détermination.

— Alors laissez-moi appeler le garde du corps dont je vous ai parlé... Je n'aime pas vous savoir seul dehors.

— Non, Louvel. Ce n'est pas la peine d'insister. Je vais me débrouiller seul.

Il secoua la tête.

— Vous n'allez pas prendre de risque, j'espère ?

— Non, promis.

— Et comment comptez-vous faire ? Dites-nous au moins où vous allez !

— Je vais retourner voir le directeur de la communication de l'ÉPAD. Je suis sûr d'une chose : il connaît la réponse que nous cherchons. Et cette fois, je ne vais pas le laisser s'en tirer comme ça.

Lucie et Damien me regardèrent sortir du bureau, perplexes.

73.

Comme je l'avais espéré, malgré l'heure tardive, M. Morrain était encore dans les bureaux du conseil général des Hauts-de-Seine. Je m'en étais assuré en passant un faux coup de fil. Les attentats lui donnaient sans doute beaucoup de travail, et il devait être près de 21 heures quand je le vis sortir par la porte principale du grand bâtiment de Nanterre.

Je le suivis de loin, courbé comme un vieux détective privé, alors qu'il marchait vers une station de bus et, quand j'estimai que nous étions à une distance suffisante du conseil général, j'accélérai le pas pour le rattraper.

— Monsieur Morrain !

L'homme en costume noir sursauta. Je vis l'agacement se dessiner sur son visage quand il me reconnut.

— Qu'est-ce... Qu'est-ce que vous me voulez encore ?

— Monsieur Morrain, je sais que vous nous cachez quelque chose. Vous savez parfaitement à quoi correspondent ces locaux.

Il poussa un soupir ; il semblait crispé et troublé à la fois. Je n'avais presque pas ouvert la bouche dans son bureau, quelques heures plus tôt, et à présent je lui parlais d'un ton menaçant qui me surprenait moi-même !

— Vous ne manquez pas de toupet, tout de même...

— J'ai besoin de savoir, monsieur Morrain.

Il fronça les sourcils. Puis il me dévisagea un moment.

— Vous n'êtes pas journaliste, n'est-ce pas ?

J'hésitai. S'il y avait une chance de faire parler ce type, c'était sans nul doute en jouant la carte de la sincérité. J'étais prêt à tout tenter.

— Non. Je suis comme vous, monsieur Morrain. Victime de cet attentat. Vous avez perdu beaucoup de proches, dans l'explosion. Moi, j'ai failli y perdre la vie. Et je veux connaître la vérité. Or je pense que les attentats ont un rapport avec les plans que nous vous avons montrés tout à l'heure. J'ai besoin de savoir. Je sais que vous pensez vous aussi la même chose. Alors pourquoi ne parlez-vous pas ?

Il resta silencieux un moment, indécis, puis il jeta des coups d'œil derrière lui, comme pour vérifier qu'on ne nous espionnait pas.

— Ces locaux ne dépendent pas de l'ÉPAD, dit-il finalement d'un air embarrassé.

— Oui, ça, on a bien compris. Vous nous l'avez déjà dit mille fois. Nous savons pourtant qu'ils sont bien situés à la Défense, sous la Grande Arche. Alors pourquoi refusez-vous de nous en dire davantage ?

Il secoua la tête, puis il releva le col de son manteau, comme pour dissimuler son visage.

— Suivez-moi.

Je ne pus retenir un sourire soulagé. J'avais eu raison de venir ici, seul. D'une façon ou d'une autre, j'avais acquis la certitude que ce type ne demandait qu'à se débarrasser de son secret.

D'un pas rapide, il me guida vers un vieux troquet, dans une petite rue perpendiculaire au grand boulevard que dominait le conseil général. Je le suivis à l'intérieur et nous partîmes nous installer à une table isolée au fond du bar.

Il alluma une cigarette et se frotta le front, mal à son aise. Il ne cessait de jeter des coups d'œil au-dehors et il tirait nerveusement sur sa cigarette.

— Je ne sais pas comment vous avez obtenu ces plans, monsieur, mais je n'ai moi-même eu l'occasion de les voir qu'une seule fois, il y a cinq ans, lors d'un problème d'inondation dans les sous-sols de la Grande Arche.

— Ces plans étaient dans les affaires du type qui est accusé d'avoir posé la bombe, répondis-je.

La sincérité s'était avérée payante, je n'avais aucune raison de lui mentir. Cela le mettait en confiance.

— Maintenant, je voudrais savoir à quoi ils correspondent, ajoutai-je.

Il ne répondit pas tout de suite et scruta longuement mon regard tout en fumant sa cigarette. Puis il l'écrasa vivement dans le cendrier, avec une insistance qui trahissait une certaine animosité. Envers qui ? Je n'en étais pas encore certain.

— Tout ce que je peux vous dire, lâcha-t-il finalement, c'est que ces locaux ont été classés « secret de la défense nationale » en 1988, avant même l'ouverture publique de la Grande Arche.

— En 88 ?

— Oui. À ma connaissance, jamais aucun membre de l'ÉPAD n'a reçu l'habilitation nécessaire pour savoir quel était le motif de ce « secret défense ». On n'a jamais voulu me dire, à moi ou à n'importe quel autre responsable de l'ÉPAD, ce qu'il y avait dans ces fameux locaux ! Des bureaux des RG ? Du ministère de la Défense ? De l'Intérieur ? La DGSE ? Je n'en ai pas la moindre idée. Tout ce que je sais, c'est que lorsque, la semaine dernière, j'ai appelé le parquet de Nanterre pour demander au procureur s'il pouvait y avoir un lien entre ces locaux et les attentats, j'ai été particulièrement mal reçu.

— C'est-à-dire ?

— Le procureur en personne m'a ordonné de ne plus jamais évoquer l'existence de ces bureaux.

— Le procureur ? répétai-je, incrédule.

— Oui. J'ai cru qu'il se moquait de moi. Mais il était très sérieux, au contraire ! Il m'a dit que ces locaux n'avaient rien à voir avec l'attentat et que, si je tenais à mon poste, je n'avais pas intérêt à trahir des informations classées secret défense... Il a même ajouté que toute révélation concernant une information de ce type était passible de sept années de prison et de 100 000 euros d'amende.

Morrain parlait rapidement et la colère se ressentait de plus en plus dans sa voix. Une colère frustrée qui ne demandait qu'à exploser. Comme je l'avais espéré, il semblait soulagé de pouvoir enfin parler.

— Et cela vous a... énervé ?

— C'est le moins qu'on puisse dire ! s'exclama-t-il. J'ai perdu la quasi-totalité de mes collègues, dans cet attentat. Des gens avec qui je travaillais depuis plus de dix ans. Ma secrétaire... La moindre des choses que j'attends aujourd'hui, c'est de la transparence !

— Mais pourquoi avez-vous accepté de vous taire, alors ?

Il haussa les épaules.

— J'ai été stupide. Je me suis dit que cela devait me dépasser. Que le procureur avait peut-être de bonnes raisons de ne pas vouloir ébruiter tout de suite l'existence de ces locaux...

— Et maintenant vous pensez, comme moi, que ces locaux ont peut-être un rapport avec tout cela ?

— La réaction du procureur m'a laissé supposer que c'était possible. Mais ce midi, quand vous m'avez montré ces plans, j'en ai acquis la certitude. Je suis presque déçu que vous ne soyez pas journaliste. J'aimerais bien que la presse soit informée... Mais je ne peux le faire moi-même. Je risque gros.

Je hochai la tête pour lui signifier que je comprenais parfaitement.

— Monsieur Morrain, vous et moi avons la même envie. Savoir la vérité. Je n'abandonnerai pas tant que je ne saurai pas qui est réellement responsable de l'attentat, et pourquoi. Je vous promets que j'informerai rapidement la presse. Mais pour l'heure, j'ai besoin de trouver ces locaux. Je suis sûr qu'il y a des réponses là-bas. Alors dites-moi seulement comment je peux m'y rendre. Je ne vous demanderai rien d'autre. Savez-vous où est l'accès ?

Il haussa les sourcils, d'un air sidéré.

— Vous plaisantez ? Vous ne pourrez jamais entrer là-bas ! Déjà, vous n'aurez pas accès à la Défense, le secteur est bouclé. Même moi je n'ai pas pu y retourner depuis les attentats. Et même si vous pouviez y aller, il vous serait impossible d'entrer dans ces locaux ! Vous vous doutez bien que le niveau de sécurité d'un bâtiment classé secret défense est ultra-haut. Je n'ai jamais vu personne entrer là-dedans. Je ne sais même pas s'il y a vraiment du monde ! Avec les attentats, les locaux sont peut-être vides, mais il doit y avoir des alarmes dans tous les sens.

— Ça, j'en fais mon affaire. Dites-moi seulement par où on y accède.

M. Morrain secoua la tête. Il devait me prendre pour un fou.

— Je risque mon job en vous révélant ça.

— Vous et moi avons risqué bien plus que ça dans cet attentat.

Il esquissa un sourire désabusé, me dévisagea quelques secondes, comme s'il cherchait une dernière preuve de ma sincérité. Puis il se pencha vers moi.

— Il y a sûrement plusieurs accès, mais moi je n'en connais qu'un. Par la station de métro abandonnée, en dessous du dernier sous-sol des parkings.

74.

Carnet Moleskine, note n° 199 : extrait d'un courrier électronique de Gérard Reynald.

Bourgeons transcrâniens, que vous soyez avec ou contre moi, je sais que vous comprendrez, vous, le sens de mon geste. Où que vous soyez aujourd'hui, dans leur camp ou dans le mien, nous partageons le même code de l'honneur, nous l'avons appris ensemble, en opération.

Attention. Sachez lire entre les lignes, Echelon nous écoute. Ici, maintenant, partout, tout le temps. Sur nos téléphones portables, nos téléphones fixes, ils nous suivent à la trace, nos adresses IP sur Internet, nos courriers électroniques, nos cartes bancaires, nos cartes Vitale, le télépéage, le GPS... Tous les moyens sont bons pour nous espionner. Ils ont truffé ma montre de micros. Ils ont planqué une caméra chez moi. Alors vérifiez vos appartements. Ne faites confiance à personne. Et soyez attentifs. Toujours.

Ici, tout est symbole. Chaque chiffre présente une signification secrète. Chaque mot cache une énigme. Tout est codé. Partout, il y a du sens. Nous seuls pouvons comprendre. Nous ne sommes pas schizophrènes.

Je serai sans doute brûlé vif, mais je nous aurai vengés. Et j'aurai mis fin à leurs manipulations. Je serai le premier martyre transcrânien. Vous vous souviendrez de moi.

Je vais détruire la Tour.

Bien sûr, ils diront que des innocents ont péri. Que je ne suis qu'un vulgaire terroriste. Mais nul n'est innocent qui entre dans la Tour. Tout le monde sait. Tous ceux qui viennent ici chaque matin sont coupables. À chaque étage. Tous sont liés à notre ennemi invisible. Je ne vous ferai pas ici la liste, mais il n'y a pas une seule de ces sociétés, un seul de ces salariés qui ne soit lié à Dermod. Les ramifications de la pieuvre remontent plus haut que vous ne pouvez l'imaginer.

Je le vois dans leur visage chaque fois que je monte au cabinet Mater, je le vois dans leur regard. Ils m'observent, ils me scrutent. Ils savent. Ils savent mais ils se tai-

sent. Comme nous nous sommes tus. Trop longtemps.
L'heure est venue de rompre ce silence.

Demain, tout le monde saura. Et quand j'en aurai fini
avec la Tour, j'irai dans le Ventre, au cœur de la
machine. Son centre névralgique. Je détruirai la matrice.
Nos pères assassins.

Et je sais que vous me comprendrez.
Car c'est l'heure du deuxième messager.

75.

Suite à mon entrevue avec le directeur de la communication de l'ÉPAD, j'avais aussitôt appelé Louvel pour lui transmettre l'information essentielle que j'avais obtenue concernant l'accès au mystérieux « ventre » de la Grande Arche. J'éprouvais une sorte de fierté d'avoir su mener à bien, seul, la mission que je m'étais fixée. Pas si mal, pour un schizophrène !

Après m'avoir longuement félicité, Louvel m'avait demandé de prendre un taxi, de me rendre directement à son appartement – dont il m'avait laissé un double des clefs – et d'aller me reposer. Nous continuerions l'enquête dès le lendemain, m'avait-il promis. Je m'étais exécuté sans mot dire. La journée avait été bien remplie.

Vers 1 heure du matin, comme je commençais à m'assoupir devant sa grande télévision, je partis me coucher sans attendre le retour de Louvel.

Au petit jour, je découvris en me réveillant que Damien n'était pas rentré. L'appartement était vide, rien n'avait bougé. Un nœud au ventre, je l'appelai aussitôt en espérant qu'il n'était rien arrivé.

— Bonjour Vigo, bien dormi ?

Aucun stress dans sa voix. Tout était normal.

— Vous êtes où ? demandai-je, avec peut-être un soupçon de reproche mal placé.

— Eh bien, mon vieux, figurez-vous que je suis toujours chez SpHiNx ! Nous avons bossé toute la nuit. Venez, je vous expliquerai.

Il raccrocha aussitôt. Je pris un petit déjeuner rapide et appelai un taxi. Après l'hôtel, l'appartement d'Agnès et puis Nice, je devais à nouveau m'habituer à un nouveau cadre de vie. Le nomadisme ne m'allait pas si bien que ça. J'étais pressé que tout cela s'arrête. D'une façon ou d'une autre. Mais ce n'était pas encore le moment de penser au confort d'une nouvelle vie.

Vers 9 heures, j'arrivai dans les locaux du groupe SpHiNx. Il régnait une tension palpable aux quatre coins du loft. Je distinguai deux types que je n'avais jamais vus, costumes sombres, épaules larges, dont un grand Noir qui parlait avec Louvel. Tous deux m'aperçurent et vinrent à ma rencontre.

— Vigo, je vous présente Stéphane Badji, c'est l'ami dont je vous ai parlé.

— Le... garde du corps ? demandai-je en serrant la main que celui-ci me tendait.

— En quelque sorte, oui. Nous sommes en train de préparer une expédition dans les sous-sols de la Défense.

— Une « expédition » ? répétai-je en fronçant les sourcils.

— Oui. Ce n'est pas trop mon genre, mais nous ne voyons pas d'autre solution. Nous avons donc décidé d'aller sur place. Les locaux risquent d'être extrêmement bien protégés. Ce ne sera pas une mince affaire. Mais nous sommes certains que la clef de l'énigme se trouve là-bas. Badji va m'y escorter cet après-midi avec l'un de ses collègues. Cela peut vous paraître choquant, et je vous assure que ce n'est pas dans nos habitudes de pénétrer comme ça par effraction dans une boîte, mais là, nous avons tout essayé, et nous pensons que c'est le seul moyen de récupérer les infos qui nous manquent sur le protocole 88.

— Cela ne me pose aucun problème. Je viens aussi.

Louvel éclata de rire.

— Non, Vigo ! Certainement pas !

— Ce n'était pas une question, Damien. C'est une affirmation. Je viens, un point c'est tout.

Louvel ne riait plus.

— C'est hors de question, mon vieux ! Nous ne savons pas sur qui nous pouvons tomber, ce sera beaucoup trop dangereux. Je refuse de prendre le risque et...

— C'est bon, Damien, coupai-je. Je vous remercie de jouer les protecteurs, c'est très gentil, mais je viens. Ce sera bien moins risqué pour moi que pour vous, d'ailleurs. Je pense que je suis bien plus apte que vous à affronter ce genre de situation. Si ce que nous supposons sur mon passé est bien vrai, j'ai sûrement effectué des opérations plus délicates...

Louvel secoua la tête. Le grand Noir à côté de lui fit une grimace d'incompréhension. Il n'avait pas la moindre idée de ce que j'avais voulu dire au sujet de « mon passé ».

— Vigo ! reprit Damien d'un air de plus en plus agacé. Nous ne savons pas ce que vous avez été par le passé, et quoi que ce fût, vous ne l'êtes plus aujourd'hui. Badji et son collègue sont des professionnels, ils m'escorteront, mais nous n'allons pas les embarrasser avec une deuxième personne à protéger.

Je laissai passer quelques secondes de silence, pour montrer à Louvel qu'il devenait inutile de nous disputer sur le sujet, puis, d'une voix sans appel, en le fixant droit dans les yeux :

— Je suis le premier intéressé par cette affaire, Damien. J'irai dans ces satanés locaux, avec ou sans votre approbation.

Louvel ferma les yeux et poussa un long soupir désespéré, comme un père qui ne sait plus comment s'y prendre avec son enfant. Puis il se tourna vers Badji.

— Bon. Stéphane ? Qu'est-ce que vous en pensez ? On peut l'emmener ?

Le grand Noir fit un sourire.

— Je crois surtout qu'on ne peut pas l'en empêcher, dit-il en tapant sur l'épaule de son ami.

— Vigo, vous faites chier.

Au même moment, Lucie tapa contre la vitre de l'aquarium en haut des marches.

— Bon. Eh bien, puisque vous voulez absolument venir, suivez-nous là-haut ; Lucie va nous faire un briefing sur l'opération. Mais sachez que cela ne me plaît pas du tout.

Je souris, satisfait de ma victoire, et nous montâmes rapidement vers la mezzanine de verre.

Tout le monde s'assembla autour de la table. Le fameux Badji avec son assistant – un certain Greg, une armoire à glace au visage inexpressif – Lucie, Damien, Marc le sceptique grassouillet et Sak, le Japonais mordu des années 1980... Nous étions tous tournés vers la jeune femme et nous l'écoutâmes avec attention.

— Vous vous en doutez, avait-elle commencé, votre premier défi sera d'entrer dans le secteur de la Défense. Nous avons étudié différents scénarios et nous pensons que le plus sûr sera de vous faire passer pour des ouvriers. La société Bouygues a été diligentée pour le déblayage, qui n'est toujours pas fini. Sak a réussi à se procurer une copie des badges que portent les ouvriers, et Marc a fabriqué des faux.

— Il en faudra un de plus pour Vigo, intervint Louvel.

— Super ! répliqua Marc ironiquement.

Visiblement, il n'était toujours pas enchanté par ma présence... Je lui adressai malgré tout un sourire reconnaissant.

— Vous porterez également les mêmes bleus de travail que les ouvriers de Bouygues. L'avantage, c'est que vous pourrez vous balader avec une boîte à outils sans attirer l'attention. Nous en avons préparé une avec tout ce qui nous a semblé utile : de quoi crocheter les serrures, un minimum d'électronique pour dérouter les systèmes d'alarme, un scanner, un appareil photo numérique, une trousse de premiers secours... Et Badji, qui fait toujours dans la dentelle, nous a apporté du plastique et des détonateurs...

Le grand Noir haussa les épaules.

— Mieux vaut être prévoyants, les enfants... On défonce rarement une porte avec une petite cuillère.

— J'espère bien qu'on n'en arrivera pas là ! intervint Louvel.

— Autre avantage de votre déguisement, reprit Lucie, vous pourrez aussi porter des gants et éviter de laisser vos empreintes partout.

Tout en parlant, elle avait posé sur la table la boîte à outils pour illustrer son propos. Je comprenais mieux ce qui les avait retenus ici une nuit entière. Ils avaient minutieusement préparé cette fameuse expédition.

— Marc a établi une feuille de mission factice, un faux document officiel selon lequel vous êtes censés aller sonder le dernier étage du parking pour vérifier que l'onde de choc n'a pas endommagé les piliers de soutènement. Cela ne résistera pas à une analyse détaillée, mais si un type vous demande ce que vous foutez là, ça devrait passer.

— À mon avis, ce doit être tellement le foutoir là-bas qu'on ne devrait pas être trop ennuyés. Le niveau de sécurité a dû baisser ces derniers jours, après l'arrestation de Reynald.

Louvel avait dit ça sans grande conviction, comme s'il essayait de se rassurer lui-même.

— Peut-être, enchaîna Lucie. Mais nous avons toutes les raisons de penser que cette mission pourrait s'avérer très dangereuse, surtout une fois que vous serez dans les locaux secrets – si vous y parvenez –, et nous avons donc décidé de vous envoyer là-bas armés. La seconde difficulté sera donc de pouvoir transporter des pistolets. Badji, tu leur montres ?

Je remarquai que la jeune femme tutoyait le garde du corps, alors que Louvel le vouvoyait. Pourtant, tous trois semblaient se connaître depuis longtemps. On devinait entre eux les liens invisibles d'une grande complicité et d'une grande estime. Cela avait quelque chose de rassurant. L'impression d'être entre les mains de personnes qui se connaissaient bien et savaient exactement ce qu'elles faisaient.

— Nous avons des GLOCK 26 modifiés. Ils sont en polymère ; nous avons remplacé toutes les pièces métalliques, ce qui les rend a priori indétectables, à moins bien sûr d'une fouille minutieuse. Ce sont des 9 mm parabellum subcompacts, très légers, faciles à manier, avec peu de recul, et nous avons fait monter des chargeurs douze coups. Ça devrait faire l'affaire. Il faudra cacher les munitions ailleurs, car elles, en revanche, contiennent nécessairement du cuivre et du plomb.

— J'espère surtout que nous n'aurons pas à nous en servir, répéta Damien en soupirant.

Apparemment, il était particulièrement mal à l'aise avec la tournure militaire que prendrait inévitablement cette mission.

— Nous vous procurerons à tous des ordinateurs Palm sur lesquels nous avons chargé les plans de la Défense, et surtout les plans de Reynald, qui sont les seuls que nous ayons des locaux que nous recherchons. En espérant qu'ils soient exacts. Pour faciliter le repérage, nous avons numéroté toutes les pièces. Essayez de les mémoriser. Les Palms sont équipés de GPS, mais cela m'étonnerait que vous puissiez vous servir du guidage par satellite si profondément en sous-sol. En gros, il faudra sans doute vous débrouiller avec les plans de Reynald.

— Parfait.

— Autre difficulté, Sak et moi aimerions pouvoir rester en contact avec vous pour vous donner une assistance informatique et servir de back-up en cas de problème. Vous serez tous équipés d'émetteurs-récepteurs HF BLU portatifs, avec un système de codage-décodage et des oreillettes, mais pour être certains de garder le contact, étant donné la profondeur où vous allez descendre, il vous faudra installer ce relais mobile sur le réseau filaire.

Elle désigna sur la table un appareil de la taille d'un gros magnétophone, avec une large antenne flexible sur le dessus.

— Je m'en chargerai, assura Badji en hochant la tête. La première prise téléphonique fera l'affaire.

J'étais impressionné par la quantité et le perfectionnement du matériel dont disposait le groupe SpHiNx... À nouveau, on était loin de l'image de petits pirates amateurs qu'ils donnaient sur Internet.

— Où est-ce que vous avez dégotté tout ça ? demandai-je, incrédule.

— Le système D, c'est le mot d'ordre, chez nous. On se démerde... Sak travaille à mi-temps dans une grosse boîte de télécommunications. Il y a des trucs qui tombent des camions... Et une bonne partie du matos ici appartient à Badji.

— Ouais, confirma le grand garde du corps. Vous serez gentils de ne rien casser, ajouta-t-il en riant.

— Bien. J'espère que nous n'avons rien oublié, ajouta Lucie. Le but de l'opération est de récupérer un maximum d'informations dans un minimum de temps, avec en priorité le Protocole 88. Puisque vous êtes quatre à présent, vous pourrez vous séparer en deux équipes. Cela permettra de couvrir plus rapidement l'ensemble des locaux. Moins vous restez longtemps là-dedans, moins vous risquez de vous faire prendre. L'idéal, Damien, serait de réussir à entrer dans leur système informatique et de nous laisser faire le travail à distance... Si le temps vous manque, vous pourrez essayer de piquer les disques durs du serveur central... en espérant qu'il est sur le site.

— Je ferai de mon mieux.

— Parfait. Marc vous déposera à la porte 7 de la Défense avec la camionnette à 13 h 30. Il ne me reste plus qu'à vous souhaiter bonne chance. J'espère que tout se passera bien. Inutile de vous préciser que vous ne devrez utiliser vos armes qu'en dernier recours.

Il y eut un instant de silence, quelques regards entendus, puis tout le monde se mit en mouvement. Stéphane Badji s'approcha de Louvel et moi.

— Bon, vous deux, venez avec moi, je vais vous expliquer un peu comment fonctionne le matériel que vous aurez avec vous.

Nous le suivîmes au rez-de-chaussée, dans un coin du loft où son collègue et lui s'étaient installés, au milieu du désordre ambiant. Il nous montra plus en détail le contenu de la boîte à outils, nous expliqua le fonctionnement de nos radios, installa nos oreillettes...

— Cela fonctionne à peu près comme les kits piétons des téléphones portables. Il y a un petit micro avec un bouton sur le fil, ici, à hauteur de votre bouche. Il faut appuyer sur le bouton pour être entendu.

Puis il sortit deux pistolets noirs d'un grand attaché-case.

— Voilà les GLOCK 26, dit-il en nous tendant à chacun une arme. Ce sont des pistolets autrichiens, d'excellente facture, faciles à manier même pour des débutants, avec un système de sécurité un peu particulier...

Mais je ne l'écoutais déjà plus. À peine avais-je saisi l'arme dans ma main, déjà, les gestes m'étaient revenus comme une évidence. Ma mémoire inconsciente retrouva de vieux réflexes enfouis au-delà de mon amnésie rétrograde. Mes doigts glissèrent sur le petit levier situé à gauche de la détente, effleurèrent les rayures de maintien à l'arrière de la crosse, puis appuyèrent sur le pressoir pour libérer le chargeur. Je constatai qu'il était vide. D'un geste rapide, je tirai sur la culasse et inspectai la chambre, vide elle aussi. Prenant soudain conscience des gestes que j'effectuais, troublé, je reposai vivement l'arme devant moi, sur une petite table, comme un enfant qu'on vient de surprendre en train de faire une bêtise.

— Je vois que vous avez l'habitude, glissa Badji en m'adressant un regard à la fois étonné et admiratif.

Je pinçai les lèvres, confus.

— Je... je ne sais pas. Oui. Sans doute...

Je remarquai alors le coup d'œil de Louvel, à côté de moi. Je ne sais lequel de nous deux avait le plus peur. Mais je me sentais particulièrement mal à mon aise. Je n'avais pas le moindre souvenir d'avoir un jour porté une arme – au fond, j'avais horreur des armes ! – et pourtant, indéniablement, j'avais dû le faire des milliers de fois.

Badji continua ses démonstrations et, quand tout fut prêt, nous étudiâmes ensemble les plans de la Défense et des mystérieux souterrains. Sak et Lucie avaient marqué en rouge les pièces qui, selon eux, étaient le plus susceptibles d'abriter des salles informatiques, où ils espéraient que nous pourrions trouver des serveurs.

Nous passâmes la matinée à nous préparer, en essayant de ne pas laisser le stress s'emparer de nous, puis, un peu après midi, Marc nous informa qu'il allait falloir nous mettre en route.

Quand tout le monde fut prêt, je demandai à Louvel si je pouvais aller m'isoler deux minutes dans l'aquarium. Il parut surpris, mais il me fit signe de monter, comme s'il avait compris ce que j'avais besoin de faire là-haut.

Je grimpai rapidement les marches métalliques, fermai la porte en verre derrière moi et partis m'asseoir à la table de réunion. Je poussai un long soupir, posai les coudes sur le grand panneau de verre et me pris la tête dans les mains. Je restai quelques secondes ainsi, immobile, le cœur serré, puis je me décidai enfin. Je décrochai le téléphone devant moi, la main tremblante, et composai le numéro de portable d'Agnès.

Le besoin pour moi d'entendre sa voix n'avait jamais été aussi fort. J'aurais sans doute refusé de m'avouer que cette expédition me faisait peur, et pourtant, une partie de moi s'imaginait que c'était peut-être ma dernière chance. Notre dernière chance.

Je ne savais pas vraiment ce que j'espérais, ce que je pourrais lui dire. Je doutais même qu'il y eût encore quelque chose à sauver dans cette relation aussi brève qu'étrange, peut-être avait-elle réussi à recoller les morceaux avec son mari. Peut-être faisais-je preuve d'un égoïsme déplacé, mais elle me manquait, elle me manquait terriblement.

La sonnerie retentit une fois, deux, trois fois, puis on décrocha à l'autre bout de la ligne. Les battements de mon cœur s'accélérèrent. Mais rien. Aucune voix ne répondit. Pourtant, j'étais certain d'entendre une respiration, des bruits discrets dans le lointain.

— Agnès ? appelai-je, fébrilement.

Un soupir. La ligne raccrocha aussitôt. Je fermai les yeux et laissai tomber le combiné sur la table. Je restai sans bouger, retenant encore une fois les larmes qui auraient tant voulu couler. Ma gorge s'était tellement nouée qu'elle me faisait mal. J'aurais voulu rappeler, insister, la supplier de me parler, lui demander si elle allait bien, tout simplement, et puis lui dire qu'elle me manquait, que j'avais besoin d'elle ; mais je savais que cela ne servirait à rien. Lentement, je remis le téléphone en place et quittai le bureau en verre.

Louvel m'attendait en bas des marches.

76.

Marc nous déposa tous les quatre dans le quartier de la tour Kupka. Il préféra ne pas trop s'approcher de la porte où l'on distinguait déjà plusieurs silhouettes. Toutes les entrées de la Défense étaient surveillées et l'accès officiel vers le site ne se faisait plus que par la porte 7.

Quand nous arrivâmes devant la barrière qui bloquait l'entrée, on nous demanda nos badges. Marc avait bien travaillé : on nous laissa passer sans problème.

Nous traversâmes la place haute dans nos habits d'ouvriers, longeâmes la Grande Arche et descendîmes vers le parvis de la Défense les uns derrière les autres.

Un frisson me parcourut l'échine à la vision de ce spectacle de désolation. Les postes médicaux avaient fait place à toute une infrastructure dédiée aux travaux et au déblaiement. On avait installé plusieurs grues autour de ce qui avait jadis été la tour SEAM, des camions emplis de gravats circulaient lentement ici et là et des centaines d'ouvriers, d'ingénieurs, de policiers s'agitaient en tous sens. L'esplanade résonnait d'un immense capharnaüm. Les images de l'attentat me revinrent en mémoire comme les clichés saccadés d'un vieux film, puis celles de ma course-poursuite avec les deux types en survêtement gris... Toutes ces scènes me semblaient lointaines et irréelles – mais la réalité, ici, ne ressemblait de toute façon à aucune autre.

Nous arrivâmes bientôt devant l'entrée des parkings, au centre du parvis. Personne ne semblait nous prêter attention. Nous n'étions que quatre petits pions de plus sur un échiquier immense et insensé, au milieu d'un grand ballet d'ouvriers, de techniciens... Louvel ouvrit la voie. Il descendit les marches devant nous, puis nous guida vers les ascenseurs. Ici, le sol était encore couvert d'une épaisse poussière grise.

Damien appuya sur le bouton.

L'instant suivant, une voix résonna dans le hall à demi couvert.

— Qu'est-ce que vous foutez ?

Je me retournai. Un type avec un uniforme rouge nous dévisageait du haut des marches.

Louvel répondit sans hésitation en levant d'un air désabusé notre fausse feuille de route.

— En mission pour le seigneur ! On va sonder les piliers de soutènement. Il y a des traces de fissure en bas.

Le type hocha la tête.

— OK. Eh bien, je vous souhaite bien du courage. Faites attention à vous.

Il ne croyait pas si bien dire. S'il y avait une chose dont Louvel et moi avions bien besoin, c'était de courage.

Les portes argentées s'ouvrirent devant nous. Nous entrâmes dans la cabine et descendîmes au dernier sous-sol.

Nos deux gardes du corps, Badji et Greg, avaient le visage fermé, dur ; ils semblaient concentrés et prêts à tout. Mais Louvel, lui, paraissait bien plus tendu. Je crus distinguer des gouttes de sueur qui perlaient sur son front. Il n'était pas dans son élément. Aller en mission sur le terrain n'était pas du tout son genre, et je ne pouvais m'empêcher d'éprouver de la reconnaissance. Au fond, il le faisait pour moi. Je devinais cependant que je ne devais pas avoir l'air particulièrement rassuré moi non plus...

Les deux battants métalliques s'ouvrirent enfin sur l'immense parking. Il n'y avait pas une seule voiture à l'intérieur. Elles avaient toutes été évacuées, sans doute. Les longs néons blafards projetaient de grandes ombres régulières derrière les piliers de béton. On entendait le grésillement des ampoules, le ronron d'un immense ventilateur et l'on devinait même encore au loin le brouhaha des travaux. Mais ici, plus rien ne bougeait. Tout était mort, déserté.

Nous sortîmes de l'ascenseur. Louvel, à nouveau, passa le premier. Il sortit le Palm de sa poche et vérifia l'emplacement secret que m'avait confié M. Morrain. Selon lui, l'accès que nous cherchions se trouvait derrière la place N65. Nous traversâmes une à une les grandes allées vides, et bientôt, j'aperçus derrière le numéro indiqué une large porte blindée. Badji fit aussitôt un geste à Louvel pour lui signaler la présence d'une caméra de surveillance, juste au-dessus.

— Ne vous arrêtez pas. Allons un peu plus loin, murmura Damien sans se retourner.

Quand nous fûmes hors du champ de la caméra, Louvel posa sa boîte à outils sur le sol.

— Première difficulté, marmonna-t-il.

— On n'a pas vraiment le choix, répliqua Badji.

— Il faudrait trouver la borne EDF, suggéra le hacker.

Le grand Noir secoua la tête.

— Non. Couper le courant ne servirait à rien, le système de sécurité doit être sur un réseau auxiliaire. Il faut détruire la caméra.

Louvel écarquilla les yeux.

— Vous plaisantez, Stéphane ?

— Pas du tout. Nous n'avons aucun accès à leur système de sécurité, Damien. Soit on les laisse nous voir entrer, soit on la détruit. Si ça se trouve, il n'y a plus personne là-dedans depuis les attentats. Il est plus que probable que ces locaux aient été désertés...

— Peut-être, mais ça ne sert à rien de prendre des risques.

— Au pire, leur première hypothèse sera la panne. Ils enverront quelqu'un vérifier. C'est toujours mieux que de les laisser déclencher directement le système d'alarme.

— Si on coupait la lumière du parking, ils ne pourraient pas nous voir ?

— On ne peut pas couper complètement la lumière, Damien. Les lampes des issues de secours aussi sont sur un réseau auxiliaire. Et de toute façon, si on veut ouvrir cette porte, on ne peut pas le faire dans le noir.

Louvel acquiesça.

— Bon. C'est vous le pro, Badji. Allez-y.

Badji sortit le GLOCK 26 de sa poche, puis il s'avança pour viser la caméra. Le bras tendu, la main sûre, il tira. Le bruit du coup de feu résonna dans tout le parking. Des bouts de verre et de plastique s'envolèrent autour de la caméra.

— Allez ! dit-il d'une voix basse mais sèche. On y va !

Il partit aussitôt vers la porte métallique.

Le sang se mit à battre contre mes tempes. Je sentis des picotements dans mes jambes et mes mains. J'étais envahi par un sentiment que je ne parvenais pas vraiment à identifier. De la panique, ou de l'excitation. Une montée d'adrénaline, sans doute. Je rejoignis les trois autres devant la porte et je vis Greg préparer du matériel pour crocheter la serrure. Après plusieurs tentatives, il abandonna. Il fouilla à nouveau dans la boîte à outils. Il en sortit un petit cube de gomme orangée qu'il colla contre la porte. Je sus immédiatement de quoi il s'agissait. Du Semtex. Un explosif à effet brisant, idéal pour ouvrir une porte en métal. Un autre souvenir du passé.

Louvel secoua la tête. Mais il savait que nous n'avions pas le choix. Lucie l'avait dit. Nous étions venus pour entrer dans ces locaux, quelle que soit la manière.

— Reculez-vous ! ordonna Badji.

Greg enfonça le détonateur dans le pain d'explosif, puis il recula de plusieurs mètres en laissant dérouler le fil. Il nous fit signe de nous protéger, puis il appuya sur le déclencheur.

Le bruit de l'explosion fut plus fort encore que je ne l'avais imaginé. L'écho se propagea longtemps à travers tout le sous-sol. S'il y avait quelqu'un à l'intérieur, nul doute à présent que l'alerte avait été donnée. Il n'y avait plus une seconde à perdre.

Badji fut le premier à s'avancer. Il récupéra un petit pied de biche dans nos affaires et d'un seul coup il parvint à ouvrir la grande porte métallique.

— Allons-y, dit-il en pénétrant à l'intérieur. Vigo, prenez la boîte à outils !

Nous nous engouffrâmes dans un long couloir obscur. Les deux gardes du corps allumèrent des lampes de poche. Les faisceaux se promenaient sur les parois de béton, quadrillaient l'espace. Après quelques mètres, des marches s'enfonçaient plus profondément encore dans le sous-sol de la Défense, vers le nord-ouest, à la verticale de la Grande Arche. Nous les descendîmes en courant derrière Badji. Notre parcours me parut interminable. À chaque pas, je sentais le poids de la boîte à outils dans ma main gauche et la pression qui augmentait dans ma poitrine.

Soudain, alors que nous descendions les dernières marches, il y eut un bruit sec devant nous. Je m'immobilisai et arrêtai Louvel dans mon dos.

La porte en bas des escaliers s'ouvrit. J'eus à peine le temps de voir la silhouette d'un homme en uniforme, puis il y eut un éclair de lumière, une déflagration. Je lâchai la boîte, me plaquai contre le mur, attrapai Louvel par le bras pour le forcer à se baisser lui aussi. Il y eut un second coup de feu, un flash, puis le bruit sourd d'un corps qui s'écroule.

Je sentis alors mon cœur se soulever. Une douleur dans le front. Comme une décharge électrique. Mais je savais pertinemment de quoi il s'agissait. Les premiers signes d'une crise. Ça n'allait pas tarder.

Je relevai la tête. Badji, devant moi, était immobile, les bras tendus, l'arme au poing.

— Personne n'a été touché ? chuchota-t-il.

— Non, ça va, répondit son collègue après nous avoir inspectés.

Je m'inclinai légèrement. Une balle s'était logée dans le mur, juste à côté de moi.

Il y eut un instant de silence, puis Badji nous fit signe de ne plus bouger et commença à descendre lentement les dernières marches. Greg le suivit pas à pas, en position pour le couvrir. Je jetai régulièrement des coups d'œil derrière nous, vers le haut des escaliers.

Quand ils furent arrivés en bas, ils ralentirent, enjambèrent le corps inerte étendu à leurs pieds, puis progressèrent ensemble, en binôme, de l'autre côté de la porte.

Je sentais la main de Louvel, immobile, tendue, fermée sur mon bras. Son regard trahissait la panique et la peur. Je lui fis un geste de la tête que j'espérais rassurant, et pointai le doigt vers sa poche intérieure. Il comprit et sortit son pistolet en même temps que moi.

En bas, Badji nous demanda de les rejoindre. Je ramassai la boîte à outils et passai devant. J'eus un frisson désagréable en enjambant le corps du garde au pied des marches. Un nœud dans le ventre. Mais ce n'était pas le moment de faiblir.

Nous arrivâmes dans une grande pièce plongée dans la pénombre. Seule la lumière bleue des écrans de trois ordinateurs éclairait les murs et le plafond. L'endroit ressemblait aux locaux de SpHiNx, mais bien plus luxueux et mieux rangés. Du matériel high-tech, des armoires en métal, des bureaux... Il n'y avait personne à l'intérieur, pas un bruit. Je posai un regard circulaire sur l'architecture des lieux. Cela pouvait correspondre à la première salle des plans de Reynald.

Le garde du corps posa son index devant ses lèvres pour nous recommander le silence, puis il nous montra son Palm. Il demanda à Louvel de suivre Greg vers la droite et m'invita à marcher derrière lui, de l'autre côté. Comme convenu, nous allions nous séparer pour explorer les locaux. Chacun savait ce qu'il avait à faire.

J'avançai, courbé en deux, derrière Badji. Nous contournâmes un premier bureau. Le garde du corps me fit signe d'attendre, récupéra la boîte à outils et se mit à genoux devant un mur où il avait repéré une prise téléphonique. Il commença à installer le relais mobile pour notre réseau radio. Comme Lucie l'avait expliqué, une passerelle IP devait nous permettre d'entrer en contact avec les locaux de SpHiNx. Sans faire de bruit, j'en profitai pour jeter un coup d'œil à l'ordinateur à côté de moi. L'écran était en veille. Un grand « D » bleu, en trois dimensions, tournoyait lentement au milieu. J'appuyai au hasard sur une touche du clavier. La fenêtre principale s'illumina, et une boîte de dialogue s'ouvrit avec une demande de mot de passe. Évidemment. C'eût été trop facile ! Toutefois, je lus avec intérêt le Copyright en bas de la fenêtre. « © *Dermod inc.* » Plus aucun doute ! Nous étions là où nous l'avions espéré.

J'entendis la voix de Badji dans mon oreillette. Je me retournai et le vis parler dans le petit micro de son talkie-walkie. Il avait établi le lien avec Sak et Lucie.

— Lucie, ici Stéphane. Nous sommes dans la salle numéro 1. Avons dû abattre un gardien à l'entrée. Apparemment, il était seul. Personne d'autre en vue. Les locaux ne sont sans doute plus occupés depuis les attentats. Mais ce n'est pas sûr. Les ordinateurs sont encore allumés. Louvel est avec Greg, ils vont vers la salle 3. Vigo et moi nous dirigeons vers la 5. Parlez.

La radio émit un léger craquement quand il relâcha le bouton au niveau de son cou.

— Pensez-vous pouvoir accéder au système informatique ? demanda Lucie.

Je décidai d'intervenir.

— Les ordinateurs sont protégés par mot de passe.

— OK. On pouvait s'y attendre. Alors il va falloir utiliser la manière forte. Essayez d'abord de voir s'il y a une « salle blanche », avec des serveurs.

— On y va. Terminé.

Badji ramassa la boîte à outils et me fit signe de le suivre. Là encore, les gestes me revinrent en mémoire. La façon de marcher, par étapes, d'abri en abri ; des pas sûrs mais rapides, les deux mains serrées sur la crosse du pistolet, canon vers le bas, tout en se préparant à couvrir son partenaire à tout moment.

De l'autre côté, je vis Louvel et Greg entrer dans l'autre pièce. Damien m'adressa un regard. Puis ils disparurent dans l'ombre. J'espérais qu'il ne leur arriverait rien... Il n'y avait plus moyen de faire machine arrière.

Badji arriva devant la porte. Il essaya de l'ouvrir, mais elle était fermée à clef. Je vins à côté de lui et pris le matériel nécessaire dans la boîte à ses pieds. C'était une serrure assez simple. Je n'eus aucune peine à la crocheter. Le garde du corps m'observa d'un air amusé, pensant sans doute que je cachais bien mon jeu. Je repris mon arme et passai derrière lui. Nous entrâmes dans la pièce suivante.

C'était une sorte de salle d'attente. Aucun ordinateur, aucun bureau. Juste des fauteuils, un canapé, une table basse avec quelques magazines étalés. Un distributeur de boissons ronronnant diffusait une lumière blanche sur les tableaux affichés au mur.

Il y avait deux portes devant nous. Selon le plan de Reynald, la première, à gauche, menait vers des toilettes. L'autre vers un long couloir. Rasant les murs, nous nous dirigeâmes vers la seconde. Badji, qui avait saisi que j'avais quelque expérience en la matière, me fit des signes de la main à la manière d'un militaire. Et je les compris. Je me glissai à droite de la porte. Un infime temps d'arrêt. Puis il l'ouvrit, et d'un geste rapide je m'avançai dans l'ouverture, mon pistolet droit devant moi. Je fis trois pas à l'intérieur du couloir et m'accroupis. Badji me dépassa furtivement, m'indiqua d'un signe de tête la caméra de surveillance tout au bout du couloir. J'acquiesçai. Il me désigna la première porte, sur notre droite, et nous recommençâmes l'opération. Pause, ouverture, couverture, infiltration. Nous avancions à un rythme rapide et régulier.

À l'intérieur, un seul bureau cette fois, plus luxueux que ceux de l'entrée. Les meubles étaient en bois, les murs lattés, et un grand fauteuil en cuir noir faisait face au bureau. Je me précipitai vers l'ordinateur, mais constatai rapidement qu'il était lui aussi protégé par un mot de passe. Je jetai quelques coups d'œil sur les dossiers empilés à côté du clavier. Les titres n'évoquaient rien de précis. Pas de Protocole 88 en tout cas. J'essayai d'ouvrir les tiroirs, les armoires. Tout était fermé. Inutile de perdre du temps ici. Je m'apprêtai à ressortir quand, soudain, une alarme se déclencha. Je sursautai. Une lumière rouge se mit à clignoter dans le couloir, au rythme d'une sirène électronique.

— Merde ! pesta Badji.

Il prit le talkie à sa ceinture.

— Lucie, ici Stéphane. Il reste quelqu'un à l'intérieur. Ou bien leur système de surveillance est monitoré de l'extérieur. Ils ont déclenché l'alarme. On ne peut pas rester. Parlez.

— Vous avez trouvé quelque chose ?

— Pas eu le temps ! répliqua le garde du corps. Parlez.

— Et toi, Damien ?

Un silence. Un grésillement. Puis la voix de Louvel.

— Rien ici non plus. Pas de salle info.

— Il nous faut au moins un disque dur, quelque chose ! Badji et Vigo, allez dans la salle 8, au bout du couloir de gauche. C'est la plus grande, et il y a des gaines techniques. C'est peut-être ce que nous cherchons. Grouillez-vous !

Badji et moi savions pertinemment de quelle salle elle voulait parler. C'était en effet l'une des deux que nous avions notées comme pouvant potentiellement enfermer les serveurs.

— OK, on s'en occupe, lança le garde du corps. Greg, Damien, attendez-nous dans l'entrée. Couvrez les escaliers le temps qu'on revienne. Terminé.

Je rejoignis Badji dans le couloir.

— Go, go, go ! s'exclama-t-il en me faisant un signe de tête.

Nous marchâmes rapidement dans la pénombre, passant successivement l'un devant l'autre. Le signal aigu de l'alarme accentuait le sentiment d'urgence. Le sang cognait dans mon cœur et dans ma tête, régulier comme les secondes d'un compte à rebours imaginaire. Quelqu'un, quelque part, observait nos mouvements dans les caméras de surveillance.

Badji arriva au bout du couloir. La dernière porte était blindée. De l'autre côté, on entendait le bourdonnement grave d'un climatiseur et de multiples ventilateurs. À n'en pas douter, c'était bien une « salle blanche ». Stéphane appuya sur la poignée. Fermée. Les secondes s'égrenaient, nous rapprochant impitoyablement de l'intervention probable d'agents de sécurité. Ce n'était plus le moment de faire dans la dentelle. Badji donna un violent coup de pied dans la porte. Elle résista.

Sans attendre, il sortit un pain de Semtex, le colla contre la serrure et enfonça un petit détonateur électronique. Je me réfugiai un peu plus loin. L'explosion brisa tout un pan du métal dans un jet d'étincelles, et la porte s'ouvrit lentement.

Badji se précipita à l'intérieur, recroquevillé. Je le suivis. Nous avions vu juste. Le sol était légèrement surélevé, abritant tout un réseau de câbles qu'on devinait à travers les dalles ajourées. Une vive lumière d'hôpital inondait toute la pièce. Trois rangées d'armoires informatiques quadrillaient l'espace surclimatisé. Des dizaines de serveurs, routeurs, et autres unités informatiques clignotaient à tous les étages. Badji fit le tour de la salle d'un pas rapide, inspectant une à une les hautes baies.

— Lucie, ici Stéphane ! Nous sommes dans la salle info ! Qu'est-ce que je prends ? Parlez.

— Il faudrait trouver le support sur lequel ils font leurs sauvegardes externes. Regarde si tu vois des gros lecteurs, ils exportent peut-être sur bandes.

Badji fit à nouveau le tour des armoires.

— Non, je ne vois pas.

— OK. Qu'est-ce que tu vois, exactement ?

— J'en sais rien ! Beaucoup de choses ! Des tas d'ordinateurs. Là, devant moi, il y a deux grosses bécanes, je pense que ce sont deux serveurs ; il y a marqué « Raid 5 » sur une petite étiquette. Mais on ne pourra jamais emporter tout ça ! Parlez.

Je me mis à longer les baies à mon tour. J'essayai de mémoriser tout ce que je voyais.

— Il y a peut-être un serveur de sauvegarde quelque part. Il serait sans doute un peu à l'écart de la baie. Tu n'as pas remarqué une lame isolée quelque part ?

— Non, pas vraiment. Peut-être, mais c'est dur à dire, il y a des lames partout ! Parlez !

Badji s'exprimait de plus en plus nerveusement.

— OK, calme-toi ! Cherche si tu vois une lame avec écrit « rsync » dessus.

J'étais certain d'avoir vu cette inscription sur une étiquette. Je retournai sur mes pas.

— Badji ! Ici ! m'exclamai-je.

Il me rejoignit rapidement.

— OK ! Lucie, c'est bon, je vois deux machines noires, plates, avec écrit « rsync » dessus. Parlez.

— Génial ! Prenez-les ! Prenez-les et cassez-vous de là !

— Affirmatif. Terminé.

Badji lâcha le fil de sa radio et arracha la première lame d'un geste brusque. Les câbles branchés à l'arrière se détachèrent d'un seul coup. Il sortit un sac à dos de la boîte à outils et glissa le disque à l'intérieur.

Au même instant, la voix de Louvel grésilla dans nos oreillettes.

— Stéphane ! Putain ! On se fait tirer dessus ! Merde !

Il y eut un coup de feu, puis la communication se coupa. J'appuyai sur le commutateur dans mon cou et répondis à Louvel.

— On arrive !

Je jetai un coup d'œil interrogatif au garde du corps. Un silence. Un crépitement. Puis la voix de Louvel, emplie d'horreur.

— Greg s'est fait descendre ! Putain ! Je peux pas sortir. Salle 15 !

Un nouveau coup de feu, puis un autre. Je vis Badji arracher le deuxième disque dur, et sans attendre une seconde de plus je me précipitai dans le couloir. Les mots de Louvel résonnaient dans ma tête. « *Greg s'est fait descendre.* »

Je courus vers la salle d'attente. Rapidement, j'entendis les pas de Badji derrière moi. Un nouveau coup de feu au loin. Je me jetai dans l'entrée, tout droit vers la porte par laquelle Louvel et Greg étaient partis.

— Attendez ! s'exclama le garde du corps derrière moi.

Je me retournai. Il posa une main sur mon épaule et m'adressa un regard soutenu.

— Allons-y prudemment. C'est pas la peine qu'on se fasse tous abattre !

J'acquiesçai, à bout de souffle. Il abandonna la boîte à outils par terre, ajusta le sac à dos contenant les disques sur ses épaules, et arma son pistolet, le regard brillant. Il passa devant moi, en garde, couvrit l'ouverture de la porte et me fit signe d'avancer. Je me glissai de l'autre côté. Je n'avais pas besoin de regarder le plan. Je l'avais bien en mémoire. Trois pièces nous séparaient de la salle 15. D'un geste de la tête, j'indiquai à Badji que la voie était libre. Nous avançâmes ensemble, nous protégeant l'un l'autre. Dans la seconde pièce, il n'y avait toujours personne. Les murs s'éclairaient de rouge par intermittence, au rythme de l'alarme. Nous traversâmes les bureaux, prudents, et pénétrâmes dans la salle suivante. Personne non plus. Les types qui avaient descendu Greg étaient probable-

ment dans la 14, entre Louvel et nous. Ils l'empêchaient de s'enfuir.

J'appuyai sur le bouton de ma radio.

— Damien, chuchotai-je, où sont-ils ?

Pas de réponse. Mon sang se glaça. Je poussai un
profond soupir. Rester calme. Louvel avait peut-être
simplement coupé son récepteur pour ne pas se faire
repérer. Je levai la tête vers Badji. Il me fit comprendre
qu'il allait passer par la droite. Deux portes donnaient
sur la salle 14. J'acquiesçai et le regardai s'éloigner.
Quand il fut en position, je m'avançai vers l'autre porte
et me plaquai contre le mur, accroupi.

Le garde du corps leva la main pour lancer un
décompte. Un à un, il baissa les doigts sur sa paume.
Quatre, trois, deux...

D'un seul coup, j'ouvris la porte devant moi et roulai
à l'intérieur. Badji en fit de même de son côté. Nous
fûmes accueillis par une salve de coups de feu. Les
balles claquèrent contre les murs, les armoires. Je
repérai deux sources distinctes. Un type près de la
porte qui donnait sur la salle 15 – où était vraisemblablement coincé Louvel – et un autre au centre de la
pièce, abrité par un large pilier de béton. Je me laissai
tomber derrière un meuble bas en métal et tentai de
reprendre mon souffle.

La grande pièce portait les stigmates de la bataille
que Greg avait dû y livrer. Un placard était renversé,
des chaises allongées sur le sol, plusieurs panneaux de
verre brisés sur les murs...

Au centre de la salle, un fauteuil de cuir et de métal,
allongé, était installé sur un large socle pivotant,
comme un siège de dentiste. Au-dessus, au bout d'un
bras articulé, un étrange appareil qui ressemblait
vaguement à un casque futuriste... Le décor semblait
tout droit sorti d'un film de science-fiction.

Soudain, je vis Badji se relever et tirer plusieurs fois. Quatre coups, cinq... Il allait vider son chargeur ! Je compris aussitôt. Il me couvrait pour que je tente d'avancer. Sans perdre de temps, je me jetai au sol et me mis à ramper vers la gauche. Quand Badji eut tiré sa dernière balle, j'étais à l'abri derrière un bureau.

Le garde du corps disparut à nouveau derrière la porte par laquelle il était entré, faisant mine de se replier. Je restai immobile, attentif au moindre mouvement. Mais les types ne bougèrent pas. Ils avaient sans doute deviné nos intentions. Ma poitrine se soulevait rapidement. Ne pas paniquer. Ne pas faire de bruit.

Subitement, le bras de Stéphane réapparut derrière le mur et il vida un nouveau chargeur à un rythme soutenu. Couvert par les coups de feu, je me remis à ramper le long du mur gauche, dans l'espoir de prendre nos ennemis à revers.

Mais, alors que je m'immobilisais, recroquevillé au pied d'une armoire, j'entendis un cri de douleur. Puis un grognement rauque.

Mon cœur sembla se décrocher. Je sentis un étourdissement passager, et encore cette douleur au front.

Je me redressai légèrement. Badji ?

Non. C'était le type derrière le pilier. L'imprudent avait tenté une sortie. Il avait pris une balle en pleine poitrine. À genoux, une main sur le cœur, je le voyais agoniser lentement. Puis il s'écroula sur le sol dans un dernier souffle éraillé.

Je me rassis lentement. La tête me tournait. Ma vision commença à se troubler. Les ombres devant moi se dédoublèrent un court instant, comme l'image imprécise d'une caméra qui fait le point. Je fermai les yeux, et sentis la rage monter en moi. Je ne pouvais pas laisser une nouvelle crise m'envahir à ce moment crucial. Je sentis mon pouls s'accélérer et la migraine se glisser lentement dans les couloirs de mon cerveau. Je secouai la tête. *Pas maintenant*.

Je relevai les yeux, en essayant de maîtriser ma respiration. *Focalise-toi*. Badji avait à nouveau disparu. Il devait recharger son arme. Combien de munitions avait-il pris ? J'espérais qu'il en aurait assez pour nous sortir de là. Soudain, des chuchotements se soulevèrent dans l'obscurité. Je crus d'abord qu'ils venaient de mon oreillette. Mais non. Je les reconnus sans peine. Le murmure des ombres. Les voix de ma schizophrénie. Ou autre chose. *Je ne sais plus*. Le syndrome Copernic. *Je ne suis pas schizophrène*.

À cet instant, je vis une ombre près de la porte se mettre en mouvement. Le deuxième homme. *Maintenant*. Le dos courbé, il se dirigeait dans la direction opposée. Luttant contre l'étourdissement, je me redressai légèrement pour analyser la pièce. *Prendre ce connard par surprise*. Mes pensées ? Non. Les siennes. Il espérait se mettre à l'abri et trouver une ouverture pour cueillir Badji lors de la prochaine salve.

J'avalai ma salive. Le garde du corps l'avait-il repéré ? Certainement pas ; il devait être occupé à mettre de nouvelles cartouches dans son arme. Il ne fallait pas que je laisse le type prendre position. *Prends sur toi*. Sans hésiter, je me levai et me mis à avancer prudemment vers l'ennemi. Je devinais son ombre, devant moi, son dos, une cible parfaite. Les mains tremblantes, je levai lentement le GLOCK 26. *Prends sur toi*. Je fis encore quelques pas. Mon pied se prit dans une chaise. Il y eut un bruit métallique quand le dossier heurta un bureau.

Le type se retourna et m'aperçut.

Le temps sembla s'arrêter. Ou peut-être s'arrêta-t-il vraiment. 88 :88. Les secondes se décomposèrent comme les pétales d'une rose morte. Chacune d'elles était le Polaroïd glacé d'une mort annoncée. Je vis mes bras tendus devant moi, le canon du pistolet aligné sur l'ennemi, immobile.

Ses yeux plongèrent dans les miens. Lentement, comme mille fois, je vis son arme se lever vers moi. Il aurait suffi alors que j'appuie sur la détente. *Appuie sur la détente !* Une simple pression du doigt. Et je serais sauvé. Mais quelque chose m'en empêcha. Ça. *Le syndrome Copernic*. Autrui. Lui. Ses pensées. Elles volaient vers moi comme une nuée d'insectes. Je sentis la panique dans sa tête, le serrement dans son cœur. Sa peur de mourir devint mienne. Son moi se fit je. Et je devins mon propre ennemi. Le tuer eût été me tuer moi-même.

Tirer dans le miroir.

Tu es moi.

Tuer moi.

Je fus incapable d'appuyer sur la détente.

Et l'instant d'après, il fut trop tard.

La détonation déchira l'air. Un flash blanc surexposa la pièce. Et puis vint la douleur, insupportable. L'obscurité. Je sentis la balle qui entrait en pleine poitrine. Fonçait vers le cœur. Déchirait la chair, les muscles. Et ce fut le cri de douleur. Le dernier cri. Le noir de la mort qui approchait. Un à un, les centimètres qui séparaient la vie du trépas se firent millimètres. Microns. Puis ce fut l'impact. La mort soudaine. Immédiate.

Les yeux grands ouverts, je le vis s'écrouler, lui, devant moi.

Mon cœur, comme le temps, s'était arrêté. Le monde ne vacillait plus du tout. Les murmures s'étaient tus. Tout était calme et silencieux. Seule restait l'image de Badji, dans l'ouverture de la porte, à quelques pas de là, les bras tendus, les yeux écarquillés.

Petit à petit, les battements de mon cœur revinrent comme un bruit sourd dans tout mon être. Je passai une main sur ma poitrine, comme pour m'assurer que ce n'était pas moi qui étais mort. Je regardai Badji, puis le cadavre devant moi. Badji à nouveau. Je sentis un goût salé sur mes lèvres. Une larme avait coulé.

— Tout va bien, Vigo ?

Le garde du corps vint à mes côtés. Il me fallut du temps pour comprendre sa question.

— Non.

— Vous n'avez rien ? Qu'est-ce qui se passe ?

Si seulement je pouvais en être sûr.

— Je... Je n'ai pas pu tirer.

Je posai sur lui un regard qui devait être vide. Éteint.

— Je ne pourrai jamais, balbutiai-je, et je sentis le pistolet glisser dans ma main, entre mes doigts, tomber par terre.

Badji passa une main derrière ma nuque.

— Vous êtes sous le choc. Ce n'est rien. Venez, il faut qu'on aille chercher Damien.

Je ne bougeai pas. J'étais paralysé. Le jour de l'attentat me revint en mémoire. Le moment précis de l'explosion. Toutes ces voix qui s'étaient éteintes. Je les avais entendues. Senties. J'avais vécu mille morts. Je reconnaissais cette douleur au fond de moi. À moins que tout cela ne fût qu'un mensonge. Une folie de plus. Ma folie.

— Allez ! Il faut qu'on y aille, me secoua Badji.

Il s'efforça de m'adresser un sourire, puis il se dirigea vers la pièce d'à côté. Je le regardai faire, encore pétrifié. Prudemment, il passa la porte. Je le vis lever son arme. Ce n'était pas terminé. Il fallait que je bouge. Que j'oublie, pour l'instant. Je me mis en route, fébrile, indécis. Le suivre, sans réfléchir.

Badji s'avança dans l'obscurité de la salle 15.

— Damien ?

Il y eut un bruit sourd au fond de la pièce. Un râle.

— Par ici !

C'était la voix du hacker. Une voix faible, tremblotante.

— Par ici ! J'ai pris une balle dans l'épaule !

Je vis le garde du corps se précipiter vers son ami,
derrière une table basse. Je les rejoignis, les jambes fla-
geolantes. Louvel était assis par terre, adossé au mur.
Du sang coulait sur son bras et sa poitrine. Un peu plus
loin, le corps inanimé de Greg était étendu face contre
terre. J'avais l'impression de naviguer en plein cauchemar. Pas l'impression, la certitude.

— Vigo ! lança Badji en se tournant vers moi. Prenez les disques durs, il faut que j'aide Damien à
marcher.

Il me tendit le sac dans lequel il avait glissé les deux
pièces qu'il avait prises dans la salle informatique. Je
restai immobile, encore accablé, impuissant, puis je
compris qu'il y aurait un temps pour comprendre, un
temps pour accepter, mais que, pour l'heure, une seule
chose comptait : sortir de là vivants. Je me forçai à
avancer et attrapai le sac.

Le garde du corps fit passer la main de Louvel par-
dessus son épaule et il l'aida à se lever. Je pris la lampe
de poche de Badji et j'ouvris la voie.

— Vigo ! Récupérez la radio de Greg ! On ne peut
pas les laisser nous écouter s'ils le trouvent.

Je m'immobilisai. Dans l'état où j'étais, l'idée d'aller
fouiller un cadavre ne m'enchantait guère. Mais il n'y
avait plus une seconde à perdre. Le souffle court, je
m'agenouillai devant le corps ensanglanté. Les mains
tremblantes, je détachai l'oreillette, puis je poussai le
garde du corps sur le côté pour récupérer la radio dans
sa poche. Son visage se tourna vers moi. Je vis ses yeux
écarquillés, figés dans une grimace de douleur, sa
bouche ouverte, comme glacée. Je frissonnai. J'attrapai l'émetteur, puis je relâchai aussitôt le cadavre. Je

me relevai d'un bond et me remis en route. Badji m'adressa un regard d'encouragement.

Quand nous fûmes revenus dans la pièce précédente, il me fit un signe de la main.

— Votre arme, Vigo, ramassez-la !

J'avalai ma salive.

— Non. Désolé, je ne peux pas.

Le grand Noir secoua la tête. Mais il dut estimer qu'il n'avait pas le temps de me convaincre. Il m'invita à continuer. Je me remis aussitôt en route.

Nous refîmes tout le trajet inverse, jusqu'à la première pièce.

— Et le relais ? dis-je en désignant l'émetteur branché sur la prise téléphonique de l'autre côté de l'entrée. Ils ne risquent pas de nous identifier s'ils le trouvent ?

— Non. Le relais, ça va. Tout est crypté, et la liaison avec SpHiNx n'est pas traçable. Ne vous inquiétez pas. Mieux vaut le laisser là, d'ailleurs. On n'est pas encore sortis du parking...

Bien sûr. Malheureusement, Badji avait raison. Nous n'étions pas encore tirés d'affaire. Loin de là. Les trois gardes que nous avions abattus, le premier en entrant, et les deux autres en allant chercher Louvel, avaient eu tout le temps d'appeler du secours au-dehors. On nous attendait peut-être déjà en haut des marches.

Le faisceau de ma lampe passa sur le corps du premier garde, étendu en travers de la porte. Je détournai les yeux et enjambai son cadavre. Je jetai un coup d'œil vers le haut. Personne. Je réajustai les lanières du sac à dos sur mes épaules et m'engageai dans l'escalier, vérifiant à chaque pas que Louvel et Badji me suivaient.

La montée n'en finissait plus, et mon angoisse grandissait. Plus nous approchions de la porte qui menait au parking, plus je ralentissais, certain qu'un comité d'accueil nous attendait de l'autre côté. Mais quand nous arrivâmes tout en haut, d'un seul regard, je vis à travers la porte défoncée que le parking était toujours vide.

— La voie est libre, dis-je en me retournant, sans vraiment y croire.

— Allez appeler l'ascenseur, Vigo, on vous rejoint.

Je cherchai une confirmation dans son regard, puis je me mis à courir à travers les allées sombres, traquant le moindre ennemi derrière chaque pilier de béton. Le souffle commençait à me manquer. Mais ce n'était pas le moment de flancher. Nous y étions presque. Le plus dur, peut-être, était passé.

Soudain, alors que je n'étais plus qu'à quelques mètres de l'ascenseur, je vis un témoin lumineux s'allumer au-dessus des portes. Je m'arrêtai aussitôt, terrifié. Les boutons s'illuminèrent les uns après les autres. Quelqu'un descendait.

Sans attendre, je fis volte-face et revins en courant vers les deux autres.

— Quelqu'un arrive par l'ascenseur ! hurlai-je, paniqué.

Badji jeta un regard circulaire.

— La rampe, là-bas ! cria-t-il en désignant sur sa droite l'allée qui menait les voitures vers l'étage supérieur.

Je changeai ma trajectoire et les rejoignis à mi-chemin. Je me mis de l'autre côté de Louvel et nous le portâmes à deux, au pas de course. Encore quelques mètres. Je tournai la tête. D'ici, je ne pouvais voir quel voyant venait de s'allumer. L'avant-dernier ? Le dernier ? J'accélérai le pas, traînant presque Damien derrière moi.

— Plus vite ! Ils arrivent !

Enfin, nous fûmes sur la rampe en béton. Sans ralentir le rythme, nous montâmes vers l'étage du dessus. Au même instant, je fus certain d'entendre les portes métalliques de l'ascenseur qui s'ouvraient.

J'attrapai le bras de Badji et lui fis signe de faire moins de bruit. Nous ralentîmes. En haut de la rampe, le garde du corps s'arrêta complètement et prit Damien sur son dos. Je le laissai passer devant moi et marchai à reculons, pour voir si on nous avait repérés. Rien pour le moment. Je continuai de suivre Stéphane, prudemment, encore un étage, puis, au lieu de prendre la rampe suivante il partit derrière l'un des larges piliers du parking. Il posa Damien par terre, l'aida à s'asseoir, et inspira profondément pour reprendre son souffle. Il me fit signe de me cacher. Puis il approcha le petit micro de sa bouche.

— Lucie, ici Stéphane, tu m'entends ? Parlez, chuchota-t-il.

— Vous êtes où ? grésilla la voix de Lucie dans nos oreillettes.

— Dans le parking. Ils ont eu Greg, et Damien est blessé. Situation : impossible de sortir par les ascenseurs, Vigo les a vus arriver. Il faut que tu nous sortes de là. Nous sommes... au niveau – 4. Parlez.

— Entendu. Je fais de mon mieux. Attendez mes instructions.

— Lucie, dépêche-toi, ils ne vont pas tarder à nous retrouver. Terminé.

Le temps que les types aient fini de fouiller les locaux, et qu'ils découvrent que nous étions sortis, nous avions peut-être quelques minutes de répit. Ensuite, ils comprendraient rapidement que nous étions encore dans le parking, puisqu'ils étaient arrivés par l'unique ascenseur... Badji en profita pour s'occuper de Louvel. Après avoir essuyé les gouttes de sueur qui trempaient son front, il arracha la manche du bleu de travail que portait Damien et inspecta sa blessure. Du sang coulait encore abondamment de la plaie.

— Bon. Rien de grave, murmura Badji. La balle a traversé de l'autre côté. La plaie est plus grande au point de sortie.

Il ramassa la manche de vêtement qu'il avait déchirée et découpa une longue bande qu'il enroula autour de l'épaule de Louvel. Puis il prit la main droite de Damien et lui demanda de la garder le plus longtemps possible appuyée contre le bandage.

— Il faut faire pression pour arrêter l'hémorragie.

Il sortit son arme et la rechargea. Au même instant, la voix de Lucie grésilla dans nos écouteurs.

— Stéphane ?

— Parlez.

— OK. On va tenter quelque chose. Je ne vous garantis rien. Marc va essayer de rentrer dans le parking avec la camionnette pour venir vous chercher.

— Vous êtes sûrs que l'entrée du parking n'est pas fermée ? Tout le secteur est bouclé ! Parlez.

— D'après lui, il reste un accès Livraisons en amont de la porte 7. Le problème, c'est qu'il n'a pas d'accréditation pour entrer, c'est pour ça qu'on vous a lâchés dehors. Mais là, pas le choix. Il va y aller au bluff en montrant un badge Bouygues. Croisez les doigts, et montez l'attendre au niveau – 2. Il espère pouvoir y être dans cinq minutes.

— Entendu, on y va. Terminé.

Le garde du corps se pencha vers Louvel.

— Damien, ça va aller ?

Le hacker transpirait à grosses gouttes. Son visage était blafard, mais il semblait au moins avoir gardé ses esprits.

— Oui, oui, allons-y, balbutia-t-il.

Nous l'aidâmes à se relever et nous nous mîmes en route vers la rampe d'accès au niveau supérieur. Après quelques pas, nous entendîmes des voix qui venaient d'en bas. Des ordres qui claquèrent et résonnèrent entre les parois de béton.

— Ils ne vont pas tarder, chuchota Badji. Dépêchons-nous.

Je ne savais si j'étais plus épuisé physiquement ou nerveusement, mais mes jambes semblaient sur le point de céder sous mon propre poids. J'avais les mains qui tremblaient et la tête me tournait à nouveau. J'essayai de ne rien montrer aux deux autres. Je pensai à Damien, qui devait souffrir bien plus que moi, et à Greg, dont nous avions abandonné le cadavre tout en bas. Je rassemblai mon courage et continuai droit devant. Plus nous nous approchions de la surface, plus le bruit lointain des travaux s'amplifiait. Le grondement sourd des camions, des grues et des tractopelles était comme la promesse de notre libération prochaine. Il fallait arriver jusque-là.

Nous montâmes la rampe jusqu'au niveau – 3. Louvel était de plus en plus lourd à porter, ou bien c'étaient mes forces qui, progressivement, me quittaient.

À nouveau, un brouhaha résonna dans les niveaux inférieurs. Des bruits de course, des cris, à peine couverts par le fracas du chantier au-dessus de nos têtes. Je poussai un soupir. Cela ne finirait donc jamais ? Je resserrai ma main sur la hanche de Louvel et accélérai le pas. Badji en fit autant. Nous nous engageâmes sur la dernière rampe, de plus en plus vite. Tout en montant, Stéphane saisit le fil de son oreillette et appuya sur le micro :

— Marc, ici Stéphane. Marc, tu arrives ? Parlez.

Rien. Aucune réponse. Ni de Marc, ni de Lucie. Badji poussa un juron. Nous étions sans doute déjà trop loin du relais mobile installé au dernier sous-sol. Le lien avec SpHiNx était rompu. Nous étions livrés à nous-mêmes.

À cet instant, le poids de Louvel se fit soudain beaucoup plus lourd et son corps glissa entre nos bras. Badji se précipita pour le rattraper.

— Il a perdu connaissance ! m'exclamai-je, affolé.

Les voix approchaient derrière nous. Le garde du corps hissa Damien sur son épaule et se mit à courir. Je lui emboîtai le pas, traînant les pieds de fatigue, un point de côté me labourant la hanche.

Nous arrivâmes enfin au niveau − 2. Badji s'arrêta au milieu de la première allée et tourna sur lui-même. Rien, aucune camionnette. Et le bruit continu des ouvriers qui déblayaient la surface, de plus en plus fort. Je rejoignis le garde du corps au centre du parking, à bout de forces.

Si Marc ne venait pas, il allait falloir trouver une autre solution. Reprendre les ascenseurs ? Non, c'était trop risqué. Affronter nos poursuivants ? Visiblement, c'était ce que Badji s'apprêtait à faire. Il avait délicatement posé Damien contre un pilier et s'était saisi de son arme. Moi, je n'avais plus la mienne, et de toute façon, je savais à présent que mon état, mon cerveau me rendait incapable de tuer.

L'écho menaçant des pas de nos poursuivants ne fut alors plus qu'à quelques mètres. Les battements de mon cœur s'accélérèrent.

— Marc ! cria Badji dans son micro. C'est le moment ou jamais ! On a besoin de la cavalerie !

Toujours rien. Aucune réponse. Les types étaient en bas de la rampe. Leurs voix approchaient, se mélangeaient dans le brouhaha ambiant. Des ombres se dessinèrent sur le mur de la rampe.

Au même instant, alors que Badji s'était mis en position pour tirer, le bruit d'un moteur se mit à résonner de l'autre côté du parking, derrière nous. Des crissements de pneus. Je fis volte-face. La camionnette blanche apparut dans la dernière allée.

— Putain ! Il était temps ! hurla Badji en soulevant le corps immobile de Louvel.

Je l'aidai à caler le hacker sur son épaule et nous nous mîmes à courir vers la camionnette. Malgré le poids de Damien, Stéphane courait plus vite que moi. Les numéros de place défilaient sous mes pieds. 33, 32, 31. Nos pas claquaient sur la surface grise.

Soudain, une détonation déchira l'air. Une balle siffla à côté de nous. Puis une deuxième. La camionnette n'était plus qu'à quelques mètres. Je vis le visage de Marc derrière le pare-brise. Il donna un brusque coup de volant. Les roues dérapèrent sur le sol dans un cri aigu. Le véhicule se mit en travers et s'immobilisa devant nous. Badji fit le tour par-derrière. Je le suivis. Une nouvelle détonation. Un bruit de métal. Une balle s'était enfoncée dans la tôle. Stéphane ouvrit la porte latérale et glissa le corps de Louvel à l'intérieur. Puis il monta et me tendit la main. Je lui jetai d'abord le sac avec les deux disques durs. Il le posa derrière lui et me fit signe d'attraper son bras.

— Fonce ! cria Badji en se retournant vers le conducteur.

Marc démarra au même moment, sur les chapeaux de roue. La gomme se consuma sur le béton. Badji saisit mon bras et, d'un coup sec, me tira à l'intérieur. Je m'étalai de tout mon long dans la camionnette, à côté du corps immobile de Damien. Il y eut encore deux coups de feu. Une embardée à droite me projeta contre la carrosserie. Je poussai un cri de douleur. Je m'agrippai au siège passager, me redressai et regardai devant. Nous arrivions vers un passage étroit. Marc donna un petit coup de volant vers la gauche pour se remettre dans l'axe. L'une des roues heurta un trottoir. Nouveau choc. Puis le véhicule s'engagea sur une petite rampe qui menait vers la lumière du jour. Le couloir tourna vers la droite. Les silhouettes de nos poursuivants disparurent derrière le mur. Marc ralentit.

— Planquez-vous ! lança-t-il en faisant un geste de la main.

Nous nous allongeâmes sur le plancher. Badji avait passé son bras par-dessus la poitrine de Louvel et le maintenait au milieu de la camionnette. Marc rétrograda. Je vis l'ombre d'une barrière à côté de nous. Encore quelques mètres de mur gris, puis, enfin, le bleu du ciel.

Badji se releva lentement.

— C'est bon ? demanda-t-il en posant une main sur l'épaule du conducteur.

— Pas encore. Les types qui m'ont laissé entrer tout à l'heure sont un peu plus loin. Restez cachés.

La camionnette s'engagea sur une allée bordée de hauts murs blancs. À travers les vitres teintées, je reconnus la porte 7, où Marc nous avait déposés un peu plus tôt. Le véhicule ralentit, s'arrêta presque. Marc ouvrit sa vitre et je le vis passer la main au dehors. Il y eut un instant de silence, une hésitation. Puis la voix d'un type. « C'est bon, passez ! » Marc accéléra progressivement.

Je poussai un soupir de soulagement. C'était enfin fini ! Nous étions sortis de cet enfer de béton. Mais à quel prix ? Greg y avait perdu la vie et Damien était bien mal en point. J'espérais au moins que les informations que nous étions venus chercher en vaudraient la peine...

Mais au fond, y avait-il la moindre vérité qui vaille la peine qu'on meure pour elle ?

Quelques mètres plus loin, Badji se releva.

— Comment tu t'es démerdé pour entrer ?

— Je leur ai montré la feuille de mission et je leur ai dit que j'avais du matériel à déposer en bas. Ils n'avaient pas l'air trop au courant. Manifestement, l'alerte n'a pas été donnée...

— Ouais. En tout cas, pas à ces types, corrigea Badji. Ce sont des ouvriers, pas des flics... On a eu de la chance.

— Le principal, Badji, c'est que vous êtes tirés d'affaire. Il n'y a plus de barrage après.

Le grand Noir serra chaleureusement l'épaule du conducteur.

— Merci, Marc. Merci beaucoup.

Puis il se retourna et s'accroupit à côté de Louvel.

— Il est revenu à lui, dit-il en souriant. Damien, ça va ?

Le hacker inclina légèrement la tête.

— Il y a une trousse de secours sous le siège passager, précisa Marc sans se retourner.

Badji m'adressa un regard entendu. Je me relevai péniblement, épuisé. Je fouillai sous le fauteuil, trouvai une petite boîte blanche et la donnai au garde du corps. Puis je m'écroulai à nouveau contre la paroi de la camionnette et, dans un état second, je regardai Badji soigner son ami.

Les sons et les couleurs semblèrent lentement se mélanger dans un brouillard cotonneux. Le bruit du moteur et les paroles de Stéphane s'étouffèrent, de plus en plus lointains. Je perdis le fil du temps, et le monde se mit à ressembler à un rêve.

77.

— Vigo. Je voulais vous dire... Vous vous êtes très bien débrouillé, tout à l'heure. Damien a bien fait d'accepter que vous vous joigniez à nous. Nous n'aurions pas réussi sans vous.

Les paroles de Badji me tirèrent de ma torpeur. Dehors, le décor continuait de défiler, indistinct, à travers les fenêtres de la camionnette.

C'était la première fois que le garde du corps me parlait ainsi. Sa voix n'était plus tout à fait la même. Il y avait une sorte de chaleur, une complicité qui me surprit. Jusqu'à cet instant, je n'avais connu de lui que le visage strict d'un garde du corps consciencieux. Mais ce nouveau regard semblait livrer enfin le véritable Badji. Celui dont Louvel m'avait parlé en des termes si amicaux.

— Je... je ne sais pas, balbutiai-je. Votre ami... Greg...

Il hocha la tête. Je vis ses mains se crisper un court instant.

— Il savait ce que nous risquions en venant ici... Notre métier nous expose à ce genre de dangers. Malheureusement.

Je n'étais pas certain que cela puisse rendre la mort de son collègue moins horrible. J'avais du mal, moi-même, à l'accepter. Je me sentais tellement responsable ! Et je voyais bien que Badji, au fond, était bouleversé. En me parlant ainsi, il essayait, sans doute, de se réconforter lui-même.

— J'ai l'impression que vous en savez quelque chose, d'ailleurs, ajouta-t-il.

— Que voulez-vous dire ?

— Allons, je vous ai vu vous débrouiller, Vigo. Vous avez reçu une formation militaire de haut niveau.

Je haussai les épaules.

— Je ne me souviens pas. Je suis amnésique, Stéphane. Tout ça est enfoui dans un grand black-out. Et je vous avoue que... aujourd'hui, je ne me reconnais pas dans cet aspect de mon passé.

— Et l'idée d'avoir un jour été militaire vous dérange, c'est ça ?

Je fis une grimace gênée.

— Eh bien, pour tout vous dire, oui... J'ai du mal à m'y faire. Cela ne correspond pas à l'homme que je suis aujourd'hui ! Ou à l'homme que j'ai l'impression d'être, en tout cas.

— Je comprends.

Les images de la fusillade dans les sous-sols de la Défense me revinrent aussitôt en mémoire. Je frissonnai.

— L'homme que je suis, aujourd'hui... est incapable de tuer, dis-je à voix basse, comme pour moi-même.

Le garde du corps acquiesça.

— J'ai vu cela. C'est tout à votre honneur, Vigo.

— Peut-être. Mais si vous n'aviez pas tiré à ma place, je ne serais pas ici à vous parler...

— Mon métier consiste à empêcher que des gens comme vous se fassent tuer par des gens comme eux. Si tout le monde était comme vous, et si personne n'était comme eux, ce métier serait moins... pénible.

Je le dévisageai. Il ne s'en doutait peut-être pas, mais ce qu'il venait de dire était le cœur même de mon profond questionnement. Et l'objet d'un désarroi qui, sans doute, ne pourrait jamais totalement disparaître. Dans l'état actuel des choses, au stade présent de notre évolution, nous n'avions toujours pas, à mon goût, de réponse à la violence philosophiquement acceptable.

Badji était un paradoxe. Le plus grand paradoxe de notre société, de notre humanité. Certes, il m'avait sauvé la vie. Mais pour le faire, il avait dû en prendre une autre. Dans un monde idéal, où personne ne tuerait jamais personne, des hommes comme lui n'auraient aucune raison d'être. Mais dans ce monde-ci... Il y avait des extrémités où le pacifisme auquel j'aspirais ne pouvait rien contre le pistolet d'un ennemi. Et ce paradoxe me rendait fou. Car je savais qu'il était à la base de mon angoisse eschatologique.

Souvent, j'ai le sentiment que nous sommes en train de nous éteindre. Parce que ainsi est Homo sapiens. *Un destructeur, super-prédateur du monde et de lui-même.*

— Et merde !

Je sursautai. Je vis alors le garde du corps qui regardait, perplexe, le cadran de son téléphone portable. Il le montra à Louvel, qui était encore allongé au centre de la camionnette, mais qui avait repris des couleurs. Celui-ci fit signe qu'il avait vu.

— Marc ! Changement de plan ! s'exclama Badji. On va aux écuries !

— Que se passe-t-il ? demandai-je, inquiet.

Il me tendit son téléphone portable. Je lus le SMS que Lucie venait de nous envoyer.

« *Les flics sont ici. Perquisition sur ordre du juge d'instruction. RV aux écuries.* »

78.

Dès le début de la perquisition, Lucie avait renvoyé Sak chez lui. Elle nous attendait, seule, dans cette étrange cave de la porte de Bagnolet. Les hackers avaient baptisé leur cache secrète « les écuries » parce qu'elle avait visiblement servi, jusqu'au XIXe siècle, à héberger les chevaux du propriétaire de l'immeuble. C'était un grand espace voûté, tout en vieilles pierres brutes, enfoui au fond d'une cour dérobée, et dont la disposition rappelait sa vocation première. Une rangée de box avait été transformée en bureaux et le centre de la cave – dont le sol était incurvé pour permettre l'évacuation des eaux usées – servait à présent de salle de réunion.

Dans la camionnette, Louvel m'avait expliqué que SpHiNx avait, à ses débuts, utilisé ce local pendant au moins deux ans, avant de s'installer définitivement dans le XXᵉ arrondissement. Anonymes, sous-loués à un « ami », ces bureaux de fortune ne figuraient pas au cadastre comme des locaux aménageables et, d'après Lucie – a priori – la police et les RG en ignoraient l'existence. Une planque idéale.

Marc nous avait déposés devant l'immeuble et était parti cacher la camionnette en lieu sûr. Il avait lui aussi pour instruction de retourner chez lui et d'attendre notre appel avant de refaire surface.

Quand nous descendîmes l'allée pavée qui menait au cœur des écuries, Lucie se précipita vers Louvel, les yeux écarquillés.

— Damien ! Ça va ?

Elle qui avait toujours fait preuve d'un calme olympien, elle ne parvint pas cette fois à masquer son inquiétude. Mais le hacker la rassura.

— Oui, oui. Rien de grave... Ça va aller.

Nous conduisîmes Damien sur un large fauteuil, dans un coin de l'immense cave, aménagé en petit salon, et il s'assit en poussant un grognement. Il posa les pieds sur une table basse devant lui et s'affala contre son dossier en grimaçant.

Nous prîmes place autour de lui. Un silence s'installa qui me sembla durer une éternité. Nous étions tous épuisés et il y avait quelque chose d'apaisant dans la fraîcheur de cette alcôve de pierre. Louvel et moi étions encore en état de choc. Badji était tombé à nouveau dans son mutisme professionnel, il pensait probablement à son collègue ; peut-être réalisait-il seulement maintenant qu'il était *vraiment* mort. Quant à Lucie, elle devait se dire, à raison, que nous avions besoin de ce moment de calme, pour redescendre sur terre.

Je me frottai plusieurs fois les yeux, comme si cela pouvait effacer les images qui continuaient de me hanter. J'échangeai quelques regards avec Louvel. Je crois que nous savions exactement tous les deux ce que l'autre devait ressentir. Avions-nous bien fait ? Cela en valait-il la peine ? Comment pourrions-nous assumer, lui et moi, la mort de Greg ? Quelles seraient les conséquences de cette invraisemblable expédition ? Un flot de sentiments communs nous envahissait tous deux ; les remords, les regrets, la peur, mais l'espoir aussi, peut-être. L'espoir que tout cela nous approcherait de la vérité. De la délivrance.

Finalement, quand le silence me devint insupportable, je chassai toutes ces questions de ma tête et détachai lentement le sac sur mon dos. J'attrapai les deux disques durs et les tendis à Lucie.

— Voilà, dis-je en soupirant. J'espère... J'espère qu'ils ne sont pas endommagés... C'est tout ce que nous avons pu récupérer.

La jeune femme les prit précautionneusement et m'adressa un sourire reconnaissant.

— C'est déjà beaucoup. On verra ça, dit-elle.

Au même instant, Damien leva la tête vers Stéphane. Il avait le regard vide, les traits tirés.

— Vous savez ce qui me ferait plaisir, là ?

Le grand Noir sembla sortir de ses propres rêveries et ouvrit un large sourire.

— Laissez-moi deviner... Un petit whisky ?

Louvel hocha la tête. Son visage sembla s'illuminer quelque peu.

— Je crois qu'il nous reste une vieille bouteille dans le placard, dit-il en inclinant le front vers une petite porte sur le mur opposé.

Le garde du corps donna une tape amicale sur la jambe de Damien, se leva et partit dans la pièce adjacente.

— Bon, Lucie, alors, dis-nous... Qu'est-ce qui s'est passé avec les flics, exactement ?

La jeune femme vint s'asseoir sur la table basse, en face de nous. Je retrouvai dans son regard l'étincelle que j'y avais toujours vue. C'était comme si, par cette seule question de Damien, le monde se remettait enfin en route autour d'elle.

— Eh bien, en gros, ils ont débarqué quelques minutes après que j'ai dit à Marc d'aller vous chercher dans le parking. Ils n'y sont pas allés de main morte. Ils ont défoncé la porte d'entrée. En un instant, ils avaient investi tout le local. C'est à croire qu'ils attendaient planqués dans le quartier depuis un bout de temps.

— C'est fort possible, répliqua Louvel.

Il sembla réfléchir un instant.

— Et ils ont donné le motif de la perquisition ?

— Tout ce qu'ils ont bien voulu nous dire, c'est que c'était dans le cadre de l'enquête concernant un certain Vigo Ravel...

La jeune femme se tourna vers moi.

— Ils savent sans doute qu'on vous a hébergé, Vigo.

— Je suis désolé...

— Ne vous inquiétez pas. Ils le savent, mais ils n'ont aucune preuve. Et puis, de toute façon, je ne vois pas de qui ils veulent parler... Vigo Ravel n'existe pas, n'est-ce pas ?

Je souris. Au fond, elle avait raison. L'homme que la police recherchait n'existait pas. Il n'avait jamais existé. Et cela avait quelque chose de comique. De tragi-comique, plutôt.

— Ils sont encore là-bas ? demanda Louvel.

— Oui. Ils nous ont quasiment foutus dehors et ils ont mis des scellés partout en nous disant qu'ils en avaient pour plusieurs jours. Ils vont tout retourner, ces bâtards ! Mais rassure-toi, j'ai fait passer le système informatique en mode panique, si tu vois ce que je veux dire. Ils trouveront que dalle, ces branques ! Tout a été exporté sur un serveur au Brésil.

427

Louvel hocha la tête, mais il ne paraissait pas tout à fait rassuré. Il y avait sûrement de nombreuses choses dans les locaux de SpHiNx dont il n'avait pas particulièrement envie qu'elles tombent entre les mains de la police.

— Tu veux quand même que j'appelle notre avocat pour qu'il exige de pouvoir assister à la perquisition ? demanda Lucie, comme si elle avait deviné ses pensées.

— Non, non, c'est pas la peine, si tu es sûre qu'ils ne peuvent rien trouver.

— Rien d'important, en tout cas.

— De toute façon, on ne pourra pas les en empêcher. Dans le cadre d'une instruction sur des actes terroristes, ils ont les coudées franches.

Badji réapparut alors dans le coin salon et nous servit du whisky à tous les quatre, sans même nous demander notre avis.

— Allez, dit-il, je crois que nous avons tous besoin d'un petit remontant.

Damien porta péniblement le verre à ses lèvres. Il ne pouvait plus du tout bouger son bras gauche.

— Et maintenant, qu'est-ce qu'on fait ? demanda Lucie quand nous eûmes tous avalé une première gorgée.

— Je crois que j'ai besoin d'un ou deux points de suture, soupira Louvel. Je ne peux pas rester comme ça. Badji, vous voulez bien me conduire à la clinique du docteur Daffas ?

— Bien sûr.

— Vous ne devez pas... Vous n'avez pas besoin de... Je veux dire... La famille de Greg...

— Greg n'avait pas de famille, répliqua le garde du corps. Aucun de mes gars n'a de famille.

— Je vois.

— Ne vous inquiétez pas, Damien, je vous emmène à la clinique.

— On vient avec vous, intervint Lucie.

— Non. Ça ne sert à rien. Et il vaut mieux que Vigo reste planqué. A priori, les flics n'ont aucun moyen de connaître les écuries, mais on ne sait jamais ; ils surveillent peut-être le quartier. Lucie, je préférerais que tu en profites pour voir ce qu'il y a sur ces putains de disques durs. Qu'on n'ait pas fait tout ça en vain.

La jeune femme n'insista pas.

— OK. Ça marche.

— Il reste quelques vieux ordinateurs ici, tu devrais pouvoir te débrouiller.

Damien vida un deuxième verre de whisky, puis il se leva avec difficulté.

— Allons-y, Stéphane. J'aimerais revenir ici au plus vite.

Badji lui donna le bras et ils partirent vers la petite allée pavée qui remontait dans la cour.

— On vous tient au courant. Lucie, on compte sur toi ! Trouve-nous quelque chose ! lança Louvel avant de tirer la poignée derrière lui.

Le claquement de la porte résonna sous la voûte de pierre. Je me servis un deuxième verre de whisky et allumai une cigarette. La première depuis longtemps.

— Bon, et vous, ça va, Vigo ? me demanda Lucie d'un air inquiet.

Elle s'était assise à côté de moi, à la place de Louvel. Je haussai les épaules.

— Aussi bien que possible... En somme, pas trop.

— Je...

Elle s'arrêta, hésitante. Puis elle se lança à nouveau.

— Je ne vous connais pas depuis longtemps, Vigo, mais je voulais vous dire que je vous trouve très... très courageux. Voilà. Ça peut paraître ridicule, mais je tenais à vous le dire. Et je ne suis pas la seule, chez SpHiNx, à penser ça...

Je souris.

— Merci. C'est gentil. Mais tu sais, Lucie, j'ai bien peur que tu confondes courage et désespoir. Ma seule force, c'est que je n'ai pas grand-chose à perdre. Rien, en fait. Pas même un nom.

— Vraiment ? dit-elle en fronçant les sourcils d'un air à la fois sceptique et malicieux. J'avais cru comprendre qu'il y avait... cette femme. La flic de la place Clichy...

Je penchai la tête, pris de court.

— Je ne sais pas.

— Allez ! On ne me la fait pas, à moi. Vous êtes amoureux, Vigo !

J'écarquillai les yeux, perplexe. Je ne m'étais pas attendu à ce genre de réplique... Mais c'était bien le genre de Lucie. Je commençais à la connaître un peu. Elle n'y allait jamais par quatre chemins.

— Amoureux ? me défendis-je. Je ne sais même pas ce que ça veut dire !

Elle éclata de rire.

— Ce n'est quand même pas moi qui vais vous l'apprendre ! J'ai au moins quinze ans de moins que vous.

— Et alors ? Au fond, je me demande si les ados ne sont pas les plus calés sur le sujet, glissai-je en souriant à mon tour.

Je l'observai un instant, puis je décidai de lui renvoyer l'ascenseur.

— T'es pas amoureuse, toi ?

— Moi ? s'exclama-t-elle. Vous rigolez ? Si seulement j'avais le temps ! Et puis je vais vous dire, une tarée de l'informatique, ça leur fait peur...

— Je te rassure : schizophrène, c'est pas mal non plus...

Elle rit à nouveau de bon cœur.

Je me rendis compte alors que l'angoisse sourde qui ne m'avait plus quitté depuis la Défense était enfin en train de disparaître, lentement. Cela faisait du bien, de parler ainsi avec la jeune femme. Il y avait dans ces quelques échanges une belle légèreté, une désinvolture qui me manquaient tant !

Je regardai les écuries autour de nous. Je me dis qu'il y avait un décalage presque cocasse entre le sérieux d'un groupe comme SpHiNx et la jeunesse de Lucie, ou la douce folie de Louvel.

— Lucie, dis-je finalement. Pourquoi tu fais tout ça ? Je veux dire... SpHiNx... C'est quoi, ta motivation ?

Elle haussa les épaules.

— Comme vous, comme Damien... Par amour de la vérité.

Je grimaçai.

— Allez ! Il n'y a pas que ça...

À son tour, elle parut étonnée par ma question. Gênée, presque.

— Vous savez... On a tous nos petites raisons. Damien, Sak, Marc, moi... On a tous nos motivations propres. Et puis, j'ai toujours été du genre engagée, moi... Louvel se fout de moi en me traitant de grande ado révolutionnaire, mais il n'a pas tout à fait tort...

— Passer son temps à fouiller la vérité sur le monde, c'est un bon moyen de ne pas la chercher sur soi, c'est ça ?

Elle dodelina de la tête.

— Vous faites dans la psychologie de comptoir, maintenant ? Mais oui, vous avez raison, il doit y avoir un peu de ça. Un peu.

Je sentis alors qu'elle refuserait d'en dire davantage. Je repensai à mes angoisses sur l'incommunicabilité. L'impossibilité chronique de tout se dire, tout partager... Au fond, cela avait peut-être du bien. Cela laissait un peu de place au mystère, à l'inattendu. Chacun avait le droit à son jardin secret. Le mien était en jachère.

— Vous devriez aller vous reposer, lança finalement la jeune femme en se relevant. Il y a un lit dans la réserve, et même une petite salle de bain. C'est un peu dégueulasse, mais c'est toujours ça... Moi, je vais me mettre tout de suite au travail.

Je hochai la tête. J'avais effectivement besoin de repos, et de toute façon, je ne pourrais pas lui être d'une grande aide. Je la regardai s'installer dans l'un des box, puis je partis m'allonger dans la petite pièce qu'elle m'avait indiquée.

C'était un vrai fourbi, humide, plongé dans le noir, bourré de vieux meubles, de lampadaires cassés, de livres, de boîtes en carton... Je passai l'heure suivante à chercher en vain le sommeil dans l'obscurité totale de cette cave abandonnée. J'étais encore suffisamment crispé pour ne pas parvenir à fermer les yeux. Dès que mes paupières se baissaient, je revoyais la même image. L'arme de cet homme tendue vers moi, et mes doigts, incapables de presser la détente. Et puis cette sensation de mort partagée. Ce décès par procuration. Un miroir qui se brise. Cela aussi était indicible, incommunicable. Et pourtant, c'était moi. C'était celui que j'étais devenu.

Quand je compris qu'il ne servait plus à rien de chercher à m'endormir, je laissai lentement ma main fouiller dans ma poche, et j'en sortis le téléphone portable que m'avait laissé Louvel. Je me mis à regarder le petit écran, indécis. Cela servait-il à quelque chose de tenter une nouvelle fois ma chance ? Ne pouvais-je donc oublier, tout simplement ? Pourquoi me répondrait-elle, à présent ? Et de quel droit irais-je la déranger ? Elle m'avait demandé de ne pas l'appeler...

Avec une lenteur exagérée, comme par automatisme, mes doigts appuyèrent néanmoins sur les touches du clavier. Un à un, j'enfonçai les dix chiffres du numéro d'Agnès. Puis mon pouce se leva et s'immobilisa au-dessus du bouton d'appel. Qu'allais-je lui dire, si enfin elle me répondait ? Tous les mots qui me venaient à l'esprit étaient nappés de ridicule. Mon entêtement à vouloir saisir cette main qu'on ne me tendait pas frisait le grotesque.

Je poussai un soupir et laissai tomber le téléphone sur le vieux matelas. Je fermai les yeux, mais des larmes rebelles trouvèrent leur chemin à travers mes cils. Elles coulèrent, chaudes, sur mes joues, et jusque dans mon cou, elles coulèrent pour Greg, elles coulèrent pour Agnès, elles coulèrent pour l'enfant que j'avais dû être et dont je ne connaissais rien, si ce n'était sa douleur et sa solitude. Quand la dernière larme eut séché sur mes pommettes fatiguées, enfin, je m'endormis.

79.

Carnet Moleskine, note n° 211 : deuxième extrait d'un courrier électronique de Gérard Reynald.

Bourgeons transcrâniens, vous commencez sans doute à comprendre, vous, l'étendue de mon plan, son sens secret, ses motifs, sa finalité, sa pertinence, mais vous vous demandez peut-être pourquoi il n'inclut pas l'assassinat pur et simple du commandant L. Le père de nos pères, le perfide mentor.

Croyez-moi, j'y ai songé. Souvent. Mille fois je me suis vu tirer cette dernière balle, avec son nom gravé dessus, prendre la vie de cet homme en guise de réparation. Après tout, nous lui devons bien ça.

Mais je n'arrive pas à m'y résoudre.

Car oui, malgré tout ce qu'il a pu nous faire, malgré la manière et l'acharnement, avec les années, j'ai fini par prendre en pitié le commandant L. Croyez-moi, j'en suis le premier surpris. Jamais je n'aurais imaginé pouvoir un jour éprouver pour cet homme autre chose que de la haine pure. Mais, d'une certaine façon, je crois que c'est ce que je peux lui faire de pire : avoir pitié.

Nous ne savions pas grand-chose de lui à l'époque ; c'était un militaire, secret, dur, un pur produit de la Grande Muette. Mais petit à petit, mes recherches m'ont révélé bien plus de choses que je n'aurais voulu en apprendre.

Le jour où j'ai découvert son identité réelle, j'ai pu remonter dans son passé, reconstruire un à un les morceaux du puzzle. Et je crois pouvoir dire aujourd'hui que je sais – en partie en tout cas – ce qui a fait de lui l'ordure que nous connaissons.

Il y a deux événements dans l'histoire de cet homme qui peuvent l'expliquer. Le premier remonte à la fin des années 1950.

Le commandant L. fait partie de cette génération de soldats que l'on a envoyée en Algérie pour tenter de mater sa révolution, son rêve d'indépendance. Ces jeunes hommes à qui l'on faisait croire qu'ils partaient défendre la France, les valeurs de la République, la soupe habituelle. Sur place, ils ont découvert la couleur du réel. D'un côté, la violence de la résistance, les gorges tranchées, les couilles dans la bouche, et, de l'autre, la vérité du peuple algérien. Ce peuple colonisé, ce pays brisé, soumis à l'autorité d'un gouverneur général et qui comprenait deux catégories de citoyens inégaux : les Français et les musulmans, dépourvus de droits politiques. Et puis, à la violence, on a répondu par la violence. La folie, la torture, les exécutions sommaires, les massacres. L'engrenage. Chez les Français, 25 000 morts, chez les Algériens, entre 450 000 et plus d'un million selon les sources. 8 000 villages incendiés, un million d'hectares de forêt brûlés et 2 millions de musulmans déportés dans des camps de regroupement. Alors, chez les jeunes soldats français, il y a eu ceux qui se sont offusqués de cette terrible réalité, et puis il y a ceux qui, comme le commandant L., plutôt que d'admettre qu'ils avaient été manipulés, ont préféré continuer à y croire, adhérer aveuglément à cette guerre, en bons petits soldats. Se voiler la face en trempant leurs mains dans le sang, tuer au nom de la France et se livrer, derrière l'excuse de l'ordre donné, aux pires cruautés. Nul autre que ceux qui furent là-bas ne sait ce qu'ils ont vu, ce qu'ils ont fait. Mais beaucoup, comme lui, sont revenus déglingués. On ne dira jamais assez tout le mal que ces colonisations ont fait, aux uns et aux autres. À ceux qui ont été exploités pendant plus d'un siècle, à qui l'on demandait de renoncer à leur culture, à leur religion et à leur langue en échange d'une nationalité française au rabais, et à ceux qui ont été les pions d'une décolonisation si mal menée. La soif impériale de la France a bousillé un pays, des générations d'Algériens et une génération de soldats français, dont faisait partie le commandant L.

Il est revenu brisé, comme tout homme qui a été contraint de se mentir à lui-même pour accepter de devenir un monstre. Je ne cherche pas à l'excuser. Ce type est une ordure, cynique, cruel. Je ne lui pardonnerai jamais. Mais je cherche à comprendre.

Le deuxième événement, ce fut le suicide de sa femme, des années plus tard. Sur ce sujet, je ne sais pas grand-chose. Seulement qu'il ne s'est pas rendu à l'enterrement.

80.

Je fus réveillé vers 22 heures par un bruit de pas de l'autre côté de la porte. Je restai un moment immobile, les yeux grands ouverts dans le noir absolu de la réserve, encore empli du souvenir de mes rêves. Puis je reconnus la voix de Louvel.

Je me levai et entrai, chancelant de fatigue, dans la grande pièce des écuries. Damien était revenu avec Badji. Quelque chose me disait que, tant que cette histoire ne serait pas finie, le garde du corps ne nous décollerait plus d'une semelle.

— Vous avez écouté les infos ? demanda Damien en partant allumer une petite télévision dans le coin-salon.

Il avait un nouveau bandage sur l'épaule et son bras était maintenu par une attelle.

— Non, répondit Lucie en sortant de son petit bureau de fortune. Pourquoi ? Qu'est-ce qu'il se passe ?

Louvel tendit le doigt vers l'écran de télévision. La chaîne info diffusait les images floues d'un corps étendu sur un trottoir, recouvert d'un drap blanc, entouré de policiers et de secouristes.

— Morrain s'est fait flinguer en bas de chez lui il y a à peine une heure, expliqua Damien sans quitter l'écran des yeux.

La nouvelle me glaça le sang. Je me laissai tomber sur l'un des fauteuils, incrédule. Cela ne pouvait pas être un hasard. Mais comment avaient-ils pu oser ?

— C'est... C'est pas possible, balbutiai-je.

— Ils ont dû deviner que c'est grâce à lui que nous avons découvert l'accès au local de Dermod... Ils l'ont zigouillé.

— C'est pas possible, répétai-je, parce qu'il n'y avait rien d'autre à dire.

Et pourtant, c'était bien réel. L'information tournait déjà en boucle à la télévision. L'instant suivant, une photo récente du directeur de la communication de l'ÉPAD apparut sur l'écran. J'avais du mal à accepter que ce type que j'avais rencontré la veille était mort, à présent. Mort.

En bas, dans une petite fenêtre, j'aperçus du coin de l'œil mon nom, dans le texte défilant où étaient résumées les brèves essentielles de l'actualité. « *Selon le porte-parole du ministère de l'Intérieur, le meurtre de M. Morrain serait lié aux attentats du 8 août. Le principal suspect, Vigo Ravel, reste toujours introuvable...* »

Étrangement, je ne ressentis presque rien à la lecture de mon nom. Il ne m'appartenait déjà plus. Et je savais, moi, que j'étais innocent. Je me demandais toutefois si nous allions parvenir un jour à en faire la preuve. Cela avait-il vraiment son importance ? Pour moi, ce qui comptait, avant tout, c'était de savoir la vérité. Ensuite, la révéler au monde entier... ce n'était pas mon affaire. Après tout, c'était plutôt le rôle de SpHiNx. En ce qui me concernait, cela restait secondaire. Ou improbable. Peut-être m'étais-je tellement enfermé dans mon syndrome Copernic que je ne croyais plus en la possibilité d'être pris un jour au sérieux. Je finissais par m'y faire. Louvel me croyait. Lucie me croyait. Agnès m'avait cru. Avais-je besoin – envie – d'autre chose ?

— Damien, j'ai bien l'impression que votre petite expédition a été interprétée comme une déclaration de guerre, murmura Lucie.

— En tout cas, on a la preuve qu'ils ne reculent devant rien. Et qu'ils sont... énervés !

— Qui ça, « ils » ? Dermod ?

— Qui d'autre ? répondit Louvel ironiquement.

Je pris ma tête dans mes mains, accablé. Autant j'avais fini par accepter d'être moi-même une cible privilégiée de la police et de notre invisible ennemi, autant je ne parvenais pas à accepter qu'un innocent puisse mourir à ma place. Deux, encore moins. Greg, et maintenant Morrain. Le directeur de la communication de l'ÉPAD était un brave type, qui avait refusé de se plier au système. Sans lui, nous n'aurions peut-être jamais trouvé l'entrée des mystérieux locaux de Der-

mod. Et il s'était fait descendre. Tout cela pour quoi ?
Pour qui ? Pour moi ?

Badji, qui s'était assis un peu à l'écart, par discrétion
sans doute, ne décollait pas les yeux de l'écran. Même
lui, qui jusqu'à présent m'avait semblé si serein, semblait atterré.

— Comment va ton bras ? demanda Lucie, pour
changer de sujet.

— Ça va, ça va, répondit Louvel rapidement. Le docteur Daffas a fait des miracles, comme toujours. Mais
toi ? Alors ? Tu as trouvé quelque chose sur les disques
durs ?

La jeune femme leva les yeux au ciel.

— Damien, ça fait à peine deux heures que je suis
dessus ! Il va nous falloir des jours, si ce n'est des
semaines, pour tout analyser ! Sans compter que nous
n'avons plus accès à nos bureaux. Tous mes pro-
grammes sont là-bas, et les bécanes ici ne sont pas de
toute dernière fraîcheur. Il faudrait que Sak et Marc
viennent m'aider. Il y a beaucoup, beaucoup de choses
à analyser sur ces deux disques durs. Des pièces vidéo,
des documents comptables, des tableaux, des fichiers
textes, et puis tout un tas de documents dans un format
dédié, interne à Dermod... Bref, beaucoup trop pour
une seule personne.

— Mais tu as bien trouvé quelque chose, quand
même ? insista Louvel.

Je devinais qu'il n'insistait pas en vain. Il avait dû
remarquer, comme moi, que quelque chose avait
changé dans le regard de la jeune femme. Elle avait
découvert quelque chose.

— Eh bien... oui, avoua-t-elle enfin.

Louvel écarquilla les yeux, bouillonnant.

— Le Protocole 88 ?

Lucie hocha lentement la tête.

Damien se redressa sur son fauteuil. Il m'adressa un regard enflammé. Il avait l'air d'un enfant à qui l'on promet l'impossible. Cela faisait des jours que nous trébuchions, que nous tournions autour d'une réponse qui ne voulait pas venir. Et enfin, la lumière semblait vouloir se faire. Je ressentis moi-même les picotements de l'excitation, une sorte d'impatience effarouchée.

— Alors ? Explique ! la pressa-t-il.

Lucie reprit aussitôt un air sérieux.

— Écoutez, cela reste très vague, mais, en dehors de quelques documents comptables sur ce fameux Protocole 88, je suis tombée sur ce qui semble être un cahier des charges le concernant.

— Et donc ?

— Eh bien, si j'ai bien compris, il s'agirait – comme nous le supposions – d'une expérience mise en œuvre par la société Dermod... en 1988. Dermod, spécialisée dans le mercenariat et la sécurité, mais qui, déjà, possédait aussi un laboratoire de recherche appliqué au domaine militaire, aurait décroché en 88 un énorme contrat international, financé par plusieurs clients, à la fois en Europe et aux États-Unis...

— Quel type de clients ?

— Eh bien, pas n'importe qui, justement. Les ministères de la Défense de plusieurs pays, mais aussi de l'Intérieur, et puis d'autres agences de sécurité. À vrai dire, cela reste encore un peu nébuleux. Il me faudrait plus de temps pour identifier clairement tous les commanditaires à partir des documents comptables.

— Et en quoi consistait le Protocole 88 ? demandai-je, car, pour moi, c'était la seule vraie question.

Lucie ne répondit pas tout de suite. Je vis dans son regard fuyant qu'elle était gênée. Tout le monde ici savait que j'étais concerné au premier plan, que j'étais au centre même de ce qu'elle avait dû découvrir. Ce que Lucie avait à me dire n'était sûrement pas agréable à entendre. Mais, au moins, c'était la vérité que nous attendions tous. J'espérais que cette explication serait une libération.

— Vas-y, la rassurai-je. On t'écoute.

Lucie avala sa salive, puis elle se décida :

— Vigo, dit-elle d'une voix désolée, le Protocole 88 est une série d'expérimentations réalisées sur des soldats volontaires.

Je m'étais depuis longtemps préparé à cette réponse. Cela faisait quelques jours, déjà, que nous voyions tous se dessiner ce scénario, le plus probable d'entre tous. Et une partie de moi, sans doute – ma mémoire secrète –, l'avait toujours su. Malgré tout, en acquérir enfin la certitude n'en était pas moins déstabilisant. Mais je refusai de me laisser abattre.

— Des soldats volontaires ? répéta Damien, dubitatif.

— Apparemment, oui. Parmi les documents que j'ai parcourus, il y a notamment la liste des vingt volontaires français.

Nouveau regard gêné. La pauvre Lucie n'avait pas le beau rôle.

— Du moins la liste de leurs noms de code, reprit-elle. Et... Et « *Il Luppo* », votre surnom, figure en quatrième position.

Cette fois, il n'y avait donc plus de doute. Tout concordait. La liste des vingt destinataires du mail de Reynald, mes étranges aptitudes de combattant, le tatouage sur mon bras... Je n'avais d'autre choix que d'admettre la vérité. Mais la vérité était insupportable : j'avais été un jour – sans en avoir le moindre souvenir – le cobaye d'une étrange expérience militaire. Et cette expérience avait fait de moi un amnésique et un schizophrène. Ou autre chose, peut-être. Quelque chose de bien plus incroyable.

— Et c'était quoi, exactement, comme expérience ? demandai-je d'une voix tremblante.

— Il s'agirait de SMT un peu spéciales, expliqua Lucie, encore gênée.

— De quoi ? demanda Louvel.

— Des SMT. Seul cet acronyme est spécifié dans le cahier des charges. Je te rassure, je ne savais pas moi non plus de quoi il s'agissait. Mais j'ai fait une rapide recherche. SMT est l'abréviation de « Stimulations magnétiques transcrâniennes ».

J'adressai aussitôt un regard intrigué à Lucie.

— Transcrâniennes ? C'est... C'est le mot qui était dans la phrase mystérieuse de Reynald ! « *Bourgeons transcrâniens...* » !

— Oui.

À nouveau, tout prenait sens. Les voiles mystérieux se levaient un à un et découvraient ma pénible réalité. La seule chose rassurante, c'étaient ces indices successifs qui prouvaient que je n'avais pas tout inventé. Je n'étais donc pas aussi fou que je l'avais longtemps cru moi-même. Peut-être pas.

— OK. Mais c'est quoi, des SMT ? la pressa Damien.

— Je ne suis pas experte en neurosciences, mon cher. Mais en gros, pour résumer, d'après ce que j'ai trouvé, il s'agirait d'une technique au cours de laquelle on place un appareil avec des aimants sur le crâne d'un type et on lui trifouille les neurones avec un champ magnétique.

Je frémis. Je repensai à l'appareil étrange dans les locaux de la Défense. À cet instant, je crus revoir des images, comme un vague souvenir, les scènes confuses d'un vieux film oublié. Un appareil, sur mon crâne, des instruments de mesure... Mais ma mémoire pouvait me jouer des tours ; je mélangeais peut-être. J'avais fait tellement d'IRM au cours des dernières années ! Lesquelles étaient authentiques ? Lesquelles une odieuse manipulation de mes neurones ? L'idée qu'on ait pu jouer avec mon cerveau me terrifiait. Sans réfléchir, comme par automatisme, je glissai lentement une main sur mon crâne.

— On trifouille les neurones des gens ? Tu plaisantes ? s'exclama Damien, qui semblait presque aussi choqué que moi.

— Pas du tout. Apparemment, c'est une expérience assez courante. Mais, dans le cas qui nous intéresse, le laboratoire de Dermod – qui était dirigé par un certain docteur Guillaume – aurait utilisé une fréquence beaucoup plus haute que tout ce qui avait été tenté à l'époque.

— À savoir ?

— 88 hertz.

Louvel ne put retenir un sourire narquois.

— Ça fait beaucoup de 88...

— Oui. C'est sans doute pour cela qu'ils ont choisi ce nom pour leur protocole. La récurrence du chiffre 88 a dû... les amuser.

— Visiblement, elle n'a pas tellement amusé Gérard Reynald... Bon. En tout cas, bravo, Lucie, tu as bien bossé, en si peu de temps.

J'adressai à mon tour un hochement de tête reconnaissant à la jeune femme. Aussi dure à affronter que fût cette histoire, je ressentais malgré tout cette libération tant attendue. Un premier sentiment de justice.

Ma certitude instinctive était devenue savoir. *Je ne suis pas schizophrène. Je suis autre chose. Et je le suis parce qu'on m'a bousillé le cerveau.*

— Et maintenant, qu'est-ce qu'on fait ? demanda Damien en nous regardant tous.

Lucie haussa les épaules. Badji, toujours silencieux, ne réagit pas. Alors Louvel se tourna vers moi, gardant longtemps un regard interrogatif. Il devait estimer que la décision m'appartenait.

— On a largement de quoi refiler le bébé à la justice, dit-il en s'avançant sur son fauteuil, et de quoi faire éclater le scandale sur le Web pour s'assurer que le juge d'instruction – ou ceux qui le manipulent – ne va pas étouffer l'affaire... Avec ce qu'on a, on a de quoi faire tomber Dermod, et avec elle, peut-être, tous ceux qui sont impliqués, le docteur Guillaume, Feuerberg, mais aussi les éventuels commanditaires, les actionnaires à la SEAM ou même à l'étranger...

— Non, coupai-je. Non. Pas tout de suite.

— Vous pensez que nous n'avons pas assez de preuves ? demanda Louvel, étonné.

— Non. Ce n'est pas ça. Il reste beaucoup trop de questions. Mais d'abord, avant que cela nous échappe, Damien, je voudrais comprendre. Comprendre moi-même ce qu'on m'a fait, précisément. Comment ces « SMT » ont pu agir sur mon cerveau. Et puis surtout, surtout... Je veux savoir qui, tout en haut de l'échelle, est responsable. Qui, le premier, a lancé ce projet. Qui l'a initié. Une fois que j'aurai eu la réponse à ces deux questions, vous pourrez faire ce que vous voulez, Damien. Je suis certain que SpHiNx saura parfaitement gérer l'affaire. Mais pas avant.

Louvel hocha la tête. Il se tourna vers la jeune femme.

— Lucie ? Est-ce que tu as une idée de qui pourrait être l'initiateur du Protocole 88 ?

— Peut-être. Il semble en effet que le projet ait été initié par une personne en particulier. Le type qui a fondé Dermod, en fait. Le problème, c'est qu'il apparaît sur tous les documents sous le nom de « commandant Laurens ». C'est sûrement le « commandant L. » dont parle Reynald dans l'un de ses mails. Or, j'ai déjà effectué mes petites recherches, et c'est probablement un pseudo. J'ai eu beau fouiller partout sur le Net, je ne retrouve nulle trace d'un « commandant Laurens » qui aurait officié à la fin des années 1980.

— Badji, vous qui naviguez dans le milieu des agences de sécurité depuis longtemps, ça ne vous dit rien, ce nom ?

— Non, désolé Damien. Jamais entendu. Mais en effet, ça fait vraiment pseudo de barbouze...

— Je veux savoir qui est ce type, dis-je alors avec une détermination qui sembla les surprendre tous les trois. Et s'il est encore vivant, je veux le rencontrer.

Damien écarquilla les yeux.

— Vous n'êtes pas sérieux, Vigo ?

Je lui adressai un regard qui m'épargna toute réponse. J'étais on ne peut plus sérieux, au contraire.

— Mais à quoi ça vous servirait, Vigo ?

— Je ne veux pas d'un ennemi invisible, Damien.

— Mais les vrais ennemis sont *toujours* invisibles.

Il avait peut-être raison. Mais cela ne me suffisait pas.

— Je veux savoir qui est ce type.

— Bon, je vois... Eh bien Lucie, tu vas continuer à chercher qui peut bien être ce commandant Laurens. Nous, de notre côté, on va essayer de répondre à votre première question, Vigo, et d'en savoir plus sur ces fameuses SMT. Je ne vois qu'une seule personne qui puisse nous renseigner.

— Liéna ? demanda Lucie.

— Oui.

— Qui est Liéna ? demandai-je.

Les yeux de Louvel se mirent à briller.

— Une très bonne amie, qui en connaît un rayon en matière de neurosciences.

— Vous pensez qu'elle pourrait répondre à notre question ?

— Je ne sais pas. Je vais l'appeler et lui demander de venir nous dire tout ce qu'elle sait au sujet des SMT et pourquoi l'armée aurait pu vouloir faire ce genre d'expériences. Ça vous va, Vigo ?

— Oui. Merci, répondis-je.

Encore une fois, Louvel avait compris ce que je ressentais. Ce dont j'avais besoin. Et il faisait passer ce besoin avant son irrésistible envie de faire éclater le scandale. J'étais heureux de voir – quoique je n'en eusse en réalité jamais douté – que Louvel ne trahirait pas la confiance que j'avais en lui. Sa volonté de m'aider était plus forte que sa soif de scoop. SpHiNx n'était pas seulement une machine à traquer les scandales. Le groupe avait aussi une vocation humaine, sincère. Rare.

Lucie se leva, me donna une tape amicale sur l'épaule et retourna immédiatement se mettre au travail dans le bureau de Louvel.

81.

Liéna Rey était chargée de recherche au CNRS à Paris, dans un laboratoire de neurolinguistique. Approchant de la quarantaine, elle semblait plutôt joyeuse et pleine d'énergie. Je compris tout de suite que c'était une vieille connaissance de Louvel, et qu'ils avaient peut-être même été un peu plus que de simples amis par le passé. Ils s'embrassèrent chaleureusement, comme s'ils ne s'étaient pas vus depuis longtemps, puis elle vint s'asseoir avec nous au milieu de la cave, autour de la grande table de réunion.

Louvel fit les présentations. Elle serra la main de Badji, puis la mienne.

— Salut Liéna ! s'écria Lucie depuis son petit box.

La chercheuse se pencha et aperçut la jeune femme de l'autre côté de la porte.

— T'es là, toi ? Salut ma puce ! Tu pourrais venir faire la bise, quand même !

— Désolée. Pas le temps...

Liéna Rey secoua la tête.

— Vous êtes vraiment pas possibles, tous les deux ! dit-elle en se rasseyant à côté de Damien. Jamais le temps !

Souriante, le regard affable, elle mélangeait le look baba cool et celui de la scientifique passionnée. Des petites lunettes dorées, les joues rouges, une courte chevelure brune, les gestes vifs, elle ressemblait à une prof de maths des années 1970.

— Bon, t'as intérêt à avoir de bonnes raisons pour me déranger à cette heure-là, mon pote. J'ai deux marmots qui se lèvent aux aurores, et du boulot au labo à ne plus savoir qu'en faire.

— Liéna, crois-moi, je ne t'aurais pas dérangée pour rien. Tu veux boire un verre ?

— Non, je veux que tu me dises pourquoi je suis venue chez toi au beau milieu de la nuit, en pleine semaine.

— OK. Alors dis-nous tout ce que tu sais des SMT.

— Des quoi ?

Ça commençait mal.

— Des Stimulations magnétiques transcrâniennes.

— Ah ! Des TMS, tu veux dire ! Désolée, je suis habituée à la version anglaise. Transcranial Magnetic Stimulations, énonça-t-elle avec un accent parfait.

Louvel leva les yeux au plafond.

— Oui, d'accord ! Les TMS, si tu préfères. Parlenous des TMS.

— Que veux-tu savoir ?

— Tout.

— Ah... Rien que ça ! Comme d'habitude ! Bon, alors finalement, je veux bien un petit verre, je sens que la nuit va être longue.

Louvel sourit et nous servit à boire.

— Bon, pour résumer, commença la chercheuse avec un ton professoral, le principe de la TMS est d'induire, par le biais d'un électroaimant, un champ magnétique local qui traverse le crâne et va modifier l'activité électrique du cortex, en général à deux ou trois centimètres de profondeur.

— Oui. C'est ce que Lucie nous a dit. Mais j'avoue que j'ai du mal à y croire. C'est flippant !

Liéna haussa les épaules.

— Mais non ! N'en rajoute pas ! La TMS est un outil de recherche très utilisé de nos jours en neurosciences cognitives, et ce depuis une vingtaine d'années. Il m'arrive régulièrement d'y avoir recours dans mes recherches en neurolinguistique, tu sais.

— Ah ouais ? Tu tripotes le cerveau des gens, toi ?

— Oui... Enfin, des volontaires, hein, je te rassure...

Je remarquai la réaction discrète de Badji et Louvel. Le mot « volontaire » avait pour nous trois un sens bien particulier que la chercheuse ne pouvait pas comprendre.

— Mais bon, sur la TMS, on en est encore aux balbutiements – les évolutions sont prudentes, d'ailleurs, parce qu'elles posent de sérieux problèmes éthiques – toutefois, c'est une technique vraiment prometteuse.

— Et ça sert à quoi ?

— À plein de choses. De nombreux chercheurs ont commencé à utiliser la TMS dans l'étude de la perception, de l'attention, du langage, de la conscience... De plus, plusieurs applications ont été découvertes en matière de traitement des dysfonctionnements moteurs, ou encore de l'épilepsie, de la dépression, des troubles de l'anxiété et de la schizophrénie...

Je sentis à nouveau le regard de Louvel. Les liens directs avec mon histoire nous apparaissaient lentement.

— En gros, continua Liéna Rey, si vous voulez tout savoir, le crâne est un très bon isolant électrique et il est quasiment impossible de modifier l'activité électrique dans le cerveau à distance en appliquant un champ électrique. En revanche, avec un champ magnétique, ça marche ! La technique de la TMS repose sur le principe de l'induction électromagnétique, que Faraday a découvert au début du XIXe siècle.

— C'est si vieux que ça ? s'étonna Damien.

— Oui. C'est lui qui, le premier, a prouvé qu'un courant électrique passé à travers une bobine pouvait induire un courant dans une bobine voisine. En fait, le courant dans la première bobine produit un champ magnétique, lequel provoque alors l'arrivée de courant dans la seconde. Tu saisis ?

— Jusque-là, ça va.

— Voilà, c'est le principe de l'induction. Dans le cas des TMS, la seconde bobine est remplacée par la membrane des neurones, et le champ électrique de la bobine que l'on place juste au-dessus du crâne du sujet provoque donc une activité neuronale. L'idée principale étant que l'appareil de TMS produit un courant élevé sur une période de temps très courte. Une impulsion, en somme, qui crée un champ magnétique. S'il change rapidement, ce champ magnétique induira un champ électrique suffisant pour stimuler localement les neurones, c'est-à-dire pour changer le potentiel électrique de leurs membranes cellulaires.

— C'est horrible ! On balance de l'électricité dans le cerveau des gens ?

— Un champ électromagnétique, oui. Mais tu sais, c'est une technique non invasive et sans douleur, qui n'a qu'un lointain rapport avec l'électrochoc, encore utilisé. Ça fait juste un bruit de cliquetis à cause du courant électrique qui passe dans la bobine.

— Charmant ! Et comment on fait ça, pratiquement ?

— On place une bobine juste au-dessus du crâne du sujet. Mais je t'assure qu'il ne ressent presque rien ! La bobine est en général en forme de 8, ce qui permet d'optimiser le champ électrique induit.

— Et ça ne fout pas le cerveau en l'air ?

— Mais non ! T'es bête ! D'ailleurs, pour le moment, l'effet des TMS est de courte durée. Il ne dure que peu de temps après la stimulation. Mais si on administre sur quelques jours plusieurs séances de TMS à un sujet, l'activité électrique de son cerveau dans la zone ciblée par la TMS peut être modifiée durablement, pendant quelques semaines, voire quelques mois. D'ailleurs, l'un des objectifs des neuroscientifiques est de s'en servir pour réhabiliter durablement certaines fonctions cognitives du cerveau. Ce qui les intéresse notamment, c'est d'utiliser les TMS pour stimuler le cortex afin qu'il envoie des commandes précises vers notre propre corps, de la même manière que le cerveau le fait tout seul d'habitude.

— C'est-à-dire ?

— Les TMS sont capables de reproduire les commandes que notre cerveau donne à notre corps. Aujourd'hui, par exemple, on sait parfaitement comment stimuler les aires motrices du cerveau d'un sujet, résultat, ses membres – ses bras, par exemple – se mettent à bouger tout seuls, sans qu'il l'ait décidé lui-même !

— C'est dément ! Jusqu'où ça peut aller comme ça ?

— Difficile à dire. Encore une fois, on est au tout début de l'exploration des domaines d'application. Mais certains chercheurs aimeraient aller beaucoup plus loin, en effet. On utilise maintenant de plus en plus la TMS répétitive, qui consiste à envoyer des trains d'impulsions successives. À haute fréquence, la

TMS répétitive permet d'augmenter l'excitabilité corticale, mais à basse fréquence elle l'inhibe : elle crée une inactivation temporaire, ce qu'on appelle parfois une « lésion cérébrale virtuelle ». La zone qui a été stimulée devient ainsi inactive temporairement. Cette inhibition aurait des effets thérapeutiques prometteurs et commence même à être utilisée pour traiter diverses affections cérébrales. Tu sais, les expériences aujourd'hui tendraient à prouver que l'on pourrait même utiliser les TMS pour décupler les performances du cerveau.

— Vraiment ? C'est envisageable ?

— Oui, bien sûr. Tenez, je vais vous donner un exemple. Une expérience assez célèbre a été menée sur l'autisme, avec la TMS. Les autistes savants – vous savez, ceux qui sont capables de faire des calculs mentaux impressionnants...

— Dans le genre de Rainman ? demanda naïvement Louvel.

— Oui, exactement, répondit la chercheuse en souriant, dans le genre de Rainman. C'est génial de constater que la culture scientifique d'un type comme toi se résume aux chefs-d'œuvre du cinéma hollywoodien...

— C'est bon, ça va...

— Enfin bref, on sait à présent que les autistes savants n'ont pas, à proprement parler, de dons particuliers. Au contraire, leur capacité à faire des calculs si compliqués résulte du fait qu'une partie de leur cerveau présente des dysfonctionnements. On a donc essayé de reproduire ce phénomène chez des sujets qui n'étaient pas autistes. Pour résumer, en inhibant, avec la TMS, des régions antérieures de leur cerveau – dans la partie fronto-temporale –, on a constaté que les capacités arithmétiques de ces volontaires étaient largement améliorées ! Bref, un individu lambda à qui on

pose une bobine sur la tête peut devenir momentané-
ment un génie du calcul mental.

— Tu plaisantes ?

— Mais non ! C'est une expérience bien réelle, qui a
été reproduite de nombreuses fois. En inhibant telle ou
telle partie du cerveau, la TMS permet de bloquer certains processus cognitifs assez élaborés et d'avoir du
coup accès à des informations dont on n'a habituelle-
ment pas conscience.

— C'est de la folie !

— Non, c'est de la science. Mais bon, l'inhibition de
régions du cerveau pose quand même des problèmes
pratiques, sans parler des problèmes éthiques... En
réalité, personne ne sait quelles pourraient être, à long
terme, les conséquences psychologiques d'une inhibition durable du cortex cérébral.

Je devinai le malaise de Damien. La chercheuse ne
se doutait pas, bien sûr, que j'étais peut-être la preuve
vivante que les conséquences neurologiques de ce type
d'expériences étaient particulièrement lourdes.

Je bus une nouvelle gorgée de whisky et continuai de
l'écouter, en tâchant de masquer mon trouble.

— Il y a un chercheur dans l'Ontario, le docteur Persinger, qui défraie régulièrement la chronique, parce
qu'il n'hésite pas, lui, à aller beaucoup plus loin. Il a
développé une technique dérivée de la TMS qui permet
d'agir plus profondément dans le cerveau, et non plus
seulement sur la surface du cortex. Il a mis au point
un appareil baptisé « Octopus », qui consiste en huit
électroaimants, fixés sur une sorte de casque et disposés tout autour de la tête à la verticale de chacun des
huit lobes cérébraux.

Nouveau coup d'œil entendu de Louvel. La coïncidence des deux chiffres 8 ne lui avait pas échappé, à
lui non plus.

— Cet Octopus, continua Liéna, permet de générer des impulsions magnétiques de faible champ avec une structure complexe qui génère une activité électrique dans les corps amygdaloïdes.

— C'est quoi ?

— C'est le siège des émotions, dans le cerveau humain. Le danger, c'est que la destruction accidentelle de cette région pourrait éliminer toute forme d'émotion chez le sujet...

— En effet... Ah... Science sans conscience...

— Oui. Nous nous répétons l'adage tous les jours, au labo. Bref... Par le passé, ce même Persinger avait tout de même prouvé que la stimulation magnétique prolongée des lobes temporaux améliorait la potentialisation à long terme à l'intérieur de l'hippocampe.

— Euh, tu traduis en français ?

— En gros, cela facilitait la mémorisation. Aux dernières nouvelles, Persinger cherche à aller encore plus loin. Il travaille sur la modification des facultés cognitives et l'altération des états de conscience... En alternant les zones stimulées et en modifiant la forme des ondes magnétiques, son appareil serait capable, d'après lui, d'induire chez le sujet un état d'« hyper-attentionalité ».

— Rien que ça !

— Oui. Mais bon... Ce docteur Persinger est un personnage très critiqué... Néanmoins, ce n'est pas un charlatan – et crois-moi, je suis à l'affût, je les reconnais à mille kilomètres. Je ne suis pas du genre à me laisser berner par des types qui falsifient leurs résultats, comme le Coréen Hwang Woo-suk, avec ses publications bidon sur le clonage thérapeutique. Non, le travail de Persinger a beau toucher à des domaines éthiques un peu chauds, il n'en est pas moins sérieux.

— OK. Et à ton avis, il pourrait y avoir des applications militaires à la TMS ?

Liéna Rey éclata de rire.

— Ben quoi ?

— Mon pauvre ami ! Si tu savais le nombre de fois où l'armée américaine est venue me proposer des sommes faramineuses pour que je quitte le CNRS et que j'aille bosser pour eux, tu ne me croirais pas ! Les militaires sont toujours les premiers sur le coup ! Et fais-moi confiance, ils payent mieux que le ministre de la Recherche, ces enfoirés !

— Et à quoi pourrait leur servir la TMS ?

Elle haussa les épaules.

— Oh, là, tu sais, on entre un peu dans la science-fiction...

— J'adore la science-fiction, l'encouragea Louvel.

Au même instant, Lucie fit irruption dans le salon.

— Je crève la dalle ! lança-t-elle d'une voix suppliante. On se commande des pizzas ?

— Oh oui, par pitié ! répliqua Badji.

Louvel nous interrogea du regard, Liéna et moi.

— J'ai déjà mangé, répondit la chercheuse. J'ai des enfants, moi, et une vie normale. Je ne bouffe pas à des heures pareilles ! Et puis, je veux pas vous décourager, mais ça m'étonnerait qu'une pizzeria soit encore ouverte à cette heure...

— T'inquiète, répliqua Lucie. On connaît un pizzaïolo couche-tard. Damien, je commande une spéciale SpHiNx ? proposa la jeune femme.

Le hacker sourit.

— Oui. Double pepperoni, et pas de champignons !

Lucie s'éloigna toute guillerette et passa la commande par téléphone.

— Bon, reprit Damien, impatient. Alors, Liéna ! À quelles fins l'armée pourrait-elle vouloir utiliser les TMS ?

— J'en sais rien, moi...

— Fais des suppositions !

— OK. Mais je te préviens, on est dans le théorique, là, dans la spéculation.

— N'aie pas peur, fais preuve d'imagination !

— Eh bien, disons tout simplement que l'armée pourrait essayer de fabriquer des « super-soldats » en travaillant sur le cerveau des militaires.

— Comment ?

— Je ne sais pas, il y a mille applications possibles. En théorie, on pourrait très bien imaginer qu'ils s'amusent à stimuler certaines aires de Brodman de leurs soldats.

— Des aires de quoi ? coupa Damien.

— De Brodman. Korbinian Brodman est un scientifique qui a établi en 1901 une sorte de cartographie du cerveau. Il a divisé le cortex en plusieurs zones, qu'on appelle les aires de Brodman, et qui permettent de repérer les fonctions précises de chaque partie du cerveau.

— D'accord. Et donc, à quelles fins l'armée pourrait-elle trifouiller les aires de Brodman de ses soldats ?

— Encore une fois, on est dans le théorique, hein, mais, je ne sais pas, moi, on pourrait imaginer qu'ils essaient d'améliorer leur acuité visuelle, par exemple, en stimulant les aires visuelles, qui sont principalement les aires de Brodman 17, 18 et 19.

— Cela améliorerait la vision des soldats ?

— Oui. Ou alors, il serait possible de rendre le sujet insensible à la souffrance d'autrui, en inhibant l'aire 11, ce qui lâche la bride aux régions chargées de la perception, et donc lève les inhibitions.

— Je vois... Rien de tel qu'un guerrier insensible à la souffrance d'autrui, en effet.

— Le problème, c'est que jouer avec ces aires pourrait aussi provoquer des hallucinations... Mais tu sais, il y a des centaines de scénarios envisageables. Je ne serais pas étonnée en effet que l'armée soit particulièrement intéressée par les applications futures de la TMS. Allez, encore un exemple : une stimulation du cortex moteur pourrait favoriser le développement de la musculature. Vous imaginez ? Avec de simples stimulations magnétiques, étalées sur une certaine période, on fabriquerait des soldats hyperbaraqués. Finies les séances de musculation !

— Pratique...

— Oui. Et pourquoi pas imaginer un développement de l'hyperagressivité, en travaillant sur l'amygdale, qui est une région sous-corticale impliquée dans les émotions... Tu sais, avec l'armée, on peut s'attendre à tout !

Aucun de nous n'en doutait.

Il y eut un long moment de silence. Chacun assimilait la foule d'informations que venait de nous livrer la chercheuse. Voyant que nous étions plongés dans la réflexion, elle en profita pour aller discuter avec Lucie dans la pièce d'à côté.

Louvel et moi échangeâmes quelques regards qui portaient mille sentiments confus. À présent, nous savions. Tout était clair, et ce que les explications de la chercheuse laissaient supposer était terrifiant.

J'avais du mal à réaliser, malgré tout. À me figurer que cela pût être vrai. J'avais vécu tant d'années dans l'ignorance ! Et l'amnésie rétrograde ne facilitait rien. Il y avait une énorme différence entre comprendre son passé et s'en souvenir. Aussi évidentes que fussent à présent toutes ces explications, je me sentais encore étranger à moi-même, observateur d'un autre moi. C'était comme si tout cela était arrivé à un autre. Ou bien c'était peut-être un moyen de me protéger. Je refusais encore d'y croire complètement.

La sonnette de la porte d'entrée mit fin à ce monologue intérieur. Lucie monta la petite allée de pierres et partit récupérer les pizzas en courant. Nous nous installâmes autour de la table. Je me forçai à manger, sentant que mon corps en avait besoin, mais ma tête, elle, n'y était pas du tout.

— Liéna, demanda Damien quand il eut fini sa dernière part, tu parlais tout à l'heure d'hallucinations... Tu crois que ce genre d'expériences, celles que pourrait avoir envie de tenter l'armée, seraient susceptibles, par exemple, de provoquer chez les soldats des hallucinations auditives ?

Je relevai aussitôt la tête. Qu'espérait-il apprendre ? Que les voix que j'entendais n'étaient, tout compte fait, que de simples hallucinations ? J'avais pourtant acquis, depuis longtemps, la certitude inverse ! Et Louvel avait dit qu'il me croyait ! Je ne pus m'empêcher de me sentir offensé par sa question. Mais au fond, elle était légitime. Et nous ne pouvions écarter aucune possibilité. Je n'étais peut-être pas prêt, psychologiquement, à découvrir que je n'étais rien d'autre qu'un simple schizophrène ; mais si c'était la vérité, je n'avais pas le droit de fermer les yeux. La vérité, c'était ce que nous cherchions. À tout prix.

— Bien sûr, répondit Liéna à mon grand désespoir. Ce sont les aires corticales 41, 42 et 22 qui sont activées au moment des hallucinations auditives. En jouant au con avec elles, c'est tout à fait possible. Avec l'imagerie cérébrale, on sait parfaitement que ce sont ces trois aires-là qui sont activées chez les schizophrènes lors de leurs hallucinations auditives.

Voilà. Ce fut comme un coup de couteau dans le cœur. Toutes mes croyances s'écroulaient d'un seul coup. Mais je n'arrivais pas à l'accepter. Ce n'était pas possible. Les phrases que j'avais entendues, elles étaient bien réelles ! J'en avais eu la preuve, concrète. Avec Agnès. Avec Reynald. *Bourgeons transcrâniens*. De faux souvenirs ? Non. *Ce n'était pas possible*. Je ne savais plus qui croire. À nouveau, la réalité m'échappait. À nouveau, le doute, l'incertitude.

Je poussai un profond soupir. Damien posa une main sur mon genou et le serra vivement. Mais j'avais besoin de bien plus que du réconfort d'un ami. J'avais besoin de conviction. J'avais besoin que le réel arrête de se jouer de moi. Pourtant, ce n'était pas le moment de me replonger dans ce doute si familier. Et Louvel, probablement, voulait me signifier que nous en tirerions des conclusions plus tard, ensemble. Je commençais à le connaître. Il n'allait pas m'abandonner comme ça. Et il me faisait confiance. Il ne conclurait pas, seul, que les voix dans ma tête n'étaient que des hallucinations auditives. Pas sans que je me sois moi-même rendu à cette évidence. Cela viendrait. Pour l'heure, nous devions continuer d'explorer le champ de tous les possibles.

Je lui fis signe que... *ça allait*.

Il relança la conversation.

— Liéna... Une autre question, encore... Est-ce que tu sais quelle fréquence est utilisée lors des TMS ? Et, plus précisément, est-ce que la fréquence de 88 Hz est courante ?

— Tu sais, il existe plusieurs types de TMS. Dans les années 1990, une nouvelle génération de stimulateurs magnétiques a vu le jour, capable de fournir plusieurs trains d'impulsions par seconde. C'est ce dont je te parlais tout à l'heure, les rTMS, pour « repetitive TMS ». On distingue les rTMS à basse fréquence, pour des fréquences inférieures à 1 Hz, et celles à haute fréquence, pour des fréquences supérieures, pouvant aller jusqu'à 30 Hz, il me semble. Mais 88 Hz... ça, non, je ne crois pas qu'on soit jamais allé jusque-là.

— Et si quelqu'un avait essayé, tu crois que ça aurait eu quoi, comme conséquences ?

La chercheuse haussa les épaules.

— Je n'en ai pas la moindre idée.

— Tu crois que cela pourrait avoir des effets à plus long terme ? Voire des effets irréversibles ?

— Franchement, je n'en ai pas la moindre idée.

— OK.

À nouveau, le silence s'installa. J'allumai une cigarette, comme si cela avait pu m'empêcher de trop penser à toutes ces questions qui me hantaient.

Lucie se leva et partit jeter les cartons de pizzas dans la cuisine, puis elle retourna travailler dans le bureau.

— Bon, lâcha finalement Damien. Eh bien, Liéna, je pense qu'on a fait le tour. Comme toujours, tu es géniale !

— Tu es mignon, mon chou... Mais vous allez me dire, quand même, pourquoi vous vous documentez sur les TMS ? Je suis peut-être indiscrète, excuse-moi, mais vos questions sur l'armée, tout ça... Ça m'intrigue !

Louvel lui adressa un sourire désolé.

— Plus tard, Liéna, plus tard. Je te raconterai tout ça, c'est promis.

— Ah ! Toi et tes grands mystères !

La chercheuse se leva. J'hésitai. Il restait pour moi une zone d'ombre. Le doute était trop grand. J'avais besoin de savoir. Je ne pouvais abandonner comme ça, si facilement, la certitude que les voix dans ma tête n'étaient pas des hallucinations. Je l'attrapai par le bras avant qu'elle quitte la table.

— Excusez-moi... Je... J'aimerais quand même vous poser une autre question...

Louvel fronça les sourcils. Je grimaçai un instant sans rien dire, essayant de formuler au mieux ce que je voulais demander... J'espérais ne pas passer pour un fou.

— Est-ce que... Comment dire...

La chercheuse se rassit à côté de moi. Je vis dans son regard qu'elle avait compris. Partiellement. Elle avait compris que tout ça me concernait. Peut-être même commençait-elle à se douter que j'avais été le cobaye de TMS un peu particulières.

— Oui ?

J'étais bien conscient de l'énormité de ce que je cherchais à lui dire. Pourtant, je ne pouvais pas m'en empêcher. J'avais besoin de savoir. D'être sûr que nous avions, en effet, exploré tous les domaines du possible. Je me lançai.

— Vous nous avez expliqué qu'un champ magnétique altère l'activité neuronale, c'est ça ? demandai-je d'une voix mal assurée.

— Oui.

— Bien. D'accord. Mais est-ce que... Est-ce que la réciproque est vraie ?

La chercheuse fit une grimace d'incompréhension.

— Je veux dire, est-ce que notre cerveau, en activité, produit un champ magnétique ?

Elle opina lentement du chef.

— Oui, en quelque sorte. Très faible... Pour être plus précise, le cerveau émet une signature magnétique. On peut d'ailleurs la mesurer avec un appareil qui s'appelle un MEG, c'est un encéphalogramme magnétique, un appareil qui permet de mesurer le champ magnétique à la surface du crâne.

— OK. Donc, le cerveau émet bien un champ magnétique... Et réciproquement, le champ magnétique provoqué par la TMS active les neurones du cerveau. Bon. Mais est-ce que ça veut dire, plus généralement, que le cerveau est... Comment dire ? Que le cerveau, en plus d'en émettre lui-même, est sensible aux champs magnétiques ?

Liéna fronça les sourcils.

— Je ne vois pas bien où vous voulez en venir, mais oui, on peut dire ça. En fait, au tout début des années 1990, on a découvert qu'il y avait des particules magnétiques dans le cerveau humain. Pour être exacte, il s'agit de minuscules cristaux de magnétite, d'environ 10 nanomètres de long, soit 10 000 fois plus petits que le diamètre d'un cheveu, et qui sont concentrés dans certaines zones du cerveau. La question que l'on continue de se poser aujourd'hui, c'est celle de leur utilité. Chez les oiseaux migrateurs, dont le cerveau regorge de magnétite, on suppose que ces cristaux servent de boussole, et que c'est ainsi qu'ils peuvent s'orienter par rapport au champ magnétique terrestre. Mais chez l'être humain, on ne sait pas trop... Certains pensent que ces cristaux peuvent être légèrement affectés par les champs magnétiques qui nous environnent en permanence, comme ceux produits par des lignes à haute tension ou des appareils électriques, des téléphones portables, des écrans d'ordinateur...

— Mais alors... En extrapolant, puisque le cerveau émet et reçoit des champs magnétiques, l'idée qu'un cerveau soit capable de percevoir... disons... la signature magnétique d'un autre cerveau n'est pas complètement farfelue ?

Liéna Rey leva lentement la tête en souriant, comme si elle comprenait enfin la raison secrète de mes étranges questions.

— Vous voulez me demander si la télépathie a la moindre crédibilité scientifique, c'est ça ?

Je ne répondis pas. Pourtant, oui, c'était cela.

— Eh bien, je suis désolée, mais non, dit-elle d'un air amusé. La signature magnétique du cerveau est une chose beaucoup trop faible pour être « reçue » par un autre cerveau. Comme je vous l'ai dit, le principe des TMS est justement – pour émettre un champ électrique local à l'intérieur du cerveau – d'utiliser un champ magnétique très fort, capable de traverser sans trop d'atténuation le scalp et le crâne. Et il ne faut pas oublier que, pour traverser le crâne, les bobines sont placées tout près de la tête du sujet. Cependant, si ça peut vous faire plaisir, votre question n'est pas si farfelue que ça. Pour en revenir à ce fameux Persinger, il a justement publié il y a une dizaine d'années un autre article sulfureux sur la possibilité du contrôle des cerveaux à distance... Il envisageait, en théorie bien sûr, la possibilité d'une manipulation des consciences par le biais d'émetteurs magnétiques ultra-sophistiqués. Et il se fondait d'ailleurs sur la présence de magnétite dans notre cerveau, et donc sur sa sensibilité supposée aux champs magnétiques... Mais de là à imaginer qu'un cerveau puisse être sensible à l'activité magnétique, minime, d'un autre cerveau, non, vraiment, on est en pleine science-fiction...

— Mais, insistai-je, ce n'est pas envisageable qu'un cerveau manipulé par des TMS devienne encore plus sensible aux champs magnétiques ?

— Ce serait extraordinaire, dit-elle en guise de réponse.

Peut-être. Mais l'extraordinaire, moi, je baignais dedans depuis plusieurs jours. Depuis plusieurs années.

82.

Après le départ de Liéna Rey, Louvel m'avait proposé de retourner dormir dans la petite réserve. Je ne m'étais pas fait prier longtemps et j'étais rapidement parti me coucher sur le vieux matelas dégarni. La journée avait été bien trop riche en événements et en découvertes. J'avais besoin de recul tout autant que de repos. Je n'eus, malgré tout ce que mon esprit venait d'encaisser, aucune peine à m'endormir.

Au petit matin, réveillé par les conversations lointaines, je passai quelques minutes allongé, à me demander si les événements de la veille – la mort de Greg, celle de Morrain, la découverte du Protocole 88 – n'avaient été que les éléments imaginaires d'un rêve farfelu. Mais je savais bien que non. Au mieux, cela avait été un cauchemar éveillé.

Quand je rejoignis les trois autres dans la grande pièce centrale des écuries, je compris aussitôt, en croisant leurs regards, qu'ils avaient une nouvelle à m'annoncer.

— Alors ? demandai-je en prenant place parmi eux à la table de réunion.

Un récipient de café et des croissants étaient disposés sur un grand plateau noir.

— Vigo, commença Louvel, Lucie a trouvé l'identité du commandant Laurens.

Tous les trois me dévisageaient avec inquiétude. Il y avait dans leurs yeux, malgré eux, une lueur que je connaissais trop bien, et qui ressemblait à de la compassion désolée. Je n'aurais su leur en tenir rigueur. J'avais longtemps été le schizophrène de service, j'étais formé. Et je savais que, dans leur cas, cette compassion n'était pas le signe de la pitié, mais d'une amitié sincère. Mais je ne demandais pas qu'on m'épargne.

Je me versai une tasse de café.

— Qui est-ce ? demandai-je d'une voix neutre.

Lucie s'apprêta à répondre, mais Louvel lui coupa la parole.

— Vigo... Il s'agit du type qui est responsable de... de vos troubles neurologiques. Je comprends que vous ayez envie de savoir. Et de toute façon, la vérité éclatera tôt ou tard. Nous allons nous en assurer. Mais est-il bien nécessaire que...

— Qui est-ce ? insistai-je en fixant Lucie.

La jeune femme reposa son croissant devant elle, chercha un signe dans le regard de Louvel. Il haussa les épaules. Il savait que je n'en démordrais pas.

— D'accord, lâcha Lucie. J'ai rapidement découvert que Laurens était un nom assez commun ; il y a en France de nombreux Laurens, il y a même eu des artistes, des hommes politiques qui s'appelaient comme ça... Mais il se trouve que c'est aussi le nom d'une petite ville dans l'Hérault, Vigo. Or, en cherchant à croiser toutes les informations sur notre dossier, je suis tombée sur la bio du type qui était directeur de la DGSE en 1988...

— Et alors ?

— Il est né à Laurens.

— Et qui était le directeur de la DGSE en 88 ? demandai-je en croisant les deux mains devant moi.

La jeune femme soupira.

— Un ancien militaire, officier de l'armée de terre, ayant servi – ou devrais-je dire sévi – en Algérie, et qui avait entrepris une première reconversion dans les services secrets avant de faire une brillante carrière politique...

— C'est qui ? insistai-je.

— Jean-Jacques Farkas, murmura-t-elle, l'actuel ministre de l'Intérieur.

Les images me revinrent aussitôt. Des flots de souvenirs en kaléidoscope. L'appartement de mes parents, le canapé, la petite télévision... Puis, enfin, fragile, tremblotante au milieu de l'écran, l'image du ministre donnant des interviews après les attentats du 8 août. *« Jean-Jacques Farkas a ce matin affirmé que plusieurs cellules d'Al-Qaida sont depuis longtemps infiltrées dans la capitale et qu'il est fort probable qu'elles aient organisé ces actes terroristes.* » Je revis son visage. Le mensonge à peine dissimulé dans son regard. *Farkas*. Les six lettres apparurent une à une devant moi. *F-A-R-K-A-S*. Et, instantanément, ce fut comme si une alarme s'était déclenchée dans ma tête.

Le monde se mit à chanceler tout autour. La pesanteur sembla avoir soudain disparu. Les visages de mes trois compagnons se firent inconsistants. Mes propres mains, crispées sur la table comme pour empêcher la réalité de se dérober, devinrent floues. Toute ma vue se brouilla et le bruit du monde s'éteignit lentement pour faire place à ce hurlement strident d'une sirène imaginaire.

Mais aucune pensée ne vint. Aucun murmure ne se leva de l'ombre. Ce n'était pas une crise ordinaire. C'était un souvenir qui se frayait un chemin, en force, à travers les méandres de ma mémoire confuse. C'était une vérité devenue tumeur. Un vestige recouvert par la poussière du déni. C'était un douloureux aveu de ma réminiscence. C'était une évidence. Tout en haut, tout au bout du tunnel, ces six lettres brûlaient avec la lueur cruelle de la trivialité. *FARKAS*. Et quand bien même je ne pus en saisir le moindre souvenir, je sus, intimement, qu'il était le responsable odieux qu'attendait depuis longtemps mon profond besoin de justice.

La phrase de Reynald tournoya entre mes tympans. « *Bourgeons transcrâniens, 88, c'est l'heure du deuxième messager. Aujourd'hui, les apprentis sorciers dans la tour, demain, nos pères assassins dans le ventre, sous 6,3.* » Et à présent, chaque mot avait sa place. Les bourgeons transcrâniens, c'étaient nous, les vingt cobayes du Protocole 88. Les apprentis sorciers, c'étaient eux, le docteur Guillaume et son armée de neuroscientifiques véreux. Le père assassin, c'était lui. Le commandant Laurens. Alias Jean-Jacques Farkas. Comme une signature en bas du document.

Brusquement, les choses s'imposèrent à moi comme une nécessité inéluctable. Je devins l'esclave d'un sentiment si entier qu'il me dépassait, qu'il m'était presque étranger. Ce fut comme si mon corps s'était soumis à une seule force, incontrôlable, qui n'était plus qu'une volonté pure, un besoin tyrannique que plus rien ne pourrait arrêter que son assouvissement.

Je me levai d'un bond, les yeux vides, déjà si loin de moi-même.

Lucie sursauta. Damien m'adressa un regard consterné. Badji se redressa, prêt à tout.

Mais ils ne pouvaient rien.

Aucun homme, aucun argument, aucune raison au monde ne pouvait plus m'arrêter. Arrêter la machine.

Sans attendre, sans prononcer une seule parole – aucune n'aurait eu de sens –, je partis vers la sortie et attrapai mon blouson sur le portemanteau.

— Vigo ! s'exclama Louvel. Qu'est-ce qui vous prend ?

Mais j'avais déjà refermé la porte derrière moi.

Je traversai la cour à toute vitesse. Mes pas n'étaient plus dirigés par la moindre raison, mais par une forme d'instinct. Et cet instinct me donnait des ailes.

Dehors, le monde n'existait plus. Les passants n'avaient plus de visage, la rue n'avait plus de couleurs, plus de bruits, le ciel n'était plus en l'air et la terre n'était plus en bas. Il ne restait plus rien, seulement moi et cette soif immense.

Je courus droit devant, et mes pas – comme dotés d'un entendement propre – me guidèrent jusqu'à la banquette d'un grand taxi blanc.

J'entendis au loin, dans l'air, la voix étouffée de celui qui avait été Vigo Ravel.

— Déposez-moi au ministère de l'Intérieur.

Pendant tout le trajet, ma conscience continua de se déliter, de glisser sur moi, et par-dessous. Je fus assailli par des salves d'émotions désincarnées, des souvenirs qui m'appartenaient peut-être, des images, des sons, le florilège des derniers jours, que je n'étais plus certain d'avoir vécus, des vérités et des mensonges, dont la saveur se mêlait si bien, et puis des doutes, et puis des certitudes... Et encore des doutes, et puis des doutes encore, et puis des doutes, encore, des certitudes, et puis des certidoutes. Et, sur votre droite, mesdames, messieurs, la célèbre tour SEAM, qui s'effondre, et avec elle les certitudes, encore. Je vis l'appartement de mes faux parents, sens dessus dessous, ma tête à l'envers, en triangle, mon bras tatoué à un autre bout, et puis mes jambes qui se baladent sur Guernica ; j'entendis la phrase de Reynald, et je devins bourgeon. Et alors la question : quand on est sûr qu'un mensonge est un mensonge, devient-il une certitude ? Je veux dire : peut-on faire confiance aux mensonges, les yeux fermés ? Parce qu'en tant que vérités, d'accord, les mensonges ne sont pas très crédibles, mais en tant que mensonges, est-ce qu'on peut compter sur eux ? Et puis, comme ça ne suffisait pas, les voix se mélangèrent. La voix de mon patron, les reproches d'Agnès, celles de deux adultes qui se déchirent à l'avant d'un break vert ; et puis, comme ça ne suffisait toujours pas, je ressentis la main d'une inconnue qui descendait sur mes hanches, à l'arrière d'une boîte branchée, et entre mes jambes, pour voir si j'ai du désir, encore, et puis là, comme décidément ça ne suffisait encore pas, j'éprouvai même la douleur dans ma poitrine, le tourbillon de la balle, et je nous vis mourir, lui et moi, tu es moi, dans les sous-sols de la Défense.

Tout s'éteignit et je fus mort un peu pour voir.

Quand le chauffeur de taxi m'annonça que nous étions arrivés, je crois bien que des larmes coulaient sur mes joues, et je rigolai parce que c'était devenu une habitude et que j'étais un homme et que les hommes pleurent ou n'en sont plus, et que *Homo sapiens* a beau s'éteindre, c'est pas une raison pour arrêter de pleurer.

Le taxi se gara devant la place Beauvau et se tourna vers moi d'un air inquiet – l'air inquiet d'un chauffeur de taxi qui est certain qu'on ne va pas le payer. Je soutins un instant son regard, pour être sûr que j'étais bien là puisqu'il me regardait, puis je lui tendis un billet.

Dehors, un souffle de vent me ramena en moi-même et je ne fus qu'un à nouveau. Mon cœur se mit à battre, et chaque battement me rapprocha un peu plus de la réalité. Je pris soudain conscience que tout ceci était ridicule. Que Farkas, sans doute, n'était pas le seul responsable de ce qui m'était arrivé, et que l'affronter ne changerait probablement rien à ma vie. À mon avenir.

Et pourtant j'avais besoin de le voir.

De regarder en face le visage de ma destruction. Regarder dans le miroir.

Incapable de renoncer – parce que j'étais allé trop loin, déjà, pour revenir en arrière – je marchai tout droit vers l'entrée du ministère de l'Intérieur. Je m'engouffrai dans le vieux bâtiment de pierre blanche, passai sous le portique de sécurité. Je ne portais rien sur moi qui fût en métal. Le vigile me laissa entrer en me saluant. Je n'avais même plus peur d'être reconnu. Au fond, je me moquais de ce qui pourrait m'arriver, maintenant. Au moins, si l'on me prenait, je n'aurais plus à choisir moi-même mon destin. On le ferait pour moi et la question du devenir n'aurait plus la moindre importance. De toute façon, je n'étais pas Vigo Ravel.

— Bonjour. Je veux voir Farkas.

L'hôtesse d'accueil écarquilla les yeux, incrédules.

— Pardon ?

— Il est où, son bureau ?

Sa collègue étouffa un fou rire à côté d'elle.

— Mais... Je suis désolée. Monsieur le Ministre ne reçoit pas comme ça... C'est... C'est à quel sujet ? Je peux peut-être vous guider vers le service qui...

— Non. C'est Farkas que je veux voir. Maintenant !

L'hôtesse effaça définitivement le sourire sur son visage. Je remarquai sur le côté deux policiers qui s'approchaient lentement, alertés par le ton de ma voix.

— Écoutez, monsieur, dit la jeune femme avec une dose insupportable de condescendance, voilà ce que je vous propose de faire : vous allez adresser un courrier à son cabinet, en expliquant le motif de votre demande, et...

— Non ! coupai-je, furieux. Vous ne comprenez pas. Il faut que je le voie tout de suite !

Je sentis alors la main d'un policier se poser sur mon bras.

— Tout va bien, monsieur ?

— Je veux voir le ministre !

Le flic fronça les sourcils. Je me rendais compte moi-même du ridicule de ma réclamation, et pourtant je n'arrivais pas à y renoncer, comme si je le devais à une partie de mon être. Et sans doute avais-je atteint ce niveau de désespoir où le monde n'a tellement plus de sens que vous êtes prêt à vous jeter dans n'importe quel gouffre, pourvu que cela abrège la chute.

— Je vais vous demander de bien vouloir sortir, monsieur, murmura le policier en désignant la porte derrière lui.

— Foutez-moi la paix ! dis-je en dégageant mon bras.

Je me précipitai vers l'hôtesse et attrapai le combiné de son standard téléphonique.

— Appelez-le ! Dites-lui que c'est au sujet du Protocole 88 ! Dites-lui que je veux lui parler du Protocole 88.

Cette fois-ci, la main du policier se fit beaucoup plus ferme. Il m'empoigna le bras et me tira en arrière. Je me débattis, mais son collègue vint aussitôt lui prêter secours.

— Je veux voir le ministre ! Dites-lui ! Parlez-lui du Protocole 88 ! répétai-je, avec une voix que je ne reconnaissais pas moi-même.

Les deux policiers me soulevèrent du sol et me portèrent vers l'entrée.

— Allez, tu vas te calmer, mon gaillard, et tu vas gentiment rentrer chez toi !

Je tentai, en vain, de me libérer. Quand nous fûmes dehors, l'un des deux policiers me saisit à l'épaule.

— Bon, vous disparaissez tout de suite, ou je vous mets en état d'arrestation, c'est clair ?

Je ne répondis pas. Le souffle court, le regard vide, je ne l'entendais même pas.

— Allez, tirez-vous de là, et estimez-vous heureux qu'on ne vous fasse pas d'histoire.

Il me prenait pour un déséquilibré. Un simple déséquilibré.

Le policier me bouscula en arrière et me défia du regard. Je poussai un soupir. Je savais pertinemment que cela ne servait plus à rien de rester là. En fait, je n'avais pas cru un instant pouvoir mener à bien cet acte désespéré. J'étais comme un adolescent qui se serait taillé les veines avec un couteau en plastique.

Je fis quelques pas, m'éloignai du ministère, puis je me laissai tomber sur un banc, hors du champ de vision des deux policiers qui étaient sûrement restés dehors.

De loin, je regardai le bâtiment. Farkas était-il à l'intérieur ? Et si je l'avais rencontré, qu'aurait-il pu me dire ? Quelle réponse aurais-je trouvée dans les yeux de ce vieil homme ? Était-il vraiment celui que je lui reprochais d'être ? *Notre père assassin* ? À quel point était-il responsable de ce qui m'était arrivé ? S'en souvenait-il aujourd'hui ? Avait-il eu des scrupules, des regrets ?

Je n'étais pas sûr qu'il existât quelque part une réponse qui pût mettre fin à mon tourment. J'avais l'impression que je resterais toujours comme ces parents dont un enfant a disparu, et qui vivent des années sans pouvoir faire leur deuil, dans la plus terrible ignorance, sans jamais savoir s'il est vivant ou mort.

Je levai les yeux vers le dernier étage du ministère, puis je secouai la tête. Farkas était peut-être bien là, derrière l'une de ces fenêtres. Mais cela n'avait plus vraiment d'importance. Au fond, je me trompais peut-être de quête. Je ne cherchais pas la bonne personne. Au lieu de chercher Farkas, il était sans doute temps de me chercher, moi.

Après de longues minutes d'hébétude, plus ou moins résolu à laisser Lucie et Damien s'occuper de la façon dont allait se passer la révélation du scandale, je me relevai et me mis en quête d'un taxi. Je m'éloignai lentement, encore troublé, de la place Beauvau.

Je devais avoir une tête épouvantable. Les gens me regardaient d'un air suspicieux. J'étais tout simplement épuisé. C'était comme si toute mon énergie avait servi, pendant les semaines précédentes, à me faire tenir jusqu'à l'obtention de cette terrible vérité, et qu'à présent, arrivé au bout du chemin, ou pas très loin, je n'avais quasiment plus la force de l'assumer pleinement, de m'y résoudre. La pression retombait d'un coup, et plutôt que de vivre les révélations des derniers jours comme la libération que j'avais tant espérée, je les vivais comme une fin, la mort d'une partie de moi. Et je n'arrivais pas à m'épargner l'angoisse du grand vide que je voyais se dessiner en lieu et place d'une vie nouvelle. La vérité ne me procurait pas seulement un sentiment d'horreur et d'injustice, elle me plongeait dans un vertige abominable et une impression profonde d'inassouvi. Et maintenant, que faire ? Comment vivre avec ?

Au loin, j'aperçus un taxi. Je traversai la rue et levai le bras pour l'arrêter, mais au même moment, je sentis une main sur mon épaule.

Je sursautai.

Un homme en complet noir apparut devant moi. Les cheveux courts, le visage inexpressif, il me dévisageait, impassible. Pendant un instant, je crus que c'en était fini. Que j'allais rejoindre M. Morrain dans sa mort ridicule. Je fus certain que ce type était un tueur de Dermod, et qu'il allait m'abattre froidement, en pleine rue. Et, étrangement, je m'y résignai presque. Cette porte de sortie ne me sembla pas pire qu'une autre.

Je retins mon souffle au moment où je le vis plonger la main dans sa poche intérieure. La vérité ne m'avait apporté aucun réconfort. La mort, peut-être, m'offrirait enfin la paix.

Mais au lieu de sortir l'arme que j'avais déjà imaginée, le type me tendit une enveloppe, puis il fit demi-tour et repartit dans le sens opposé.

Abasourdi, je restai paralysé. Puis je baissai lentement les yeux et regardai le papier. Il portait une inscription manuscrite. Mon nom. Celui que j'avais un jour porté. « *Vigo Ravel.* »

Mon cœur se mit à battre comme un tambour. Le mystère, à nouveau, relança la machine. Je décachetai fébrilement l'enveloppe. Je découvris alors une petite carte blanche, qui portait en en-tête l'inscription « Monsieur le ministre de l'Intérieur ». En dessous, écrite à la main, une seule phrase : « *Ce soir, 22 heures, Chanteclair, Fontainebleau.* »

Et c'était signé Jean-Jacques Farkas.

83.

Carnet Moleskine, note n° 223 : connaître autrui.

Les circonstances m'invitent à réviser ici le chemine-
ment de ma pensée, dans la grande question qui est à
l'origine de mon angoisse eschatologique. La question de
mon rapport à l'autre.

Longtemps j'ai cru – et je l'ai écrit mille fois dans mes
carnets Moleskine – que l'incommunicabilité serait la
cause de notre probable extinction. Que nous allions
nous éteindre de n'avoir su nous connaître, nous
comprendre.

Mais je commence à douter.

Certes, ma peur de l'incommunicabilité, c'est celle de
ne pouvoir – véritablement – connaître autrui. On n'a
jamais accès à la vie intérieure de l'autre, à sa
conscience, mais seulement à son apparence. Du coup,
pour accéder à la connaissance d'autrui, on procède en
général par analogie. Nous supposons que le rapport
qu'il y a entre notre corps et notre conscience existe aussi
pour le corps de l'autre. Nous lui reconnaissons une
conscience que nous supposons équivalente à la nôtre.
Bref, par analogie, nous pensons connaître autrui.

La bonne blague !

Parce que connaître l'autre par analogie, est-ce vraiment le connaître ? En raisonnant de la sorte, ne fait-
on pas de l'autre une simple image de nous-même (un
miroir ?), en niant du coup, justement, son altérité ?

Vous arrivez à vous contenter de ça, vous ?

Sartre, lui, si j'ai bien compris ce que j'ai lu, donne une
autre réponse. Selon lui, les consciences n'existent que
dans leur relation les unes aux autres, au point que sans
cette relation, elles ne seraient rien individuellement et
ne pourraient même pas, au bout du compte, se
connaître elles-mêmes. Pour lui, l'autre est indispensable
à mon existence, ou en tout cas autrui est indispensable

à la conscience de soi. C'est ce qu'on appelle l'intersub-
jectivité. C'est un joli mot. Mais c'est une réponse bien
dogmatique, non ?

En réalité, il faut être honnête, ça ne sert à rien de
prendre des détours : c'est gentil de vouloir nous rassu-
rer, Jean-Paul, mais le problème de la connaissance
d'autrui est insoluble. Je ne peux accéder à une autre
conscience, point final. Et d'ailleurs, si c'était le cas, ma
conscience et celle de l'autre n'en feraient alors qu'une,
de sorte que parler d'autrui serait dépourvu de sens.

En somme, je me pose la mauvaise question, et si je
continue de me la poser, ma tête va exploser. Ce serait
dommage.

La question n'est pas de savoir si je peux connaître
autrui. La question est de savoir si je suis capable de le
reconnaître, dans son altérité. Et c'est bien là le défi.
Reconnaître et chérir l'altérité, la différence.

Je dois m'y résoudre. Nous devons tous nous y
résoudre. L'altérité n'est pas une menace, encore moins
un appauvrissement, l'altérité est un enrichissement.
Voilà. C'est aussi simple et aussi beau que ça. La diffé-
rence et la distance entre ma conscience et celle d'autrui
sont nécessaires pour permettre l'enrichissement par
l'échange. On ne peut pas échanger ce qui est identique.
Seulement ce qui est différent.

Je me fous de vous connaître. Je me fous que vous me
connaissiez. Reconnaissons-nous.

84.

Chanteclair était l'un de ces nombreux pavillons de
chasse à quelques bornes de la capitale qui faisaient
encore partie du patrimoine immobilier de l'État.

Le taxi m'avait déposé devant la grande grille noire
de l'entrée. Perdu au cœur de la forêt de Fontaine-

bleau, le pavillon semblait isolé du monde, loin des villes, loin des hommes. Nous n'avions croisé personne sur la route, et je fus saisi par le silence de plomb qui régnait alentour.

Je fis quelques pas vers le portail. Sur l'un des piliers de pierre, je vis un interphone, sans aucune étiquette, au-dessus duquel scintillait l'objectif d'une minuscule caméra vidéo. Je frissonnai. Je ne pus m'empêcher de repenser à la caméra que j'avais trouvée chez mes faux parents. À ce minuscule objectif qui m'avait toisé là-bas, anonyme. Je surmontai mon appréhension et sonnai. Silence. Puis j'entendis un léger grésillement en guise de réponse. Comme personne ne semblait vouloir parler, j'annonçai simplement mon nom.

— Vigo Ravel.

Il y eut aussitôt un déclic, puis les deux grands battants de la grille s'ouvrirent en douceur, sans bruit. J'hésitai un instant, quelque peu crispé par l'aspect cérémonieux et dramatique de ce rendez-vous énigmatique. Mais ce n'était pas le moment de reculer.

Quand le portail fut grand ouvert, je m'engageai dans la longue allée de graviers bordée de platanes. Quelques lampadaires, près du sol, diffusaient à intervalles réguliers une lumière d'ambre. Le ciel dégagé était inondé d'étoiles. Une tranquillité étouffante enclavait tout l'espace, brisée seulement par le bruit discret de mes pas sur les petits cailloux blancs.

Le pavillon, éclairé avec soin, se dessina au bout du chemin. Mélange de meulière, de pierres roses et de colombage normand, trapu, il se dressait du haut de ses deux étages au-dessus d'un jardin raffiné. Le toit d'ardoises rouges était émaillé de cheminées et de mansardes lugubres. Une seule fenêtre, à l'étage, était éclairée, ainsi que la porte d'entrée. Deux voitures noires, luxueuses, étaient garées à côté du perron en pierre. Et il n'y avait toujours personne en vue. Le calme oppressant de la cour me donnait la chair de poule.

Je franchis les derniers mètres, de plus en plus habité par cette atmosphère macabre. J'avais le sentiment d'être le pantin d'une funèbre pièce de théâtre, épié de tous côtés par un public invisible.

Arrivé au pied du large bâtiment, je montai une à une les marches grises, puis je sonnai à la porte.

À ce moment, je me demandai si je n'étais pas en train de commettre une imprudence absurde. Étais-je prêt à affronter cet homme ? Qu'allais-je ressentir en le voyant ? De la haine ? De la pitié ? Avais-je besoin de justice ou de vengeance ? Ou, tout simplement, besoin de voir enfin un visage derrière toute cette mascarade ? Avais-je besoin de soutenir le regard de notre père assassin, pour m'en débarrasser, symboliquement au moins ?

Mais après tout, c'était lui qui m'avait convoqué...

Quand la porte s'ouvrit, je ne pus empêcher mon cœur de palpiter plus fort encore. Malgré moi, malgré mon inconsciente détermination, l'angoisse trouva son chemin jusqu'au plus profond de mon être.

Un homme jeune, en costume foncé, avec un gabarit de boxeur et un visage de bois, apparut dans l'ouverture de la porte. Il portait une sorte d'oreillette ultramoderne, assez large, parsemée de diodes et de petits boutons, prolongée par un fin micro au bout d'une tige.

— Monsieur le ministre vous attend, dit-il d'une voix solennelle.

Il fit un pas en arrière et tendit le bras pour m'inviter à entrer, découvrant furtivement le holster plaqué sur sa poitrine. Je restai un instant sur le palier, jetant un coup d'œil à l'intérieur, troublé par l'extravagance de la situation. Le garde du corps – puisqu'il ne pouvait s'agir que de cela – attendit, imperturbable, la poignée de la porte dans la main.

J'entrai, de plus en plus nerveux. Le molosse referma la porte derrière moi, puis il me demanda d'écarter les bras et commença à me fouiller. Il ne tomba que sur mon téléphone portable, qu'il remit dans ma poche après l'avoir minutieusement inspecté.

Il me précéda alors sur un large escalier en bois. Nos pas résonnèrent entre les hauts murs blancs du pavillon. Nous montâmes à l'étage, traversâmes un long couloir obscur, puis il m'ouvrit enfin une porte et me fit signe d'entrer.

Je fis quelques pas dans la pièce faiblement éclairée. C'était un grand bureau, décoré avec un faste arrogant. Les murs étaient couverts d'un bois sombre. Au sol luisaient les lames d'un magnifique parquet ciré. À gauche, une grande bibliothèque, débordant de livres anciens. À droite, une élégante vitrine, une commode, et toute une série de bibelots et de peintures évoquant les plaisirs de la chasse. Au centre de la pièce se dressait une magnifique table noire, Régence, garnie de bronzes dorés, où étaient étalés de nombreux dossiers. D'un côté et de l'autre, deux fauteuils tapissés avaient été installés en vis-à-vis.

À l'autre bout de la pièce, se tenant droit devant une large fenêtre, un homme me tournait le dos, un verre à la main, le visage baissé vers le jardin du pavillon. Il y avait quelque chose de ridicule dans son impassibilité. Comme une scène écrite d'avance. Du grand spectacle. Une pièce de théâtre où l'on voulait me faire entrer de force. Mais je n'y étais pas du tout. Je me sentais mieux du côté du public.

Le garde du corps referma la porte derrière moi.

— Asseyez-vous, Vigo.

Je reconnus la voix rauque et sèche du ministre.

Je restai immobile. L'homme se retourna, fit quelques pas en avant et posa son verre sur la table. Malgré le poids de ses soixante-dix années, il avait encore l'allure rigide d'un jeune officier. Le crâne dégarni, des yeux bleus perçants, ses rides droites lui dessinaient des traits sévères.

Il sembla s'amuser de mon obstination et s'assit sur le fauteuil qui me faisait face. Il posa les bras sur les accoudoirs et croisa les genoux avec une décontraction exagérée.

— Allons, asseyez-vous, je vous en prie.

À cet instant, je ressentis pour ce vieil homme une haine bien plus violente encore que je ne l'avais imaginé. Une aversion instinctive, presque innée.

— Pourquoi m'avez-vous fait venir ici ? lâchai-je sans masquer le mépris qui grondait en moi.

— C'est vous qui vouliez me voir, Vigo.

— Je ne m'appelle pas Vigo.

Le ministre ouvrit un large sourire.

— Vous préférez « Il Luppo » ?

— Je ne préfère rien du tout.

— Allons, asseyez-vous, répéta-t-il. Vous vouliez me voir, alors parlons !

— Je ne suis pas venu parler. Je suis venu voir votre visage. Je voulais voir de près le visage d'un homme tel que vous.

— Et alors ? Je vous plais ? dit-il en se gaussant.

Son arrogance était exaspérante. Il devait se sentir intouchable, derrière sa suffisance grasse. Mais son rire ne m'intéressait déjà plus. Au fond, j'avais obtenu ce que j'étais venu chercher. L'objet, concret, de mon plus profond mépris.

— Comment me trouvez-vous ? insista-t-il, frondeur.

— Vieux.

Je fis demi-tour et retournai vers la porte.

— Attendez, Vigo ! Vigo ! Maintenant que vous êtes venu jusqu'ici, dites-moi au moins ce que vous voulez...

Je ne répondis pas, j'appuyai sur la poignée devant moi.

477

— C'est de l'argent que vous voulez ? Me faire chanter, c'est ça ?

Ma main s'immobilisa. À cet instant, sans doute, j'aurais dû partir. Ne pas entrer dans son jeu et l'abandonner dans son misérable orgueil. Mais ce fut plus fort que moi. Je me retournai.

— Vous faire chanter ? Mais que croyez-vous, Farkas ? Que tout s'achète, même le silence ? De l'argent ? Je n'ai pas besoin d'argent, monsieur le ministre, j'ai gagné bien plus que ça. La vérité.

Il éclata à nouveau de rire.

— La vérité ? Vous ne connaissez pas un dixième de la vérité, Vigo !

Je revins vers le centre de la pièce, m'appuyai sur le dossier du fauteuil et le fixai droit dans les yeux.

— Très bien. Alors je vous écoute, dis-je.

Il fit une grimace amusée. Il pensait peut-être m'avoir vaincu. M'avoir ferré.

— Parfait. Que voulez-vous savoir ?-

— Il me semble que je sais déjà tout ce qu'il me faut.

— Vous êtes loin du compte...

— Alors dites-moi ce que je devrais savoir.

Il marqua une pause, but une gorgée de cognac, puis se redressa sur son fauteuil.

— La chose la plus importante, Vigo, que vous devez bien comprendre – aussi difficile que cela puisse être à admettre –, c'est que vous étiez l'un des premiers volontaires pour participer au Protocole 88. Et je me permets d'insister sur le mot « volontaire ». Si vos amis pirates avaient continué de fouiller les disques durs de Dermod, ils seraient probablement tombés sur une copie des très nombreux papiers que vous avez signés à l'époque, lorsque vous étiez... un jeune soldat prometteur.

— J'étais volontaire pour qu'on me bousille le cerveau ?

— Allons ! Ne dites pas n'importe quoi. Votre cerveau n'est pas *bousillé*, Vigo. Il est bien plus performant que le cerveau de la plupart de vos concitoyens.

— J'étais volontaire pour perdre la mémoire ? continuai-je comme s'il n'avait pas répondu. Pour qu'on change mon identité et qu'on me colle chez des faux parents ?

— Oui. Vous aviez accepté toutes les conséquences possibles du Protocole 88, Vigo. Toutes. Y compris la mort. Et d'ailleurs, si vous êtes encore vivant, aujourd'hui, c'est probablement grâce à moi.

Cette fois, ce fut à mon tour d'éclater de rire.

— Je suppose que je vous dois des remerciements ?

Il tendit alors la main vers une petite boîte en bois posée sur la table et en sortit un cigare qu'il me proposa.

— Un havane ?

— Non.

— Pourtant, on m'a dit que vous étiez un gros fumeur...

— Arrêtez de jouer la décontraction avec moi, Farkas. Si vous avez quelque chose à me dire, dites-le-moi, sinon j'ai mieux à faire que de passer du temps avec un type comme vous.

— Vigo, il vous manque trop d'éléments pour vous permettre de porter le moindre jugement.

— Vraiment ? Éclairez-moi.

Il coupa le bout de son cigare et l'alluma d'un geste théâtral.

— Le Protocole a commencé en 1988. Au départ, l'intention de Dermod, et la mienne, était de favoriser l'émergence d'une nouvelle génération de soldats, en augmentant leurs capacités cognitives. Nous avons fait une première sélection de vingt volontaires, dix Français et dix Américains, triés sur le volet parmi les meilleurs commandos de choc des deux pays. Vous vous êtes beaucoup... démené pour faire partie de cette sélection.

Un frisson me parcourut l'échine. Ainsi, si tout cela était vrai, non seulement j'avais bien été militaire, mais un militaire « de choc ». Un commando. Un para, peut-être. Je détestais cela, mais cela paraissait possible. Le Protocole 88 avait au moins un avantage : l'homme que j'étais aujourd'hui était bien heureux de ne plus être militaire.

— Les premiers tests ont été particulièrement concluants, continua le ministre. Une meilleure acuité visuelle et auditive, une meilleure représentation dans l'espace, un état d'hyperconscience, ce genre de chose... Jusqu'au jour où l'on s'est rendu compte que vous aviez développé une sorte d'empathie qui vous rendait incapables de tuer. Pas vraiment l'idéal, pour des supersoldats, n'est-ce pas ?

Je ne répondis pas. L'indifférence avec laquelle il me relatait cette histoire m'insupportait.

— C'est alors que les choses se sont compliquées. Dermod a voulu contourner le problème.

— Comment ?

Je vis, l'espace d'un instant, une grimace embarras-sée se dessiner sur son visage. Bien trop courte, toute-fois, pour que son embarras fût crédible.

— En vous entraînant au suicide. Pour vous apprendre à dépasser cette empathie, ils vous ont forcés à tirer dans des miroirs. À tirer sur votre propre image.

Tirer sur des miroirs. L'idée entra en résonance avec des bribes de souvenirs enfouis tout au fond de moi. Je crus revoir les éclats de verre, ma propre image qui se brisait en mille morceaux...

— C'est d'ailleurs à ce moment que j'ai décidé de quitter la société Dermod, expliqua le ministre en tirant une bouffée sur son cigare.

— Mais le Protocole a continué...

— Bien sûr ! Il a certes pris une autre direction, mais il existe encore aujourd'hui. Dans des proportions que vous ne pouvez pas imaginer, mon pauvre ami !

— Je ne suis pas *votre ami*, Farkas.

Le ministre esquissa un sourire, puis il poursuivit.

— Vous faites partie de la première génération, Vigo. Il y a eu d'autres tests après vous. Beaucoup de tests. De nombreux volontaires... À un moment, l'armée américaine a même institutionnalisé une version plus soft du Protocole 88 sur tous les soldats qui sont partis en 1991 en Irak. Ceux-là, il faut bien l'admettre, n'étaient pas vraiment volontaires... Et ils ignoraient la nature exacte du programme auquel ils étaient soumis. C'était une énorme connerie. Le Pentagone s'en est mordu les doigts. Le Syndrome de la guerre du Golfe, cela vous dit quelque chose ?

J'écarquillai les yeux, de plus en plus perplexe.

— Vous ne semblez pas vous rendre compte de l'ampleur du Protocole, Vigo. Pourtant, réfléchissez ! Quand on a mieux compris les raisons de l'empathie que vous aviez développée, l'enjeu est devenu considérable. Considérable ! Vous imaginez ? Dermod avait découvert le moyen de rendre les êtres humains doués d'une sorte de téléempathie. C'était une véritable révolution ! Aujourd'hui, six nations sont impliquées dans le Protocole 88. Chaque année, des millions de dollars sont investis, et l'application déborde largement le domaine militaire...

Je commençais lentement à comprendre les dimensions réelles du Protocole 88, mais je peinais encore à y croire. Les gens de SpHiNx et moi-même avions été bien loin de nous imaginer les proportions qu'avait prises ce mystérieux programme. Et au final, c'était bien plus effrayant que nous ne l'avions craint.

Je regardai un instant le ministre de l'Intérieur, assis dans son fauteuil, au milieu de son pavillon de chasse. Je me demandais pourquoi il me racontait tout cela. Avait-il des remords ? L'espoir de se faire pardonner ? À son âge ? J'étais persuadé du contraire. Il avait beau m'avoir dit qu'il avait quitté Dermod, il semblait toujours considérer le Protocole 88 comme un projet dont il faisait partie. Il ne regrettait rien.

— On a fait beaucoup de progrès depuis la génération à laquelle vous appartenez, Vigo. Les capacités des transcrâniens sont aujourd'hui largement supérieures aux vôtres.

— Les transcrâniens ? Vous parlez comme si... Comme s'ils étaient nombreux...

Un sourire cynique se profila sur le visage du vieil homme. Il semblait trouver ma naïveté amusante.

— Ils sont plusieurs dizaines de milliers de par le monde, Vigo. Rien qu'en France, il existe aujourd'hui six mille transcrâniens. Six mille. Des volontaires. Qui se portent très bien. Et qui entendent les pensées des gens.

Malgré moi, je me laissai tomber sur le fauteuil qui faisait face à celui du ministre. J'étais certes venu chercher des réponses, mais je ne m'étais pas attendu à ce genre de révélations. Tout cela me paraissait de plus en plus incroyable, de plus en plus... irréel. Je me demandais si le ministre ne se moquait pas de moi. Pourtant, il avait l'air des plus sérieux. Et le pire, c'est que son histoire, aussi incroyable fût-elle, tenait debout. Tout ce que j'avais découvert jusqu'à ce jour la rendait crédible. Insupportablement crédible.

— Vous ne vous êtes jamais demandé ce qui déclenchait vos crises, Vigo ?

Je restai silencieux. Quand bien même j'aurais voulu répondre, j'étais bien trop en état de choc pour le faire.

— Voyez-vous, deux choses déclenchent les crises chez les transcrâniens de la première génération. La première, c'est un état émotionnel fort. La peur, la joie, la tristesse, l'angoisse... La seconde...

Il marqua une pause, le regard plongé sur le bout incandescent de son havane.

— Eh bien, la seconde, c'est la présence, à proximité, d'un autre transcrânien.

Il leva les yeux vers moi, comme s'il voulait mesurer l'impact de ses propos. Et en vérité, j'étais abasourdi.

— Oui, Vigo. Toutes les fois où vous avez des crises, il y a de fortes chances que cela signifie qu'un transcrânien se trouve près de vous. Vous avez dû en croiser bien plus que vous ne l'imaginez, au cours des dernières années. Et pas seulement au cabinet Mater...

Je ne pus m'empêcher de repenser à ces nombreuses fois où j'avais traversé des crises dans des lieux bien précis... la Défense, Denfert-Rochereau, les catacombes... Tout s'expliquait, maintenant. Mais j'avais du mal à m'y résoudre. À accepter, encore, l'impensable.

— Comment... Comment pouvez-vous être au courant de toutes ces choses si vous dites que vous avez quitté la société Dermod ?

Une nouvelle fois, la naïveté de ma question éveilla chez lui une pitié narquoise.

— Mais, Vigo, qu'est-ce que vous croyez ? La plupart des membres des principaux gouvernements du monde sont au courant ! Vous ne vous rendez pas compte de l'importance de ce Protocole ! Vous pensez qu'un projet d'une telle envergure pourrait être dirigé par un petit groupe d'extrémistes, c'est ça ? Allons, redescendez sur terre ! Le Protocole 88 est un projet international, dont l'enjeu n'est rien de moins que la maîtrise de l'évolution de la race humaine tout entière ! Ce n'est pas un obscur délire d'apprentis sorciers...

— Ce n'est pas parce que vous êtes nombreux et puissants que vous n'en êtes pas moins de misérables apprentis sorciers, Farkas...

— Écoutez Vigo, si vous avez besoin de penser cela pour vous rassurer, c'est votre droit... Je conçois que vous ayez du mal à accepter la vérité. Mais pour en revenir à votre question, j'ai continué de suivre l'évolution du Protocole 88 de très près, bien que je sois parti de Dermod en 1989. Je vais peut-être vous surprendre, jeune homme, mais ma seule implication concrète dans ce dossier, depuis lors, n'a été que de vous extraire, vous, Vigo, du Protocole 88, à une époque où il était devenu trop dangereux à mes yeux, quand Dermod a eu cette sombre idée de vous entraîner au suicide...

Soudain, le ministre Farkas me parut pitoyable. Déjà, il essayait de se disculper avec une lâcheté navrante.

— C'est aussi moi qui me suis débrouillé pour que vous soyez replacé dans une famille d'accueil, continua-t-il, et que l'on vous trouve un emploi...

— Vous êtes trop bon, Farkas.

Il ne releva pas mon sarcasme.

— Cela n'a pas été facile, mais Dermod a finalement accepté. Ils prenaient un énorme risque. En échange, ils ont exigé de pouvoir vous suivre médicalement au cabinet Mater et effectuer sur vous une dernière série de TMS dans les régions profondes de votre cerveau, afin d'agir... sur l'hippocampe.

— Pourquoi ?

Le ministre haussa les épaules, comme si la réponse était évidente.

— Pour effacer votre mémoire, Vigo.

Pour effacer ma mémoire. Je ne suis pas schizophrène. Je ne souffre pas d'une amnésie rétrograde due à une schizophrénie paranoïde aiguë. Non. La vérité, c'est que

*je me suis fait bousiller le cerveau par une bande d'or-
dures sans scrupules.*

Le visage de Farkas disparut un instant derrière une
volute de fumée grisâtre. Il reposa son cigare dans le
cendrier.

— Cela ne me plaisait pas du tout, reprit-il, mais
c'était la seule condition pour qu'ils acceptent que je
vous sorte du Protocole.

— Pourquoi moi ? Pourquoi ai-je eu droit à cette
faveur ?

Le ministre fronça les sourcils. Je sentis son regard
qui fuyait. Une gravité sur son visage.

— J'avais mes raisons.

Je secouai la tête. Je ne supportais plus sa façon de
jouer ainsi avec la vérité. Les non-dits, les mensonges,
les révélations, tout ce jeu de manipulations qui devait
avoir fait le quotidien et la carrière de cet homme me
rendaient malade, m'écœuraient.

— Et sur vos vingt premiers cobayes, je suis le seul à
être sorti du Protocole ? Tous les autres ont continué ?
demandai-je, sceptique.

— Oui. Bien sûr. À part Reynald, qui a complètement perdu la raison. En ce qui le concerne, il faut être
honnête, le Protocole lui a réellement « bousillé » le
cerveau, comme vous dites. Mais cela faisait partie des
risques. Vous le saviez tous. Pour tout vous dire, j'ai
même essayé de le repêcher, lui aussi, en lui trouvant
une famille d'accueil, comme pour vous, et en le pla-
çant chez Feuerberg... Mais ce psychopathe a fini par
nous échapper. Avec les suites désastreuses que vous
connaissez. Nous avons compris trop tard qu'il allait
vraiment passer à l'acte. C'est notre seule erreur. Nous
avons sous-estimé la folie de Reynald. Et c'est ce qui a
tout déclenché. Croyez-moi, j'aurais préféré éviter tout
ça, Vigo. J'ai fait tout ce que j'ai pu.

— N'essayez pas de vous dédouaner, Farkas, vous êtes une ordure, tout autant que les autres.

— Encore une fois, n'oubliez pas que vous étiez volontaire, Vigo. Et je vous ai sorti du Protocole malgré vous. *Malgré vous* ! À l'époque, vous vous entêtiez à vouloir continuer... Votre colère aujourd'hui, même si je la comprends, est aussi ridicule qu'inutile.

— En somme, vous n'avez rien à vous reprocher ?

Il ne répondit pas. J'attendis. Il se contenta de tirer quelques bouffées sur son cigare.

— Dans ce cas, vous n'avez aucune raison de vous en faire, Farkas. Puisque vous êtes blanc comme neige, il ne vous arrivera rien, demain, quand nous divulguerons toutes les pièces de ce dossier à la presse...

Le vieil homme poussa un long soupir.

— Malheureusement, Vigo, je ne peux pas vous laisser faire ça, dit-il calmement.

— Pourquoi, répliquai-je, cynique, auriez-vous soudain mauvaise conscience ?

— Allons, réfléchissez ! Ce que nous avons découvert avec le Protocole 88, Vigo, il est encore bien trop tôt pour le révéler au public.

— La vérité n'est jamais trop en avance, monsieur le ministre. Et il ne vous appartient pas de décider ce que le public est en droit de savoir ou non...

Je remarquai alors qu'il commençait à perdre un peu de son aplomb. Il n'était pas aussi tranquille qu'il voulait le faire croire.

— Les transcrâniens sont télépathes, Vigo. Télépathes ! Il y a plusieurs dizaines de milliers de télépathes, aujourd'hui, qui participent à ce Protocole. Vous comprenez ce que cela signifie ? Vous imaginez l'impact qu'une telle information pourrait avoir sur le grand public ? Vous imaginez les dérives possibles ? Vous croyez vraiment que les personnes impliquées dans le Protocole 88, à travers le monde, vont vous laisser tout foutre en l'air, simplement parce que vous avez développé un goût pour la « vérité » ?

Je me mis à sourire à mon tour.

— Vous n'aviez qu'à mieux couvrir vos arrières.

— Oh ! Ne vous inquiétez pas ! Nous avons pris toutes nos précautions, Vigo.

Je secouai la tête.

— Mon pauvre Farkas ! Il est déjà trop tard ! Vous oubliez que SpHiNx possède...

Il fit un geste las de la main.

— Nous nous sommes occupés de SpHiNx, Vigo. À l'heure qu'il est, leur petite planque de la porte de Bagnolet doit être sens dessus dessous. Comment l'appellent-ils, déjà ? Les écuries ?

J'enrageai. Ses provocations cyniques le rendaient encore plus insupportable.

— C'est donc pour ça que vous m'avez fait venir ici ? C'était un lamentable piège ? Pour m'enlever ? C'est d'un grotesque ! Vous avez beau vous enorgueillir de participer à un vaste projet international, vous êtes ridicule, Farkas, ridicule, minuscule.

— Non, Vigo. Si j'avais voulu vous tendre un simple piège, je vous aurais fait enfermer ce matin quand vous avez eu la bêtise de venir jusqu'au ministère. Non. Je vous ai fait venir ici parce que je voulais croire qu'il valait encore la peine de vous donner ma version des faits. J'espérais seulement, avant de les laisser vous emmener, que vous seriez assez raisonnable pour comprendre. Accepter. Et peut-être vous souvenir des raisons pour lesquelles vous avez un jour décidé de participer à ce Protocole...

— Sans doute parce que j'étais un jeune con de soldat, idiot, naïf, et que l'on m'avait promis une promotion.

— Non, Vigo.

Il tira une nouvelle bouffée sur son cigare, puis il me dévisagea un instant avant de continuer.

— Non. Vous avez décidé de participer au Protocole 88, Vigo, parce que vous croyiez à l'époque en la capacité de l'homme d'évoluer. Vous y avez toujours cru. Vous tenez ça... de votre père. Je pensais que vous seriez capable de vous en souvenir. Et que vous accepteriez de jouer à nouveau un rôle décisionnaire dans la suite du Protocole. Vous auriez pu nous être d'une grande aide, aujourd'hui. Cesser de n'être qu'un cobaye passif, et devenir un acteur, avec les autres. Devenir adulte, en somme. Il serait temps.

— Cela ne m'intéresse pas, Farkas. Vous ne m'intéressez pas. Les gens comme vous ne m'intéressent pas. Et je vous poursuivrai jusqu'au bout.

Il poussa un soupir puis il éteignit son cigare en l'écrasant vigoureusement dans le cendrier.

— Soit. Vous ne me laissez pas le choix.

À cet instant, il se leva et décrocha son téléphone.

— Venez le cherchez, dit-il simplement.

85.

Carnet Moleskine, note n° 229 : Syndrome de la guerre du Golfe.

Le 17 janvier 1991, les troupes américaines et leurs alliés déclenchèrent la première guerre du Golfe, dans le but – officiellement – d'obtenir la libération du Koweït. Le fait que cette première guerre du Golfe sentait déjà beaucoup le pétrole n'aura échappé à personne... Pas besoin d'être aussi paranoïaque que moi pour avoir un peu d'odorat.

Quoi qu'il en fût, l'opération dura quarante jours. L'Occident se targua d'un bilan triomphal, tous les objectifs ayant été atteints, et les alliés déplorant à peine une centaine de morts... Il y eut même des gens assez cyniques pour oser parler de guerre propre. Les 50 000 à 100 000 civils tués en Irak (les chiffres varient selon les sources...) ne furent probablement pas très en phase avec cette notion de propreté. Je suppose... Je suis peut-être un peu naïf.

Mais en 1996, le triomphe perdit largement de sa superbe. Le Pentagone, après six ans de dénégation, fut contraint d'admettre que 24 000 vétérans de cette guerre avaient été – officiellement encore une fois – contaminés par des « agents neurotoxiques ». Le syndrome de la guerre du Golfe était enfin admis au grand jour... Mais l'intoxication invoquée par le Pentagone était-elle bien la cause réelle de ces troubles ? Je ne pense pas que grand monde y ait cru.

À l'examen médical, les militaires se plaignant de ce fameux syndrome ne présentaient aucune particularité. En revanche, c'est lors des entretiens que l'on a pu identifier un ensemble de symptômes caractéristiques. Des syndromes cognitifs (perturbation de l'ensemble des mécanismes psychologiques), des syndromes de confusion (désorganisation de la pensée) et d'ataxie (incoordination des mouvements), des dépressions, de l'asthénie, des troubles du sommeil et des troubles de la mémoire... À présent que je connais mieux le fonctionnement du Protocole 88, j'ai du mal à ne pas voir des liens. Je sais que j'ai tendance à trouver des analogies un peu partout, mais parfois les fils sont tellement gros que je me prends les pieds dedans.

Parmi les causes envisagées pendant les années qui ont suivi la guerre, on a cité l'exposition probable à des gaz toxiques (gaz sarin ou gaz moutarde), mais aussi des traitements préventifs tels que des vaccins ou des médicaments, l'exposition aux insecticides et aux insectifuges organophosphorés, l'uranium appauvri U238 des obus tirés par les avions tueurs de chars, et on a même évoqué

les colliers anti-tiques et anti-puces imprégnés de diéthyl-
toluamide...

À en croire Jean-Jacques Farkas, on était loin de la
vérité... Mais aujourd'hui, la distance qu'il peut y avoir
entre le quidam et la vérité, ça ne m'étonne plus telle-
ment. L'humanité se dope au mensonge depuis des mil-
lénaires. On ne va pas s'arrêter en si bon chemin.

Ce serait trop long de faire demi-tour.

86.

La porte s'ouvrit brusquement derrière moi. Je me
levai d'un bond et fis face aux deux types qui entraient.
L'un d'eux était le molosse qui m'avait accueilli en bas
du pavillon. L'autre, j'en fus presque sûr, était l'un de
ces types en survêtement gris qui m'avaient pourchassé à la Défense. Ils portaient tous deux leurs oreillettes high-tech, façon gardes du corps présidentiels.

Je sus aussitôt qu'il ne servirait à rien de lutter. Cette
fois-ci, je n'aurais pas fait le poids. Et je n'avais même
plus envie de livrer le moindre combat.

Je me retournai vers le ministre, résigné, et lui adressai un regard moqueur.

— Vous êtes minable, Farkas.

Il prit son verre sur la table et partit vers la fenêtre
sans répondre. J'aurais juré qu'il y avait de la déception
dans son regard. Peut-être s'était-il vraiment imaginé
que j'allais changer de bord. Rejoindre les siens...

Les deux types me saisirent par les épaules et me
poussèrent hors de la pièce. Par principe, je me débattis quelque peu, mais ils ne me lâchèrent pas un seul
instant. Au fond de moi, j'avais déjà abandonné.

D'un pas rapide, ils me conduisirent dans le couloir,
comme un condamné à mort le long de la ligne verte.
Ils me firent descendre les escaliers, puis ils me pous-

sèrent dehors, dans la nuit étoilée, et me jetèrent à l'arrière de l'une des deux berlines noires. Il y avait un chauffeur à l'intérieur. Les deux colosses prirent place autour de moi, chacun d'un côté, une main dans la poche, prêts à dégainer au moindre faux mouvement.

— On y va, ordonna celui sur ma droite en appuyant sur un bouton de son oreillette.

Les phares de la voiture devant la nôtre s'allumèrent, puis elle démarra. Notre chauffeur mit le contact à son tour et les deux berlines s'engagèrent, l'une derrière l'autre, sur l'allée de graviers. Le crépitement des pneus résonna dans le petit parc.

À cet instant, je sentis une vibration dans ma poche. Le téléphone portable que m'avait donné Louvel...

Je ne réagis pas.

La large grille noire s'ouvrit avec une lenteur théâtrale. Les voitures s'avancèrent sur la petite départementale. Je me retournai et lançai un dernier coup d'œil au pavillon. Je vis au loin la silhouette immobile du ministre, l'ombre figée d'un comploteur dérisoire derrière la fenêtre du premier étage. Je peinais à croire qu'il pût s'en tirer ainsi. Mais c'était sans doute dans l'ordre des choses. Ce genre de types ne tombait jamais. Et après tout, j'avais obtenu ce qui comptait le plus pour moi. La substance originelle de mon syndrome Copernic : la vérité. L'incroyable vérité. Elle seule, certes, mais elle tout entière.

Le pavillon disparut derrière les arbres.

Je poussai un soupir, me penchai en arrière et pris le téléphone portable dans ma poche.

Le malabar à ma droite me l'arracha des mains, mais trop tard. J'avais eu le temps de lire le SMS que je venais de recevoir. Il lut le message à son tour et fronça les sourcils. Je lui adressai un sourire désolé.

« *Nous sommes là. Signé : SpHiNx.* »

Il porta aussitôt la main à son oreillette.

— On a un problème !

Ce qui se passa alors fut si soudain et si violent que je n'en eus qu'une image confuse et partielle.

Cela commença par une déflagration, énorme, puis un flash, et comme une gigantesque boule de feu dont l'image éblouissante se réverbéra sur le pare-brise de notre voiture. Des débris en flammes se mirent à pleuvoir tout autour de nous, comme les larmes orange d'un grand volcan, et je découvris bientôt derrière un écran de fumée la carcasse de la première berline, en feu, disloquée, renversée sur le côté.

Un homme, le corps dévoré par les flammes, s'extirpa en rampant du châssis noirâtre, avant de s'écrouler complètement, immobile, le visage dans le bitume.

Tout se passa alors en quelques secondes à peine. Notre chauffeur donna un violent coup de freins. Je me sentis comme aspiré par le vide. Par réflexe, le costaud à ma droite me retint par la poitrine. La voiture se mit à déraper sur la chaussée, puis elle s'immobilisa brutalement à côté du fossé. Aussitôt, des ombres jaillirent de toutes parts, autour de nous. Je distinguai alors des hommes armés, cagoulés, qui avançaient, furtifs, vers notre voiture.

Le chauffeur poussa un cri de panique. Il se retourna vers nous, les yeux écarquillés. Puis il y eut une détonation, violente, un bruit mat de verre brisé. Au même instant, la tête de notre conducteur fut projetée en arrière, vomissant sur mon visage des éclaboussures de sang épais.

Les types à côté de moi plongèrent leurs mains sous leurs vestes et en sortirent des revolvers. À ma droite, le molosse ouvrit énergiquement sa porte, se pencha au-dehors et tira deux coups de feu en direction des assaillants, puis il m'attrapa par l'épaule et me força à le suivre. Je résistai. Il tira si fort que je tombai derrière lui, hors du véhicule. Mon épaule heurta le sol. Je poussai un cri de douleur. Accroupi derrière la portière, il me maintenait d'une main et, de l'autre, pointait son arme vers les ombres mouvantes qui s'approchaient de nous. La confusion était totale. Je n'aurais su dire combien d'hommes nous entouraient ni à quelle distance ils se trouvaient à présent.

Il y eut un nouvel échange de tirs. Des détonations brutales, le sifflet des balles qui fusaient de toutes parts. Le deuxième type sortit de la voiture, de l'autre côté, et tenta de couvrir son collègue en canardant à l'aveugle. Me redressant, j'entrepris de jauger la situation. J'estimai qu'il devait y avoir au moins cinq ou six hommes postés en demi-cercle devant nous. Les salves jaillissaient sur tous les flancs. Les tirs redoublèrent d'intensité, accompagnés d'éclairs éblouissants. Les explosions se mêlaient aux cris de stupeur, au fracas des vitres brisées et de la tôle criblée de plombs.

Réveillé par l'urgence et le danger, je profitai de la confusion pour tenter de me débarrasser de mon gardien. D'un geste brusque, j'écartai son bras, puis je me jetai en arrière et lui fauchai les jambes. Il perdit l'équilibre.

C'était maintenant ou jamais.

Mon cœur battait si fort que ma poitrine sembla sur le point d'exploser. Poussant sur mes jambes de toutes mes forces, je me mis à courir dans la direction opposée, loin de cet enfer de métal et de feu. Mes pas glissaient sur l'asphalte. L'incendie dans mon dos dessinait des ombres dansantes sur la petite route, comme une armée de fantômes qui courait sur mes traces.

La fusillade reprit de plus belle. Le bruit de course, le souffle du vent, les palpitations de mon sang, le craquement des flammes, tout se mélangeait et me poussait vers la nuit. Soudain, je reçus un choc violent dans le dos. Le type m'avait rattrapé. Il s'était jeté sur moi et me plaquait fermement au sol. Je sentis le métal froid de son arme sur ma tempe.

— Si tu retentes un truc pareil, connard, t'es mort !

Derrière nous, les coups de feu continuaient, par salves. Mon gardien se redressa, jeta un coup d'œil vers son collègue qui, au loin, essayait tant bien que mal de repousser l'assaut. Il m'attrapa par le col et m'obligea à me relever. Pressant le canon de son pistolet entre mes omoplates, il me poussa devant lui, vers le fossé.

Il y eut alors une nouvelle explosion. Je sursautai. La deuxième voiture se souleva au-dessus du sol dans un ouragan de flammes.

— Avance ! hurla le type, sans se soucier de son collègue, dont le corps devait à présent être éparpillé tout autour d'un cratère fumant.

Le bourdonnement dans mes oreilles s'ajoutait au désordre indescriptible. Je descendis dans le fossé, glissai sur l'herbe, manquant tomber à la renverse. Les hommes qui nous avaient attaqués – les collègues de Badji, venus pour me tirer de là, cela ne faisait plus aucun doute – ne tiraient pas dans notre direction. Ils craignaient sûrement que je sois fauché par une balle perdue. Mon molosse le savait et il en profitait. J'étais son bouclier humain. Pour l'instant.

Quand nous fûmes remontés de l'autre côté du fossé, il me fit signe d'avancer vers la forêt. Je risquai un coup d'œil vers la route, pour voir si les hommes de Badji nous suivaient. Mais je n'eus pas le temps de m'en assurer. Mon cerbère m'assena un coup de coude sur la joue.

— Regarde devant toi, Luppo, et cours !

À ces mots, je compris aussitôt à qui j'avais affaire. Bien sûr, j'aurais dû le deviner plus tôt : un transcrânien. Un bon petit soldat de Dermod nouvelle génération. Celle qui avait appris à tuer. Pourtant, malgré ce que m'avait expliqué Farkas, sa présence n'avait pas provoqué chez moi de crise épileptique... Je n'entendais aucune voix dans ma tête.

Je sentis à nouveau la pointe de son arme dans mon dos et accélérai droit devant moi. Au pas de course, nous nous enfoncions dans la forêt comme deux bêtes traquées. Bientôt, la lumière des deux voitures en flammes eut complètement disparu derrière l'alignement des grands arbres et l'on n'entendit plus que le bruit de nos propres pas foulant le parterre de feuilles et de branches.

— Arrête-toi là !

Je m'immobilisai.

— À genoux, les mains sur la tête !

Je jetai un coup d'œil dans sa direction. Il avait toujours son calibre pointé sur moi. J'obtempérai, docile. Il fit deux pas en arrière, pour se maintenir à une distance de sécurité et se prémunir de toute attaque de ma part. Il savait à qui il avait affaire. Les secrets du combat rapproché étaient inscrits quelque part au fond de ma mémoire. J'étais sur le qui-vive. Il devait le sentir.

D'un geste sûr, il changea le chargeur de son automatique. Je ne le quittais pas des yeux. Je scrutais son regard, comme si j'avais voulu le transpercer, passer de l'autre côté et entendre enfin ses pensées. Pour choisir le meilleur moment. Il fallait que j'essaie. Que je me concentre. Il devait y avoir un moyen de lire dans sa tête.

Soudain, je le vis sourire, comme s'il avait compris ce que j'essayais de faire.

— Même pas en rêve, murmura-t-il, moqueur, en me désignant son oreillette.

Je compris aussitôt. Dermod avait mis au point une parade à sa propre invention. Ces appareils que portaient leurs soldats n'étaient pas de simples émetteurs-récepteurs. D'une façon ou d'une autre, ils empêchaient d'entendre les pensées des transcrâniens. Ici, dans l'obscurité de la forêt, j'étais un homme comme les autres. Un esclave de ses cinq sens, rien de plus.

Il pointa à nouveau son arme vers moi, puis il appuya sur son oreillette.

— Raven 2 à Centrale, répondez.

Les mains sur la tête, je tentai discrètement de regarder de l'autre côté de la forêt, à la recherche des hommes de Badji. Mais rien ne bougeait. Pas une ombre, pas un bruit. Sans doute avaient-ils perdu notre trace. J'étais seul, livré à moi-même. Ou livré à l'ennemi, plus exactement.

Le mercenaire répéta son appel.

— Raven 2 à Centrale, répondez.

Je sentis des gouttes de sueur couler sur mon front. Sans en avoir pleinement conscience, ou sans me l'avouer, la peur commençait à s'emparer de moi. Une peur instinctive, aiguisée par l'odeur trop évidente de la mort, l'approche de la fin. Je ne voyais pas comment je pourrais m'en tirer. Quelle issue heureuse pourrait me sortir de là. J'avais beau vouloir me convaincre que cela n'avait plus d'importance, qu'au fond je voulais bien crever ici, une partie de moi s'enfonçait, impuissante, dans une panique profonde.

Je n'étais pas si pressé que ça de mourir. Pas si curieux.

— Nous avons été attaqués au sortir du pavillon. Ai pu extraire l'otage. Nous sommes dans la forêt, hors feu. À vous.

Silence. La réponse lui parvenait dans l'oreillette, faible comme un murmure. Je ne pus la distinguer.

— Et qu'est-ce que je fais de lui ? À vous.

Je levai les yeux vers lui, comme pour deviner sur son visage la réponse qu'il était en train d'entendre.

— Ici ? demanda-t-il en soutenant mon regard. Bien. Entendu. Terminé.

Il appuya une nouvelle fois sur son commutateur.

— Retourne-toi, face à l'arbre.

Tout mon corps se raidit, comme s'il refusait lui-même d'obtempérer. Il y avait peu de doute sur les intentions de mon adversaire, ou plutôt sur l'ordre qu'il avait reçu. Mon heure était venue.

Après toutes ces batailles, ces fuites, ces courses interminables, après tout ce chemin, ces découvertes, j'allais donc mourir ici, sous le regard centenaire des arbres indifférents. C'était donc cela, le prix de la vérité. La punition de celui qui avait voulu savoir. J'étais Prométhée livré aux aigles. Ainsi, je n'aurais pas goûté longtemps la saveur de la connaissance. Mais au moins, je ne mourrais pas dans le doute. J'avais eu ma réponse, ma récompense. On pouvait m'enlever la vie, mais pas mes certitudes. Ce furent en tout cas les mots réconfortants que je me chuchotai à moi-même dans mon dernier souffle. Et l'espoir que, ailleurs, Louvel pourrait offrir au monde la vérité qui allait me coûter la vie.

— Retourne-toi, connard !

Voyant que je ne bougeais toujours pas, le mercenaire s'approcha pour m'envoyer un coup de pied en plein visage.

C'était ma dernière chance. Une dernière fenêtre. Un dernier baroud.

Je tentai le tout pour le tout.

D'un geste brusque, j'esquivai son coup et attrapai son pied en plein vol. Je le repoussai violemment en arrière. Il perdit l'équilibre. Je me jetai aussitôt sur lui, bondissant de toutes mes forces et me focalisant sur son arme, dans sa main droite. Allongé sur lui, je lui maintins le poignet contre le sol d'une main, et du genou j'entravai son autre bras. Je me redressai alors et lui envoyai un coup de poing en plein visage. Sa tête encaissa le choc. Il poussa un grognement. Je ne lui laissai pas le temps de reprendre ses esprits et tentai de le désarmer en frappant son poignet contre le sol. Par deux fois. La seconde fut la bonne.

Sa main heurta une pierre et la douleur lui fit ouvrir la paume et perdre son arme. Mais il était parvenu dans le même temps à dégager son autre bras et me frappa à son tour sans que je puisse parer l'attaque. Son poing me saisit en pleine tempe. Ma vue se brouilla, dans un éclair blanc. Ce fut comme si mon cerveau tout entier s'était promené dans mon crâne. Je crus perdre connaissance.

Il donna un coup de reins et me fit passer par-dessus lui. Je roulai au milieu des feuilles mortes. En relevant la tête, je le vis se mettre debout. Je tendis la main pour attraper le pistolet avant lui. Il envoya aussitôt un coup de pied dans l'arme qui fut projetée quelques mètres plus loin. Je tentai de lui faire un croche-pied, mais il se laissa tomber lui-même sur moi en m'attrapant la gorge.

Les gestes défensifs me revinrent en mémoire. Mes bras passèrent sous les siens et mes genoux bloquèrent sa poitrine. Mais il résista et ses doigts commencèrent à me serrer le cou. Ses pouces s'enfonçaient, de plus en plus tendus, dans les carotides. Je compris alors que je devais tenter l'impossible. Cinq secondes. Au-delà de mon amnésie, ce souvenir précis, éclatant, vint aiguiser mon instinct de survie. Il suffit de cinq secondes pour qu'un étranglement vous fasse perdre vos forces. Avant de sombrer dans le coma. Puis la mort.

Je pris un risque énorme, un risque mortel. Mais avais-je le choix ? Risquer la mort pour la mort... Plutôt que de résister, plutôt que de m'entêter à retenir ses mains qui enserraient ma gorge, je le lâchai d'un seul coup et lui claquai violemment la tête entre mes deux paumes dégagées. La parade fonctionna. Mon agresseur poussa un hurlement de douleur, abasourdi. La pression céda sur mon cou et je parvins à me dégager sur le côté.

Je m'écartai un peu et me relevai plus vite que mon adversaire. Suffisamment tôt pour lui envoyer un puissant coup de pied dans le ventre. Aussi puissant que mes forces me le permettaient. Il fut projeté un mètre plus loin.

C'est alors que je commis une erreur fatale. Une erreur que je n'aurais peut-être pas commise des années plus tôt, à une époque oubliée où le combat à mains nues était probablement pour moi un entraînement quotidien. Sans doute aurais-je dû me précipiter sur lui, pendant qu'il était à terre, et l'achever. Le finir. D'une façon ou d'une autre. Mais je fis un autre choix.

J'étais épuisé, j'avais le souffle court, le corps endolori, plusieurs côtes cassées et la trachée en piteux état. Tout mon être criait de douleur. Et j'avais perdu, depuis longtemps, l'instinct guerrier. Le goût du sang.

Alors je décidai de fuir, tout simplement, de m'extraire une bonne fois pour toutes de cette lutte à mort.

Sans même lui adresser un regard, je me mis à courir dans le sens opposé à mon ennemi. Courir de toutes mes forces, au milieu des grands arbres. J'espérais qu'il avait eu son compte, que je serais déjà loin quand il se relèverait, et que la forêt me protégerait assez longtemps pour qu'on vienne me chercher enfin. Me sauver.

Je me trompais.

Car soudain, tout s'arrêta.

La douleur fut vive et foudroyante. Comme un coup de poignard donné à bout portant.

Je m'immobilisai, tétanisé, et mon regard se figea vers le zénith ténébreux.

La balle était entrée dans mon dos, entre les omoplates. Et elle ne ressortit nulle part.

Le ciel se mit à tournoyer, comme un ballet d'étoiles filantes, puis je m'écroulai d'un seul coup, les jambes coupées. Ma tête heurta le sol, mais je ne sentais déjà plus rien. Ni la douleur, ni le temps. Les sons, même, le bruit du monde, s'étaient éteints avec les derniers battements de mon cœur. La vie se mit à fuir de partout. De mon cœur, de mon âme, de mon envie.

Et enfin, comme en rêve, je vis lentement se dessiner au-dessus de moi le visage d'un ange. Un ange noir. Badji. *Tout va bien, Vigo, c'est fini.* Mais ses paroles s'éteignirent et je vis s'éloigner lentement, tournoyante, ma petite planète bleue.

Mon esprit embrassa l'espace infini.

87.

Carnet Moleskine, note n° 233 : angoisse eschatologique, révision.

Au moment où ma tête a heurté le sol, je crois bien que j'ai eu la réponse, Agnès, et j'aurais aimé te dire.

Je crois que tu aurais aimé cela.

*Tu te souviens ? J'avais ce sentiment qu'*Homo sapiens *était en train de s'éteindre. Je voyais la logique de la chose, son évidence. Et je me disais que, lentement, notre espèce marchait vers sa propre fin. Que l'homme avait appris à se défendre du monde, mais qu'il ne saurait se défendre de lui-même. Et qu'il s'éteindrait ainsi, super-prédateur des autres et de lui-même. Quelque chose comme ça.*

Je crois maintenant que je me trompais.

*Agnès, je ne crois pas qu'*Homo sapiens *va s'éteindre. Mais je veux croire qu'il peut changer.*

La solution est peut-être là, tu vois, dans mon cerveau. Dans nos cerveaux. Dans ces minuscules cristaux de magnétite. Si petits, si infiniment petits, et si mystérieux...

Les gens de Dermod se sont trompés, parce qu'ils ont voulu tricher. Ce ne sont pas des machines qui nous feront évoluer. Je veux croire que nous le ferons nous-mêmes. Que nos cerveaux sauront le faire. Un jour.

Si les scientifiques sont encore incapables de nous dire à quoi servent ces minuscules cristaux de magnétite dans nos cerveaux, c'est peut-être qu'ils ne nous ont pas encore servis. C'est peut-être que ces énigmatiques particules attendent encore leur heure. Le moment. Et qu'un jour viendra où, nous-mêmes, nous opérerons cette mutation. Cette nouvelle évolution dont nous aurons sans doute besoin pour éviter qu'Homo sapiens, un jour, s'éteigne de n'avoir su se protéger de lui-même. Et nous deviendrons alors peut-être, réellement, ces êtres capables d'empathie. Incapables de tuer.

Tu deviendras je. Je deviendrai tu.

Tu vois, tout progresse. Tout avance.

C'est peut-être notre instinct de survie. Au fond, c'est toi qui avais raison.

Moi-même, je crois que j'ai changé. J'ai trouvé quelque chose de nouveau. J'aurais voulu te dire. Si seulement...

Pour la première fois, Agnès, pour la première fois de ma vie, debout devant le grand noir, seul face à moi-même, j'ai goûté, un instant, la saveur de l'espoir.

Oui. Je veux croire qu'Homo sapiens peut changer. Génération après génération. Devenir meilleur.

Et puis... Je voulais te dire, Agnès. Farkas. C'est un nom hongrois. J'ai cherché l'étymologie, dans un dictionnaire. C'est un vieux nom hongrois. Oui. Et ça veut dire « le loup ».

88.

Je ne suis pas mort. Je me suis réveillé, hier soir, sur un lit d'hôpital. Quelques minutes seulement. Puis la douleur. Et à nouveau, s'éteindre. Embrasser l'asile rassurant du coma.

Ce matin, en ouvrant les yeux, j'ai eu l'impression d'avoir escaladé une montagne. Quelque chose, en moi, s'est obstiné à vivre. S'est accroché. C'est épuisant.

J'ai essayé de tourner la tête malgré la minerve qui m'enserre le cou, et j'ai vu mon reflet dans un miroir. Putain de miroirs. Je suis flou. J'ai des cernes sous les yeux. Et mon visage est blafard. Tout est mort, si ce n'est mes pupilles, qui brillent encore un peu. Opiniâtres.

Je crois bien que j'aurais pu abandonner. Lâcher prise, et me laisser tomber dans le gouffre suave de mon extinction. Sans regret, serein. Mais il y a cette lumière lointaine. Cette lueur que j'attends. Comme une ampoule sans abat-jour qui se balance au bout d'un fil, dans les ténèbres d'un cachot.

Alors je fais comme elle. Je m'agrippe au fil.

Les infirmières qui passent. J'entends leur voix depuis, quoi, des jours ? Des semaines ? Leurs voix, confuses. Et leurs pensées, parfois. Souvent.

Il y a celle-là, Justine, qui semble heureuse de voir que je suis enfin revenu. Elle sourit. Elle me parle. Ses lèvres bougent mais je suis certain que les phrases qu'elle prononce ne m'arriveront jamais.

Et puis voilà. Vers midi, je me suis souvenu. À rebours. Le puzzle s'est reconstitué à l'envers, et en accéléré. D'abord, les coups de feu. La fusillade. La grille qui se referme, la voiture qui revient devant le perron. La rencontre avec Farkas. Liéna Rey. Les écuries. Les sous-sols de la Défense. SpHiNx. Et puis ce nom qui n'est pas le mien. Les attentats. *Il était 7 h 58 précisément quand une rame du RER entra, en ce huitième jour d'août, dans la lumière blafarde de la grande station, sous le parvis de la Défense.*

— Où suis-je ?

Mes premiers mots me déchirent la gorge. Le goût du sang envahit mon palais.

L'infirmière, Justine, fronce les sourcils.

— Vous êtes dans un hôpital, monsieur.

Je respire péniblement.

— Un hôpital militaire ?

Elle écarquille les yeux, puis sourit.

— Non. Un hôpital tout court.

Le visage de Farkas s'efface lentement.

— Mais... Qu'est-ce qu'il s'est passé... Comment...

— Chhhh...

Elle pose un doigt sur mes lèvres.

— Reposez-vous, vous aurez tout le temps de vous poser toutes ces questions plus tard. Vous êtes ici pour un moment.

Je voudrais lui dire que je n'ai pas envie de prendre mon temps. Que j'ai besoin de savoir. Mais les forces me manquent. Je n'ai plus envie de me battre. Plus pour la vérité en tout cas.

Pour autre chose, peut-être. Pour la petite ampoule qui se balance. Le filament incandescent qui grésille.

Le temps passe. Ma chambre d'hôpital se dessine autour de moi. Les barres de métal sur le lit. Le carrelage blanc sur les murs. Un chariot médical. La petite poche transparente d'une perfusion qui me délivre un peu de vie, en goutte à goutte.

Et le temps passe encore, et le silence.

Je bouge un doigt de pied. Une main. Je devine le glissement du sang dans mes veines, qui s'entête.

Plus tard, le soir, alors que la lumière a disparu derrière une lucarne au coin de mon œil, une sonnerie retentit et mon cœur se soulève.

Péniblement, j'incline un peu la tête. Je vois, sur une table haute, près de mon lit, un téléphone blanc. La sonnerie continue. Je prends ma respiration. Je serre les dents, puis je tends la main vers la table de nuit. Mes doigts s'étirent, se raidissent. Mon bras tremble. Le carillon aigu insiste. Je me penche davantage. Je tire de toutes mes forces.

Je décroche.

— Allô ?

C'est une voix d'homme. Je pousse un soupir. La petite ampoule s'éteint tout au fond de ma tête.

— Monsieur Ravel ?

J'avale ma salive. J'hésite à lâcher le combiné. Ai-je envie de parler à quiconque ? Qui que ce soit d'*autre* ?

— Oui.

Je ne reconnais pas ma propre voix, si faible, si gutturale, si démunie.

— Bonjour, monsieur Ravel. C'est maître Blenod à l'appareil.

Je reste muet. L'information se décompose dans mon cerveau ralenti. Maî-tre Ble-nod. J'ai du mal à y croire. À comprendre.

— Vous avez regardé les informations ?

Je ne suis pas sûr de saisir. Je ne suis même pas sûr que cette conversation a bien lieu. Je rêve peut-être. On m'a sans doute donné des sédatifs. J'ai le cerveau qui fait des siennes. Qui se raconte des histoires, et qui n'ont pas de sens, et puis je doute. J'écarte le combiné du téléphone, je le regarde. Je le colle contre mon oreille à nouveau, dérouté.

— Non...

— Mon client, Gérard Reynald, a été reconnu coupable. Les experts psychiatriques ont déclaré que, malgré son état, il était responsable de ses actes au moment des faits. Il a pris la perpétuité, assortie d'une peine de sûreté de vingt-cinq ans. Mais il m'a demandé de vous appeler. Comme je ne suis pas rancunier, malgré la jolie droite dont vous m'avez gratifié l'autre jour, je tenais à vous remercier de sa part.

— Me remercier ?

— Oui. Vous regarderez les infos, Vigo. Vous comprendrez. Le Protocole 88 fait la une de tous les journaux. Les arrestations pleuvent les unes après les autres. Ce matin, c'était Farkas. Les autres suivront.

— Je vois... Je... Je vous remercie.

— De rien. Je ne fais que respecter ma parole. Et puis... Vous allez avoir besoin d'un avocat, monsieur Ravel... On se reverra peut-être. En attendant, je vous souhaite un prompt rétablissement.

Il raccroche. Je reste encore quelques secondes, le combiné collé contre ma joue, perplexe. Je ne sais pas si je dois rire ou pleurer. Rire parce que, visiblement, Lucie et Damien nous ont vengés et que c'est bon, tout simplement. C'est délicieux. Mais pleurer aussi, pleurer pour Reynald, pour moi, pas encore hommes de demain, plus tout à fait d'hier. À jamais orphelins, paumés, décalés, inadaptés pour toujours, blessés dans leurs cerveaux, dans leur humanité. Bourgeons pour l'éternité, qui ne pourront jamais éclore.

Je ferme les yeux. Je ne ris ni ne pleure. Et je cherche le sommeil. Qui ne vient pas.

Les minutes passent, longues, pénibles, et la nuit me refuse. Alors mes paupières s'ouvrent encore une fois. Je regarde ma montre. Ma vieille Hamilton. Les quatre chiffres rouges clignotent encore. 88 :88. Je pousse un soupir.

Voilà.

Je suis à nouveau étalé sur un lit, aussi démuni de moi que je l'étais dans cet hôtel anonyme, et je suis toujours plongé tout entier dans l'heure qui n'existe pas. 88 :88. L'intemporalité inerte où m'ont plongé les attentats.

J'hésite.

Cela ne tiendrait qu'à moi.

Je regarde à nouveau ma montre. Je devine les formes sanguinolentes qu'elle projette par intermittence sur ma mine défaite.

Mon envie flotte, bafouille. Elle danse le tango avec les quatre chiffres rouges.

La remettre enfin à l'heure ? M'y résoudre et rejoindre un ici, un maintenant ? Oublier lui, devenir je ? Me réincarner ?

Ou bien la laisser ainsi, clignoter à jamais, m'extraire *ad vitam aeternam* des secondes, des heures, des ans ? Et attendre que les piles s'usent. La liberté.

Soudain, je sursaute.

La porte s'ouvre. Je tourne péniblement la tête.

C'est Justine. L'infirmière. J'entends le claquement de ses pas. Elle m'apporte un verre d'eau et un médicament. Je ne sais pas trop lequel. Je m'en fous. Je bois, j'avale.

Et puis là, brusquement, une voix dans ma tête. Un murmure d'ombre.

Ne t'en fais pas, Vigo. Elle va t'appeler.

L'infirmière me caresse la tête. Elle me sourit, puis elle s'en va, discrète, comme un songe.

La porte se referme. Le temps semble s'éteindre, se taire. Et l'instant d'après, le téléphone sonne, à nouveau.

Le sang palpite dans toutes mes artères.

Je tourne les yeux, lentement, vers la petite table. La sonnerie inonde toute la pièce. Menace de s'éteindre, comme le dernier bip d'un cardiographe.

Ma main se crispe. Froisse les draps. Puis elle se lève, se tend, se bat. Cherche le chemin. Tous mes doigts tremblent, désobéissent, et puis je n'ai peut-être plus envie de décrocher. Louvel ? Lucie ? On leur aura dit que je me suis enfin réveillé. Mais je n'attends plus rien. Je voudrais seulement me rendormir. Me laisser bercer par l'insouciance du sommeil. Peut-être plus.

Et la sonnerie qui continue, qui m'envahit, qui s'impatiente. Une barrière tombe. Un mur de Berlin. Je tends la main. Je décroche.

— Allô ?

Personne ne répond.

Mais je sais. Ce silence. Je le connais déjà. C'est la main d'une mère sur la tête d'un enfant qui dort. Cette respiration, le cœur qui la supporte. C'est un cœur qui aurait pu m'appartenir.

Enfin, le monde disparaît autour de moi. Les souvenirs, les regrets, les hésitations. Il ne reste rien, rien que cette voix que j'attends.

— C'est moi, dit-elle enfin.

Je sens une larme qui coule. Qui me réchauffe les paupières. La gorge se noue. Je voudrais parler, mais le souffle me manque. Mes lèvres s'ouvrent sur un sanglot.

— Tes amis m'ont appelée. Je suis... au courant.

Le silence, à nouveau. Les secondes qui s'agrippent et, comme les jambes qui refusent de courir sur les rives d'un rêve, les mots me manquent.

— Alors tu es allé jusqu'au bout. Alors tu as... réussi. Comment... Comment tu te sens ?

— Seul.

Les sanglots que j'entends ne sont plus les miens. C'est Agnès qui pleure.

— Tu me manques, je murmure.

— Toi aussi.

Je ferme les yeux de toutes mes forces, comme pour retenir cet instant à jamais.

— Tu crois...

Elle balbutie, elle cherche ses mots.

— Tu crois que nous devrions...

— Oui.

— Tu... Tu m'as tellement manqué, Vigo.

J'ouvre les yeux. Je regarde la blancheur immaculée du plafond, un horizon vierge, infini.

— Je ne m'appelle pas Vigo.

Je devine le sourire sur son visage, au milieu des larmes. Le goût salé sur ses lèvres.

— C'est vrai, dit-elle tout bas. Alors comment est-ce que l'on doit t'appeler, maintenant ?

J'hésite. Je cherche. Et puis du fond de ma mémoire, au-delà d'elle sans doute, une réponse me vient.

— Y a-t-il un prénom arabe qui veuille dire « espoir » ?

Elle reste silencieuse un instant, surprise sans doute.

— Eh bien, oui... Amel, je crois.

Je souris. Cela me plaît. Cela me va.

— Alors je m'appelle Amel, dis-je d'une voix enfin claire. Tu peux m'appeler Amel.

Cette fois, je l'entends rire franchement.

— Mais c'est idiot, tu n'es pas arabe !

J'incline légèrement la tête dans ma minerve blanche. La lune pleine éclaire toute la pièce de sa lumière pâle et l'écran de télévision projette des éclairs bleutés. Ma poitrine se soulève. Je respire. Puis je regarde, à gauche, mon image dans le miroir.

— Je ne suis rien. Je ne suis personne, et je suis tout le monde, peut-être. Je suis celui que j'écrirai...

Je l'entends glousser.

— Rien que ça ! Tu es fou, Amel !

— Je suis fou, mais *je ne suis pas schizophrène*.

— Je sais. Et... Je... Tu as eu beaucoup de courage. Je ne sais pas comment tu as fait. Comment tu as tenu...

— Eh bien... Je me suis dit, Agnès... Je me suis dit : c'est bien la terre qui tourne autour du soleil. C'est pas l'inverse. Copernic avait raison.

Elle rit encore.

— Repose-toi, maintenant. Je viens te voir demain.

Elle raccroche.

Je ressens soudain une paix à laquelle, je crois, je n'avais jamais goûté.

Je lève les yeux et je regarde l'écran de télévision.

Puis j'amène lentement mon poignet devant moi et, d'un geste sûr, je remets mon Hamilton à l'heure.

Il est 20 h 05. Je vais bien.

FIN

Remerciements

J'ai écrit *Le Syndrome Copernic* dans le silence délicieusement inquiétant de ma cave parisienne, avec quelques étapes à Toulouse, à Nice et dans la rougeur apaisante des terres du Minervois – entre le mois de mars 2004 et le mois de mai 2006. Une période riche en événements, parmi lesquels un sérieux accident de moto ne fut pas des moindres... Je veux adresser ma gratitude profonde à Alain Névant, Stéphane Marsan, David Oghia, Leslie Palant, Claude Laguillaume et tous ceux qui m'ont aidé à traverser cette aventure pénible sans perdre complètement la tête.

Une équipe de choc m'a soutenu tout au long de l'écriture de ce roman, qu'elle soit ici remerciée : Hélène Lœvenbruck, docteur en sciences cognitives, chercheur au CNRS et grande sœur bienveillante ; Philippe Pichon, docteur en médecine et grand frère bienveillant ; Hervé Bonnat, directeur de la communication de l'ÉPAD, qui me pardonnera de l'avoir zigouillé dans mon roman ; Me Gilles Béres, avocat à la cour de Paris ; l'encyclopédique Patrick Jean-Baptiste, journaliste scientifique et écrivain de l'improbable ; Emmanuel Baldenberger, spécialiste de littérature contemporaine et globe-trotter idéaliste ; et enfin Bernard Werber, fidèle parrain littéraire et loup-garou de renom.

Pour leur confiance, merci à Stéphanie Chevrier, Gilles Haéri, Virginie Plantard et à toute l'équipe qui a travaillé avec enthousiasme sur ce roman aux éditions Flammarion.

Pour leur soutien familial, clin d'œil à JP & C, aux Piche & Love, aux Saint-Hilaire et au clan Wharmby.

Pour leur amour et leur indulgence quotidienne, tendres baisers à mes trois lumières, Delphine la fée, Zoé la princesse et Elliott le dragon.

8550

Composition Nord Compo
Achevé d'imprimer en France (La Flèche)
par Brodard et Taupin
le 18 décembre 2007 - 44651.
Dépôt légal décembre 2007. EAN 9782290006511

Éditions J'ai lu
87, quai Panhard-et-Levassor, 75013 Paris
Diffusion France et étranger : Flammarion